Allitera Verlag
Krimi

Karoline Eisenschenk, geboren 1975, veröffentlichte unter dem Pseudonym Katelyn Edwards die Kriminalromane »Der Shakespeare-Mörder« und »Pfadfinderehrenwort«. Nach ihrem Studium der englischen Sprach- und Literaturwissenschaft lebt sie heute in Geiselhöring und arbeitet in München. Im Allitera Verlag sind von ihr die Niederbayern-Krimis »Walpurgisnacht«, »Der letzte Tanz« und »Bluternte« erschienen.

Karoline Eisenschenk

Fahnenweihe

Niederbayern-Krimi

Allitera Verlag
Krimi

Originalauflage September 2022
Allitera Verlag
Ein Verlag der Buch&media GmbH, München
© 2022 Buch&media GmbH, München
Lektorat: Heidi Keller
Layout und Umschlaggestaltung: Johanna Conrad
Satz: Mona Königbauer
Gesetzt aus der Simoncini Garamond
Umschlagvorderseite: fietzfotos/Pixabay
Printed in Europe · ISBN 978-3-96233-342-3

Allitera Verlag
Merianstraße 24 · 80637 München
Fon 089 13 92 90 46 · Fax 089 13 92 90 65

Weitere Publikationen aus unserem Programm finden Sie auf www.allitera.de
Kontakt und Bestellungen unter info@allitera.de

*Herzog: »Wohlan! Wohlan! Begeht den Feiertag:
Beginnt mit Lust, was glücklich enden mag.«*

(William Shakespeare, Wie es euch gefällt, 5. Akt, 4. Szene)

»*Frère Jacques, Frère Jacques,*
dormez-vous, dormez-vous?
Sonnez les matines, sonnez les matines,
Ding, ding, dong. Ding, ding, dong.«

»*Bruder Jakob, Bruder Jakob,*
Schläfst du noch? Schläfst du noch?
Hörst du nicht die Glocken? Hörst du nicht die Glocken?
Ding dang dong, ding dang dong.«

(Französisches Kinderlied, 18. Jahrhundert)

Kartenausschnitt Südfrankreich

- Marseille
- Parc national des Calanques
- Aubagne
- Six-Fours-les-Plages
- Toulon
- Brignoles
- Hyères
- Le Lavandou

Übersichtsplan Neukirchen und Umgebung

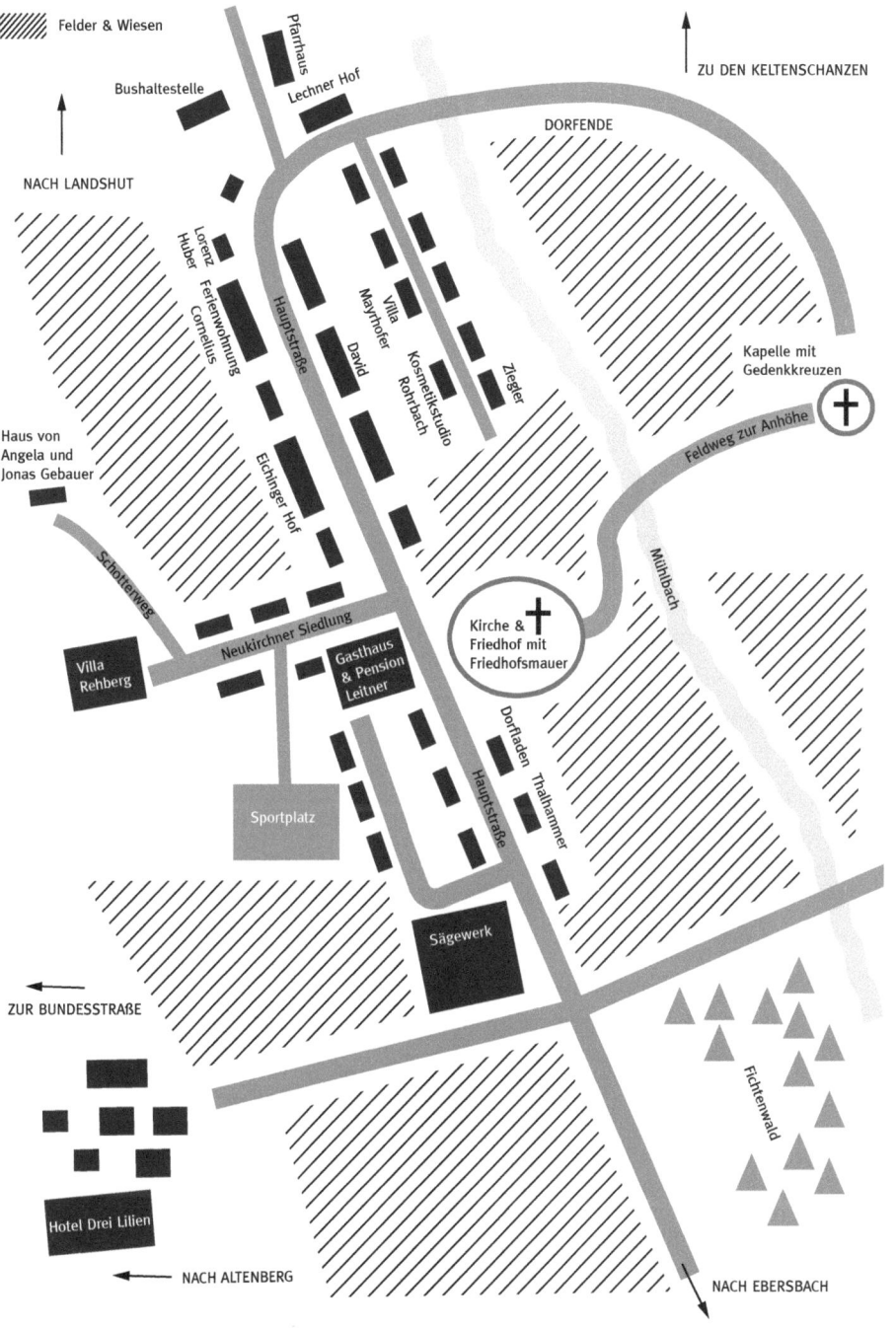

Personenregister

Professor Gregor Cornelius, emeritierter Geschichtsprofessor, wohnt vorübergehend in Neukirchen
Ramona Cornelius, seine Ehefrau
Tabea Cornelius, ihre gemeinsame Tochter

Roswitha Förster, Besitzerin des Dorfladens in Neukirchen

Angela Gebauer, Übersetzerin, wohnt seit einiger Zeit in Neukirchen
Jonas Gebauer und Pascal Gebauer (†), ihre Brüder

Professor Richard Freiherr von Greifenberg, Geschichtsprofessor, ehemaliger Kollege von Gregor Cornelius
Caroline Freifrau von Greifenberg, seine Ehefrau, Freundin von Ramona Cornelius

Felix Hartl, Pfarrer in Neukirchen

Lorenz Huber, grantiger Eigenbrötler, wohnt zurückgezogen in Neukirchen

Alfons Leidinger, Bürgermeister der Stadt Altenberg

Anna Leitner, Gastwirtin aus Neukirchen
Dr. Benedikt Rehberg, Besitzer einer Apotheke in Altenberg, Lebensgefährte von Anna Leitner

Andreas Mayrhofer, Bauunternehmer aus Neukirchen und Schützenvorstand
Elisabeth Mayrhofer (†), seine erste Ehefrau
Clara Mayrhofer, seine zweite Ehefrau
Dr. Thomas Mayrhofer, sein Sohn aus erster Ehe, Jurist in einer Landshuter Anwaltskanzlei
Judith Mayrhofer, seine Tochter aus erster Ehe, Doktorandin der Betriebswirtschaft an der Universität Oxford

David Mayrhofer, sein Sohn aus erster Ehe, Schreiner, arbeitet im Betrieb von Xaver Ziegler
Maria Brunner, Elisabeth Mayrhofers Mutter

Tobias Schindler, Schreinerlehrling bei Xaver Ziegler

Hannes Thalhammer, Landwirt aus Neukirchen, Trainer des FC Neukirchen
Silvia Thalhammer, seine Ehefrau
Leopold Thalhammer, ihr gemeinsamer Sohn

Xaver Ziegler, Inhaber einer Altenberger Schreinerei, wohnt in Neukirchen
Marianne Ziegler, seine Ehefrau
Elena Ziegler und Bernadette Ziegler, ihre gemeinsamen Töchter

Das Kommissariat in Landshut:

Katrin Abel, Kriminalkommissarin
Korbinian Bäumel, Kriminalkommissar
Anton (»Toni«) Kornbichler, Kriminalkommissar
Herbert Kröger, Kriminalhauptkommissar, Leiter des Einbruchs- und Raubdezernats
Torsten Maiwald, Kriminalkommissar
Robert Thorwald, Kriminalhauptkommissar, Leiter der Mordkommission
Florian Weber, Kriminalkommissar
Matilda, Drogenspürhund von Toni Kornbichler

Weitere Figuren:

Kristian Armentière, französischer Obdachloser
Ralf Baumgartner, Architekt, Bruder des verstorbenen Bauunternehmers Markus Baumgartner
Ferdinand Gruber, Eigentümer des Hotels *Drei Lilien* in Altenberg
Walpurga Schmitt, Sekretärin von Andreas Mayrhofer
Benjamin Staudinger, Reporter der *Altenberger Nachrichten*

Prolog

Kalt, kalt … es war so furchtbar kalt. Und nirgends konnte er sich festklammern. Seine Hände suchten verzweifelt nach Halt, doch ihr Griff ging stets ins Leere. Der See um ihn herum schien in alle Richtungen zu wachsen, das Ufer sich immer weiter zu entfernen. Die Stelle, an der er eben noch gestanden hatte, gab es nicht mehr. Nur noch Wasser, dunkles, kaltes, schwarzes Wasser …

»Hilfe!«

Er wollte laut schreien, brachte aber nur ein schwaches Keuchen zustande. Einem Stahlmantel gleich schloss sich die Kälte um seinen Körper und lähmte ihn. Seine Beine, die sich strampelnd gegen das Absinken wehrten, hatten keine Kraft mehr. Der Drang, der Schwäche nachzugeben, wurde immer größer. Er tauchte unter die Wasseroberfläche und für einen Augenblick wurde alles schwarz. Panische Angst überfiel ihn, denn nichts fürchtete er so sehr wie die Dunkelheit. Nicht einmal die Kälte war so schlimm wie die unendliche Schwärze, die dort unten auf ihn wartete. Er begann, wie wild mit den Armen zu rudern, und noch einmal gelang es ihm, den Kopf über Wasser zu bringen und nach Luft zu schnappen.

»Hilfe.« Dieses Mal war es nur noch ein Gurgeln, ein bloßes Röcheln. Niemand würde es hören.

Aber sie konnten doch nicht weit sein, sie mussten ihn doch sehen, mussten doch bemerkt haben, was mit ihm passiert war. Gerade waren sie doch noch alle zusammen gewesen. Gleich würden sie kommen und dem Albtraum endlich ein Ende bereiten.

In seinen Ohren begann es zu summen, als ob direkt über ihm ein Bienenschwarm hinwegziehen würde. Was für ein Unsinn, schoss es ihm durch den Kopf. Im Winter fliegen keine Bienen.

In diesem Moment sah er die Gestalt am Ufer stehen. Sie war ihm so vertraut wie niemand sonst auf der Welt. Vollkommen regungslos beobachtete sie ihn jetzt bei seinem ausweglosen Kampf.

Mit letzter Kraft gelang es ihm, die Arme nach oben zu reißen und zu winken. Hier bin ich. Du siehst mich doch. Warum hilfst du mir nicht? Aber kein Laut kam über seine blau gefrorenen Lippen. Die Gestalt verharrte unbeweglich an derselben Stelle, und obwohl er nur noch trübe graue Schleier wahrnahm, die alles vor seinen Augen verschwimmen ließen, spürte er ihren Hass wie einen Stromschlag, der ihn schmerzhaft durchbohrte und sich im hintersten Winkel seines Herzens festsetzte. Plötzlich wusste er ganz sicher, dass keine Hilfe kommen würde. Die furchtbare Erkenntnis war stärker als alles, was er jemals empfunden hatte. Warum?

Seine Beine zuckten unkontrolliert wie bei einem Krampf. Und dann spürte er sie ... die Wärme. Er wagte nicht, sich zu bewegen, aus Angst, dieses wunderbare Gefühl wieder zu verlieren. Irgendetwas in seinem Kopf sagte ihm, dass es ein gefährlicher Trugschluss war, dass es gar nicht sein konnte, doch er war zu ermattet, um darauf zu reagieren. Immer weiter breitete sich die Wärme in seinem Körper aus, auch seine Arme, die längst erlahmt waren und kein Winken mehr zustande brachten, wurden davon erfasst. Es fühlte sich wunderbar an.

Das Wasser um ihn herum hatte seinen Schrecken verloren. Sie waren jetzt eins, und niemand würde sie mehr trennen. Als er unterging, schloss er einfach die Augen. Die Schwärze verflüchtigte sich und es wurde ganz hell vor seinen Lidern. Tausend bunte Lichter schienen gleichzeitig zu explodieren. Rote, blaue, grüne Sterne und Fontänen tanzten förmlich um die Wette. Schöner als jeder Kerzenschein und jedes Feuerwerk. Er hatte keine Angst mehr vor dem, was hier unten auf ihn wartete. Alles würde gut werden. Wärme und Geborgenheit umhüllten ihn wie eine Bettdecke. Gleich würde er einschlafen können und dann war alles gut.

Wie still es doch war ... wie unendlich still ...

Zehn Jahre später ...

Er ging leise vor sich hin pfeifend zu seinem Schlafplatz unter der Platane. Heute war ein guter Tag gewesen. Die Touristen hatten sich großzügig gezeigt und immer wieder etwas in seine Pappschachtel geworfen. Sogar ein Fünf-Euro-Schein befand sich darunter. Wie um sich zu vergewissern, dass er sich nicht getäuscht hatte, nahm er sei-

nen Rucksack von den Schultern und schaute in der abgegriffenen Geldbörse nach. Sein größter und einziger Schatz ...

Tage wie diese waren selten, dabei hatten die Urlauber in der Gegend Geld wie Heu. Doch die meisten von ihnen machten einen großen Bogen um ihn. Mit einem Hund im Schlepptau wäre es sicherlich einfacher, weil Passanten bei Tieren fast immer Mitleid bekamen. Aber er mochte keine Tiere. Außerdem hatte er schon genug damit zu tun, sich selbst durchzubringen. Da konnte er nicht auch noch eine hungrige Töle gebrauchen, die ihm täglich die Ohren vollwinselte, weil es wieder nicht genug zu essen gab.

In der Ferne hörte er das Meer rauschen. Trotz der lauen Sommernacht schauderte ihn. Anders als die Touristen fand er das Geräusch von Wellen nicht beeindruckend. Es macht ihm Angst. Außerdem störte das Getöse beim Schlafen, weshalb er froh war, sein Lager im Wäldchen unweit des Ortsendes aufgeschlagen zu haben. Er holte tief Luft. Es roch gut. Anders als sonst, intensiver. Nach Natur, Bäumen, Moos ... An den Tagen zuvor hatte es ergiebig geregnet. Ungewohnt für die Gegend zu dieser Jahreszeit, aber einige Gewitterzellen hatten wie festgenagelt am Himmel gehangen und sich ausgeregnet. Von der Küste hatte er erst einmal genug. Das Meer und er passten nicht zusammen. Morgen würde er weiterziehen, zurück ins Landesinnere, und so lange laufen, wie seine Füße ihn trugen. Wenn er Glück hatte, würde ihn ein Lkw-Fahrer mitnehmen oder ein Bauer auf seinem Traktor. Aber darauf wollte er sich lieber nicht verlassen.

Seine letzte Nacht würde ruhig werden. Niemand würde versuchen, ihn zu bestehlen, oder ihn verprügeln, so wie es am Vortag kurz vor dem kleinen Waldstück passiert war. Seine schmerzenden Rippen erinnerten ihn auch jetzt noch bei jedem Atemzug an den Überfall. Sie waren zu dritt und ihm davor unten am Hafen schon mehrmals über den Weg gelaufen. Wahrscheinlich Mitglieder einer Bande, die ihr Geld abends abliefern mussten und selbst nur einen Bruchteil davon behalten durften, was sie tagsüber erbettelt hatten. Zwei hielten ihn fest, der dritte durchwühlte seine Habseligkeiten. Danach begannen sie ihn hin und her zu stoßen und ihm Faustschläge und Fußtritte zu verpassen. Doch urplötzlich war sein neuer Freund aufgetaucht.

Sie hatten sich einige Stunden zuvor an der Kaimauer getroffen, wo der andere ihn von seinem Schnaps probieren ließ. Kein billiger Fusel, sondern richtig gutes Zeug. Er hatte den Fremden verstohlen gemustert, während er einen Schluck aus der Flasche nahm. Sie mochten in etwa gleichaltrig sein. Was ihn wohl auf die Straße verschlagen hatte? Er hatte nicht gewagt, danach zu fragen. Irgendetwas sagte ihm, dass es besser war, keine Fragen zu stellen. Stattdessen hatte er angefangen, von sich zu erzählen. Von der kleinen Sozialwohnung in dem heruntergekommenen Plattenbau, vom Vater, den er nie kennengelernt hatte, und von seiner überforderten Mutter, die bis zur Besinnungslosigkeit trank und an Tabletten und Drogen einwarf, was sie in die Finger bekommen konnte. Den ersten Vollrausch hatte er mit dreizehn gehabt und es hatte nicht lange gedauert, bis auch ihn die Trinkerei nicht mehr loslassen wollte. Ein geordneter Tagesablauf, Schule, Sicherheit, elterliche Liebe und Fürsorge – in seinem Leben nichts als Fremdwörter. Also hatte er kurz nach seinem achtzehnten Geburtstag seine wenigen Sachen gepackt und war abgehauen. Das hätte er schon längst machen sollen. Ob seine Mutter sein Verschwinden überhaupt bemerkt hatte? Er bezweifelte es. Nur noch die kleine Plastikkarte ganz unten im Rucksack erinnerte ihn daran, wer er war, hatte er mit einem müden Lächeln festgestellt.

Wie aus dem Nichts stand sein neuer Freund neben ihm, hatte den dreien den Rucksack entrissen und sie so verprügelt, dass sie stolpernd das Weite suchten. Danach hatten sie ihre Lager direkt nebeneinander aufgebaut. Tagsüber war der andere unterwegs gewesen, aber jetzt lag sein Schlafsack wieder unter der großen Platane. Er wusste selbst nicht mehr, wann er angefangen hatte, sich zu fürchten. Nicht vor der Bettelbande, von denen würde sich bestimmt keiner mehr hierher trauen. Nein – der eiskalte Blick aus den grün-grauen Augen war es, der ihm auf einmal Angst eingejagt hatte. Deshalb war es gut, dass er von hier verschwand.

Diese eine Nacht würden sie sich noch ein Lager teilen, bevor er ganz früh aufstehen und sich beim ersten Morgengrauen auf den Weg machen würde.

Zufrieden mit sich und seinem Vorhaben legte er sich in seinen Schlafsack. Wie lange er wohl brauchen würde, bis er in seiner Heimatstadt ankam? Seit über drei Jahren war er nun schon unterwegs.

Ob seine Mutter noch in der Plattenbausiedlung wohnte? Ob sie überhaupt noch am Leben war? Rasch schob er die sentimentalen Gedanken beiseite. Sein Zuhause war jetzt die Straße. Er kontrollierte noch einmal den Inhalt seines Rucksacks, den er als Kopfkissen benutzte.

Ein Rascheln im Unterholz ließ ihn aufschrecken. Doch er kam nicht mehr dazu, sich umzudrehen. Die Klinge des Messers durchschnitt seine Kehle, bevor er überhaupt reagieren konnte.

Kapitel 1

Die Kapelle auf der Bühne spielte einen Tusch, gefolgt von einem Prosit, in das viele der Anwesenden mit erhobenen Maßkrügen einstimmten.

»Prost, Herr Cornelius!«

Pfarrer Felix Hartl umfasste seinen Maßkrug und mit einem lauten Klirren stießen die Gläser aneinander. Der junge Mann neben ihm auf der Bierbank zuckte kurz zusammen, doch seine Begleitung, die ihm gegenübersaß, legte beruhigend ihre Hand auf seinen Unterarm und sprach leise auf ihn ein. Allmählich entspannten sich seine Gesichtszüge.

»Entschuldigung, Frau Gebauer. Wir wollten Jonas nicht erschrecken.«

Angela Gebauer winkte lächelnd ab. »Alles gut, Herr Pfarrer. Es war ein langer und aufregender Tag für ihn. Jetzt ist er müde und es wird Zeit, nach Hause zu gehen.«

Jonas Gebauer gab einen undefinierbaren Laut von sich, was ihm sogleich einige neugierige Blicke vom Nachbartisch einbrachte. Angela hatte jedoch nur Augen für ihren Bruder. »Doch, Jonas, wir gehen jetzt dann heim. Du bist hundemüde und gehörst ins Bett.«

Jonas klopfte mit der rechten Hand zornig auf die Tischplatte. Sein Gesicht war in tiefe Falten gelegt und er äußerte weitere Unmutslaute in Richtung seiner Schwester.

»Es ist schon ein Kreuz, gell. Weil er ja so gar nix sagen kann«, hörte Cornelius auf der Bierbank hinter sich Roswitha Förster, die Inhaberin des Neukirchner Dorfladens, leise sagen. »Und das in dem Alter.«

»Ich würde das nicht aushalten«, tuschelte die Frau neben ihr. »Ich kann dir gar nicht sagen, wie froh ich bin, wenn der Leopold endlich anfängt zu reden.«

»Wo ist er denn überhaupt?«, fragte Roswitha jetzt wesentlich lauter. »Ich hab euch doch vorher noch zusammen bei der Nestschaukel gesehen.«

»Meine Mutter hat ihn abgeholt, damit der Hannes und ich auch mal einen Abend für uns haben.«

»Aha. Dein Mann sitzt aber mit einer Maß Bier da vorne bei den Fußballern«, antwortete Roswitha scharf. »Bei denen wird es heute wieder hoch hergehen.« Und nach einer kurzen Pause: »Ob du da vom Hannes noch viel haben wirst …«

Wie zur Bestätigung ihrer Worte ertönte von einem der Tische erneut das Klirren von Gläsern, gefolgt von lautem Gejohle und dem Applaus der anderen Sommerfestbesucher.

»Sauber, Jungs! Zeit ist es geworden, dass wir den Ebersbachern eine eingeschenkt haben«, schallte es über die Bierbänke.

Cornelius wusste um die innige Feindschaft zwischen Neukirchen und dem nicht weit davon entfernt liegenden Ebersbach. Obwohl niemand mehr genau sagen konnte, woher die gegenseitige Abneigung eigentlich kam, pflegten beide Dörfer sie seit Jahren mit Hingabe. Es verwunderte ihn daher nicht, dass die Ebersbacher Fußballer nach ihrer Niederlage schleunigst das Weite gesucht hatten.

Jonas' Miene hellte sich auf. Cornelius drehte sich um und sah David Mayrhofer mit einem breiten Grinsen und einer Sporttasche in der Hand auf ihren Tisch zukommen. Seine dunkelbraunen, kurz geschnittenen Haare waren noch feucht. Offenbar hatte er gerade geduscht.

»Servus«, sagte er gut gelaunt zu Jonas. »Hab dich auf der Tribüne sitzen sehen. Das Tor hab ich nur geschossen, weil ich wusste, du drückst uns die Daumen.«

Jonas strahlte David an. Dem Schreiner gehörte seit Kurzem ein noch unfertiger Neubau an der Hauptstraße des Dorfes. Das unbewohnte Häuschen, das sich zuvor dort befunden hatte, war immer mehr zur Ruine verkommen. Cornelius kannte seine dunkle Vergangenheit nur allzu gut und war wenig verwundert, als es schließlich abgerissen und durch ein Einfamilienhaus ersetzt wurde. Eine finanzielle Schieflage zwang den Eigentümer am Ende zum überstürzten Verkauf. Die Tatsache, dass erst wenige Zimmer bewohnbar waren und der Rest des halbfertigen Gebäudes ihm noch Unmengen an Arbeit abverlangte, schien David jedoch nichts auszumachen. Cornelius, dessen Ferienwohnung sich in einem ehemaligen Bauernhof schräg gegenüber befand, sah ihn oft nach Feierabend fröhlich vor sich hin pfeifend an irgendetwas herumwerkeln.

Mit einem Kopfnicken grüßte David jetzt in die Runde am Tisch. »Also, packen wir es an, oder?«

»Was packen wir an?«, fragte Angela.

»Heute ist doch Gaudischießen. Jeder Gast hat einen Schuss. Auf geht's!«

Jonas sprang wie von der Tarantel gestochen auf. Doch seine Schwester, die ebenfalls aufgestanden war, schüttelte energisch den Kopf. »Jonas wird ganz bestimmt nirgendwohin schießen.«

»Er soll ja nur bei mir zuschauen. Wir sind doch gleich wieder da.«

Angela sah alles andere als begeistert aus. »Ich weiß nicht …«

»Wir sind nur ein paar Meter weiter, drinnen im Sportheim. Komm doch auch mit.«

Jonas nickte und griff nach ihrer Hand.

»Nein, nein, passt schon. Geht ihr ruhig und …«

»… und in einer Viertelstunde sind wir zurück. Versprochen.«

Angela stand noch einen Moment unschlüssig neben der Bierbank, ehe sie wieder Platz nahm.

»Machen Sie sich keine Sorgen, Frau Gebauer. Bei David ist Ihr Bruder bestens aufgehoben«, sagte Pfarrer Hartl.

Von Roswitha Förster wusste Cornelius, dass David der jüngste Sohn von Andreas Mayrhofer, einem Neukirchner Bauunternehmer, war. Für diesen wäre es bestimmt ein Leichtes gewesen, den Neubau an der Dorfstraße im Nu fertigzustellen. Doch das Verhältnis zwischen Vater und Sohn gestaltete sich offenbar schwierig. Roswitha wusste zudem zu berichten, dass Mayrhofer senior strikt gegen den Kauf des Hauses gewesen war. Cornelius hatte den Bauunternehmer bisher nicht unter den Gästen entdecken können. Aber das musste nichts heißen. Als Vorstand der Schützenabteilung würde er sich diesen Abend bestimmt nicht entgehen lassen.

Angela hatte sich mittlerweile entspannt. Gelöst plauderte sie mit dem Pfarrer über den bevorstehenden Gottesdienst, der ebenfalls auf dem Sportplatzgelände stattfinden würde.

»Da werde ich mich morgen in der Predigt wohl kurzfassen müssen«, bemerkte Hartl mit einem verschmitzten Lächeln im Gesicht. »Das Durchhaltevermögen beim Feiern gilt leider nicht automatisch für den Sonntagsgottesdienst.«

Wie jedes Jahr veranstalteten die Abteilungen des Neukirchner Sportvereins am ersten Juliwochenende ein großes Sommerfest mit zahlreichen Veranstaltungen. Neben einem Tennisturnier, etlichen Fußballspielen und einem Staffellauf durften sich beim Gaudischießen der Schützenabteilung alle Gäste mit dem Luftgewehr versuchen. Auf dem weitläufigen Gelände mit dem von seinen Mitgliedern in monatelanger Eigenregie erbauten Sportheim waren ein Bierzelt, Essens- und Getränkestände, ein Losverkauf und zahlreiche Bierbänke und -tische aufgestellt worden. Cornelius hatte sofort zugestimmt, als Pfarrer Hartl am Vortag gefragt hatte, ob er ihn zum Fußballspiel gegen Ebersbach und einem Besuch des anschließenden Festes begleiten würde. Versonnen ließ er jetzt seinen Blick über die vielen vertrauten Gesichter wandern.

Die Eigentümerin des Gasthauses, Anna Leitner, winkte ihm lachend zu, und auch einige Landwirte und der Seniorchef des Sägewerks begrüßten ihn herzlich. Neben Anna saß Benedikt Rehberg, dem nicht nur eine imposante Villa im Toskana-Stil am Rande des Dorfes, sondern auch eine Apotheke in der nahen Kreisstadt Altenberg gehörte. Cornelius nickte ihm kurz zu. Vor nicht allzu langer Zeit wäre selbst diese Geste undenkbar gewesen. Die beiden Männer hatten sich nie sonderlich gemocht, was auch daran lag, dass Cornelius stets dann im Dunstkreis des Apothekers auftauchte, wenn gerade ein Mitglied von dessen Familie in kriminelle Aktivitäten verwickelt war. Obwohl Cornelius nur zufällig auf die Machenschaften von Rehbergs Ex-Frau und seinem Neffen gestoßen war, mutierte er zu Rehbergs erklärtem Feind. Erst eine gemeinsame Rettungsaktion im vergangenen Sommer und die Tatsache, dass Benedikt Rehberg der neue Lebensgefährte von Anna Leitner war, die Cornelius über alle Maßen schätzte, hatten sie das Kriegsbeil begraben lassen.

Neukirchen war ihm, dem Münchner Urgestein, längst eine zweite Heimat geworden. Ursprünglich hatte er hier kurz nach seiner Pensionierung lediglich auf das verwaiste Haus seiner Nichte aufgepasst. Doch nur einige Monate später war er einer Einladung von Anna Leitner gefolgt und nach Niederbayern zurückgekehrt. Mittlerweile wollte er das Dorf nicht mehr missen. Übernachtete er anfangs noch in Annas Pension, hatte er seit einem Jahr eine von drei Ferienwohnungen angemietet, die in einem ehemaligen Bauernhaus entstanden waren. Jedes Mal, wenn er kurz hinter Altenberg in die Verbindungsstraße Richtung Neukirchen einbog, erfüllte ihn große Vorfreude – auf die stattlichen Bauernhöfe des Dorfes, die Kirche St. Ulrich, die schmucken Einfamilienhäuser in der Neubausiedlung, auf Roswitha Försters Dorfladen und ihre Geschichten rund um die Bewohner des Ortes. Alles war ihm gleichsam vertraut und ans Herz gewachsen. Nur Ramona fehlte ... Wie immer hatte seine Frau ihn allein fahren lassen und war stattdessen nach Südfrankreich gereist. Beim Griff an die Brusttasche seines Hemdes stellte er fest, dass er, wieder einmal, sein Mobiltelefon nicht eingesteckt hatte. Bestimmt hatte sie schon versucht, ihn zu erreichen.

»In diese Baustelle wäre ich an Davids Stelle nicht eingezogen«, stellte Roswitha gerade fest. »Dabei könnte er es bei seinen Leuten daheim so schön haben.«

Seinem Berufsstand entsprechend gehörte Andreas Mayrhofer ein geradezu herrschaftlich anmutendes Wohnhaus – von den Neukirchnern hinter vorgehaltener Hand auch »Kathedrale« genannt.

»Der Mayrhofer scheint mir ein ziemlicher Feldwebel zu sein. David hat bestimmt keine Lust, sich ständig von seinem Vater herumkommandieren zu lassen«, gab ihre Tischnachbarin zu bedenken.

Die Ansage des Kapellmeisters, das Gaudischießen würde demnächst zu Ende gehen, ließ beide von der Bank aufstehen und Richtung Sportheim gehen.

»Jetzt hätten wir ja fast das Schießen vergessen.«

Cornelius war sich sicher, die jüngere Frau mit dem rotbraunen Kurzhaarschnitt schon im Dorf gesehen zu haben. Pfarrer Hartl klärte ihn schließlich auf.

»Das ist Silvia Thalhammer. Verheiratet mit Hannes, dem Trainer der Neukirchner Fußballer. Sehen Sie den schlanken, braungebrannten Mann da vorne, der gerade seinen Maßkrug hebt? Den Thalhammers gehört der Bauernhof direkt neben dem Dorfladen. Hannes sind Sie bestimmt schon einmal über den Weg gelaufen.«

Dass der eine oder andere Neukirchner Cornelius vor allem deshalb kannte, weil er in der Vergangenheit – ungewollt – in einige Mordfälle verwickelt war, behagte ihm zwar weniger, ließ sich aber nicht mehr ändern und würde bestimmt irgendwann aus den Köpfen der Dorfbewohner verschwunden sein. Zumal er nicht vorhatte, in Zukunft wieder über eine Leiche zu stolpern.

Hannes Thalhammer prostete in die Runde seiner Spieler und nahm einen großen Schluck aus seinem Maßkrug. Es gab doch nichts Schöneres, als nach einem Sieg mit den Jungs anzustoßen. Und dann auch noch ein Sieg gegen Ebersbach! Seit über zwei Jahren hatten sie das ungeliebte Nachbardorf nicht mehr bezwungen. Aber in der kommenden Saison würden sie nicht nur eine Liga über dem Erzfeind spielen – endlich war ihnen dieses Jahr der heißersehnte Aufstieg in die Kreisliga gelungen –, auch das nachmittägliche Derby anlässlich des Sommerfestes hatten sie gewonnen. Davids Volleyschuss in die rechte obere Ecke des Tores war die Krönung eines perfekten Fußballnachmittags gewesen und würde eine ausgiebige Feier zur Folge haben.

Schnell verdrängte Hannes den Gedanken, dass er den Abend eigentlich mit seiner Frau hatte verbringen wollen. Wenn man es genau nahm, hatte Silvia am Vortag den Vorschlag gemacht, dem er zwar nicht widersprochen, aber auch nicht direkt zugestimmt hatte. Er würde später kurz bei ihr vorbeischauen. Mit etwas Glück entschwand sie mitsamt ihrer Damenrunde ohnehin an die Bar und irgendwann nach Hause. Fast automatisch suchten seine Augen erneut den Parkplatz ab, aber der Wagen, auf den er insgeheim schon den ganzen Abend gewartet hatte, war auch jetzt nicht zu entdecken.

»Sauber, Jungs. Die nächste Schnapsrunde geht auf mich«, rief Andreas Mayrhofer und klopfte energisch auf den Biertisch.

Die Ankündigung des Bauunternehmers ließ zwei Spieler aufspringen und Richtung Bar eilen.

»*Das* Angebot wird auf der Stelle eingelöst«, grinste Hannes.

Andreas Mayrhofer ließ seinen Blick über die Feiernden wandern. »Wo ist denn mein Herr Sohn?«

»Beim Gaudischießen«, sagte einer der Fußballer und hielt ihm dabei seine ausgestreckte Hand hin.

Der Schützenvorstand holte die Brieftasche hervor und drückte dem jungen Mann einige Geldscheine in die Hand. »Das wird ja wohl für eine Runde reichen.«

»Deinem Sohn kannst gleich einen Doppelten spendieren«, rief Hannes. »Sein Tor zum 3:1 war der Hammer!«

Mayrhofer tat, als habe er die Bemerkung nicht gehört. Mit vor der Brust verschränkten Armen begutachtete er das festliche Treiben. Plötzlich verfinsterten sich seine Gesichtszüge. »Was macht denn der Grattler hier?«

Hannes folgte Mayrhofers Blick und entdeckte zu seiner Überraschung die groß gewachsene, knochige Gestalt von Lorenz Huber.

»Den hab ich ja schon ewig nicht mehr auf dem Sportplatz gesehen.«

»Weißt was, den knöpfen wir uns jetzt gleich vor«, sagte Mayrhofer und machte einen Schritt Richtung Parkplatz, wo Lorenz Huber gerade auf ein altes, klappriges Fahrrad stieg.

»Äh ... wir? Und warum? Er hat doch nix gemacht.«

»Ja, eben!«, bellte der Bauunternehmer los. »Hast du dir mal seine heruntergekommene Bruchbude angesehen? Wenn der das Haus bis zur Fahnenweihe nicht auf Vordermann bringt, kann er was erleben. Der Festzug geht doch direkt bei ihm vorbei. Eine Schande ist das!«

Unwillkürlich drehten sich einige Leute an den Nachbartischen zu ihnen um. Hannes stand auf.

»Erstens einmal ist bis dahin noch fast ein Jahr Zeit und zweitens handelt es sich um die Fahnenweihe der Schützenabteilung und nicht der Fußballer. Also, wenn du unbedingt meinst, mit ihm reden zu müssen, tu dir keinen Zwang an.«

Hannes wusste selbst nicht, welcher Teufel ihn gerade geritten hatte, so einen Ton anzuschlagen. Mit hochrotem Kopf setzte

Mayrhofer zu einem entsprechenden Kommentar an, als ihm offenbar bewusst wurde, wo er sich befand und dass bereits einige neugierige Augenpaare auf ihn gerichtet waren.

»Das werde ich auch. Darauf kannst du Gift nehmen«, zischte er. »Ich gebe vor diesem Grattler bestimmt nicht klein bei.«

Wenn du dir da mal nicht die Zähne ausbeißt, dachte Hannes, verzichtete aber wohlweislich auf eine Erwiderung.

Er konnte sich nicht daran erinnern, Lorenz Huber jemals gut gelaunt erlebt zu haben, und machte stets einen großen Bogen um den grantigen Eigenbrötler. Von seinem Vater wusste Hannes, dass Lorenz in jungen Jahren ein sehr geselliger Mensch und zudem ein ausgezeichneter Fußballspieler gewesen war, sich aber irgendwann mehr und mehr aus dem Dorfleben zurückgezogen hatte. Und auch seine Sportleidenschaft war zum Erliegen gekommen. Umso verwunderlicher erschien Hannes daher seine heutige Anwesenheit auf dem Sportgelände, schottete Lorenz sich doch ansonsten regelrecht ab. Niemand wusste so genau, wovon er eigentlich lebte. Seiner früheren Tätigkeit als Holzschnitzer und Restaurateur ging er offenbar nicht mehr nach, und sein baufälliges Haus samt verwildertem Garten ließ auch nicht zwingend eine andere Einnahmequelle vermuten.

Die Bruchbude, wie Mayrhofer sie nannte, befand sich direkt an der Hauptstraße und war ihm, dem Vorstand der Schützen, von Anfang an ein Dorn im Auge gewesen. Laut den Mitgliedern des Festausschusses stand Hubers Haus bei jeder Besprechung auf der Tagesordnung, aber keiner riss sich darum, die direkte Konfrontation mit seinem Besitzer zu suchen. Das konnte der Vorstand schön selbst erledigen. Und das würde Mayrhofer auch tun, dessen war sich Hannes sicher. Auch wenn er die herrische Art und den Kommandoton des Bauunternehmers alles andere als sympathisch fand, die Schützenabteilung und die Planung der Fahnenweihe im nächsten Jahr hatte er im Griff. Was er anpackte, hatte unbestritten Hand und Fuß. Trotzdem beneidete er David nicht um diesen Vater. So hatte ihn sein Auszug auch nicht sonderlich verwundert, obwohl David sich mit seinem neuen Domizil zweifellos einen Berg an Arbeit aufgehalst hatte.

Mayrhofer schien seinen Gedanken zu erraten, denn prompt

verfinsterte sich sein Gesichtsausdruck noch mehr. »Aber bevor ich mir den Huber vorknöpfe, ist erst einmal mein Herr Sohn an der Reihe. Wenn der seine Hütte nicht rechtzeitig fertig hat, wird er mich kennenlernen. Dann kann er sich gleich einen neuen Verein suchen! Dafür werde ich höchstpersönlich sorgen!«

Hannes war sich nicht sicher, ob in dem Fall wirklich die bevorstehende Fahnenweihe der Grund für den Unmut war oder nicht vielmehr die drohende Blamage, sollte das Haus des eigenen Sohnes am wichtigsten Wochenende des Jahres noch immer eine halbfertige Baustelle sein. Er selbst verspürte indes wenig Lust, sich auch noch einen neuen Stürmer suchen zu müssen. »David werkelt doch ohnehin jede freie Minute daran herum.«

»Jede freie Minute – von wegen! Wo war er denn gestern Abend und heute Vormittag? Ich bin zweimal bei ihm vorbeigefahren und hab niemand ›herumwerkeln‹ sehen. Aber da musste man wahrscheinlich wieder irgendwo unterwegs sein und danach seinen Rausch ausschlafen.«

Hannes ging das Gemoser mittlerweile gehörig auf die Nerven, doch bevor er etwas erwidern konnte, hatte Mayrhofer bereits weitergesprochen.

»Ich muss jetzt zum Gaudischießen. Bin ja schließlich der Vorstand der Schützen, gell!«, sagte er laut und schlug Hannes kumpelhaft auf die Schulter, sodass dieser unwillkürlich einen Schritt nach vorne stolperte.

»So, Herr Professor, und jetzt das Ziel anvisieren und dabei versuchen, nicht zu zittern.«

Cornelius zielte auf die Mitte der kleinen Scheibe am anderen Ende des Schießstands. Obwohl er sich konzentrierte, wollte das Gewehr nicht ruhig in seiner Hand liegen. Nie hätte er gedacht, wie schwierig es war, einen halbwegs platzierten Schuss abzugeben. Er zählte lautlos bis drei und drückte ab. Der Helfer am Schießstand bediente einen Knopf und die Scheibe kam ihm entgegengefahren.

»Für das erste Mal doch gar nicht schlecht«, sagte Anna Leitner neben ihm.

Er hatte sich gerade auf den Heimweg machen wollen, als die Wirtin an seinen Tisch gekommen war und ihn zum Gaudischießen überredet hatte. Jetzt stand er hier und war froh, überhaupt die Scheibe und nicht die Deckenverkleidung getroffen zu haben – wenngleich sein Geschoss auch nur einen der äußeren Kreise durchschlagen hatte. Den Hauptpreis würde er damit jedenfalls nicht gewinnen.

Anna dagegen durfte sich durchaus Hoffnungen auf den Sieg machen. Routiniert hatte sie das Gewehr angelegt und mühelos einen gezielten Schuss abgefeuert. Alles andere hätte ihn auch verwundert, war sie doch in jungen Jahren eine ausgezeichnete Schützin gewesen und dabei sogar zu Meisterehren gekommen. Cornelius hatte sich in der Vergangenheit selbst von ihrer Treffsicherheit überzeugen können, wenngleich unter etwas anderen Begleitumständen …

Umso mehr hatte er sich über die Nachricht gefreut, dass Anna anlässlich der Fahnenweihe der Schützenabteilung im kommenden Jahr das Ehrenamt der Fahnenmutter übernehmen würde. Niemand war dafür besser geeignet als sie. Cornelius freute sich schon darauf, wenn, der Tradition folgend, im Herbst das offizielle Bitten der Fahnenmutter um ihre Patenschaft stattfinden würde. Auch der Bürgermeister von Altenberg als Schirmherr und der Patenverein aus dem nicht weit entfernten Kirchberg mussten offiziell um ihre Amtsübernahme gebeten werden. Die Neukirchner Schützen mussten dabei einige mehr oder minder schwere Aufgaben erfüllen, wie Anna Cornelius bereits verraten hatte, wobei in Kirchberg eine nicht unerhebliche Menge an Bier unterstützend zum Einsatz kommen würde. Sogar eine Fahnenbraut würde es geben, obwohl dies, wie Cornelius beim Studium einiger Bücher über bayerisches Brauchtum erfahren hatte, eigentlich den Feuerwehren vorbehalten war, was den Schützenvorstand aber nicht davon abgehalten hatte, das Amt an eine junge Frau aus dem Dorf zu vergeben.

»Servus, Anna. Da bist du ja. Hast du kurz Zeit? Ich müsste etwas mit dir besprechen.«

Andreas Mayrhofer hatte sich das Sommerfest wie erwartet nicht entgehen lassen. Groß gewachsen, breitschultrig und mit einem Trachtenanzug gekleidet stand er jetzt neben Anna und sah sie erwartungsvoll an. Cornelius bedachte er mit einem knappen Kopfnicken.

»Gehen Sie ruhig. Frau Gebauer und Jonas warten ohnehin auf mich«, beeilte der sich zu sagen.

Er war Mayrhofer bisher erst einmal bei einem Gasthausbesuch begegnet. Der Festausschuss hatte sich im Nebenzimmer zu einer Besprechung getroffen und Mayrhofers durchdringende Stimme, die Cornelius spontan an einen Bundeswehrfeldwebel bei der Nahkampfausbildung erinnerte, dröhnte durch jede Ritze des Gebäudes. Von Anna hatte er danach erfahren, dass Mayrhofer, in der Gegend bis vor einem Jahr stets die Nummer zwei in der Baubranche, nach dem unerwarteten Tod seines ärgsten Konkurrenten offenbar nicht lange gezögert und dessen Firma erworben hatte. Jetzt stand der Name Mayrhofer gleichbedeutend für das größte Bauunternehmen im ganzen Landkreis.

Die Suche der Neukirchner Schützen nach einem neuen Vorsitzenden passte da ebenfalls gut ins Konzept. Andreas Mayrhofer wurde ohne Gegenstimme gewählt, und eine seiner ersten Amtshandlungen bestand darin, anlässlich des bevorstehenden 95-jährigen Jubiläums eine neue Fahne anfertigen und diese mit viertägigen Feierlichkeiten einweihen zu lassen. Auch sein Nachwuchs schwamm eifrig im väterlichen Fahrwasser des Erfolges: Thomas, sein ältester Sohn aus erster Ehe, war Jurist in einer Landshuter Anwaltskanzlei, während Tochter Judith an der renommierten Universität von Oxford gerade ihren Doktortitel in Betriebswirtschaft machte. Blieb noch David. Welchen Platz er wohl in der Familienhierarchie einnahm?

Am Schießstand schickte sich gerade Mayrhofers zweite Ehefrau an, mit zittrigen Händen auf die kleine Scheibe zu zielen. Clara war Lehrerin für Latein und Geschichte am Altenberger Gymnasium. Kennengelernt hatten Cornelius und sie sich bei einem abendlichen Vortrag über die Stadterhebung Altenbergs. Sie hatten sofort einen guten Draht zueinander gehabt, was nicht nur an Claras freundlicher und offener Art lag. Selten hatte Cornelius jemanden mit so viel Begeisterung für die mittelalterliche Geschichte erlebt. Seitdem kam Clara regelmäßig bei ihm vorbei, wenn er in Neukirchen weilte, um gemeinsam über historische Themen und Forschungsansätze zu diskutieren.

Wie ein so feinfühliger und empathischer Mensch zu einem Großmaul wie Mayrhofer passte, wollte Cornelius immer noch nicht recht begreifen. Vom Altersunterschied ganz zu schweigen, denn er schätzte Clara auf höchstens Ende dreißig, Mayrhofer dagegen auf mindestens Anfang sechzig.

»Hallo, Herr Cornelius«, sagte sie jetzt und strich sich lachend eine Strähne, die sich aus ihrer akkuraten Hochsteckfrisur gelöst hatte, aus dem leicht geröteten Gesicht. »Ich glaube, die Standaufsicht hatte wirklich Angst, ich würde in die Decke schießen.« Ihr Lächeln erlosch. »Als Frau des Schützenvorstands hab ich mich furchtbar blamiert.«

Mayrhofer, der sich mit Anna an den Tresen zurückgezogen hatte, war so in das Gespräch vertieft, dass er dem Schussversuch seiner Frau keine Beachtung geschenkt hatte. Auch jetzt sah er nicht auf. Trotz ihres maßgeschneiderten Dirndls wirkte Clara unter all den fröhlichen Gästen verloren und fremd.

»Fragen Sie nicht, wie ich dieses Gewehr malträtiert habe«, sagte Cornelius daher rasch. »Frau Leitner war so nett, sich ihre Verzweiflung nicht anmerken zu lassen.«

Claras Gesichtszüge hellten sich etwas auf. In diesem Augenblick hatte Anna sie entdeckt und winkte sie zu sich.

»Kommen Sie mit, Herr Cornelius? Dann können wir beide darauf anstoßen, dass die Einrichtung im Sportheim noch steht.«

Cornelius lehnte dankend ab und machte sich stattdessen auf den Weg nach draußen. Am Eingang zum Gastraum wäre er beinahe mit einer schwarzgelockten jungen Frau im geblümten Sommerkleid zusammengestoßen. Sie murmelte eine Entschuldigung, ging jedoch nicht weiter, sondern blieb abwartend in der geöffneten Tür stehen. Ihre Gesichtszüge wirkten ernst. Einige Anwesende drehten sich zu ihr um, und zwei Männer sagten etwas, was Cornelius über den Lärmpegel aber nicht verstehen konnte. Die Frau beachtete sie kaum, machte dann abrupt kehrt und eilte an Cornelius vorbei, hinaus in den Vorraum, von dem aus die Treppe zu den Toiletten und den Umkleidekabinen ins Souterrain des Sportheimes hinunterführte. Mit klappernden Absätzen rannte die Frau die gefliesten Stufen hinab. Um ein Haar wäre sie gestolpert.

»Kann ich Ihnen helfen?«, rief ihr Cornelius hinterher.

Doch statt einer Antwort spürte er einen Stoß im Rücken und wurde unsanft zur Seite geschoben. Erstaunt erkannte er Hannes Thalhammer, der Richtung Treppenabgang steuerte. Im selben Moment wurde die Eingangstür zum Sportheim aufgerissen und die hoch aufgeschossene Figur des Neukirchner Torwarts erschien im Türrahmen.

»Ah, Hannes, hier bist du. Schnell, komm! Ein paar Ebersbacher sind aufgetaucht und haben sich mit unseren Jungs an der Bar angelegt.«

»Kruzifix, dass die immer Stunk machen müssen«, schimpfte Hannes, machte kehrt und folgte dem anderen nach draußen.

Verdattert blieb Cornelius im Vorraum zurück.

»Suchen Sie jemanden?«

Er wirbelte herum. Angela Gebauer stand direkt hinter ihm.

»Ich ... äh ... Sie ... Sie habe ich gesucht.«

»Dort unten?«

»Ich dachte, ich hätte Sie auf der Treppe gesehen. Aber da habe ich Sie wohl mit jemandem verwechselt.«

Im Untergeschoss war das Schlagen einer Tür zu hören.

»Ich war die ganze Zeit draußen«, sagte Angela. »Wollen Sie uns immer noch nach Hause begleiten? Für Jonas wird es nämlich jetzt wirklich Zeit.«

»Natürlich. Lassen Sie uns gehen.«

Cornelius äugte noch einmal über das Geländer, aber im Untergeschoss war es jetzt ganz still.

Kapitel 2

»Taucht die gnädige Frau auch hier auf. Heute Morgen hatte sie ja keine Zeit. Angeblich war sie auf einer Fortbildung«, sagte Silvia Thalhammer abfällig.

Roswitha Förster und sie hatten sich ebenfalls zum Gaudischießen angestellt, als sie Elena Ziegler an der Eingangstür zum Sportheim entdeckten, wo diese beinahe mit einem älteren Herrn zusammengestoßen wäre.

»Das ist übrigens der Professor Cornelius aus München. Er ist vorhin direkt hinter uns gesessen«, bemerkte Roswitha eifrig. »Und in meinem Laden oder in der Kirche hast du ihn bestimmt auch schon gesehen. Ein ganz feiner Herr.«

»Kann ich mich nicht erinnern.«

Roswitha setzte eine verschwörerische Miene auf. »Diese Gebauer nimmt den ganz schön in Beschlag. Ich sag dir, die will was von ihm. Dabei könnte er glatt ihr Vater sein!«

Silvia interessierte dieser Münchner Professor herzlich wenig. Obwohl sie am Vormittag mit Genugtuung die Lästereien einiger Frauen gehört hatte, war es ihr insgeheim ganz recht gewesen, dass Elena sich nicht an den Vorbereitungsarbeiten für das Sommerfest beteiligt hatte. Silvia hatte gehofft, so würde es auch den Rest des Tages bleiben. Es sollte *ihr* Fest werden, das Hannes und sie gemeinsam verbringen würden. Endlich einmal nur sie beide, ohne Kindergeschrei und ohne Hannes' Vereinskameraden, die stundenlang bei ihnen in der Küche saßen und über Fußball fachsimpelten oder ihn zum Stammtisch ins Gasthaus Leitner abholten.

Stattdessen durfte sie sich den Abend an der Seite von Roswitha Förster um die Ohren schlagen, die zu allem und jedem ihren Senf dazugab, während ihr Mann nichts Besseres zu tun hatte, als mit den Neukirchner Fußballern den Sieg gegen Ebersbach zu feiern. Vom Bier würde man alsbald zu den härteren Sachen übergehen, und wann Hannes dann nach Hause kam, würde wieder einmal in den Sternen stehen. Ganz zu schweigen von dem Zustand, in dem er sich dann befand. Fast hatte sie deshalb sogar gehofft, Neukirchen würde das Spiel verlieren, aber dann hätte es unweigerlich ein Frusttrinken in beachtlichem Ausmaß gegeben, im schlimmsten Fall gefolgt von einer handfesten Prügelei mit dem Nachbardorf.

Zumindest hatte Elena gerade kehrtgemacht und war wieder nach draußen entschwunden. Silvia war die Reaktion der umstehenden Männer nicht entgangen, die alle nichts dagegen gehabt hätten, wenn sie noch länger geblieben wäre und sich bestenfalls auch noch von ihnen hätte einladen lassen. Was sie alle nur an der fanden? Und dann musste ausgerechnet dieses Weibsstück auch noch Fahnenbraut werden. Wozu brauchte ein Schützenverein überhaupt so ein Amt? War das nicht eigentlich der Feuerwehr vorbehalten? Seit Silvia das wusste, war ihr die Vorfreude auf das nächste Jahr gründlich vergangen. Momentan war sie nicht einmal mehr sicher, ob sie beim sonntäglichen Festzug mitgehen würde. Alles schien ihr erstrebenswerter, als hinter einer bis in die Haarspitzen aufgebrezelten Elena Ziegler herzurennen und sich wie ein hässliches Entlein neben dem alles überstrahlenden Schwan zu fühlen. Zugegeben, Elena war eine der besten aktiven Schützinnen, aber ihre Schwester Bernadette stand ihr in nichts nach und auch einige andere weibliche Vereinsmitglieder hatten sich sicherlich Hoffnungen gemacht, den begehrten Posten neben Fahnenmutter Anna Leitner zu ergattern.

Es hätte Silvia nicht verwundert, wenn der alte Ziegler da etwas gemauschelt hätte, so wie er dieses Püppchen vergötterte und verwöhnte. Alles, wofür sich andere abmühten und abstrampelten, wurde Elena von ihren Eltern, und ganz besonders von ihrem Vater, förmlich in den Rachen geworfen.

»Ah, da ist ja dein Mann«, bemerkte Roswitha.

Hannes durchquerte gerade mit raschen Schritten den Gastraum.

Silvia winkte ihm zu. »Hier sind wir!«

Doch er bemerkte sie nicht. Stattdessen drängte er sich an diesem Münchner Professor vorbei und stürmte zur Eingangstür hinaus, durch die kurz zuvor Elena Ziegler verschwunden war.

Roswitha zog fragend die Augenbrauen hoch, doch sie schaffte es tatsächlich, ihren Mund zu halten. Silvia wusste auf einmal nicht, was schlimmer war. Ein spitzer Kommentar der Dorfladenbesitzerin oder ihr mitleidvoller Blick, der mehr sagte, als jedes Wort es vermochte, und genau das ausdrückte, was Silvia selbst verspürte. *Kaum taucht Elena auf, rennt dein Hannes ihr hinterher wie ein liebeskranker Trottel.*

Ihr erster Impuls war, ihrem Mann zu folgen und ihn draußen zur Rede zu stellen, doch diese Blöße würde sie sich nicht geben. Und sie hatte auch nicht vor, kampflos aufzugeben. Natürlich hatte sie bei ihrer Hochzeit von der früheren Beziehung zwischen Hannes und Elena gewusst – und wie wenig sich Elena darum geschert hatte. Mal händchenhaltendes Traumpaar, mal auf Abstand. Elena hatte gemacht, was sie wollte, und war Hannes ungeniert auf der Nase herumgetanzt. So jemanden brauchte er wirklich nicht. Zu Hannes gehörte eine Frau, die ihm Stabilität und Zuverlässigkeit garantierte, mit ihm eine Familie gründete und auf seinem Hof mit anpacken konnte. Dafür war sich diese Diva doch viel zu fein gewesen.

Nicht nur einmal hatte Silvia sich gewünscht, Elena würde in Kanada oder sonst wo auf der Welt bleiben und nie mehr wiederkommen. Aber diesen Gefallen hatte sie ihr nicht getan. Obwohl sie seit ihrer Rückkehr stets einen großen Bogen um Silvias Familie machte, schien sie allgegenwärtig – und mit ihr die Angst, Hannes eines Tages doch zu verlieren.

Hannes bekommst du nicht zurück. Du hattest deine Chance, aber jetzt gehört er mir.

Ohne die Szene zu kommentieren, nahm Silvia von der Standaufsicht das Luftgewehr entgegen, lud es resolut durch und schoss auf die Zielscheibe.

Dieses Miststück würde sie noch kennenlernen.

Elena Ziegler stand in der Damenumkleide der Tennisabteilung und starrte auf ihr Spiegelbild. Die Neonröhren an der Decke ließen ihre Haut bleich und fahl erscheinen und zeigten schonungslos die unschönen Spuren, die die Mischung aus Tränen und Wimperntusche auf ihren Wangen hinterlassen hatte. Für einen kurzen Moment schloss sie die Augen. Wie ruhig es hier unten war. Nur hin und wieder vernahm sie das Schlagen einer Tür, wenn oben jemand die Gaststube betrat oder verließ. Das Stimmengewirr der Leute war nicht mehr als ein gedämpftes Rauschen in weiter Ferne, die Musik der Blaskapelle nur eine leise Hintergrundbeschallung.

Ruhe ... wahrscheinlich war es am Ende des Tages genau das, was sie sich am meisten wünschte. Endlich Ruhe. Vor den boshaften Kommentaren ihrer Schwester, dem Gerede und Getuschel der anderen Frauen, den ewig gleichen anzüglichen Bemerkungen mancher Typen mit dem einzigen Unterschied, dass sie dabei mal mehr, mal weniger betrunken waren. Warum konnten sie sie nicht alle in Frieden lassen?

Und warum tat es immer noch so weh, Hannes auch nur zu sehen? So wie vorhin in der Gaststube. Ihre Augen waren sich nur Sekundenbruchteile begegnet, aber das hatte schon ausgereicht, um sie fluchtartig das Weite suchen zu lassen. Weg, einfach nur weg. Zum Glück war er ihr nicht hinterhergelaufen, sondern bei seiner Frau geblieben, die Elena unter den Gästen entdeckt hatte. Eine Begegnung zwischen ihnen hätte zuerst zu den Tränen geführt, die er auf keinen Fall sehen durfte, und irgendwann zu dem Satz, den sie nicht ertragen hätte.

Du warst es doch, die mich damals nicht wollte.

Ja, sie war es gewesen, die in Hannes nie mehr als eine Affäre gesehen hatte. Für sie hatte ihre gemeinsame Zeit Spaß und Aufregung bedeutet, ohne irgendwelche Verpflichtungen. Hannes hatte das anfangs genauso gesehen, aber war wohl irgendwann davon ausgegangen, das Ganze würde doch in einer Beziehung enden. Nie würde sie seinen entgeisterten Gesichtsausdruck vergessen, nachdem sie ihm mitgeteilt hatte, für sechs Monate nach Kanada zu gehen. Aber an dem Abend hatte sie das ignoriert, hatte auf Party und auf Abenteuer und Freiheit gemacht. Seine Reaktion hatte ihr versichert, sie müsste sich noch nicht entscheiden, er würde auch in einem halben Jahr noch da sein und auf sie warten. Sie durfte erst einmal ihren Traum leben, ausbrechen aus dem überbehüteten Familienleben und dem kleinbürgerlichen Alltag, eine neue Welt entdecken. Denn was hätte ihm schon Besseres passieren können außer ihr. Die Frau, nach der man sich umdrehte, auf die die Mädels eifersüchtig waren, die jeden haben konnte, wenn sie nur gewollt hätte.

Welch furchtbarer Irrtum. Wie sie später erfuhr, waren Silvia und er keine zwei Monate nach ihrer Abreise ein Paar geworden. Ihre Hochzeit fand kurz vor ihrer Rückkehr statt. Es hatte schnell gehen müssen, schließlich war Silvia bereits schwanger.

Keine Tränen! Das war seitdem ihr Mantra. Er sollte nicht denken, dass sie ihm auch nur eine Sekunde ihres Lebens nachweinen würde. Sie mied jedes Zusammentreffen mit ihm, und liefen sie sich doch einmal im Dorf oder auf einer Feier über den Weg, begegnete sie ihm mit spöttisch-herablassender Gleichgültigkeit.

So wie an jenem Abend, an dem sie sich zufällig in einer Bar in Landshut begegnet waren. Wie immer hatte sie sich unterkühlt und unnahbar gegeben und sein Familienleben als für sie größtmögliche Langeweile bezeichnet. Dabei war ihr die ganze Zeit nur nach Weinen zumute gewesen und danach, ihm zu sagen, dass nichts im Leben ihr so wehgetan hätte wie die Nachricht, er und Silvia hätten geheiratet und würden ein gemeinsames Kind erwarten.

Im Gang waren Schritte und das Gekicher einiger Mädchen zu hören. Hastig wischte sich Elena über das Gesicht. Vergiss Hannes, dachte sie und straffte ihre Schultern. Sie würde jetzt zurück nach oben gehen und entgegen ihrem ursprünglichen Plan am Gaudischießen teilnehmen … und gewinnen.

Wie sie den Mayrhofer kannte, würde es unweigerlich wieder eine Goaßmaß als Hauptpreis geben. Aber immer noch besser als eines dieser grauenhaften Alpenveilchen. Elena wusste auch schon, mit wem sie die Maß heute Abend trinken würde. Schnell schickte sie die Nachricht ab, und es dauerte nicht lange, bis die Antwort kam. Gut gelaunt holte sie Wimperntusche, Puderdose und Lippenstift hervor und schminkte sich sorgfältig nach. Zufrieden betrachtete sie sich dann im Spiegel. Das Sommerkleid saß wie angegossen und betonte ihre Figur genau an den richtigen Stellen. Gut, dass sie sich dafür entschieden und das neue Dirndl für den Gottesdienst am nächsten Tag aufgehoben hatte.

Das Leben hatte so viel Schönes zu bieten ... und sie befand sich gerade mittendrin.

―――――――

Ramona Cornelius legte die aufgeschlagene Tageszeitung auf den Glastisch und lehnte sich in das Polster des Korbsessels zurück.

Le fantôme est de retour ... *Das Phantom ist zurück* ... Der dritte Villeneinbruch innerhalb weniger Wochen sorgte für Unruhe in der Gegend rund um Le Lavandou, zumal die Polizei offenbar noch weit von einer heißen Spur entfernt war. Einer Überwachungskamera war es bisher lediglich gelungen, eine komplett in schwarz gekleidete Person mit Sturmhaube aufzunehmen, doch Ramona vermochte aufgrund des grobkörnigen Fotos in der Zeitung nicht einmal zu sagen, ob es sich um einen Mann oder eine Frau handelte.

Reichtum zog das Verbrechen an, und davon gab es an der französischen Mittelmeerküste mehr als genug. Stattliche Villen, teure Sportwagen, edle Geschäfte und Restaurants, überall begegnete man Glamour und Luxus. Warum selbst auf etwas verzichten, das andere im Überfluss hatten? Notfalls holte man es sich eben mit Gewalt. Ramona schauderte.

Ihre düsteren Gedanken wollten so gar nicht zu dieser lauen Sommernacht passen. Es duftete intensiv nach dem Lavendel der angrenzenden Felder, und der Himmel über Le Lavandou bot ein unglaubliches Sternenbild. Unzählige glitzernde Punkte, die man in München nie zu sehen bekam, weil die Großstadt viel zu viel Licht absonderte. Ob bei Gregor in Niederbayern auch ein so schönes Firmament zu sehen war? Und was er wohl gerade machte? Bei ihrem Telefonat am Vortag hatte er von keinen besonderen Plänen erzählt. Wahrscheinlich saß er bei Anna im Biergarten oder auf der Bank vor der Ferienwohnung und genoss die abendliche Ruhe.

Aus den Augenwinkeln glaubte Ramona eine Bewegung bei den Sträuchern am Rande des Gartens wahrzunehmen. Wahrscheinlich eine Katze, die auf nächtlichem Beutefang war. Streunende, hungrige Katzen gab es in Südfrankreich zuhauf. Sie musste an ihre beiden getigerten Mitbewohner bei sich zu Hause denken.

Max und Moritz. Der eine hatte nach einem Tritt in eine Marderfalle nur noch drei Beinchen, der andere war auf einem Auge blind. Nie hätte sie gedacht, mit zwei invaliden Streunern aus dem Tierheim zurück nach Hause zu kommen, und noch weniger, dass sie ihr so ans Herz wachsen würden.

Eine leichte Brise verstärkte den Lavendelduft. Folgte man dem Feldweg, der neben dem Gartenzaun eine kleine Anhöhe hinaufführte, wurde man mit einer unglaublichen Aussicht belohnt. Lilafarbene Felder, soweit das Auge reichte, und ganz in der Ferne ein schmaler blau-grauer Streifen am Horizont, das Mittelmeer. Ramona ging den Weg jeden Morgen, bevor die Sonne ihre ganze Kraft entfaltete und vom tiefblauen Himmel brannte. Wie gerne hätte sie mit Gregor dieses Erlebnis geteilt.

»Ich verstehe wirklich nicht, wie dein Mann dieses furchtbare Kaff einem Urlaub hier vorziehen konnte.«

Caroline von Greifenberg kam in einem weit geschnittenen Hosenanzug und mit einem locker um Hals und Schulter fallenden Seidenschal durch das Wohnzimmer auf die Terrasse geflattert und nahm im Korbsessel gegenüber Platz. Ihre rotblond gefärbte Lockenpracht hatte sie mit einem Haarband gezähmt, das sie am Nachmittag bei ihrem gemeinsamen Einkaufsbummel erstanden hatte, und wie immer trug sie unzählige Armreife, die an ihrem dünnen Handgelenk klimperten.

In Augenblicken wie diesen konnte Ramona verstehen, warum Gregor sie auf ihren Reisen nie begleitete und er auch dieses Mal dankend abgelehnt hatte und stattdessen nach Niederbayern gefahren war. Caroline hätte, so sein Urteil, kein Gefühl für das Empfinden anderer und bemühte sich auch nicht, fehlende Empathie mit Höflichkeit und Anstand auszugleichen. Ihr Verstand sagte Ramona, dass Gregor nicht unrecht hatte, aber noch konnte sie sich nicht überwinden, es auch zuzugeben. Außerdem machten der Zauber der malerischen Gegend, die wunderbare Ferienvilla der von Greifenbergs und die illustre Gesellschaft, in der die beiden sich bewegten, so einiges wett. Ramona beschloss daher, den bissigen Kommentar ihrer Freundin zu ignorieren und die verbleibenden zwei Tage in Südfrankreich zu genießen.

»Ich glaube, ich nehme das azurblaue Abendkleid für die Dinnerparty. Das hellere Blau steht mir nicht so gut. Darin wirke ich viel zu blass«, sinnierte Caroline laut vor sich hin. »Oder soll ich ein florales Muster tragen wie diese eine Schauspielerin?« Sie griff nach der Illustrierten, die auf dem Glastisch lag.

Richard von Greifenbergs Ankunft ersparte Ramona eine Antwort. Auf einem Silbertablett balancierte er drei gefüllte Sherry-Gläser.

»Ihr Männer habt es wirklich leicht. Ein schwarzer Anzug genügt und schon seid ihr richtig angezogen«, murmelte seine Frau, während sie weiter durch die Zeitschrift blätterte.

Ramona entging nicht, dass Richards Hände merklich zitterten, nicht das erste Mal, seit sie in Südfrankreich angekommen waren. Sie hatte bisher stets vermieden, ihn darauf anzusprechen, zumal er selbst und Caroline den Umstand gänzlich zu ignorieren schienen. Auch war er merklich ruhiger als zu den Zeiten, da er und Gregor noch Tür an Tür am Institut für mittelalterliche Geschichte an der Universität gearbeitet hatten. Von seiner lauten und lärmenden Art, die ihr Mann stets so verabscheut hatte, war kaum noch etwas übrig. Selbst Gregor war es bei einem ihrer seltenen Zusammentreffen bereits aufgefallen.

Da seine Frau keine Anstalten machte, ihm zu Hilfe zu kommen, stand Ramona auf, um ihn von seiner Last zu befreien. Sie war noch etwa drei Schritte von ihm entfernt, als Richard wie angewurzelt stehen blieb. Sein sonnengebräuntes Gesicht wurde blass, und in den weit aufgerissenen Augen, die Ramona überhaupt nicht wahrzunehmen schienen, stand das blanke Entsetzen. Mit einem Knall fielen Tablett und Gläser zu Boden. Überall lagen Scherben, Sherry-Rinnsale liefen über den schwarz-weiß gefliesten Wohnzimmerboden. Richard schien etwas sagen zu wollen, aber kein Laut kam über seine zitternden Lippen.

Ein Schlaganfall, war das Erste, das Ramona durch den Kopf schoss. Richard hat einen Schlaganfall und braucht schnellstens ärztliche Hilfe.

»Richard, um Himmels willen!«

Sie hörte Caroline panisch hinter sich aufschreien, gefolgt von einer unheimlichen Stimme.

»Silence! Que personne ne bouge!«[1]
Ramona wirbelte herum und erstarrte. Auf der Terrasse stand eine schwarz gekleidete, maskierte Gestalt mit einer Schusswaffe in der Hand. Die Mündung der Pistole war direkt auf sie gerichtet.

Angela hatte sich bei Cornelius eingehängt, und so spazierten sie schon eine ganze Weile schweigend durch die laue Sommernacht. In den meisten Häusern der Neukirchner Siedlung war es dunkel. Ihre Bewohner weilten wahrscheinlich auf dem Sportgelände, wo das Sommerfest noch in vollem Gange war. Ein DJ hatte mittlerweile die Blaskapelle abgelöst und immer wieder waren Musikfetzen und das Dröhnen der Bässe zu hören. Jonas ging einige Meter vor ihnen und hielt zufrieden das Stofftier im Arm, das er zuvor am Losstand gewonnen hatte.

»Manchmal frage ich mich, ob er spürt, dass mit ihm etwas nicht stimmt«, sagte Angela in die Stille hinein. »Ob er spürt, dass er im Körper eines siebenundzwanzigjährigen Mannes steckt?«

»Und haben Sie eine Antwort auf Ihre Frage gefunden?«

Sie lachte leise. »Ja und nein. Jetzt im Moment habe ich das Gefühl, Jonas ist vollkommen mit sich im Reinen. Aber wenn ich ihn mit David zusammen erlebe, denke ich manchmal, er weiß ganz genau, dass er eigentlich in Davids Welt gehört, in die Welt eines erwachsenen Mannes, nicht in die eines Kleinkinds.«

»Jonas ist gern mit David zusammen, nicht wahr?«

»Oh ja. Ich kann mich noch gut an seinen ersten Besuch bei uns erinnern. Die Schreinerei Ziegler hatte ihn geschickt, weil ich einen neuen Küchenschrank brauchte. Ich bin mir nicht sicher, ob David wusste, dass ich einen geistig behinderten Bruder habe. Er hatte auf alle Fälle sofort einen Draht zu Jonas. Es hat keine zehn Minuten gedauert und Jonas ist ihm nicht mehr von der Seite gewichen.«

»Das ist schön und bedeutet, dass Ihr Bruder sich wohl mit ihm fühlt. Er macht ihm keine Angst.«

---

1   »Ruhe! Keiner bewegt sich!«

»Das auf keinen Fall. Aber immer wieder sind da diese Momente, wo ich mir nicht sicher bin, was Jonas fühlt und was er denkt. Nicht nur in Davids Gegenwart.«

»Haben Sie sich denn schon hier eingelebt?«

Angela und Jonas waren zu Jahresbeginn nach Neukirchen gezogen. Pfarrer Hartl kannte die beiden von seiner früheren Seelsorgestelle in München. Nachdem Jonas das Großstadtleben offenbar zunehmend schwerfiel, hatte Angela sich auf die Suche nach einem beschaulichen Rückzugsort auf dem Land gemacht. Fast zur selben Zeit trug sich die Bewohnerin des kleinen Anwesens abseits der Neukirchner Siedlung mit dem Gedanken, zu ihrer verwitweten Schwester nach Altenberg zu ziehen. Pfarrer Hartl hatte nicht lange gezögert und die Frauen miteinander bekannt gemacht. Nach einer Hausbesichtigung und einem Rundgang durch den Ort stand fest, dass Jonas und Angela eine neue Heimat gefunden hatten.

Cornelius hatte das ungleiche Geschwisterpaar auf einem seiner Spaziergänge kennengelernt, als seine Neugier, wer wohl in das Häuschen gezogen war, ihn dort vorbeigehen ließ.

Angela und Jonas waren gerade dabei gewesen, im Garten einen Schneemann zu bauen. Schnell waren sie ins Gespräch gekommen und hatten sich für den nächsten Tag zu einem Kaffee im Gasthaus Leitner verabredet. Und so entwickelte sich nach und nach eine Freundschaft, die Cornelius nicht mehr missen wollte. Bereits zu Ostern stattete er Neukirchen erneut einen Besuch ab und verbrachte viel Zeit mit Angela und Jonas. Und auch dieses Mal hatte er sich auf ihr gemeinsames Wiedersehen sehr gefreut.

Laut Pfarrer Hartl war Jonas gerade zwölf gewesen, als ein verhängnisvoller Unfall sein bis dahin unbeschwertes Leben jäh unterbrochen und ihn auf die geistige Stufe eines Kleinkinds zurückkatapultiert hatte. Die Ehe der Eltern zerbrach an dieser Krise und mit ihr die ganze Familie. Jonas' Bruder Pascal zog zum Vater, er selbst und Angela lebten bei der Mutter, bis Angela nach deren Krebstod schließlich die Vormundschaft für Jonas übernahm. Sein Unfall sollte jedoch nicht der einzige Schicksalsschlag bleiben. Zehn Jahre später ertrank Pascal mit Anfang zwanzig bei einem Schiffsunglück im Mittelmeer. Zu ihrem Vater hatten

Angela und Jonas offenbar keinen Kontakt mehr. Pfarrer Hartl wusste nur, dass er mittlerweile mit einer anderen Frau verheiratet war und irgendwo im Ausland lebte. Mehr hatte er nicht erzählt und Cornelius hatte darauf verzichtet, ihn mit Fragen zu löchern. Wenn Angela wollte, dass er mehr über ihre Familiengeschichte erfuhr, würde sie es ihm zu gegebener Zeit schon mitteilen.

Cornelius betrachtete sie im Schein der Straßenlaterne. Angela war eine schöne Frau mit langen braunen Locken und feinen, ebenmäßigen Gesichtszügen. Demnächst würde sie ihren zweiunddreißigsten Geburtstag feiern, wie sie ihm auf dem Sommerfest verraten hatte. Was hatte ihr das Leben in diesen Jahren schon alles abverlangt. Von einer glücklichen Familie mit drei Kindern waren nur noch Jonas und sie übrig geblieben. Dank ihres Berufes als Übersetzerin, den sie größtenteils von zu Hause aus erledigen konnte, hatte sie die Möglichkeit sich um ihn zu kümmern. Und sie tat es mit großer Hingabe und Zuneigung. Aber war das wirklich das Leben, das sie sich erträumte? In einem kleinen niederbayerischen Dorf, tagein, tagaus an der Seite ihres pflegebedürftigen Bruders. Zudem hatte Angela frühzeitig mit dem Auseinanderbrechen ihrer Familie und dem Verlust geliebter Menschen fertig werden müssen. Und Jonas' Behinderung kostete viel Kraft und bedeutete jeden Tag eine neue Herausforderung, der sie sich mitunter vielleicht auch gerne entzogen hätte.

»Die Neukirchner haben es uns wirklich leicht gemacht, hier Fuß zu fassen. Natürlich ist der eine oder andere bei der ersten Begegnung mit Jonas unsicher. Und ich bin mir sicher, manchmal wird auch über uns geredet. Aber das war in München nicht anders. Jonas tut die neue Umgebung sehr gut. Er ist seit unserem Umzug regelrecht aufgeblüht. Ab nächster Woche geht er dann tagsüber in die heilpädagogische Einrichtung, von der ich mir wirklich viel verspreche.«

»Fehlt Ihnen das Großstadtleben denn gar nicht?«

»Mir geht es gut, wenn es Jonas gut geht«, erwiderte sie schnell.

»Aber Sie müssen auch an sich denken, Angela. Sie haben Freunde und Bekannte aufgegeben und …«

»Jetzt machen Sie sich mal um mich keine Sorgen«, sagte sie eine Spur schärfer. »Ich fühle mich hier sehr wohl.«

»Ja, natürlich. Ich dachte ja nur ...«

»Mich hat das Großstadtleben mit den Menschenmassen, der täglichen Hektik und der Anonymität sehr ermüdet. Irgendwann hatte ich das Gefühl, keine Luft mehr zu bekommen.« Sie legte ihre Hand auf seinen Unterarm. »Es war auch *mein* Wunsch, aus München wegzugehen. Und deshalb geht es mir hier wirklich gut.«

Für einen kurzen Moment verfing sich sein Blick in ihren rehbraunen Augen. In diesem Moment huschte eine Katze aus einem der angrenzenden Gärten und rannte über die Straße, was Jonas veranlasste, aufgeregt zu rufen und begeistert auf und ab zu hüpfen.

»Wir sind ja schon fast zu Hause. Ich glaube, das restliche Stück schaffen wir auch allein«, sagte Angela. »Oder wollen Sie mir noch bei einem Glas Wein Gesellschaft leisten?«

Cornelius dachte an sein Mobiltelefon, das in der Ferienwohnung lag, und daran, dass er Ramona hatte anrufen wollen, sobald er zu Hause war. Später würde sie bestimmt schon schlafen. Andererseits gab es nichts zu berichten, das nicht auch bis zum nächsten Morgen warten konnte.

»Gerne«, sagte er deshalb.

Die dunkel gekleidete Gestalt verharrte regungslos neben dem Fenster. Nur ab und zu lugte sie hinter der Jalousie hervor, um das Geschehen auf dem Gehsteig zu beobachten. Dieser Münchner Professor und seine Begleitung standen nun schon eine ganze Weile direkt unter einer Straßenlaterne und unterhielten sich miteinander. Nach allem, was man sich in Neukirchen so erzählte, war der Dritte im Bunde der Bruder der Frau und nicht ganz richtig im Kopf. Er sah eigentlich aus wie ein Erwachsener, aber gerade hielt er ein Stofftier umklammert, was an ein Kleinkind erinnerte. Komischer Typ.

Was zum Teufel hatten die beiden so lange zu bereden? Konnten sie nicht endlich weitergehen? Ihr Rundgang im Haus hatte noch nicht einmal richtig angefangen, als unvermittelt Stimmen und Gelächter von der Straße zu hören waren. Blitzschnell hatte sie das Licht ihrer Taschenlampe gelöscht und sich in geduckter Haltung dem Küchenfenster genähert. Die Bewohner konnten es nicht sein, denn die waren im Urlaub. Nicht umsonst hatte sie sich den Bungalow in der Neukirchner Siedlung ausgesucht. Außerdem hätte sie dann auch das Geräusch eines heranfahrenden Wagens hören müssen. Nach bangen Sekunden des Wartens äugte sie hinter der Jalousie hervor. Doch der Professor und seine Begleitung waren so in ihr Gespräch vertieft, dass sie nicht bemerkten, was sich gerade keine zehn Meter von ihnen entfernt abspielte.

In diesem Moment gab der Typ mit dem Stofftier einen lauten Schrei von sich und begann wild auf und ab zu hüpfen. Die Gestalt hielt vor Schreck den Atem an. Hatte sie sich mit irgendetwas verraten? Doch dann bemerkte sie die Katze, die über die Straße huschte und auf die er jetzt begeistert zeigte. Kurze Zeit später gingen alle drei in Richtung des kleinen Hauses, das sich etwas abseits des Neubaugebiets am Ende eines Schotterwegs befand. Glück gehabt!

Sie wusste, dass der Münchner Professor eine Wohnung an der Hauptstraße gemietet hatte. Also würde er demnächst noch einmal am Bungalow vorbeikommen. Es sei denn, er hatte für heute Nacht noch etwas vor. Aber das konnte sie sich eigentlich nicht vorstellen. Diese Gebauer sah viel zu gut aus, um sich mit so einem alten Knacker einzulassen.

Entgegen ihrem ursprünglichen Plan beließ die Gestalt es daher bei einigen Schubladen und Schränken im Wohnzimmer, was bereits ein erfreuliches Ergebnis hervorbrachte. Dies war für sie endgültig das Zeichen zum Aufbruch. Schließlich sollte man sein Glück nicht überstrapazieren. Zufrieden huschte sie durch die Terrassentür hinaus in den Garten und verschmolz Sekunden später mit der Dunkelheit.

Kapitel 3

Vorsichtig versuchte Ramona ihre Arme unter ihren Beinen hervorzuziehen. Muskeln und Sehnen schmerzten, als sie sich, soweit es die straffen Fesseln zuließen, verrenkte. Neben ihr ertönte ein schwaches Wimmern. Carolines banger Blick begleitete jede ihrer Bewegungen. Die Kabelbinder schnitten schmerzhaft in Ramonas Hand- und Fußgelenke. Resigniert schüttelte sie den Kopf. Allein würde sie es niemals schaffen, sich zu befreien. Carolines Augen füllten sich langsam mit Tränen.

In welchen Albtraum waren sie nur geraten?

Der Vermummte hatte sie mit vorgehaltener Waffe gezwungen, ihre Handtaschen zu leeren, Armbanduhren und Schmuck abzulegen und alles in seinen schwarzen Rucksack zu werfen. Richard musste sie beide schließlich fesseln und mit Klebeband zum Schweigen bringen. Dann hatte der Eindringling Richard unsanft vor sich her gestoßen und war mit ihm in den angrenzenden Zimmern und im Obergeschoss verschwunden. Ramona hörte über sich schwere Schritte und das Öffnen von Schubladen und Schranktüren. War er das Phantom, von dem der Zeitungsartikel gesprochen hatte? Aber hatten die Einbrüche bisher nicht stets stattgefunden, wenn die Bewohner nicht zu Hause waren? Die Kabelbinder, das Klebeband ... er hatte offenbar damit gerechnet, dass er sie antreffen würde, und Vorsorge getroffen. Ein Trittbrettfahrer, den die Schlagzeilen auf eine unheilvolle Idee gebracht hatten, oder doch das Phantom, das dieses Mal in Kauf nahm, seinen Opfern zu begegnen, weil von drei Hausbewohnern jenseits der sechzig keine große Gefahr und kein Widerstand zu erwarten waren? Wer auch immer sich hinter der Maske versteckte, er hatte sie wahrscheinlich beobachtet und ihre Gewohnheiten ausgekundschaftet. Womöglich tagelang. Der Gedanke jagte Ramona auch jetzt noch einen Schauer über den Rücken. Die wenigen Anweisungen, die er gegeben hatte, waren auf Französisch. Eine kalte, unbarmherzige Stimme.

Ihre Gedanken rasten. Würde er mit dem zufrieden sein, was er im Haus vorfand? Schmuck, Bargeld, Kreditkarten, mehr konnte er in seinem Rucksack nicht mitnehmen. Die streunende Katze am Rande des Gartens ... würde er genauso leise verschwinden, wie er gekommen war, oder ...?

Im Treppenhaus waren polternde Schritte zu hören und Sekunden später flog die Wohnzimmertür auf. Richard wurde rüde hereingestoßen und taumelte gegen den Kaminsims, an dem er sich gerade noch festhalten konnte. Die muskulöse, vermummte Gestalt füllte den Türrahmen aus. Er war zwar kein Hüne, aber sehr athletisch gebaut. Den Rucksack trug er jetzt über der rechten Schulter, während seine linke Hand mit der schussbereiten Waffe suchend durch den Raum wanderte. Den Lauf auf Caroline gerichtet verharrte sie mitten in der Bewegung. Ramona spürte Panik aufsteigen und wagte kaum zu atmen. Sie drehte den Kopf unmerklich zur Seite und dann sah auch sie, was der Vermummte entdeckt hatte: Die Kette!

Carolines Seidenschal war verrutscht und gab ihren Hals und ihr Dekolleté frei. Die Kette, die sie trug, war ein ganz besonderes Stück, ein Unikat, das Richard zu ihrem dreißigsten Hochzeitstag eigens hatte anfertigen lassen. An einer zarten Goldkette hingen drei kleine Anhänger, mit roten, grünen und blauen Diamanten bestückte goldene Herzen, die ineinander verschlungen waren. Für jedes Jahrzehnt ihrer Ehe ein Herz. Nie hätte Ramona Richard so ein dezentes und geschmackvolles Geschenk zugetraut. Der Schal hatte sie bisher vollkommen verdeckt, doch jetzt war sie nicht mehr zu übersehen.

Der Vermummte machte zwei Schritte auf Caroline zu. Ihre Freundin duckte sich erschrocken zur Seite, aber er hatte sich bereits nach unten gebeugt und riss ihr die Kette vom Hals.

»Lass meine Frau in Ruhe, du Bestie!«, schrie Richard, griff blindlings nach einer Porzellanvase auf dem Kaminsims und schleuderte sie dem Einbrecher entgegen. Um Haaresbreite verfehlte sie sein linkes Ohr. Direkt neben ihm fiel sie krachend zu Boden und zerbrach in unzählige Scherben.

Blitzschnell drehte der Vermummte sich um. Der Knall, der folgte, war ohrenbetäubend. Auf Richards Hemd breitete sich ein

roter Fleck aus. Caroline gab einen wimmernden Laut von sich. Es knallte ein zweites Mal und Richard sackte lautlos in sich zusammen.
Großer Gott, er hat ihn erschossen! Er hat Richard erschossen!
Noch nie in ihrem Leben hatte Ramona so furchtbare Angst verspürt. Todesangst. Der Einbrecher wandte sich langsam um und sah sie direkt an. Wie gelähmt saß sie vor ihm auf dem Boden, unfähig, den grün-grauen Augen auszuweichen. Caroline schluchzte leise auf. Die goldene Uhr auf dem Kaminsims schlug zur halben Stunde. Einem Donner gleich hallten die beiden Töne durch den Raum. Plötzlich holte sein linker Arm aus, und ein peitschender Schmerz traf Ramona an der Schläfe. Dann wurde alles schwarz.

―――――

David Mayrhofer schwankte leicht, als er die Abkürzung über die Wiese Richtung Hauptstraße nahm. So lange hatte er nicht vorgehabt zu bleiben, von der Alkoholmenge, die er eigentlich trinken wollte und schließlich getrunken hatte, einmal ganz abgesehen. Aber irgendwann war es dann auch schon egal gewesen. Der Gottesdienst morgen würde ein echter Bußgang werden. Allein bei dem Gedanken ans frühe Aufstehen wurde ihm schwindlig. Er beugte sich nach vorne, stützte seine Hände auf die Oberschenkel und verharrte in dieser Position, bis seine Umgebung aufhörte sich zu drehen. Jetzt, da er nicht mehr zu Hause wohnte, hätte er ihn auch schwänzen können. Sein Vater würde toben, wenn er davon erfuhr, doch das würde er überleben. Er hatte ohnehin ständig etwas auszusetzen, was David zwar gehörig auf die Nerven ging, ihm aber auch dazu verholfen hatte, sich ein dickes Fell anzueignen. Sollte der Alte doch brüllen. Allerdings würde das väterliche Donnerwetter unweigerlich auch Clara treffen, die sich dann den gesamten Sonntag mit seiner Höllenlaune herumschlagen durfte. Und das war das Letzte, was David gewollt hätte.
Clara ...
Sein Vater hatte ihm und seinen Geschwistern vor einem halben Jahr kurz und knapp mitgeteilt, dass er wieder geheiratet hatte – eine Blitzhochzeit am Tegernsee, ohne Familie, Verwandte

und Freunde. Zuerst war dieser Entschluss bei ihnen auf wenig Gegenliebe gestoßen. Thomas sah sein Erbe bereits auf ein Minimum schrumpfen, wohingegen Judith und er vor allem mit der Vorstellung zu kämpfen hatten, dass der Platz ihrer Mutter fortan von einer anderen Frau eingenommen wurde. Aber ehrlicherweise konnten sie von ihrem Vater nicht erwarten, bis ans Ende seiner Tage allein zu bleiben. Das war er ohnehin schon viel zu lange. Außerdem ging jeder von ihnen längst seine eigenen Wege. Thomas bastelte in Landshut eifrig an seiner Karriere als Jurist, Judith würde noch eine ganze Weile in Oxford bleiben, um dann als promovierte Wirtschaftswissenschaftlerin zurückzukommen, und auf seine, Davids Gesellschaft, hatte ihr alter Herr noch nie allzu viel Wert gelegt.

Also hatten sie mit der väterlichen Entscheidung ihren Frieden geschlossen, zumal es für ein Veto ohnehin zu spät gewesen wäre. David, der als Einziger noch zu Hause wohnte, wusste anfangs nur wenig über das neue Familienmitglied. Sein Interesse hielt sich zudem spürbar in Grenzen, war Clara doch tatsächlich *Lehrerin* für Latein und Geschichte. Kennengelernt hatte sein Vater sie beim Umbau eines Münchner Gymnasiums. Nur mit Grausen dachte David an seine eigene Schulzeit zurück, die er mehr schlecht als recht über die Bühne gebracht und damit nicht nur einmal den Zorn seines Vaters auf sich gezogen hatte. Worüber sollte er sich mit der denn unterhalten? Ihre hochgeistigen Gespräche würde die schön mit sich allein führen dürfen. Es reichte ihm schon, dass die superschlaue Freundin seines Bruders, ebenfalls Juristin und Tochter des Kanzleiinhabers, ihn immer wie einen unterbelichteten Außerirdischen musterte. Das brauchte er nicht auch noch jeden Morgen am Frühstückstisch.

Am Tag vor Claras Ankunft hatte sich sein Unmut nur noch verstärkt. Ein Umzugsunternehmen hatte neben wenigen Möbelstücken unzählige tonnenschwere Kisten mit Büchern angeliefert, die er gemeinsam mit drei übellaunigen Möbelpackern in den ersten Stock hochschleppen durfte. Jetzt verstand David auch, warum sein Vater gleich mehrere Bücherregale in der Schreinerei in Auftrag gegeben hatte. Er war von seinen belesenen Geschwistern ja so einiges gewohnt, aber dieser Bücherberg stellte alles in den Schatten, was er bisher gesehen hatte. Deshalb verspürte er im ersten Moment wenig Lust, als sein Vater ihm am nächsten Tag ins Telefon bellte, er solle Clara in Landshut vom Bahnhof abholen, da er von einer Besprechung nicht rechtzeitig wegkäme. Nur widerwillig hatte David seine Mittagspause geopfert und war mit dem schmutzigsten Auto der Schreinerei, das er auf dem Parkplatz finden konnte, losgefahren. Diese komische Trulla sollte ruhig merken, dass sie nicht willkommen war. Übellaunig suchte er den Bahnsteig nach ihr ab. Er hatte keine Ahnung, wie sie aussah, weshalb er einfach zwei Frauen im Alter seines Vaters ansprach, die etwa seiner Vorstellung von seiner zukünftigen Stiefmutter entsprachen. Die Erste murmelte irgendetwas von »Rüpel« und hätte ihm beinahe ihre Handtasche auf den Kopf geschlagen. Die Zweite musterte ihn nur indigniert und suchte schließlich wortlos das Weite.

Dann eben nicht. Er würde hier bestimmt keine Wurzeln schlagen. Musste Madame sich halt ein Taxi nehmen, dachte er, als er unvermittelt mit einer blondgelockten Frau zusammenstieß, die hinter dem Fahrkartenautomaten wartend auf und ab ging. Sie geriet ins Straucheln und wäre beinahe über einen der beiden Koffer gestolpert, die neben ihr auf dem Boden standen. Im letzten Moment bekam David sie am Arm zu fassen und zog sie an sich.

Er wusste hinterher nicht, wie lange er so dagestanden und sie einfach nur angestarrt hatte. Irgendwann stellte er fest, dass sie ihn mit seinem Vornamen ansprach und sich lächelnd aus seiner Umarmung befreite.

Zweifellos hatte sein Vater Clara ein Familienfoto gezeigt, während er selbst nichtsahnend den Bahnhof absuchen durfte. Am Auto angekommen verfluchte David nicht nur den schmutzigen Wagen, sondern auch den Tag, an dem sein Vater diese Frau kennengelernt hatte. Warum konnte es nicht eine der beiden Zwiderwurzen sein, die er zuvor angesprochen hatte? Mit jeder noch so griesgrämigen Schreckschraube wäre er klargekommen, nur nicht damit. Verdammt!

Er musste sich Clara aus dem Kopf schlagen, aber das war leichter gesagt als getan, vor allem wenn man unter einem Dach wohnte. Außerdem musste er zugeben, dass er Clara seit ihrem

Einzug nicht unbedingt aus dem Weg ging. Nach einer Gewitternacht vor einigen Wochen, in der nur sie beide zu Hause gewesen waren, wusste er, dass er ausziehen musste – und zwar schnell. Da kam der halbfertige Neubau an der Hauptstraße, den die Sparkasse in Altenberg als besonderes Schnäppchen anbot, wie gerufen, auch wenn er noch einiges an Arbeit in die Baustelle stecken und sich bestimmt noch hundertmal die Schimpftiraden seines Vaters dazu anhören musste. Im Dorf und auf Festen wie heute Abend versuchte er, gar nicht erst auf Clara zu treffen, obwohl er ihr Unbehagen deutlich spürte. An der Seite seines Vaters und als neu Zugezogene hatte sie es nicht leicht, denn natürlich war »die junge Frau Mayrhofer« lange Zeit *das* Gesprächsthema Nummer eins in Neukirchen. Seinen Geschwistern hatte der Altersunterschied zwar ebenfalls keine Begeisterungsstürme entlockt, aber nachdem ihre Großmutter Clara sehr herzlich aufgenommen hatte, gab es für niemanden in der Familie einen Grund, es nicht ebenfalls zu tun. Auch seiner Oma war schon aufgefallen, dass er seit seinem Auszug kaum mehr zu Hause vorbeikam, wobei er meistens die viele Arbeit vorschob.

Inzwischen hatte David die Hauptstraße erreicht, die zu dieser späten Stunde wie ausgestorben war. Am Gartenzaun blieb er stehen und suchte in den Hosentaschen nach dem Schlüssel. Endlich hatte er ihn gefunden. Er öffnete das Gartentürchen und wankte Richtung Eingangstür. Mitten auf dem Kiesweg blieb er stehen. Irgendetwas war anders als sonst. Er verharrte einen Augenblick in der Dunkelheit, aber seine vom Alkohol vernebelten Gedanken kamen zu keiner schlüssigen Antwort, weshalb er schließlich weiterstolperte. Gleich hieß es noch einmal volle Konzentration, sonst würde er sein Nachtlager im Freien aufschlagen müssen. Doch so sehr er sich auch anstrengte und abmühte, der Schlüssel wollte partout nicht in das Türschloss. So viel hatte er doch nicht getrunken? Oder etwa schon? Irgendwann, nachdem sie zum x-ten Mal auf sein Tor angestoßen hatten und Elena dann auch noch mit der Goaßmaß angekommen war, hatte er aufgehört zu zählen. Gerade als er sich noch einmal nach unten beugte, spürte er eine schwere Hand auf seiner Schulter.

Lorenz Huber stand missmutig auf, zog sich an und beschloss, noch eine Runde durch das Dorf zu gehen. Nicht dass er es sonderlich erstrebenswert fand, Neukirchen bei Nacht zu erkunden. Aber alles erschien ihm besser, als sich eine weitere Stunde schlaflos im Bett zu wälzen.

Es war keine gute Idee gewesen, auf dem Sportplatz aufzutauchen. Ihm war das am Nachmittag schon klar gewesen, aber er hatte dort sein müssen. Es bedeutete eine Gelegenheit, unverfänglich den Menschen zu sehen, der der einzige Grund dafür war, warum er überhaupt noch in Neukirchen wohnte. Sein Auftauchen war natürlich nicht unentdeckt geblieben und sofort reckte sich der eine oder andere Hals in seine Richtung, gefolgt von aufgeregtem Getuschel und Getratsche. Da hatte er den Neukirchnern einen gewaltigen Brocken zum Verdauen gegeben. Fast freute es ihn ja, dass sie so gar nicht wussten, was er, der Eigenbrötler und Einzelgänger, da auf einmal wollte. Sollten sie sich doch alle das Maul über ihn zerreißen.

Es blieb bei einer Begegnung aus der Ferne und ohne ein Wort miteinander zu wechseln, trotzdem waren es die besten Minuten des ganzen Tages gewesen. Zurück zu Hause war es ihm dann nicht mehr so gut gegangen. Denn wie jedes Mal, wenn sie sich über den Weg liefen, fragte er sich danach unweigerlich, was ihn veranlasste, überhaupt noch hier zu bleiben. Die Distanz zwischen ihnen würde sich nicht auflösen. Wie auch, wenn die Person doch gar nicht wusste, was sie für ihn bedeutete. Warum tat er sich und den anderen nicht den Gefallen und verschwand aus Neukirchen? Im Dorf würde sein Fortgehen bestimmt niemand bedauern.

Aus sicherer Entfernung betrachtete er das Haus. Alles war dunkel, wahrscheinlich schlief sein Bewohner tief und fest. Lorenz wusste nicht, wie lange er so dagestanden und auf die Fassade gestarrt hatte. Irgendwann raschelte es im Gebüsch. Mit einem leisen Schnarchen trippelte ein Igel über die Straße und verschwand im gegenüberliegenden Vorgarten. Widerwillig machte sich Lorenz auf den Heimweg. Er würde auch jetzt nicht schlafen können, am besten blieb er gleich auf seiner Terrasse sitzen und wartete auf den Sonnenaufgang.

Nur noch wenige Schritte von seinem Zuhause entfernt bemerkte er jemanden im dunklen Kapuzenpulli, der sich am Türschloss zu schaffen machte. Wollte da etwa einer bei ihm einbrechen? Ausgerechnet bei ihm! Beinahe hätte er laut losgelacht, doch dann besann er sich eines Besseren. Na warte, den würde er sich jetzt aber vorknöpfen. Leise näherte er sich dem Eindringling, packte ihn an der Schulter und drehte ihn rüde zu sich herum.

»Hey! Geht's noch?« Die Kapuze rutschte nach hinten.

»Was zum Teufel …« Verdattert blickte Lorenz in das Gesicht von David Mayrhofer, der ihn seinerseits verwirrt ansah. Abrupt ließ er den jungen Mann los, sodass der zwei Schritte nach hinten stolperte.

»Was hast du an meiner Tür zu schaffen?«, fragte er drohend.

»D-deine …?« Davids Augen weiteten sich. »Ah, jetzt w-weiß ich, warum mein Schlüssel nicht passt. Und w-warum da … da auf einmal ein Ga-Gartentürchen ist.« Ein Grinsen breitete sich auf seinem Gesicht aus. »Das ist ja gar nicht mein Haus.«

»Nein, ist es nicht!«, sagte Lorenz wütend.

»Tu-tut mir leid. Ich … ich muss da irgendwas ver-verwechselt haben.« Die Worte bereiteten David sichtbar Mühe.

»Du bist ja sternhagelvoll!«

»Nein, n-nur ein bisschen b-betrunken«, sagte David. Dann wurde er nachdenklich. »Wei-weißt du, wo ich wohne, Lorenz?«

»Allerdings. Schräg gegenüber auf der anderen Straßenseite.«

David schien angestrengt zu überlegen. »Stimmt! Ich wo-wohne ja gar nicht mehr zu … zu Hause. Und weißt du, Lorenz, w-weißt du auch, warum?«, fragte er. »W-weil da sie wohnt. Sie! U-und des-deshalb wohne ich da nicht mehr.«

Lorenz hatte ihn unwirsch am Arm genommen und zerrte ihn leise fluchend neben sich her. »Wer da bei euch wohnt, ist mir wurscht. Du schaust jetzt, dass du heimkommst. Und kotz mir ja nicht in den Garten.«

»Nein, Lorenz. D-das mach ich nicht, versprochen!«, lallte David, ehe er sich würgend nach vorne beugte und sich in dem unkrautüberwucherten Vorgarten erbrach.

»Kruzifix!«, schimpfte Lorenz.

Es reichte nicht, dass er einen Sturzbetrunkenen an seiner Haustür vorfand, der ihm alles vollkotzte. Zu allem Überfluss musste es auch noch einer aus dieser Mayrhofer-Sippschaft sein. Bei jedem anderen hätte er auf der Stelle angerufen, damit der seinen Sprössling abholte, aber wenn es jemanden gab, den er jetzt mitten in der Nacht überhaupt nicht gebrauchen konnte, dann dieses lärmende Großmaul. Wahrscheinlich würde Mayrhofer ihm nur wieder einen Vortrag über sein heruntergekommenes Haus und die Notwendigkeit einer Generalsanierung bis zur Fahnenweihe halten. Lorenz wusste sehr wohl, dass er dem Schützenvorstand ein gewaltiger Dorn im Auge war, aber er dachte gar nicht daran, irgendetwas zu renovieren. Abgesehen davon hatte er dafür ohnehin kein Geld. Fluchend ging er hinein, holte eine Packung Papiertaschentücher und eine Wasserflasche und wartete, bis Davids Husten und Würgen nachließen. Wortlos reichte er beides an ihn weiter.

»D-danke. U-und sorry, Lorenz. D-das mach ich alles gleich weg«, murmelte David und schnäuzte sich geräuschvoll.

»Du machst hier gar nix, sondern wir beide gehen jetzt heim zu dir. Die paar Schritte wirst ja wohl noch schaffen, oder?«, brummte Lorenz. Als der junge Schreiner erneut zu würgen anfing, drehte er sich entnervt zur Seite. Wenn das so weiterging, würden sie in fünf Stunden noch hier draußen stehen.

Zwanzig Minuten später sperrte er schließlich Davids Eingangstür auf. Eigentlich hatte er ihn gleich im Erdgeschoss irgendwo ablegen wollen, musste dann jedoch feststellen, dass dort eine einzige Baustelle herrschte. Vor sich hin schimpfend bugsierte er David die Treppe hoch. Die Badezimmertür stand offen und Lorenz überlegte, ob er ihn kurzerhand unter die kalte Dusche stellen sollte, brachte ihn dann aber doch ins Bett.

»W-wecker«, murmelte David im Halbschlaf. »D-darf Kirche morgen nicht verpassen.«

Dass Mayrhofer senior einen Tobsuchtsanfall bekam, sollte sein Junior nicht pünktlich zum Gottesdienst auf dem Sportplatzgelände erscheinen, verstand sich von selbst. Suchend sah Lorenz sich um, konnte aber nirgendwo einen Wecker entdecken. Wahrscheinlich benutzte David sein Mobiltelefon. Er verspürte wenig Lust, ihn danach abzusuchen, bemerkte dann aber, dass es ihm bereits halb aus der Tasche seiner Kapuzenjacke gerutscht war. Lorenz, der selbst noch nie ein Handy besessen hatte, versuchte sich zu erinnern, was seine Neffen und die Jugendlichen an der Bushaltestelle mit ihren Geräten immer so anstellten. Er griff nach Davids Handgelenk und ... Glück gehabt. Sein Daumenabdruck entsperrte das Gerät. Es dauerte eine Weile, bis Lorenz das richtige Kästchen auf dem kleinen Bildschirm fand. Bei der Eingabe der Weckzeit rechnete er großzügig und wählte einen besonders durchdringenden Klingelton mit höchster Lautstärke. Das würde morgen kein sanftes Erwachen werden.

»Geschieht dir ganz recht«, murmelte er.

Er legte den Haustürschlüssel neben das Mobiltelefon und löschte das Licht im Zimmer. Kurz vor dem Treppenabgang stand ein Barschrank in Form des Empire State Buildings, Davids Meisterstück, wie er einem kleinen Schild daran entnehmen konnte. Lorenz, einst selbst Restaurator und Schnitzer, fuhr sachte über das Holz dieser gestalterischen Meisterleistung. Dann gab er sich einen Ruck und eilte die Treppe hinunter. Auf dem Gehsteig holte er tief Luft. Fast automatisch griff er nach dem abgegriffenen Lederarmband an seinem rechten Handgelenk.

Sie sollen dich immer begleiten und dich an uns erinnern.

Als ob er das alles je vergessen könnte. Wütend über alles und jeden, am meisten aber über sich selbst, machte er sich schließlich auf den Heimweg. Am Nachbargrundstück blitzte der Bewegungsmelder auf. Lorenz musste unwillkürlich schmunzeln. Gregor Cornelius war aber lange unterwegs gewesen. Er mochte den Professor. Seit sie nebeneinander wohnten, kam er ab und zu auf ein Bier bei ihm vorbei, aber ohne ihm die Ohren vollzuquatschen oder ihn mit Fragen zu löchern. Lorenz gab sich nicht zu erkennen, sondern wartete, bis Cornelius im Haus verschwunden war, um den Gartenschlauch aus dem Garagenanbau hervorzuholen. Er hatte keine Ahnung, ob das verkalkte Ding noch funktionierte, doch nach einigem Drehen kam tatsächlich ein ansehnlicher Wasserstrahl heraus. Zumindest stark genug, um Davids Hinterlassenschaften wegzuspülen. Nach getaner Arbeit entschied er sich gegen die Terrasse und für sein Bett. Er fühlte sich mit einem Mal hundemüde, ein lange nicht mehr gekanntes Gefühl, und war innerhalb weniger Minuten tatsächlich eingeschlafen.

Zuerst hörte er den schrillen Ton nur aus weiter Ferne, doch dann bohrte er sich immer weiter in sein Unterbewusstsein. Feueralarm, Martinshorn, Türklingel … es dauerte einige Sekunden, bis Cornelius verstand, dass es sein Mobiltelefon war, das so beharrlich klingelte. Verwirrt setzte er sich im Bett auf. Sein Radiowecker zeigte 03.37 Uhr an. Wer um Himmels willen rief ihn denn um diese Zeit an?

Er wusste zuerst gar nicht, wo er das Telefon am Nachmittag abgelegt hatte, nur dass er es vor dem Zubettgehen nicht mehr in der Hand gehabt hatte. Das Klingeln verstummte. Aber nur ein paar Sekunden, dann setzte es erneut ein.

»Ja, ja, ja. Ich komme ja schon.«

Er war zu schnell aufgestanden und musste sich noch einmal hinsetzen, da sich das Zimmer anfing zu drehen. Womöglich war daran auch das letzte Glas Wein bei Angela schuld. Er war viel länger geblieben, als er es ursprünglich vorgehabt hatte, und so war aus einem Absacker eine ganze Flasche Rotwein geworden. Cornelius atmete tief durch, stolperte unsicher durch den Raum und zog endlich das Mobiltelefon unter der Tageszeitung auf dem Tisch hervor.

Tabea! Mit einem Mal war er hellwach. Seine Tochter rief ihn um kurz nach halb vier Uhr morgens an. Oder irgendjemand anderes, weil Tabea nicht mehr telefonieren konnte. Ein zerstörter Wagen, Blut, Scherben, ausgelöste Airbags … ein grauenhaftes Bild jagte das nächste. Bitte, bitte kein Unfall!

»Tabea, Papa hier. Was ist los?«

Zuerst hörte er nur ein Schluchzen, gefolgt von einigen Wortfetzen, die er nicht verstand.

»Tabea, bitte beruhige dich. Ich verstehe dich nicht. Was hast du gesagt?«

Das Weinen seiner Tochter wurde lauter. »Mama …«

Eine eiskalte Hand berührte sein Herz. »Was ist mit Ramona?« Nur mühsam gelang es ihm, nicht in das Telefon zu brüllen.

»Die Villa … ein Überfall …«, stammelte seine Tochter. »Hörst du, Papa?«

»Ja, ich höre dich. Was ist passiert? Was ist mit Ramona?«

»Richard ist … tot … erschossen … und Mama …« Seine Tochter weinte jetzt hemmungslos.

»Was ist mit Ramona?«, schrie Cornelius in das Telefon.

Kapitel 4

Clara Mayrhofer starrte an die Zimmerdecke und lauschte auf Andreas' gleichmäßiges Schnarchen. Baldriantee, Ohrenstöpsel oder doch Gästezimmer? Leise stand sie auf, zog ihren Bademantel an und schlich auf Zehenspitzen aus dem Raum und die Treppe hinunter. Erst einmal eine Tasse Tee, umziehen konnte sie danach immer noch.

In der Küche schaltete sie nur das Herdlicht an, befüllte den Wasserkocher, hängte einen Teebeutel in ihre Lieblingstasse und goss ihn mit dem siedend heißen Wasser auf. Während der Tee durchzog, stellte sie sich an die große Fensterfront und sah hinaus in die Dunkelheit. Die Nacht war sternenklar, der Mond nicht mehr als eine schmale Sichel.

Die Rückseite von Davids Haus befand sich nur etwa zwanzig Meter entfernt. Ihre Gärten grenzten direkt aneinander, wobei man das Areal um den Neubau noch nicht »Garten« nennen konnte. Statt eines gepflegten Rasens türmte sich meterhoch der Bauschutt, der in Andreas' Augen immer mehr anstatt weniger wurde. Eine Kaffeetasse in der Hand, die er in Sekundenschnelle leerte, schimpfte er jeden Morgen von Neuem darüber, bevor er seine Aktentasche nahm und nach draußen eilte. Dass sie selbst darauf schon lange nichts mehr erwiderte, war ihm wahrscheinlich gar nicht aufgefallen. Im ersten Stock brannte in einem der Fenster Licht, das jedoch in diesem Moment erlosch. David war also zu Hause.

Als sie und sein Vater das Fest verließen, ging es in der Bar noch hoch her. David nahm gerade einen großen Schluck aus einem Maßkrug, den ihm zuvor Elena Ziegler, die Tochter seines Chefs, gereicht hatte. Wie sie ihn dabei anstrahlte! Clara war auch nicht entgangen, dass sie ihm etwas ins Ohr flüsterte, was er mit einem breiten Grinsen erwiderte. Elena war eine wunderschöne Frau. Zusammen würden sie ein perfektes Paar abgeben, hatte Clara gedacht und war hastig nach draußen gegangen, weil ihr der bloße Gedanke einen Stich ins Herz versetzte.

Hatte sie ernsthaft geglaubt, ihr Stiefsohn würde da unten in seinem Haus ein Einsiedlerdasein führen, nur weil er nie eine Frau mit nach Hause brachte, solange er noch bei ihnen gewohnt hatte? Wahrscheinlich hatte er sein Privatleben nicht vor ihr ausbreiten wollen. Aber diese Zeiten waren nun ja vorbei. David hatte es mit dem Auszug gar nicht schnell genug gehen können. Lieber wohnte er in einer halbfertigen Baustelle als mit ihr unter einem Dach. Deutlicher hätte er seine Abneigung nicht zum Ausdruck bringen können. Warum tat der Gedanke daran nur so furchtbar weh? Dass ihre Ehe mit Andreas bei seinen erwachsenen Kindern keine Begeisterungsstürme auslösen würde, war ihr klar gewesen. Trotzdem hatte sie anfangs das Gefühl gehabt, David und sie würden sich gut verstehen. In einer Gewitternacht vor einigen Wochen, als Andreas über Nacht in München geblieben war und im ganzen Haus der Strom ausfiel, hatte er sich sogar zu ihr ins Wohnzimmer gesetzt und das Ende des Unwetters abgewartet. Aber so konnte man sich täuschen. Mittlerweile ging er ihr bewusst aus dem Weg oder behandelte sie wie Luft, wenn sich eine Begegnung zwischen ihnen überhaupt nicht vermeiden ließ. So wie auf dem Sommerfest, wo er stets einen großen Bogen um ihren Tisch gemacht hatte.

Clara nahm den Beutel aus der Tasse und pfefferte ihn in den Mülleimer. Warum zermarterte sie sich überhaupt ihr Hirn über ihn? Eigentlich sollte sie froh sein, dass er ausgezogen war. Die Spannungen zwischen Andreas und seinem Sohn waren auch an ihr nicht spurlos vorübergegangen. Und Davids Frauenbekanntschaften gingen sie nichts an. Ihretwegen konnten sie sich da unten die Klinke in die Hand geben. Schließlich war sie mit seinem Vater verheiratet.

Andreas' selbstsicheres Auftreten und seine Art, die Dinge in die Hand zu nehmen und nicht zu warten, bis sich irgendjemand darum kümmerte, hatten ihr vom ersten Moment an gefallen. Wie souverän er mit seinen Angestellten auf der Baustelle und ihrem ständig zeternden Schuldirektor umgegangen war, wie galant er ihr stets die Tür aufgehalten und sie zum Abendessen eingeladen hatte, und schließlich sein formvollendeter Heiratsantrag. Er war ein Mann, der wusste, was er tat, der erfolgreich im Leben stand und der die Zügel in der Hand hielt.

Die Küchentür wurde leise geöffnet und ein kleiner Schatten huschte in die Küche. Clara erschrak.

»Nicht erschrecken, ich bin es nur«, sagte eine vertraute Stimme.

Maria Brunner, die Mutter von Andreas' erster Ehefrau, wohnte bei ihnen im Haus. Anfangs hatte dieser Umstand Clara wenig behagt und entsprechend ängstlich war sie ihr gegenüber getreten. Doch Maria hatte sie so offen, herzlich und liebevoll empfangen, dass sich Claras Sorgen als unbegründet herausstellten. Davids Großmutter war einfach wunderbar. Sie jammerte und klagte nicht. Trotz aller Schicksalsschläge – vor dem Tod ihrer Tochter war sie bereits früh Witwe geworden – hatte sie nie den Lebensmut verloren und sich nie aufgegeben. Ihre robuste Gesundheit und ihre ungestillte Lebensfreude erinnerten Clara stets an ein junges Mädchen und nicht an eine Achtzigjährige.

»Hab ich dich geweckt. Das tut mir leid«, sagte sie jetzt, als Maria im geblümten Bademantel vor ihr stand, die langen weißen Haare zu einem Zopf geflochten.

»Ach wo. Ich hab sowieso nicht schlafen können und noch an meiner Stola gestrickt. Hab gewartet, bis der Bub nach Hause kommt.«

»Es tut mir so leid«, murmelte Clara.

»Ein alter Mensch braucht nicht mehr so viel Schlaf. Das muss dir nicht leid tun.«

»Dass David ausgezogen ist, das tut mir leid. Er ist doch nur meinetwegen von hier weg.«

»So ein Schmarrn«, unterbrach Maria sie energisch. »Zwischen dem David und dem Andreas, das war von Anfang an schwierig. Das hat überhaupt nix mit dir zu tun.«

»Magst du auch einen Tee?«

»Da sag ich nicht nein.«

Einige Minuten später saßen sie beide einträchtig am Küchentisch.

Maria legte verschwörerisch ihren Zeigefinger auf die Lippen. »Aber nix verraten, gell. Also, dass ich abends immer schau, wann bei ihm unten das Licht angeht.«

Clara griff nach Marias schmaler kleiner Hand, die von zahlreichen Altersflecken bedeckt war, und drückte sie sachte. »Nein, natürlich nicht.«

»Immer dieses Unterwegssein. Und diese maßlose Sauferei bei den Burschen. Das ist doch nix. Die richtige Freundin bräuchte er halt«, schimpfte Maria. »Die Elena und er, das würde gut passen. Die beiden kennen sich schon so lange, irgendwann muss es doch mal funken.«

Clara umfasste ihre Teetasse. »Das werden wir dann schon erfahren.«

»Als ob er mir, seiner alten Oma, so etwas erzählen würde. Aber irgendwie hab ich bei den beiden ein gutes Gefühl.«

Clara trank hastig einen Schluck Tee.

»So, jetzt geh ich aber ins Bett«, sagte Maria und stand auf. »Lass die Tasse, das mache ich dann schon.«

»Du solltest dich aber auch hinlegen. Schaust in letzter Zeit ein bisschen blass aus.« Sie streichelte Clara flüchtig über die Wange und ging zur Küchentür.

»Maria.«

Die alte Frau drehte sich um.

»Danke.« Clara schluckte. »Für alles. Für dein liebes und sanftes Wesen, für meine herzliche Aufnahme hier.« Ihre Augen fingen an zu brennen. »Ausgerechnet du hast es mir von allen am leichtesten gemacht.«

Maria ließ die Türklinke los. »Dass meine Elisabeth so früh hat gehen müssen, dafür kann niemand etwas. Am allerwenigsten du«, sagte sie mit einem traurigen Lächeln. »Das Wichtigste ist doch, dass Andreas und du glücklich seid. Und das seid ihr doch, oder?«

Ein lautes Rumpeln am anderen Ende der Küche ließ beide Frauen zusammenzucken. Henry, der Familienkater, war durch die Katzenklappe in die Küche geklettert. Diesmal zum Glück ohne nächtliche Beute in Form einer kopflosen Maus, die er stets stolz vor die Füße oder Betten seiner Besitzer zu legen pflegte.

»Mei, Henry, hast du mich jetzt erschreckt. Komm mit, du Lauser, dann kriegst du noch ein Leckerli. Gute Nacht, Clara.«

»Gute Nacht, Maria.«

Clara blieb noch eine Weile am Küchentisch sitzen. Henrys Ankunft hatte sie vor einer Antwort auf Marias Frage bewahrt. War sie glücklich? Gleich nach der Hochzeit und ihrem Einzug hier in Neukirchen, da war sie glücklich gewesen. Oder hatte sich zumindest selbst vorgegaukelt, es zu sein. Da hatte sie auch Andreas' andere Seite noch nicht gekannt. Seinen Jähzorn, seinen übersteigerten Ehrgeiz, den herrischen Tonfall und die Eigenschaft, keine andere Meinung außer der eigenen zu dulden, die verletzende Art, wie er andere abzukanzeln pflegte, die Geringschätzung, die er ihr und ihrem Beruf mittlerweile entgegenbrachte, und die Lieblosigkeit, die ihre noch so kurze Ehe bereits ausfüllte. Nein, glücklich war sie schon lange nicht mehr.

Langsam stand sie auf und räumte die Tassen in die Spülmaschine. Dann schlich sie zurück zu Andreas, der immer noch laut vor sich hin schnarchte, packte ihr Bettzeug und ging den Flur entlang. Vor Davids ehemaligem Zimmer blieb sie einen Moment stehen. David und Elena – Maria hatte es auch schon bemerkt. Also hatte sie sich auf dem Fest nicht getäuscht. Der Gedanke daran ließ Clara unvermittelt in Tränen ausbrechen.

Cornelius saß im Nebenzimmer von Anna Leitners Wirtshaus und folgte dem morgendlichen Treiben in der Gaststube, ohne irgendetwas davon richtig wahrzunehmen. Er griff nach der Teetasse, die vor ihm auf dem Tisch stand, doch mitten in der Bewegung ließ er die Hand kraftlos nach unten sinken. Die Stunden seit Tabeas Anruf zogen wie ein nicht enden wollender Albtraum an ihm vorbei.

Ramona lebte. Das war der einzige Funken Hoffnung in diesem Grauen. Es hatte eine halbe Ewigkeit gedauert, bis er endlich mit ihr sprechen konnte. Davor hatte er die Nummer des französischen Polizeibeamten angerufen, der sich bei Tabea gemeldet hatte. Und der auch ihn im Laufe des Abends mehrmals versucht hatte zu erreichen, wie Cornelius nach dem Telefonat mit seiner Tochter feststellen musste. Warum hatte er sich schlafen gelegt, ohne noch einmal auf sein Mobiltelefon zu schauen? Das Englisch des Beamten war etwas holprig gewesen, das Wichtigste hatte Cornelius jedoch verstanden. Ramona war – von einer Platzwunde am Kopf abgesehen – körperlich unversehrt. Ebenso wie Caroline würde sie die Nacht aber noch im Krankenhaus im nahe gelegenen Toulon verbringen.

Und dann die schier unbegreifliche Nachricht: Der Einbrecher hatte Richard mit zwei Schüssen niedergestreckt. Sein langjähriger Kollege war noch in der Villa verstorben. Ramonas Stimme hatte tonlos und fremd geklungen, als sie einsilbig auf seine Fragen geantwortet hatte. Zweifellos hatten die Ärzte ihr ein Beruhigungsmittel verabreicht. Wenn er doch nur endlich bei ihr wäre. Noch in der Nacht hatte Tabea im Internet Flüge nach Marseille, einen Mietwagen und Hotelzimmer in der Nähe der Klinik in Toulon gebucht. In etwas mehr als zwei Stunden würden sie sich am Flughafen in München treffen, um gemeinsam nach Südfrankreich zu reisen.

»Wie geht es Ihnen denn jetzt, Herr Professor?«, fragte Anna, die besorgt in der Türöffnung stand.

Sie trug ein maßgeschneidertes Dirndl mit dunkelgrüner Schürze und ihre braunen Locken waren zu einer eleganten Hochsteckfrisur gebunden. Um halb elf Uhr würde auf dem Sportplatzgelände der Gottesdienst beginnen. Trotzdem hatte Anna das Gasthaus für den sonntäglichen Frühschoppen geöffnet, und es hatte nicht lange gedauert, bis sich die Gaststube mit ersten Kirchgängern füllte. Cornelius wollte niemandem begegnen und auch nichts erklären müssen. Aber spontan abzureisen, ohne wenigstens noch einmal mit Anna gesprochen zu haben, hatte er dann doch nicht übers Herz gebracht. Natürlich hatte sie ihm ohne viele Worte angesehen, dass etwas Schlimmes passiert sein musste, und prompt einen Fahrer zum Flughafen organisiert. Dass ihn nun ausgerechnet Benedikt Rehberg zum Flughafen chauffieren würde, hätte Cornelius unter anderen Umständen zwar entschieden abgelehnt, doch für ein Veto fehlte ihm heute jegliche Kraft.

»Ach, Frau Leitner ...«

Anna sah ihn zerknirscht an. »Ich würde Sie am liebsten selbst zum Flughafen fahren. Aber Sie sehen ja, was hier los ist. Und wenn ich als zukünftige Fahnenmutter nicht beim Gottesdienst dabei bin ...«

»Das wird auf keinen Fall passieren. Sie und Elena sind doch die beiden wichtigsten Personen heute Vormittag. Außerdem wird sich dann jeder fragen, was passiert ist. Und auf das Gerede können wir beide gut verzichten.«

»Sie melden sich, wenn ich irgendetwas für Sie tun kann. Egal was es ist.«

Hinter Anna erschien Benedikt Rehbergs hagere Gestalt im Türrahmen. »Wir sollten schön langsam aufbrechen, Herr Cornelius.«

Cornelius nickte, verabschiedete sich von Anna und ging wortlos durch die Gaststube auf den Parkplatz des Wirtshauses hinaus. Er war froh, dass am Stammtisch gerade über das Fußballspiel vom Vortag diskutiert wurde und ihn niemand aufhielt oder in ein Gespräch verwickelte. Rasch stieg er auf der Beifahrerseite ein, da er Roswitha Förster die Hauptstraße entlangeilen sah.

»Er gefällt mir gar nicht«, sagte Anna leise. »Danke, dass du ihn fährst.«

Rehberg drückte sie kurz an sich und gab ihr einen Kuss auf die Wange. »Das mache ich nur für dich.«

»Ich weiß. Aber ich kann ihn in diesem Zustand doch nicht allein fahren lassen.«

Er strich ihr eine widerspenstige Locke aus der Stirn. »Ich sage es nur ungern, aber mir tut der alte Knabe ehrlich leid. Das nimmt ihn richtig mit.«

»Sei im Auto bloß nett zu ihm.«

Benedikt runzelte die Stirn. »Na hör mal, wo denkst du hin? Hältst du mich für so emotional unterentwickelt?«

»Nein. Aber ihr beide …«

»Was nicht an mir lag! Hätte der werte Herr Professor seine neugierige Nase nicht ständig in meine Angelegenheiten …« Er schüttelte unwirsch den Kopf. »Egal jetzt.« Er küsste Anna erneut. »Du siehst übrigens wunderschön aus. Der Schützenverein kann froh sein, dich als Fahnenmutter ausgewählt zu haben. Bis zum Kaffee bin ich hoffentlich zurück.«

»Einer der Burschen kann dich bestimmt abholen. Ich melde mich bei dir, sobald ich jemanden gefunden hab.«

Arm in Arm gingen sie auf den Parkplatz, wo Benedikt Rehberg in Cornelius' Wagen stieg. Anna wartete, bis das Auto aus ihrem Sichtfeld verschwunden war. »Pass mir gut auf den Professor auf«, murmelte sie. Trotz des tiefblauen Himmels und der strahlenden Sonne fröstelte sie.

»Anna!«, tönte es in diesem Moment von der gegenüberliegenden Straßenseite. Sekunden später blieb Roswitha schnaufend vor ihr stehen. »Hast du es schon gehört?«

Vor dieser Ratschen bleibt rein gar nichts verborgen, dachte Anna, nicht einmal ein Raubüberfall in Südfrankreich.

»Woher weißt du denn …?«

»Von der Stenzel Inge! Die passt doch auf das Haus auf«, platzte es förmlich aus Roswitha heraus.

»Was für ein …?«

»Mich hat sie gleich angerufen, nachdem sie bei der Polizei ihre Aussage gemacht hat. Die haben dort alles abgesperrt und suchen jetzt nach Spuren. Wie in einem Krimi, sag ich dir! Die armen Zellmeiers!«

Jetzt verstand Anna gar nichts mehr. »Die Zellmeiers?«

»Ist das nicht furchtbar? Ein Einbruch bei uns in Neukirchen!«, fuhr Roswitha unbeirrt fort. »Das hätte auch mein Laden sein können, auf den es diese Kriminellen abgesehen haben. Nirgendwo ist man mehr sicher auf dieser Welt!«

Wie recht sie doch hat, dachte Anna. Laut aber sagte sie: »Sind die Zellmeiers nicht momentan in Griechenland im Urlaub?«

»Ja, freilich. Deshalb ist die Inge heute Morgen ja hin, um den Garten zu gießen. Dann hat sie gesehen, dass in der Terrassentür ein riesengroßes Loch war. Im Wohnzimmer standen dann die Schubladen und Schranktüren offen und …« Mitten in ihrem Redefluss hielt Roswitha inne. »Du, sag, war das vorhin eigentlich der Dr. Rehberg im Auto vom Professor Cornelius? Wo wollen die denn hin? Ist der Herr Professor etwa krank?«

»Er musste dringend nach Frankreich. Im Ferienhaus seiner Bekannten ist eingebrochen worden und er möchte seine Frau jetzt nicht allein lassen«, sagte Anna. Über den Rest schwieg sie. Das ganze Ausmaß der Katastrophe musste die Dorfladenbesitzerin nun wirklich nicht wissen.

»Auch ein Einbruch«, sagte Roswitha bebend vor Aufregung. »Was hab ich dir gerade gesagt? Nirgendwo ist man mehr sicher!«

Anna war froh, dass in diesem Moment David Mayrhofer mit seinem Fahrrad das Gasthaus ansteuerte.

»Und wie kommt der Dr. Rehberg zurück nach Neukirchen?«, fragte Roswitha.

»Er fährt mit dem Flughafen-Express bis Landshut. Dort muss ihn dann jemand abholen«, erwiderte Anna leicht genervt. »Magst drin noch was trinken?«

»Nein, nein. Ich muss jetzt gleich weiter zum Felix. Er muss doch wissen, was bei den Zellmeiers passiert ist, damit er ihnen in dieser schweren Zeit beistehen kann. Die Inge hat nämlich gesagt, sie haben sich gleich auf den Heimweg gemacht.«

Immer wieder musste Anna daran erinnert werden, dass Pfarrer Felix Hartl und Roswitha Förster Geschwister waren. Diese Tatsache konnte man durchaus vergessen, wenn man an den ruhigen und besonnenen Geistlichen dachte, der vor einigen Jahren in seine Heimatgemeinde zurückgekehrt war. Nicht nur, dass er als Ruhestandsgeistlicher regelmäßig die Gottesdienste in der kleinen Filialkirche abhielt, er war auch ein äußerst einfühlsamer Seelsorger, der für die Sorgen und Nöte seiner Gemeinde stets ein offenes Ohr hatte und Zuspruch spendete.

»Anna, warte mal«, zischte David und sah sich kurz um.

Doch die Luft war rein. Roswitha hatte sich bereits auf Silvia Thalhammer gestürzt, die mit ihrem Sohn im Kinderwagen den Gehsteig entlangging.

Anna musterte David von oben bis unten. »Wie siehst du denn aus? Ich glaube, du brauchst erst einmal einen starken Kaffee.«

David war blass und seine dunklen Augenringe reichten fast bis zu den Wangenknochen. Da konnte auch ein blütenweißes Hemd samt Trachtenjacke nicht davon ablenken.

»Ja, gleich. Sag, Anna, hast du mich gestern Nacht heimgebracht?«

»Ganz bestimmt nicht! Als wir gegangen sind, hast du es an der Bar noch richtig krachen lassen. Warum? Hast du einen Filmriss? Kein Wunder!«

»Nein, das heißt, ich weiß es nicht genau. Ich bilde mir ein, der Lorenz Huber hat mich heimgebracht. Irgendwie stand ich auf einmal vor seinem Haus.«

Gegen ihren Willen musste Anna laut lachen. »Der Lorenz Huber? Dann warst aber wirklich sternhagelvoll.«

»Was ist mit Lorenz Huber?«

David wirbelte herum. Elena war hinter ihm aufgetaucht und beäugte ihn jetzt sichtlich amüsiert. »Oje, du hast aber auch schon bessere Zeiten gesehen.«

Anna betrachtete Elena unauffällig. Obwohl sie ebenfalls eine kurze Nacht hinter sich hatte, sah sie aus, als wäre sie geradewegs einem Modekatalog entstiegen. Ihre üppigen dunklen Locken wurden von zwei Haarspangen gebändigt, die hellblauen Steine ihrer Ohrringe passten exakt zu den Stickereien und der Schürze ihres halblangen Dirndlkleids, das an ihrer schlanken Figur wie angegossen saß, und das dezente Make-up hätten auch die Damen aus Neukirchens Kosmetikstudio nicht besser auswählen können.

»Du brauchst gerade reden. Wer kam denn mit der Goaßmaß daher?«, brummte David.

»Ja, mit der Goaßmaß, aber nicht mit den fünfzehn Tequilas und was weiß ich, was du noch alles in dich hineingeschüttet hast.«

»Schmarrn, so viel war es doch gar nicht.«

»Weil du irgendwann mit dem Zählen aufgehört hast. Und was war jetzt mit Lorenz Huber los?«

Nur mit Mühe konnte Anna einen erneuten Lachanfall unterdrücken. »Er glaubt, dass er beim Lorenz vorm Haus stand und der ihn dann heimgebracht hat.«

»Wer bis zum Umfallen saufen muss, landet halt irgendwann in Lorenz Hubers Vorgarten«, konstatierte Elena ungerührt, hakte sich dann jedoch bei David unter. »Komm, lass uns noch einen Kaffee trinken gehen.«

»Wir haben auch Kamillentee«, fügte Anna hinzu. »Außerdem hätte ich noch einen kleinen Anschlag auf dich vor: Könntest du Benedikt nach dem Mittagessen in Landshut am Bahnhof abholen? Er musste den Professor Cornelius dringend zum Flughafen fahren und hat kein eigenes Auto dabei.«

»Gerne auch schon vor dem Mittagessen. Wenn ich nur an Essen denke, wird mir schlecht«, murmelte David, entzog sich rasch Elenas Arm und eilte Richtung Wirtshaus.

»Spuck mir ja nicht meine Gaststube voll«, rief ihm Anna hinterher.

Elena schüttelte nur missbilligend den Kopf, ehe sie sich zu Anna umdrehte. »Schön siehst du aus. Das wollte ich dir eigentlich schon die ganze Zeit sagen.«

Anna legte ihren Arm um die schmalen Schultern der jungen Frau. »Du auch, Elena. Wunderschön. Komm, dann trinken wir halt noch etwas, bevor wir zum Sportplatz gehen.«

Während des Gottesdiensts zwei Stunden später entdeckte Elena zu ihrem eigenen Erstaunen Lorenz Huber am Rande des Bierzelts, wo er sich direkt neben den Ausgang gestellt hatte. Diesem mürrischen Kerl würde sie weder im nüchternen noch im betrunkenen Zustand irgendwo begegnen wollen. Ob der wohl schon jemals in seinem Leben gelacht hatte?

Jetzt galt seine Aufmerksamkeit jedoch nicht dem Pfarrer oder dem Kirchenchor, sondern einer bestimmten Person unter den Gottesdienstbesuchern, wie Elena verblüfft feststellte. Doch bevor sie sich darüber Gedanken machen konnte, stimmte die Gemeinde das Schlusslied an. Es war eines von Elenas Lieblingsliedern und schon nach wenigen Takten spürte sie, wie ihr ganz feierlich zumute wurde. Frohen Herzens und voller Vorfreude auf das große Ereignis sang sie mit. Nächstes Jahr würde Neukirchen ein rauschendes Fest feiern. Ihr Fest – das sie ihr ganzes Leben nicht mehr vergessen würde.

Kapitel 5

Drei Monate später ...

Kriminalhauptkommissar Robert Thorwald öffnete schwungvoll die Tür zum Gemeinschaftsbüro, das sich Katrin Abel mit ihren Kollegen Korbinian Bäumel und Torsten Maiwald teilte.

»Flo und ich gehen Mittagessen. Kommst du mit?«

Katrin, die momentan als Einzige hier war und konzentriert auf ihre Computertastatur eingehämmert hatte, sah zu ihm auf.

»Ja, aber nicht in die Kantine. Da gibt es heute Fischpflänzchen oder Kohlrouladen. Beides ist grauenhaft!«

»Hatten Flo und ich auch nicht vor. Wir wollten zu *Antonio*. Ich schulde euch ohnehin noch ein Geburtstagsessen.«

»Das stimmt allerdings!«, bemerkte Katrin augenzwinkernd und griff nach ihrer Jacke über der Stuhllehne.

Seit ihr Chef und seine Lebensgefährtin Amelie ein Paar waren, konnte sich Katrin nicht daran erinnern, dass die beiden jemals mehr als ein paar Wochen am Stück zusammen verbracht hatten. Das lag vor allem an Amelie, die nach dem tragischen Tod ihrer Schwester zuerst zu einer längeren Reise aufgebrochen war, bis die Auswanderungspläne ihres Vaters sie und Thorwald erneut für einige Wochen trennten. Mittlerweile lagen zwar keine zweiundzwanzig Flugstunden mehr zwischen ihnen, aber nachdem Amelie ihr Architekturstudium wieder aufgenommen hatte, verbrachte sie gerade ein Auslandssemester in Paris, wo Thorwald seinen letzten Geburtstag gefeiert hatte.

»Wo sind denn Korbi und Torsten?«, fragte er mit einem Blick ins leere Büro.

»Korbi ist am Gericht und Torsten bei den Kollegen von der Sitte wegen dieser Nachtclubsache.«

»Wo bleibt ihr denn? Ich habe Hunger«, rief Florian Weber vom Flur.

»Wie ein kleines Kind«, stellte Katrin mit gespielter Strenge fest.

»Zum Glück kann er schon selbstständig essen und trinken und kleckert sich auch nicht mehr so oft an«, erwiderte Thorwald lachend.

»Das mit dem Kleckern hat ja nicht ganz so gut funktioniert«, bemerkte Katrin eine Stunde später, nachdem der italienische Kellner ihre leeren Teller abgeräumt hatte.

Florian Weber griff nach der beigen Stoffserviette und wischte damit über seinen Pullover, auf dem sich gut sichtbar ein Fleck Tomatensauce ausgebreitet hatte.

»Nicht reiben!«, rief Katrin lauter als beabsichtigt. »Du machst es doch nur noch schlimmer.«

»Ist ja schon gut.« Weber schmiss die Serviette wieder auf den Tisch. »Ich habe heute ohnehin nichts Besonderes mehr vor. Wie sieht es mit Nachtisch aus?«, fragte er in Richtung Thorwald.

Der hatte es mittlerweile aufgegeben, sich über die Essgewohnheiten seines Kollegen und deren Auswirkungen auf sein Gewicht zu wundern. Während Weber nämlich regelmäßig Berge an Essen in sich hineinschaufelte und auch zwischendurch nichts ausließ, was ihm unter die Finger kam, nahm er gleichzeitig kein Gramm zu. Beneidenswert angesichts der Tatsache, dass sich seine Sportaktivitäten bis vor ein paar Wochen zudem stark in Grenzen gehalten hatten. Seit er auch noch regelmäßig Squash spielte und joggte, wie er vor dem letzten Fitnesstest verraten hatte, schien sein Körper die Kalorien förmlich durchzuschleusen.

»Bitte noch einmal die Karte«, bat Thorwald den Kellner.

»Für mich nur einen Cappuccino«, sagte Katrin.

Weber war bereits in die Dessertkarte vertieft und bestellte schließlich ein extragroßes Tiramisu. Thorwald beließ es bei einem doppelten Espresso. Kaum hatte der Kellner ihre Bestellungen aufgenommen, meldete sich Webers Mobiltelefon mit einer Nachricht.

»Ein Date für heute Abend?«, fragte Katrin, nachdem er geantwortet hatte.

Weber verzog das Gesicht. »Nein, wirklich nicht.« Dann grinste er. »Der Toni, mein Date, das darf ich ihm nicht erzählen.«

Katrins Miene verdüsterte sich. »Toni? Toni Kornbichler? Du triffst dich mit dem Kornbichler?«

»Ja, warum denn nicht? Wir gehen seit einiger Zeit gemeinsam zum Sport. Squash spielen und ab und zu joggen. Der Toni ist echt fit.«

»Ja, schön, dass er so fit ist«, erwiderte Katrin schneidend. »Dass er gleichzeitig ein absoluter Vollpfosten ist, scheint dich ja überhaupt nicht zu stören.«

Weber sah sie missbilligend an. »Mei, Katrin.«

»Was?«

Er wartete einen Moment, da der Kellner in diesem Moment die Nachspeise und die Kaffees an den Tisch brachte. »Der Toni ist schon in Ordnung.«

Katrin ließ einen verächtlichen Laut hören. »In Ordnung! Von wegen in Ordnung! Hast du vergessen, wie der immer rumgestänkert hat? Null motiviert und gleichzeitig über alle gelästert, die ihre Arbeit gut machten. Vor allem über mich! Wenn man den als Kollegen hat, braucht man wirklich keinen Feind mehr!«

»Du hast ja recht. Früher war der Toni ein ziemlicher Depp. Aber seit der bei der Drogenfahndung ist, ist er ganz anders. Geh halt mal mit zum Laufen.«

»Bestimmt nicht! Ich kann mir auch so vorstellen, wie der ständig über mich lästert und herzieht. Dazu muss ich den Deppen nicht auch noch sehen.«

»Falls es dich interessiert: Wir haben noch kein einziges Mal über dich gesprochen. Wir machen Sport zusammen, kein Kaffeekränzchen«, sagte Weber und widmete sich dann seinem Tiramisu.

»Und du hast dazu gar nichts zu sagen?«, fuhr Katrin Thorwald an.

Dieser hob abwehrend die Hände. »Was Flo in seiner Freizeit unternimmt, geht mich nichts an. Und laut Gerlach macht Toni sich wohl sehr gut in seiner Abteilung. Die Mordkommission war halt nicht das Richtige für ihn.«

»Jaja, der heilige Toni. Schön, wie einig ihr beide euch wieder einmal seid.« Erbost griff Katrin nach der Zuckerdose. Dass Toni Kornbichler im vergangenen Sommer nicht nur das Arbeitsklima mit seiner latent schlechten Laune vergiftet hatte, sondern auch ständig über ihre Einsatzbereitschaft gelästert hatte, hatte sie bis heute weder vergessen noch verziehen. Sein Wechsel zur Drogenfahndung kam einer Erlösung gleich. Dort konnte er von ihr aus bleiben, bis er Schimmel ansetzte.

»Scheiße!« Florian Weber ließ den Dessertlöffel fallen und sprang blitzschnell von seinem Stuhl auf.

Alarmiert sah Katrin ihn an. »Was ist los?«

»Der Typ da draußen hat gerade die Postbank überfallen!«, rief er und rannte Richtung Ausgang.

Weber hatte als Einziger von ihnen mit Blick zum Fenster gesessen. Die Bank und das italienische Restaurant lagen sich am Dreifaltigkeitsplatz direkt gegenüber. Jetzt sahen auch Katrin und Robert Thorwald, was ihren Kollegen so in Aufruhr versetzt hatte. Ein Mann mit einer schwarzen Sturmhaube über dem Kopf und einem Rucksack auf dem Rücken lief gerade die Fensterfront der Postbank entlang. Thorwald riss sein Handy heraus.

»Flo, warte!«, brüllte er und stürmte Weber hinterher, Katrin dicht hinter ihm.

Webers regelmäßiges Training zahlte sich offenbar aus. Er hatte die Straße bereits überquert, als sie aus dem Restaurant stürzten. Katrin hetzte ihm hinterher. Thorwald, der in diesem Moment die Einsatzleitstelle am Telefon hatte, war gezwungen, langsamer zu laufen.

Während er mit den dortigen Kollegen sprach, verschwand die sportliche Gestalt des Bankräubers in der nächsten Seitengasse. Florian Weber ließ sich jedoch nicht abschütteln. Katrin hatte Mühe, mit den beiden mitzuhalten. Ihre Gedanken wanderten zu ihrer Dienstwaffe, die sie im Kommissariat gelassen hatte. Wer konnte schon ahnen, wie dramatisch eine banale Mittagspause enden würde? Und was war mit Florian Weber? Seine Jacke hing noch über der Stuhllehne im Restaurant. Wenn er seine Waffe eingesteckt hätte, hätte er mit Sicherheit danach gegriffen.

Die Hatz führte sie in den Nahensteig, eine schmale Gasse flankiert von den für die Altstadt typischen Häusern mit Torbögen und kleinen Fenstern. Aus einem griechischen Restaurant traten zwei Gäste auf die Straße, die ob der vorbeistürmenden Passanten erschrocken zurückwichen. Katrin wusste, dass nicht weit entfernt ein Optikerladen und ein Reisebüro folgten, und schickte ein Stoßgebet zum Himmel, niemand möge aus den Geschäften kommen, vor allem niemand, der im schlimmsten Fall versuchte, den Helden zu spielen und den Maskierten aufzuhalten. Wie das ausgehen konnte, wollte sie sich gar nicht vorstellen. Doch zum Glück war die Gasse, von ihnen dreien abgesehen, menschenleer.

An der nächsten Einmündung bog der Vermummte nach links in das Balsgäßchen ab. Weber hatte bereits einige Meter aufgeholt und verschwand Sekunden später ebenfalls aus Katrins Blickfeld. Sie verspürte ein schmerzhaftes Ziehen an der Leiste, ignorierte das Seitenstechen jedoch beharrlich. Ihr üppiges Mittagessen machte sich bemerkbar, aber sie durfte jetzt nicht schlappmachen. Thorwald war etwa zwanzig Meter hinter ihr stehen geblieben und brüllte irgendetwas in sein Mobiltelefon. In diesem Moment ertönte jenseits der Gebäude ein Schuss.

»Flo!«

In Katrins eigenes Schreien mischte sich das entsetzte Kreischen zweier Frauen, die vollbepackt mit Einkaufstüten direkt an der Einmündung zum Balsgäßchen standen. Keuchend bog Katrin um die Straßenecke. »Flo!«

Fünf Meter von ihr entfernt taumelte Florian Weber einige Schritte zur Seite und sackte dann lautlos zusammen. Der Maskierte war bereits ein gutes Stück die Gasse hinuntergeeilt und näherte sich der Spiegelgasse, in die er schließlich rechts einbog.

»Flo!«

Katrin rannte zu Weber und kniete sich neben ihn. Vorsichtig drehte sie ihn auf den Rücken. Ein großer roter Fleck begann sich auf seinem grauen Pullover auszubreiten. Die Kugel hatte offenbar den Bauchraum verletzt. Auch auf den Gehsteig tropfte Blut. Katrin bettete seinen Kopf auf ihren Schoß.

»Ganz ruhig, Flo«, flüsterte sie und strich ihm sachte die Haare aus der Stirn.

Verdammt! Ihre Handtasche mit dem Mobiltelefon hing ebenfalls noch über der Stuhllehne im Restaurant. In diesem Augenblick bog Thorwald um die Ecke. Entsetzt starrte er auf seine Kollegen.

»Einen Notarzt!«, schrie Katrin. »Robert, wir brauchen einen Notarzt! Schnell!«

Panik erfasste sie. Wenn nicht bald Hilfe kam, würde Weber auf offener Straße verbluten. Mit zittriger Hand fuhr sie ihm über die Wange. Seine Haut war eiskalt und schweißnass, seine Lider flatterten unkontrolliert.

»Er ... hat mir ... in den Bauch ... geschossen«, stieß Weber erstickt hervor.

»Ganz ruhig, Flo. Ganz ruhig. Hilfe ist schon unterwegs.«

»Ich ...« Sein Kopf sackte zur Seite.

»Du musst jetzt durchhalten, Flo. Hörst du. Du musst durchhalten.« Katrin hatte nicht bemerkt, dass sie zu weinen begonnen hatte. Die Tränen rannten unkontrolliert über ihre Wangen, während aus der Ferne ein Martinshorn zu hören war, das rasch näherkam.

Leise fluchend werkelte David Mayrhofer am Nachttisch seiner Großmutter herum. Sie hatte ihn am Vortag angerufen und ihn gebeten vorbeizukommen, da ihre Nachttischschublade klemmte und einer der Küchenstühle geleimt werden musste. Eigentlich keine große Sache, aber das verdammte Ding ließ sich nicht zuschieben, obwohl er schon fast seine halbe Mittagspause damit zugebracht hatte.

»Hallo, Bruderherz«, sagte in diesem Moment jemand hinter ihm.

Thomas Mayrhofer lehnte lässig am Türrahmen. Wie immer trug er Anzug und Krawatte, aber seine elegante Garderobe konnte nicht darüber hinwegtäuschen, dass er seit dem Sommer ordentlich zugenommen hatte. Sein früher schmales Gesicht wirkte schwammig und über dem Gürtel war deutlich ein Bauchansatz zu sehen.

»Was machst du denn hier?«, fragte David.

»Ich hatte einen Termin in Altenberg und nehme die Oma mit nach Landshut. Sie will eine alte Schulfreundin im Krankenhaus besuchen. Tessa fährt sie dann abends nach Hause.« Nach einer kurzen Pause, in der David nichts erwiderte, fügte er hinzu:

»Schöne Grüße übrigens.«

»Von wem?«

»Von Tessa natürlich«, sagte Thomas indigniert.

»Aha. Danke.« Davids Begeisterung hielt sich in Grenzen. Dafür war ihm diese arrogante Schnepfe mit ihrem hochtrabenden Gerede viel zu unsympathisch. Als ob es abseits eines Jurastudiums nur Volltrottel auf dieser Welt geben würde. Aber er musste sie ja zum Glück nicht heiraten.

»Nächstes Jahr machen wir übrigens endlich Nägel mit Köpfen«, sagte sein Bruder. »Dann steht auch meiner Partnerschaft in der Kanzlei nichts mehr im Weg.«

»Super«, murmelte David und widmete sich wieder der Schublade.

In spätestens zwanzig Minuten musste er zurück nach Altenberg ins *Drei Lilien*. Im Fünf-Sterne-Hotel der Familie Gruber würde demnächst ein Spielcasino eröffnen, wofür die Schreinerei die Holzarbeiten erledigte. Wegen eines Lieferengpasses waren sie in Zeitverzug geraten, weshalb sie jetzt Gas geben mussten, damit alles pünktlich fertig wurde. Schließlich hatte Ferdinand Gruber bereits die Einladungskarten für die Eröffnungsfeier verschickt.

»Tessa hat übrigens neulich Clara in Landshut gesehen.« Thomas' Tonfall ließ David aufhorchen.

»Warum sagst du das so komisch?«

Sein Bruder warf einen prüfenden Blick in den Hausflur, ehe er die Tür hinter sich schloss. »Wie sie gerade aus einer Frauenarztpraxis kam«, fügte er verschwörerisch hinzu.

»Und?«

Thomas sah David kopfschüttelnd durch seine randlose Brille an. »Du bist schon von einer bemerkenswerten Naivität. Clara ist wahrscheinlich schwanger.«

Um ein Haar hätte David das Werkzeug fallen lassen. »Wie kommst du denn darauf?«

»Ist dir noch nicht aufgefallen, wie schlecht sie in letzter Zeit aussieht? Richtig blass und ausgemergelt.«

»Ich wohne nicht mehr hier, falls du das vergessen hast.«

»Ich auch nicht, aber ich habe Augen im Kopf. Tessa hat es übrigens auch schon bemerkt. Außerdem ist Clara letzte Woche nicht mitgekommen, als wir Papa und sie zum Essen eingeladen haben. Dabei haben wir den neuen Mongolen in Landshut ausgesucht. Weiß du, wie teuer der ist?« Thomas sah seinen Bruder entrüstet an. »Angeblich hatte sie Kopfschmerzen.«

»Dann wird es wohl so gewesen sein.«

David konnte sich auch etwas Angenehmeres vorstellen, als mit diesem Trio den Abend zu verbringen. Aber egal was ihre Beweggründe waren, er wollte und würde jetzt mit seinem Bruder bestimmt nicht darüber diskutieren, ob Clara von ihrem Vater ein Kind erwartete. In den letzten drei Monaten hatte er alles getan, um sich diese Frau aus dem Kopf zu schlagen, und war ihr konsequent aus dem Weg gegangen. Er wusste gar nicht mehr, wann er das letzte Mal sein Elternhaus betreten hatte. Von der Arbeit in der Schreinerei ging es nahtlos auf seiner eigenen Baustelle weiter. Obwohl es manchmal keine Körperstelle gab, die ihm abends nicht wehtat, etwas Besseres als arbeiten bis zum Umfallen hätte ihm gar nicht passieren können.

Hatte nicht auch seine Oma neulich erwähnt, sie würde sich Sorgen um Clara machen, weil sie immer stiller und blasser wurde? Er hatte absichtlich weggehört, aber jetzt wünschte er sich, er hätte es nicht getan. Clara schwanger ...

Sein Vater war Anfang sechzig. Der würde sich das doch nicht mehr antun. Aber was war mit Clara? Auf die Idee, dass sie eigene Kinder haben wollte, war er überhaupt nicht gekommen. Sein Bruder hatte vollkommen recht. Wie naiv musste man sein, den Gedanken so beharrlich zu ignorieren? Ohne Thomas anzusehen werkelte David weiter verbissen an der Schublade herum.

»Wie kann dir das nur so egal sein? Weißt du denn nicht, was das bedeutet?« Thomas schien jedoch keine Antwort zu erwarten, denn bevor David etwas erwidern konnte, hatte er schon weitergesprochen. »Es heißt, unser Vater hat bald vier Kinder. Und wer weiß, wie viele es noch werden. Clara ist schließlich erst neununddreißig. Ich habe keine Lust, mein Erbe mit zig Halbgeschwistern zu teilen.«

Daher wehte also der Wind. Es hätte David auch sehr verwundert, wenn Thomas sich ernsthaft für Claras Gesundheit interessieren würde. Endlich gab die Schublade nach und ließ sich wieder ohne Ruckeln und Rütteln vor- und zurückziehen.

David richtete sich auf und stellte sich direkt vor seinen Bruder. »Falls es dich beruhigt: Judith und du könnt meinen Anteil am Erbe gerne haben. Ich brauche kein Geld von unserem Vater und ich will auch kein Geld von ihm.« Energisch packte er sein Werkzeug zusammen. »Wäre das Thema dann hiermit geklärt?«

Thomas verschränkte die Arme vor seiner Brust. »Hier ist noch gar nichts geklärt. Judith ist ja ähnlich naiv wie du. Aber im Gegensatz zu euch werde ich mein Erbe bestimmt nicht kampflos aufgeben.«

»Wie du meinst. Ich muss jetzt noch in die Küche«, sagte David und ging zur Tür.

Fast automatisch fiel sein Blick dabei auf das Porträt seiner Mutter, das neben dem Hochzeitsbild seiner Großeltern über der kleinen Biedermeierkommode an der Wand hing. Das Foto war kurz nach seiner Geburt aufgenommen worden, wie ihm seine Großmutter einmal erzählt hatte. Seine Mutter sah unglaublich glücklich aus. Ihre Augen strahlten und ihr Lachen war voller Wärme und Zuneigung.

»Hast du dich eigentlich nie gefragt, wo die Ohrringe hingekommen sind, die sie auf dem Bild trägt?«, fragte Thomas, dem Davids Reaktion nicht entgangen war.

Die beiden rubinroten, ovalförmigen Ohrstecker, ummantelt von einem Kreis winziger sternförmiger Diamanten, waren die Lieblingsohrringe seiner Mutter gewesen. David konnte sich nicht daran erinnern, dass sie jemals andere getragen hatte.

»Wahrscheinlich bewahrt Oma sie bei sich auf. Mit dem Rest von Mamas Sachen.«

»Nein, die habe ich schon gefragt. Sie weiß auch nicht, wo sie sind.« Thomas stellte sich neben seinen Bruder und fixierte das Bild förmlich. »Ist schon seltsam, oder? Oma hat mir Mamas Schatulle gezeigt. Mama hat jedes ihrer Schmuckstücke aufgehoben. Sogar die Uhr, die sie zu ihrer eigenen Firmung bekommen hat, ist noch da. Nur diese Ohrringe sind wie vom Erdboden verschluckt.«

»Hast du jetzt Angst, dass dein Erbe weniger wird?«

»Ich wundere mich lediglich. Oma weiß auch nicht, woher Mama die Ohrringe überhaupt hatte.«

»Sie wird sie sich halt gekauft haben. Von Papa ist sie ja in der Hinsicht nicht gerade verwöhnt worden.«

David verspürte wenig Lust, das Gespräch hier und jetzt weiterzuführen. Mit einem Ruck öffnete er daher die Tür und eilte die Treppe hinunter.

Nachdem seine Großmutter und Thomas endlich Richtung Landshut entschwunden waren, nahm er sich den kaputten Küchenstuhl vor. Er musste sich beeilen, nicht nur weil im *Drei Lilien* ein Berg Arbeit auf ihn wartete, sondern weil Clara jeden Moment aus der Schule nach Hause kommen konnte. Und sie war momentan der letzte Mensch, dem er über den Weg laufen wollte.

Kaum hatte Thorwald die Tür zum Gemeinschaftsbüro geöffnet, waren drei Augenpaare starr auf ihn gerichtet. Er konnte die Angst und die Unruhe der Kollegen fast körperlich spüren. Für einen Moment war es ganz still im Raum.

»Wie geht es Flo?«, fragte Katrin schließlich.

Mit einem tiefen Seufzer ließ sich Thorwald in den freien Drehstuhl fallen. »Unverändert. Er liegt noch immer im künstlichen Koma.«

Zwei Tage waren der Banküberfall und der verhängnisvolle Schuss nun her. Gerade hatte Thorwald mit Florian Webers Mutter telefoniert. Er war froh, dass sie seine Bitte nach einem Gespräch nicht abgewehrt hatte, sondern sehr offen zu ihm gewesen war. Sie hatte sogar die behandelnden Ärzte von der Schweigepflicht ihm gegenüber entbunden.

Mit Grauen zogen die letzten achtundvierzig Stunden an Thorwald vorbei: das quälende Warten bei grellem Neonlicht in einem schier endlosen Krankenhausgang, neben ihm Katrin, die sichtbar am Ende ihrer Kräfte war, während ihr Kollege notoperiert wurde. Die Ankunft von Florian Webers besorgten Eltern, die in Begleitung des Polizeiseelsorgers im Krankenhaus eintrafen, und schließlich die nicht allzu optimistischen Worte des Arztes, der von einem glatten Durchschuss im Bauchraum, von verletzten Organen und zerfetzten Arterien sprach und seiner Entscheidung, den Patienten bis auf Weiteres in ein künstliches Koma zu versetzen, damit sein Organismus so wenig wie möglich belastet wurde. Seitdem waren sie alle zum Abwarten verdonnert und es gab absolut nichts, was sie für ihn tun konnten. Selten hatte sich Thorwald so ohnmächtig und nutzlos gefühlt wie jetzt.

»Also weiter warten und hoffen«, sagte Torsten Maiwald.

Ihm und den anderen war die schwere Verletzung eines direkten Kollegen bisher erspart geblieben. Obwohl in der Ausbildung alles getan wurde, um einen Polizisten auf dieses Szenario vorzubereiten, war Thorwalds gesamtes Team in eine Art Schockstarre verfallen. Er selbst musste aufpassen, dass er nicht die Fassung verlor.

»Und alles dafür tun, dass der Täter gefasst wird«, sagte Katrin.

Seit dem Vortag unterstützte sie die Kollegen des Raubdezernats bei ihren Ermittlungen. Bisher hatte Thorwald sie gewähren lassen, weil die Mordkommission sie gerade entbehren konnte und er zudem das Gefühl hatte, die Beschäftigung täte ihr gut. Doch nach einem ausführlichen Gespräch mit der Polizeipsychologin, die er zurate gezogen hatte, hatte er beschlossen, dass es so nicht weiterging. Katrin brauchte dringend eine Pause, anstatt das Erlebte mit immer mehr Arbeit zu betäuben. Der Abteilungsleiter des Raubdezernats, Herbert Kröger, sah es ohnehin nicht gerne, wenn »fachfremde Kollegen«, wie er alle anderen Abteilungen zu nennen pflegte, bei ihm »rumwuselten«. Deshalb hatte er Katrins Abzug aus den laufenden Ermittlungen auch nicht widersprochen. Nun war es an Thorwald, sie davon in Kenntnis zu setzen.

Doch bevor er sie um ein Vier-Augen-Gespräch bitten konnte, klopfte es und Herbert Kröger höchstpersönlich kam mit einem aufgeklappten Laptop in der Hand ins Büro.

»Wie geht es eurem Kollegen?«, fragte er.

»Unverändert«, sagte Thorwald.

»Es wird euch vielleicht ein bisschen aufmuntern, dass wir mittlerweile ein paar Schritte weitergekommen sind.«

»Habt ihr die Aufzeichnungen von der Baustelle endlich auswerten können?«, fragte Katrin.

»Unter anderem.« Kröger wechselte einen raschen Blick mit

Thorwald und stellte den Laptop auf Katrins Schreibtisch. »Ich würde euch gerne kurz auf den neuesten Stand bringen.«

Thorwald wusste, dass Kröger als Leiter des Raubdezernats dazu nicht verpflichtet gewesen wäre. Mochte er in beruflichen Dingen auch manchmal ein Pedant sein, ein Unmensch war er nicht. Er setzte sich mit Korbinian Bäumel und Torsten Maiwald in einem Halbkreis vor den geöffneten Bildschirm. Katrin rückte mit ihrem Bürostuhl neben ihn.

»Also«, begann Kröger und holte tief Luft. »Wie es aussieht, haben wir es mit einem Serientäter zu tun.«

Kapitel 6

»Eine Serie?«, rief Katrin aufgebracht. »Aber wir hatten hier doch keine nennenswerten Vorfälle in der letzten Zeit!«

»Wir nicht«, entgegnete Kröger mit etwas schärferem Unterton. »Aber die Kollegen im Saarland, in Rheinland-Pfalz, in Baden-Württemberg und in Schwaben, in Memmingen. Dort hat es insgesamt vier Überfälle nach mehr oder weniger identischem Muster gegeben.«

»Wie seid ihr darauf gekommen?«, fragte Thorwald.

»Purer Zufall. Ein neuer Kollege war bis vor einem Monat bei der Polizei in Pirmasens. Dort hat es kurz vor seinem Ausscheiden einen Überfall auf eine Commerzbank-Filiale gegeben. Der Ablauf war derselbe wie in der Landshuter Postbank: Ein mit einer Sturmhaube maskierter Einzeltäter stürmt mit einer Schusswaffe in die Filiale, legt den Angestellten einen Zettel mit der Aufforderung ›Geld her!‹ auf den Tresen, lässt sich das Geld in einen schwarzen Rucksack packen und verschwindet auf einem direkt vor der Bank abgestellten, gestohlenen Motorrad. Daraufhin haben wir die Datenbanken bundesweit gezielt nach diversen Schlagworten abgesucht und drei weitere Treffer gelandet.« Kröger tippte auf der Tastatur herum, woraufhin eine Deutschlandkarte erschien, auf der die einzelnen Bundesländer unterschiedlich eingefärbt waren. Vier Städte im Westen und Süden der Republik waren mit einer Markierung versehen. »Banken in kleinen bis mittelgroßen Städten, die Überfälle passieren stets zu einem Zeitpunkt, in dem nur wenige oder gar keine Kunden in der Filiale sind. Die Aufnahmen der Überwachungskameras zeigen einen sportlichen und extrem gut organisierten Täter. Allerdings kam die Schusswaffe bisher nicht zum Einsatz. Die Überfälle gingen jedes Mal blitzschnell über die Bühne, in Nonnweiler entriss er der Bankangestellten den Rucksack sogar, während diese noch das Geld hineinstopfte. Ganz so, als ob er mit einer inneren Uhr arbeiten würde, die ihn daran erinnert, sich nicht zu lange in den

Bankräumen aufzuhalten, sodass er bis zum Eintreffen der Polizei längst über alle Berge ist.«

»Wow«, stieß Korbinian Bäumel hervor. »Der Kerl ist echt clever.«

»Allerdings«, sagte Kröger. »Unterschiedliche Bundesländer bedeuten unterschiedliche Zuständigkeitsbereiche seitens Polizei und Staatsanwaltschaft. Hätte er nacheinander vier Filialen in München oder Stuttgart überfallen, hätten wir von vorneherein eine ganz andere Ausgangslage gehabt. Bisher hat er zwar nicht das ganz große Geld gemacht, aber in der Summe haben sich seine Ausflüge durchaus gelohnt. Die Beute beträgt mittlerweile einen höheren fünfstelligen Betrag. Er ballert nicht sinnlos in der Gegend herum und vermeidet damit ballistische Spuren. Er spricht nicht, er schaut nicht direkt in die Überwachungskameras und er weiß genau, wohin er nach getaner Arbeit fahren muss. Die Motorräder hat er jeweils am Vorabend vor einem Überfall gestohlen und sie danach offenbar auf stillgelegten Fabrikgeländen in Brand gesteckt. Zumindest wurden die Überreste von zwei der vier Maschinen auf solchen Arealen entdeckt.«

»Aber jetzt hat er geschossen!«, sagte Katrin. »Was sagen denn die Ballistiker zum Projektil?«

Erst ein Blumenkübel aus Beton direkt am Straßenrand hatte die Kugel schließlich gestoppt.

»Es ist ziemlich verformt, weshalb es noch einige Zeit dauern wird, bis wir ein eindeutiges Ergebnis haben«, sagte Kröger.

Erneut bearbeitete er die Tastatur, rief eine Straßenkarte von Landshut auf und vergrößerte einen Ausschnitt, der den Dreifaltigkeitsplatz und die umliegenden Straßenzüge zeigte. »Das Motorrad hatte er dieses Mal nicht direkt vor der Bank abgestellt, sondern ein paar Meter entfernt in einer der Parkbuchten am Dreifaltigkeitsplatz. Warum, entzieht sich – noch – unserer Kenntnis.« Er wies mit seinem Kugelschreiber auf eine schraffierte Fläche. »Zum Zeitpunkt des Überfalls gab es genau auf Höhe dieser Parkbuchten einen Zusammenstoß zwischen einem rückwärts ausparkenden Auto und einem Fahrradfahrer, bei dem es den Radler übel erwischt hat. Eine zufällig vorbeikommende Streife hat deshalb sofort angehalten. Als unser Täter aus der

Postbank stürmt, sieht er höchstwahrscheinlich den Streifenwagen, weshalb er kehrtmacht und in die entgegengesetzte Richtung abhaut.« Kröger blendete den Fluchtweg des Täters ein.

Katrin schüttelte den Kopf. »Wenn er zu seinem Motorrad gelaufen wäre, hätte Flo ihn vom Restaurant aus zwar vielleicht noch kurz gesehen, aber mit der Maschine wäre er sofort über alle Berge gewesen. Eine Verfolgung zu Fuß hätte sich somit erübrigt und Flo wäre nichts passiert.«

»Es war eine Verkettung äußerst unglücklicher Umstände«, entgegnete Thorwald bestimmt. »*Hätte-wäre-wenn* bringt jetzt niemanden weiter.«

»Außerdem hat uns sein Ausflug durch Landshuts Gassen ein unverhofftes Bild beschert«, sagte Kröger.

»Er hat sich die Haube vom Kopf gerissen und wurde von einer Kamera eingefangen?«, rief Torsten Maiwald.

»Ganz so amateurhaft ging er leider nicht zu Werk. Aber ihr wisst ja, an welchem Gebäude die Spiegelgasse unter anderem vorbeiführt, durch die er nach dem Schuss geflüchtet ist?«

Natürlich wussten das alle im Raum. Ein Blick aus dem Bürofenster genügte, um die Gasse zu sehen.

»Wir gehen davon aus, dass er die wegen des Überfalls alarmierten Streifenwagen aus dem Innenhof des Polizeigebäudes ausrücken sah und in seiner Not an dieser Stelle über einen Baustellenzaun geklettert ist, um irgendwie von der Straße wegzukommen«, fuhr Kröger fort. Auf dem Bildschirm hinter einem Reparaturladen für Mobiltelefone erschien eine rote Markierung. »Offenbar flüchtete er anschließend über die Gärten und Hinterhöfe der angrenzenden Häuser, leider mit Erfolg. Beim Klettern über den Baustellenzaun ist es allerdings passiert.« Er tippte auf eine Taste und der Film einer Überwachungskamera begann zu laufen. »Der Betrieb an der Baustelle wird erst nächste Woche aufgenommen, aber der Bauunternehmer hat schon überall Kameras installieren lassen. Wie ihr seht, mit sehr guter Bildqualität.«

»Da ist er!«, rief Katrin und zeigte auf die dunkel gekleidete Person, die sich vom rechten Bildrand dem Bauzaun näherte und diesen behände überquerte. »Stopp! Was ist da passiert?«

»Schaut genau hin.« Kröger spielte den Film erneut ab und

drückte nach fünf Sekunden die Pausetaste. »Beim Absprung auf der anderen Seite des Bauzauns bleibt er mit dem linken Arm hängen und reißt sich den Ärmel seines Kapuzenpullovers auf. Und schaut mal, was hier zum Vorschein kommt.« Er vergrößerte das Standbild, sodass alle den linken Oberarm des Bankräubers erkennen konnten. Katrin beugte sich nach vorne, um die beiden leicht verschnörkelten Buchstaben zu entziffern, die mit schwarzer Farbe in die Haut eintätowiert waren.

»Ein K ... und ein ... A, würde ich sagen.«

»Ganz genau. K und A. Kein Fingerabdruck, aber immerhin etwas.«

»Wir müssen die Datenbanken nach allen absuchen, deren Namen zu den Initialen passen.« Katrin sprach immer schneller. »Und bundesweit Tattoostudios und Tätowierer kontaktieren und sie nach diesem Motiv fragen und ...«

»Da sind wir bereits dran«, unterbrach Kröger sie. »Wir hier in Landshut und die anderen Dienststellen in den betroffenen Bundesländern haben uns auf eine Soko verständigt. In einer halben Stunde findet eine gemeinsame Videokonferenz statt, in der wir das weitere Vorgehen besprechen.« Er blickte in die Runde. »Momentan ist alles noch ziemliches Stückwerk, aber wenn wir zukünftig an einem Strang ziehen, haben wir eine reelle Chance, ihn zu erwischen.«

»Diese Buchstaben ...«, begann Korbinian Bäumel zögernd.

»Ja?«

»Es müssen ja nicht notwendigerweise seine eigenen Initialen sein. Vielleicht sind es die seiner Frau oder seines Kindes oder ...«

»... oder seiner Großmutter«, sagte Kröger trocken. »Natürlich müssen wir davon ausgehen, dass sie zu einer x-beliebigen Person aus seinem Umfeld oder zu irgendetwas in seinem Leben gehören, das für ihn wichtig ist, genauso wie von der Möglichkeit, dass er sich die Tätowierung im Ausland hat stechen lassen.«

»Allein die Suche hier in Deutschland wird eine Sisyphusarbeit«, konstatierte Maiwald.

Kröger nickte. »Wir dürfen uns nichts vormachen: Wir suchen die Nadel im Heuhaufen. Solange die Untersuchung des Projektils noch keine verlässlichen Informationen liefert, bleiben die

Buchstaben das Einzige, was wir haben. Uns fehlen Fingerabdrücke, seine DNA, wir wissen nicht, wie er aussieht, wie seine Stimme klingt und ob er mit Akzent spricht. Auch am gestohlenen Motorrad befanden sich keine verwertbaren Spuren. Es wurde gestern Abend aus einer privaten Hofeinfahrt hier in Landshut entwendet. Ein K und ein A ist alles, was wir haben.«

»Immerhin besser als nichts«, sagte Katrin. »Wie wäre es denn mit einer Nachbarschaftsbefragung? Der Typ hat die Bankfilialen doch vorher bestimmt ausgekundschaftet und sich seine Anfahrt und seinen Fluchtweg genau überlegt. Vielleicht ist er dabei jemandem aufgefallen. Jemandem, der ihn ohne Sturmhaube gesehen hat und ihn beschreiben kann.«

Kröger nickte. »Das ist ein sehr guter Punkt und gehört natürlich zu den Themen, die wir in der Konferenz besprechen.«

»Wie weit wollt ihr die Öffentlichkeit einbeziehen?«, fragte Thorwald.

»Ich bin für eine Öffentlichkeitsfahndung und hoffe, die Kollegen sehen es genauso. Natürlich warnen wir den Täter damit auch und geben ihm zu verstehen, dass wir ihn für die vier Überfälle verantwortlich machen. Inwieweit wir gleich alle Details rausrücken, müssen wir gemeinsam abstimmen. Hinweise aus der Bevölkerung sind nie verkehrt, allerdings weiß keiner von uns, wie er reagiert, wenn er sich in die Enge getrieben fühlt. Bisher war er der große Unbekannte, der stets unbehelligt in der Anonymität verschwinden konnte.«

Thorwald sah Kröger stirnrunzelnd an. »Was glaubst *du*, was er als Nächstes vorhat?«

»Ich an seiner Stelle würde erst einmal den Ball flach halten. Wie ich vorhin allerdings schon sagte, ist ihm der *ganz* große Wurf bisher nicht gelungen. Vielleicht startet er nach einer Pause eine neue Serie in Nord- oder Ostdeutschland. Wobei das Risiko, erwischt zu werden, natürlich mit jedem Überfall steigt. Das weiß unser Täter ganz genau. Deshalb könnte ich mir auch vorstellen, dass er irgendwo den großen finalen Beutezug plant, um danach für immer von der Bildfläche zu verschwinden.«

Nachdem Herbert Kröger das Büro verlassen hatte, begann Katrin ihren Arbeitsplatz aufzuräumen und einen Schreibblock, Kugelschreiber und Textmarker in verschiedenen Farben zusammenzusuchen.

»Hast du einen Moment?«, fragte Thorwald, der schon ahnte, was sie vorhatte.

»Können wir auch nach der Videokonferenz sprechen? Du hast doch gehört, was Kröger gesagt hat. Die fangen in fünf Minuten an.«

»Können wir bitte trotzdem miteinander reden? Jetzt!«

»Kann das nicht bis nach der Konferenz warten?«

Thorwald fing die Blicke der beiden Kollegen ein. »Wir gehen kurz in die Kantine«, sagte Torsten Maiwald und eilte mit Korbinian Bäumel im Schlepptau aus dem Büro.

Der Hauptkommissar schloss die Tür. »Nein, kann es nicht. Katrin, ich weiß, du möchtest helfen, den Täter so schnell wie möglich dingfest zu machen, aber …«

»Ja, natürlich! Er hat Flo niedergeschossen!«

»Aber«, fuhr Thorwald etwas lauter fort, »in der momentanen Situation ist es besser, wenn du dir eine Pause gönnst. Bitte geh nach Hause und nimm dir ein paar Tage frei.«

»Ich brauche keine Pause!«

»Doch, Katrin. Du warst noch nie in einer derartigen Ausnahmesituation. Glaub mir, ich weiß, wovon ich spreche. Es bringt nichts, so weiterzumachen, als wäre nichts geschehen. Irgendwann kommt alles hoch und du klappst zusammen. Das denkt im Übrigen auch Frau Dr. Zeidler.«

In Katrins Augen blitzte es zornig auf. »Du hast mit Frau Dr. Zeidler über mich gesprochen?«

»Ja, das habe ich. Weil ich dein Vorgesetzter bin und als solcher eine Fürsorgepflicht dir gegenüber habe. Du warst Zeugin einer Gewalttat, das steckt niemand problemlos weg. Und es wird auch nicht besser, indem du dich mit Arbeit betäubst und wie eine Besessene dem Täter hinterherjagst. Um den kümmern sich Kröger und die Soko. Gönn dir eine Pause und komm zur Ruhe.«

»Sagt die schlaue Frau Dr. Zeidler.«

»Ja, und ich bin da ganz ihrer Meinung. Ein Gespräch mit ihr würde dir vielleicht auch ganz gut tun.«

»Das wird ja immer schöner. Was kommt denn als Nächstes? Werde ich vom Dienst suspendiert?«

Thorwald sah ihr direkt in die Augen. »Rede keinen Unsinn. Ich habe mich selbst lange mit ihr unterhalten und bin froh, dass ich es getan habe. Auch für mich ist die schwere Verletzung eines Polizisten kein Alltag. An niemandem hier geht der Vorfall spurlos vorüber. Wir alle haben Angst um Flo. Ich habe auch Torsten und Korbi geraten, sie aufzusuchen, wenn sie mit jemandem darüber sprechen wollen.«

»Ich will aber nicht über Flo sprechen. Ich will den Täter finden.«

»Das wollen wir alle, Katrin. Ich habe dabei volles Vertrauen in die Arbeit der Soko. Selbstverständlich kann ich dich nicht zu einem Gespräch mit Frau Dr. Zeidler zwingen, aber du arbeitest nicht mehr bei Kröger im Team mit und gehst jetzt nach Hause und ruhst dich einige Tage aus. Überstunden hast du ohnehin zur Genüge.«

Katrin starrte ihn mit unbeweglicher Miene an.

»Das war keine Bitte«, fügte Thorwald hinzu.

»Ich habe schon verstanden«, erwiderte sie eisig, griff nach ihrer Jacke und der Umhängetasche und stürmte aus dem Büro.

»Also, ich würde meinen Katzen nicht erlauben, auf dem Sofa zu sitzen. Nicht dass ich jemals eine Katze hatte, Gott bewahre«, sagte Caroline von Greifenberg. Sekunden später nahm sie ihm gegenüber im Wohnzimmersessel Platz.

Es sind aber nicht Ihre Katzen und ist auch nicht Ihr Sofa, dachte Cornelius, verkniff sich jedoch jeglichen Kommentar, krampfhaft bemüht, sich durch ihre Anwesenheit nicht von seiner vormittäglichen Zeitungslektüre ablenken zu lassen. Max und Moritz schreckten wie auf Kommando hoch, sprangen hintereinander von der Couch, wo sie soeben noch friedlich geschlummert hatten, und stoben hinaus.

»Damit hat sich das Thema ja nun erledigt«, stellte Cornelius fest. Wie gerne wäre er den beiden Katern gefolgt. Stattdessen saß er mit ihrem Hausgast hier und fühlte sich innerhalb von Sekunden wie in einem Gefängnis, ein Zustand, der ihm mittlerweile nur allzu vertraut war.

»Wo Ramona nur so lange bleibt?« Nervös nestelte Caroline am Ärmel ihrer schwarzen Seidenbluse.

»Sie wollte nur kurz zum Einkaufen und wird gleich wieder da sein«, murmelte er und vergrub sich hinter seiner Zeitung. Dabei war Ramona schon über zwei Stunden weg, wie er nervös feststellte, gleichzeitig bemüht, sich die aufkommende Unruhe nicht anmerken zu lassen.

»Warum hat sie mir denn nicht gesagt, dass sie wegfährt? Ich hätte sie doch begleiten können.«

Vielleicht wollte sie ja das gerade nicht. Vielleicht wollte sie ihre Ruhe haben, ohne von einem permanenten Schatten verfolgt zu werden. Es fiel Cornelius schwer, nicht ausfallend und laut zu werden.

»Tabea ist auch schon lange nicht mehr vorbeigekommen. Hoffentlich ist bei ihr alles in Ordnung«, kam es aus Richtung des Sessels.

»Alles bestens. Ich habe gestern mit ihr telefoniert.«

Unsere Tochter macht das einzig Richtige und meidet dieses Haus, so gut es nur geht. Das würde ich an ihrer Stelle auch machen. Rasch blätterte Cornelius um.

»Alles bestens. Das habe ich auch immer gedacht. Und jetzt ist mein Leben ein einziger Trümmerhaufen«, flüsterte Caroline mit tränenerstickter Stimme.

Das Öffnen der Haustür erlöste Cornelius. Er legte die Zeitung beiseite und stand rasch vom Sofa auf. Caroline musste nicht bemerken, wie sehr ihn Ramonas lange Abwesenheit beunruhigt hatte. Plötzlich verspürte er den Drang, seine Frau einfach nur zu umarmen. Seine Schritte beschleunigten sich. In der Diele angekommen, blieb er abrupt stehen.

»Wie siehst du denn aus?«, entfuhr es ihm, während Ramona gerade ihren Herbstmantel an die Garderobe hängte.

Ihre leicht gewellten rotbraunen Haare waren einem schwarz gefärbten Pagenkopf gewichen, den Cornelius jetzt ungläubig anstarrte.

»Anders. Stört es dich etwa?«

»Ja ... äh ... nein. Aber ... warum denn? Ich meine, warum dunkle Haare? Du hattest doch noch nie ...«

»Eben. Deshalb wurde es höchste Zeit, etwas Neues auszuprobieren. Die Frage, ob es dir gefällt, hat sich ja wohl erübrigt.«

»Ich habe doch gar nichts ...« Entnervt hielt Cornelius inne. »Caroline wartet im Wohnzimmer auf dich«, murmelte er.

»Warum? Ist etwas passiert?«

»Nein, außer dass sie kurz davor war, eine Vermisstenanzeige aufzugeben, weil du dich offenbar nicht bei ihr abgemeldet hast.«

»Oje, die Ärmste. Ich bin ganz spontan in den Friseurladen und sie hatten zufällig einen Termin für mich frei. Ich habe dann völlig vergessen, hier anzurufen.«

»*Mir* musst du das nicht sagen. Ich verlange bestimmt keinen Rechenschaftsbericht von dir.«

»Mein Gott, Gregor. Sie hat Verlustängste. Das braucht Zeit!«

»Das höre ich jetzt seit drei Monaten. Wie lange soll dieser Zustand denn noch anhalten?«, zischte er.

Ramonas Gesichtszüge verhärteten sich. »Entschuldige, dass sie nicht nach einem von dir aufgestellten Stundenplan funktioniert. Sie ist ein Mensch, kein gefühlloser Roboter. Die Wunde, die diese grauenvolle Nacht hinterlassen hat, ist noch lange nicht verheilt. Auch wenn du das nicht verstehen kannst.«

»So habe ich das nicht gemeint. Aber sie *versucht* doch nicht einmal, in ihr Haus zurückzukehren und ihr Leben wieder in den Griff zu bekommen.«

»Das sagt sich so leicht. Wie stellst du dir das eigentlich vor? Ein paar Sitzungen beim Onkel Doktor und alles ist wieder im Lot? Friede, Freude, Eierkuchen, als wäre nie etwas gewesen. Sie leidet. Ihre Seele leidet. Das geht nicht von heute auf morgen vorbei.«

»Der Psychotherapeut hat selbst gesagt ...«

»Ich weiß, was der Psychotherapeut gesagt hat. Schließlich gehe ich einmal in der Woche zu ihm hin. Du klingst, als ob sie es mit Absicht machen würde. Glaubst du, wir beide haben uns diese Situation gewünscht?«

»Ihr beide! Wie konnte ich es nur vergessen. Der Rest der Welt ist da natürlich außen vor«, rief er lauter als beabsichtigt.

»Genau so ist es«, sagte Ramona hart. »Niemand von euch kann sich auch nur annähernd vorstellen, was wir in dieser Nacht durchgemacht haben. Richard ist vor unseren Augen gestorben. Wir hatten Todesangst.«

»Und ich saß derweilen fröhlich in Neukirchen im Bierzelt, ich weiß.« Cornelius versuchte gar nicht mehr, leise zu sprechen. Sollte ihr Gast im Wohnzimmer ruhig hören, wie sie sich stritten und mit Vorwürfen überhäuften. Frieden gab es in diesem Haus nämlich schon lange nicht mehr. »Das ist es doch, was du mir eigentlich vorwirfst. Dass ich nicht da war in jener Nacht. Dass ich dich im Stich gelassen habe.«

»Ich werfe dir gar nichts vor. Ich habe nur keine Lust, mich ständig für irgendetwas entschuldigen zu müssen, wofür ich nichts kann. Und Caroline auch nicht!«

Ehe er etwas erwidern konnte, hatte Ramona ihren Einkaufskorb gepackt und war Türe knallend Richtung Küche entschwunden. Erschöpft lehnte er sich an den Garderobentisch. In welchen Albtraum hatte sich ihre Ehe, ihr ganzes Leben nur verwandelt? Wobei man von einer Familie eigentlich nicht mehr sprechen konnte. Caroline hatte ganz recht. Tabea fuhr seit Wochen lieber zu ihrem Freund, als ihren Eltern einen Besuch abzustatten. Selbst ihre Haushälterin, die sich früher immer gerne auf eine Tasse Kaffee zu Ramona in die Küche gesetzt hatte, verabschiedete sich umgehend nach getaner Arbeit.

Aber er konnte nicht entkommen. Und er wollte es auch nicht. Zumindest am Anfang hatte er es nicht gewollt. Da wollte er einfach nur für Ramona da sein. Natürlich hatten sie Caroline bei der Beisetzung und den Behördengängen unterstützt, und er hatte auch verstanden, dass sie in der ersten Zeit nicht allein in dem Haus bleiben konnte, in dem sie all die Jahre mit Richard zusammengelebt hatte. Aber irgendwann, hatte er gedacht, irgendwann musste doch der Wunsch nach Normalität zurückkommen, der Drang, den alltäglichen Kleinigkeiten wieder nachzugehen, die das Leben zwar furchtbar trivial erscheinen ließen, den Menschen aber auch zum Weitermachen motivierten, ihn morgens aufstehen ließen, ihn unter Leute brachten, ihn vom Grübeln abhielten.

Caroline schien nichts von alledem zu verspüren. Stattdessen hörte sie nicht auf, bei der Polizei nach dem Ermittlungsstand zu fragen – eine Frage, auf die sie stets eine negative Antwort erhielt, da der Täter bis heute nicht gefasst war –, sich in Erinnerungen zu vergraben und jedem ein schlechtes Gewissen zu machen, der auch nur einen Funken Optimismus versprühte. Manchmal glaubte Cornelius, in seinem eigenen Haus ersticken zu müssen, wenn sie noch länger mit ihnen unter einem Dach wohnte.

Ramona dagegen hatte sich in einen einzigen lebenden Vorwurf verwandelt. Versuchten Tabea und er, ihr eine Freude zu machen oder sie abzulenken, wurden sie brüsk abgewiesen, versuchten sie, Verständnis für ihre Situation zu zeigen, war es auch nicht das Richtige. Alles, was er machte oder sagte, war falsch. Seit dem Moment, in dem er das Krankenzimmer in Toulon betreten hatte, hatte er das Gefühl, seine Frau nicht mehr zu kennen. Der Mensch, mit dem er fast dreißig Jahre lang sein Leben teilte, war ihm vollkommen fremd geworden. Er war sich auch gar nicht mehr sicher, ob er diesen Menschen überhaupt noch kennen wollte. Er war es leid, er war müde. Unendlich müde.

Das Klingeln des Telefons riss ihn aus seinen trüben Gedanken. Beim Blick auf die Rufnummernanzeige hellte sich seine Laune sogleich etwas auf.

»Frau Leitner, wie schön, von Ihnen zu hören.«

Kapitel 7

Erst als sie an ihrem Fahrrad angekommen war und in der kühlen Herbstluft anfing zu frösteln, schlüpfte Katrin in ihre Jacke. Mit einem energischen Ruck zog sie den Reißverschluss zu. Ihr Innerstes tobte. Wut, Trauer, Schmerz – ihre Gefühle konnten sich nicht entscheiden, wem sie nachgeben wollten. Und über allem schwebte diese furchtbare Angst, dass Flo nicht überlebte. Dass der letzte gemeinsame Moment die Sekunden waren, in denen er blutüberströmt auf der Straße lag und versuchte, ihr noch etwas zu sagen, bevor er schließlich das Bewusstsein verlor.

Verdammt! Flo ist zweiunddreißig. Mit zweiunddreißig stirbt man doch nicht.

Immerhin wusste sie jetzt, wohin sie fahren würde. Bisher hatte sie einen Besuch stets gescheut, hatte seiner Familie nicht begegnen und sie in diesen schwierigen Momenten nicht stören wollen. Aber jetzt fand das Fahrrad fast von allein den Weg, der sie durch die Altstadt und über die Isar schließlich zum Klinikum bringen würde. Die Luft war frisch und klar und allmählich spürte Katrin, wie sie sich entspannte. Die monotone Tretbewegung und die Tatsache, dass zu dieser Jahreszeit nur noch wenige Radler unterwegs waren, ließen ihr Gedankenkarussell allmählich zur Ruhe kommen. Wie oft hatte Flo sie damit aufgezogen, dass sie bei nahezu jeder Witterung und Tageszeit mit dem Fahrrad unterwegs war? Immer einen lustigen, lockeren Spruch auf den Lippen, wusste er trotzdem ganz genau, wann es ernst wurde und wann der Moment da war, in dem man besser schwieg.

Ihren unkomplizierten Einstieg bei der ehrfurchtgebietenden Mordkommission hatte sie zu einem Großteil Flos umgänglicher Art zu verdanken. Er war es auch, der sie im Vorjahr gegen Toni Kornbichlers verbale Attacken verteidigt und ihn in die Schranken gewiesen hatte. Umso mehr hatte es sie gekränkt, erfahren zu müssen, dass die beiden mittlerweile offenbar beste Freunde waren. Aber welche Rolle spielte es jetzt noch, mit wem Flo befreundet war? Ihretwegen konnte er mit Kornbichler fünfmal um den Globus joggen, wenn er nur am Leben blieb. Irgendwie passte es sogar zu ihm, dass er seine Freizeit ausgerechnet mit einem so schwierigen und unumgänglichen Typen wie Kornbichler verbrachte.

»Ich bin mit vier Schwestern aufgewachsen. Zwei Jüngere, zwei Ältere und ich die goldene Mitte. Was soll mich da im Leben noch umhauen?«, hatte er einmal auf ihre Frage nach seiner Gelassenheit geantwortet. Nichts schien ihm etwas anhaben zu können, bis dieses verdammte Projektil ihn in die Knie gezwungen hatte.

Am Krankenhaus angekommen überfiel Katrin die alte Unsicherheit. Konnte sie als Kollegin auf der Intensivstation auftauchen? Bestimmt war jemand aus der Familie bei ihm und fühlte sich durch ihre Anwesenheit gestört. Wussten seine Angehörigen überhaupt, dass sie an jenem verhängnisvollen Tag bei ihm gewesen war? Dass sie die Letzte war, zu der er schwer verletzt noch etwas gesagt hatte? Würde sie ihnen unfreiwillig noch mehr wehtun, wenn sie ihnen als Polizistin dort oben gegenübertrat?

Dann sollte man ihr das eben mitteilen, beschloss Katrin und ging festen Schrittes Richtung Haupteingang. Einige Meter davor hatten sich in einer verqualmten Glaskabine die obligatorischen Raucher versammelt, die weder von Gipsarmen noch von Infusionsflaschen, Kopfverbänden und Gehhilfen von ihrem Laster abzubringen waren. Ein älterer Herr mit Krücken brach gerade in einen rasselnden Husten aus. Durch die automatische Glastür gelangte sie in eine helle Eingangshalle, wo sie Sekunden später wie angewurzelt stehen blieb.

Es war Monate her, seit sie ihn das letzte Mal gesehen hatte, was vor allem daran lag, dass sie stets einen großen Bogen um das Stockwerk machte, in dem die Drogenfahndung untergebracht war. Die dunkelbraunen Haare waren kürzer, als sie in Erinnerung hatte, seine groß gewachsene Gestalt erschien ihr hagerer und die Gesichtszüge noch markanter und schärfer. Aber der Mann, der sich keine zehn Meter entfernt mit einer Frau in ihrem Alter unterhielt, war ohne Zweifel Toni Kornbichler.

Von einem Foto, das Florian Weber ihr einmal gezeigt hatte, wusste Katrin, dass es sich bei der Frau um seine jüngste Schwester handeln musste. Die beiden standen vor dem Kiosk und hatten Katrin bisher nicht bemerkt. Flos Schwester hielt eine Wasserflasche in der rechten Hand, mit der linken wischte sie sich hastig über die Augen. Offenbar weinte sie. Das durfte doch nicht wahr sein! Während Katrin sich tausend Gedanken darüber machte, ob es womöglich unpassend war, als Kollegin hier aufzutauchen, spazierte dieser unmögliche Kerl munter ins Krankenhaus und belästigte jetzt auch noch Flos Familie.

Katrin machte einen Schritt zu Seite und angelte sich aus einem der Prospektständer eine Broschüre, die über regelmäßige Vorsorgeuntersuchungen informierte. Vorsichtig lugte sie hinter dem Faltblatt hervor und sah Kornbichler sachte über den Oberarm der Frau streichen, was dieser ein flüchtiges Lächeln entlockte. Wahrscheinlich wollte Flos Schwester nicht unhöflich sein. Jeder normale Mensch konnte sehen, wie fix und fertig sie war. Aber dafür war dieser Vollpfosten natürlich nicht empfänglich.

Katrin hatte genug gesehen. Rasch drehte sie sich um, wobei sie beinahe mit dem älteren Herrn aus der Raucherkabine zusammengestoßen wäre, murmelte eine Entschuldigung und eilte dann im Laufschritt aus der Eingangshalle. Zurück am Fahrradständer hätte sie am liebsten laut aufgeschrien. Mit allem hatte sie gerechnet, nur nicht mit diesem Idioten. Zum Glück hatte er der Mordkommission seit über einem Jahr den Rücken gekehrt. Eine einzige Minute im selben Raum mit Toni Kornbichler und sie bekam so viele Magengeschwüre, dass es für jede Vorsorgeuntersuchung zu spät war. Katrin knüllte den Prospekt zusammen und pfefferte ihn in den nächsten Papierkorb. Dann packte sie ihr Fahrrad und radelte durch Landshut, als gelte es, einen neuen Streckenrekord aufzustellen. Ohne Plan und ohne Ziel fuhr sie immer weiter und kam erst bei Einbruch der Dunkelheit völlig erschöpft zu Hause an.

Lorenz Huber saß im Vorgarten seines Hauses in einem alten Liegestuhl und sah den Holzscheiten dabei zu, wie sie im Feuerkorb knisternd ein Raub der Flammen wurden. Er liebte den Herbst, die frische, würzige Luft, die kürzer werdenden Tage und die

Nebelschwaden, die über den Wiesen und Feldern hingen und sich meist erst in den Mittagsstunden hoben, um der Sonne Platz zu machen. In seinem Garten roch es nach Erde und feuchtem Laub. An der Ecke des baufälligen Zauns türmte sich ein Blätterhaufen, bereit, einem Igel für seinen Winterschlaf Unterschlupf zu gewähren. Das restliche Laub würde er irgendwann zusammenrechen und auf seinem Komposthaufen deponieren. Auch die Kastanien musste er einsammeln, aber jetzt genoss er erst einmal eine heiße Tasse Kaffee und die klare Luft dieses späten Herbstnachmittags. Während er zwei weitere Holzscheite in den Feuerkorb legte, näherte sich Roswitha Förster mit energischen Schritten seinem Grundstück. Seine Laune sank augenblicklich in die Tiefen seines Kellers, denn ein Besuch der Dorfladenbesitzerin verhieß nichts Gutes.

»Grüß dich, Lorenz«, schallte es über den Gartenzaun.

Er trat einen Schritt zur Seite, um dem Funkenflug auszuweichen. »Servus.«

»Haben sie dir die Heizung abgedreht, dass du jetzt schon ein Lagerfeuer machen musst?«

»Was willst du?«, brummte er.

Die Dorfladenbesitzerin musterte zuerst ihn und dann seine Umgebung mit hochgezogenen Augenbrauen. »Also weißt, bis zur Fahnenweihe könntest du dein Haus aber schon herrichten. Eine Schande ist das, wie es hier aussieht.«

»Sag, was du willst, oder geh weiter!«

Roswitha zog hörbar den Atem ein. »Ich sammle das Stuhlgeld für die Kirche ein. Fünf Euro. Die wirst du ja noch haben.«

»Nein«, erwiderte Lorenz brüsk.

»Du als Mann bist aber dazu verpflichtet.«

»Wo steht das?«

»Das wurde hier in Neukirchen schon immer gezahlt. Männer, ledige Frauen und Witwen. Das ist …«

»… ein einziger Schmarrn, den ich bestimmt nicht zahle. Und diskriminierend noch dazu. Artikel drei Grundgesetz. Solltest mal anstelle dieser Kasblattl lesen, die du in deinem Laden verkaufst.«

Roswitha wurde puterrot im Gesicht.

»Außerdem ist es eine freiwillige Abgabe«, fuhr Lorenz fort. »Das hab ich deinen werten Kolleginnen die Jahre zuvor auch schon gesagt. Und jetzt lass mich in Ruhe.«

Er setzte sich wieder in den Liegestuhl, griff nach seiner Kaffeetasse und trank einen Schluck. Er hatte bei Roswithas Anblick schon befürchtet, dass dieses Jahr härtere Geschütze aufgefahren wurden. Anders als ihre Kolleginnen, die bei seiner rigorosen Weigerung, etwas zu bezahlen, stets fluchtartig das Weite gesucht hatten, war sie hier noch längst nicht fertig.

Sie packte das eine Ende ihres Wollschals, das sich aus dem Knoten gelöst hatte, und schleuderte es über ihre rechte Schulter. »Das ist eine Unverschämtheit. Die Kirche …«

»… kassiert ja wohl bei der Kirchensteuer schon genug ab.«

»Wann du zuletzt Kirchensteuer gezahlt hast, will ich gar nicht wissen. Dazu muss man nämlich etwas *verdienen*. Und weder du noch deine Bruchbude schauen mir nach einem geregelten Einkommen aus.«

»Weißt du, was ein feuchter Kehricht ist? Das, was dich mein Haus angeht!«, rief Lorenz. »Als ob die Kirche nicht genug Geld hätte, kommst du mir jetzt auch noch mit diesem Schmarrn daher. Sie kann froh sein über jeden, der bei diesem Verein überhaupt noch dabei ist.«

Einzig die Liebe zu seiner Großmutter und seiner Mutter, die beide bis zu ihrem letzten Atemzug tiefgläubig und treue Kirchgängerinnen gewesen waren, hatte ihn bisher von einem Austritt abgehalten. Gerade fragte er sich aber, ob er mit dieser Einstellung nicht selbst der größte Heuchler von allen war, hatte er doch seinen eigenen Glauben in den Irrungen und Wirrungen des Lebens schon lange verloren. Gerade als er gedacht hatte, sein Dasein könnte nicht besser und schöner sein, tat sich ein tiefer Abgrund vor ihm auf, in den er gefallen und dem er bis heute nicht mehr entkommen war. Und jetzt stand diese Dorffratschen wegen des Stuhlgelds an seinem Gartenzaun – ein Relikt aus einer Zeit, als die Leute noch in Scharren zum Gottesdienst rannten und sich damit ihren Platz in einer der Kirchenbänke sicherten.

Roswitha stemmte resolut die Arme in die Seiten. »Glaub ja nicht, dass ich das nicht an den Pfarrer weitergebe.«

»Du kannst mir deinen Bruder jederzeit vorbeischicken, dann diskutiere ich das gern mit ihm aus«, sagte Huber unwirsch. »Und jetzt schleich dich.«

»Ich werde ein Plakat an der Kirchentür aufhängen mit allen Namen, die nicht zahlen wollen. Und dein Name wird da ganz oben stehen!«, keifte sie.

Lorenz sprang von seinem Liegestuhl auf. »Von mir aus nimmst du das Plakat und bringst es direkt zum Papst. Und am besten bleibst du gleich die nächsten hundert Jahre in Rom, damit ich dich hier nicht mehr sehen muss.«

Dann drehte er sich um, stürmte zurück ins Haus und donnerte die marode Tür mit solcher Wucht ins Schloss, dass sie aus den Angeln zu fallen drohte.

Elena wartete fröstelnd hinter der hochgewachsenen Hecke, die den Parkplatz des Sportplatzgeländes vom benachbarten Grundstück abgrenzte. Die Luft war nass-kalt, da sich auch tagsüber der Nebel nicht verzogen hatte. Allerheiligenwetter hatte ihre Oma diese grauen Tage früher immer genannt. Elenas Gruppe in der heilpädagogischen Einrichtung hatte es trotzdem nichts ausgemacht, ins Freie zu gehen. Begeistert hatten sie die Blätter für die geplante Herbstcollage eingesammelt. Elena vergrub ihre klammen Hände in der Manteltasche, wo ihre Finger einen harten, runden Gegenstand ertasteten. Natürlich – die Kastanie! Jonas hatte sie, noch von ihrer Hülle ummantelt, im Landshuter Stadtpark gefunden und ihr gezeigt. Voller Ehrfurcht hatte er ihr dabei zugesehen, wie sie die kleine braune Kugel aus ihrem Stachelkleid befreite. Danach war er vergnügt auf und ab gesprungen und hatte die Kastanie in Elenas Manteltasche gesteckt, bevor er mit den anderen aus der Gruppe weiter durch das rot-gelbe Blättermeer gelaufen war. Jonas liebte es, Dinge in Elenas Jackentaschen zu verstecken. Erst neulich hatte sie abends etwas Knetmasse und einen Buntstift gefunden.

In diesen Momenten vergaß Elena immer, dass ein siebenundzwanzigjähriger Mann vor ihr stand, der bis an sein Lebensende dazu verdammt sein würde, mit dem Verstand eines Kleinkinds zu leben, wohingegen sein Körper längst das Erscheinungsbild eines Erwachsenen angenommen hatte. Irgendwann würde dieser Körper älter und gebrechlicher werden, aber Jonas würde immer noch wie ein Kind handeln und denken. Welch grausamen Schachzug hatte sich das Schicksal dabei nur ausgedacht? Unzureichende Sauerstoffzufuhr im Verlaufe der Geburt, Drogen- und Alkoholmissbrauch der werdenden Mutter oder, wie bei Jonas, ein furchtbarer Unfall, der ein bis dahin unbeschwertes Leben jäh unterbrach – die Mitglieder ihrer kleinen Gruppe hatten alle ihre eigene Geschichte. Keine war wie die andere, und jeder Tag bedeutete Ungewissheit und eine große Herausforderung. Doch Elena hatte die neue Aufgabe, für die sie nun seit fast drei Monaten verantwortlich war, keine Sekunde bereut. Ganz im Gegenteil. Sie war ihrer Vorgesetzten unglaublich dankbar, dass sie ihr das Projekt zugetraut und ihr die notwendigen Fortbildungen ermöglicht hatte.

Vorsichtig lugte sie jetzt hinter ihrem Versteck hervor. Noch immer hatten nicht alle Fußballer das Sportheim verlassen, wie sie an den Autos auf dem Parkplatz erkennen konnte. Auch Hannes' Wagen stand noch da. Wenn sie Pech hatte, wurde es einer der Abende, an denen die Jungs nach dem Training noch stundenlang im Lokal des Sportheims sitzen blieben und sich durch die Bier- und Schnapsbestände tranken. Da der auffällige Jeep des Wirts jedoch nirgends zu sehen war, hoffte sie, dem würde nicht so sein. Und tatsächlich: In diesem Moment erlosch das Licht hinter den Fenstern und Hannes, David und fünf weitere Spieler traten ins Freie. Hastig zog Elena sich zurück. Durch die Hecke hörte sie wenig später das Schlagen von Autotüren und das Starten der Motoren. Als die Wagengeräusche schließlich abebbten, wagte sie einen neuen Versuch.

Jetzt hielt sich nur noch David auf dem Parkplatz auf. Er hatte sein Mobiltelefon hervorgeholt und tippte einige Zeit darauf herum. Mittlerweile war Elena richtig durchgefroren und bat inständig, er möge sich bald auf sein Fahrrad schwingen und vom Gelände radeln. Endlich steckte er das Telefon in seine Kapuzenjacke, klemmte die Sporttasche auf seinen Gepäckträger und fuhr die Zufahrtsstraße Richtung Neukirchner Siedlung entlang.

Elena atmete tief durch und straffte ihre Schultern. Es galt etwas Wichtiges zu erledigen. Etwas, bei dem sie nicht gestört werden wollte.

Nachdem Davids Rücklicht in der Dunkelheit verschwunden war, ging sie entschlossen Richtung Eingang und sperrte auf. Als Fahnenbraut hatte Andreas Mayrhofer für sie einen eigenen Schlüssel zum Sportheim anfertigen lassen. Dieses Privileg kam ihr heute Abend sehr zugute. Wie ruhig es zu so später Stunde doch war. Ungewohnt und auch etwas unheimlich. Elena verzichtete darauf, Licht im Treppenhaus zu machen, und schaltete die Taschenlampe an ihrem Mobiltelefon ein. Der Lichtkegel war stark genug, um die einzelnen Stufen hinauf in den ersten Stock zu erkennen, wo sich die Schießanlage befand. Nach einigen Schritten verharrte sie. Hatte sie nicht eben ein Geräusch aus dem Keller gehört? War womöglich noch ein Fußballer in der Umkleidekabine?

Unsinn, meldete sich ihr Verstand. Dann hätte Hannes doch nicht abgesperrt. Angestrengt hielt sie den Atem an und lauschte. Alles blieb ruhig. Nach einigen Sekunden setzte sie ihren Weg in das Obergeschoss fort. Dort angekommen musste sie notgedrungen das Licht anmachen. Aber warum zum Teufel machte sie sich eigentlich ständig Gedanken, dass jemand etwas von ihrem Training mitbekam? Sie war aktive Luftgewehrschützin und konnte trainieren, wann und wie oft sie wollte. Außerdem hatte sie hinter sich abgesperrt. Niemand würde sie also behelligen können. Mit klopfendem Herzen betrat sie den Umkleidebereich, in dem sich auch ihr Spind befand.

Augenblicklich wich ihre innere Unruhe einem Gefühl der Sicherheit. Sie sperrte die Spindtür auf und griff nach der schwarzen Gewehrtasche mit ihrem Luftgewehr. Routinemäßig schraubte sie die Kartusche der Waffe heraus, überprüfte den Luftdruck und befüllte sie dann an der Pressluftflasche. Vorsichtig deponierte sie das Gewehr auf der Ablagefläche am Schießstand und ging sich umziehen. Der schweren Jacke und Hose, die dem Schützen einen guten Stand verliehen, folgten die knöchelhohen Schuhe und schließlich der Handschuh, um das Gewehr ruhig halten zu können. Aus dem angrenzenden Büro holte sie sich einen der hellgelben Streifen, auf dem zehn kleine Zielscheiben abgedruckt waren, spannte ihn an der Zuganlage ein und ließ ihn die zehn Meter nach vorne fahren. Danach folgte ihr immer gleiches Ritual. Sie stellte sich seitlich, die Beine leicht gespreizt, sodass sie einen stabilen Stand hatte und sich auf einer Linie mit der Zuganlage befand, visierte das Ziel probehalber einmal an und ließ ihren Körper allmählich zur Ruhe kommen. Nur auf die Musik, die ansonsten eine Trainingseinheit im Hintergrund begleitete, verzichtete sie ausnahmsweise. Nichts sollte heute ihre Konzentration stören.

Nachdem sie das Gewehr mit dem kleinen Bleigeschoss geladen hatte, zögerte Elena. Hatte sie wirklich zugesperrt, bevor sie die Treppe hochgegangen war? Sie war in letzter Zeit so vergesslich und wusste oft Minuten später nicht mehr, ob sie eine Sache erledigt oder wo sie etwas abgelegt hatte. Aber jetzt würde sie nicht noch einmal durch das Sportheim rennen und die Eingangstür kontrollieren. Nein – jetzt würde sie das tun, weswegen sie hergekommen war.

Jeder einzelne Handgriff war ihr vertraut, das Ergebnis jahrelangen Trainings und vieler Wettkämpfe. Vieler erfolgreicher Wettkämpfe. Sie holte ein paarmal tief Luft. Jetzt würde es klappen. Eigentlich brauchte sie nicht zu zielen, sie würde die Scheibe auch mit geschlossenen Augen treffen.

Doch beim Training am Vortag hatte sie nicht einmal das Gewehr ruhig halten können. Ihre Hände hatten angefangen zu zittern und jedes Mal, wenn sie angelegt und versucht hatte, sich zu konzentrieren, verschwammen die Zielscheibe und alles um sie herum, als ob sie stark kurzsichtig geworden wäre. Sie hatte versucht, sich die aufkommende Panik vor den anderen nicht anmerken zu lassen, aber hatte deren Neugier wie spitze Nadelstiche auf ihrer Haut gespürt. Natürlich entging niemandem im Raum, dass sie offenbar nicht in der Lage war, einen gezielten Schuss abzugeben. Schließlich hatte Elena entnervt ihr Gewehr eingepackt und sich mit starken Kopfschmerzen vom Training entschuldigt. Dabei war das nicht einmal gelogen, denn tatsächlich pochte und dröhnte es hinter ihren Schläfen, dass sie zu Hause sofort zwei Schmerztabletten genommen hatte und danach ins Bett gegangen war.

Zum Glück war Bernadette nicht beim Training gewesen, weil sie abends im Hotel noch wichtige Gäste erwarteten. Trotzdem wusste ihre Schwester längst Bescheid, dessen war sich Elena sicher. Die Buschtrommeln im Schützenverein und im Dorf hatten schon immer gut funktioniert und würden auch jetzt ihren Dienst nicht versagen. Noch hatte Elena ein Zusammentreffen erfolgreich vermieden, was nicht weiter schwierig war, da Bernadette, seit sie im *Drei Lilien* zur rechten Hand des Hotelchefs befördert worden war, in Altenberg wohnte. Auch den bohrenden Fragen ihrer Eltern war sie bisher entkommen. Doch sobald die beiden aus ihrem Kurzurlaub zurück waren, würde die Inquisition losgehen, vor allem dann, wenn ihre Schwächephase anhielt und sie nicht nur die kommenden Trainingseinheiten, sondern auch den nächsten Wettkampf in der Gauoberliga absagen musste. Das Gespräch mit dem sportlichen Leiter, wenn sie ihn anrief und sich krankheitsbedingt abmeldete, würde nicht viel besser werden.

Elena hob das geladene Gewehr und legte es an. Aber so weit würde es nicht kommen. Seit sie für die Schützenabteilung an Wettkämpfen teilnahm, hatte sie kein einziges Mal gefehlt. Sie würde in zehn Tagen dabei sein und mit ihrer Mannschaft den Neulingen aus Bruckberg zeigen, dass Neukirchen in der Vorsaison nicht umsonst Vizemeister geworden war und auch diese Saison wieder ganz oben mitmischen würde. Routiniert atmete sie tief ein, dann etwas aus. Während sie die Luft anhielt, suchte ihr Zeigefinger den Druckpunkt am Abzug des Gewehres.

Bitte nicht! Ihre Hände fingen an zu zittern, als hielte sie zum ersten Mal in ihrem Leben ein Luftgewehr in der Hand. Was zum Teufel war nur los mit ihr? Noch einmal setzte sie ab, um nach einigen Sekunden einen neuen Versuch zu wagen. Sie musste alles ausblenden, das durch ihren Kopf geisterte und sie an ihrer Konzentration hinderte. Ihre Arbeit in Landshut, das Schicksal von Jonas, das schwierige Verhältnis zu Bernadette, bisher hatte sie es stets geschafft, den ganzen Ballast loszulassen, sobald sie ihr Gewehr in den Händen hielt. Das Gewehr, die Zielscheibe und sie, mehr durfte es jetzt nicht geben.

Doch der Albtraum vom Vortag wiederholte sich. Das Zittern der Hände, der verschwommene Blick, der pochende Schmerz in ihrem Kopf. Am liebsten hätte sie laut aufgeschrien. Ohne zu wissen, was sie tat, drückte sie auf den Abzug. Erschöpft ließ sie danach das Gewehr sinken. Ihr Körper gehorchte ihr nicht mehr. Egal was sie tat und wie sehr sie versuchte, sich zu konzentrieren, es funktionierte nicht.

Schluchzend betätigte sie den Schalter, der die Zielscheibe nach vorne fahren ließ, und betrachtete das kleine Loch, das gerade so den fünften Ring ankratzte. Jeder blutige Anfänger schoss besser als sie.

Ein Geräusch im Vorraum ließ Elena hochschrecken. Sie war nicht allein. Irgendjemand ging festen Schrittes durch den Umkleidebereich.

»Hallo? Ist da wer?«, fragte sie zaghaft.

In diesem Moment wurde die Tür zur Schießanlage aufgerissen. Erschrocken starrte Elena auf die Person im Türrahmen.

Kapitel 8

Anna Leitner nahm das Tablett ihrer Aushilfe entgegen und stülpte zwei benutzte Weißbiergläser über die Bürsten im Spülbecken. In der Gaststube herrschte an diesem Abend Hochbetrieb. Der Stammtisch war gut besucht, in einer Ecke besprachen die Landfrauen den bevorstehenden Herbstbasar und im Nebenzimmer fand ein Geburtstagsessen statt. Auch die übrigen Tische waren fast alle besetzt. Andreas Mayrhofer, der gerade einen Kalbsbraten mit großem Appetit vertilgte, saß direkt in Annas Blickfeld. Ihr war nicht entgangen, dass seine Frau ihn in den vergangenen Wochen nur noch selten begleitete und wie blass und mitgenommen Clara jedes Mal aussah, wenn sie sich zufällig im Dorfladen oder beim Sonntagsgottesdienst begegneten.

»Hast du dir meinen Vorschlag noch einmal durch den Kopf gehen lassen?«, unterbrach Benedikt ihre Gedanken. Wie immer war er kurz vor seinem Nachtdienst im Wirtshaus vorbeigekommen und leistete ihr am Tresen Gesellschaft.

Anna angelte sich die nächsten schmutzigen Gläser. »Ich muss mir dazu nichts durch den Kopf gehen lassen«, antwortete sie leise. »Ich will nicht in dieses Haus ziehen und dabei bleibt es.«

Benedikts Gesichtsausdruck verdüsterte sich. »Was ist denn so schlimm daran, bei mir einzuziehen?«

»Darum geht es nicht. Es ist das Haus. Ich mag es einfach nicht. Außerdem hast du es damals für deine Ex-Frau gebaut. Das fühlt sich seltsam für mich an«, erwiderte Anna und nickte Mayrhofer, der sein leeres Bierglas gehoben hatte, kurz zu.

»Mal abgesehen davon, dass sie und ich dort keine fünf glücklichen Minuten miteinander verbracht haben, können wir es doch ganz anders einrichten. Oder sogar umbauen, wenn du das möchtest.«

Anna seufzte. »Mir geht es doch nicht nur um das Haus, sondern darum, dass ich hier daheim bin. Hier bin ich aufgewachsen, hier ist mein Wirtshaus. Hier gehöre ich her. Und du auch.«

»Wie sieht das denn aus, wenn ich bei dir einziehe?«, fragte Benedikt unwirsch. »Als ob ich mir mein Haus nicht mehr leisten könnte und bei dir Unterschlupf suchen müsste.«

Anna hielt das Bierglas für Mayrhofer unter den Zapfhahn. »So ein Schmarrn. Deine Apotheke läuft doch ausgezeichnet. Das weiß jeder hier.«

»Es gab aber eine Zeit, wo das ganz und gar nicht der Fall war«, zischte Benedikt. »Was glaubst du, was im Dorf geredet wird, wenn ich das Haus verkaufe? Wahrscheinlich denken die Leute, ich bin zum Verkauf gezwungen.«

Die Tür zur Gaststube wurde geöffnet und Roswitha Förster trat mit wehendem Mantel und hochroten Wangen ein und näherte sich dem Tresen.

»Das auch noch«, murmelte Anna. »Lass uns morgen weiterreden.«

Benedikt lächelte gequält. »Für mich wird es ohnehin Zeit. Ich muss zum Nachtdienst.«

Er gab Anna einen Kuss auf die Wange, nickte Roswitha Förster und dem Stammtisch kurz zu und entschwand Richtung Parkplatz.

»Jetzt brauche ich erst einmal einen Schnaps«, schnaufte Roswitha.

Anna reichte ihrer Bedienung das Tablett mit den frisch gefüllten Biergläsern. »Was ist denn los? Du bist ja ganz aufgeregt.«

»Ich hab mich auch aufregen müssen. Und zwar über den Huber Lorenz. Stell dir vor, der wollte das Stuhlgeld nicht bezahlen.«

»Das ist doch nichts Neues. Außerdem ist es eine freiwillige Abgabe.«

»Eine Unverschämtheit ist das! Und was mir der alles an den Kopf geworfen hat. Ausgerechnet der! Habt ihr jetzt schon mit ihm über sein Haus geredet?«

Anna äugte zu Andreas Mayrhofer hinüber, der jedoch immer noch mit seinem Kalbsbraten beschäftigt war.

»Das machen wir demnächst«, antwortete sie ausweichend, wohlwissend, dass sich niemand im Festausschuss darum riss, das Gespräch mit Huber zu führen. Sie stellte einen Obstler vor Roswitha auf den Tresen. »Bist mit dem Sammeln fertig geworden?«

Vielleicht ließ sie sich ja dadurch von Lorenz und dem leidigen Thema seines heruntergekommenen Hauses abbringen. Und tatsächlich ... Ein Ruck ging durch Roswitha und sie sah Anna mit großen Augen an. »Das hab ich dir ja noch gar nicht erzählt. Beim Edenhofer ist gestern Nacht eingebrochen worden. Ihre Nachbarin hat es mir erzählt.«

»Was? Schon wieder ein Einbruch?«

»Der dritte in knapp vier Monaten!«, rief Roswitha triumphierend. »Während sie nichtsahnend in Landshut im Theater gesessen sind, ist diese Bande hinten im Garten durch die Terrassentür rein.«

»Die Bande? Hat man sie also endlich erwischt?«

»Nein, aber wenn du mich fragst, ist das eine dieser organisierten Banden, von denen man immer in der Zeitung liest. Zuerst spionieren sie dein Haus aus und sobald es dunkel wird, klauen sie alles, was nicht niet- und nagelfest ist. Wenn ich mir vorstelle, dass diese Kerle bei mir im Schlafzimmer stehen!«

»Männerbesuch in deinem Schlafzimmer, das könnte dir doch nur recht sein«, tönte es vom Stammtisch, was sogleich lautes Gelächter auslöste.

Die Dorfladenbesitzerin bedachte die Runde mit einem vernichtenden Blick, ehe sie sich wieder zu Anna umdrehte. »Die Polizei hat bisher überhaupt nichts herausgefunden. Aber das ist ja auch nichts Neues.«

Anna polierte nachdenklich eines der Biergläser. »Schön langsam wird mir das richtig unheimlich.« Und es ist ein Grund mehr, mein Wirtshaus nachts nicht allein zu lassen, dachte sie. Sie mochte sich gar nicht vorstellen, was diese Wüteriche in ihrer Gaststätte alles anstellen und demolieren würden.

»Frag mich mal. Ich überlege wirklich, ob ich mir im Laden nicht eine Alarmanlage einbauen lasse. Das solltest du auch machen. Meine Einnahmen bringe ich ohnehin jeden Tag zur Bank.« Roswitha leerte das Schnapsglas mit einem Zug. »Habt ihr jetzt eigentlich schon das Kleid für den Festsonntag ausgesucht?«, wechselte sie abrupt zu ihrem Lieblingsthema, Neukirchens bevorstehender Fahnenweihe.

»Elena und ich treffen uns morgen in dem Modegeschäft in

Landshut«, seufzte Anna. »Ich hoffe, wir finden etwas, das alle einigermaßen gut tragen können.«

Elena mit ihren Modelmaßen würde problemlos ein Kleid finden. Das traf aber längst nicht auf alle Mädchen und Frauen zu. Anna graute allein bei der Vorstellung, dass die Anprobe für die eine oder andere der zukünftigen Festdamen zum Spießrutenlauf werden könnte – Tränen und Heulkrampf inklusive.

»Also, zu früh seid ihr damit aber nicht mehr dran«, stellte Roswitha fest. »Habt ihr wenigstens das Dirndl für den Ehrenabend schon?«

»Die Schneiderin braucht drei Monate für die Lieferung der Kleider. Wir haben also noch genügend Zeit. Und ich kann dich beruhigen: Das Dirndl haben wir letzte Woche beim *Heuberger* in Altenberg ausgesucht. Es ist sehr schön geworden.«

»Da bin ich ja mal gespannt. Die Dirndl, die die Ebersbacher bei ihrem Gründungsfest anhatten, waren furchtbar. Die haben ausgeschaut wie im Fasching. Was ziehst du denn eigentlich beim Fahnenmutterbitten an?«

Am Samstagnachmittag würden die Neukirchner Schützen nicht nur beim Altenberger Bürgermeister um dessen Schirmherrschaft, sondern auch ganz offiziell um Annas und Elenas Patenschaft für die Fahnenweihe bitten. Beide Frauen waren sich schnell einig gewesen, gemeinsam am Gasthaus Leitner auf den Verein und den Festausschuss mit den für diesen Anlass traditionellen Aufgaben zu warten. Wider Erwarten hatte Andreas Mayrhofer ihrem Plan ohne Einwand zugestimmt. Schließlich musste in einigen Wochen auch noch die Patenschaft mit dem Schützenverein aus Kirchberg offiziell besiegelt werden. Die Feierlichkeiten würden also so schnell nicht weniger werden. Als ob er ahnte, worüber sie gerade sprachen, kam der Schützenvorstand jetzt zu ihnen an den Tresen.

»Und, Anna, hast mit dem Professor telefoniert? Macht er die Chronik für unsere Festschrift?«, begann er ohne Umschweife.

»Er überlegt es sich und gibt mir die nächsten Tage Bescheid.«

»Was gibt es denn da Großartiges zu überlegen?«

»Jetzt lass ihm doch die paar Tage Zeit. Er ist halt gerade ziemlich eingespannt.« Rasch drehte Anna sich um, um die sauberen Gläser in den Hängeschrank hinter der Theke einzuräumen.

»Eingespannt? Womit ist der als Rentner denn eingespannt? So ein Leben hätte ich auch gerne.« Wie auf ein stilles Zeichen hin klingelte sein Mobiltelefon. »Schau! Ich hab nicht einmal am Abend meine Ruhe. Mayrhofer!«, bellte er ins Telefon und ging rasch Richtung Ausgang.

Du willst es doch gar nicht anders, dachte Anna, froh, den Schützenvorstand fürs Erste los zu sein.

»Professor? Schreibt etwa der Professor Cornelius unsere Chronik?«, fragte Roswitha wie auf Kommando.

»Du hast doch gehört, was ich gesagt hab. Er überlegt es sich noch.«

»Der Professor schreibt die Schützenchronik«, flüsterte die Dorfladenbesitzerin ehrfürchtig. »Das wird bestimmt die beste Festschrift im ganzen Landkreis. Wo er sich doch immer so gewählt ausdrückt.«

»Es steht doch noch gar nicht …«

»Das muss ich gleich den Landfrauen erzählen. Ein Münchner Professor schreibt unsere Chronik. Da werden die Ebersbacher aber Augen machen. Das Geschreibsel von denen konnte ja kein Mensch lesen.« Roswitha eilte zum Tisch in der Ecke.

Resigniert legte Anna ihr Poliertuch neben das Spülbecken.

»Servus, Anna. Könnte ich ein Mineralwasser haben?«, fragte David Mayrhofer und stellte seine Sporttasche neben sich auf den Boden.

»Grüß dich, David. Dich hab ich jetzt gar nicht hereinkommen sehen. Dein Vater ist draußen und telefoniert, falls du ihn suchst.«

»Hab ihn schon gesehen«, sagte David hastig. »Ich will eigentlich nur was trinken.«

»Kommst vom Fußballtraining?«, fragte Anna und stellte das Mineralwasser vor ihm ab. Obwohl es in der Gaststube angenehm warm war, hatte er immer noch die Kapuze seines Sweatshirts auf. David nickte und nahm einen großen Schluck.

»Ich hoffe, ihr habt Elfmeterschießen geübt«, rief in diesem Moment ein Mitglied vom Stammtisch. »Damit du beim nächsten Mal nicht wieder so einen Gurkenschuss abgibst, sondern auch das Tor triffst.«

»Genau«, japste sein Nachbar mit hochrotem Kopf und rasselndem Atem. »Den Elfer hätte ja sogar ich versenkt. Mit geschlossenen Augen.«

Lautes Gelächter ließ den Lärmpegel in der Gaststube erneut ansteigen.

David trank den Rest seines Glases mit einem Zug aus. »Weißt was, Erwin. Dann spiel doch du beim nächsten Mal. Mit deiner Raucherlunge und deiner Fettleber hältst du die ersten zwei Minuten bestimmt ohne Probleme durch«, sagte er schneidend, knallte einige Münzen auf den Tresen und bückte sich nach seiner Tasche. »Servus, Anna.«

Vor dem Gasthaus packte David die Sporttasche wütend auf seinen Gepäckträger und radelte dann die Dorfstraße entlang. Er wusste selbst, dass sein verschossener Elfmeter im letzten Punktspiel keine Glanzleistung gewesen war. Auch ohne dass es ihm die Experten vom Stammtisch unter die Nase rieben. An seinem Haus angekommen entdeckte er auf der gegenüberliegenden Straßenseite einen Feuerschein im Garten von Lorenz Huber. Neugierig lenkte er das Fahrrad vom Gehsteig auf die Straße zurück.

»Servus, Lorenz. Was steigt denn hier für eine Party?«, rief er über den Zaun.

Sein Nachbar, der den Feuerkorb gerade ablöschen wollte, wirbelte herum. Er brauchte einige Sekunden, bis er David unter der schwarzen Kapuze erkannte. »Servus«, brummte er.

»Warum machst du es denn schon aus? Ist doch super hier draußen. Hast noch einen Stuhl? Dann hol ich uns zwei Bier. Bis gleich.«

Verunsichert blickte Lorenz ihm hinterher. Was sollte er mit dem denn reden? Die Weinflasche und den Zettel mit einem knappen »Danke«, die er nach dem Vorfall im Sommer eines Tages vor seiner Haustür fand, hatte er schweigend zur Kenntnis genommen, froh, sich nicht auch noch stundenlang mit Mayrhofer junior unterhalten zu müssen. Doch fünf Minuten später saßen sie, jeder eine Flasche Bier in der Hand, in seinem Vorgarten und sahen den Holzscheiten beim Verbrennen zu.

»Kommst vom Training?«, fragte Lorenz.

»Hm.« David drehte die Flasche in seinen Händen. »War aber irgendwie nix. Läuft nicht so recht zurzeit.«

»Ihr müsst euch halt noch an die neue Liga gewöhnen. Das wird schon. Die anderen Mannschaften kochen auch nur mit Wasser.«

»Hast du auch mal gespielt?«

»Ja, aber ist lang her.« Lorenz trank rasch einen Schluck Bier. »Dein Haus ist wirklich schnell fertig geworden. War ein Haufen Arbeit, oder?«, fragte er mit Blick auf die andere Straßenseite. Wo sich im Sommer noch meterhoch der Bauschutt getürmt und alles einen sehr provisorischen Eindruck gemacht hatte, stand jetzt ein schmuckes Einfamilienhaus.

»Schon. Aber hat auch Spaß gemacht. Und ein nicht zu unterschätzender Vorteil: Mein Alter gibt endlich Ruhe.«

Lorenz' Gesichtszüge verfinsterten sich, doch er verzichtete auf einen Kommentar zu Mayrhofer senior.

»Hast echt gut hingekriegt. Ist ein richtiges Schmuckstück geworden.«

Eine Weile saßen sie schweigend nebeneinander.

»Danke, Lorenz.«

»Wofür?«

»Für das Schmuckstück. So etwas würde er nie sagen.«

Lorenz' Griff um seine Flasche verstärkte sich. »Aber du weißt schon, was einem Männerhaushalt in Neukirchen blüht?«, fragte er daher betont fröhlich. »Ein Besuch von Roswitha Förster höchstselbst. Die wollte heute das Stuhlgeld bei mir einsammeln, aber ich hab sie sauber zum Teufel gejagt.«

»Bei mir war sie schon letzte Woche«, sagte David. »Sturm hat sie geklingelt, aber ich hab nicht aufgemacht. Wahrscheinlich knöpft sie es mir beim nächsten Heimspiel ab.«

»Ich frag mich, was die beim Fußball zu suchen hat«, murrte Lorenz. »Die versteht doch gar nix davon.«

David grinste. »Die ist nur zum Ratschen auf dem Sportplatz. Damit ihr ja nix auskommt.« Er richtete sich auf. »Du, Lorenz, nur dass du vorgewarnt bist: Der Festausschuss hat dein Haus im Visier. Die schlagen bestimmt die nächsten Tage hier auf, damit du es bis zur Fahnenweihe renovierst.«

»Die sollen ruhig kommen«, erwiderte Huber.

David drehte sich um und besah sich die bröckelnde Fassade, die maroden Fensterläden und die windschiefe Eingangstür.

»Aber ein bisschen was könntest du schon machen. Ist doch schade ums Haus. Ich helfe dir gern.«

»Hat er dich geschickt?«

»Was? Wer?«

»Unser Herr Schützenvorstand. Hat er seinen Sohn vorgeschickt, damit er bei mir schön Wetter macht und mich zur Renovierung überredet?«

»Nein, hat er nicht! Ich fände es nur schade, wenn dein Haus ...«

Huber sprang von seinem Stuhl auf. »Ich hab schon verstanden. Der Schandfleck im Dorf muss weg. Kannst es ruhig zugeben.«

Jetzt war auch David aufgestanden. »So war das doch gar nicht gemeint. Ich lass mich von niemandem einspannen, auch von meinem Vater nicht.«

»Du brauchst jetzt gar nicht so entrüstet zu tun. Warum setzt *du* dich denn zu mir ans Lagerfeuer? Ausgerechnet zu mir?«

»Das frage ich mich allerdings auch! Weißt du was, Lorenz? Du kannst mich mal! Von mir aus verschimmelst du in deiner Bruchbude, bis sie dir eines Tages auf den Kopf fällt.« David versetzte seiner halbvollen Bierflasche einen heftigen Stoß, sodass sie quer über den Rasen flog, und stürmte aus dem Garten.

Bernadette Ziegler stand in der Eingangstür zu den Schießständen und starrte Elena verwundert an. »Was machst *du* denn hier um diese Zeit?«

Ihre Schwester kam offensichtlich direkt aus dem Hotel. Unter dem Blazer ihres eng geschnittenen schwarzen Hosenanzugs blitzten die Pailletten eines weißen Seidenoberteils hervor. Dazu trug sie hochhackige Schuhe.

Hastig wischte sich Elena die Tränenspuren aus dem Gesicht. »W-wie bist du denn hereingekommen?«

Bernadettes akkurat gezupfte Augenbrauen schossen in die Höhe. »Wie wohl? Durch die Eingangstür natürlich! Ich war kurz im Sägewerk wegen dem Holz für das neue Spielcasino und wollte gerade heimfahren, als ich das Licht im ersten Stock vom Sportheim gesehen habe. Die Tür war nicht abgesperrt, also bin ich rein.« Sie kam einen Schritt näher und beäugte das Gewehr in Elenas Händen. »Trainierst du etwa?«

Elena straffte die Schultern und stellte sich so hin, dass Bernadette den Streifen mit den Zielscheiben nicht sehen konnte. »Ja. Was dagegen?«

»Nein, aber Training ist doch erst wieder morgen Abend. Außerdem haben die anderen gesagt, du wärst krank.«

»Das war ich auch – gestern«, erwiderte Elena, bemüht, ihrer Stimme einen festen Klang zu verleihen. »Im Übrigen kann ich trainieren, wann und so oft ich will. Mayrhofer hat mir einen Schlüssel gegeben.«

Bernadettes Gesichtszüge verhärteten sich. »Natürlich, wie konnte ich das vergessen. Unser Schützenvorstand und seine kleine Prinzessin. Demnächst gibt es dann auch noch einen Personal Trainer und einen eigenen Chauffeur.«

Hinter Elenas Schläfen hämmerte der Kopfschmerz. »Lass mich einfach nur in Ruhe.«

In diesem Moment ertönten Vivaldis *Vier Jahreszeiten* aus den Tiefen von Bernadettes schwarzer Umhängetasche. Rasch riss Elena den Streifen mit den Zielscheiben aus der Vorrichtung, drängte sich an ihrer Schwester vorbei und eilte in die Umkleide. Durch die geschlossene Tür hörte sie Bernadette auf dem Gang auf und ab gehen und mit Ferdinand Gruber, dem Eigentümer des *Drei Lilien*, sprechen. Seit sie zur Direktionsassistentin befördert worden war, schien sich ihr Leben ausschließlich um die Arbeit zu drehen. Würde sie zukünftig überhaupt noch Zeit für den Schützenverein haben? Elena mochte sich gar nicht ausmalen, was mit der Mannschaft passierte, falls Bernadette eine Wettkampfpause einlegte und sie selbst weiter vollkommen neben der Spur war. Hastig zog sie sich um, packte das Luftgewehr in die Tasche, schloss ihren Spind ab und eilte nach draußen und die Treppe hinunter. Bernadette, das Telefon noch immer am Ohr, rannte ihr kopfschüttelnd hinterher.

»Warum hast du es denn so eilig?«, keuchte sie, nachdem ihr Vorgesetzter endlich aufgelegt hatte.

»Ich bin noch verabredet«, log Elena und stieß die Eingangstür auf. Dann holte sie ihren Schlüssel hervor und sperrte ab, wobei sie ihre ganze Konzentration benötigte, um das Zittern ihrer Hände in den Griff zu bekommen. Unbemerkt segelte dabei der zusammengefaltete Streifen zu Boden, den sie vorher in ihre Manteltasche gestopft hatte. »Tschüss.«

Ehe ihre Schwester noch etwas erwidern konnte, war Elena in Richtung Parkplatz entschwunden. Verwirrt sah Bernadette ihr hinterher und wäre dabei fast auf etwas getreten. Sie bückte sich und hob den Papierstreifen auf. Nur eine der zehn Zielscheiben war durchlöchert. Eine Fünf ...

»Elena, jetzt warte doch mal!«, rief sie.

Erneut klingelte ihr Handy. Genervt holte sie es aus ihrer Tasche. Irgendwann hatte schließlich auch sie Feierabend. Um spätestens sieben Uhr am nächsten Morgen würde sie ohnehin wieder im Hotel stehen und zehn Dinge gleichzeitig erledigen. Beim Blick auf das Display entspannte sich ihre Miene jedoch. Lächelnd hörte sie zu, was der Anrufer zu sagen hatte. »Klingt gut. Bis in einer Stunde«, raunte sie ins Telefon.

Dann stopfte sie den Papierstreifen achtlos in die Seitentasche ihres Blazers und stakste in den hochhakigen Schuhen zum Parkplatz.

»Darf ich fragen, was du hier machst?«, fragte Ramona am nächsten Morgen.

Cornelius holte drei Pullover aus dem Mahagonischrank und legte sie zu den anderen Kleidungsstücken in den Koffer, den er auf seiner Seite des Ehebetts ausgebreitet hatte. Momentan bestand diese Seite nur noch aus einer mit Laken überzogenen Matratze, nachdem Ramona ihn vor einigen Wochen gebeten hatte, in Tabeas ehemaliges Zimmer zu ziehen. Seine Anwesenheit würde für sie nur zusätzlichen Stress bedeuten, hatte sie ihm damals erklärt. Warum hatte er nicht da schon seine Sachen gepackt und seinem Zuhause den Rücken gekehrt? Recht viel deutlicher hätte es seine Frau nicht machen können.

»Ich packe, weil ich nach Neukirchen fahre«, antwortete er.

»Aha. Einfach so?«

Er ging erneut zum Kleiderschrank. »Anna hat mich angerufen

und mich gefragt, ob ich die Chronik für eine Vereinsfestschrift schreiben möchte«, sagte er, ohne sich zu ihr umzudrehen.

»Und da hat der Herr Professor natürlich nicht lange gezögert und ja gesagt. Was könnte es jetzt auch Wichtigeres geben als die Chronik für irgend so einen Dorfverein.« Ramona spuckte das letzte Wort regelrecht aus.

Cornelius entschied sich für ein weißes und ein hellblaues Oberhemd. »Du sagst es. Zudem störe ich doch hier ohnehin nur und bin ein permanenter Stressfaktor. Also hat meine Abreise doch für alle sein Gutes.«

»Ja, vor allem für dich. Hast du deine neue beste Freundin schon angerufen und ihr dein Kommen mitgeteilt?«

Cornelius musterte sie mit hochgezogenen Augenbrauen.

»Angela Gebauer wird es sicher kaum erwarten können, bis du ihr wieder Gesellschaft leistest«, sagte sie eisig.

Cornelius schloss den Koffer und zog resolut den Reisverschluss zu. »Ich habe ihr bisher nicht Bescheid gegeben, aber danke, dass du mich daran erinnerst. Ich wollte Jonas ohnehin Tabeas alte Eisenbahn mitbringen.«

»Hör endlich auf, ihren Bruder als Vorwand vorzuschieben. Glaubst du, ich weiß nicht, warum du ständig um die beiden herumscharwenzelst? Du merkst noch nicht einmal, wie lächerlich du dich machst.«

»Ich weiß nicht, was an unserer Freundschaft und daran, einem behinderten Menschen eine Freude zu machen, lächerlich sein soll.«

»Freundschaft! So kann man es natürlich auch nennen, wenn ein knapp Siebzigjähriger einer über dreißig Jahre jüngeren Frau hinterherrennt.«

Cornelius sah sie fassungslos an. »Das ist jetzt nicht dein Ernst.«

»Du wärst nicht der erste Mann, der sich eine junge Geliebte nimmt, und du wirst auch nicht der letzte sein. Also, spar dir dein salbungsvolles Gerede.«

Mein Gott, was ist nur aus uns geworden, dachte er. Wie zwei erbitterte Feinde standen sie sich gegenüber, jeder bereit, den anderen möglichst dort zu treffen, wo es am meisten wehtat.

»Wenn du so von mir denkst, habe ich hier in der Tat nichts

mehr verloren«, sagte er tonlos. Dann hob er den Koffer vom Bett und ging an Ramona vorbei, ohne sie eines Blickes zu würdigen.

»Solltest du jetzt gehen, brauchst du nicht mehr wiederzukommen.«

Am Treppenabsatz drehte Cornelius sich noch einmal zu Ramona um. Wie eine griechische Rachegöttin stand sie im Türrahmen. »Und Tabeas Eisenbahn bleibt hier!«

Sekundenlang starrten sie sich wortlos an.

»Leb wohl, Ramona«, sagte Cornelius dann leise.

Zwei Autostunden später bog er hinter Altenberg in die Bundesstraße Richtung Norden ein. Gleich die erste Ausfahrt war die Abzweigung nach Neukirchen. Wie so oft hielt Cornelius kurz vor seinem Ziel an und stieg aus seinem Wagen. Mehr als drei Monate waren seit seinem letzten Besuch vergangen. Damals herrschte Hochsommer, die Natur stand in voller Blüte und die Sonne brannte vom tiefblauen Himmel. Jetzt verdunkelten schwarzgraue Wolken den Tag und Nebelschwaden hatten sich über die Wiesen und die zum größten Teil schon abgeernteten Felder gelegt. Nur hin und wieder entdeckte er ein Maisfeld, das noch von einem Mähdrescher abgefahren werden musste. Auch der Kirchturm von St. Ulrich mit seinen charakteristischen Treppengiebeln verschwand fast gänzlich im Nebel. Das Laub der Bäume hatte sich an vielen Stellen bereits verfärbt. Die Rot-, Gelb- und Brauntöne boten einen farbenfrohen Kontrast zum grauen Allerlei dieses Herbsttages. Auf dem Feld direkt neben der Straße waren Zuckerrüben zu einem großen Haufen aufgetürmt und warteten darauf, abgeholt und in die Fabrik gefahren zu werden.

Er holte tief Luft. Frisch, klar, rein … plötzlich war er sich absolut sicher, das Richtige getan zu haben. München war im Moment kein Zuhause für ihn. Vielleicht würde es nach einiger Zeit in Neukirchen wieder besser werden. Doch jetzt brauchte er erst einmal Abstand. Ramona war bis zu seiner Abfahrt nicht mehr aus dem Schlafzimmer gekommen. Insgeheim war er froh darüber gewesen, denn eine weitere Auseinandersetzung hätte nur in neuen Vorwürfen und gegenseitigen Schuldzuweisungen geendet.

Zum Glück hatte sich Caroline nach dem Frühstück noch einmal hingelegt und somit von seiner Abreise nichts mitbekommen. Er hatte keine Lust, sich vor ihr auch noch erklären zu müssen. Gleich heute Abend würde er bei Andreas Mayrhofer die gesammelten Unterlagen abholen und sich einlesen, damit er alsbald mit dem Schreiben der Chronik beginnen konnte. Fünfundzwanzig Jahre waren seit der letzten Fahnenweihe vergangen. Jahre, in denen im Schützenverein und auch im Dorf einiges passiert war. Diese Geschehnisse galt es aufzuarbeiten und zusammenzufassen. Mayrhofer hatte ihn auch gebeten, die bereits fertigen Texte zu überarbeiten und ihnen den nötigen Feinschliff zu geben. Cornelius war dankbar für die Aufgabe, würde sie ihn doch von seinen trüben Gedanken und den Grübeleien abbringen. Und er freute sich auf seine Zeit in Neukirchen. Anna hatte bereits angekündigt, dass in zwei Tagen das traditionelle Schirmherrn- und Festdamenbitten stattfinden würde. Was konnte er sich Besseres wünschen als ein interessantes historisches Projekt und ein paar gesellige Tage? Frohgemut stieg er in seinen Wagen und fuhr die Straße entlang, vorbei am Ortsschild und der Holztafel daneben, die mit fein geschwungenen Buchstaben auf die Festtage im kommenden Sommer hinwies.

Kapitel 9

Anna Leitner stand vor dem Spiegel in ihrem Schlafzimmer und betrachtete prüfend die Person, die ihr entgegensah. Hatte sie zu dick aufgetragen? Für den späten Vormittag hatte sich ein Reporter der *Altenberger Nachrichten* angekündigt, der sie zu ihrem Amt als Fahnenmutter und dem bevorstehenden Fahnenmutterbitten interviewen wollte. Nach einigem Hin und Her hatte sie sich schließlich für ein schwarz-blaues Dirndlkleid entschieden, das sie zuletzt bei einer Hochzeit getragen hatte, und war frühmorgens tatsächlich zum Friseur nach Altenberg gefahren, damit dieser ihre Lockenpracht zähmte. Doch jetzt war sie unsicher, ob das Dirndl nicht viel zu elegant und die Hochsteckfrisur zu aufgedonnert wirkte.

»Anna?«, hörte sie Benedikt im Treppenhaus rufen.

»Im Schlafzimmer.«

Er eilte die Stufen in den ersten Stock hinauf. »Ach, hier bist du. Unten in der Gaststube wartet …« Er brach mitten im Satz ab und pfiff leise. »Wow! Toll siehst du aus!«

Anna strich sich vorsichtig über ihre Frisur. »Ich weiß nicht so recht. Ist das nicht ein bisschen übertrieben?«

»Überhaupt nicht!«, entgegnete Benedikt und küsste sie auf die Wange. »Der Reporter wartet unten auf dich.«

»Ach je, es ist ja schon so spät«, sagte Anna. »Kommst du jetzt erst vom Nachtdienst?«

Benedikt sah blass und müde aus. »Ja«, seufzte er. »Es war die ganze Nacht sehr viel los. Und dann hat sich in der Früh auch noch die EDV der Kasse verabschiedet und es hat ewig gedauert, bis alles wieder funktionierte.«

»Dann leg dich jetzt aber hin«, sagte Anna und strich ihm über die unrasierte Wange.

»Später. Erst kommt der Schreiner mit dem neuen Hängeschrank für die Küche. Darum muss ich jetzt auch los.«

»Wenn du hier wohnen würdest, könntest du jetzt schlafen und dich vom Nachtdienst erholen«, erwiderte Anna und ging hinter Benedikt Rehberg die Treppe in die Gaststube hinunter.

Benedikt holte geräuschvoll Atem. »Wenn ich hier wohnen würde, würde ganz Neukirchen denken, dass ich mir mein Haus nicht mehr leisten kann.«

Anna rollte mit den Augen. »Du immer mit deinen Bedenken.«

»Ich weiß, wovon ich spreche. Einige Stammkunden kommen bis heute nicht mehr in meine Apotheke. Die Leute haben den unsäglichen Vorfall vom letzten Jahr noch längst nicht vergessen.«

»Auf die paar Hanseln kannst du getrost verzichten. Deine Apotheke läuft doch blendend.«

»Darum geht es auch gar nicht. Aber wie sieht das denn aus, wenn ich bei dir einziehe? Als ob ich Unterschlupf suchen würde.«

Anna hielt mitten auf der Treppe an. »Wir wissen beide, dass es nicht so ist. Mir reicht das. Sollen die anderen doch denken, was sie wollen.«

Benedikt war ebenfalls stehen geblieben und drehte sich zu Anna um. »Warum ziehst du dann nicht bei mir ein?«

»Weil ich dieses Haus nicht mag. Und hier im Wirtshaus ist immer so viel los, da muss ich an Ort und Stelle sein.«

»Du tust, als ob mein Haus am Nordpol wäre. Das sind doch gerade mal ein paar Minuten von mir zu dir. Außerdem habe ich dir schon hundertmal gesagt, dass wir die Villa jederzeit umbauen und neu einrichten können.«

»Wofür denn einen Haufen Geld ausgeben, wenn wir hier ein schönes Haus haben? Du bist doch jetzt auch die meiste Zeit bei mir. Oder gefällt es dir hier auf einmal nicht mehr?«

»Doch, natürlich. Aber …«

»Na also«, fuhr Anna ungerührt fort. »Und leer stehen lassen will ich es schließlich auch nicht.«

»Du könntest doch die Pension vergrößern.«

Anna ging eine Stufe nach unten und berührte sachte seine Wange. »Du weißt ganz genau, dass die Pension nur ein Nebenerwerb ist. Wozu denn vergrößern? Wir sind keine klassische Touristenregion und werden es auch nie sein. Meine Haupteinnahmequelle ist und bleibt das Wirtshaus.«

Benedikt griff nach ihrer Hand. Doch ehe er zu einer Erwiderung ansetzen konnte, ertönte aus dem Erdgeschoss ein leises Räuspern. »Frau Leitner?«

In der geöffneten Tür zur Gaststube stand ein fülliger Mann mit raspelkurz geschnittenen blonden Haaren. Über seine stämmigen Oberarme spannte sich eine schwarze Lederjacke. Anna, die ihn auf höchstens Mitte dreißig schätzte, rang sich ein Lächeln ab und eilte die restlichen Stufen nach unten ins Erdgeschoss.

»Grüß Gott. Herr Staudinger, richtig?«

Der Reporter reichte ihr die Hand. »Richtig. Benjamin Staudinger, Lokalredaktion *Altenberger Nachrichten*.« Über Annas Schulter hinweg musterte er die hagere Gestalt des Apothekers. »Ah, und das ist bestimmt Herr Leitner. Grüß Gott.«

»Nein, ich bin Doktor ...«

»Ah, Herr Dr. Leitner!«, rief der Reporter. »Ich wusste ja gar nicht, dass Ihr Mann Arzt ist.«

»Äh, das ist nicht ...«, begann Anna.

»Ich bin nicht Arzt, sondern Pharmazeut!«, antwortete Rehberg. »Und ich heiße auch nicht Leitner, sondern Rehberg. Dr. Benedikt Rehberg. Mir gehört die *Palmen Apotheke* in Altenberg.«

Benjamin Staudinger runzelte die Stirn. »*Palmen Apotheke*? Hat es da nicht im vergangenen Jahr diesen Skandal um die gestohlenen Medikamente gegeben?«

»Ja, hat es«, murmelte Rehberg. »Und jetzt entschuldigen Sie mich bitte. Ich erwarte Handwerker bei mir zu Hause. Auf Wiedersehen.«

Bevor Anna etwas erwidern konnte, hatte er sich umgedreht und war türknallend auf den Parkplatz entschwunden, nur um Sekunden später mit quietschenden Reifen von dannen zu fahren.

»Habe ich etwas Falsches gesagt?«, fragte Staudinger mit Unschuldsmiene.

»Äh ... nein ... schon gut«, sagte Anna rasch. »Lassen Sie uns in die Gaststube gehen.«

»Unbedingt. Dann können wir auch gleich ein paar Fotos von Ihnen und Ihrem wunderbaren Wirtshaus machen.« Staudinger zückte Block und Stift. »Wird hier am Samstag auch das Fahnenmutterbitten stattfinden? Und hat der Schützenverein eigentlich schon jemanden für die Chronik in seiner Festschrift? Das nehmen viele Vereine zwar nicht so wichtig, aber meiner Meinung nach sollte das ordentlich recherchiert und geschrieben sein. Ich würde Ihnen gegen ein kleines Honorar jederzeit zur Verfügung stehen.«

Er sah Anna abwartend an.

»Danke, aber da haben wir uns schon die Dienste eines Experten sichern können. Ein Geschichtsprofessor aus München wird sich der Sache annehmen«, entgegnete Anna. Gleichzeitig fiel ihr ein, dass Benedikt bisher weder von Gregor Cornelius' baldiger Ankunft in Neukirchen noch von dessen Mitarbeit an der Festschrift wusste. Mochten sich die Wogen zwischen beiden Männern mittlerweile auch etwas geglättet haben, würde ihn die Anwesenheit des Professors sicherlich nicht in Begeisterungsstürme versetzen.

»Sie fahren aber schwere Geschütze auf.« Ein gewisser Unterton in Staudingers Stimme war nicht zu überhören. »Was sagen Sie als Neukirchner Instanz eigentlich zu der Einbruchserie im Dorf?«

Anna lächelte gequält. »Darf ich Ihnen einen Kaffee anbieten?«

Nach seiner Ankunft in der Ferienwohnung führte Cornelius' erster Weg in den Dorfladen, wo er bereits sehnsüchtig erwartet wurde.

»Die Anna hat mir schon erzählt, dass Sie heute ankommen«, sagte Roswitha Förster aufgeregt, während sie seine Einkäufe in den mitgebrachten Korb verstaute. »Haben Sie denn mit der Chronik schon angefangen? Ich kann es kaum erwarten, bis endlich wieder eine Fahnenweihe in Neukirchen stattfindet. Wenn ich da zurückdenke, was für ein Ereignis das vor fünfundzwanzig Jahren war. Kein Dorf hier im Umkreis kann so feiern wie die Neukirchner.«

Bald kannte Cornelius nicht nur den gesamten Ablauf des damaligen Fests, sondern auch sämtliche Vorkommnisse und Zwischenfälle des viertägigen Geschehens.

»Und dann hat sich der Huber Lorenz zwischen die beiden

Streithansel gedrängt und hat sie getrennt, sonst wäre daraus eine richtige Schlägerei geworden. So betrunken, wie die waren!« Roswitha Försters Wangen glühten jetzt förmlich.

»Herr Huber hat damals an der Fahnenweihe teilgenommen?«, fragte Cornelius.

Ihm war nicht entgangen, dass sein Nachbar ein sehr zurückgezogener Zeitgenosse war und wenig Interesse am Dorfleben zeigte. Trotzdem waren ihre gelegentlichen Treffen bei einem Feierabendbier auf seiner Terrasse recht angenehm verlaufen. Lorenz Huber war kein Mann vieler Worte, aber er war Cornelius nie unhöflich oder abweisend begegnet.

Roswithas Miene verdüsterte sich. »Ja, da war der auch noch ein stattliches Mannsbild und ist unter die Leute gegangen. Aber jetzt! Sie sehen ja selbst, in welcher Bruchbude der haust und wie der immer daherkommt. Und stellen Sie sich einmal vor, was der mir neulich …«

Doch Cornelius sollte nicht mehr erfahren, was sich zwischen Roswitha Förster und Lorenz Huber zugetragen hatte, denn die Ankunft zweier Kundinnen verlangte nach der ungeteilten Aufmerksamkeit der Dorfladenbesitzerin. Cornelius legte rasch das Geld auf den Tresen, schnappte sich den Korb und suchte das Weite.

Eigentlich hatte er nach seinen Einkäufen Anna besuchen wollen, doch laut Roswitha Förster war sie zur Kleideranprobe nach Landshut gefahren. Da er bis zu seinem abendlichen Treffen mit Andreas Mayrhofer noch genug Zeit hatte, ging er auf den kleinen Dorffriedhof, der der Kirche St. Ulrich vorgelagert war und den eine weiß getünchte, efeuumrankte Mauer von der Hauptstraße abschirmte. Die Gräber waren sorgsam gepflegt und bepflanzt, anders als in München, wo vernachlässigte und mit Unkraut überwucherte Grabstellen zum alltäglichen Erscheinungsbild gehörten. Der Anonymität der Großstadt war es egal, ob Angehörige eines Verstorbenen sich um seine letzte Ruhestätte kümmerten oder nicht.

Die Anonymität der Großstadt … waren das nicht auch Angelas Worte gewesen, als sie ihm von ihrem Wunsch erzählt hatte, aus München wegzugehen? Wenn er ehrlich war, geisterte sie schon den ganzen Tag in seinem Kopf herum. Insgeheim hatte er gehofft, sie im Dorfladen oder irgendwo auf der Straße zu treffen, aber was sollte sie an einem nebligen Herbsttag schon hier draußen wollen? In den vergangenen Monaten hatten sie kaum voneinander gehört, nur hin und wieder ein kurzes Telefonat, in dem es meistens entweder um Jonas oder den Überfall auf Ramona gegangen war. Waren etwa die vorwurfsvollen Worte seiner Frau der Grund, dass er hier auf einer kalten Friedhofsbank saß, anstatt Angela Gebauer einen Besuch abzustatten, wie er es eigentlich vorgehabt hatte?

Cornelius stand auf, überquerte den Friedhof und ging durch das schmiedeeiserne Tor hinaus auf die Hauptstraße. Ramonas Vorwurf war geradezu lächerlich. Er würde sich nicht mehr von ihren Launen gängeln lassen. Hier in Neukirchen konnte er tun und lassen, was er wollte. Sie tat es schließlich auch, wie sie ihm nicht nur mit ihrer neuen Frisur zu verstehen gegeben hatte. Auf Tabeas Reaktion auf das Farbexperiment ihrer Mutter war er jetzt schon gespannt.

In einigen Häusern der Neukirchner Siedlung brannte bereits Licht. Auch die beiden Erdgeschossfenster von Angela Gebauer waren hell erleuchtet. Gerade als er in den Schotterweg unweit der Villa Rehberg, die mit ihrem mediterranen Flair so gar nicht in diesen trüben Herbsttag passen wollte, einbog, entdeckte er wenige Meter vor sich einen Mann. Die Hände tief in den Taschen des Pullovers vergraben, den Kopf, der von der Kapuze bedeckt wurde, gesenkt, stapfte er zielgerichtet auf Angelas Haus zu. Über seiner linken Schulter baumelte ein Rucksack.

»Hallo?«, rief Cornelius. »Kann ich Ihnen helfen?«

Der Mann wirbelte herum.

Cornelius starrte ihn entgeistert an. »Jonas? Was machen Sie denn ganz allein hier draußen?«

Die Augen des jungen Mannes weiteten sich.

»Keine Angst, Jonas. Ich bin es, Gregor Cornelius.« Er bemühte sich um einen ruhigen Tonfall. Wenn er hier so aufgebracht herumschrie, würde das Jonas nur noch mehr verängstigen. Denn dass er Angst hatte, war unschwer zu sehen. Wahrscheinlich war er von zu Hause ausgebüxt und irrte seit wer weiß wie lange ziellos in der Gegend umher. Warum war man denn im Dorf nicht auf ihn aufmerksam geworden? Unter den Leuten dürfte es sich doch mittlerweile herumgesprochen haben, dass Angelas Bruder auf Hilfe angewiesen war. Sonst entging den Neukirchnern doch auch nichts und niemand.

»Kommen Sie, Jonas. Ich bringe Sie zu Ihrer Schwester. Es ist gar nicht mehr weit«, sagte Cornelius. Er mochte sich gar nicht vorstellen, in welchem Ausnahmezustand sich Angela gerade befand. Wahrscheinlich war sie krank vor Sorge um ihren behinderten Bruder.

»Wollten Sie zum Einkaufen gehen?«, fragte er und deutete auf den Rucksack.

Jonas liebte den Dorfladen, davon hatte sich Cornelius selbst schon überzeugen können. Vor allem die Gläser mit den Süßigkeiten hatten es ihm angetan. Seine kindliche Freude, wenn Roswitha Förster mit der Zange nach einem Schlumpf oder einer Himbeere angelte und ihm feierlich überreichte, war jedes Mal aufs Neue rührend.

Jonas senkte den Kopf und gab einige undefinierbare Laute von sich, trottete dann aber folgsam hinter Cornelius her.

»Wir haben es gleich geschafft.«

Einige Minuten später waren sie am Haus angekommen. Cornelius drückte den Klingelknopf. Angela würde Augen machen, ihn nach so langer Zeit unverhofft wiederzusehen, und dann brachte ausgerechnet er auch noch ihren vermissten Bruder zurück. Auf der anderen Seite der Tür waren eilige Schritte zu hören. Augenblicke später wurde sie geöffnet.

»Gregor!«, entfuhr es Angela. »Was machen Sie denn hier?«

Cornelius ging einen Schritt zur Seite und drehte sich zu Jonas um, der hinter ihm stehen geblieben war. Angela schrie leise auf.

»Keine Angst. Jonas ist nichts passiert«, beeilte Cornelius sich zu sagen. »Ich habe ihn auf dem Schotterweg aufgegabelt.«

»Ich ... o mein Gott«, stammelte sie. »Was ... warum ...?«

Cornelius beschlich ein Verdacht. »Hatten Sie noch gar nicht bemerkt, dass er weggelaufen ist?«

»Ich ... nein! Ich ... ich habe ... ich bin im Wohnzimmer vor dem Computer gesessen. Ich ... Er ...«

»Es ist ja noch einmal gut gegangen«, sagte Cornelius sanft. »Er wollte offenbar im Dorfladen einkaufen und hat sich auf dem Weg dorthin verlaufen.«

»Ich ... ich ...«

Cornelius hatte sie noch nie so aufgelöst erlebt. »Machen Sie sich bitte keine Vorwürfe.«

Angela streckte ihre Hände aus. »Komm ... komm ins Haus. Jetzt ist alles gut. Komm herein.«

Den Kopf immer noch starr nach unten gerichtet, trottete Jonas an Cornelius vorbei und die Stufen zur Haustür hinauf. Neben seiner Schwester blieb er stehen und sah Angela dann direkt in die Augen. Trotz der Kapuze glaubte Cornelius den Anflug eines Lächelns über sein Gesicht huschen zu sehen. Sachte legte Angela ihre Hand auf seine linke Wange. Cornelius verstand nicht, was sie sagte, denn ihre Worte waren nur ein Flüstern, ehe sie Jonas lange und innig umarmte.

Erst dann schien ihr Cornelius' Anwesenheit wieder bewusst zu werden. Hastig drehte sie sich zu ihm um. »Danke, Gregor. Aber jetzt ... ich muss mich jetzt um meinen Bruder kümmern. Ich melde mich bei Ihnen. Gute Nacht!«

Mit einem Ruck zog Angela die Haustür hinter sich zu. So hatte Cornelius sich ihr Wiedersehen nach mehr als drei Monaten nun wirklich nicht vorgestellt. Unschlüssig, ob er nicht noch einmal klingeln sollte, blieb er eine Weile stehen, machte dann aber schließlich kehrt und ging leicht verstimmt ins Dorf zurück. Prompt klangen Ramonas Worte wieder in seinen Ohren. Je mehr er versuchte, nicht an seine Frau zu denken, desto beharrlicher nistete sie sich in seinem Kopf ein. Sein Unmut wuchs und er beschloss, direkt ins Gasthaus zu gehen. Irgendein bekanntes Gesicht, das ihn vom Grübeln abhielt, würde er dort schon treffen.

An der Einmündung zur Neukirchner Siedlung rauschte ein schwarzer BMW an Cornelius vorbei. Der Fahrer hupte mehrmals und bog dann auf den Parkplatz des Gasthauses ein. Sekunden später flog die Autotür auf und Andreas Mayrhofer, heute anstelle einer Trachtenjacke im dunkelblauen Anzug mit dazu passender Krawatte, stieg aus.

»Ah, Professor! Gut, dass wir uns treffen«, rief er sogleich. »Meine Besprechung war früher zu Ende und ich hab jetzt schon Zeit.« Dann beugte er sich in den Kofferraum und holte eine randvoll mit Ordnern und Schnellheftern gefüllte Kiste hervor.

»Das ist alles, was ich an Unterlagen zum Schützenverein auftreiben konnte.«

In diesem Augenblick fuhr ein Lieferwagen der Schreinerei Ziegler auf den Parkplatz.

»Der kommt ja wie gerufen«, sagte Mayrhofer. »Bleib sitzen!«, bellte er dem Fahrer entgegen, kaum dass dieser die Autotür geöffnet hatte. »Die Kiste kannst jetzt gleich zur Wohnung vom Herrn Professor fahren.«

»Grüß Gott, Herr Cornelius.«

Cornelius brauchte einen Moment, bis er in dem Mann mit der dunkel umrandeten Brille und den nicht mehr ganz so kurz geschnittenen Haaren David Mayrhofer erkannte.

»Grüß Gott. Die Kiste kann ich später auch selbst nach Hause tragen«, sagte er schnell.

»Ja, freilich! So weit kommt es noch. Das Trum ist doch viel zu schwer für Sie. Sind ja auch nicht mehr der Jüngste, gell«, rief Mayrhofer, öffnete die Beifahrertür des Lieferwagens und lud die Kiste auf dem Sitz ab.

Cornelius spürte ein unangenehmes Pochen an der rechten Schläfe.

»Haben Sie den Haustürschlüssel? Ich stelle sie dann ins Wohnzimmer. Oder wollen Sie gleich mit mir mitfahren?«

»Äh … nein. Ich wollte erst noch ins Gasthaus. Sie müssen wirklich nicht …«

»Das passt schon«, wiegelte David ab.

»Das meine ich aber auch!«, schallte es von der Beifahrerseite. »Und pass mir bloß auf das Zeug auf!«

Rasch händigte Cornelius David den Schlüssel zu seiner Ferienwohnung aus. »Legen Sie ihn danach einfach unter die Fußmatte.«

»Mit der Brille hätte ich Ihren Sohn kaum wiedererkannt«, sagte er beim Betreten des Wirtshauses. Mayrhofer war die Stufen derart schnell nach oben gespurtet, dass Cornelius Mühe hatte, mit ihm Schritt zu halten.

»Jaja, die trägt er ab und zu. Aber nur, weil man gescheit ausschaut, heißt das noch lange nicht, dass man es auch ist.« Schwungvoll riss Mayrhofer die Tür zum Gastraum auf.

»Aber Ihr Sohn ist doch alles andere als ein Dummkopf. Immerhin ist er Schreinermeister.«

»Schreiner, Schreiner!« Mayrhofer spuckte das Wort regelrecht aus. »Man hätte sich in der Schule durchaus ein bisschen anstrengen und das Abitur machen können. Und dann hätte man, mit dem nötigen Ehrgeiz und Fleiß, studieren und Architekt oder Bauingenieur werden können. So wie ich! Und so wie es seine Geschwister getan haben. Mein Ältester ist Jurist und meine Tochter macht gerade ihren Doktor in Betriebswirtschaft. Aber nein! Mein Jüngster meinte ja, alles etwas entspannter angehen zu müssen.«

Cornelius wurde der Bauunternehmer zunehmend unsympathischer. Nur mit Mühe schaffte er es, nicht laut zu werden. »Weil wir ja noch nicht genügend Studenten haben. Die Hörsäle platzen mittlerweile aus allen Nähten und gleichzeitig fehlen an allen Ecken und Ende die Auszubildenden.«

Mayrhofers Augen verengten sich. »Haben Sie nicht auch eine Tochter, die studiert?«

»Ja, Kunstgeschichte. Und glauben Sie mir, ich habe schon mehr als einmal gehofft, sie hätte stattdessen eine Ausbildung angefangen.«

»Bei so einer brotlosen Schöngeisterei kann ich das gut verstehen. Aber mein Herr Sohn hätte etwas studiert, wovon er später wirklich gut hätte *leben* können.«

In Cornelius brodelte es gewaltig. Dieser aufgeblasene Wichtigtuer würde sich seine Chronik schön selbst schreiben können.

»Ihr Sohn hat sich gerade ein neues Haus gekauft. Ein schlechtes Leben sieht für mich anders aus. Im Übrigen werde ich davon Abstand nehmen ...«

»Grüß Gott, Herr Professor!« Anna Leitner schenkte rasch das Weißbier ein, das sie in den Händen hielt, und eilte dann hinter dem Tresen hervor. »Die Roswitha hat mir schon erzählt, dass Sie heute angekommen sind. Herzlich willkommen.« Sie griff nach seiner Hand und schüttelte sie überschwänglich.

»Grüß Gott, Frau Leitner.«

Anna strahlte ihn an. »Und danke, dass Sie sich um unsere Chronik kümmern. Ich kann Ihnen gar nicht sagen, welche unglaubliche Freude Sie mir damit machen.«

Cornelius blickte Mayrhofer, der mittlerweile einen der Ecktische ansteuerte, grimmig hinterher.

»Das ist doch selbstverständlich, Frau Leitner. Für *Sie* mache ich das wirklich gerne«, hörte er sich dann selbst sagen.

———

Leise schlüpfte die Gestalt durch die Glastür und trat ins Freie. Gut, dass sie wusste, wie sie den Bewegungsmelder deaktivieren konnte. So wurde dieser Teil des Hauses nicht sofort in gleißendes Licht getaucht, wenn man auch nur mit dem kleinen Finger zuckte. Sie ließ die Terrassentür, die eine eigene Schließvorrichtung hatte, lautlos zufallen und ging einige Schritte bis ans Ende der mit hellem Naturstein gepflasterten Veranda. Das Gebäude hinter ihr war dunkel, nur im ersten Stock brannte in einem der Zimmer Licht. Zufrieden schlich sie an den linken Rand des Grundstücks, wo keine Beete und Sträucher gepflanzt waren, und setzte sich die schwarze Kapuze ihres Pullovers auf. Genau genommen war es nicht ihr Pullover, sondern nur eine Leihgabe. Sie hätte sich natürlich selbst ein passendes Kleidungsstück besorgen können, aber diese Lösung gefiel ihr weitaus besser.

Dann ging sie durch den leicht abfallenden Garten Richtung Nachbargrundstück. Vorsichtig setzte sie einen Schritt nach dem anderen, um nicht im nebelfeuchten Gras auszurutschen. Der grüne Maschendrahtzaun war niedrig und daher kein Hindernis für sie. Zwei Fenster im Obergeschoss waren erleuchtet, aber der untere Teil des Hauses auf der anderen Zaunseite lag ebenfalls still und dunkel vor ihr. Trotzdem konnte sie den Spalt der geöffneten Terrassentür gut erkennen. Eine gute Stunde, mehr Zeit würde sie nicht haben. Aber besser als nichts. Besser als alles, was dieser Tag bisher gebracht hatte. Auf Zehenspitzen schlich sie über die Terrasse und trat durch die schmale Öffnung in das Wohnzimmer.

Angst, Angst, er hatte solche Angst. Wie ein großer, dunkler Sack umhüllte sie ihn und wollte ihn nicht mehr loslassen. Nie hätte er gedacht, noch einmal diesen Blick ertragen zu müssen. Diese unglaubliche Kälte, die er verströmte und die von jedem Zentimeter seines Körpers Besitz ergriff, ihn gleichsam lähmte und die ihn nicht mehr loslassen würde. Stocksteif lag er jetzt da und wagte nicht, sich zu bewegen. Vielleicht, wenn er ganz still hielt, wurde er nicht entdeckt. Er zog sich die Decke über den Kopf, aber das Gefühl, keine Luft mehr zu bekommen, wurde schon nach kurzer Zeit schier übermächtig. Vorsichtig schlug er die Bettdecke wieder zurück. Waren das nicht Schritte, die näher kamen? Schritte, die jetzt direkt vor seiner Tür stehen blieben? Bitte nicht hereinkommen, bitte weitergehen. Er konnte die Person auf der anderen Seite förmlich spüren. Sie war da, ganz nah, ganz nah bei ihm …

Dann hörte er eine vertraute Stimme, ein leises Lachen und Schritte, die sich wieder entfernten. Danach war alles still. Aber sie war immer noch da und sie würde auch nicht mehr weggehen. Die Angst, diese furchtbare Angst.

Kapitel 10

Samstagnachmittag saß Cornelius auf der Bank vor seiner Ferienwohnung und genoss die warmen Strahlen der Herbstsonne. Anders als an den Tagen zuvor hatte sie es am späten Vormittag geschafft, sich gegen den dichten Nebel zu behaupten, und irgendwann auch die letzten milchigen Schleier verdrängt. Kein einziges Wölkchen trübte seitdem den tiefblauen Himmel.

»Haben Sie dieses Kaiserwetter bestellt?«, fragte er Angela, als diese mit Jonas an der Hand in die Hofeinfahrt einbog, um Cornelius abzuholen, wie sie es am Vorabend vereinbart hatten.

»Das war dieser junge Mann hier«, erwiderte sie lachend. »Er hat heute Mittag fast alles aufgegessen, nicht wahr?«

Jonas reagierte nicht auf die Worte, sondern hielt den Kopf gesenkt und starrte teilnahmslos auf den Boden, ohne von seiner Umgebung Notiz zu nehmen.

Cornelius musterte ihn besorgt. »Geht es ihm nicht gut?«

Angela seufzte. »Diese Tage gibt es immer wieder. Die letzte Phase ist nur schon sehr lange her, weshalb ich es wohl etwas verdrängt hatte. Ich glaube, der heimliche Ausflug ins Dorf hat ihm doch mehr zugesetzt, als ich zuerst dachte.« Sie fuhr Jonas sachte über den Kopf. »Und dann habe ich ihm gestern auch noch die Haare geschnitten. Das mag er überhaupt nicht.«

Jonas zuckte unter der Berührung wie vom Blitz getroffen zusammen und trat unwillkürlich einen Schritt zur Seite.

»Ich weiß, Jonas, es tut mir leid. Aber ab und zu muss es einfach sein.«

»Hoffentlich trage ich nicht auch noch dazu bei«, sagte Cornelius. »Immerhin haben wir uns über drei Monate nicht gesehen.«

Angela schüttelte den Kopf. »Nein, keine Angst. Jonas hat Sie gleich wiedererkannt. Kaum waren Sie weg, hat er das Stofftier hervorgeholt, das er auf dem Sommerfest gewonnen hat. Das ist immer ein gutes Zeichen.« Sie legte ihre Hand auf Cornelius' Oberarm. »Es tut mir sehr leid, dass ich vorgestern so kurz an-

gebunden war. Aber ich habe mich so unglaublich erschrocken.«
»Sie müssen sich für nichts entschuldigen.«
»Es war eine sehr schöne Überraschung, Sie wiederzusehen«, sagte Angela Gebauer und schenkte Cornelius ein strahlendes Lächeln. »Und Ihr Vorschlag, Sie heute zu begleiten, hat mich sehr gefreut. Haben Sie denn mit der Chronik schon angefangen?«

Unterwegs zum Gasthaus Leitner berichtete Cornelius von seinen ersten Tagen in Neukirchen. Entlang der Hauptstraße und auf dem Kirchenvorplatz warteten bereits viele Dorfbewohner auf die Ankunft des Schützenvereins. Etliche waren in Tracht gekleidet, und immer wieder begrüßte Cornelius ein bekanntes Gesicht in der Menge oder winkte ihm zu. Hatten bis jetzt noch leise Zweifel an seiner Reise genagt, so waren diese spätestens jetzt verschwunden. Er wollte nicht mehr über seine kriselnde Ehe und die verfahrene Situation in München nachdenken. Momentan war er hier zu Hause, wo die Leute fröhlich waren und er sich ohne schlechtes Gewissen wohlfühlen durfte. Zum ersten Mal ahnte er, was sich im kommenden Sommer in Neukirchen abspielen würde. Zwischen Dorfladen und Friedhofsmauer fanden sie einen Platz, der ihnen gute Sicht auf den Gasthof und die Hauptpersonen des Nachmittags gewährte.

»Wollen Sie nicht raufkommen? Dann sieht der Bub mehr«, rief Roswitha Förster aus einem geöffneten Fenster im ersten Stock.

Ein Blick auf Jonas, der immer noch teilnahmslos neben seiner Schwester stand und offenbar in seiner eigenen Welt versunken war, ließ Cornelius das Angebot dankend ablehnen. Angela, die sich bei ihm eingehängt hatte, nickte ihm wohlwissend zu. Von hier aus würden sie ohne viel Aufhebens entschwinden können, sollte Jonas der Trubel zu viel werden.

»Gut sehen die beiden aus, gell, Herr Professor«, tönte es aus dem ersten Stock.

Anna Leitner und Elena Ziegler standen nebeneinander auf der obersten Treppenstufe des Gasthauses. Der Eingang hinter ihnen und das Geländer waren mit einer grünen Girlande und weißblauen Fähnchen geschmückt. Beide trugen farblich aufeinander abgestimmte Dirndlkleider und sahen aufgeregt in die wartende

Menge auf der Straße. Jetzt hatte Anna Cornelius und seine Begleitung entdeckt. Sie winkte, beugte sich dann zu Elena und sagte etwas, was diese veranlasste, ebenfalls in Cornelius' Richtung zu sehen. Ihr Lächeln vertiefte sich und sie zwinkerte Cornelius zu.

Nicht weit entfernt standen Benedikt Rehberg, auch er ganz in Tracht gekleidet, und die Eltern von Elena Ziegler. Cornelius kannte die Zieglers durch einen Besuch der Schreinerei im vergangenen Sommer, als er sich ein Bücherregal für die Ferienwohnung anfertigen ließ. Die sauertöpfisch dreinblickende Frau daneben musste ihre ältere Schwester Bernadette sein. Auch David Mayrhofer befand sich unter den Wartenden, ebenso seine Stiefmutter Clara, die trotz ihres wieder einmal sehr eleganten Dirndlkleids einen unglücklichen Eindruck auf Cornelius machte. Sie schien seit dem Sommer noch blasser und zarter geworden zu sein. Er brauchte einen Moment, bis er auch Claras Begleitung erkannte. Ein fünfundzwanzig Jahre jüngeres Foto von Maria Brunner hatte er am Vorabend bei der Sichtung von Mayrhofers Unterlagen in den Händen gehalten, das sie gemeinsam mit ihrer mittlerweile verstorbenen Tochter Elisabeth zeigte.

»Ihren griesgrämigen Nachbarn hätte ich jetzt nicht unbedingt hier erwartet«, sagte Angela leise neben ihm.

Auch Cornelius war überrascht, Lorenz Huber auf der gegenüberliegenden Straßenseite, unweit des Eingangs zum Biergarten und etwas abgesetzt vom Rest der Wartenden, zu sehen. Sein Nachbar reagierte allerdings nicht auf Cornelius' Winken. Auf wen Hubers Augenmerk gerichtet war, vermochte Cornelius nicht zu sagen, denn schon ertönten aus der Ferne die ersten Klänge der Blasmusik und es dauerte nicht lange, bis die Kapelle und die Mitglieder des Schützenvereins, mit ihrem Vorstand Andreas Mayrhofer an der Spitze, in Vereinskleidung die Hauptstraße entlangkamen. Ein Raunen und Klatschen ging durch die Menge. Direkt hinter dem Bauunternehmer schritten einträchtig ein korpulenter Mann im Trachtenanzug mit einem aufgespannten Schirm in der Hand und eine walkürenhafte, stark geschminkte Mittfünfzigerin im opulenten Dirndlkleid, die mit aufgesetztem Lachen in die Menge grüßte und winkte.

»Alfons Leidinger, der Schirmherr, und seine werte Frau Gemahlin«, erklärte Cornelius.

»Das ist doch der Altenberger Bürgermeister!«, rief Angela.

»Ja. Bei Fahnenweihen übernimmt meistens der Bürgermeister oder ein anderer Lokalpolitiker die sogenannte Schirmherrschaft. Der Festverein erhofft sich dadurch einen guten Draht nach oben …«, Cornelius' Zeigefinger wies Richtung Himmel, »… damit es während der Feierlichkeiten nicht regnet. Der Schirm soll dann nicht als Regenschirm, sondern als Sonnenschirm zum Einsatz kommen.«

Geradezu andächtig lauschte Angela seinen Ausführungen.

»Der Schützenverein war zuvor in Altenberg, wo Herr Mayrhofer und die anderen Mitglieder des Festausschusses vor dem Rathaus einige Aufgaben zu meistern hatten, damit Herr Leidinger sich bereit erklärte, als Schirmherr zu fungieren. Und jetzt müssen sie sich vor Anna Leitner und Elena Ziegler beweisen. Natürlich ist das mit allen Beteiligten vorher fest vereinbart worden. Das Ganze ist lediglich ein Wiederaufleben der Tradition.«

Die Abordnung des Schützenvereins bezog nun direkt vor dem Treppenaufgang Stellung.

»Das Amt der Fahnenbraut ist für einen Schützenverein allerdings durchaus ungewöhnlich. Normalerweise gibt es das nur bei Fahnenweihen von Feuerwehren«, fügte Cornelius leise hinzu, da die Menge nun ebenfalls verstummt war und alle gespannt Richtung Anna Leitner und Elena Ziegler blickten.

»Was Sie alles wissen«, wisperte Angela dicht neben ihm.

Cornelius errötete und war froh, dass die Kapelle zu einem Tusch ansetzte, der Angelas Aufmerksamkeit von ihm ablenkte. Andreas Mayrhofer und weitere Ausschussmitglieder traten vor und fragten die beiden Frauen mit einem humorvollen Gedicht, ob sie das Amt der Fahnenmutter und der Fahnenbraut übernehmen würden. Natürlich kamen sie nicht so leicht davon. Unter dem Gelächter der Zuschauer ließ Anna sie auf einem vorbereiteten Holzscheit niederknien, wo sie ihr Anliegen demütig bittend wiederholten. Aber auch dieses Opfer brachte nicht den gewünschten Erfolg. Erst mussten sie von Elena gestellte Fragen rund um den Verein und den Schießsport richtig beantworten, bei denen zu Cornelius' Schadenfreude Andreas Mayrhofer am schlechtesten abschnitt. Mit gespielter Strenge zeigten sich beide Frauen noch nicht recht überzeugt und teilten mit, nun etwas härtere Geschütze aufzufahren.

»Was ist das?«, flüsterte Angela, als Annas Koch mit einem großen Topf ankam.

Unter den Anfeuerungen des Publikums löffelten die Bittsteller tapfer die mit zahlreichen Chilischoten gewürzte Suppe, bis ihnen die Schweißperlen auf der Stirn standen. Nachdem diese Aufgabe zur Zufriedenheit gelöst wurde, sagten Anna und Elena schließlich laut und kräftig »Ja!«, was alle Anwesenden mit Beifallstürmen quittierten.

»Die beiden kennen sich?«, fragte Cornelius, da sogar Jonas aus seiner Erstarrung erwacht war und Elena jetzt begeistert zuwinkte.

»Ja, Elena arbeitet in der heilpädagogischen Einrichtung, die Jonas seit drei Monaten besucht. Sie hatte von der ersten Minute an einen unglaublich guten Draht zu ihm. Jonas mag sie sehr.«

Die Kapelle spielte erneut auf, bevor der Stellvertreter des Landrats zu einer zum Glück nur kurzen Rede ansetzte. Auch Andreas Mayrhofer und Alfons Leidinger sprachen noch einige Gruß- und Dankesworte, ehe die Kapelle zum Abschluss das Vereinslied anstimmte. Elena ignorierte den beharrlichen Kopfschmerz, der sie schon seit dem Vormittag quälte und auch von zwei Schmerztabletten nicht betäubt werden konnte. Ihr Blick ruhte noch einen Moment auf Jonas und wanderten dann weiter zu David, der ihr verstohlen zuzwinkerte, und zu ihrer Familie. Ihr Vater strahlte voller Stolz, während ihre Mutter sich verstohlen über die Augen wischte. Alle anderen ignorierte sie. Bernadettes hochmütigen Gesichtsausdruck, Hannes, der krampfhaft auf den Boden starrte, Silvia, die sich demonstrativ bei ihm eingehängt hatte. Nichts und niemand würde heute ihre Freude trüben können.

»Und jetzt gibt es Brotzeit und Freibier für alle!«, rief Anna, kaum dass der letzte Ton der Kapelle verklungen war.

»Herr Professor, Sie brauchen dringend Nachschub«, tönte es drei Stunden später direkt hinter Cornelius.

Begleitet von einer nicht unerheblichen Bierfahne ließ sich Andreas Mayrhofer auf den Stuhl fallen, auf dem bis vor wenigen Augenblicken noch der Seniorchef des Sägewerks gesessen hatte. Mit einem kurzen Kopfnicken grüßte er in die verbleibende Runde.

»Eine Halbe geht noch«, wehrte er Cornelius' Einwand ab und sah sich suchend nach einer Bedienung um. »Wo ist denn übrigens Ihre charmante Begleitung abgeblieben?«

»Frau Gebauer ist nach Hause gegangen. Ihrem Bruder war das Ganze dann doch zu viel.«

»Ist schon ein Kreuz mit dem Buben«, brummte Mayrhofer. »Der ist siebenundzwanzig, so alt wie mein Jüngster, und wie ein Kleinkind. Da brauchst schon Nerven. Ich würde das nicht aushalten.« Er prostete den drei Landwirten am anderen Tischende zu und nahm einen tiefen Schluck aus seinem Bierglas.

»Wo ist denn eigentlich Ihre Frau?«, fragte Cornelius. Er hatte gehofft, im Wirtshaus mit Clara ins Gespräch zu kommen, sie aber nirgendwo entdecken können.

Die Miene des Bauunternehmers verdunkelte sich. »Nach München gefahren, auf ein Klassentreffen.« In einem Zug trank er das restliche Bier aus. »Als ob es ausgerechnet heute nichts Wichtigeres gäbe.«

»Ein Klassentreffen findet nun einmal nicht jedes Wochenende statt. Das ist schon etwas Besonderes.«

»Das Schirmherrn- und Festdamenbitten ist auch etwas Besonderes. Aber das ist der gnädigen Frau ja egal. Soll sie doch machen, was sie will.«

Cornelius war froh, dass in diesem Moment an der Tür zum Nebenzimmer nach Mayrhofer gerufen wurde, denn er wollte sich weder weiter mit ihm unterhalten noch das Bier trinken, mit dem sich die Bedienung gerade näherte.

»Ich glaube, Herr Mayrhofer kann noch eine Halbe vertragen«, dirigierte er sie deshalb weiter, ehe er sich nach Hause verabschiedete.

Das Gasthaus Leitner war immer noch gut gefüllt und obwohl es erst kurz nach acht Uhr abends war, zirkulierten bereits die Schnapsgläser. Unweit der Garderobe ging es besonders hoch her.

»Jetzt setz dich doch her zu uns. Ich geb dir auch einen aus«, grölte ein Mann in den Fünfzigern und zog Elena Ziegler, die gerade an ihm vorbeigehen wollte, auf den freien Stuhl neben sich.

Angewidert entriss ihm die junge Frau ihren Arm. Auch Bürgermeister Leidinger und einige andere Männer gehörten zu der Runde. Leidinger tippte gerade etwas in sein Mobiltelefon und beachtete das Geschehen nicht weiter. Der Rest kommentierte Elenas Anwesenheit dagegen mit lautem Gelächter und Pfiffen. Cornelius blieb abwartend stehen. Die übrigen Gäste schienen keine Notiz davon zu nehmen, sondern hoben die Biergläser, um mit der Kapelle auf ein Prosit der Gemütlichkeit anzustoßen.

»Dann lass dich wenigstens mal mit mir fotografieren«, lallte ihr Tischnachbar und versuchte, seinen Arm um Elenas Schultern zu legen.

»Lass mich in Ruhe«, zischte sie und stand mit einem Ruck auf.
»Geh, was hast du denn?«

»Keine Lust auf deine Wurstfinger und deine Bierfahne«, fauchte sie, ging zu ihrem Platz zurück und riss ihre Strickjacke und ihre Handtasche von der Stuhllehne. »Schönen Abend noch!«

»Hast du nicht etwas vergessen?« Blitzschnell griff einer der Männer nach dem Mobiltelefon auf dem Nachbartisch und hielt es triumphierend hoch. »Das ist doch deines, oder?«

»Ja, und jetzt gib es her.« Vergeblich versuchte Elena, danach zu greifen.

»Nur wenn ich einen Finderlohn bekomme. Und ich wüsste da auch schon etwas«, sagte er unter dem Gejohle der anderen.

Jetzt wurde es Cornelius zu bunt. Doch bevor er überhaupt dazu kam, sich einzumischen, war ein junger Mann – Cornelius schätzte ihn auf höchstens achtzehn – wie von der Tarantel gestochen aufgesprungen. »Gib ihr das Handy zurück!« Angriffslustig baute er sich vor den anderen auf.

»Ja, ihn schau an«, lachte einer aus der Runde. »Was mischt du Pimpf dich hier ein?«

»Noch ganz grün hinter den Ohren und schon auf dicke Hose machen«, grölte der Typ mit Elenas Telefon in der Hand. »Hol es dir doch, wenn du dich traust!«

Er schwenkte es übermütig durch die Luft, doch plötzlich glitt es ihm aus der Hand und landete mit einem lauten Klatschen in einem der Biergläser. Reflexartig griffen er und der junge Mann nach dem Glas, wobei sie es samt Telefon vom Tisch fegten. Nach einer kurzen Schrecksekunde brach der ganze Tisch in Gelächter aus.

»Pass doch auf!«, schrie Elena Ziegler und bückte sich nach dem Telefon, das mit zerbrochenem Display zwischen Glasscherben in einem Biersee schwamm. Mit spitzen Fingern hob sie es auf.

»Das wirst du mir sauber ersetzen«, zischte sie den verdutzt dreinblickenden Mann an, was die Übrigen nur dazu brachte, noch lauter zu lachen. Auch Alfons Leidinger beteiligte sich mittlerweile an dem Geschehen und japste förmlich nach Luft. Wütend machte Elena auf dem Absatz kehrt.

»Elena, t-tut mir leid. Ich … Das wollte ich nicht«, stotterte der junge Mann vom Nachbartisch verlegen.

»Geh, Tobi, du kannst doch nix dafür. Danke, dass du mir geholfen hast«, sagte sie und berührte ihn sachte am Oberarm. »Das wird mir dieser Vollpfosten schon bezahlen. Verlass dich drauf.«

Cornelius sah, wie er errötete. »Dann … ich …«

»Bis bald.« Elena schenkte ihm ein strahlendes Lächeln, warf der immer noch grölenden Gruppe einen letzten finsteren Blick zu und verließ die Gaststube.

»Meinst, du Milchgesicht kannst bei einer wie der Elena landen?«, frotzelte Leidinger. »Ich hab dir das schon mal gesagt. Hast nix, kannst nix, bist nix! Was soll die denn mit einem wie dir anfangen?«

Erst Anna Leitner, die mit Eimer und Putzlappen angerückt war, brachte ihn zum Schweigen. »Hat das jetzt unbedingt sein müssen?«

»Ja, mei.« Achselzuckend griff Alfons Leidinger nach seinem Glas, prostete in die Runde und trank es in einem Zug aus.

»Wenn das seine Frau wüsste. Solange die hier war, hat er nur alkoholfreies Bier getrunken«, sagte Anna leise zu Cornelius. »Zu Hause haben die nämlich allesamt nichts zu lachen.«

Cornelius war nicht entgangen, dass, anders als der Altenberger Bürgermeister, seine Frau bereits zeitig den Heimweg angetreten hatte. Er versprach Anna, nach Elena zu schauen, und verabschiedete sich. Draußen musste er nicht lange suchen. Sie stand allein auf dem menschenleeren Parkplatz vor dem Gasthaus und tippte heftig auf ihr Mobiltelefon ein.

»Da ist wohl nichts mehr zu retten?«, fragte Cornelius.

»Nein! Dieser Depp!« Elena wickelte das Telefon in zwei Papiertaschentücher und stopfte es in ihre Handtasche. »Wenn David noch da gewesen wäre, könnten diese Idioten sich jetzt warm anziehen.«

Erst jetzt fiel Cornelius auf, dass er den jungen Mayrhofer seit dem Nachmittag nicht mehr gesehen hatte.

»Dem war schon den ganzen Tag schlecht«, sagte Elena. »Kabinenparty bei den Fußballern gestern Abend.« Sie hob vielsagend die Augenbrauen. »Zum Glück war sein Senior heute so beschäftigt, dass er seinen frühen Abgang nicht bemerkt hat. Dauernd muss er an David rummäkeln.«

»Das ist mir auch schon aufgefallen,« sagte Cornelius leise.

Fröstelnd knöpfte Elena ihre Strickjacke zu. Jetzt, da die Sonne längst untergegangen war, spürte man den Herbst und die Kühle der Jahreszeit. »Begleiten Sie mich noch ein Stück?«

Der Himmel war wolkenlos und mit unzähligen Sternen übersät. Lautlos huschte eine Katze über die Straße und verschwand in einem der Bauernhöfe.

»Bloß gut, dass meine Eltern schon früh nach Hause sind. Papa regt sich meinetwegen immer furchtbar auf. Er wäre außer sich!«

»Ich habe auch eine Tochter und glauben Sie mir, ich kann Ihren Vater gut verstehen. Ihre Eltern sind sehr stolz auf Sie. Das konnte heute jeder ... Ist alles in Ordnung?«

Urplötzlich war Elena zusammengezuckt und hatte sich reflexartig an die rechte Schläfe gefasst.

»Jaja, alles gut. Nur ein bisschen Kopfschmerzen«, wiegelte sie ab.

Cornelius musterte sie. Jegliche Farbe war aus ihrem Gesicht gewichen und für einen Augenblick schien sie leicht zu schwanken.

»Es ist wirklich alles in Ordnung«, sagte sie. »Kommen Sie. Mir ist kalt.«

Einträchtig gingen sie die Hauptstraße entlang.

»Der junge Mann, der Ihnen geholfen hat ...« Cornelius glaubte ihn von irgendwoher zu kennen.

Elenas Züge hellten sich auf. »Das ist Tobias Schindler, einer unserer Auszubildenden in der Schreinerei.«

»Er hat zusammen mit David das Bücherregal in meiner Ferienwohnung aufgebaut. Ein sehr schönes Stück, das die beiden da angefertigt haben.«

»Ja, Tobi ist schon im dritten Lehrjahr und bald fertig. Papa will ihn auf alle Fälle übernehmen. Er ist echt ein prima Kerl.«

Und bis über beide Ohren in die Tochter seines Ausbilders verliebt, dachte Cornelius, zog es aber vor, zu schweigen.

Kurze Zeit später waren sie an seiner Ferienwohnung angekommen. Elena bestand darauf, dass sie den Rest des Wegs allein schaffen würde und keine Begleitung brauchte. Cornelius wartete noch, bis sie hinter der Straßenbiegung verschwunden war, ehe er die Wohnungstür aufsperrte und hineinging.

Silvia Thalhammer stand regungslos am Schlafzimmerfenster und blickte in die sternenklare Nacht hinaus. Sie hatte kein Licht eingeschaltet, sondern zog es vor, im Schutz der Dunkelheit zu bleiben. Schließlich hatte sie nur ein Nachthemd und einen Bademantel an. Fast musste sie über sich selbst lachen. Wer außer ein paar Feldhasen würde sie schon sehen? Ihr Schlafzimmer ging zur Rückseite des Wohnhauses hinaus, wo nur noch Wiesen und Felder und in einiger Entfernung der Mühlbach ihre Nachbarn waren. Sie hätte im schwarzen Negligé hier stehen können und niemand hätte Notiz davon genommen. So wie eigentlich nie jemand Notiz von ihr nahm, dachte sie bitter.

Von der Hauptstraße erklangen die grölenden Stimmen einiger Betrunkener. Wahrscheinlich kamen sie direkt vom Wirtshaus und feierten bei einem von ihnen zu Hause weiter. Ob Hannes sich darunter befand, wusste sie nicht. Sie wusste nur, dass er noch nicht daheim war und sich an diesem Umstand in den nächsten Stunden auch nichts ändern würde. Daher hatte sie bereits sein Bettzeug gepackt und es auf die Couch im Wohnzimmer gelegt. Sein Hereinstolpern mitten in der Nacht, seine Bierfahne und sein durchdringendes Schnarchen, waren das Letzte, was sie jetzt brauchte. Ihr reichte es schon, wenn er morgen den ganzen Tag verkatert durch die Gegend laufen und ihr den Sonntag verderben würde. Wobei: Dann passte der Sonntag immerhin perfekt zu diesem Samstag.

Das Schirmherrn- und Festdamenbitten hatte ihr einen bitteren Vorgeschmack auf das gegeben, was sie nächstes Jahr erwarten würde: Elena Ziegler der strahlende Mittelpunkt, der von allen angeschmachtet und angehimmelt wurde. Besonders von ihrem eigenen Ehemann. Silvia hatte ihn die ganze Zeit mit Argusaugen beobachtet. Nur mit Mühe hatte Hannes an sich halten können, als es an einem der Tische richtig losging. Es hätte nicht viel gefehlt und er wäre aufgesprungen, um Elena zu Hilfe zu eilen. Aber das hatte in diesem Fall Tobias Schindler für ihn übernommen. Wahrscheinlich war ihr Mann jetzt auf diesen Teenager eifersüchtig, weil er das gemacht hatte, was er selbst am liebsten getan hätte. Elena heldenhaft verteidigen. Obwohl Silvia Alfons Leidinger und seine Konsorten unerträglich fand, wäre es ihr nie in den Sinn gekommen einzuschreiten. Irgendeinen Dummen gab es schließlich immer, der sich für Elena lächerlich machte.

Bei Roswithas vielgerühmtem Münchner Professor hatte auch nicht viel gefehlt und er hätte sich eingemischt. Dem reichte es offenbar nicht, dass ständig diese Angela Gebauer um ihn herumschwirrte, die problemlos seine Tochter hätte sein können. Nein, jetzt musste der alte Knacker auch noch bei Neukirchens Fahnenbraut den Helden spielen. Aber Tobi war ihm und Hannes sauber zuvorgekommen. Fast freute es Silvia, dass dieser Jungspund sich getraut hatte. Auch wenn er danach alles andere als glücklich ausgesehen hatte. Selbst schuld, dachte sie mit grimmiger Genugtuung und zog den Gürtel des Bademantels fester zu.

Zum Glück schlief Leopold heute bei ihrer Mutter. So würde er später wenigstens nicht wach werden, wenn sein Vater sich irgendwann einmal nach Hause bequemte. Eigentlich hätte es ja ein neuer Versuch werden sollen, einen Abend gemeinsam zu verbringen, als Ehepaar. Aber wie so oft hatte es Hannes wieder einmal vorgezogen, diesen Teil seines Lebens auszublenden, *sie* auszublenden, und stattdessen mit seinen Jungs zu feiern. Und Elena anzuhimmeln wie ein liebeskranker Gockel.

Nun schaltete Silvia doch das kleine Licht auf ihrem Nachttisch ein. Kritisch betrachtete sie ihr eigenes Spiegelbild in der Fensterscheibe. Seit der Schwangerschaft hielten sich noch immer einige Pfunde zu viel auf ihren Hüften. Die Falten um Nase und Mundwinkel hatten sich tief in ihre Haut eingegraben und der müde Blick aus ihren Augen veranlasste niemanden, sich nach ihr umzudrehen. Fast automatisch drängte sich das Bild von Elena in ihr auf: gertenschlank, makellos und wunderschön. Ohne es zu merken, hatte Silvia angefangen zu weinen. Am liebsten hätte sie laut aufgeschrien. So ging das nicht mehr weiter. Von ihr würde irgendwann nichts mehr übrig sein, während ihr Mann bis ans Ende seiner Tage dieses Wunderwesen anschmachtete. Es wurde Zeit, dass sich das änderte. Nein, dass *sie* das änderte. Und zwar schnellstmöglich.

Kapitel 11

Cornelius' Sonntag verlief ziemlich ereignislos. Angela sagte am Vormittag den geplanten Spaziergang ab, da Jonas fiebrig war und beide offenbar eine unruhige Nacht hinter sich hatten. Etwas enttäuscht holte Cornelius Mayrhofers Unterlagen hervor und breitete diese im gesamten Wohnzimmer aus. Da es erneut ein nebelverhangener und trüber Tag war, verspürte er wenig Lust, allein durch die Gegend zu stapfen. Es dauerte nicht lange und er war so in seine Lektüre und Notizen vertieft, dass er erst am Nachmittag wieder auf die Uhr schaute.

Ächzend stand er auf. Er spürte das lange Sitzen und die gebeugte Haltung in jedem einzelnen Knochen. Obwohl ihm das feucht-kalte Wetter wenig einladend erschien, raffte er sich doch zu einem Spaziergang auf. Andernfalls würde ihm sein Rücken keinen ruhigen Schlaf gönnen. Um nicht der Versuchung zu erliegen, nach wenigen Schritten bei Anna im Wirtshaus einzukehren, schlug er die entgegengesetzte Richtung zum westlichen Dorfende ein, vorbei an der Bushaltestelle und weiter die Straße entlang, die in einiger Entfernung den Weg zu den Keltenschanzen kreuzen würde. Nach einer Weile verlief sie fast direkt neben dem Mühlbach. Cornelius atmete tief durch. Die frische Luft und die Bewegung taten ihm gut. Nur noch wenige Nebelschwaden verschleierten den Himmel und sorgten mit der untergehenden Sonne für eine fast mystische Stimmung. Kurz dachte er daran, Ramona anzurufen, verwarf den Gedanken aber wieder. Stattdessen ging er festen Schrittes weiter und grübelte über die Einleitung und die ersten Kapitel der Festschrift nach. Das leise Gurgeln des Bachs und das gelegentliche Krächzen einiger Krähen waren die einzigen Geräusche, die ihn begleiteten. Erst unweit der Einmündung zu den Keltenschanzen wurde ihm bewusst, wie lange er entgegen seines ursprünglichen Plans nun doch unterwegs gewesen war. Er beschloss umzudrehen, als er ein Kleiderbündel im Bach erhaschte, das sich in einem dicken Ast verfangen hatte. Zumindest hielt er es so lange für achtlos weggeworfene Kleidung, bis er den Arm entdeckte, der aus dem dunklen Stoff hervorragte. Cornelius spürte, wie ihm übel wurde.

Zögernd näherte er sich dem Wasserlauf. Tatsächlich handelte es sich um einen Menschen, der unweit des Ufers im Bachbett lag und dessen schmaler Körper in einem Geäst festhing. Die Fingernägel der Hand, die zu dem Arm gehörte, waren dunkelrot lackiert. Die Beine steckten in schwarzen Damenstiefeletten und einer schwarzen Jeans. Darüber trug die Person einen dunklen Herbstmantel und einen Wollschal. Den anderen Arm bedeckten einige Zweige. Das Gesicht war unter Wasser, sodass Cornelius nur die schwarzen Locken sah. Und die blutverkrusteten und verklebten Haarsträhnen am Hinterkopf. Alles in ihm verkrampfte sich. Er kannte diese Frisur und er kannte die Frau, die hier, die Gliedmaßen seltsam verrenkt, im Mühlbach lag. Vor nicht einmal vierundzwanzig Stunden hatten sie sich am Eingang zu seiner Ferienwohnung voneinander verabschiedet. Trotzdem betete er inständig, er möge sich irren. Nur dieses eine Mal. Vorsichtig ging er direkt zum Rand des Gewässers. Mithilfe eines Asts gelang es ihm, sie so zu drehen, dass er ihr Gesicht sehen konnte.

»Lieber Gott, nein!«

Er hatte sich nicht geirrt. Vor ihm lag Elena Ziegler, aus deren wunderschönen Augen jegliches Leben gewichen war.

»Die zuständigen Kollegen der Kriminalpolizei werden gleich hier sein«, sagte die uniformierte Beamtin. »Halten Sie so lange noch durch?«

»Ja, natürlich. Machen Sie sich um mich keine Sorgen«, erwiderte Cornelius, dem einer der Sanitäter eine Decke um die Schultern gelegt hatte.

Er saß in dem Krankenwagen, der fast zeitgleich mit der ersten Polizeistreife angekommen war und auf der Wiese gegenüber dem Bachlauf geparkt hatte, und hielt mit beiden Händen eine warme Teetasse umklammert. Durch die geöffneten Flügeltüren des Fahrzeugs konnte er gut verfolgen, was sich draußen abspielte. Ein weiterer Streifenwagen und ein Notarzt waren nur wenig später eingetroffen. Die Beamten hatten sich kurz besprochen und dann das Absperrband hervorgeholt. In der Ferne, vor dem Dorfeingang, sah er ein zuckendes Blaulicht in der beginnenden Dunkelheit. Offenbar war die Straße abgesperrt worden. Die in weiße Ganzkörperanzüge gehüllten Beamten des Erkennungsdienstes hatten sich mitsamt ihren grellen Scheinwerfern überall verteilt, indes der Notarzt sich bereits wieder verabschiedet hatte.

Obwohl um ihn herum rege Betriebsamkeit herrschte und die Szenerie mittlerweile taghell erleuchtet war, zog das Geschehen wie ein Nebelschleier an Cornelius vorbei. Welch entsetzliche Tragödie hatte sich hier abgespielt? Für einen Moment war er wieder oben an den Keltenschanzen, dort, wo er damals Sascha Eichinger tot aufgefunden hatte. Ein junger, lebensfroher Mensch, der niemandem etwas getan hatte. Bis heute gab es keinen Tag, an dem er nicht an Sascha dachte, und er wusste, dass es ihm bei Elena ganz genauso gehen würde. Ihr Anblick würde ihn Zeit seines Lebens nicht mehr loslassen.

Der Drang, seine Tochter anzurufen, wurde schier übermächtig, doch gerade, als er sein Mobiltelefon hervorholte, näherte sich ein groß gewachsener blonder Mann in Zivilkleidung dem Krankenwagen. Einige Meter hinter ihm lief eine sportlich-schlanke Frau, ebenfalls in Zivil gekleidet. Rasch schob Cornelius das Handy zurück in seine Jackentasche. Die Neuankömmlinge blieben vor ihm stehen, wobei der scharfe Blick des Mannes ihn förmlich durchleuchtete.

»Grüß Gott, Herr Cornelius«, sagte er dann streng.

Er erwiderte den Gruß mit einem etwas missglückten Lächeln. »Grüß Gott, Herr Thorwald. Grüß Gott, Frau Abel.«

»Hallo, Herr Cornelius«, entgegnete die Frau betont freundlich.

Ein Beamter des Erkennungsdienstes kam schnellen Schrittes auf sie zu.

»Wir benötigen noch einen Vergleichsabdruck Ihrer Schuhe, weil Sie sich der Leiche genähert haben. Das können wir jetzt gleich erledigen. Direkt angefasst haben Sie sie ja nicht, oder?«

»Nein«, erwiderte Cornelius rasch. »Ich habe sie nur mit dem Ast etwas bewegt. Tut mir leid. Ich weiß, das hätte ich nicht tun sollen.«

»Nein, hätten Sie nicht«, sagte Thorwald.
Der Beamte blieb abwartend stehen.
Thorwald trat einen Schritt zurück. »Nur zu. Die Fingerabdrücke des Herrn liegen uns für alle Fälle ohnehin vor. Wir kennen uns nämlich.« Und an Cornelius gewandt: »Wir kommen dann in ein paar Minuten wieder zu Ihnen.«
In Cornelius' Ohren hörten sich die Worte des Hauptkommissars fast wie eine Drohung an.

Robert Thorwald hatte beim Anruf des Kriminaldauerdiensts in seinem Büro gesessen und die Berichte einer kürzlich abgeschlossenen Ermittlung durchgelesen. Seit Amelie in Paris war, übernahm er gerne die sonntägliche Bereitschaft. Außerdem war das Wochenende die einzige Gelegenheit, um die umfangreiche Dokumentation einigermaßen ungestört erledigen zu können. Dachte er jedenfalls. Er hörte sich kurz an, was der Kollege zu berichten wusste. Viel war es noch nicht, aber ausreichend, um von einem Tötungsdelikt auszugehen. Sein Rundruf an einem späten Sonntagnachmittag würde in der Abteilung keine Begeisterungsstürme auslösen. Ein Blick auf den Dienstplan sagte ihm, wer ebenfalls Bereitschaft hatte und wessen freies Wochenende frühzeitig zu Ende gehen würde. Aber alle wussten, wie wichtig die ersten Stunden einer Ermittlung waren, in denen Thorwald bereits so viel wie möglich mit den eigenen Leuten erledigen wollte.

Obwohl Katrin, der alphabetischen Reihenfolge geschuldet, ganz oben auf dem Dienstplan stand, rief er sie als Letzte an. Offenbar saß sie gerade in einem Lokal, wie er der Geräuschkulisse im Hintergrund entnehmen konnte. Sie klang zwar etwas reserviert, aber wie immer sehr konzentriert und aufmerksam.

»Ich bin ohnehin gerade in der Stadt und kann in zehn Minuten am Präsidium sein«, sagte sie. Und nach einem kurzen Zögern: »Oder sollen wir getrennt fahren?«

»Was glaubst du, was mir das Controlling erzählt, wenn wir mit zwei Autos unterwegs sind? Ich muss mir schon immer deren Gejammere wegen unserer horrenden Überstunden anhören.«

»Na dann. Bis gleich, Chef«, antwortete Katrin.

Er überflog die Namen der übrigen Kollegen. Gerade waren sie nicht unbedingt das, was man überbesetzt nennen konnte. Zwei befanden sich im Urlaub, drei längere Krankenstände nach einem Unfall, einige Kollegen arbeiteten mit Hochdruck an einem Tötungsdelikt in der Gangszene und waren so schnell nicht abkömmlich, und schließlich … Florian Weber. Die Kalendertage hinter seinem Namen waren vom Computer automatisch ausgekreuzt worden. Thorwald spürte Bitterkeit in sich aufsteigen.

Ein Telefonat mit Webers Mutter am Mittag hatte keine Neuigkeiten gebracht. Auch die Soko hatte bisher nichts bahnbrechend Neues zum vermuteten Serientäter herausgefunden, wobei Thorwald es tunlichst vermied, dort ständig nachzufragen. Erneut besah er sich den Dienstplan. Es blieb abzuwarten, wie sich die aktuelle Ermittlung entwickelte, aber eigentlich war jetzt schon klar, dass sie Verstärkung brauchten. Am besten klärte er das sofort und nicht, wenn sie bis zum Hals in Arbeit steckten. Ein paar Sekunden trommelte er mit den Fingern auf seinem Schreibtisch, ehe er zum Telefon griff.

Die Autofahrt nach Neukirchen verlief ruhig. Schnell war klar, dass Katrin nicht über Florian Weber und ihren vergangenen Disput reden wollte, weshalb Thorwald das Thema ebenfalls mied. Die freien Tage schienen ihr gut getan zu haben. Sie wirkte ausgeruht und notierte eifrig, was er bisher zu berichten wusste. Die Kollegen an der Straßensperre ließen sie grüßend passieren und es dauerte nicht lange, bis sie die Fundstelle erreicht hatten. Fast gleichzeitig mit ihnen traf auch ein Leichenwagen ein.

Thorwald parkte in einiger Entfernung, um niemandem im Weg zu stehen. Nach einem kurzen Gespräch mit dem Erkennungsdienst und den Kollegen, die zuerst am Einsatzort waren, begleiteten sie eine Polizeibeamtin zu einem Krankenwagen, in dem die Person saß, die das Todesopfer aufgefunden hatte und dieses offenbar auch identifizieren konnte.

»Ein ganz netter älterer Herr«, sagte die Beamtin. »Er hat sich bisher wirklich tapfer geschlagen, obwohl ihm das Ganze ziemlich an die Nieren geht.«

»Das kann ich mir vorstellen«, murmelte Katrin.

Thorwald beschlich ein ungutes Gefühl. *Älterer Herr ...*

»Haben wir seine Personalien?«

»Ja, natürlich«, sagte die Beamtin und holte ihren Notizblock hervor. »Er hat hier in Neukirchen eine Ferienwohnung und kommt eigentlich aus München.«

»Nein!«

Die Polizistin sah ihn verblüfft an. »D-doch. Er ist pensionierter Universitätsprofessor und heißt ...«

»... Gregor Cornelius«, vollendete Thorwald den Satz. Er sah aus, als würde es ihn jeden Augenblick in Stücke reißen.

»Äh ... ja. Sie kennen ihn? Wir haben ihn natürlich routinemäßig von der Zentrale überprüfen lassen und es liegen keine Einträge vor.« Das Gesicht der Beamtin war ein einziges Fragezeichen.

»Alles gut«, schaltete sich Katrin ein. »Wir kennen den Herrn bereits von einer vergangenen Ermittlung.«

»Einer?«, donnerte Thorwald los.

»Mehreren«, korrigierte Katrin sich und versuchte gleichzeitig krampfhaft, ein Lachen zu unterdrücken. »Sie haben alles richtig gemacht. Wir übernehmen jetzt ab hier«, wandte sie sich dann an die uniformierte Beamtin.

»Das eine sag ich dir: Wenn der wieder in unseren Ermittlungen herumpfuscht, dann kann er sich auf etwas gefasst machen«, zischte Thorwald, bevor er mit energischen Schritten Richtung Krankenwagen stapfte.

»Vielen Dank, Herr Cornelius. Sie haben das wirklich sehr gut zusammengefasst«, sagte Katrin und überflog noch einmal ihre Notizen. Thorwalds genervtes Räuspern ignorierte sie.

Sie hatten sich nicht mehr lange am Fundort aufgehalten. Nachdem Cornelius seine Schuhabdrücke beim Erkennungsdienst abgegeben und Thorwald sich mit dem eingetroffenen Staatsanwalt besprochen hatte, waren sie zu dritt zur Ferienwohnung des Professors gefahren. Dort angekommen wurde Cornelius zuerst mit einer weiteren Tasse Tee aus seiner Küche versorgt. In der Zwischenzeit telefonierte Thorwald mit Korbinian Bäumel, der im Kommissariat erste Erkundigungen über Elena Ziegler und deren Familie einholen sollte. Ob die vom Notarzt festgestellte Kopfwunde tatsächlich ihren Tod verursacht hatte, würde die Rechtsmedizin klären. Wenn es nach Thorwald und dem Staatsanwalt ging, gleich am nächsten Morgen, weshalb der Jurist versprochen hatte, sich um einen zeitnahen Obduktionstermin zu kümmern.

Thorwald hätte es zwar niemals ausgesprochen, aber auch er musste zugeben, dass der Professor seine Sache sehr ordentlich gemacht hatte. Allen voran verdankten sie Cornelius die Identität der Toten, die laut Erkennungsdienst keine Handtasche und keine persönlichen Gegenstände bei sich hatte. Konzentriert hörte er Katrin jetzt bei der Wiedergabe ihrer Aufzeichnungen zu.

Laut Cornelius wohnte Elena Ziegler unweit seiner Ferienwohnung bei ihren Eltern in Neukirchen. Die Zieglers besaßen offenbar eine Schreinerei am Stadtrand von Altenberg. Ihre Tochter hatte allerdings nicht im elterlichen Betrieb, sondern als Erzieherin in einer heilpädagogischen Einrichtung in Landshut gearbeitet. Außerdem war sie im nächsten Jahr bei der Fahnenweihe des örtlichen Schützenvereins als Fahnenbraut vorgesehen. Am Vortag hatte das traditionelle Schirmherrn- und Festdamenbitten stattgefunden, bei dem es zu einer verbalen Auseinandersetzung zwischen Elena Ziegler und einigen männlichen Gästen gekommen war, in deren Verlauf das Mobiltelefon der Toten zu Bruch ging.

»Den einzigen Gast dieser Tischrunde, den Sie namentlich kennen, ist der Altenberger Bürgermeister Alfons Leidinger. Ist das richtig, Herr Cornelius?«.

Thorwald und Katrin wechselten einen vielsagenden Blick. Wenn das allseits bekannte Stadtoberhaupt von Altenberg in eine polizeiliche Ermittlung verwickelt wäre, würden sie sich auf dünnem Eis bewegen.

»Ja, die anderen sind mir nicht bekannt. Frau Leitner wird Ihnen da sicher besser weiterhelfen können«, sagte Cornelius.

»Wir werden zeitnah einen Kollegen zu ihr schicken«, sagte Thorwald.

Cornelius nickte. »Das wird ein furchtbarer Schock für sie sein. Sie hat Elena so gerne gemocht. Beide waren wie geschaffen für diese Fahnenweihe.« Er zögerte kurz. »Darf ich ihr sagen, was passiert ist?«

»Meinetwegen. Ich informiere den Kollegen, dass er Sie hier abholen soll.« Thorwald griff nach seinem Mobiltelefon. »Dem Ortsgeistlichen sollten wir auch Bescheid geben. Äh ... wie heißt er ...?«

»Felix Hartl«, antwortete Cornelius rasch.

Während Thorwald im Hausflur die notwendigen Anrufe erledigte, überflog Katrin noch einmal ihre Aufzeichnungen. Der Professor hatte Elena Ziegler am Vorabend an seiner Wohnungstür zum letzten Mal gesehen. Laut seiner Aussage wollte sie danach direkt nach Hause gehen. Nun würde es an ihnen sein, die letzten Stunden im Leben der jungen Frau zu rekonstruieren. Am Wort »Fahnenbraut« blieb Katrin schließlich hängen.

»Wie wird man eigentlich eine Fahnenbraut? Wird man da ausgelost oder gibt es eine Art Casting, für das man sich bewerben kann?«

Ihre Frage entlockte Cornelius ein kleines Schmunzeln.

»Ich bin in der Großstadt aufgewachsen«, fügte sie entschuldigend hinzu. »Mit dörflichen Traditionen kenne ich mich so gut wie gar nicht aus.«

»Meistens sprechen sich der Vereinsvorstand und der Festausschuss für eine Kandidatin aus, die sich zuvor gewisse Verdienste um den Verein erworben hat. Laut Frau Leitner war Elena seit ihrer Jugend im Schützenverein und eine hervorragende aktive Schützin. Trotzdem ...«

Katrin zog die Augenbrauen hoch. »Ja?«

»Eine Fahnen*braut* gibt es eigentlich nur bei Feuerwehren. Es ist anderen Vereinen natürlich nicht verboten, eine junge Dame für das Amt auszuwählen, aber durchaus etwas ungewöhnlich. Ich nehme daher an, dass es dem Schützenvorstand ein großes Anliegen war, neben Frau Leitner als Fahnenmutter auch eine Fahnenbraut zu präsentieren.«

»Und wie heißt dieser Schützenvorstand?«

»Andreas Mayrhofer.«

»Und wissen Sie, ob es weitere geeignete Vereinsmitglieder für dieses Amt der Fahnenbraut gab?«

Cornelius schüttelte den Kopf. »Nein, Frau Leitner hat mir gegenüber nichts erwähnt, aber sollte es jemanden geben, dann weiß sie es auf alle Fälle.« Seine Augen weiteten sich. »Glauben Sie, eine vermeintliche Konkurrentin hat Elena deshalb ... wegen einer Fahnenweihe?«

»Ich glaube überhaupt nichts, Herr Cornelius. Uns helfen bei den Ermittlungen nur Dinge weiter, die wir *wissen*. Fakten, keine bloßen Vermutungen«, sagte Katrin mit Nachdruck. »Haben Sie denn gestern noch andere Auseinandersetzungen oder Spannungen rund um Frau Ziegler mitbekommen?«

»Nein.«

Die Wohnzimmertür wurde schwungvoll geöffnet.

»Die Kollegin vom Kriseninterventionsteam ist da.« Thorwald nickte Katrin kurz zu und wandte sich dann an Cornelius. »Kommissar Maiwald trifft in etwa einer Stunde hier ein und begleitet Sie zu Frau Leitner. Außer dem Pfarrer und uns weiß noch niemand, was passiert ist, und ich möchte, dass das so bleibt, bis wir die Familie informiert haben. Haben wir uns da verstanden? Und morgen Nachmittag kommen Sie bitte auf das Kommissariat, um Ihre Aussage zu Protokoll zu geben.«

»Jetzt warst du aber streng mit ihm«, sagte Katrin auf dem Weg zu den Zieglers.

»Aus gutem Grund! Er soll gleich wissen, wer hier die Ermittlungen führt. *Er* ist es nicht.«

»Dafür hat er mir in deiner Abwesenheit noch so einiges erzählt.« Sie berichtete ihm von Cornelius' Erläuterungen zur Fahnenweihe.

»Es sind schon Leute für wesentlich weniger gestorben«, sagte Thorwald, als sie fertig war.

»Ja. Oder es war doch ein Raubmord.«

»Wegen der fehlenden Handtasche ... schon möglich. Jetzt müssen wir erst einmal herausfinden, wann und wo sie zuletzt lebend gesehen wurde. Laut Notarzt war sie noch nicht lange tot. Und laut Erkennungsdienst ist der Fundort höchstwahrscheinlich nicht der Tatort. Also ...«

»Viele Fragezeichen und noch sehr wenige Antworten.« Katrin zeigte auf ein zweistöckiges Wohnhaus, vor dessen Garage gerade eine Frau in den Fünfzigern aus einem Wagen stieg. »Hier ist es.« Nirgendwo im Gebäude brannte Licht.

Thorwald parkte auf der gegenüberliegenden Straßenseite, direkt hinter ihm hielt die Mitarbeiterin des psychosozialen Diensts. Die Frau, die gerade dabei war, die Eingangstreppe hinaufzugehen, drehte sich erstaunt zu den Neuankömmlingen um. Zwei fremde Autos an einem Sonntagabend sorgten in Neukirchen durchaus für Aufmerksamkeit. Abwartend blieb sie stehen.

Sie war eine zierliche, schmale Frau mit kurzen, dunklen Haaren und feinen Gesichtszügen.

»Guten Abend. Sind Sie Frau Ziegler?«, fragte er.

Sie runzelte die Stirn. »Ja.« Dann hellte sich ihre Miene auf. »Ah, Sie wollen sicher den Transporter abholen, den mein Mann im Internet verkauft hat. Dazu müssten Sie bitte nach Altenberg in unsere Schreinerei fahren. Mein Mann ist ohnehin gerade dort.« Sie lachte. »Wenn man ein eigenes Geschäft hat, hört die Arbeit nie auf.«

Fast gleichzeitig holten Thorwald und Katrin ihre Dienstausweise hervor.

»Wir sind nicht deswegen hier, Frau Ziegler. Robert Thorwald und Katrin Abel, Kriminalpolizei Landshut. Das ist Frau Eckmann, eine Kollegin von uns. Dürften wir einen Augenblick hereinkommen?«

Marianne Ziegler erblasste. »Polizei? Ist etwas passiert? Gab es einen Unfall? Hatte mein Mann einen Autounfall?«

»Nein, Frau Ziegler. Es geht nicht um Ihren Mann. Könnten wir bitte …«

»Ist der Bernadette etwas passiert? Jetzt sagen Sie schon!«, rief sie mit schriller Stimme.

»Es geht um Ihre Tochter Elena. Könnten wir bitte zusammen ins Haus gehen?«, bat Thorwald mit Nachdruck.

»Elena?« Marianne Ziegler schüttelte den Kopf. »Da müssen Sie sich irren. Meine Tochter hatte keinen Unfall. Ihr Auto steht doch hier.« Sie zeigte auf den schwarzen Kleinwagen in der Einfahrt.

»Es handelt sich nicht um einen Autounfall.« Thorwald hielt kurz inne. »Heute am späten Nachmittag wurde eine junge Frau tot am Ufer des Mühlbachs aufgefunden.«

»Nein!«, schrie Marianne Ziegler. »Sie irren sich! Elena ist hier. Sie sehen doch, dass ihr Auto hier steht.«

Sie drehte sich um und versuchte, mit zittrigen Händen aufzusperren.

»Lassen Sie mich das machen, Frau Ziegler! Und dann reden wir drinnen in Ruhe ...«, begann Thorwald, doch Marianne Ziegler wehrte ihn brüsk ab. Endlich gelang es ihr, die Tür zu öffnen.

»Elena!«, schrie sie in den dunklen Flur hinein. »Elena!« Sie drückte auf den Lichtschalter und rannte Sekunden später eine Holztreppe hinauf. »Elena!«

Thorwald und Katrin liefen hinter ihr in den ersten Stock, wo Marianne Ziegler eine Zimmertür aufriss.

»Elena!«

Das Zimmer war leer, das Bett unbenutzt.

»Wahrscheinlich duscht sie gerade.«

Elenas Mutter drängte sich an Thorwald vorbei und stürmte in das Badezimmer auf der gegenüberliegenden Flurseite. »Elena!«

»Frau Ziegler, Ihre Tochter ist nicht hier. Ihre Tochter ist ...«

»Nein!« Marianne Zieglers verzweifelter Aufschrei hallte durch das ganze Haus. »Nein, bitte nicht«, weinte sie und sackte auf dem kalten Fliesenboden zusammen.

Kapitel 12

»Herr Thorwald, der ärztliche Notdienst ist jetzt hier.« Jasmin Eckmann, die Mitarbeiterin des Kriseninterventionsteams, klopfte leise an die halb offene Tür zu Elenas Zimmer, in dem sich Thorwald kurz umgesehen hatte.

»Wie geht es ihr?«

»Schlecht. Am liebsten würde ich sie in ein Krankenhaus einweisen lassen. Mal sehen, was der Arzt sagt.«

»Okay, vielen Dank.«

»Robert!«, hörte er Katrin von unten rufen.

»Komme!«

Auf dem Flur sah er gerade noch den Arzt im Schlafzimmer verschwinden, wo Katrin und Jasmin Eckmann Marianne Ziegler nach ihrem Zusammenbruch behutsam ins Bett geholfen hatten. Katrin, die Hände in blauen Gummihandschuhen, stand jetzt unten am Treppenabsatz und hielt eine Damenhandtasche hoch.

»Der Schlüssel hier am Schlüsselbrett hat tatsächlich zu ihrem Auto gepasst. Die habe ich auf dem Beifahrersitz gefunden. Es ist alles da. Geldbeutel, Karten … und das hier.«

Thorwald ging die Treppe hinunter und beäugte den Gegenstand.

»Ein noch original verpacktes neues Mobiltelefon. Der Kassenbeleg und der EC-Karten-Beleg liegen im Geldbeutel. Sie hat es heute in Landshut gekauft.«

»Heute? Am Sonntag?«

»Heute war doch verkaufsoffener Sonntag. Sag bloß, du hast das nicht mitbekommen?«

»Nein. Ich bin ziemlich früh direkt ins Büro gefahren und danach nicht mehr raus.«

Durch die geöffnete Haustür war das Geräusch einiger heranfahrender Wagen zu hören.

»Das wird der Erkennungsdienst sein. Das beschädigte Mobiltelefon liegt übrigens oben auf ihrem Schreibtisch. Ich habe versucht, es einzuschalten, aber es gibt keinen Mucks mehr von sich.«

»Also war sie seit gestern Abend nicht mehr mobil zu erreichen«, überlegte Katrin laut. »Und sie ist offenbar ohne Handtasche irgendwo hingegangen, nachdem sie aus Landshut zurückgekommen ist.« Sie runzelte die Stirn. »Das kann doch dann eigentlich nicht allzu weit gewesen sein. Vielleicht hat sie ja hier jemand abgepasst und zu einem kurzen Spaziergang überredet?«
»Gut möglich.«
In diesem Moment klingelte Thorwalds Handy.
»Perfektes Timing«, begrüßte er den Erkennungsdienst wenige Augenblicke später. »Der Richter hat gerade den Beschluss zur Durchsuchung freigegeben. Ich zeige euch das Zimmer der Toten. Außerdem gehörte ihr der schwarze Kleinwagen vor der Garage.«
»Und die hier«, sagte Katrin und überreichte dem Kollegen Elenas Handtasche. »Robert, ich warte dann draußen auf dich.«
Es dauerte nicht lange, bis Thorwald aus dem Haus trat. Er atmete einmal tief durch.
»Also«, sagte er und streifte sich die Gummihandschuhe ab. »Frau Eckmann wartet noch, bis der Krankenwagen kommt und Marianne Ziegler nach Landshut ins Klinikum bringt. Danach trifft sie sich mit Torsten Maiwald im Hotel *Drei Lilien* in Altenberg, um Bernadette Ziegler Bescheid zu sagen. Und wir zwei fahren jetzt ebenfalls schnurstracks nach Altenberg, und zwar in die Schreinerei.«
»Woher weißt du, wo die Schwester gerade ist?«
Thorwald schwenkte sein Telefon. »Korbi hat schon fleißig recherchiert und mir seine ersten Ergebnisse geschickt. Sie arbeitet in dem Hotel als Direktionsassistentin und ist heute anscheinend im Dienst.« Mitten im Gehen hielt er inne. »Mist!«
»Was ist?«
»Wenn Elena direkt nach ihrer Rückkehr aus Landshut von hier weggegangen ist oder abgeholt wurde – und davon müssen wir nach den Fundsachen im Auto ausgehen –, dann hat sie womöglich jemand gesehen. Das heißt, wir brauchen eine Nachbarschaftsbefragung.«
»Du hast recht. Und die Wahrscheinlichkeit, am Sonntagabend jemanden zu Hause anzutreffen, ist auf alle Fälle höher als morgen, wenn der Großteil in der Arbeit ist.«

»Aber wir müssen dringend zum Vater. Und ich möchte das selbst erledigen.«

»Dann lass das hier die Uniformierten übernehmen. Das ist Routine für die.« Katrin sah ihn bekümmert an. »Flo fehlt an allen Ecken und Enden.«

»Ja, und nicht nur er. Wir sind gnadenlos unterbesetzt. Der Fall ist noch keine drei Stunden alt und wir sind schon am Limit.«

»Wir schaffen das schon. Korbi soll die Nachbarschaftsbefragung koordinieren und wir fahren nach Altenberg. Okay?«

Thorwald konnte sich ein Lächeln nicht verkneifen. »Ja, Chef.«

Maria Brunner legte ihr Strickzeug in den Korb und streichelte Henry, der kringelförmig und tief schlafend neben ihr auf dem Wohnzimmersofa lag.

»Dich zieht es bei diesem Wetter auch nicht nach draußen. Aber Hunger hast du doch bestimmt, oder?« Wie auf Kommando schlug der Kater die Augen auf und hob neugierig den Kopf.

Maria kraulte sein Kinn. »Dann wollen wir mal schauen, was wir dir Leckeres auftischen können.«

Leise seufzend stand sie auf. Das lange Sitzen hatte ihren alten Knochen nicht gutgetan. Eigentlich sollte sie es besser wissen, aber einmal mit dem Stricken angefangen fiel es ihr schwer, die Nadeln zur Seite zu legen. Langsam ging sie in die Küche, schaltete das Licht an und öffnete den Schrank mit dem Katzenfutter. Henry war mit einem eleganten Satz vom Sofa gesprungen und stand jetzt so dicht neben ihr, dass sie aufpassen musste, ihn nicht zu treten. Mit Argusaugen verfolgte er jede ihrer Bewegungen.

»Ja, du kriegst ja gleich etwas«, murmelte sie.

Während Maria Brunner die Dose öffnete und das Nassfutter mit einer Gabel auf einem Unterteller verteilte, hörte sie an der Seitentür, die zur Doppelgarage führte, das Geräusch eines Schlüssels. Sekunden später trat Clara mit einer kleinen Reisetasche bepackt in den Hausflur.

»Schau, Henry, dein Frauchen ist wieder daheim«, sagte Maria, stellte den Unterteller neben den Napf mit dem Wasser und richtete sich ächzend wieder auf. Wie erwartet galt die Aufmerksamkeit des Katers weniger dem Neuankömmling als vielmehr seinem Abendessen, über das er sich laut schmatzend hermachte.

»Na, du bist mir ja ein sauberer Kavalier«, lachte Maria und drehte sich um. »Grüß dich, Clara. Wie siehst du denn aus?«, entfuhr es ihr.

Claras Wangen waren gerötet, aus einem schlampigen Pferdeschwanz hatten sich einige Haarsträhnen gelöst und ihre Augen sahen aus, als hätte sie geweint.

»Hallo, Maria. A-alles gut. Ich bin nur ... die Autofahrt war sehr ...« Claras Lippen fingen unkontrolliert zu zittern an und sie ließ die Reisetasche zu Boden fallen.

Maria trat aus der Küche. »Was ist denn los? Ist etwas passiert?«

Hastig strich sich Clara eine Strähne aus dem Gesicht. »Nein ... ich ...« Ohne weiterzusprechen, bückte sie sich, um die Schnürsenkel ihrer schwarzen Sneaker aufzumachen. Gelb gefärbte Birkenblätter und Erdreste klebten an den Sohlen.

»Wie sehen denn deine Schuhe aus? Warst du wandern?« Maria Brunner runzelte die Stirn. »Kommst du nicht aus München?«

Hektisch streifte Clara sich die Schuhe ab. »Doch, doch. Ich bin nur ... Ich mache sie dann später sauber. Tut mir leid, ich bin furchtbar erschöpft. Ich gehe duschen und dann gleich ins Bett. Gute Nacht!«

Ehe Maria noch etwas erwidern konnte, hatte Clara ihre Tasche wieder gepackt und war die Treppe hinauf ins Obergeschoss geflüchtet. Sie wollte jetzt keine Fragen beantworten, sondern einfach nur allein sein. Zum Glück stand Andreas' Auto nicht in der Garage, was bedeutete, dass er noch unterwegs war. Wo, wusste sie nicht und es war ihr auch egal. Ihn hätte sie jetzt am allerwenigsten ertragen.

Hastig zerrte sie die Kleidungsstücke aus ihrer Tasche. Das Dirndl, das sie sich auf Andreas' Wunsch eigens für den Samstagnachmittag gekauft hatte, würde sie nie wieder anziehen. Sobald es zurück aus der Reinigung war, würde sie es in den hintersten Winkel ihres Schranks verbannen oder, noch besser, direkt in die Kleiderspende geben. Mit fahrigen Bewegungen zog sie danach Pullover und Jeans aus. Feine Erdreste rieselten auf den weißen Fliesenboden. *Was habe ich nur getan?*, dachte sie unentwegt.

Alles in ihr wehrte sich dagegen, aber schließlich wagte sie doch einen Blick in den Spiegel über dem Waschbecken. Die verheulte Gestalt darin sah einfach nur erbärmlich aus. Diese Beschreibung traf es wirklich am besten. Sie war eine erbärmliche Heuchlerin, eine erbärmliche Lügnerin, eine erbärmliche …

Das Klingeln an der Haustür ließ sie zusammenzucken. Wahrscheinlich Andreas, der wieder seinen Schlüssel vergessen hatte. Hastig schlüpfte sie aus ihrer Unterwäsche und stellte sich unter die Dusche.

Wenn sie diesen furchtbaren Tag doch bloß aus ihrem Gedächtnis löschen könnte. Aber so leicht würde sie nicht davonkommen. Dazu hätte sie eine andere Entscheidung treffen müssen. Jetzt war es zu spät dafür. Sie hatte diesen Weg gewählt und würde ihn bis zum bitteren Ende gehen müssen. Tränen rannen unkontrolliert über ihre Wangen und vermischten sich mit dem heißen Wasserstrahl, als sie verzweifelt auf den Boden der Dusche sank.

Maria Brunner ließ sich auf einen Küchenstuhl fallen. Zuerst hatte sie beim Besuch der beiden uniformierten Polizisten an einen neuerlichen Einbruch gedacht. Doch dann fingen sie an, ihr Fragen über Elena Ziegler zu stellen, wann und wo sie die junge Frau zuletzt gesehen hatte. Erst allmählich dämmerte Maria, dass etwas weitaus Schlimmeres als ein Wohnungseinbruch geschehen sein musste. Die abschließenden Worte der Beamtin bestätigten schließlich ihren furchtbaren Verdacht. Noch wehrte sich alles in ihr dagegen. Ohne es zu wollen, drängte sich ihre eigene Tochter in Marias Gedächtnis zurück. Ein Kind zu Grabe tragen zu müssen, war das Schlimmste, was man einem Menschen antun konnte. Elisabeth hatte der Krebs besiegt, aber was war mit Elena passiert? Die Polizisten hatten sich sehr bedeckt gehalten, ihre bloße Anwesenheit und die Fragen waren jedoch Antwort genug.

Geistesabwesend fuhren Marias Finger über die Visitenkarte, die ihr die Beamtin beim Abschied überreicht hatte. Unter der Nummer sollte sie sich melden, falls ihr oder den anderen Hausbewohnern noch etwas einfallen sollte. Dabei hatte sie den Polizisten schon erklärt, dass sie, vom Sonntagsgottesdienst und einem Rosenkranz abgesehen, den ganzen Tag allein zu Hause gewesen war. Andreas hatte am Frühstückstisch, ob der Nachwirkungen des Vortages ziemlich verkatert und äußerst schlecht gelaunt, irgendetwas von Büroarbeit und einem Kundentermin gebrummt, ehe sie ihn für den Rest des Tages nicht mehr zu Gesicht bekommen hatte. Auch Clara würde nichts über Elena wissen, war sie doch gerade erst aus München zurückgekommen. Als ob sie Marias Gedanken erahnt hatte, betrat sie mit nassen Haaren und in einen Bademantel gehüllt die Küche.

»Ich mach mir nur noch schnell einen Tee«, murmelte sie, ohne von Maria richtig Notiz zu nehmen.

Erst nachdem sie den Wasserkocher eingeschaltet hatte, wurde Clara das tiefe Schweigen im Raum bewusst. Überhaupt war es im ganzen Haus viel zu still.

»Wo ist denn Andreas?«, fragte sie.

Maria sah sie mit großen Augen an.

Clara spürte Unbehagen in sich aufsteigen. »Das war doch Andreas, der vorhin geklingelt hat?«

»Nein, das war die Polizei«, flüsterte die alte Frau.

»Polizei?« *O nein, nein, nein ... bitte nicht!*

»Stell dir vor, die Ziegler Elena ist tot.«

Für einen kurzen Moment musste Clara sich an der Küchenablage festhalten.

»Die Polizisten wollten wissen, ob ich sie heute noch gesehen hab. Die denken, dass sie umgebracht wurde.« Maria schüttelte den Kopf. »Wer kann denn so einem jungen und hübschen Mädel etwas antun?«

Clara schrie leise auf. Noch bevor Maria weitersprechen konnte, rannte sie aus der Küche.

»Das habe ich nicht gewollt«, hallte es in ihrem Kopf und blind vor Tränen stolperte sie die Treppe hinauf.

»Alles klar, dann bis morgen Vormittag.«

Mit einem zufriedenen Gesichtsausdruck beendete Thorwald das Telefonat mit dem Staatsanwalt. »Elena Ziegler wird morgen um halb zehn in München obduziert.«

»Da hat er sich ganz schön ins Zeug gelegt«, erwiderte Katrin. »Wen von uns nimmst du denn mit?«

»Ich … ich überlege es mir noch«, sagte Thorwald rasch und war froh, dass sie in diesem Moment auf den Parkplatz der Schreinerei Ziegler einbogen. Neben mehreren weißen Lieferwägen, die alle den Firmennamen und das Logo der Schreinerei trugen, standen dort noch zwei weitere Autos.

»Das sieht ja ganz schön imposant aus«, stellte Katrin fest, nachdem sie ausgestiegen waren.

Der moderne zweistöckige Neubau vor ihnen, in dem sich laut Hinweistafel die Verwaltung und die Ausstellungsflächen der Schreinerei befanden, besaß ein leicht abgeschrägtes Dach und großzügig geschnittene Fenster. Jetzt, in der Dunkelheit, wurde er von an den Außenwänden befestigten Leuchten angestrahlt. Rechts daneben schloss sich ein länglicher Flachbau mit großem Rolltor an, dessen Fassade in dunkelgrünen Lettern die Aufschrift *Schreinerei Ziegler* trug. Etwas nach hinten versetzt konnte Thorwald meterhoch aufgestapelte Paletten und weitere Anbauten erkennen.

Durch ein schmales in die Zugangstür eingelassenes Glasfenster sahen sie, dass im Erdgeschoss des Hauptgebäudes Licht brannte. Thorwald zog am Öffner und wenige Augenblicke später standen sie im Eingangsbereich. Sofort schlug ihnen der für eine Schreinerei typische Geruch entgegen. Der Empfangstresen und auch die Schrankwand dahinter waren aus dunklem Holz gefertigt, von dem sich die hellbraunen Dielen des Fußbodens angenehm abhoben. Über einem Durchgang hingen die gerahmten Meisterbriefe von Xaver Ziegler und vier weiteren Mitarbeitern.

Die beiden Arbeitsplätze hinter dem Tresen waren leer, aber der Wanddurchbruch gewährte ihnen Sicht auf mehrere Schreibtische und Regale voller Aktenordner. Zwei Männer standen vor mit bunten Magneten versehenen weißen Tafeln und unterhielten sich miteinander. Dem Gespräch und den zahlreichen Namen und Daten darauf zu urteilen, ging es um die wöchentliche Einsatzplanung.

Thorwald räusperte sich. »Guten Abend«, sagte er dann laut.

Beide Männer drehten sich fast gleichzeitig um. Von den Fotos auf der Internetseite der Schreinerei wusste Katrin, dass es sich beim Älteren um Xaver Ziegler handelte. Der andere, ein athletischer junger Mann mit Drei-Tage-Bart und dunkler Kurzhaarfrisur, musste einer der Schreiner sein. An seinen Namen konnte sie sich jedoch nicht erinnern.

»Grüß Gott. Kann ich Ihnen helfen?«, fragte Xaver Ziegler durch die Maueröffnung hindurch.

Erneut zeigten Thorwald und Katrin ihre Dienstausweise und stellten sich vor.

»Xaver Ziegler, ich bin der Inhaber. Ist mit einem meiner Angestellten etwas passiert?« Er klang besorgt.

»Könnten wir uns kurz allein mit Ihnen unterhalten?«, fragte Thorwald.

»J-ja, dann am besten oben in meinem Büro.« Er wandte sich an den jungen Mann, der bisher unbeeindruckt vor ihnen stand. »David, machst du hier kurz ohne mich weiter?«

Katrin schaute diskret in ihrem Mobiltelefon nach, wo sie die Internetseite der Schreinerei noch geöffnet hatte. Demnach musste es sich um David Mayrhofer handeln, einem der angestellten Schreinermeister. Sein Nachname kam ihr von irgendwoher bekannt vor.

Eine ausladende Holztreppe mit einem Metallgeländer führte in die oberen Stockwerke. Auf einem kleinen Plateau im Zwischengeschoss kamen sie an einer wunderschön gefertigten Standuhr vorbei, ehe sie schließlich die erste Etage mit dem Büro der Geschäftsleitung und einem Besprechungszimmer erreichten, wie sie durch die durchwegs verglasten Wände erkennen konnten. Ziegler führte sie direkt in den Meetingraum.

»Also, worum geht es?«, fragte er. »Hat einer meiner Jungs etwas angestellt?«

»Nein, Herr Ziegler. Es geht um Ihre Tochter Elena«, sagte Thorwald.

Wie vereinbart übernahm er die Gesprächsführung, Katrin würde sich im Hintergrund halten. Xaver Zieglers Hände krampften sich um die Stuhllehne und jegliche Farbe wich aus seinem Gesicht, nachdem Thorwald ihn mit dem Unvermeidlichen konfrontiert hatte. Sekundenlang wirkte er wie versteinert.

»Nein, Sie irren sich«, murmelte er dann. »Das kann nicht …« Seine Augen weiteten sich. »Meine Frau, ich rufe jetzt meine Frau an und dann werden Sie sehen, dass Sie sich irren und Elena zu Hause ist.«

»Ein Irrtum ist leider ausgeschlossen. Ihre Frau weiß bereits Bescheid. Wir kommen gerade von ihr.«

Ziegler schüttelte energisch den Kopf. »Nein, Sie müssen uns verwechseln. Meine Frau hätte mich doch sofort angerufen!«

Katrins Telefon gab ein kurzes Brummen von sich. Sie wandte sich ab, um die Nachricht zu lesen.

»Ihrer Frau geht es nicht so gut«, sagte Thorwald behutsam. »Wir haben sie vorsichtshalber ins Landshuter Klinikum bringen lassen.«

»Die Schwester ist auf dem Weg hierher«, flüsterte ihm Katrin zu. »Frau Eckmann fragt an, ob sie auch kommen soll.«

»Ja, das ist eine gute Idee.« Thorwald drehte sich wieder zu Xaver Ziegler, der immer noch die Stuhllehne umklammert hielt.

»Ihre ältere Tochter und eine Kollegin vom Kriseninterventionsteam sind gleich da. Wollen Sie sich vielleicht setzen oder etwas trinken?«

Ziegler starrte ihn an, als ob er vergessen hatte, wer vor ihm stand. »Ich muss hier raus!« Er drängte sich an Thorwald und Katrin vorbei und hastete die Treppe hinunter.

»Ich gehe ihm nach. Übernimm du den Angestellten«, rief Thorwald im Hinauslaufen.

David Mayrhofer war froh, dass Xaver Ziegler ihn allein gelassen hatte. Normalerweise machte es ihm nichts aus, seinen Sonntagabend für die Wochenplanung zu opfern. Meistens machte der Chef sie ohnehin allein, aber gelegentlich holte er sich einen der Schreinermeister dazu. Und nachdem Ziegler die vergangene Arbeitswoche im Urlaub gewesen war, gab es für ihn so einiges zu besprechen.

Aber heute war nichts normal. Zuerst hätte David den Termin beinahe vergessen. Gerade noch rechtzeitig in der Schreinerei angekommen, musste er sich regelrecht zwingen, Xaver Ziegler aufmerksam zuzuhören und seine Fragen zu beantworten. Am liebsten wäre er umgedreht und abgehauen. Irgendwohin, Hauptsache weit weg. Aber nichts würde die letzten Stunden ungeschehen machen, auch wenn er es sich noch so sehr wünschte.

Lustlos verteilte er jetzt kleine Merkzettel an der Wandtafel und befestigte sie mit den farbigen Magneten, als hinter ihm ein Poltern auf der Treppe zu hören war. David sah gerade noch Xaver Ziegler auf den Parkplatz stürmen, dicht gefolgt von dem groß gewachsenen Polizisten.

»Was ist denn los? Ist etwas passiert?«, fragte er die Beamtin, die jetzt die Stufen herunterkam.

»Sie sind David Mayrhofer, nicht wahr? Ich habe Ihr Foto auf der Homepage gefunden.«

»Ja, ich arbeite hier. Aber was ist denn passiert?«, fragte er erneut.

»Elena Ziegler, die Tochter Ihres Chefs, ist vor einigen Stunden tot aufgefunden worden. Momentan deutet alles auf ein Tötungsdelikt hin.«

Der Boden unter Davids Füßen schwankte leicht und dann wurde es um ihn herum plötzlich vollkommen still. Er sah, wie die Lippen der Polizistin sich bewegten, doch er konnte nicht ein Wort hören von dem, was sie sagte. Es fühlte sich an, als würde er in einem Stummfilm sitzen. Oder war er auf einmal taub geworden? Er versuchte, etwas zu sagen, aber er war unfähig, ein klares Wort zu artikulieren. Sein Körper schien ihm überhaupt nicht mehr zu gehorchen, so als ob es sich um eine defekte Hülle handeln würde, in die er eingesperrt war. Die Übelkeit überkam ihn mit solcher Wucht, dass er es gerade noch auf die Toilette neben den Büroräumen schaffte. Er wusste nachher nicht mehr, wie lange er würgend und hustend in der kleinen Kabine gestanden hatte. Sein Magen krampfte sich zusammen und in seinem Kopf tobte ein Schmerz, dass er glaubte, er müsse jeden Moment zerspringen. *Elena … tot aufgefunden …*

Erst ein Klopfen an der Tür zum Waschraum und die besorgte Nachfrage der Polizistin holten ihn aus seiner Apathie.

»Alles in Ordnung.« Seine Stimmbänder fühlten sich wie verrostetes Blech an. »Ich komme gleich.«

Ohne zu wissen, was er eigentlich tat, ging er zum Waschbecken. Den Blick in den Spiegel schenkte er sich. Nur allmählich ließ das kalte Wasser seine Lebensgeister zurückkehren. Schließlich holte er tief Luft und öffnete die Tür. Die Frau und der inzwischen zurückgekehrte Mann standen neben den weißen Wandtafeln und sprachen leise miteinander, hielten bei seinem Auftauchen jedoch inne und musterten ihn eindringlich.

»Geht es wieder?«, fragte die Frau.

»Ja, passt schon.« Seine Augen brannten und er musste mehrmals schlucken, bevor er weitersprechen konnte. »Wie ist Elena ... gestorben? Was ist denn überhaupt passiert?«

»Wir stehen noch ganz am Anfang unserer Ermittlungen, müssen momentan aber von einem Tötungsdelikt ausgehen«, sagte der Polizist. »Können wir Ihnen einige Fragen stellen?«

David nickte. »Sagen Sie mir bitte noch einmal Ihre Namen? Ich hab vorhin nicht richtig zugehört.«

»Das ist Kriminalkommissarin Katrin Abel und ich bin Kriminalhauptkommissar Robert Thorwald.«

David nickte schwach.

»Kannten Sie Elena Ziegler?«, wollte Thorwald wissen.

David setzte sich auf einen der Bürostühle. »Ja, wir sind seit unserer Kindheit miteinander befreundet. Meine Eltern und die Zieglers wohnen in derselben Straße und eine Zeit lang sind wir zusammen zur Schule gegangen. Und ...«

»Ja?«

David schluckte. »Und ganz kurz waren wir auch mal zusammen. Aber das ist schon ewig her, gleich nach der Schule.«

»Und wie war seitdem Ihr Verhältnis?«

»Gut. Sehr gut sogar. Wir haben damals beide schnell gemerkt, dass wir nicht zusammenpassen. Wir waren gute Freunde.« David sah zwischen Thorwald und Katrin hin und her. »Nicht mehr, aber auch nicht weniger.« Er zögerte. »Wo ist denn eigentlich der Chef?«

»Seine ältere Tochter und eine Mitarbeiterin von uns waren hier und haben ihn nach Hause gebracht. Er ist sehr mitgenommen. Ich weiß nicht, ob er die nächste Zeit arbeiten kann.«

David winkte ab. »Das kriegen wir schon hin.«

Katrin lehnte sich gegen die Tischkante. »Wann haben Sie Elena Ziegler das letzte Mal gesehen?«

»Gestern beim Festdamenbitten. Mir ging's nicht so gut.« David lächelte schief. »Ich bin am Freitagabend etwas abgestürzt und nach dem offiziellen Teil direkt heim.«

»Und wo waren Sie heute Nachmittag und am frühen Abend?« David zögerte nur einen winzigen Bruchteil. »Z-zu Hause.«

»Allein?«

»Ja, ich wohne allein.«

Thorwald studierte die Namen auf den weißen Wandtafeln. »Seit wann arbeiten Sie hier in der Schreinerei?«

»Seit fast drei Jahren. Ich habe meine Lehre in Bamberg gemacht und danach noch längere Zeit dort gearbeitet. Nach meiner Meisterprüfung bin ich zurück nach Niederbayern.«

»Franken? Das ist aber nicht der nächste Weg, oder?«, fragte Katrin.

»Meine Tante lebt dort. Sie hat mich bei sich wohnen lassen. Mein Vater und ich können nicht so gut miteinander. Da war es damals ganz angenehm, eine Zeit lang nicht zu Hause zu sein.«

»Trotzdem sind Sie zurückgekommen.«

»Ja. Genau genommen war es Elena, die mich nach Neukirchen gelotst hat. Ihrem Vater fehlten die Arbeitskräfte und ihr ein guter Freund, hat sie immer wieder gesagt. Also hab ich irgendwann meine Sachen gepackt und bin zurückgekommen.«

Katrin überflog die Notizen, die sie sich während ihres Gesprächs mit Gregor Cornelius gemacht hatte. »Sind Sie eigentlich mit Andreas Mayrhofer verwandt, dem Vorsitzenden des Schützenvereins?«

»Kann man so sagen. Das ist mein Vater.«

»Ich verstehe. Was sagen Sie denn dazu, dass Elena Ziegler als Fahnenbraut vorgesehen war? Wenn ich mich recht entsinne, gibt es dieses Amt doch eigentlich nur bei der Feuerwehr.«

Thorwald beäugte seine Kollegin erstaunt von der Seite.

»Ich hab mich wirklich für sie gefreut. Aber die ganze Aktion ist so typisch für meinen Vater.« David lehnte sich im Bürostuhl zurück. »Kaum hat er seinen Konkurrenten aufgekauft und seine Firma vergrößert, wird er Schützenvorstand. Dann muss natürlich direkt eine neue Fahne gekauft und eine Fahnenweihe ausgerichtet werden. Und weil das immer noch nicht genug ist, hat der Neukirchner Schützenverein nicht nur eine Fahnenmutter, sondern obendrauf eine Fahnenbraut.«

Kapitel 13

»Er hat das also festgelegt und Elena Ziegler auch gleich ausgewählt?«, hakte Katrin nach. Gregor Cornelius hatte Andreas Mayrhofer gut eingeschätzt.

»Ja. Der Festausschuss hatte nichts dagegen einzuwenden. Warum auch?« David zuckte mit den Schultern. »Mit Elena hat er nicht nur eine der besten Schützinnen, sondern auch optisch einen Blickfang ausgewählt. Sie hätte locker als Model arbeiten können.«

»Hat sie aber nicht«, stellte Thorwald fest.

David schüttelte den Kopf. »Nein. Sie hat zwar sehr viel Wert auf ihr Äußeres gelegt, aber so etwas hat sie überhaupt nicht interessiert. Sie war Erzieherin von Beruf und hat das richtig gerne gemacht.«

»Hat sie in der letzten Zeit von irgendwelchen Problemen am Arbeitsplatz gesprochen? Ärger mit Kollegen oder Eltern?«

»Nein, ganz im Gegenteil. Sie durfte im Sommer eine Fortbildung machen und hat sich seitdem hauptsächlich um geistig behinderte, junge Erwachsene gekümmert. Alle dort haben sie sehr gemocht.«

Das werden unsere Ermittlungen noch zeigen, dachte Thorwald. »Hatte sie viele Freunde?«, fragte er.

David zog die Stirn kraus. »Elena war keine Eigenbrötlerin, aber gern für sich. Nicht aus Arroganz oder weil sie die Leute nicht mochte. Sie konnte eben gut allein sein. Ich hab das immer akzeptiert. Vielleicht hat unsere Freundschaft deshalb so gut funktioniert.«

»Gab es denn eine beste Freundin?«, fragte Katrin.

»Nicht hier. Aber mit einer Mitbewohnerin in Toronto hat sie sich sehr gut verstanden. Lucy heißt sie.«

»Toronto?«

»Elena ist vor eineinhalb Jahren mit einem Austauschstipendium für sechs Monate nach Kanada gegangen. Das Leben dort hat ihr richtig gut gefallen. Sie hat immer sehr begeistert davon erzählt und dabei auch oft diese Lucy erwähnt.«

»Dass sie als Fahnenbraut ausgewählt wurde, dürfte nicht allen Damen im Schützenverein gefallen haben, oder?«, fragte Katrin.

»Klar gab es ein paar Zickereien. Bernadette und einige andere fanden es nicht so toll. Aber das hat sich dann irgendwann auch wieder gelegt.«

Thorwald sah, wie Katrin sich Bernadette Zieglers Namen in ihrem Block notierte und ein großes Ausrufezeichen dahinter machte.

»Hatte Frau Ziegler aktuell einen festen Freund?«, fragte er dann.

»Äh … n-nein, aktuell nicht.«

Thorwalds Augen verengten sich. »Aber?«

David zögerte. »Vor Kanada war sie mit … Hannes Thalhammer zusammen, unserem Fußballtrainer.«

»Und die Beziehung hat die sechs Monate Kanada nicht überstanden?«

»Nein. Das heißt, eigentlich war schon vorher Schluss.« David seufzte. »Elena hat die Sache mit Hannes nicht ganz so ernst genommen, zumindest hat sie nach außen hin immer so getan, als wäre es nur eine kleine Liebelei. Auch ihm gegenüber. Er war praktisch der Letzte, dem sie von Kanada erzählt hat. Das hat ihm ganz schön zugesetzt.«

»Was meinen Sie mit ›nach außen hin‹?«, hakte Thorwald nach.

»Ich hab ihr diese Reise wirklich gegönnt. Aber warum hat sie Hannes beim Abschied nicht ehrlich gesagt, dass sie ihn liebt? Denn das hat sie, das weiß ich genau.« David holte tief Luft. »Bloß keine Schwäche und kein Gefühl zeigen. Das hat sich bei ihr geradezu eingebrannt. Seit ihrer Krankheit war das wie ein Mantra.«

»Welche Krankheit?«

»Elena ist als Zwölfjährige an einer Hirnhautentzündung erkrankt, weil man einen Zeckenbiss übersehen hatte. Ihre Eltern haben sich furchtbare Vorwürfe gemacht. Der Chef und seine Frau haben ihr danach jeden Wunsch von den Augen abgelesen und ihr alles durchgehen lassen. Ein Wunder, dass sie so normal geblieben ist.« David fuhr sich durch die Haare. »Einerseits hat sie es natürlich genossen, so verwöhnt zu werden. Aber die beiden haben sie mit ihrer Liebe und Fürsorge regelrecht erdrückt. Für sie ist Elena immer das zarte, kleine, kränkliche Mädchen geblieben. Aber so war sie nicht. Irgendwann hat sie sich einen regelrechten Panzer zugelegt und jeden abgewehrt, der ihr zu nahe kam. Nur bei mir ist sie ab und zu aufgetaut, einfach weil wir uns schon so lange kennen ... kannten.« David schluckte erneut sichtbar. »Hannes wollte Elena zeigen, wie weh sie ihm mit ihrem Verhalten getan hat. Und dass er auch seinen Stolz hat. Ich bin mir sicher, er hatte anfangs keine Sekunde vor, Silvia zu heiraten. Ich mag Hannes. Er ist ein super Trainer. Aber diese Ehe war mit Abstand das Dümmste, was er tun konnte. Die nächstbeste Frau heiraten und dann auch noch ein Kind in die Welt setzen. Dieser Idiot!« David wirkte auf einmal sehr aufgebracht. »Jedes Mal, wenn sich Elena und er nach ihrer Rückkehr über den Weg gelaufen sind, konnte man sehen, wie kreuzunglücklich beide waren. Ein Wort, ein einziges Wort von Elena, und er hätte seine Frau verlassen, da bin ich mir sicher.«

Gregor Cornelius griff nach seiner Teetasse, stellte sie jedoch nach wenigen Sekunden zurück auf den Untertasse und schob sie angewidert von sich. Er wusste nicht, wie viele Tassen er seit seinem Anruf bei der Polizei schon in sich hineingeschüttet hatte. Als ob literweise Tee die vergangenen Stunden ungeschehen und Elena wieder lebendig machen würde. Beim bloßen Gedanken an ihre Familie wurde ihm übel. Die Hölle, durch die die Zieglers gerade gingen, wollte er sich gar nicht vorstellen. Wie stolz sie am Vortag auf ihre Tochter gewesen waren und mit welcher Freude sie ihren Auftritt als Fahnenbraut verfolgt hatten. Und jetzt – vierundzwanzig Stunden später – war dieses unbeschwerte Leben plötzlich zu Ende. Und nichts und niemand würde ihnen ihr Mädchen jemals wieder zurückbringen.

Nachdem Robert Thorwald und Katrin Abel aufgebrochen waren und er allein in seiner Ferienwohnung saß, um auf Kommissar Maiwald zu warten, hatte er endlich Gelegenheit, Tabea anzurufen. Ihre gute Laune war Balsam auf seine Vaterseele. Er erzählte nichts von dem, was sich in den vergangenen Stunden in Neukirchen ereignet hatte. Auch Ramona erwähnte er nicht und er war froh, dass Tabea ebenfalls einen Bogen um die Ehekrise ihrer Eltern machte. Beim Abschied vereinbarten sie für das nächste Wochenende ein Treffen in Landshut, dem er jetzt schon mit Vorfreude entgegensah.

Danach war er trotzdem unruhig in der Wohnung herumgetigert. Das Telefonat mit Tabea hatte ihm gutgetan, aber wenn er ehrlich war, hätte er gerne mit jemandem über Elena Ziegler gesprochen. Am liebsten mit Ramona, seiner Frau, seiner Gefährtin in stürmischen Zeiten, seinem Fels in der Brandung. Aber das war vor dem Ereignis in Südfrankreich gewesen. Jetzt mochte er sich gar nicht ausmalen, wie sie reagierte, wenn er von einem Gewaltverbrechen an einer jungen Frau zu reden anfing. Ein Anruf bei ihr – nach ihrem erbitterten Streit, der sie unversöhnt hatte auseinandergehen lassen – erschien ihm mit einem Mal als das Absurdeste, was er tun konnte.

Der Gedanke an Angela Gebauer hatte die Grübeleien über Ramona verdrängt. Die Warnung des Hauptkommissars ignorierend suchte er ihre Nummer in seinem Telefonverzeichnis, als ihm das gemeinsame Gespräch vom Vortag einfiel. Elena Ziegler war für Angela und ihren Bruder keine Unbekannte, hatte sie doch als Jonas' Erzieherin gearbeitet. Umso wichtiger erschien es Cornelius deshalb, ihr von Elenas Tod zu erzählen, damit sie es Jonas so schonend wie möglich beibringen konnte. Ob er verstand, warum Elena nicht mehr in die Einrichtung kommen würde? Konnte er mit Begriffen wie »Tod« und »sterben« überhaupt etwas anfangen oder würde es ihn am Ende nur verwirren und verängstigen?

Zu dem geplanten Telefonat war es dann jedoch nicht mehr gekommen, da Sekunden später Torsten Maiwald geklingelt hatte, um mit ihm zu Anna Leitner zu fahren. Jetzt saß Cornelius an einem kleinen Ecktisch in der Gaststube und wartete auf die Wirtin, die sich mit dem Kommissar in ihr Büro zurückgezogen hatte. Zum Glück waren nur wenige Tische besetzt und die Gäste, die da waren, nahmen so gut wie keine Notiz von ihm. Durch die geschlossene Tür zum Nebenraum drang das Geräusch mehrerer Stimmen. Offenbar hielt die Fußballabteilung eine Besprechung ab, wie er den Wortfetzen entnehmen konnte, als die Kellnerin der Runde ihre Getränkebestellung brachte. Erneut griff er nach seiner Teetasse, hauptsächlich, um sich an etwas festhalten zu können. Trotz der gemütlichen Atmosphäre in der Gaststube und der Anwesenheit anderer Menschen fühlte er sich einsam und allein. Und hundeelend.

Durch eine Tür hinter dem Tresen sah er Anna aus dem privaten Bereich des Hauses zurück in die Gaststube kommen. »Der Kommissar ist jetzt weg«, sagte sie leise.

Annas Verzweiflung, nachdem er ihr zusammen mit dem Kommissar die Nachricht von Elenas Tod überbracht hatte, hatte Cornelius fast körperlich wehgetan.

»Hat er viele Fragen gestellt?«

»Er wollte hauptsächlich wissen, was da gestern an dem Tisch los war, und die Namen der Gäste.« Hastig griff Anna nach Cornelius Arm. »Glauben Sie, einer von denen hat etwas mit Elenas Tod zu tun?«

»Nein, das kann ich mir nicht vorstellen. Sie haben es ja selbst gesagt. Das sind ein paar Pantoffelhelden, die etwas zu tief ins Glas geschaut haben. Die Polizei muss dem einfach nachgehen. Aber ich bin sicher, es kommt nichts dabei heraus.«

Annas Augen füllten sich erneut mit Tränen. »Wenn ich nur früher etwas bemerkt hätte!«

»Jetzt machen Sie sich um Himmels willen keine Vorwürfe. Niemand konnte ...«

Weiter kam Cornelius nicht, denn in diesem Augenblick flog die Tür zur Gaststube auf und Andreas Mayrhofer stürmte in den Raum und steuerte direkt den Tresen an.

»Anna!«, rief er.

Hastig wischte sie sich die Tränen von den Wangen. »Was schreist denn so? Ich bin hier.«

Mayrhofer wirbelte herum. Er war krebsrot im Gesicht und atmete laut. »Ah, da bist! Hast du es schon gehört?«, fragte er nur unwesentlich leiser.

Anna schluckte. »Wenn du das mit Elena meinst, ja, das weiß ich schon. Woher weißt du denn ...?«

Mayrhofer fuchtelte wild mit den Armen herum. »Ich war gerade im *Drei Lilien*, als die Polizei bei der Bernadette aufgetaucht ist. Eine Katastrophe ist das!«

»Einfach furchtbar. Ich kann es noch gar nicht glauben«, flüsterte Anna.

Ohne Cornelius zu beachten, kam Mayrhofer an den Tisch und stellte sich direkt vor die Wirtin. »Das kannst laut sagen. Was machen wir denn jetzt? Ohne Fahnenbraut!«

»Das ist doch jetzt nicht wichtig.«

»Nicht wichtig? Du bist gut«, brauste Mayrhofer auf. »Wir brauchen schnellstmöglich eine Ersatzfrau.«

»Andreas, das Mädel ist *tot*.« Annas Lippen begannen zu zittern. »Ich weiß gar nicht, ob wir überhaupt noch eine Fahnenweihe feiern sollten.«

»Natürlich feiern wir! Also, was meinst? Wen könnten wir nehmen?«

Cornelius räusperte sich. »Ich will mich ja nicht einmischen, Herr Mayrhofer, aber ich denke, jetzt ist wirklich nicht der richtige Zeitpunkt …«

»Was wollen Sie denn jetzt? Haben Sie mit der Chronik schon angefangen? Dass Sie mir da ja weiterschreiben, gell!«

Die Tür zum Nebenraum wurde geöffnet und Hannes Thalhammer erschien mit einem leeren Weißbierglas in der Gaststube.

»Kann ich noch eines bestellen?«, fragte er in Richtung der Bedienung. Erst dann bemerkte er die massige Gestalt des Schützenvorstands, der jetzt missmutig die Arme in die Seiten gestemmt hatte.

»Du kommst mir gerade recht!«, rief er Hannes entgegen. »Anstatt deiner Mannschaft endlich einmal Beine zu machen, lässt du die auch noch feiern. Ein sauberer Trainer bist du! Wegen eurer Kabinenparty konnte mein Herr Sohn gestern nicht einmal gerade stehen! Er hat zwar gedacht, ich merke es nicht, wenn er sich davonschleicht, aber da muss er schon früher aufstehen«, brummte er dann mehr zu sich selbst.

Wortlos ging Hannes an ihm vorbei. Cornelius glaubte ihn irgendetwas murmeln zu hören, doch Mayrhofer hatte sich bereits wieder zu ihnen umgedreht. »Und ich werde jetzt schauen, wo wir eine neue Fahnenbraut herbekommen.«

Damit wandte er sich um und stürmte zur Gaststube hinaus. An der Eingangstür wäre er beinahe mit Roswitha Förster zusammengestoßen, die nicht minder aufgeregt hereingestolpert kam.

»Anna, weißt du es schon?«, keuchte sie, kaum hatte sie Cornelius und Anna erspäht.

»Ja, aber woher weißt du denn ...?«

»Die Rohrbach Monika hat mich angerufen. Die Polizei war bei ihr und hat ihr jede Menge Fragen gestellt.« Schweratmend ließ sich die Dorfladenbesitzerin auf einen freien Stuhl nieder. »Die arme Elena! Wer bringt denn so ein liebes und hübsches Mädel um?«

Statt einer Antwort war ein lautes Klirren zu hören. Alle drehten sich zu Hannes Thalhammer um, der kalkweiß am Tresen lehnte, während sich auf dem Dielenboden ein See aus Weißbier um ihn herum ausbreitete.

»Das waren wirklich viele Informationen. Er hat sich echt gut gehalten.« Zurück im Auto blätterte Katrin durch ihre hastig mitgekritzelten Notizen.

»Ja, David Mayrhofer hat uns viel erzählt«, erwiderte Thorwald und lenkte den Wagen vom Parkplatz der Schreinerei. »Vor allem über andere. Über sich eher weniger. Und sein Alibi ... naja ...«

»Was soll er uns denn großartig erzählen? Er lag mit einem mordsmäßigen Kater zu Hause und hat sich die Seele aus dem Leib gekotzt. Du hast es doch selbst mitgekriegt.«

Thorwald fuhr auf die Bundesstraße auf und beschleunigte. »Fakt ist, es kann niemand bezeugen. Und sein ›Wir sind nur gute Freunde‹ mag mir auch nicht so recht gefallen. Immerhin war da schon einmal mehr zwischen den beiden.«

»Aber das ist eine Ewigkeit her. Eine typische Jugendliebe halt.«

»Behauptet er. Vielleicht wollte er für Elena eben doch nicht nur der gute Freund sein. Oder es geht ihm um die Schreinerei. Als Schwiegersohn würde er den Betrieb bestimmt eines Tages übernehmen und weiterführen.«

Katrin runzelte die Stirn. »Und was nützt ihm da eine tote Elena?«

»Er sah seine Felle bei ihr endgültig davonschwimmen und wurde wütend. Wenn er sie nicht haben konnte, sollte auch kein anderer Zieglers Schwiegersohn werden.«

»Schön und gut, aber du vergisst Bernadette Ziegler. Was ist, wenn sie eines Tages einen geeigneten Schwiegersohn präsentiert oder sogar selbst in die Schreinerei einsteigt?«

»Sie arbeitet im Hotel!«

»Betriebswirtschaftliche Kenntnisse braucht man da wie dort. Und die handwerkliche Seite kann ja auch ein leitender Angestellter übernehmen.«

»David Mayrhofer zum Beispiel. Er macht sich jetzt nach Elenas Tod in der Schreinerei quasi unentbehrlich. Wer weiß, wofür das eines Tages noch gut ist. Du musst zugeben, mit diesem Thalhammer und dessen Frau hat er vor allem von sich selbst abgelenkt.«

»Jetzt schießt du dich aber arg auf ihn ein«, murmelte Katrin.

»Keine Angst, alles nur Gedankenspielereien. Die Thalhammers und deine verschmähten Fahnenbräute stehen nach wie vor sehr weit oben auf meiner Liste. Woher wusstest du Stadtkind das eigentlich mit der Feuerwehr?«

Katrin lächelte. »Von Professor Cornelius.«

»Teambesprechung in zehn Minuten«, rief Robert Thorwald laut durch den Flur und in die beiden Großraumbüros.

Es war zwar schon fast Mitternacht, aber noch war dieser Arbeitstag für sie nicht zu Ende. Er schloss seine Tür, überflog noch einmal den Dienstplan und griff dann kurzerhand zum Telefonhörer.

»Also, dann wollen wir mal«, sagte er, nachdem einige Minuten später alle im Besprechungszimmer Platz genommen hatten. Neben Katrin, Torsten Maiwald und Korbinian Bäumel saßen noch drei weitere Kollegen aus der Abteilung am Tisch. Obwohl alle sehr konzentriert und aufmerksam wirkten, sah er die Müdigkeit in ihren Gesichtern.

Korbinian Bäumel begann mit den Ergebnissen der Nachbarschaftsbefragung. Eine Zeugenaussage hatte tatsächlich den erhofften Treffer ergeben:

»Laut der Besitzerin des gegenüberliegenden Kosmetikstudios ist Elena also um sechzehn Uhr fünfzehn mit ihrem Auto vor die Garage der Zieglers gefahren, ausgestiegen und ohne Handtasche gleich wieder weggegangen.«

»Diese Rohrbach ist sich ganz sicher?«, fragte Katrin.

»Ja, die Kirchenglocken haben angefangen zu läuten, als sie ihren Müll rausgebracht hat«, las Bäumel aus seinen Aufzeichnungen vor. »Ihr fiel dann ein, dass um halb fünf ein Rosenkranz gebetet wurde. Und in Neukirchen fangen die Glocken immer eine Viertelstunde vor dem Beginn eines Gottesdiensts an. Elena hat ihr kurz zugewunken und ist dann die Straße entlanggegangen. Wo genau sie hinwollte, konnte sie aber nicht erkennen.«

»Das heißt, wir müssen die Befragung auf das ganze Dorf ausdehnen. Korbi, darum kümmerst du dich bitte morgen als Erstes. Vielleicht hat sie ja danach noch jemand gesehen, einer der Kirchgänger zum Beispiel. Außerdem sollen sich die Kollegen erkundigen, ob ihr jemand gefolgt ist oder sogar mit ihr zusammen unterwegs war.«

Thorwald drehte sich zu einer der Wandtafeln, auf der bisher nur ein Foto und der Name von Elena Ziegler zu sehen waren, und notierte die Uhrzeit am rechten oberen Ende mit Rotstift. »Nachdem Gregor Cornelius sie um kurz nach achtzehn Uhr tot im Mühlbach aufgefunden hat, grenzt das den Tatzeitraum auf nicht einmal zwei Stunden ein. Damit können wir arbeiten.«

Danach erzählte Katrin, was sie von David Mayrhofer erfahren hatten. Thorwald zeichnete einen Kreis um Elenas Namen und zog mehrere Pfeile, deren Spitzen bei Marianne und Xaver Ziegler, Bernadette Ziegler, David Mayrhofer sowie Silvia und Hannes Thalhammer endeten.

»Jan, Petra, ihr überprüft bitte das Ehepaar Thalhammer und stattet denen einen Besuch ab. Nachdem sie eine Landwirtschaft haben, sollte da am Montagvormittag auch jemand zu Hause sein.«

»Was ist mit den Eltern der Toten?«, fragte Korbinian Bäumel.

»Xaver Ziegler war seit dem frühen Nachmittag in der Schreinerei. Seine Frau und er kamen vorgestern aus dem Urlaub zurück und er wollte laut David Mayrhofer einiges nacharbeiten.

Außerdem hatte er zwei Kundengespräche. Seine Frau müssen wir noch überprüfen.«

Thorwald strich Xaver Zieglers Namen durch. Für Außenstehende wäre Bäumels letzte Frage undenkbar gewesen, für das Team gehörte sie zur Routine. Jetzt war Torsten Maiwald an der Reihe. Anna Leitner hatte ihm in der Tat die Namen der übrigen Gäste an Alfons Leidingers Tisch nennen können.

Robert Thorwald zog weitere Pfeile. »Du überprüfst bitte morgen als Erstes die Hintergründe und Alibis dieses Quartetts«, wies er Maiwald dann an. Er hielt kurz inne, als er Leidingers Namen an die Tafel schrieb. Bei ihm mussten sie besonders vorsichtig sein, aber er würde einen Teufel tun und dem Altenberger Bürgermeister eine Sonderbehandlung zuteilwerden lassen.

»Dem Leidinger wird es nicht passen, in eine polizeiliche Ermittlung verwickelt zu sein«, wandte Maiwald denn auch prompt ein.

»Das schaffst du schon. Notfalls ist eine offizielle Vorladung nur einen Anruf entfernt.«

Der Staatsanwalt hatte schon mehrmals bewiesen, dass er auch vor bekannten Namen nicht Halt machte. Und dabei ging es stets um Kaliber weit jenseits eines Kommunalpolitikers in einer Kleinstadt.

Maiwald runzelte die Stirn. »Glaubst du, einer von denen hat ihr irgendwo aufgelauert? Aber woher sollte der denn wissen, dass sie allein durch Neukirchen spazierte?«

»Vielleicht ist er zufällig durch das Dorf gefahren. Oder sie sind sich in Landshut über den Weg gelaufen und er ist ihr bis Neukirchen gefolgt.«

»Die Dame vom Kosmetikstudio hat kein unbekanntes Auto in der Straße gesehen«, ergänzte Bäumel. »Danach haben sie die Kollegen direkt gefragt.«

»Im Moment wird niemand vorschnell von unserer Liste gestrichen«, wandte Thorwald ein. »Du, Katrin, kümmerst dich als Erstes um den Schützenverein. Wir brauchen vor allem die Namen und Alibis der Damen, denen Elenas Ernennung zur Fahnenbraut ein Dorn im Auge war.«

»Eine haben wir ja schon«, sagte Katrin. »Ihre eigene Schwester, Bernadette Ziegler. Was hat sie denn für einen Eindruck auf dich gemacht, Torsten?«

»Entsetzt, geschockt ... geweint hat sie nicht, aber vielleicht lag das auch daran, dass sie sich an ihrem Arbeitsplatz keine Blöße geben wollte. Sie wirkte sehr korrekt und pflichtbewusst. Die Schwestern haben sich gestern beim Festdamenbitten zum letzten Mal gesehen. Sie haben sich kurz begrüßt, aber wohl nicht weiter miteinander geredet. Danach ist Bernadette Ziegler direkt ins Hotel *Drei Lilien* gefahren, weil sie *Weekend-Duty* hatte. Soll heißen, sie hat im Auftrag der Geschäftsleitung die Stellung im Hotel gehalten und dort auch übernachtet. Dieser Dienst geht normalerweise bis Montagmorgen, der Hoteleigentümer hat sie aber sofort nach Hause geschickt, nachdem wir mit ihr gesprochen haben.«

»Hätte sie sich im Laufe dieses Wochenenddiensts unbemerkt davonschleichen können?«

»Das muss noch geklärt werden«, sagte Maiwald. »Ich wusste nicht, dass es so dringend ist.«

»Alles gut. Du solltest in erster Linie die Schwester der Toten informieren und routinemäßig abfragen. Mit den Details können wir uns auch morgen noch beschäftigen«, beschwichtigte Thorwald. »Marco, du durchforstest die sozialen Netzwerke nach relevanten Inhalten. Drohungen, Hasskommentare, das Übliche halt. Schau mal, ob du eine Lucy unter ihren Kontakten findest. Mit der hat sie angeblich in Toronto in einer WG gewohnt. Danach schnappst du dir Korbi und fährst mit ihm direkt zu dieser heilpädagogischen Einrichtung. David Mayrhofer behauptet zwar, es gebe keine Probleme an ihrem Arbeitsplatz, aber sie wird ihm das ja auch nicht unbedingt auf die Nase gebunden haben.«

»Sollten wir diese Einrichtung nicht gleich morgen als Erstes anrufen und Bescheid sagen?«, fragte Korbinian Bäumel. »Die werden sich doch sicherlich wundern, wo Elena bleibt.«

»Bernadette Ziegler hat die Leiterin schon informiert«, warf Torsten Maiwald ein.

Thorwald malte weiter eifrig Pfeile und Kreise mit Namen und Örtlichkeiten auf die Wandtafel und besah sich sein Kunstwerk schließlich kritisch.

»Elena Zieglers Ausflug nach Landshut ist noch einmal ein Kapitel für sich. Dem Thema widmen wir uns dann, sobald ich aus München zurück bin. Noch wissen wir nicht, wie lange sie hier in der Stadt war und ob und wen sie gegebenenfalls getroffen hat. Laut Xaver Ziegler ist sie direkt nach dem gemeinsamen Mittagessen mit ihren Eltern losgefahren, weil sie sich ein neues Mobiltelefon kaufen wollte. Fest steht bisher nur, dass sie um vierzehn Uhr siebzehn bei *Elektro Neptun* ein Gerät erworben, es vor ihrem Tod aber nicht mehr in Betrieb genommen hat.«

»Hat sie zu Hause eigentlich erzählt, wie und warum ihr altes Telefon kaputtgegangen ist?«

»Nur die geschönte Variante. Laut ihrem Vater ist es ihr im Gasthaus versehentlich runtergefallen und jemand hätte seinen Stuhl darauf gestellt. Unser Männerquartett hat sie mit keinem Wort erwähnt.« Dann drehte Thorwald sich zu den Kollegen um. »Ich fahre morgen direkt in die Rechtsmedizin und werde gegen Mittag wieder in Landshut sein. Bis dahin haben wir hoffentlich erste Erkenntnisse zu unserem Personengeflecht hier gesammelt. Auch der Erkennungsdienst sollte dann schon brauchbare Ergebnisse haben. Nächste Teambesprechung morgen um dreizehn Uhr.«

Unter Stühlerücken und leisem Gemurmel leerte sich der Konferenzraum sehr rasch. Alle waren froh, endlich nach Hause entschwinden zu können.

»Und mit wem fährt er jetzt zur Obduktion?«, fragte Katrin Korbinian Bäumel auf dem Flur.

»Keine Ahnung. Ich bin nicht traurig, dass ich es nicht bin. Servus, Katrin.«

Kapitel 14

Silvia Thalhammer warf einen prüfenden Blick in das Kinderbett, wo Leopold, die kleinen Hände zu Fäusten geballt und zufrieden an einem Schnuller nuckelnd, tief und fest schlief. Wenn es nach ihrer Mutter ging, konnte Silvia es gar nicht genug zu schätzen wissen, was für ein ruhiges und braves Kind sie doch hatte. Schon kurz nach der Geburt hatte er fünf bis sechs Stunden am Stück geschafft, ohne zwischendurch laut schreiend aufzuwachen. Auch nach Impfterminen oder, wie jetzt, bei der Ankunft der ersten Zähne schien nichts den kleinen Kerl aus der Ruhe bringen zu können. Manchmal fragte sie sich, woher er diese Ausgeglichenheit wohl hatte, und mehr als einmal hatte sie ihren Sohn darum sogar beneidet.

Auf Zehenspitzen schlich sie aus dem Zimmer und zog leise die Tür hinter sich zu. Sie selbst war von diesem Zustand seit geraumer Zeit Lichtjahre entfernt. Der Grund dafür war auch jetzt, wieder einmal, nicht zu Hause. Stattdessen saß ihr Mann dort, wo er auch schon die meisten Stunden des Vortags und gefühlt sein halbes Leben verbracht hatte – im Gasthaus Leitner. Als ob die bis spät in die Nacht andauernden Feierlichkeiten vom Samstag nicht schon genug gewesen waren, musste die Leitung der Fußballabteilung ausgerechnet am Sonntagnachmittag eine Besprechung abhalten. Eine Krisensitzung, wie Hannes ihr kurz angebunden bei einem ansonsten äußerst schweigsamen Mittagessen erklärt hatte, nachdem die Mannschaft in der Kreisliga offenbar nicht so spielte, wie sie sich alle, inklusive er selbst, das vorstellten.

Silvia hatte es unkommentiert zur Kenntnis genommen. Jede Bemerkung ihrerseits hätte zweifelsohne in einem handfesten Krach geendet. Eine Krise bestand für sie wahrlich nicht darin, dass diese elf Seppl es nicht schafften, ein Tor mehr als der Gegner zu schießen. Als ob es nichts Wichtigeres auf der Welt gäbe, als stundenlang einem Ball hinterherzulaufen. Bevor Hannes und sie ein Paar geworden waren, hatte sie noch nie ein komplettes

Fußballspiel gesehen, weder zu Hause vor dem Fernseher noch auf Neukirchens Sportplatz und erst recht nicht in einem richtigen Stadion. Für ihren Ehemann dagegen war dieser Sport eine Art Lebenselixier.

Silvia griff nach ihrer Handtasche, die sie vorhin hastig im Garderobenschrank deponiert hatte, und begann sie auszuräumen. Wie sehr sich ihr Leben in den vergangenen achtzehn Monaten doch verändert hatte. Dazu gehörten nicht nur die unzähligen Stunden, die sie seitdem auf der Tribüne des Sportheims verbracht hatte und in denen sie sich stets ausmalte, welche sinnvollen Dinge sie stattdessen hätte tun können. Vor allem Leopolds Geburt hatte alles von einem Tag auf den anderen auf den Kopf gestellt. Niemals hätte sie gedacht, dass ein so winziges Wesen derart den Takt vorgeben und über ihr Leben bestimmen könnte. Dennoch gab es keine einzige Stunde mit ihm, die sie missen wollte. Er war das größte Geschenk, das Beste, was ihr ihre Ehe bis jetzt gegeben hatte.

Doch das durfte nicht alles gewesen sein. Deshalb würde sie jetzt endlich ihre Krallen ausfahren und um Hannes kämpfen. So wie sie es schon vor Monaten hätte tun sollen. Stattdessen hatte sie sich in ihren Kummer geflüchtet und dieser aufgebrezelten Diva das Feld überlassen. Aber das unsägliche Kapitel würde ein für allemal der Vergangenheit angehören. Heute Nachmittag hatte sie dazu den ersten Schritt gemacht. Noch immer konnte sie selbst nicht glauben, dass sie es wirklich getan hatte. Mit klopfendem Herz betrachtete sie den Inhalt ihrer Umhängetasche. Während sie noch darüber nachdachte, wo sie es am besten aufbewahren konnte, ohne dass Hannes darüber stolperte, ging draußen der Bewegungsmelder an.

Wahrscheinlich ihr Schwiegervater, der trotz der Hofübergabe immer noch tat, als hätte er das alleinige Sagen, und der sich für morgen wieder irgendwelche Arbeiten in den Kopf gesetzt hatte, bei denen Hannes und meistens notgedrungen auch sie selbst ungefragt Gewehr bei Fuß stehen mussten. Oder noch schlimmer, ihre Schwiegermutter. Der alte Drachen gab Silvia permanent das Gefühl, bei der Haus- und Hofarbeit alles falsch zu machen, was man nur falsch machen konnte. Der Zwetschgendatschi *musste* aus Hefeteig sein und der Kartoffelsalat schmeckte selbstverständlich nur dann, wenn er genauso zubereitet war, wie er seit Hannes' Kindheit zubereitet wurde. Von ihren Ratschlägen in Sachen Kindererziehung ganz zu schweigen. Mit Grausen dachte Silvia an die Zeit zurück, als noch ein Schlüssel zu ihrem Teil des Wohnhauses bei den Schwiegereltern gelegen hatte und beide ungeniert bei Hannes und ihr aus- und eingegangen waren. Irgendwann hatte Silvia genug gehabt und das Türschloss kurzerhand austauschen lassen. Das Gezeter, das danach folgte, hatte sie gerne in Kauf genommen. Obwohl Hannes das Gebaren seiner Eltern ebenfalls furchtbar auf die Nerven ging, hatte er natürlich nicht den Mut gehabt, ein ernstes Wort mit ihnen zu reden. Sie, Silvia, aber war hartnäckig geblieben, und diese Willensstärke und den Kampfgeist würde sie jetzt auch an den Tag legen, wenn es um ihre Ehe ging.

Zu ihrer Verwunderung blieb die Türklingel still. Womöglich war ihr Schwiegervater in der angrenzenden Halle verschwunden, um jetzt, am Sonntagabend, wieder an irgendetwas herumzuschweißen oder herumzuschrauben, bevorzugt an etwas, das besonders viel Lärm machte. Sie spähte durch den Spalt in der Küchengardine. Das Hoflicht brannte immer noch, was der Person geschuldet war, die wie angewurzelt neben ihrem Familienauto stand. Es war Hannes, der sich mit der rechten Hand am Kofferraum festhielt, als würde er jeden Moment zusammenklappen. Ohne Vorwarnung ging er in die Knie. Silvia erschrak. Hastig stopfte sie den Inhalt zurück in ihre Handtasche, rannte aus der Küche, den kurzen Flur entlang und hinaus in den Hof.

»Hannes, was ist denn los?«

Die Hände auf die Oberschenkel gestützt kniete ihr Mann mit zuckenden Schultern auf dem Boden. Im ersten Moment glaubte Silvia, dass er sich übergab. Bei dem Kater, mit dem er in der Nacht nach Hause gekommen war, und den wenigen Brocken, die er zum Mittagessen hinuntergewürgt hatte, war das nicht weiter verwunderlich. Sie wollte sich schon umdrehen, um einen Eimer zu holen, doch mitten in der Bewegung hielt sie inne.

»Sag mal, Hannes, *weinst* du?«

Nicht einmal Leopolds Geburt hatte derartige Gefühle bei

ihrem Mann hervorgerufen. Wenn Silvia es recht bedachte, hatte sie ihn in all der Zeit noch nie weinen gesehen. Unsicher trat sie näher und berührte ihn schließlich zaghaft an der Schulter.

»Hannes, was ist denn los?«

Rüde wehrte Hannes ihre Hand ab. »Lass mich!«

Endlich hob er den Kopf und sah sie aus geröteten Augen an. »Jetzt hast du es endlich geschafft«, sagte er heiser.

»Was geschafft? Wovon redest du?«

Wie von der Tarantel gestochen sprang Hannes auf und baute sich so bedrohlich vor Silvia auf, dass sie unwillkürlich einen Schritt zurückwich.

»Wovon ich rede?«, schrie er. »Davon, dass sie tot ist. Elena ist tot! Bist du jetzt endlich zufrieden?«

David Mayrhofer warf die Tasche mit den Arbeitsklamotten auf den Beifahrersitz. Gleich sieben. Er musste sich beeilen, denn er und die drei anderen Schreinermeister wollten vor Arbeitsbeginn noch alle Mitarbeiter zusammentrommeln. Wie zur Bestätigung schlugen die Kirchenglocken von St. Ulrich in diesem Augenblick zur vollen Stunde. In der Hofeinfahrt schräg gegenüber sah er Lorenz Huber auf ein klappriges Fahrrad steigen. Passend zum Rest des Hausstands hatte auch der einzige fahrbare Untersatz, den er besaß, seine besten Zeiten längst hinter sich. Seit ihrer Auseinandersetzung vor einigen Tagen hatten sie kein Wort mehr miteinander gesprochen, und ging es nach David, konnte das auch so bleiben. Zum Glück radelte Lorenz in die entgegengesetzte Richtung davon.

David verharrte einen Moment vor der geöffneten Wagentür. Er fühlte sich müde und ausgelaugt. Am Vorabend war er nach der Befragung durch die Polizei etwas unschlüssig in der Schreinerei zurückgeblieben, bevor er zuerst die drei Kollegen und schließlich bei Xaver Ziegler zu Hause angerufen hatte. Doch nicht der Chef selbst, sondern Bernadette war am Telefon gewesen. Auch wenn er mit Elenas Schwester bisher nicht sonderlich viel hatte anfangen können – und er war sich sicher, umgekehrt galt dies genauso –, hatte sie auf seinen Anruf nicht unfreundlich reagiert.

Ganz im Gegenteil. Ihre Erleichterung, nachdem er ihr versichert hatte, mit den Kollegen zusammen den Betrieb am Laufen zu halten, war förmlich greifbar gewesen. Trotzdem hoffte David, der Chef würde bald zurückkommen. Die Schreinerei auf Dauer ohne ihn war einfach unvorstellbar. Auch deshalb hatte er die ganze Nacht kein Auge zugetan. Obwohl das nicht der einzige Grund war. Wenn irgendjemand dahinterkam, was er …

»Servus, David!«

Er drehte sich um. »Oma! Was machst du denn hier?«

Maria Brunner stand, mit Kopftuch und Herbstmantel bekleidet, in seiner Einfahrt und hob ihren Einkaufskorb an. »Ich wollte in den Dorfladen und Tee für die Clara kaufen.«

»Kann sie das nicht selbst erledigen? Du bist doch nicht ihr Dienstbote.«

»Sie ist so schlecht beieinander, dass sie nicht in die Schule gehen kann. Außerdem kümmere ich mich gern um sie.«

»Wie du meinst. Was hat sie denn?«

»Wahrscheinlich hat sie sich in München irgendetwas eingefangen. Außerdem wollte ich schauen, wie es dir geht, nachdem du gestern nicht ans Telefon gegangen bist. Ich hab mindestens fünfmal bei dir angerufen.« Der leise Vorwurf war nicht zu überhören.

David seufzte. »Ja, ich weiß. Tut mir leid. Warum hast du denn keine Nachricht hinterlassen?«

»Weil ich mich nicht mit einem Telefon, sondern mit dir unterhalten will.«

»Ich wollte halt meine Ruhe haben.« Ihn durchzuckte ein unguter Gedanke. »Weißt du überhaupt schon, was passiert ist?«

»Ja, freilich. Die Polizei war bei uns und wollte wissen, ob ich das arme Mädel gestern irgendwann gesehen hab.«

»In der Schreinerei waren sie auch«, murmelte David. »Ich war gerade mit dem Chef dort.«

Seine Großmutter legte ihm sanft die Hand auf den Arm. »Das muss ein furchtbarer Schock gewesen sein. Ich weiß doch, wie gern du die Elena gehabt hast.«

»Ja, sie war eine meiner ältesten und besten Freunde.«

»Geh, Bub. Mir musst du doch nichts vormachen. Ich weiß doch, dass ihr beide …«

»Was?«, fragte David lauernd.

»Meinst du, nur weil wir nicht mehr unter einem Dach wohnen, merke ich nicht, was mit dir los ist?«

»Was fantasierst du dir denn da zusammen? Mit mir ist überhaupt nichts los. Und jetzt muss ich fahren.«

»Geht es dir denn wieder besser? Wo warst du eigentlich gestern Nachmittag?«

»Wird das jetzt ein Verhör? Du weißt doch, wo ich war. Hier!« Energisch deutete David auf das Haus hinter sich.

Maria musterte ihren Enkel prüfend. »Ich hab mir Sorgen um dich gemacht und bei dir geklingelt, als ich zum Rosenkranz bin. Und auf dem Rückweg noch einmal. Aber du warst nicht da.«

»Ich hab die Klingel ausgeschaltet. Mir war den ganzen Tag kotzübel und ich wollte meine Ruhe haben.«

Maria stellte sich resolut in die geöffnete Autotür. »Lüg mich nicht an. Ich hab die Klingel bis hier raus gehört. Also, wo warst du?«

»Dann hab ich die Klingel halt nicht gehört! Oma, was soll das denn?«

»Das frage ich dich. Warum machst du denn so ein Geheimnis daraus?« Maria beugte sich ein wenig nach vorne. »Hast du dich heimlich mit der Elena getroffen?«

David starrte sie entgeistert an. »Was?«

»Jetzt tu nicht so! Ich weiß ganz genau, dass du eine Freundin hast. Das mit euch hab ich schon im Sommer gemerkt. Außerdem hab ich dich neulich abends durch unseren Garten schleichen sehen«, entgegnete sie unbeeindruckt. »Ich hab deinen Kapuzenpulli schließlich oft genug gebügelt, den kenne ich auch im Dunkeln. Bist rüber zu den Zieglers?«

David wurde blass.

»Mir brauchst du nichts vormachen.« Sie sah ihn mitfühlend an. »Habt ihr es wegen dem Hannes geheim gehalten? Damit er nicht eifersüchtig wird?«

»Du spinnst doch komplett!«, entfuhr es David.

»So redest du nicht mit mir! Ich werde mir ja wohl noch Gedanken um dich machen dürfen.«

»Wenn so ein Schmarrn dabei herauskommt, dann lass es bitte!«

»Ich hab doch nur Angst um dich.« Maria klang mit einem Mal sehr flehentlich. »Habt ihr euch getroffen und wegen irgendetwas gestritten? Mir kannst du es doch sagen.«

»Lass mich einfach nur in Ruhe«, erwiderte David, bevor er einstieg, die Autotür zuknallte und mit quietschenden Reifen aus der Einfahrt fuhr.

———

»Guten Morgen, Frau Brunner. Ihr Enkel hat es aber ganz schön eilig«, rief Gregor Cornelius von der gegenüberliegenden Straßenseite.

Maria Brunner bemühte sich um ein freundliches Lächeln. »Grüß Gott, Herr Professor. Die jungen Leute halt ... immer im Stress.«

Rasch überquerte Cornelius die Hauptstraße. »Wem sagen Sie das. Meine Tochter wirbelt ständig durch die Gegend, als gäbe es einen Preis zu gewinnen. Darf ich Sie ein Stück begleiten?«

»Freilich. Gehen Sie auch einkaufen? Ich bin so froh, dass wir die Roswitha haben und sie auch schon so zeitig aufsperrt.«

»Da haben Sie recht. Ich wollte vor dem Frühstück kurz in die Kirche schauen«, sagte er so ungezwungen wie möglich.

Wenn es einen Ort gab, den er tunlichst vermeiden wollte, dann den Dorfladen, wo es momentan mit Sicherheit nur ein Thema gab. Und wie er Roswitha Förster kannte, würde es nicht lange dauern, bis sie herausfand, wer Elenas Leiche am Mühlbach entdeckt hatte. Er konnte von Glück reden, dass sie es am Vortag bei ihrem Besuch im Gasthaus noch nicht gewusst hatte.

»Da bin ich auch immer, wenn mich etwas umtreibt«, sagte Maria leise. »Und mit unserem Pfarrer kann man gut reden.«

»Ja, das stimmt. Pfarrer Hartl ist ein ausgezeichneter Seelsorger. Er hört geduldig zu, ohne belehren zu wollen. Und akzeptiert, dass man manchmal nicht anders kann als hadern und zweifeln.«

Maria Brunner sah Cornelius bekümmert an. »Dann wissen Sie schon, was gestern passiert ist?«

Cornelius blieb vor der Steintreppe stehen, die zur Kirche und dem Dorffriedhof hinaufführte. Die in das Geländer eingearbeiteten christlichen Symbole waren von zahlreichen Spinnweben überzogen, an denen der herbstliche Morgentau klebte. Sollte die Sonne es durch den Nebel schaffen, würden die kleinen Kunstwerke schon bald wie Diamanten funkeln und glitzern.

»Ich war es, der Elena gefunden hat«, sagte er schließlich.

Marias Augen weiteten sich. »Mein Gott, Herr Professor …«

»Bitte erzählen Sie es nicht weiter. Außer Frau Leitner weiß es momentan noch niemand.« Cornelius seufzte. »Ich will nicht schon wieder ein Gesprächsthema im ganzen Dorf werden.«

»Natürlich nicht. Die arme Anna. Wie hat sie es denn aufgenommen? Sie hat das Mädel doch so gern gehabt.«

Zögernd erzählte Cornelius, was sich am Vorabend im Gasthaus zugetragen hatte.

Marias Gesichtszüge verhärteten sich. »Das ist typisch mein Schwiegersohn. Eine Ersatzfrau? Was bildet der sich eigentlich ein? Manchmal glaube ich wirklich, bei ihm sitzt dort, wo andere das Herz haben, ein Stein.« Sie schüttelte den Kopf. »Der war schon als Junger so. Ich hab nie verstanden, warum Elisabeth ausgerechnet ihn geheiratet hat, und ganz genau gespürt, dass sie nicht glücklich war, auch wenn sie immer so getan hat.«

Cornelius bereute es, Mayrhofers Reaktion nicht verschwiegen zu haben. Die alte Frau war jetzt sichtlich aufgewühlt.

»Nie hat er auf sie Rücksicht genommen und sie hat es immer hinuntergeschluckt. Erst nach Davids Geburt hatte ich das Gefühl, sie blüht auf. Warum musste sie denn nur so krank werden? Eltern sollten ihre Kinder nicht überleben. Glauben Sie mir, ich hätte alles getan, um mit ihr tauschen zu können.«

Cornelius fühlte Ohnmacht in sich aufsteigen. »Das tut mir so leid, Frau Brunner. Aber Ihren Enkeln sind Sie bestimmt eine wunderbare Oma und große Stütze in dieser schweren Zeit gewesen.«

»Wir vier haben fest zusammengehalten. Mich um die Kinder kümmern zu können, hat auch mir sehr geholfen. Mein Schwiegersohn hat ja nur an seine Arbeit und die Firma gedacht.« Nachdenklich blickte sie zur efeuumrankten Friedhofsmauer. »Vielleicht war das seine Art, mit der Trauer umzugehen.« Sie straffte ihre schmalen Schultern. »Aber was rede ich denn da? Sie haben bestimmt besseres zu tun, als das Gejammer einer alten Frau anzuhören. Kommen Sie uns doch mal besuchen. Clara würde sich bestimmt sehr freuen.«

»Richten Sie ihr gute Besserung aus«, sagte Cornelius zum Abschied.

Allein in der stillen Kirche spürte er, wie sich allmählich die erhoffte innere Ruhe ausbreitete. Er mochte dieses Kleinod mit seinen gotischen Fresken am östlichen Fenster des Hochaltars, den filigran angefertigten Figuren auf den beiden Seitenaltären und der stattlichen Kanzel mit ihrem geschweiften Korpus. In der Luft hing noch immer ein schwacher Geruch von Weihrauch und Kerzen, der sich wahrscheinlich nie ganz verflüchtigen würde. Als die Kirchturmuhr acht Uhr schlug und erste Sonnenstrahlen ihren Sieg über die morgendlichen Nebelschwaden ankündigten, machte Cornelius sich schließlich auf den Rückweg in seine Ferienwohnung.

Auf den Stufen der Steintreppe sah er Anna aus dem Gasthaus kommen. Sie winkte ihm zu und lief über die Straße. »Guten Morgen, Herr Professor. Gerade war ich auf dem Weg zu Ihnen. Wollen Sie nicht bei mir frühstücken?«

»Ach, Frau Leitner. Ich störe Sie und Herrn Dr. Rehberg doch nur«, wehrte Cornelius ab. Vor allem Benedikt Rehberg würde von ihm als Gast an seinem Frühstückstisch wenig begeistert sein.

»Benedikt ist schon auf dem Weg in die Apotheke. Kommen Sie. An einem Tag wie diesem sollten Sie nicht allein sein.«

Obwohl er die Wirtin nun schon einige Jahre kannte, überwältigte ihn Annas Herzlichkeit immer wieder aufs Neue.

»Danke, Frau Leitner«, erwiderte er gerührt.

Entgegen seiner Erwartungen gingen sie nicht in den Privatbereich des Hauses, sondern direkt in die Gaststube.

»Ihr Lieblingstisch in der Ecke ist schon gedeckt und Kaffee steht auch bereit«, sagte Anna. »Setzen Sie sich, ich bin gleich bei Ihnen.«

Es waren nur noch zwei weitere Tische mit Pensionsgästen besetzt, die jedoch bereits am Aufbruch waren. Während Anna flink das Geschirr abräumte und alle verabschiedete, stellte Cornelius fest, wie gut es ihm tat, in Gesellschaft zu sein und nicht allein in der Ferienwohnung vor sich hin zu grübeln.

Die Gaststube mit ihren rot-weiß karierten Vorhängen, den alten Werkzeugen an den holzvertäfelten Wänden und der Ofenbank an der Längsseite des Raums verströmte auch zu dieser frühen Stunde eine gemütliche Atmosphäre. Jetzt im Herbst hatte Anna den Blumenschmuck auf den Tischen durch kleine Waldgestecke ersetzt, und auch das Frühstücksbuffet neben dem stets blitzblanken Tresen war liebevoll mit kleinen Zierkürbissen, Kastanien und gefärbten Blättern dekoriert.

»Was sagt denn eigentlich Ihre Frau zu diesem furchtbaren Ereignis?«, fragte Anna, als sie ihm kurze Zeit später einen Teller mit Rührei brachte.

»Ich habe ihr noch nicht Bescheid gesagt«, sagte Cornelius schnell.

Anna nahm auf dem gegenüberliegenden Stuhl Platz und sah ihn stirnrunzelnd an.

»Ich weiß gar nicht, ob ich noch eine Frau habe. Ich … wir …« Cornelius seufzte. »Seit diesem Vorfall in Südfrankreich haben wir uns vollkommen auseinandergelebt. Am Schluss waren wir nur noch am Zanken und Streiten.«

»Das tut mir sehr leid. Aber das renkt sich bestimmt wieder ein. So lange, wie Sie beide jetzt schon zusammen sind. Da kann Sie doch so eine kleine Krise nicht auseinanderbringen.«

»Ich fürchte, es ist mehr als eine kleine Krise. Vielleicht sogar das Ende unserer Ehe.«

Bei Robert Thorwalds Rückkehr aus München war das Team bereits vollständig im Besprechungsraum versammelt, wie er auf dem Weg in sein Büro mit einem Blick durch die große Glasscheibe feststellen konnte. Katrin unterhielt sich mit Korbinian Bäumel, der gerade aus der heilpädagogischen Einrichtung zurückgekommen war und an einer Leberkässemmel kaute.

»Mit wem war er jetzt eigentlich bei der Obduktion?«, wiederholte sie ihre Frage vom Vorabend.

»Mit mir«, sagte eine tiefe männliche Stimme hinter ihr.

Um ein Haar hätte Katrin sich an ihrem Kaffee verschluckt und ihre Tasse fallen lassen. Sie kannte diese Stimme nur allzu gut und hatte gehofft, der Person, zu der sie gehörte, in diesem Gebäude nie wieder begegnen zu müssen. Wie im Zeitlupentempo drehte sie sich um und starrte den Mann im Türrahmen entsetzt an.

»Servus, Toni. Das ist ja eine Überraschung«, rief Bäumel in diesem Moment, stopfte sich rasch den letzten Bissen seiner Semmel in den Mund und begrüßte den Neuankömmling per Handschlag. Zwei der Kollegen taten es ihm gleich.

»Ja servus«, sagte jetzt auch Torsten Maiwald. »Was machst du denn hier?«

Ehe Toni Kornbichler antworten konnte, drängte sich Thorwald an ihm vorbei, durchquerte mit wenigen Schritten den Raum und stellte sich neben die Wandtafel am Kopf des Tischs.

»So wie ich sehe, habt ihr euch schon begrüßt«, sagte er gut gelaunt. »Lange vorstellen brauche ich den Kollegen ja nicht. Da wir momentan ziemlich unterbesetzt sind, habe ich mich mit Hauptkommissar Gerlach darauf geeinigt, dass Toni uns bis auf Weiteres im Fall Elena Ziegler unterstützen wird. Er war heute Morgen auch schon mit mir bei der Obduktion in München.«

Nein, bitte nicht! Alles, bloß das nicht. Katrin stand stocksteif neben ihrem Stuhl.

Kornbichler nickte kurz in die Runde, wobei er bewusst den Augenkontakt zu ihr vermied. Dann machte er die Tür noch etwas weiter auf. »Komm rein«, sagte er in Richtung Fußboden.

Ein schwarz-brauner Schäferhund trottete herein und blieb mit gespitzten Ohren und hellwachen Augen neben Kornbichler stehen. Ein leises Raunen ging durch den Raum.

»Darf ich vorstellen: Das ist Matilda, seit einem halben Jahr meine Kollegin bei der Drogenfahndung.«

»Ein Spürhund? Ja klasse«, sagte Bäumel lachend. »Servus, Matilda.«

Das hätte von Flo sein können, dachte Katrin. Genauso hätte er Kornbichler samt diesem haarigen Ungetüm begrüßt. Nur musste das deshalb noch lange nicht für sie gelten. Noch immer stand sie wie angewurzelt da. Kornbichler war inzwischen samt Hund zu seinem Platz am Besprechungstisch gegangen, hatte eine graue Decke aus seinem Rucksack hervorgeholt und auf dem Boden ausgebreitet. »Matilda, Platz.«

Die Hündin gehorchte aufs Wort, ließ sich auf der Decke nieder und legte den Kopf auf ihre Vorderpfoten. »Ich hoffe, der Hund stört euch nicht.«

Der Hund nicht, konnte sich Katrin gerade noch verkneifen zu sagen. Sie wusste nicht, wen sie im Moment mehr verabscheute – Thorwald oder Kornbichler. Schweigend setzte sie sich schließlich hin und schenkte ihre ganze Aufmerksamkeit der Wandtafel. Sie würde Kornbichlers Anwesenheit schlichtweg ignorieren und ihn samt seiner tierischen Begleitung bei der Arbeit ausblenden. Wenn er glaubte, sie ließe sich durch irgendetwas provozieren oder zu einem unüberlegten Kommentar hinreißen, täuschte er sich gewaltig. Mit etwas Glück hatten sie den Täter rasch gefasst und sie war die beiden Störenfriede wieder los.

»Dann lasst uns anfangen«, sagte Thorwald in die Runde.

Wie auf sein Kommando läutete das Telefon in der Mitte des Konferenztischs. An der Rufnummernanzeige erkannte er den Anschluss des Instituts für Rechtsmedizin in München. »Am besten fangen wir mit dem Obduktionsergebnis an.«

Er und Toni Kornbichler wechselten einen raschen Blick. »So wie es aussieht, hat sich der Anfangsverdacht des Arztes bestätigt«, fügte er hinzu, bevor er einen der Knöpfe auf dem Apparat drückte und den Rechtsmediziner über Lautsprecher begrüßte.

Kapitel 15

»Bitte denken Sie an Ihr Telefonat mit der Steuerkanzlei in zwanzig Minuten«, sagte Walpurga Schmitt, nachdem sie die schwarze Mappe auf Mayrhofers Schreibtisch an sich genommen und die unterschriebenen Dokumente auf ihre Vollständigkeit überprüft hatte. »Soll ich dort anrufen und dann zu Ihnen durchstellen?«

»Nein, nein, das mache ich schon selbst«, brummte Andreas Mayrhofer zwischen zwei Bissen von der Weißwurst, die zusammen mit süßem Senf und einer röstfrischen Brezen auf seinem Teller lag. »Aber einen Kaffee können Sie mir machen. Einen besonders starken! Anders halte ich diesen Schwafler heute nicht aus.«

»Natürlich«, beeilte sie sich zu sagen und huschte aus dem Büro.

Nachdenklich vor sich hin kauend beobachtete Mayrhofer seine Angestellte, wie sie auf der anderen Seite der Büroverglasung geschickt an der Kaffeemaschine hantierte. Eigentlich könnte er rundum zufrieden sein. Endlich war er dort angekommen, wo er sich schon lange gesehen hatte. An der Spitze der Baubranche im ganzen Landkreis. Wie oft hatte er in der Vergangenheit seinen größten Konkurrenten, Markus Baumgartner, dafür verflucht. Was hatte er sich abgestrampelt und abgearbeitet, nur damit ihm dieser Schuft am Ende doch wieder einen lukrativen Auftrag vor der Nase wegschnappte. Aber damit war jetzt endgültig Schluss, auch wenn er Baumgartner weiß Gott ein anderes Ende gewünscht hätte, als tot in einer Hofeinfahrt zusammenzubrechen.

Baumgartners Bruder und einziger Erbe hatte ihm die Firma förmlich aufgedrängt, so froh war er, damit nichts mehr zu tun zu haben. Kein Wunder, stand der Name doch weit über den Landkreis hinaus für windige Geschäfte und unlautere Methoden. Was zahlreiche Leute über Jahre hinweg trotzdem nicht davon abgehalten hatte, mit Baumgartner zusammenzuarbeiten, dachte

Mayrhofer und vertilgte grimmig vor sich hin kauend das letzte Stück Weißwurst. Dabei hätte das Unternehmen den ganzen Filz gar nicht nötig gehabt und auch so genug abgeworfen, damit Baumgartner sorgenfrei leben konnte. Aber der hatte seinen Hals nicht voll genug kriegen können. Schwarzarbeit, Bestechung, Erpressung, am Ende hatte er offenbar auch noch versucht, einen tödlichen Verkehrsunfall zu vertuschen. Kein Wunder, dass sein Herz irgendwann den Dienst versagt hatte. An allzu vielen Stellschrauben hatte Mayrhofer nach der Übernahme gar nicht drehen müssen. Natürlich mussten gewisse Betriebsabläufe neu organisiert werden und einige Leute flogen hinaus, allen voran dieses Suppenhuhn, das offiziell als Baumgartners Assistentin eingestellt gewesen war. Mayrhofer konnte sich ihren Zuständigkeitsbereich gut vorstellen, nachdem fehlerfreie Orthografie und effektives Arbeiten definitiv nicht zu ihren Kernkompetenzen zählten.

Da lobte er sich Walpurga Schmitt. Optisch völlig uninteressant – ein strenger Pagenschnitt, bei dem sogar er sich ab und zu fragte, ob der Friseur nicht seinen Beruf verfehlt hatte, stets irgendein altmodisches Kostüm, das nicht einmal seine eigene Großmutter angezogen hätte, flache Sandalen, Marke Gesundheitsschuhe –, aber ein Arbeitstier, auf das er sich seit über fünfzehn Jahren blind verlassen konnte. Und das allerbeste – mit Anfang fünfzig würde sie auch nicht mehr schwanger werden. Mutterschutz, Elternzeit, Halbtagsarbeit ... diesen Schmarrn konnte er in seinem Vorzimmer nicht gebrauchen. Er brauchte jemanden, der notfalls bis Mitternacht am Schreibtisch saß und nicht bei jeder Überstunde vorwurfsvoll auf die Uhr schaute.

Um selbst weiteren Vaterfreuden zu entgehen, hatte er schon vor geraumer Zeit die entsprechende Vorsorge getroffen. Mit einem Anflug von schlechtem Gewissen dachte er hin und wieder daran, ob er Clara davon in Kenntnis hätte setzen sollen. Andererseits müsste ihr eigentlich von Anfang an klar gewesen sein, dass er in seinem Alter kein schreiendes Kleinkind mehr gebrauchen konnte. Wobei ihn seine Ehe, oder wie auch immer man ihr Zusammenleben momentan bezeichnen wollte, ohnehin mehr an ein Leben in einem Mönchskloster erinnerte. Auch letzte Nacht hatte Clara im Gästezimmer übernachtet. Laut Maria, weil sie krank war und ihn nicht anstecken wollte. Er hatte es kommentarlos geschluckt, aber lange würde er sich das nicht mehr gefallen lassen. Deshalb hatte er gleich heute Morgen eine zweiwöchige Kreuzfahrt über die Weihnachtsferien gebucht. Auf einem Schiff mitten im Ozean würde ihm seine Frau nicht mehr entkommen, und Ausreden und Ausflüchte gab es dann auch keine mehr.

Energisch stellte Mayrhofer den leeren Teller zur Seite. Jetzt galt es nur noch das leidige Thema Fahnenbraut zu lösen. Alles hätte so perfekt sein können, und dann diese Katastrophe. Aber er dachte gar nicht daran, seinen ursprünglichen Plan zu begraben. Mit ihm als Vorstand würde der Neukirchner Schützenverein eine Fahnenbraut haben. Umso mehr missbilligte Mayrhofer die ablehnende Reaktion der weiblichen Vereinsmitglieder, die er deswegen angerufen hatte. Eine hatte tatsächlich mitten im Telefonat aufgelegt, die andere ihm sehr deutlich zu verstehen gegeben, was sie von seiner Anfrage hielt. Da verstehe einer diese Weiber. Erst zickten sie wochenlang herum, weil eine andere Fahnenbraut wurde, und hatten sie dann selbst die Möglichkeit dazu, war es auch wieder nicht recht. Bei Bernadette Ziegler vorstellig zu werden, hatte er nach einigen Überlegungen doch wieder verworfen.

Aber er hatte es in seinem Leben nicht so weit gebracht, weil er Schwierigkeiten aus dem Weg ging, sondern sich ihnen stets gestellt hatte. Vor dem Telefonat mit dem Steuerberater würde er noch kurz Zeit für einen anderen Anruf haben. Er griff nach seinem Mobiltelefon und suchte im Adressbuch den Eintrag seiner Tochter. Nach einigen Sekunden meldete sich Judiths Mailbox, aber an einem Wochentag hatte er auch nichts anderes erwartet. Wo sonst würde sein Mädchen jetzt sitzen als in der Bibliothek, um fleißig an ihrer Doktorarbeit zu schreiben. Genug Geld, um das ausgerechnet in Oxford tun zu können, hatte ihn das Ganze schließlich gekostet.

»Judith, Papa hier. Ruf mich mal zurück. Ich muss etwas mit dir besprechen.«

Zufrieden trank Mayrhofer danach einen Schluck des wunderbar starken Kaffees, der genau richtig temperiert neben dem Telefon auf ihn wartete.

Katrin Abel fixierte mit gezücktem Stift das Telefon in der Mitte des rechteckigen Konferenztischs. Auch die anderen Kollegen warteten mit konzentrierten Mienen auf die Ausführungen des Rechtsmediziners.

Ein Anfangsverdacht ... das konnte vieles bedeuten. War Elena Ziegler schwanger gewesen? Gut möglich, aber wer war dann der Vater ihres ungeborenen Babys? Hannes Thalhammer? Oder doch David Mayrhofer? Und war die Schwangerschaft womöglich das Mordmotiv? Thalhammer dürfte über ein außereheliches Kind nicht allzu erfreut gewesen sein. Mayrhofer war laut eigener Aussage ungebunden, aber vielleicht fühlte er sich noch nicht bereit für ein Kind. Oder wollte Elena die Schwangerschaft beenden und musste deshalb sterben?

Thorwald und Kornbichler wussten bereits, in welche Richtung der Anfangsverdacht des Rechtsmediziners ging. Zweifellos hatte es im Laufe der Obduktion erste Hinweise dazu gegeben. Katrin wurmte es, dass ausgerechnet Kornbichler Informationen aus erster Hand besaß, wogegen sie mitsamt dem Rest des Teams noch ahnungslos am Tisch saß. Nach wie vor vermied sie tunlichst jeden Blickkontakt in seine Richtung. Trotz ihres anfänglichen Plans, seine Anwesenheit auszusitzen und ihn zu ignorieren, graute ihr vor den kommenden Tagen. Wie sollte sie das nur aushalten, wenn ein bloßer Satz von ihm schon Brechreiz bei ihr hervorrief?

»Guten Tag«, schallte es jetzt aus dem Lautsprecher. »Ich hatte Ihnen ja versprochen, Herr Thorwald, dass ich mich melde, sobald ich einen ersten Laborbefund habe.«

»Das gesamte Team ist aktuell anwesend. Ich bin gerade erst in Landshut eingetroffen und hatte noch keine Gelegenheit ...«

»Verstehe. Dann lassen Sie mich kurz über die Todesursache sprechen«, sagte der Rechtsmediziner bestimmt, aber nicht unfreundlich.

Katrin beugte sich nach vorne.

»Die Frau starb an einem mehrfachen Schädelbruch und einer dadurch ausgelösten Gehirnblutung, verursacht durch zwei heftige Schläge mit einem schweren und spitzen Gegenstand auf den Hinterkopf. Dem Wundmuster und den Wundrändern nach zu schließen, gehe ich mit großer Wahrscheinlichkeit von einem Stein aus. Der erste Schlag hat sie außer Gefecht gesetzt, der zweite war tödlich. Sie ist innerhalb weniger Sekunden verstorben. Nach ihrem Tod hat man sie dann in diesen Bach geworfen, wo sie – zum Glück – schnell gefunden wurde.«

Katrin machte sich rasch einige Notizen. Dieser Befund stellte für die Ermittler keine allzu große Überraschung dar.

»Es gibt keinerlei Abwehrverletzungen, das heißt, sie wurde vom Täter, der direkt hinter ihr gestanden haben muss, vollkommen überrascht. Eine Vergewaltigung vor beziehungsweise nach der Tat können wir ausschließen, ebenso eine Schwangerschaft.« Aus dem Lautsprecher erklang das Rascheln von Papier. »Das genaue histologische Gutachten wird noch einige Tage dauern, aber mein Anfangsverdacht hat sich nach dem Schnellschnitt, dem die Gewebeprobe im Labor unterzogen wurde, bestätigt. Die Frau litt zum Zeitpunkt ihres Todes an einem inoperablen, malignen Hirntumor.«

»Was? Krebs?«, kam es gleichzeitig von Korbinian Bäumel und Torsten Maiwald.

»Das hat niemand aus der Familie erwähnt«, fügte Katrin hinzu.

»Das Labor hat bisher auch keinerlei Spuren im Körper gefunden, die auf eine Krebstherapie schließen lassen«, sagte der Mediziner. »Entweder hat sie es noch nicht gewusst oder sie wollte keine Behandlung.«

»Warum um alles in der Welt sollte sie eine Krebstherapie verweigern?«, fragte Katrin. »Elena Ziegler war gerade einmal siebenundzwanzig.«

»Der Tumor saß nicht nur an einer inoperablen Stelle. Bösartige Tumore dieser Art sind zudem sehr aggressiv, das heißt, sie bilden zeitnah im ganzen Körper Metastasen. Die Behandlung beschränkt sich daher meistens auf eine Chemotherapie, um das Wachstum des Tumors und die Metastasierung einzuschränken, eine Chance auf Heilung besteht grundsätzlich nicht. Diese Prognose, verbunden mit einer nicht mehr allzu langen Lebenserwartung, kann bei Patienten durchaus den Wunsch auslösen, von vornherein nur noch eine palliative Therapie in Anspruch zu nehmen. Allerdings gibt es auch dafür bisher keine Anzeichen in Frau Zieglers Körper.«

»Um das Ganze auf den Punkt zu bringen: Elena Ziegler war zum Zeitpunkt ihrer Ermordung todkrank?«, fragte Thorwald schließlich.

»Ja.«

Ein leises Raunen ging durch den Konferenzraum. Damit hatte keiner im Ermittlungsteam gerechnet.

»Aber ein Tumor und Metastasen lösen sicher Symptome aus. Das wächst doch nicht alles unbemerkt vor sich hin, bis ich irgendwann tot umfalle?«

Diese Ausdrucksweise war so typisch für Kornbichler und bescherte Katrin pures Sodbrennen.

»Da haben Sie durchaus recht«, klang es aus dem Lautsprecher. »Die Tote hatte zwar noch keine Metastasen, aber der Tumor selbst muss auf alle Fälle schon Beschwerden hervorgerufen haben. Sehstörungen, Schwindel, Kopfschmerzen, Vergesslichkeit, um nur einige zu nennen.«

»Wir müssen dringend noch einmal mit den Eltern und der Schwester reden.« Thorwald beugte sich zum Telefon. »Danke, Herr Doktor.«

»Wir haben nur unsere Arbeit getan. Den Obduktionsbericht bekommen Sie spätestens heute Abend, der vollständige Laborbericht wird, wie gesagt, noch einige Tage dauern. Also dann …«

»Einen Moment noch«, rief Katrin.

»Ja?«

»Elena Ziegler hätte nächstes Jahr im Sommer an einer großen Veranstaltung teilgenommen. So wie Sie das alles schildern, hätte sie das nicht mehr geschafft, oder?«

»Nein, ganz bestimmt nicht. Die Metastasen vermehren sich irgendwann regelrecht explosionsartig. Der ganze Körper wird in Mitleidenschaft gezogen. Und dann geht es sehr schnell.«

»Hätte sie das Fest denn überhaupt noch erlebt?«

Für einen Moment war es im Konferenzraum ganz still.

»Nein, höchstwahrscheinlich nicht«, sagte der Rechtsmediziner.

Angela Gebauer schob lustlos die Fischstäbchen auf ihrem Teller hin und her. Sie wusste, sie musste etwas essen, allein schon um Jonas zu motivieren, der stocksteif auf seinem Stuhl saß und auf das Mittagessen vor sich starrte, von dem er bisher keinen einzigen Bissen angerührt hatte. Angela griff nach seinem Teller und zerkleinerte das ohnehin schon in mundgerechte Stücke zerteilte Stäbchen noch mehr, bis schließlich nur noch eine undefinierbare Masse an Panade und Füllung übrig war.

»Jonas, bitte!«, sagte sie.

Schon das Frühstück war die reinste Tortur gewesen. Obwohl sie Jonas seinen heißgeliebten Grießbrei gemacht hatte und ihn entgegen jeglicher Therapieansätze sogar füttern wollte, hatte er die Lippen fest zusammengekniffen und sich nicht dazu bewegen lassen, auch nur einen Löffel zu schlucken. Am Ende ihrer erfolglosen Versuche konnte sie ihn gerade noch davon abhalten, mit der flachen Hand mitten auf den Teller zu schlagen und sie beide von oben bis unten mit Brei zu bespritzen. So aggressiv und bockig hatte sie ihren Bruder schon lange nicht mehr erlebt. Allmählich machte sich Verzweiflung in Angela breit. Seit Tagen war Jonas mürrisch und in sich gekehrt, jede Mahlzeit geriet zu einem wahren Drahtseilakt. Denn hatte er etwas gegessen, bedeutete dies noch lange nicht, dass er es nicht wieder erbrach. Dazu fieberte er und in der vergangenen Nacht musste sie tatsächlich zweimal seine Bettwäsche wechseln, weil er sich eingenässt hatte. Etwas, das seit Jahren nicht mehr vorgekommen war. Todmüde hatte sie ihm schließlich erlaubt, bei ihr im Bett zu schlafen, um wenigstens ein paar Stunden Ruhe zu bekommen.

Sie wagte einen neuen Versuch. »Fischstäbchen magst du doch so gerne«, säuselte sie, doch wieder wich Jonas vor dem Löffel zurück.

Angela ließ das Besteck sinken. Sie fühlte sich ausgelaugt und hilflos wie schon lange nicht mehr. Sie konnte nur ahnen, woher sein schwieriges Verhalten kam, aber diese Erkenntnis brachte sie im Moment auch nicht weiter. Ganz im Gegenteil.

»Jonas, ich weiß, das alles ist nicht leicht für dich. Ich selbst bin auch ziemlich durcheinander. Aber wir sind eine Familie und wir müssen jetzt ganz fest zusammenhalten.« Sie musterte ihn eingehend. »Willst du morgen nach Landshut fahren und mit den anderen den Tag dort verbringen?«

Die Einrichtungsleiterin hatte ihr am Vorabend angeboten, Jonas jederzeit vorbeibringen zu können. Vorübergehend würde sie selbst Elenas Gruppe leiten und allen in Ruhe erklären, was mit ihr passiert war. Angela zweifelte nicht am Einfühlungsvermögen und am pädagogischen Geschick der ausgebildeten Erzieherin, sondern daran, dass Jonas wirklich verstand, was sterben bedeutete. Auf den Tod ihrer Mutter hatte er damals eher gleichgültig reagiert, allerdings war Angela zu diesem Zeitpunkt bereits seine engste Bezugsperson gewesen und die Frau im Krankenbett nicht mehr als eine verblasste Erinnerung aus einer längst vergangenen Zeit. Einer Zeit, in der ihr aller Leben noch glücklich und unbeschwert gewesen war. Angela spürte die vertraute Bitterkeit in sich aufsteigen und musste sich fast zwingen, den Teller mit der Fischstäbchenpampe nicht gegen die Wand zu schleudern.

Stattdessen intensivierte sie ihr verkrampftes Lächeln und strich Jonas sanft über die Wange. Konnten ihm die gewohnte Umgebung, ein geregelter Tagesablauf und der Kontakt mit Gleichgesinnten über diese Krise hinweghelfen? Wie würde er reagieren, wenn anstelle von Elena jemand anderes vor ihm stand? Zu Elena hatte er in den vergangenen Monaten eine Beziehung aufgebaut. Das hatte Angela schon nach wenigen Tagen gespürt. Voller Vorfreude wartete er jeden Morgen auf den Bus, der ihn nach Landshut brachte, und selten hatte er nachts so gut und tief geschlafen wie nach einem Tag in der heilpädagogischen Einrichtung. Es war das erste Mal in ihrem Leben, dass sie Jonas ohne schlechtes Gewissen in fremde Hände gegeben hatte. Das erste Mal, dass sie ein bisschen durchatmen konnte ...

Warum hatte das nur passieren müssen? Waren sie denn nicht schon gestraft genug? Musste ihr Leben immer ein einziger Trümmerhaufen sein?

»Es passiert gerade sehr viel um dich herum und das macht dir Angst«, sagte Angela. »Aber du musst dich nicht fürchten. Ich bin immer für dich da und passe auf dich auf.« Endlich hob Jonas den Kopf und sah sie mit ausdrucksloser Miene an. Vorsichtig führte Angela den Löffel an seine Lippen, die er nach wie vor fest zusammengepresst hatte. Da ging ein Ruck durch seinen Körper, seine Augen weiteten sich und wie gebannt starrte er auf …

Das Geräusch der Türklingel ließ Angela zusammenzucken. Hektisch wandte sie sich um. Hatte man in diesem Dorf denn nie seine Ruhe? Ihre Blicke trafen sich. Für einen Moment verlor sie sich in seinen grün-grauen Augen und alles um sie herum geriet in Vergessenheit.

»Wir machen einfach nicht auf«, sagte sie.

Doch der Besucher war hartnäckig und klingelte erneut. Der Bann zwischen ihnen war gebrochen und sie wieder zurück in der Wirklichkeit. Angela wartete einige Sekunden, ehe sie aufstand und zur Tür ging. Sie verharrte einen Augenblick, unsicher, ob sie wirklich öffnen sollte. Im Haus war es jetzt ganz still. Durch den Flur konnte sie in das Esszimmer sehen, wo Jonas wieder mit hängendem Kopf am Tisch saß und sich nicht bewegte.

Wir sind eine Familie und wir werden es schaffen. Zusammen können wir alles schaffen.

Angela straffte die Schultern, holte tief Luft und drehte sich zur Tür, um sie mit Schwung und einem Lächeln im Gesicht zu öffnen.

Es dauerte eine Weile, bis sich der Lärmpegel unter den Kollegen ob der unerwarteten Neuigkeit aus der Rechtsmedizin gelegt hatte. Thorwald nutzte die Zeit, um sich einen Kaffee zu holen und die nächsten Schritte durchzudenken. Bei seiner Rückkehr in den Konferenzraum entging ihm nicht, wie krampfhaft Katrin jeglichen Kontakt mit Toni Kornbichler zu vermeiden versuchte. Auch der Neuankömmling sah nicht gerade glücklich aus der Wäsche. Thorwald wusste um die gegenseitige Abneigung und die Missstimmung zwischen den beiden und dass er als ihr Vorgesetzter damals früher hätte eingreifen müssen. Aber das alles war jetzt über ein Jahr her. Laut Gerlach hatte sich Kornbichler zu einem sehr zuverlässigen und engagierten Mitarbeiter bei der Drogenfahndung entwickelt, weshalb es Thorwald auch einiges an

Überredungskunst gekostet hatte, damit er vorübergehend für die Mordkommission abgestellt wurde. Von daher würde Katrin die bittere Pille schlucken müssen, ob ihr das nun passte oder nicht.

Der Hauptkommissar klopfte ein paar Mal auf die Tischplatte. »Können wir dann weitermachen?« Allmählich kehrte Ruhe ein. Thorwald verteilte einen Stapel Kopien mit den bisherigen Ergebnissen des Erkennungsdiensts. Schließlich waren alle Augenpaare auf ihn gerichtet. Er öffnete seinen Schnellhefter und begann zu sprechen.

»Wie gestern bereits vermutet, ist der Fundort nicht der Tatort. Noch wissen wir nicht, wo Elena Ziegler getötet und an welcher Stelle sie dann in den Mühlbach geworfen wurde. Die Fließgeschwindigkeit und -richtung des Gewässers und der recht enge Zeitraum, in dem die Tat passiert sein muss, helfen uns zwar, allerdings ist unklar, wie lange ihre Leiche in diesem Geäst festhing. Höchstwahrscheinlich handelt es sich um eine Stelle westlich von Neukirchen, die zudem von der Straße aus nicht gut einsehbar ist. Immerhin war es noch nicht ganz dunkel.«

»Eine Frau als alleinige Täterin scheidet damit doch eigentlich aus«, sagte Torsten Maiwald.

Thorwald runzelte die Stirn. »Ein arg- und wehrloses Opfer von hinten mit einem Stein zu erschlagen, schafft sicherlich auch eine Frau. Zumal Elena Ziegler laut Rechtsmedizin nach dem ersten Schlag bereits bewusstlos war. Ihre Leiche wegzuschaffen und in den Mühlbach zu werfen, ist in der Tat ein anderes Kapitel. Ich will von vornherein nichts ausschließen – Elena Ziegler war von sehr zierlicher Statur –, aber es deutet einiges darauf hin, dass eine kräftige Person, also vermutlich ein Mann, beim Abtransport der Leiche geholfen hat.«

Katrin äugte verstohlen zu Toni Kornbichler, der konzentriert zuhörte und sich ab und zu eine Notiz in seinen Unterlagen machte. Matilda lag währenddessen mucksmäuschenstill auf ihrer Decke, verfolgte das Geschehen jedoch nicht weniger aufmerksam, wie Katrin an ihren gespitzten Ohren und wachsamen Augen erkennen konnte.

»Auch die Tatwaffe ist bisher nicht gefunden worden«, las Thorwald weiter vor. »Zudem fehlt Elena Zieglers Autoschlüssel.

Zu Hause wurde lediglich der Zweitschlüssel gefunden.«

»Ich hätte Stein und Schlüssel zusammen mit der Leiche im Bach entsorgt«, warf Korbinian Bäumel ein.

»Oder der Autoschlüssel ist aus ihrer Manteltasche herausgespült worden«, gab Torsten Maiwald zu bedenken.

Thorwald nickte. »Die Bereitschaftspolizei soll deshalb auch als Erstes den Bachlauf abgehen. Sobald wir die Stelle gefunden haben, an der sie ins Wasser geworfen wurde, wissen wir hoffentlich mehr. Mit etwas Glück gibt es Reifen- oder sogar Fußspuren.«

»Wer koordiniert den Einsatz?«, fragte Katrin.

»Das mache ich dieses Mal selbst.«

Katrin sah von ihrem Block auf. »Und wann willst du mit Elenas Familie wegen ihrer Krebserkrankung sprechen?«

»Zur genauen Aufgabenverteilung kommen wir noch. Was gibt es denn vom Schützenverein und unseren Fahnenbräuten zu berichten?«

Katrin räusperte sich. »Ich habe nicht mit dem Schützenvorstand selbst, sondern mit dem Schriftführer telefoniert, da mir Andreas Mayrhofer zu sehr involviert scheint und ich auf eine eher neutrale Aussage zu dem ganzen Thema gehofft hatte.«

»Gute Idee«, murmelte Bäumel.

»Na ja, ganz objektiv ist man in der Funktion natürlich nicht, aber dieser Zirngiebel hat in der Tat einen recht vernünftigen Eindruck auf mich gemacht. Er hat David Mayrhofers Aussage insofern bestätigt, als dass Mayrhofer senior kurz nach seiner Wahl zum Schützenvorstand nicht nur die treibende Kraft beim Thema Fahnenweihe war, sondern auch die Idee einer Fahnenbraut hatte. Die anderen Vorstandsmitglieder fanden es zwar etwas ungewöhnlich, da dieses Amt eigentlich nur bei Feuerwehren üblich ist, aber direkt widersprochen hat ihm niemand. Wobei der Schriftführer nicht versäumte zu erwähnen, dass Mayrhofer wohl auch keinen Widerspruch geduldet hätte. Er scheint dort ein sehr rigoroses Zepter zu schwingen. Wie dem auch sei, alle haben sich dem Vorschlag letztendlich angeschlossen, und mit Elena Ziegler war man sich unisono einig, die beste Wahl getroffen zu haben. Zirngiebel räumte ein, nach der Bekanntgabe von einer gewissen Missstimmung unter den Schützendamen gehört zu haben.

Neben Bernadette Ziegler haben sich wohl zwei weitere Frauen, die ebenfalls schon lange aktive Vereinsmitglieder sind, ziemlich echauffiert. Von einer hat sich sogar der Vater an Zirngiebel gewandt, ob sie ihre Entscheidung nicht noch einmal überdenken könnten.«

»Also ein weiterer Verdächtiger«, seufzte Maiwald.

Katrin hob die Hand. »Moment. Ich habe mir die Namen der betreffenden Schützendamen geben lassen und ihre Alibis überprüft. Die eine ist momentan, samt Familie, auf Fuerteventura. Somit können wir auch besagten Vater ausschließen. Die andere arbeitet als Krankenschwester im Krankenhaus Achdorf, hatte gestern Spätdienst und war laut Stationsleitung durchgehend von vierzehn bis zweiundzwanzig Uhr auf Station.«

»Was ist mit Ehemännern, Brüdern oder Freunden, denen Elena Ziegler womöglich ein Dorn im Auge war?«, fragte Toni Kornbichler.

Du bist nicht nur ein Dorn, sondern ein ganzer Balken, dachte Katrin, ohne aufzusehen.

»Der Freund unserer Krankenschwester ist Pfleger in Achdorf und hat gestern ebenfalls gearbeitet, einen Bruder hat sie nicht und ihr Vater ist bereits verstorben. Der Fuerteventura-Urlaub der anderen ist ein Geschenk zum sechzigsten Geburtstag der Mutter, weshalb auch ihre zwei Brüder und ihr Freund mit dabei sind.« Katrin holte kurz Luft. »Bleibt noch die unwahrscheinliche Möglichkeit eines heimlichen Verehrers, der Elena Ziegler für seine Herzensdame aus dem Weg räumen wollte, aber darauf deutet nichts im Umfeld der beiden Frauen hin.«

»Und dass die Tat von einer der beiden in Auftrag gegeben wurde, halte ich, ehrlich gesagt, für etwas weit hergeholt«, fügte Thorwald hinzu.

»Vor allem da beide Andreas Mayrhofer heute Morgen am Telefon ordentlich haben abblitzen lassen, als der bei ihnen nachfragte, ob sie nicht Elena ersetzen würden.«

»Der hat Nerven!«, rief Bäumel. »Und das einen Tag nach Elena Zieglers Tod!«

»Wie pietätlos«, stellte Maiwald fest.

»So haben es auch die beiden Frauen empfunden. Und ehrlich

gesagt glaube ich ihnen die Entrüstung. Ich hatte nicht das Gefühl, sie spielen mir etwas vor.« Katrin sah von ihren Notizen auf. »Bleibt also unter dem Strich nur Bernadette Ziegler. Ihr Alibi muss ich allerdings noch überprüfen.«

Thorwald kreiste den Namen von Elenas Schwester ein und machte ein dickes Ausrufezeichen daneben. »Keine Angst, die knöpfen wir uns schon noch vor.«

Danach waren die beiden Beamten an der Reihe, die den Thalhammers einen Besuch abgestattet hatten.

»Hannes Thalhammer sah hundeelend aus«, berichtete Petra. »Laut eigener Aussage hat er im Gasthof Leitner von Elena Zieglers Tod erfahren, wo er seit fünfzehn Uhr mit vier anderen Mitgliedern des Neukirchner Fußballvereins im Nebenzimmer saß.«

»Schon wieder so ein Vereinsmeier«, murmelte Maiwald.

»So ist das nun mal, wenn man auf dem Land lebt«, entgegnete Thorwald.

»Sowohl die Wirtin als auch die anderen Gäste haben sein Alibi bestätigt. Er ist erst von dort weg, nachdem du, Torsten, mit Anna Leitner gesprochen hast.«

Robert Thorwald brummte etwas Unverständliches und strich dann Hannes Thalhammers Namen ebenfalls durch. Mit seiner Vorgeschichte – ehemaliger Liebhaber, der nie ganz mit Elena abgeschlossen hatte, zudem offenbar unglücklich verheiratet – hatte sich soeben ein aussichtsreicher Kandidat aus dem Kreis der Tatverdächtigen verabschiedet.

»Etwas anders sieht es dagegen bei seiner Frau, Silvia Thalhammer, aus«, hörte er die Kollegin in diesem Moment sagen.

Kapitel 16

»Vorsicht!«, rief David Mayrhofer.

Nur wenige Zentimeter rauschte das schwere Holzteil an Tobias Schindler vorbei, der seinen rechten Arm im letzten Moment wegziehen konnte. Mit einem dumpfen Geräusch schlug es auf dem roten Teppichboden auf.

»Verdammt, Tobi! Wo hast du denn deinen Kopf?«

»Ent-entschuldige, ich hab nicht aufgepasst. Das kommt nicht wieder vor«, murmelte sein Kollege betreten.

»Nein, kommt es nicht, weil du jetzt deine Sachen packst und nach Hause gehst.«

»Bitte nicht. Ich ... ich will nicht nach Hause. Bitte schick mich nicht weg«, flehte ihn Tobias förmlich an.

»Was ist denn los? Ist es wegen ... Elena?« David musste sich mächtig zusammenreißen. Den ganzen Vormittag hatte er verbissen vor sich hingearbeitet und versucht, alles auszublenden und zu verdrängen. Tobias' Reaktion hatte ihn mit einem Schlag in die Wirklichkeit zurückgeholt. Anders als Bernadette hatte Elena der Schreinerei regelmäßig einen Besuch abgestattet. Wie sehr sich der Chef immer gefreut hatte, wenn sie bei ihm im Büro saß oder sie gemeinsam durch die Ausstellungsräume gingen. Für Elena hatte Xaver Ziegler alles liegen und stehen gelassen, egal wie viel gerade zu tun war. Mit ihrem Aussehen kam sie natürlich auch bei den Jungs gut an. David konnte es ihnen nicht verübeln. Entsprechend niedergeschlagen war die Stimmung während der morgendlichen Besprechung, an deren Ende aber alle ihre Bereitschaft zur Arbeit erklärt hatten.

Tobias' Gesicht färbte sich jetzt dunkelrot. »Nein. Ja, ich ... ich ...«

David legte das Werkzeug zur Seite, mit dem er an der Holzverkleidung der zukünftigen Bar gearbeitet hatte, und ging um den halb fertigen Tresen herum. »Du bist ja total durch den Wind. Geh nach Hause und mach ein paar Tage frei.«

»Nein! Ich will hierbleiben. Du arbeitest doch auch«, sagte Tobias fast trotzig.

»Das ist etwas anderes. Niemand macht dir einen Vorwurf, wenn du nicht arbeiten kannst.«

»Aber ich kann arbeiten!«, rief er.

»Offenbar nicht! Das gerade war doch nicht das erste Mal. Du stehst schon den ganzen Tag völlig neben dir.«

Davids Ärger, der sich gerade verflüchtigt hatte, wallte wieder auf. Seit sie im *Drei Lilien* angekommen waren, werkelte Tobias vor sich hin, als hätte er noch nie ein Werkzeug in der Hand gehalten.

»Tut mir leid.«

David fuhr sich seufzend durch die Haare. »Du musst dich nicht entschuldigen. Wir haben es doch heute Morgen klipp und klar gesagt: Keiner muss die nächsten Tage arbeiten, wenn er nicht kann.«

»Bitte schick mich nicht weg«, flüsterte der Lehrling. »Zu Hause halte ich es nicht aus.«

»Ich bin auch traurig.« Der Satz war schneller raus, als David denken konnte. »Am liebsten würde ich alles kurz und klein schlagen, so verdammt traurig und wütend bin ich über das, was mit Elena passiert ist.«

Tobias sah ihn mit großen Augen an.

»Aber wir helfen dem Chef nicht, wenn wir einen Bock nach dem anderen schießen. Er muss sich jetzt wirklich auf uns verlassen können. Und zwar hundertprozentig!«

»Das kann er, versprochen. Ich strenge mich ab sofort ganz fest an.«

David holte tief Luft. »Also, gut. Meinetwegen. Aber noch so ein Ding, und du gehst nach Hause.«

»Okay. Danke.« Tobias beäugte zerknirscht die Holzverkleidung. »Ist ... ist etwas kaputtgegangen?«

David kniete sich auf den Boden und untersuchte das abgestürzte Bauteil. »Nein. Sei froh, dass hier ein weicher Teppich liegt. Bei Fliesen oder einem Steinboden könnten wir jetzt einpacken. Weißt du eigentlich, wie teuer der Quadratmeter von so einem Edelholz ist?«

Tobias sah mittlerweile aus, als ob er jeden Moment in Tränen ausbrechen würde.

David stieß innerlich mehrere Flüche aus. Es kostete ihn unendliche Überwindung, seinen Gefühlen nicht nachzugeben und alles um sich herum dem Erdboden gleichzumachen. Bisher hatte ihm der Auftrag für das neue Spielcasino des Fünf-Sterne-Hotels großen Spaß gemacht. Auch mit dem Zeitdruck hatte er gut umgehen können. Er hatte ihn sogar noch angespornt. Aber das war vor diesem verdammten Wochenende gewesen. Jetzt funktionierte er nur noch und erledigte die Arbeit, weil man es von ihm erwartete.

Er atmete tief ein und aus. »Also, reiß dich jetzt zusammen.«

Tobias Schindler nickte stumm. Er würde sich anstrengen und keinen einzigen Fehler mehr machen, obwohl er noch nicht wusste, wie er diesen und die nächsten Tage überstehen sollte. Aber er würde den Chef, Elenas Vater, jetzt nicht im Stich lassen. Und die andere Sache, die, von der niemand jemals etwas erfahren durfte, die würde er jetzt auch wiedergutmachen. Er musste! Koste es, was es wolle …

Thorwald drehte sich von der Wandtafel weg und auch die anderen sahen von ihren Unterlagen auf.

»Silvia Thalhammer hat uns gegenüber angegeben, ab dem Nachmittag mit ihrem Sohn zusammen hier in Landshut gewesen zu sein, weil sie einen Stadtbummel machen wollte«, las Petra von ihren Notizen ab. »Allerdings hatte sie weder eine Quittung aus irgendeinem Laden noch hat sie sich in ein Café oder ein Restaurant gesetzt, um eine Pause zu machen. Geparkt hat sie angeblich auf dem Gelände der kürzlich abgerissenen Fabrik in der Nähe des Hauptbahnhofs.«

»Du meinst diese vorübergehende Parkfläche rechts daneben?«, fragte Kornbichler.

»Ja, genau. Da sind keine Parkbuchten eingezeichnet, es gibt keine Schranke und das Gelände wird auch nicht videoüberwacht. In ein paar Wochen existiert die Fläche ohnehin nicht mehr, weil ein neues Hotel gebaut wird. Angeblich ist Frau Thalhammer kurz nach ihrem Mann von zu Hause weg. Ihre Schwiegereltern, die auch auf dem Bauernhof wohnen, fallen als Zeugen leider aus, weil sie erst abends von einem Ausflug mit dem Bauernverband zurückgekommen sind, als sie schon wieder zu Hause war.«

»Es gibt also aktuell keinen Nachweis, dass sie wirklich hier in Landshut war beziehungsweise Neukirchen überhaupt verlassen hat«, stellte Katrin fest.

»Ganz genau. Sie ist mit einem Kleinkind stundenlang durch die Stadt gelaufen, ohne etwas zu kaufen, ohne sich irgendwo aufzuwärmen oder den Kleinen zu wickeln und zu füttern. Eine Überprüfung der Funkdaten ihres Mobiltelefons können wir uns ebenfalls schenken, da sie es angeblich zu Hause liegen gelassen hat. Kurzum: Wir glauben kein Wort von dem, was sie uns erzählt hat.«

Thorwald verschränkte die Arme vor der Brust. »Habt ihr etwas zu ihr gesagt?«

»Ich habe Silvia Thalhammer zweimal gefragt, ob sie ihrer Aussage noch etwas hinzufügen oder diese ändern will. Aber beides wollte sie nicht. Oberflächlich betrachtet wirkte sie sehr resolut, aber damit hat sie meiner Meinung nach nur ihre Unsicherheit überspielt.«

»Die war doch niemals hier in Landshut«, warf Bäumel ein. »Wahrscheinlich saß sie den ganzen Tag zu Hause und hat irgendwann Elena Ziegler an ihrem Fenster vorbeispazieren sehen. Da ist die Eifersucht endgültig mit ihr durchgegangen. Sie ist ihr hinterher, die beiden haben angefangen zu streiten und sie hat ihr einen Stein auf den Kopf geschlagen.«

»Und dann ihre Leiche in den Bach geworfen?«, fragte Katrin.

»Silvia Thalhammer hat eine recht kräftige Statur. Zuzutrauen wäre es ihr. Außerdem könnte sie ja jemanden angerufen und um Hilfe gebeten haben«, gab ihre Kollegin zu bedenken.

»Das müsste doch dann jemand sein, dem sie absolut vertrauen kann.«

»Ihr Mann scheidet auf alle Fälle aus«, schaltete sich jetzt auch Kornbichler ein. »Der saß im Wirtshaus und ob der ihr dabei geholfen hätte, Elenas Leiche wegzuschaffen, darf bezweifelt werden. Aber vielleicht hat sie in ihrer Panik einen nahen Angehörigen angerufen.«

»Silvia Thalhammer hat keine Geschwister. Das haben wir schon überprüft. Ihre Schwiegereltern scheiden auch aus, bleiben noch ihre Eltern, die in Altenberg wohnen.«

»Wann kommen sie und ihr Mann hierher, um ihre Aussagen zu unterschreiben?«, fragte Thorwald, der sich die Diskussion des Teams bisher schweigend angehört hatte.

»Wir haben sie für morgen Nachmittag einbestellt.«

»Gut. Mich überzeugt das Ganze auch nicht recht.« Thorwald drehte sich zu Korbinian Bäumel. »Sind die Kollegen schon mit der Haus-zu-Haus-Befragung in Neukirchen durch?«

»Nein, das dauert mindestens noch zwei Stunden.«

»Wenn Silvia Thalhammer Elena wirklich gefolgt ist, hat sie womöglich jemand dabei gesehen. Warten wir mal ab, was die Kollegen zu berichten haben.« Thorwald ging wieder zur Wandtafel. »Außerdem müssen wir uns ohnehin sämtliche Videoaufzeichnungen von gestern hier aus Landshut ansehen. Jan, Petra, das wird eure nächste Aufgabe. Wir müssen Elena Zieglers Weg durch die Stadt, so gut es geht, rekonstruieren. Und sollte Silvia Thalhammer ebenfalls für mehrere Stunden hier gewesen sein, wird sie irgendwo auf einer Aufzeichnung zu finden sein.«

Die zwei Beamten nickten, wohlwissend, dass eine Marathonaufgabe auf sie warten würde.

»Was sagt denn unser Wirtshausquartett?«, fragte er dann in Richtung Torsten Maiwald.

Sehr zu seinem Unmut musste er nach dessen Bericht weitere Namen auf der Wandtafel durchstreichen. Einer der Herren hatte sich am Tag der Tat bis zum späten Abend auf der Tauffeier seiner Enkelin aufgehalten, zwei nahmen mit anderen Jägern an einer Sitzung der Jagdgenossenschaft teil, sodass schließlich nur Alfons Leidinger übrig blieb, das Altenberger Stadtoberhaupt. Sein Verbleib konnte jedoch noch nicht geklärt werden, da er sich laut Auskunft des Rathauses auf der Bürgermeistertagung des Landkreises befand und erst am nächsten Tag zurückkehren würde.

Thorwald übertrug Torsten Maiwald daher die Durcharbeitung sämtlicher Unterlagen und Gegenstände, die der Erkennungsdienst aus dem Haus der Zieglers und Elenas Spind im Sportheim mitgenommen hatte.

»Die Kisten sind gerade angekommen«, sagte er und wandte sich erneut an Korbinian Bäumel. »Was habt ihr bei Elenas Arbeitgeber herausgefunden?«

»Die Leiterin und die Angestellten der heilpädagogischen Einrichtung wussten ja durch Bernadette Ziegler schon Bescheid. Alle haben einen sehr mitgenommenen Eindruck auf uns gemacht. Elena Ziegler arbeitete seit ihrer Rückkehr aus Kanada dort, zuerst mit geistig behinderten Kindern, seit letztem Sommer mit einer Gruppe junger Erwachsener, wofür sie eigens eine mehrmonatige Fortbildung gemacht hat. Die Leiterin hatte ihr dazu geraten, da sie Elena als sehr geeignet erachtet hatte.«

»Gibt es jemanden aus dem Kollegenkreis, der deshalb zurückstecken musste?«, fragte Katrin.

Korbinian Bäumel winkte ab. »Nein, die sind froh, dass sie überhaupt genügend Personal haben. Offenbar mangelt es überall an Erziehern und pädagogischen Fachkräften.«

»Das stimmt. Du musst dir nur mal die Stellenanzeigen anschauen«, sagte Torsten Maiwald.

Thorwald drehte sich zu ihm. »Seit wann interessierst du dich denn für die Stellenanzeigen? Muss ich mir Sorgen machen?«

»Schmarrn. Meine Freundin will nach Landshut ziehen und sucht gerade nach einem Job.«

»Neben Elena sind noch weitere Erzieherinnen für diese Erwachsenengruppe zuständig«, las Bäumel weiter aus seinen Aufzeichnungen vor. »Sie besteht aus neun Personen, die meisten davon zwischen achtzehn und einundzwanzig Jahren. Drei Teilnehmer sind schon etwas älter, dürfen die Einrichtung aber dank einer Ausnahmegenehmigung des Sozialhilfeträgers besuchen. Alle werden morgens gebracht und bleiben bis halb fünf Uhr dort. Die Betreuung erfolgt sowohl in der Gruppe als auch durch Einzelförderung wie zum Beispiel Logopädie oder Spieltherapie. Für die Gruppenbetreuung stehen normalerweise immer zwei Erzieherinnen zur Verfügung. Die Kosten trägt größtenteils der Bezirk, während die Familien nur die Verpflegung und einen geringen Eigenanteil bezahlen müssen.«

Katrin kritzelte hastig einige Stichworte mit. Hoffentlich hatte Bäumel seinen Bericht bald fertig, damit sie in Ruhe alles nachlesen konnte. Auch Kornbichler schrieb eifrig mit, wie sie feststellte. Matilda dagegen war offenbar in den Entspannungsmodus gewechselt und ruhte mit geschlossenen Augen auf ihren Vorderpfoten.

Bäumel musste kurz in seinen Unterlagen blättern. »Die Baufirma von Andreas Mayrhofer hat nach Elenas Wahl zur Fahnenbraut fünftausend Euro an die Einrichtung gespendet, was auch in der Presse Erwähnung fand. Ansonsten war die Neukirchner Fahnenweihe an Elenas Arbeitsplatz kein großes Thema. Sie hat zwar hin und wieder davon erzählt, aber ohne ins Detail zu gehen.«

»Wie war ihr Verhältnis zu den Arbeitskollegen?«, fragte Thorwald.

»In der Einrichtung arbeiten, vom Hausmeister abgesehen, nur Frauen. Elena kam mit allen gut aus, aber tiefergehende Freundschaften haben sich nicht entwickelt. Sie war nicht unnahbar oder überheblich, sondern einfach gern für sich. Ihre Vorgesetzte meinte, sie hätte Privatleben und Arbeit von Anfang an strikt getrennt und damit hätte auch niemand ein Problem gehabt.«

»So ähnlich hat David Mayrhofer sie gestern auch beschrieben«, bemerkte Katrin.

»Mit ihren Schützlingen kam sie sehr gut zurecht. Sie war sehr einfühlsam und zugewandt und die Aufgabe hat ihr offenbar viel Spaß gemacht. Auch die Aufgabenverteilung mit den anderen Erzieherinnen verlief reibungslos.«

»Fast zu schön, um wahr zu sein«, stellte Thorwald fest. »Haben wir die Daten der Angestellten und der neun Familien?«

Bäumel zog eine Grimasse. »Dafür hätte die Leiterin gerne einen offiziellen Beschluss.«

»Bekommt sie«, entgegnete der Hauptkommissar und machte sich eine Notiz, um den Staatsanwalt darauf anzusprechen. »Sobald der da ist, überprüfst du bitte sämtliche Angestellten der Einrichtung und die besagten Familien. Davor kannst du dir die Mitarbeiter der Schreinerei Ziegler vornehmen. Die Namen findest du auf der Internetseite. Ich will wissen, ob jemand schon einmal straffällig geworden ist, vor allem, ob es Einträge zu Körperverletzung, häuslicher Gewalt oder gewalttätiger Übergriffe gegen Frauen gibt. Marco, wie sieht es denn mit Elena Zieglers Internetpräsenz aus?«

Bäumels Tischnachbar schlug seine Aufzeichnungen auf. »Sehr reduziert. Sie hatte einen Facebook- und einen Instagram-Account, wo sie allerdings nur sporadisch etwas veröffentlicht hat. Meistens Belanglosigkeiten aus der Freizeit, einige Bilder aus der Zeit in Toronto oder aus dem Urlaub. Über die Fahnenweihe findet sich nur ein Post mit dem Veranstaltungsdatum im nächsten Jahr. Diese Lucy ist tatsächlich unter ihren Facebook-Freunden, deren Anzahl insgesamt aber recht überschaubar ist. Einige Arbeitskollegen und ehemalige Klassenkameraden, ein paar Leute aus Neukirchen und Toronto, aber nichts Auffälliges. Hasskommentare und dergleichen gibt es keine.«

Thorwald ging zu seinem Platz und öffnete noch einmal seinen Schnellhefter. Er holte ein Dokument heraus, das er dem Beamten übergab. »Hier ist der richterliche Beschluss für die Überprüfung ihrer E-Mail-Konten, ihres Mobiltelefons und des Hausanschlusses der Familie.«

Dann wandte er sich direkt an Katrin und Kornbichler.

»Katrin, Toni, ihr fahrt bitte zu den Zieglers und sprecht mit ihnen über die Krebsdiagnose. Auch über den Verbleib der Mutter zur Tatzeit wissen wir noch nichts. Und Bernadette Ziegler solltet ihr ebenfalls noch einmal auf den Zahn fühlen. Wir müssen vor allem wissen, ob sie zum fraglichen Zeitfenster im Hotel gesehen wurde oder unbemerkt von dort hätte verschwinden können.«

Katrin saß kerzengerade auf ihrem Stuhl und starrte Thorwald entgeistert an.

»Danach meldet ihr euch bitte kurz bei mir, damit wir über das weitere Vorgehen entscheiden können«, sagte dieser ungerührt und stand auf. »Meine Herrschaften, damit sind alle Aufgaben verteilt. Nächstes Briefing morgen acht Uhr dreißig.«

Katrin drehte sich zu Kornbichler, der bisher kein Wort gesagt hatte und auch jetzt nur mit einem leichten Schulterzucken reagierte.

»Nein, so läuft das nicht«, murmelte sie und folgte Thorwald in sein Büro.

»Das ist jetzt nicht dein Ernst, oder?«, brach es aus ihr heraus, kaum dass sie vor seinem Schreibtisch stand.

Thorwald, bereits in sein Mobiltelefon vertieft, blickte auf und seufzte. »Was meinst du?«

»Toni und ich … zusammen in einem Team … das kannst du doch nicht ernst meinen.«

»Katrin, ich habe jetzt keine Zeit für irgendwelche Befindlichkeiten. Die Aufgabenverteilung für heute steht fest und daran wird auch nicht mehr gerüttelt.«

»Befindlichkeiten? Du weißt ganz genau, dass er und ich nicht miteinander können. Warum teilst du mich dann ausgerechnet mit ihm ein? Und überhaupt dachte ich, du willst selbst mit Elenas Familie sprechen und das niemand anderem überlassen.«

Thorwald legte das Handy zur Seite und schlüpfte in seine Jacke. »Ja, das wollte ich ursprünglich auch. Aber ich habe gleich eine Besprechung mit dem Staatsanwalt, die Zusammenarbeit mit der Bereitschaftspolizei muss koordiniert werden und in zwei Stunden gibt es eine Pressekonferenz. Der gewaltsame Tod einer jungen Frau hat, wie du dir bestimmt vorstellen kannst, ein enormes Echo bei den Medien hervorgerufen.« Er griff nach einem Ordner. »Falls die Zieglers Gesprächsbedarf haben, fahre ich gerne heute Abend nach Neukirchen.«

»Aber … Toni und ich …verdammt noch mal, Robert, du weißt ganz genau …«

»Das Einzige, was ich momentan weiß, ist Folgendes: Irgendwo da draußen läuft jemand herum, der gestern eine Frau erschlagen hat. Und da kann ich doch wohl davon ausgehen, dass ihr beide professionell genug seid, um eure persönlichen Differenzen hinten anzustellen und ordentliche Ermittlungsarbeit zu leisten.« Er sah sie eindringlich an. »Du hast gestern die Zieglers kennengelernt, Toni war heute bei der Obduktion dabei. Ich kann mich nicht um alles selbst kümmern, sondern muss mich jetzt auf euch verlassen können.«

Katrin schluckte schwer, sagte jedoch nichts.

»Was die Einsatzplanung der nächsten Tage angeht, können wir ja noch einmal reden«, fügte Thorwald etwas gemäßigter hinzu. »Aber heute wird an der Teamzusammenstellung nichts mehr geändert.«

Ehe Katrin etwas erwidern konnte, klopfte es an die Bürotür. Fast hatte sie Kornbichler erwartet, doch es war Petra, die am Vormittag Silvia Thalhammer befragt hatte.

»Katrin, Robert, ich habe gerade noch etwas herausgefunden«, sagte sie. »Mir hat dieser Parkplatz am Bahnhof keine Ruhe gelassen. Irgendetwas habe ich darüber vor Kurzem in der Zeitung gelesen. Und das ...«, sie holte ein Blatt Papier aus ihrer Mappe, »habe ich eben online gefunden. Der Parkplatz ist seit vier Tagen gesperrt, weil es einen Wasserrohrbruch gegeben hat und alles aufgebaggert werden musste. Das heißt, Silvia Thalhammer kann dort gestern Nachmittag definitiv nicht geparkt haben.«

»Also hat sie damit schon einmal gelogen. Und wo *eine* Lüge ist ...« Thorwald sah seine Kolleginnen herausfordernd an »Sehr gute Arbeit, Petra. Sobald ihr bei den Zieglers wart, Katrin, fahrt ihr direkt zu den Thalhammers und konfrontiert sie damit. Wir warten auf keinen Fall, bis sie morgen hierher kommt. Bernadette Ziegler können wir danach immer noch unter die Lupe nehmen. Jetzt will ich erst einmal wissen, wo Silvia Thalhammer den Sonntagnachmittag verbracht hat.«

Das Stimmengewirr im Dorfladen verstummte abrupt, als er durch die Tür trat. Lorenz Huber spürte die Neugier der Anwesenden wie Nadelstiche in seinem Rücken, aber ohne sich umzudrehen oder jemanden zu grüßen, ging er direkt zur Kasse. Sogar der Besitzerin verschlug sein Besuch für einen Moment die Sprache. Es musste Jahre her sein, seit Huber das letzte Mal ihren Laden betreten hatte. Wahrscheinlich hatte ihr Bruder ihn zur Einsicht gebracht und er würde jetzt doch das Stuhlgeld bezahlen, dachte sie mit grimmiger Genugtuung.

»Grüß dich, Lorenz.«

»Die *Altenberger Nachrichten* und die *Landshuter Zeitung*, bitte«, sagte er leise.

Roswithas Augenbrauen schossen in die Höhe. »Wie bitte?«

Lorenz wiederholte geduldig seinen Kaufwunsch.

»Jaja, ich hab dich schon verstanden«, erwiderte sie. »Wozu brauchst du denn ...« Mitten im Satz brach sie ab. Erst jetzt bemerkte sie, dass ihr Gegenüber aschfahl im Gesicht war.

»Zeitungen findest du dort hinten im Zeitungsständer«, sagte sie und deutete auf ein Holzregal neben der Eingangstür.

Lorenz holte sich die beiden Tageszeitungen und legte einen verknitterten Fünf-Euro-Schein auf den Tresen. Nach wie vor war es mucksmäuschenstill im Laden. Roswitha erwiderte die fragenden Blicke zweier Kundinnen mit einem Achselzucken, kassierte dann schweigend ab und zählte das Wechselgeld heraus. Lorenz Huber schien sie und die anderen überhaupt nicht wahrzunehmen, sondern überflog bereits das Titelblatt der *Altenberger Nachrichten*.

»Magst vielleicht noch einen Kaffee?«, fragte sie. Und nach einem kurzen Zögern fügte sie hinzu: »Geht heute auch aufs Haus.«

»Äh ... was?« Verwirrt sah Lorenz von seiner Lektüre auf.

»Ob du einen Kaffee magst?«, wiederholte sie eine Spur lauter. »Geht heute ausnahmsweise aufs Haus.« Ihre Augen wanderten zu den Bechern neben der Kaffeemaschine. »Und gibt es auch zum Mitnehmen.«

Er schüttelte den Kopf. »Nein, nein, danke«, murmelte er dann, steckte das Wechselgeld in die Tasche seiner abgetragenen Jacke und verließ grußlos den Laden.

Fast rannte er die wenigen Meter nach Hause. In der Küche legte er beide Zeitungen auf den wackligen Tisch und blätterte sie hektisch durch. In den *Altenberger Nachrichten* wurde Elena Ziegler mit den anderen Meldungen im Polizeibericht erwähnt – anonym, ohne Namen und als mögliches Opfer einer Gewalttat. Ein Randartikel des Lokalteils bezeichnete sie als ortsansässige junge Frau und verwies auf laufende Ermittlungen und eine ausführlichere Berichterstattung in der nächsten Ausgabe. Fast derselbe Wortlaut fand sich auch in der *Landshuter Zeitung*.

Schwer atmend ließ Lorenz sich auf einen der Küchenstühle nieder. Im ersten Moment hatte er beim morgendlichen Besuch der uniformierten Polizisten an seiner Haustür tatsächlich den alten Mayrhofer im Verdacht gehabt, der sie ihm aus irgendeinem Grund auf den Hals gehetzt hatte. Doch die Beamten waren auf der Suche nach Zeugen gewesen, die Elena Ziegler am Vortag nach sechzehn Uhr fünfzehn durch das Dorf hatten gehen sehen, womöglich in Begleitung. Lorenz, der weder Internet noch einen

Radio oder Fernseher besaß, dämmerte erst allmählich, was diese Fragen zu bedeuten hatten. Auf sein Nachfassen faselten die Beamten etwas von einem Todesfall und einem möglichen Gewaltverbrechen, ehe sie kehrtmachten und weitergingen.

Wie ferngesteuert hatte er sich schließlich auf den Weg in den Dorfladen gemacht, in der Hoffnung, wenigstens aus den Zeitungen etwas Genaueres über Elena Ziegler zu erfahren. Obwohl die Berichte noch äußerst vage klangen, bestand kein Zweifel. Sie war tot. Ermordet.

Rastlos ging er in seiner Küche auf und ab. Noch immer glaubte er, ihre Stimme und ihr leises Lachen zu hören. Das konnte, das durfte nicht wahr sein! Warum hatte er sie nur allein gelassen? Warum hatte er nicht darauf bestanden, sie zu begleiten, bei ihr zu bleiben?

Plötzlich durchzuckte ihn ein Gedanke, der alles andere ausblendete. Was, wenn sie ihr Versprechen gebrochen hatte? War sie am Ende deshalb zum Schweigen gebracht worden, weil sie ihr Geheimnis verraten hatte? Aber das hieße ja ... Eine furchtbare Angst bemächtigte sich seines Herzens. Eine Angst, die so tief ging und so wehtat, dass er fast keine Luft mehr bekam.

Großer Gott, nein. Alles, bloß das nicht.

Kapitel 17

Toni Kornbichler hatte sich mittlerweile an einen freien Schreibtisch im Gemeinschaftsbüro gesetzt und dort seine Sachen ausgebreitet. Schweigend hörte er sich jetzt an, wie ihre weiteren Aufgaben für den Nachmittag aussehen würden. Seine Unlust über ihre Zusammenarbeit stand ihm dabei überdeutlich ins Gesicht geschrieben. Mit einem knappen »Okay« stand er schließlich auf und drehte sich zu seiner Schäferhündin um. »Komm, Matilda! Auf geht's!«

Ohne zu zögern, sprang die Hündin von ihrer Decke auf und lief ihrem Herrchen hinterher, das bereits auf den Gang verschwunden war.

Katrin beeilte sich den beiden zu folgen. »Was soll das denn jetzt werden?«, fragte sie auf dem Weg zum Aufzug. Sie bemühte sich gar nicht erst, ihren barschen Tonfall zu unterdrücken.

Kornbichler runzelte die Stirn. »Was?«

»Na, das hier.« Katrin zeigte mit spitzem Finger auf den Schäferhund, der brav neben ihnen vor der Aufzugtür wartete. »Dieser Hund kommt doch wohl jetzt nicht mit?«

»O doch. Ich kann *diesen Hund* nicht den ganzen Tag allein im Büro lassen. Außerdem müssen wir später trainieren.«

Katrin rollte mit den Augen.

»*Dieser Hund* muss als Drogensuchhund regelmäßig üben. Ich fahr mit ihr später noch zum Trainingsgelände.« Kornbichler betrat dicht gefolgt von Matilda den Aufzug. »Außerdem ist mit Robert vereinbart, dass ich sie auf Außeneinsätze mitnehmen darf.«

»Ja dann. Dann ist ja alles bestens geregelt.«

»Ja, ist es. Warum? Hast du ein Problem damit?«

»Ich gehe zu Fuß«, murmelte sie, drehte sich auf dem Absatz um und steuerte das Treppenhaus am anderen Ende des Flurs an.

Das durfte alles nicht wahr sein! Nicht genug, dass sie den ganzen Tag diesen Vollpfosten ertragen musste. Jetzt hatte er auch noch das haarige Ungetüm im Schlepptau. Leise vor sich hin schimpfend stapfte sie die Stufen nach unten und riss die Tür zum Innenhof auf. Wenige Meter vor ihr kamen Kornbichler und Matilda aus dem Gebäude.

»Möchte die gnädige Frau vielleicht vorne sitzen?«, fragte sie, nachdem Kornbichler die Zentralverriegelung seines Wagens betätigt hatte.

»Jetzt, wo du es sagst ...«

Katrin starrte ihn entgeistert an. »Wie bitte?«

»Das war ein Witz. Matilda sitzt selbstverständlich hinten.« Lachend schüttelte Kornbichler den Kopf und öffnete die Autotür. Gehorsam sprang die Hündin auf die Rückbank, wo sie sich auf einer Decke zusammenrollte.

Katrin schluckte den nächsten bissigen Kommentar hinunter. Stattdessen stieg sie wortlos ein und schnallte sich an. Während der Fahrt schaute sie angestrengt zum Fenster hinaus in der Hoffnung, Kornbichler würde sie bis Neukirchen nicht mehr ansprechen, doch den Gefallen tat er ihr nicht.

»Du wirst dich schon noch an sie gewöhnen«, sagte er nach einiger Zeit. »Sie tut dir doch nichts.«

»Jaja. Kommissar Rex on tour«, murmelte Katrin kaum hörbar. Sie kam sich vor wie in einem schlechten Film. Wann war dieser furchtbare Tag nur vorüber?

»Was hast du gesagt?«

»Nichts. Und nur damit du es weißt: Ich werde und will mich weder an dich noch an diese Flohschleuder gewöhnen. Und jetzt lass mich in Ruhe!«

»Wie du meinst«, erwiderte Kornbichler eisig.

Nach einigen Minuten krampfhafter Stille schaltete er das Radio ein. Katrin hätte nur zu gerne den Sender gewechselt, einfach nur, um etwas zu tun, das ihm gegen den Strich ging. Doch das Lied, das gerade gespielt wurde, war eines ihrer Lieblingslieder, weshalb sie ihren Frieden damit schloss, die Arme vor der Brust verschränkte und weiter konzentriert die vorbeiziehende Landschaft beobachtete.

»Wie wollen wir später bei der Befragung von Silvia Thalhammer vorgehen?«, fragte Kornbichler unweit vor Neukirchen und drehte das Radio leiser.

»Wir stellen die Fragen und sie antwortet.«

Er seufzte. »Komm, Katrin. Du weißt genau, was ich meine. Außerdem sollten wir uns auch über den Besuch bei den Zieglers abstimmen.«

»Ach ja?«

Obwohl sie sich lieber die Zunge abgebissen hätte, als es zuzugeben, wusste sie, dass er recht hatte. Als ob er ihre Gedanken lesen konnte, fuhr Kornbichler fort:

»Flo und du seid ein eingespieltes Team, das ist mir schon klar. Aber wir beide …«

»Was fällt dir ein, jetzt mit Flo anzufangen? Flo ist ein Kollege, ein Partner, ein guter Freund. Du dagegen …«

»Ich bin für die Dauer dieser Ermittlungen einer deiner Kollegen, ob dir das nun passt oder nicht. Glaub mir, ich kann mir auch etwas Schöneres vorstellen, als dauernd deine schlechte Laune ertragen zu müssen.«

»Meine schlechte Laune! Ich glaube, du spinnst. Du warst es doch, der …«

In diesem Moment gab Matilda auf der Rückseite ein leises Winseln von sich.

Irritiert drehte Katrin sich um. »Was hat sie denn?«

»Sie mag es nicht, wenn man streitet. Das ist ihr zu laut und zu aggressiv.«

»Ich dachte, Hunde, die bei der Polizei arbeiten, sind auf Lärm und Stress trainiert.«

»Will Fräulein Oberschlau mir jetzt das Verhalten meines Hundes erklären?«

»Ich will nur meine Ruhe haben.«

»Von mir aus. Vergiss aber eines nicht: Je besser wir das Ganze über die Bühne bringen, umso schneller können wir den Fall lösen und du bist mich wieder los. Ein nicht zu unterschätzender Vorteil, oder?«

Erneut drehte Katrin sich zur Seite und schaute eine Weile schweigend aus dem Fenster. Schließlich holte sie Block und Stift aus ihrer Umhängetasche. »Also, was schlägst du vor?«

Anna Leitner beobachtete Gregor Cornelius verstohlen von der Seite. Beim Frühstück hatten sie vereinbart, später gemeinsam nach Landshut in das Kommissariat zu fahren. Jetzt saßen sie nebeneinander in seinem Wagen, doch anders als sonst war der Professor sehr schweigsam. Der vorhergehende Tag hatte ihm zugesetzt, das hatte sie bemerkt, kaum dass er am Morgen aus der Kirche gekommen war. Kein Wunder, sie kämpfte ja selbst noch damit. Und nicht nur sie. Ganz Neukirchen schien unter einem Mantel aus Trauer und Entsetzen zu liegen, der sich wie eine dichte Nebeldecke über den Ort gelegt hatte und alles und jeden zum Verstummen brachte.

Auch wenn an den Gartenzäunen und im Dorfladen geratscht wurde, so war es anders als sonst. Nicht sensationslüstern und neugierig, sondern weil die Menschen sich in ihrem Kummer austauschen wollten. Zu unbegreiflich war das, was sich ereignet hatte. Fast jeder im Dorf kannte die Zieglers, kannte Elena, ihre wunderschöne, warmherzige Tochter. Ja, dachte Anna jetzt, warmherzig, auch wenn sie gerne für sich war und gut allein sein konnte, wie Elena ihr einmal anvertraut hatte. Weshalb manche sie schnell für kühl und eingebildet hielten. Oder für eine berechnende Diva, die den Männern den Kopf verdrehte und sie dann fallen ließ wie eine heiße Kartoffel. Zugegeben, mit Hannes war Elena nicht zimperlich umgegangen. Aber der hatte auch nur immer an sich gedacht und nie gefragt, was sie eigentlich wollte. Ausbrechen, frei sein, sich loslösen vom Elternhaus, das einen mitunter fast erdrückte. Obwohl Anna erst durch die Fahnenweihe mehr Kontakt zu Elena hatte, hatte sie instinktiv gespürt, warum sie sich damals für diesen Schritt entschieden hatte. Elena hatte etwas gewagt, was sie, Anna, sich selbst als junge Frau immer gewünscht, aber sich nie getraut hatte. Sie war geblieben und irgendwann war es dann zu spät für ein Abenteuer gewesen.

Elena war ausgebrochen und hatte für sechs Monate ein neues Leben gelebt. Aber anstatt ihr dieses kleine bisschen Freiheit zu gönnen, hatte Hannes nichts Besseres zu tun gehabt, als beleidigt zu sein und Silvia zu heiraten. Für diese Entscheidung büßte er seit dem Tag seiner Hochzeit, so viel stand für Anna fest. Die Gefühle für Elena waren nicht nur am Vorabend sichtbar geworden, an dem er den halben Tresen mit seinem Weißbier überschwemmt hatte und dann kommentarlos aus der Gaststube gestürmt war. Auch als er vor ihrer Abfahrt nach Landshut mit bleichem Gesicht und hohlen Wangen ins Wirtshaus gekommen war, um sich zu entschuldigen und seine Zeche vom Vortag zu bezahlen, waren seine Trauer und sein Entsetzen fast greifbar gewesen.

»Haben Sie Frau Gebauer getroffen?«, fragte Anna, um überhaupt etwas zu sagen und das Schweigen zu durchbrechen.

Noch wusste sie nicht recht, wie sie den Neuankömmling im Dorf einschätzen sollte. Angela Gebauer war zwar stets sehr freundlich, trotzdem war Anna bisher nicht richtig warm mit ihr geworden. Vielleicht lag es daran, dass Angela für ihren Geschmack etwas zu viel Zeit mit dem Professor verbrachte und er zu viel und zu begeistert von ihr sprach. All das konnte natürlich auch mit ihrem geistig behinderten Bruder zusammenhängen, mit dem Angela Gebauer sehr liebevoll und geduldig umging. Davor konnte Anna nur den Hut ziehen. Trotzdem fiel es ihr schwer, richtige Sympathien für die Frau aufzubringen.

»Ja«, murmelte Cornelius. »Sie und Jonas waren zu Hause und wir haben einen kleinen Spaziergang gemacht.«

»Sie schauen aber nicht sehr begeistert aus.«

»Ach, es ist nur …«

Cornelius wusste selbst nicht, wie er das Gefühl am besten beschreiben sollte. Dass es Jonas schon seit einigen Tagen nicht sehr gut ging und diese körperlichen und psychischen Aufs und Abs bei ihm normal waren, hatte ihm Angela bereits erklärt. Das war es auch nicht, was ihn seit seinem Besuch bei den Gebauers beschäftigte.

»Mein Gott, was rede ich denn!«, rief Anna. »Elena war ja seine Betreuerin in der Einrichtung. Das hat sie mir am Samstag beim Festdamenbitten erzählt, als der Bub ihr so begeistert zugewunken hat. Der arme Kerl.«

»Ja, das macht das Ganze natürlich nicht einfacher«, sagte Cornelius. »Wahrscheinlich war Jonas deshalb nicht so gut drauf.«

»Der arme Kerl«, sagte Anna noch einmal.

Cornelius war froh, in diesem Moment das Polizeigebäude erreicht zu haben. Die Suche nach einer geeigneten Parkbucht und die bevorstehende Zeugenvernehmung lenkten Anna davon ab, weiter über Jonas zu sprechen. Dass er heute nicht in die Einrichtung gegangen, sondern bei Angela zu Hause geblieben war, hatte seine Routine sicherlich gestört und ihm Unbehagen bereitet. Wie Angela war Cornelius jedoch nicht sicher, ob Jonas überhaupt verstand, was mit Elena passiert war und es jemals in seiner ganzen Tragweite erfassen würde. Was Cornelius seit seinem mittäglichen Besuch und dem anschließenden Spaziergang vor allem beschäftigte, war das dumpfe Gefühl tiefsitzender Angst, das von Jonas ausging. Irgendetwas war passiert, vor dem sich Jonas offenbar fürchtete. Aber was?

Im Haus der Zieglers wurden Katrin und Kornbichler zu ihrer Überraschung nicht nur von Elenas Vater und ihrer Schwester, sondern auch von Marianne Ziegler empfangen. Sie saß in einem wuchtigen Sessel, der ihre dunkel gekleidete Gestalt noch kleiner und zierlicher, ihr Gesicht noch blasser erscheinen ließ. Ihre Augen waren vom Weinen gerötet.

»Ich will bei meiner Familie sein und nicht in einem Krankenhaus liegen«, sagte sie leise, aber bestimmt.

»Sie wissen hoffentlich, dass Sie sich jederzeit an meine Kollegin vom Kriseninterventionsdienst wenden können.« Katrin, die neben Kornbichler auf der L-förmigen Couch Platz genommen hatte, drehte sich zu Xaver und Bernadette Ziegler um. »Das gilt für die ganze Familie. Frau Eckmann ist jederzeit für Sie da.«

Marianne Ziegler lächelte zaghaft. »Ja, ich weiß. Sie hat mich heute Morgen im Krankenhaus besucht. Eine sehr herzliche Frau. Ich ... wir verstehen uns gut.«

Xaver Zieglers Gesichtszüge verhärteten sich. »Sie bringt uns Elena auch nicht zurück.«

Er stand direkt hinter dem Wohnzimmersessel, die Hände auf der Lehne abgestützt, während Bernadette Ziegler, in einen schwarzen Hosenanzug gekleidet und das lange Haar zu einem lockeren Knoten gebunden, mit verschränkten Armen an dem gegenüberstehenden Bücherregal lehnte. Katrin hatte sie am Vorabend nur kurz vor der Schreinerei getroffen und betrachtete sie jetzt unauffällig. Man erkannte sofort, dass sie und Elena Schwestern waren. Bernadette war nicht unattraktiv, doch die Merkmale, die Elenas Schönheit ausgemacht und unterstrichen hatten, schienen bei ihr eine andere Wirkung zu entfalten. Die markanten Wangenknochen verliehen ihrem Gesicht einen eher harten Zug, ihrer schlanken Nase fehlte diese gewisse Eleganz und die großen dunklen Augen erinnerten Katrin spontan an die Lesebrille ihrer Oma, hinter deren Gläsern die Pupillen und die Iris immer unnatürlich vergrößert gewirkt hatten. Wie sie so mit leicht verkniffenem Mund vor dem Regal stand, drängte sich unvermittelt das Bild zweier Lager innerhalb der Familie in Katrin auf. Die Eltern gemeinsam auf der einen Seite, die Tochter allein auf der anderen.

Neben ihr räusperte sich Kornbichler. »Frau Ziegler, ich muss Sie das als Angehörige fragen: Wo waren Sie gestern zwischen etwa sechzehn und achtzehn Uhr?«

»Das ist ja wohl unerhört!«, rief Bernadette.

»Es tut mir sehr leid, aber das ist …«

»… schon in Ordnung«, sagte Marianne Ziegler resolut. »Sie tun auch nur Ihre Pflicht. Ich war den ganzen Nachmittag bei meiner Schwester Martha Stöttner in Allkofen und habe mit ihr und zwei Nachbarinnen Kürbisse eingekocht.« Ihr Blick wanderte zu Katrin. »Sie waren gestern Abend ja hier, als ich von dort zurückgekommen bin.«

Bernadette zog die Augenbrauen in die Höhe, verzichtete jedoch auf einen weiteren Kommentar. »Gibt es schon irgendwelche Neuigkeiten?«, fragte sie stattdessen.

Kornbichler nickte Katrin unmerklich zu.

»Wir ermitteln momentan noch in alle Richtungen. Ich versichere Ihnen, wir arbeiten mit Hochdruck an der Aufklärung und informieren Sie umgehend, sobald neue Erkenntnisse vorliegen.« Katrin legte Thorwalds Visitenkarte auf den Glastisch. »Falls Sie direkt mit dem leitenden Ermittler, Hauptkommissar Robert Thorwald, sprechen wollen, können Sie ihn jederzeit anrufen.«

»Heute Nachmittag wird eine erste Pressekonferenz mit ihm und dem zuständigen Staatsanwalt stattfinden«, fügte Kornbichler hinzu. »Bitte bereiten Sie sich darauf vor, dass die Medien sehr ausführlich über den Fall berichten und Journalisten womöglich auch hier und in Ihrer Schreinerei auftauchen werden.«

»Sollen wir einen Anwalt einschalten?«, fragte Bernadette

»Die Medien werden selbstverständlich gebeten, Ihre Privatsphäre zu respektieren, aber ob das ausreicht ...«

»Ich werde mit meinem Chef sprechen. Er kennt einen sehr guten Medienanwalt, der ihm vergangenes Jahr bei der Strafsache seines Sohns geholfen hat.«

»Dieses kriminelle Früchtchen hat sich sein Schlamassel selbst eingebrockt, aber Elena kann nichts dafür, was mit ihr passiert ist!«, rief Xaver Ziegler.

»Das wird der Presse ziemlich egal sein«, erwiderte Bernadette.

»Da kann ich Ihrer Tochter nur zustimmen«, sagte Kornbichler. »Es schadet bestimmt nicht, wenn Sie anwaltliche Unterstützung haben. Elena wurde heute Morgen in München obduziert. Der erste Verdacht, dass sie Opfer einer Gewalttat wurde, hat sich dabei bestätigt.«

Marianne Ziegler schluchzte leise, ihr Mann versteinerte.

Bernadette atmete hörbar ein. »Hat man sie ...?«

»Nein«, antwortete Kornbichler rasch. »Ihre Schwester wurde nicht vergewaltigt. Sie wurde niedergeschlagen und war danach sofort bewusstlos.«

Bernadette kämpfte jetzt sichtbar mit den Tränen. »Sie musste nicht ... leiden?«

»Nein. Sie hat es nicht mehr gespürt.«

»Soll mich das jetzt etwa trösten?«, herrschte Xaver Ziegler Kornbichler an.

»Für mich ist das durchaus ein Trost«, sagte seine Frau. Die Schärfe in ihrer Stimme mochte so gar nicht zu ihrem zierlichen Wesen passen, aber auch jetzt verfehlte sie ihre Wirkung nicht. Die Hände ihres Mannes verkrampften leicht, doch er vermied jeglichen Kommentar.

Um den nächsten Satz beneidete Katrin ihren Kollegen nicht. »Bei der Obduktion wurde darüber hinaus ein inoperabler, bösartiger Gehirntumor entdeckt«, sagte Kornbichler.

»Was soll das heißen?«, rief Bernadette. »Elena hatte ... Krebs?«

»Ja.«

»Und … und daran wäre sie gestorben, wenn sie nicht …«

»Ja, höchstwahrscheinlich innerhalb der nächsten sechs bis zwölf Monate.«

Kornbichler hielt sich tapfer, so viel musste Katrin ihm zugestehen. An der Diagnose gab es schlicht nichts zu beschönigen und die Familie hatte ein Recht auf die volle Wahrheit, auch wenn sie schmerzhaft war.

Xaver Ziegler schüttelte energisch den Kopf. »Nein! Das kann nicht sein! Meine Tochter war kerngesund.«

»Es besteht leider kein Zweifel. Der Befund der Rechtsmedizin ist eindeutig. Haben Sie denn bei Elena in der letzten Zeit irgendwelche Symptome bemerkt? Schwindel? Kopfschmerzen? Konzentrationsprobleme?«

»Nein«, flüsterte Marianne Ziegler.

»Natürlich nicht! Ich sagte Ihnen doch gerade …«

»Ja.« Bernadettes Antwort ließ ihren Vater verstummen. Alle Augen waren jetzt auf sie gerichtet.

»Neulich abends beim Training … Elenas Hände haben stark gezittert und sie konnte das Gewehr nicht ruhig halten. Ich selbst war nicht dabei, aber eines der Mädels hat es mir erzählt. Sie meinte, sie hätte starke Kopfschmerzen gehabt und das Training abgebrochen.«

»Warum hast du uns denn nicht Bescheid gesagt?«

»Ihr wart in Österreich im Urlaub, Papa. Meine Güte, ich dachte, sie hat Migräne! Was hättest du denn getan, wenn ich dich angerufen hätte? Du hättest dich wieder nur furchtbar aufgeregt, aber ihr auch nicht helfen können.«

»Hört auf zu streiten«, sagte Marianne Ziegler leise.

»Ich streite nicht! Ich darf ja wohl noch wissen, wenn meine Tochter krank ist.«

»Deine Tochter! Deine Tochter! Weißt du eigentlich …« Bernadette starrte ihren Vater wütend an.

»Was?«

»Ach, lass mich in Ruhe.« Mit Tränen in den Augen drehte Bernadette sich um und rannte aus dem Wohnzimmer.

»Bleib doch hier!«, rief ihre Mutter verzweifelt.

»Ich schau mal nach ihr.« Rasch stand Katrin von der Couch auf.

Sie musste nicht lange suchen und fand Bernadette in der Küche, wo sie mit verschränkten Armen am Fenster stand und in den Vorgarten hinausstarrte.

Katrin berührte sie sachte am Oberarm. »Alles in Ordnung, Frau Ziegler?«

»Seit sie diesen gottverdammten Zeckenbiss hatte, geht das so. Elena hier und Elena da.« Abrupt drehte sie sich zu Katrin um. »Wenn er wüsste, wie sehr Elena diese Überfürsorge auf die Nerven ging. Niemals hätte sie gewollt, dass ich meine Eltern im Urlaub anrufe. Aber das merkt er ja gar nicht.« Sie griff in die Taschen ihres schwarzen Blazers und holte einen hellgelben Papierstreifen hervor, den sie Katrin entgegen hielt. »Am Tag nach dem missglückten Training habe ich sie abends zufällig am Schießstand im Sportheim getroffen. Sie hat dort ganz allein trainiert beziehungsweise hat es offenbar versucht. Sie sehen ja, was dabei herausgekommen ist.«

Katrin beäugte die Zielscheiben kritisch. Nur eine davon enthielt einen Treffer.

»Nicht einmal als blutige Anfängerin hat meine Schwester so schlecht geschossen. Als sie mich gesehen hat, hat sie Hals über Kopf ihre Sachen zusammengepackt und ist nach draußen gestürmt. Dabei hat sie das gute Stück verloren. Ich habe mir nichts dabei gedacht. Bei ihr war letztens viel los gewesen. Eine neue Aufgabe in der Arbeit, die Fahnenweihe …«

»Im Schützenverein war nicht jeder davon begeistert, dass Ihre Schwester Fahnenbraut wurde. Oder irre ich mich da?«

»Sie meinen, *ich* war nicht davon begeistert.« Bernadettes Augen füllten sich erneut mit Tränen.

Katrin sah sie abwartend an.

»Wissen Sie, was mich am meisten gekränkt hat? Nicht dass Elena Fahnenbraut wurde. Nein! Ich bin beruflich sehr eingespannt und hätte das Amt schon zeitlich nicht geschafft. Aber dass mein Vater noch nicht einmal *auf die Idee kam*, mich zu fragen!«

»Dann hatte Andreas Mayrhofer nicht von vornherein an Elena gedacht?«

»Nein! *Der* wollte einfach nur eine Fahnenbraut, um sich von den anderen Schützenvereinen abzuheben. Mein Vater hat direkt Elena vorgeschlagen, als Mayrhofer bei uns auf der Matte stand.

Ich war an dem Tag zufällig hier. ›Freilich, Andreas, das ist eine gute Idee‹, hat er gesagt. ›Das macht die Elena. Da wird sie sich freuen.‹ Keine Sekunde hat er an mich gedacht, obwohl ich keine fünf Meter daneben stand.«

»Vielleicht hat Ihr Vater schon geahnt, dass Sie ablehnen würden, weil er weiß, wie viel Sie im Hotel zu tun haben?«

Bernadette stieß einen verächtlichen Laut aus. »Mein Vater weiß überhaupt nichts von mir und meinem Leben. Meine Ausbildung, meine Karriere, meine Auslandsaufenthalte in den letzten Jahren ... das alles wurde stets kommentarlos zur Kenntnis genommen. Aber was glauben Sie, was hier los war, bevor Elena sechs Monate nach Kanada gegangen ist?«

»Haben Sie die Entscheidung Ihrer Schwester nicht unterstützt?«

»O doch! Ich war nach meiner Ausbildung selbst in England und Frankreich. So gerne ich in meine Heimat zurückgekehrt bin, diese Jahre im Ausland würde ich niemals missen wollen. Es war höchste Zeit, dass sie aus diesem ganzen Mief hier rauskam. Anfangs hat er tatsächlich darüber nachgedacht, mit ihr zusammen nach Toronto zu fliegen und die ersten Tage dort zu bleiben. Nur mit Mühe hat sie ihm das schließlich ausreden können.« Ihre Augen weiteten sich. »Glauben Sie, ihre Krebserkrankung hat etwas mit ihrer Ermordung zu tun?«

»Noch stehen wir ganz am Anfang, aber momentan deutet nichts darauf hin. Es scheint ja niemand, Elena eingeschlossen, davon gewusst zu haben.«

Katrin hörte, wie sich Schritte der Küche näherten. Sekunden später erschien Kornbichler im Türrahmen.

»Brauchen Sie mich noch?«, fragte Bernadette Ziegler. »Ich muss doch sicherlich ein Protokoll unterschreiben?«

Katrin reichte ihr eine Visitenkarte. »Rufen Sie mich in den nächsten Tagen an, dann vereinbaren wir einen Termin.«

»Wann können wir sie eigentlich beerdigen?«

»Das habe ich gerade mit Ihren Eltern besprochen«, sagte Kornbichler. »Das Bestattungsinstitut soll sich mit der Rechtsmedizin in Verbindung setzen. Elenas Leiche dürfte zeitnah freigegeben werden.«

Katrin entging nicht, dass Bernadette bei den Worten sichtbar zusammenzuckte. Aber ausnahmsweise konnte sie Kornbichler keinen Vorwurf machen. Was sollte er denn sonst sagen? Ein Todesfall war für jede Familie eine Katastrophe.

»Meinem Kollegen sagten Sie gestern, Sie hätten seit Samstag Spätnachmittag Wochenenddienst im Hotel gehabt?«

»Ja, warum?«

»Waren Sie die ganze Zeit im Dienst und mit Ihren Kollegen zusammen?«

»Ich war selbstverständlich die ganze Zeit im Dienst und für die Angestellten zu erreichen. Das ist Sinn und Zweck vom *Weekend-Duty*. Aber deshalb sind nicht ständig irgendwelche Leute um mich herumgeschwirrt. Ich habe schließlich auch Aufgaben zu erledigen, die speziell den Direktionsbereich betreffen. Und dieser umfasst nur Herrn Gruber, seine Frau und mich.«

»Das heißt, es gibt durchaus Zeiträume, in denen Sie allein gearbeitet haben?«

»Ja, die gibt es«, erwiderte Bernadette Ziegler eisig. »Und jetzt entschuldigen Sie mich bitte. Ich muss mich um meine Eltern kümmern.«

»Was hast du denn da?«, fragte Kornbichler

Sie waren auf dem Weg zum Auto, wo Matilda sie schon schwanzwedelnd und mit gespitzten Ohren erwartete.

Katrin reichte ihm den Streifen mit Elenas Zielscheibe und erzählte vom Gespräch mit Bernadette. »Die Sache mit dem Krebs muss die Familie erst einmal verdauen. So wie es aussieht, hat tatsächlich niemand etwas von der Krankheit gewusst.«

Kornbichler entsperrte die Zentralverriegelung. »Was meinst du? Wie haben wir es gemacht?«

Gegen ihren Willen musste Katrin lächeln. »Ich glaube, wir haben uns ganz gut geschlagen.« Dann wurde sie wieder ernst. »Wir müssen auf alle Fälle noch einmal ins *Drei Lilien* und Bernadettes Alibi genau auf den Zahn fühlen. Diese ganze Fahnenbrautangelegenheit hat ihr sehr zugesetzt.«

»Ja, aber jetzt ist erst einmal Silvia Thalhammer an der Reihe. Ich bin gespannt, was sie zu ihrem Sonntagnachmittag zu sagen hat.«

Kapitel 18

Bernadette Ziegler stand am Fenster und wartete, bis das Auto mit den Kommissaren losgefahren war. Dann schloss sie die Küchentür und holte ihr Mobiltelefon aus der Jackentasche.

Die Textnachrichten, die sie wegen Elena erreicht hatten, ignorierte sie. Hektisch suchte sie nach einem Kontakt in ihrem Adressbuch und wählte die Nummer. Sie hatte eigentlich nicht damit gerechnet, dass sich jemand meldete, sondern sich schon auf die Mailbox vorbereitet. Erwartungsgemäß war ihr Gegenüber über ihren Anruf alles andere als erfreut.

»Was los ist? Das fragst du noch! Die Polizei war gerade hier. Sie wollten wissen, ob ich gestern die ganze Zeit im Hotel war«, rief Bernadette aufgebracht.

Ungeduldig lauschte sie den Ausführungen am anderen Ende der Leitung.

»Offiziell, ja. Aber du weißt ganz genau, dass ich nicht ununterbrochen dort war. Diese Kommissarin hat mich ohnehin schon auf dem Kieker. Über kurz oder lang schlagen die im *Drei Lilien* auf. Und dann?«

Sie begann, in der Küche auf und ab zu gehen. »Was heißt hier, ich hätte das souveräner lösen sollen? Ich kann doch nicht irgendeinen Angestellten aus dem Hut zaubern, der behauptet, mich die ganze Zeit gesehen zu haben, wenn dem nicht so ist.« Fast schrie sie ihre nächste Antwort ins Telefon. »Nein, das werde ich ganz bestimmt nicht machen.« Abrupt blieb sie stehen. »Ich kann aber nicht ruhig bleiben und darauf hoffen, dass die Polizei sich damit zufriedengibt. Du musst mir helfen! Ich brauche ein Alibi. Du musst denen sagen …«

Rüde fiel ihr Gesprächspartner Bernadette ins Wort. Gegen ihren Willen fing sie an zu weinen. »Ich weiß, was wir ausgemacht haben, aber du kannst mich doch jetzt nicht im Stich lassen!«

Die Erwiderung am anderen Ende der Leitung ließ daran keinen Zweifel. Da schoss ihr die Zornesröte ins Gesicht. »Mein

Problem? Nein, das ist sehr wohl auch dein Problem. Also, sieh gefälligst zu, wie ich zu einem Alibi komme. Oder du wirst es bitter bereuen.«

Es dauerte eine Weile, bis Silvia Thalhammer auf das Klingeln der Kommissare reagierte und ihnen die Tür öffnete. In ihren Armen lag ein wild strampelndes Kleinkind, das sich mit hochrotem Kopf aus ihrem Griff zu befreien versuchte. Rotgelbe Spuren auf Silvia Thalhammers hellblauem Pullover ließen Katrin vermuten, dass sie gerade versucht hatte, ihren Sohn zu füttern – mit mäßigem Erfolg, wie ihnen der Kleine mittels lautstarken Gebrülls mitteilte.

»Muss das jetzt sein? Leopold isst gerade«, sagte sie. »Außerdem komme ich doch morgen ohnehin zu Ihnen nach Landshut.«

»Es haben sich neue Ermittlungsansätze ergeben, die nicht bis morgen warten können«, sagte Katrin laut, um das Geschrei zu übertönen.

»Also gut«, seufzte Silvia Thalhammer. »Dann kommen Sie halt herein.« Sie wiegte ihren Sohn sanft hin und her. »Ja, ist ja schon gut.« Nur knapp entging sie Leopolds kleiner Faust. »Ich weiß auch nicht, was heute los ist. Normalerweise ist er so brav.«

Katrin beäugte misstrauisch das wütende Bündel, als sie bemerkte, dass Kornbichler einige Schritte zurückgegangen war.

»Was ist?«, fragte sie.

»Ich hätte vielleicht eine Lösung für den kleinen Mann.«

Katrin erstarrte. Wahrscheinlich wollte er das Kind so lange in den Kinderwagen packen und im Freien stehen lassen, bis sie die Befragung seiner Mutter ungestört über die Bühne gebracht hatten. Und das bei dichtem Nebel und Temperaturen um die fünf Grad.

Rasch ging Kornbichler zum Auto und öffnete die hintere Wagentür. »Komm, Matilda.«

Sofort sprang die Schäferhündin heraus und folgte ihm Richtung Haus, wo Leopold gerade zu einer neuen Schreitirade ansetzte.

»Wuff.«

Von einer Sekunde auf die andere verstummte das Kind und starrte Matilda mit großen Augen an. Diese bellte noch einmal, aber nicht laut und bedrohlich, sondern ganz leise. Fast schien es, als ob sie und Leopold einer geheimen Kommunikation folgen würden.

»Wauwau«, kam es in diesem Moment aus dessen Mund, gefolgt von einem glucksenden Lachen.

»Ja, das ist ein Wauwau«, sagte Kornbichler grinsend.

»Mei, bist du auf einmal so brav«, sagte Silvia Thalhammer. Leopold streckte jetzt begeistert seine Händchen nach der Hündin aus, die ihrerseits freudig mit dem Schwanz wedelte und aufgeregt hin und her tänzelte.

»Würde es Ihnen etwas ausmachen, wenn wir sie mit hineinnehmen?«

»Äh … nein, das passt schon. Bitte kommen Sie.«

Silvia Thalhammer trat zur Seite und ging ihnen ins Hausinnere voraus. Katrin wartete, bis Kornbichler samt Hund im Flur verschwunden war, ehe sie die Tür hinter sich schloss. Das begeisterte Juchzen des Kindes war nicht zu überhören. 1:0 für den Wauwau, dachte sie und wusste selbst nicht, warum sie dabei lachen musste.

Nachdem Silvia Thalhammer Leopold in ein Kinderstühlchen gesetzt und Matilda direkt daneben Platz genommen hatte, blickte sie die Kommissare erwartungsvoll an.

»Weswegen sind Sie hier?«, fragte sie.

Sie hatte die Besucher in die Küche gebeten, wo es nur eine kleine Sitzecke mit einer Bank und einem freien Stuhl gab. Wie an dem vollgekleckerten Tischtuch, dem Lätzchen und der halb leeren Breischüssel unschwer zu erkennen war, hatte sie zuvor versucht, ihren Sohn dort zu füttern. Sie nahmen daher mit Stehplätzen vorlieb – Kornbichler hatte den Kühlschrank im Rücken, Katrin lehnte an der Arbeitsfläche rechts vom Herd. An einer Pinnwand entdeckte sie einige Fotos. Das Hauptmotiv war eindeutig Leopold, aber auch von seinen Eltern gab es ein Bild – Katrin vermutete, dass es sich um seine Taufe handelte – und von

Hannes, umringt von einer Gruppe Männer in grün-weißen Fußballtrikots. Katrins Aufmerksamkeit wanderte zurück zu Silvia Thalhammer. Die Hausherrin, die ebenfalls stehen geblieben war und die Arme vor der Brust verschränkt hatte, wollte ihren Besuch offenbar schnellstmöglich über die Bühne bringen. Lediglich Leopold und Matilda, die einander immer noch aufmerksam musterten, schienen Gefallen an der Situation zu finden.

»Sie haben heute Morgen ausgesagt, Sie seien gestern Nachmittag bis nach siebzehn Uhr in Landshut gewesen und hätten dort einen Stadtbummel gemacht«, begann Katrin ohne Umschweife.

»Ja. Und?«

»Ihren Wagen haben Sie dabei auf dem temporären Parkplatz neben dem Hauptbahnhof abgestellt?«

»Ja. Das alles habe ich auch schon Ihren Kollegen erzählt.«

»Wollen Sie Ihrer Aussage von heute Morgen irgendetwas hinzufügen oder diese noch einmal überdenken?«

»Nein, auch das habe ich Ihren Kollegen bereits gesagt.«

»Auf dem Parkplatz neben dem Hauptbahnhof gab es vor vier Tagen einen Wasserrohrbruch. Die gesamte Fläche ist aufgebaggert. Sie können Ihren Wagen dort also nicht geparkt haben.«

Silvia Thalhammers rechtes Augenlid zuckte unmerklich.

»Dann hab ich mich eben geirrt und ich hab woanders geparkt. Ist denn das so wichtig?«

»Wo haben Sie geparkt?«, fragte Kornbichler.

»Mein Gott, irgendwo halt!«, erwiderte sie ungehalten.

»In einem Parkhaus? Dort würde es Videoüberwachung geben und wir könnten Ihre Ein- und Ausfahrt ganz leicht nachvollziehen.«

»Nein. Ich mag keine Parkhäuser. Es war irgendwo auf der Straße.«

»In welcher Straße?«, setzte Kornbichler ungerührt nach.

»Das weiß ich nicht mehr! In irgendeiner Straße eben. Ist das hier ein Verhör, oder was?«

»Nein, Frau Thalhammer. Das ist lediglich eine Befragung, die Sie selbstverständlich jederzeit beenden können«, sagte Katrin.

Ein triumphierendes Lächeln huschte über ihr müdes Gesicht.

»Gut. Dann mache ich das hiermit. Sie finden allein raus?«

»Ja, ich denke schon. Aber eines sollten Sie noch wissen: Die Kollegen sind gerade dabei, sämtliche Videoaufnahmen aus der Landshuter Innenstadt zu überprüfen. Wenn Sie also dort waren, sind Sie bestimmt auf einer Aufnahme zu sehen. Falls Sie allerdings nirgendwo zu finden sind, wird das unsere Zweifel an der Richtigkeit Ihrer Aussage verstärken. Wie ich den leitenden Ermittler einschätze, wird er diese Zweifel teilen und die Staatsanwaltschaft informieren, die Ihnen zeitnah eine Vorladung zukommen lassen wird.«

»Sollten Sie dieser nicht nachkommen, werden die Kollegen Sie mit einem Streifenwagen abholen«, fügte Kornbichler hinzu.

Silvia Thalhammers Wangen färbten sich dunkelrot. Schließlich räusperte sie sich.

»Kann ... kann ich Sie einen Augenblick allein sprechen, Frau Abel?«, fragte sie dann.

»Nein, das geht leider nicht. Auch bei einer Befragung müssen immer zwei Beamte anwesend sein.«

Katrin hörte Kornbichler geräuschvoll einatmen. »Wir könnten allerdings eine zweite weibliche Beamtin hinzuziehen, wenn Ihnen das lieber ist«, sagte er ruhig.

Silvia Thalhammer schüttelte den Kopf. »Jetzt ist es auch schon egal.« Sie machte unvermittelt einen Schritt nach vorne und griff nach ihrer Handtasche, die über der Stuhllehne hing. Aus den Augenwinkeln nahm Katrin wahr, wie Kornbichler blitzschnell unter seine Jacke fasste. Alarmiert beobachtete sie Silvia Thalhammer, die von seiner Reaktion jedoch nichts mitbekommen hatte und nach kurzem Suchen einen Prospekt hervorholte. Sie sah Katrin direkt an, als sie ihr das leicht zerknitterte Faltblatt reichte. »Sie haben recht. Ich war gestern nicht in Landshut. Ich war ... in dieser Schönheitsklinik.«

Kornbichler ließ seinen Arm sinken. »Wo waren Sie?«

»Sie haben schon richtig gehört. Ich war in einer Schönheitsklinik«, sagte Silvia und begann leise zu schluchzen.

Katrin hatte sich schnell wieder gefangen. »Jetzt setzen Sie sich erst einmal hin und dann erzählen Sie uns alles schön der Reihe nach.« Sie sah sich in der aufgeräumten Küche um. Auf der Anrichte hinter ihr befand sich ein Wasserkocher. »Soll ich Ihnen einen Tee machen?«

Silvia Thalhammer ließ sich auf den Stuhl fallen. »Nein, danke. Es geht schon.« Sie zog ein Kosmetiktuch aus der Schachtel auf dem Tisch und wischte sich damit die verschmierte Wimperntusche von den Wangen.

»Wo ist eigentlich Ihr Mann?«, wollte Kornbichler wissen.

»Unterwegs. Er wollte irgendetwas erledigen. Fragen Sie mich aber bitte nicht, was.«

Matilda, die jede Bewegung mit gespitzten Ohren verfolgt hatte, gab ein leises Winseln von sich und setzte sich dann direkt neben Silvia Thalhammers Füße. Leopold quittierte das Ganze mit lautem Juchzen.

»Also, Frau Thalhammer. Dann schießen Sie mal los«, sagte Katrin. Sie hatte den Prospekt überflogen und ihn Kornbichler in die Hand gedrückt, um Stift und Block aus ihrer Umhängetasche zu holen.

Zögernd begann Silvia Thalhammer zu sprechen. »Seit einiger Zeit sind regelmäßig Werbeanzeigen und Berichte über diese Klinik in der Zeitung. Ich hab sie zuerst vollkommen ignoriert, aber dann bin ich irgendwann doch hängen geblieben. Die Klinik ist vor Kurzem neu eröffnet worden und hat deshalb gestern einen Tag der offenen Tür veranstaltet. Ich ... ich hatte ursprünglich nicht vor, wirklich dort hinzufahren. Das Ganze erschien mir geradezu lächerlich. Ich in einer Beauty-Klinik – ausgerechnet ich! Aber dann hat Hannes mir beim Mittagessen mitgeteilt, dass er später noch ins Wirtshaus gehen würde, weil sie irgendetwas wegen Fußball besprechen wollten.« Es war nur allzu offensichtlich, was Silvia Thalhammer davon hielt. »Ich hatte keine Lust, wieder einen Sonntagnachmittag allein hier zu sitzen und darauf zu warten, dass mein Mann endlich einmal Zeit für seine Familie hat. Also hab ich mir gedacht, warum eigentlich nicht? Ich hab ihm gesagt, ich würde nach Landshut fahren, und das auch meiner Schwiegermutter geschrieben, damit sie Bescheid weiß, wenn sie von ihrem Ausflug zurückkommt und keiner da ist.«

Katrin hob fragend die Augenbrauen.

»Meine Schwiegermutter ist gerne über alles informiert, was sich hier in unserem Haus abspielt. Andernfalls hätte sie uns beide wieder mit endlosen Anrufen bombardiert.«

»Ich verstehe.«

Silvia lachte freudlos. »Das glaube ich kaum. Auf alle Fälle bin ich dann bei meiner Geschichte geblieben. Ich konnte Ihren Kollegen ja schlecht sagen, wo ich wirklich war.« Nervös zerrupfte sie das Papiertaschentuch. »Eine Schönheitsklinik! Mir war das Ganze so furchtbar peinlich.«

Katrin warf Kornbichler einen warnenden Blick zu, doch dieser starrte immer noch auf den Prospekt, als hätte sie ihm eine geladene Waffe in die Hand gedrückt.

»Wann sind Sie denn von dort zurückgekommen? Die Klinik liegt ja eine knappe Autostunde von Neukirchen entfernt.«

»Man konnte vor Ort spontan Beratungsgespräche mit den anwesenden Ärzten vereinbaren. Ich hatte um halb fünf einen Termin und war dann erst gegen halb sieben zu Hause.«

»Können Sie mir den Namen des Arztes sagen? Und wo war eigentlich Ihr Sohn? Hatten Sie ihn mit dabei?«

Silvia griff erneut in ihre Handtasche und reichte Katrin eine Visitenkarte. »Das ist der Arzt, mit dem ich gesprochen habe. Und ja, Leopold war dabei. Die haben dort eine eigene Kinderbetreuung. Leopold hat die ganze Zeit so schön gespielt. Er hatte richtig Spaß.«

Katrin fotografierte die Visitenkarte mit ihrem Mobiltelefon ab und gab sie dann an Silvia Thalhammer zurück.

»Sie war so wunderschön, wissen Sie«, sagte sie leise. »Elena. Sie war eine so wunderschöne Frau. Ich dagegen ... ich ... ich wollte einfach nur ein bisschen aussehen wie sie.«

»Ich fasse es nicht!«, rief Kornbichler. »Eine Schönheits-OP! Und deswegen tischt sie uns so einen Bären auf.« Er öffnete die hintere Wagentür und Matilda sprang brav auf die Rückbank.

Katrin stopfte Block und Stift zurück in ihre Umhängetasche. »Dass du das nicht nachvollziehen kannst, ist mir klar. Sich in andere Leute hineinzuversetzen und zu versuchen, sie zu verstehen, liegt dir natürlich völlig fern.«

»Was soll das denn jetzt wieder heißen?«

»Silvia Thalhammer hat das Gefühl, ihrem Mann nicht zu genügen. Nicht schön und begehrenswert genug zu sein. Kannst du dir auch nur annähernd vorstellen, wie furchtbar sich das anfühlen und wie verzweifelt sie sein muss, um sich dafür sogar unters Messer zu legen?«

Kornbichler schüttelte den Kopf. »Sie tut ja gerade so, als würde sie aussehen wie Quasimodo höchstpersönlich. Dabei ist sie eine ganz normale Frau, die so einen Beauty-Schmarrn überhaupt nicht nötig hat.«

»Ganz normal – tolles Kompliment. Das hört eine Frau wirklich gern!«

»Ich sehe auch nicht aus wie ein zweiter George Clooney und hänge mich trotzdem nicht auf, wenn ich in den Spiegel schaue.«

Der Spiegel, der für dein aufgeblasenes Ego groß genug ist, muss erst noch gebaut werden, dachte Katrin.

»Und wofür das ganze Theater?«, ereiferte sich Kornbichler weiter. »Für diesen Trottel von Ehemann, dem seine Familie vollkommen egal ist und der lieber einer anderen Frau hinterherschmachtet, aber dann zu feige ist, um dieses Trauerspiel zu beenden.«

»Das sagt sich so leicht, vor allem wenn ein Kind da ist.«

»Das eine hat doch mit dem anderen nichts zu tun. Er bleibt Leopolds Vater, dafür müssen die beiden kein Paar mehr sein. Wenn er sich wirklich für sein Kind interessiert, dann kriegt er auch eine vernünftige Vater-Sohn-Beziehung auf die Reihe. Aber der …« Kornbichler drehte sich um und deutete auf das Wohnhaus, »… der muss wahrscheinlich noch an den Geburtstag seines Sohns erinnert werden, damit er ihn nicht vergisst. Unsere kleine heilige Familie war in den letzten Wochen und Monaten bestimmt sehr glücklich. Auf so ein Zusammenleben pfeife ich doch!«

Das Klingeln ihres Mobiltelefons hielt Katrin von einer weiteren Antwort ab. Während sie ihre Tasche danach durchwühlte, stieg Kornbichler ein und startete den Motor.

»Jetzt warte auf mich!«, rief sie und kletterte mit dem Handy am Ohr auf den Beifahrersitz.

Kornbichler gab stärker Gas als unbedingt notwendig, sodass der Kies unter den Hinterreifen hervorspritzte. Als sie zur Hofeinfahrt hinausfuhren, schloss sich unbemerkt das kleine Fenster direkt neben der Eingangstür.

———

Keuchend trat Lorenz Huber in die Pedale seines altersschwachen Fahrrads. Er hatte den Weg zur kleinen Kapelle oben auf der Anhöhe gehörig unterschätzt, aber Umkehren kam für ihn nicht infrage. Nachdem er zuerst unruhig durch sein Haus getigert war, war er schließlich im Garten gelandet, wo er das restliche Laub mit einem Rechen aufsammelte und auf dem Komposthaufen deponierte. Auch die zahlreichen Kastanien hob er auf. Doch weder die körperliche Arbeit an der frischen Luft noch die Herbststimmung vermochte ihn von den Gedanken an Elena abzulenken. Schließlich war er so weit, ins Gasthaus zu gehen und Anna Leitner nach ihr zu fragen. Sie wusste bestimmt mehr, als in den nichtssagenden Zeitungsartikeln zu lesen war. Mochte sein letzter Wirtshausbesuch auch Jahre her sein, zog er eine Unterhaltung mit Anna immer noch einem Aufeinandertreffen mit Roswitha Förster vor, die heute ob seiner bloßen Anwesenheit in ihrem Laden schon beinahe geplatzt wäre. Wenn er sich jetzt auch noch nach Elena erkundigte, konnte er sich gleich mitten auf den Dorfplatz stellen.

Bei seiner Ankunft am Gasthaus hatte er gerade noch den Wagen von Professor Cornelius davonfahren sehen – mit Anna auf dem Beifahrersitz, wie unschwer zu erkennen war. Enttäuscht war er nach Hause zurückgekehrt, wo er es jedoch nicht lange ausgehalten hatte. Schließlich hatte er sich sein Fahrrad geschnappt, um die Straße am Mühlbach entlang bis zu den Keltenschanzen zu fahren. Wenn er irgendwo Ruhe finden konnte, dann vielleicht dort. Aber auch dieses Unterfangen war nicht von Erfolg gekrönt, denn schon kurz hinter Neukirchen wurde er von einem quer auf der Straße stehenden Streifenwagen erwartet. In der Ferne entdeckte er weitere Einsatzfahrzeuge und zahlreiche Polizisten, die, teils mit Spürhunden, systematisch die Gegend absuchten. Noch bevor der Beamte an der Absperrung etwas zu ihm sagen konnte, drehte Lorenz Huber um und radelte zurück. Der Einsatz konnte nur mit Elena zusammenhängen. Womit sonst? Und wieder hatte sie sich zurück in seine Gedanken geschlichen und ließ ihn nicht mehr los.

Am Lechnerhof bog er spontan nach links ab und folgte der weitläufigen Biegung der Straße, vorbei an abgemähten Wiesen und kargen Feldern. Nur noch vereinzelt wartete der Mais darauf, abgeerntet zu werden. Der Nebel, der sich den ganzen Tag nicht gehoben hatte, lag wie eine milchige Suppe über der Landschaft. Normalerweise gefiel Huber diese mystische Stimmung, aber heute hatte er dafür kein Auge.

Endlich tauchte rechter Hand die Kapelle aus den Nebelschwaden auf. Er war an seinem Ziel angekommen. Erst seit etwa einem Jahr befanden sich das kleine Gotteshaus und die drei Gedenkkreuze auf der Anhöhe nördlich von Neukirchen. Die Geschichte dazu hatte er damals nur am Rande mitbekommen. Sie interessierte ihn auch nicht sonderlich. Er hatte nur einen Ort gesucht, um nicht sofort nach Hause zurückkehren zu müssen. Lorenz stellte sein Fahrrad hinter der Kapelle ab und drückte vorsichtig die Klinke der Eingangstür. Zu seiner Überraschung war nicht abgesperrt.

Das trübe Tageslicht, das durch die Buntglasfenster an den beiden Längsseiten fiel, erhellte den Gebetsraum nur mäßig. Aber das war Lorenz gleichgültig, als er sich auf eine der drei Kirchenbänke setzte, die im Inneren der Kapelle Platz gefunden hatten. Hinter einem Eisengitter mit wuchtigem Vorhängeschloss befand sich der Altarraum. Auf einem schlichten Tisch lag ein weißes Tuch, darauf ein kleines goldenes Kreuz und Kerzen in kunstvoll geschwungenen Ständern sowie herbstlicher Blumenschmuck. Das Bild dahinter zeigte den vom Kreuz abgenommenen Jesus im Schoß seiner Mutter. Die Seitenfiguren stellten Heilige dar, deren Namen Huber ebenfalls herzlich egal waren. Er wusste nicht, wann er das letzte Mal gebetet und an einem Gottesdienst teilgenommen hatte. Er wusste nur, dass es im Moment niemanden auf dieser Welt gab, dem er von seinem Schmerz und seiner Trauer um Elena erzählen konnte. Und von seiner Angst. Hatte sie das Geheimnis doch nicht für sich behalten, obwohl sie es ihm versprochen hatte? Nein, nicht das Geheimnis, korrigierte er sich sogleich. *Sein* Geheimnis. Hatte sie es der Person erzählt, die auf keinen Fall davon wissen durfte? War das der Grund, warum sie sterben musste?

Bei ihrer Ankunft am *Drei Lilien* war die Stimmung zwar angespannt, aber immerhin hatten sie die Fahrtstrecke ohne einen erneuten Streit über die Bühne gebracht. Das lag allerdings in erster Linie an Katrins Telefonat mit Robert Thorwald und ihrer E-Mail an den Arzt der Schönheitsklinik, was beides jeweils ihre volle Aufmerksamkeit erforderte. Während sie auf ihrem Mobiltelefon herumtippte, verzichtete Kornbichler wohlweislich auf weitere Kommentare zum Familienleben der Thalhammers und konzentrierte sich stattdessen auf das Autofahren, sodass der Burgfrieden bis zum Hotelparkplatz anhielt. Katrin kannte das *Drei Lilien* bereits aus dem vergangenen Jahr, als gegen den Sohn der Hoteliersfamilie ermittelt wurde. Da vierbeinige Gäste laut einem Hinweisschild erlaubt waren, durfte Matilda sie erneut begleiten. Wie immer lief sie brav neben Kornbichler und wich ihm nicht von der Seite.

Beim Betreten der Lobby warf Katrin einen sehnsüchtigen Blick Richtung Hotelbar. Ein weiterer langer Arbeitstag machte sich allmählich bemerkbar und sie hätte sich gerne kurz ausgeruht und einen Kaffee getrunken. Allerdings hätte sie sich dann notgedrungen mit Kornbichler an einen Tisch setzen müssen und darauf konnte sie nun wirklich verzichten. Ihr Kollege schien ohnehin keine Verschnaufpause zu benötigen. Mit energischen Schritten ging er Richtung Rezeption. Dort stand außer einem Ehepaar, das sich vom Concierge Konzertkarten für die Staatsoper in München reservieren ließ, kein weiterer Gast. Die Rezeptionistin, mit einem eleganten dunkelblauen Hosenanzug bekleidet, begrüßte sie freundlich. Ihr Lächeln gefror allerdings, nachdem die Kommissare sich ausgewiesen und nach der Empfangsleitung gefragt hatten. Es dauerte nicht lange, bis eine weitere dunkelblau gekleidete Frau mit einer akkuraten Hochsteckfrisur, dezent geschminkten Augen und perfekt manikürten, rot lackierten Fingernägeln erschien und sich ihnen als Marion Leiß, *Shift Leader,* vorstellte. Am Revers ihres Blazers war eine oval geformte Brosche befestigt, auf der unter ihrem Namen und drei winzigen eingravierten Lilien die britische, französische und spanische Flagge zu sehen waren. Offenbar signalisierten sie den Gästen, welche Fremdsprachen die Angestellten beherrschten, denn die Rezeptionistin trug ein ganz ähnliches Namensschild.

»Waren Sie gestern Nachmittag von sechzehn bis achtzehn Uhr im Dienst?«, fragte Katrin nach einer kurzen Begrüßung.

Marion Leiß musterte sie prüfend. »Geht es um Frau Ziegler? Vielleicht besprechen wir das besser an der Bar. Dort sind wir um diese Zeit so gut wie ungestört.«

»Sehr gerne«, sagte Katrin, bevor Kornbichler überhaupt reagieren konnte.

Kapitel 19

Gemeinsam durchquerten sie die lichtdurchflutete Lobby, an deren Ende sich – abgetrennt durch einige Palmgewächse – die Hotelbar befand. Marion Leiß lotste sie zu einer kleinen Sitzgruppe an der Fensterfront. Wie sie richtig vermutet hatte, waren jetzt am frühen Abend kaum Gäste anwesend.

»Darf ich Ihnen etwas anbieten?«, fragte sie und winkte den Kellner herbei.

»Ich trinke gerne etwas, aber ich bezahle es auch«, antwortete Katrin.

Nachdem sie die ausladende Getränkekarte sondiert hatte, bestellte sie einen Latte Macchiato mit Haselnussaroma und extra Milchschaum. Kornbichler blieb bei einem einfachen Kaffee. Für Matilda, die sich zwischen ihren Sesseln niedergelassen hatte, gab es eine Schüssel Wasser.

»Sie sind selbstverständlich eingeladen«, sagte Frau Leiß.

»Danke, aber als Polizeibeamte dürfen wir uns nicht einladen lassen«, erwiderte Kornbichler. »Waren Sie nun gestern Nachmittag von sechzehn bis achtzehn Uhr im Dienst?«

Marion Leiß musterte ihn mit pikiertem Gesichtsausdruck. »Ja. Ich hatte gestern ebenfalls Spätdienst und habe von fünfzehn bis dreiundzwanzig Uhr dreißig an der Rezeption gearbeitet.«

»Haben Sie Frau Ziegler in besagtem Zeitraum gesehen?«

»Gestern war sehr viel los. In Landshut ist seit heute Messe, das merken wir auch hier in Altenberg.« Sie betrachtete für einen Moment ihre gepflegten Hände. »Ich habe sie auf alle Fälle beim Schichtwechsel gesehen. Bei der Übergabe vom Früh- zum Spätdienst ist sie immer dabei, wenn sie im Haus ist. Aber danach …« Sie schüttelte den Kopf. »Nein, soweit ich mich erinnern kann, nicht. Es gab aber auch bis abends keinen Grund, sie zu rufen.«

Der Kellner kam mit ihren Getränkebestellungen und der Wasserschale für Matilda.

»Die Herrschaften zahlen selbst«, sagte Marion Leiß, kaum dass er alles serviert hatte.

Kornbichler, der Katrins Milchschaumgebilde argwöhnisch musterte, holte sein Portemonnaie hervor. »Das geht zusammen.«

»Wie dürfen wir Ihre Aussage verstehen?«, fragte Katrin und nahm zwischen ihren Notizen rasch einen Schluck Kaffee.

Die akkurat gezupften Augenbrauen schossen in die Höhe. »Die Direktion greift nur in Ausnahmefällen ins Tagesgeschäft ein, zum Beispiel bei einer Beschwerde oder wenn langjährige Stammgäste ankommen. Aber gestern ist bis zur Anreise eines VIP-Gastes gegen neunzehn Uhr nichts passiert, was ich als Schichtführerin nicht hätte lösen können.«

»Da haben Sie dann aber Frau Ziegler hinzugeholt?«

»Ja, ich habe sie auf ihrem Mobiltelefon angerufen und keine drei Minuten später war sie hier unten am Empfang. Ich nehme daher an, sie hat gerade in ihrem Büro im ersten Stock gearbeitet.«

Katrin nippte erneut an ihrem Latte Macchiato. »Sie nehmen es an? Das heißt, Sie können es nicht mit Sicherheit sagen?«

Marion Leiß holte geräuschvoll Luft. »Da ich sie auf ihrem Handy angerufen habe, kann sie natürlich irgendwo im Haus gewesen sein. Rundgänge durch alle Abteilungen und Kontrolle der Notausgänge gehören beim *Weekend-Duty* dazu. Aber dann wäre sie wahrscheinlich nicht so schnell hier unten gewesen. Es sei denn, sie war gerade im Restaurant. Frau Ziegler darf nämlich dort essen, wenn sie Herrn Gruber am Wochenende vertritt.« Sie holte ihr Mobiltelefon aus der Jackentasche und telefonierte kurz mit der Rezeptionistin.

»Das ist seltsam«, sagte sie, nachdem sie das Gespräch beendet hatte. Katrin und Kornbichler sahen sie gespannt an. »Frau Ziegler war gestern Abend überhaupt nicht im Restaurant. Es gibt keinen einzigen Beleg von ihr. Normalerweise geht sie am Sonntag immer schon vor achtzehn Uhr essen, vor allem wenn Messe ist, damit sie dann später hier ist, wenn die ganzen Messebesucher für die kommende Woche anreisen.«

»Könnte sie hier an der Bar etwas gegessen haben?«

»Das glaube ich nicht, aber ich frage gerne noch einmal nach.« Erneut griff sie nach ihrem Telefon. »Nein, wie ich vermutet hatte.«

»Mit wem könnte sie in diesen zwei Stunden noch Kontakt gehabt haben?«, fragte Katrin.

Die makellose Stirn der Frau legte sich in winzige Falten. »Wir haben am Wochenende eine Hausdame im Spätdienst, mindestens einen Haustechniker, am Pool und im Beauty- und Wellnessbereich arbeitet jemand. Die Küche ist natürlich auch da.«

Geduldig telefonierte sie ihre Kollegen ab, die mehr oder weniger gut gelaunt ob der Störung ihres Arbeitstages in der Bar erschienen, doch niemand konnte sich erinnern, Bernadette Ziegler im fraglichen Zeitraum gesehen zu haben. Erst gegen halb sieben hatte sie zusammen mit der Hausdame das Zimmer des besagten VIP-Gasts kontrolliert – offenbar so gründlich und pflichtbewusst, wie sie das immer tat und ohne dass der Hausdame an ihr etwas aufgefallen wäre.

»Haben Sie eigentlich Videoüberwachung hier im Hotel?«, fragte Kornbichler.

»Ja, die Ein- und Ausfahrt der Tiefgarage werden überwacht, der Pool, der Haupteingang und der Personal- und Lieferanteneingang mit der Rampe für die Lkws. Wir zeichnen alles für sieben Tage auf, danach werden die Aufnahmen automatisch gelöscht.«

»Würden Sie uns die Aufzeichnungen überlassen?«

Zum ersten Mal wirkte Marion Leiß nicht mehr ganz so selbstsicher. »Da muss ich erst Rücksprache mit Herrn Gruber halten.« Unruhig rutschte sie bis zur Stuhlkante. »Wird ... wird Frau Ziegler denn verdächtigt?«

»Das ist reine Routine und unser übliches Vorgehen«, sagte Kornbichler rasch. »Falls Herr Gruber einen richterlichen Beschluss wegen der Herausgabe der Aufnahmen verlangt, bekommt er ihn natürlich.«

»Hoffentlich rückt er sie auch ohne Beschluss heraus. Der Richter braucht mindestens zwei Tage«, seufzte Katrin, nachdem sie sich von Marion Leiß verabschiedet hatten und diese zurück an den Empfang gegangen war.

»Jetzt warten wir mal ab.« Kornbichler reichte dem Kellner das kleine Silbertablett mit der Rechnung und dem Geld. »Stimmt so.«

»Äh … danke übrigens. Das wäre nicht nötig gewesen.«

»Passt schon. Hat dieses Milchungetüm denn geschmeckt? Das sah ja mehr nach einer Zwischenmahlzeit als nach einem Kaffee aus.«

»Ja, hat es«, antwortete Katrin gereizt. »Außerdem habe ich bis jetzt nur ein belegtes Brot gegessen.«

»Von mir aus kannst auch drei Schweinshaxen essen.« Er musterte sie von oben bis unten. »An dir ist doch eh nix dran.«

Katrin spürte, wie ihr die Zornesröte ins Gesicht schoss. Ihre Körperproportionen gingen ihn ja wohl überhaupt nichts an.

Aber Kornbichler hatte bereits weitergesprochen. »Offenbar wurde Bernadette Ziegler mindestens zwei Stunden von keinem Hotelangestellten gesehen. Wenn sie jetzt noch auf einer der Videoaufnahmen auftaucht, die sie beim Verlassen des Hotels zeigt, dann wird es richtig interessant.«

Auf der Rückfahrt nach Neukirchen war es bereits dunkel und Cornelius daher froh, dass sich der Nebel in den Nachmittagsstunden endlich gelichtet hatte. Auch wenn das manchen Autofahrer veranlasste, ordentlich Gas zu geben.

»Dass die immer so rasen müssen«, seufzte Anna Leitner, als gerade wieder ein Wagen an ihnen vorbeizischte.

Nach ihren Aussagen bei der Polizei hatte sie noch einige Besorgungen in der Stadt machen wollen, weshalb sie sich erst gegen Abend auf die Heimfahrt machten. Cornelius hatte in der Zwischenzeit eine Archäologieausstellung in der Residenz besucht, aber selbst die spektakulärsten Funde aus der Eisen- und Bronzezeit hatten ihn nicht von seinen Gedanken an Elena ablenken können. Und an Jonas.

Er kannte Angela und ihren Bruder nun schon eine ganze Weile, aber so verstört und verängstigt hatte er Jonas noch nie erlebt. Oder maßte er sich hier ein Urteil an, das ihm überhaupt nicht zustand? War es womöglich stets ein glücklicher Zufall gewesen, dass Jonas bereitwillig und gut gelaunt alles mitmachte, was Cornelius ihm und Angela an Unternehmungen vorgeschlagen hatte? Hatte er die Existenz von Jonas' schlechten Tagen schlicht nicht wahrhaben wollen, weil er sie bisher nicht miterlebt hatte? Ging es nach Angela, dann gehörten diese dunklen Phasen zum Leben ihres Bruders dazu, aber Cornelius wurde das Gefühl nicht los, dass auch sie allmählich an seinem Verhalten verzweifelte, auch wenn sie alles tat, um es sich nicht anmerken zu lassen.

Von einem Moment auf den anderen hatte etwas Gehetztes in Jonas' Blick gelegen, und er war wie angewurzelt stehen geblieben. Nur mit Mühe und viel gutem Zureden gelang es Angela, ihn zum Weitergehen zu bewegen. Lange waren sie auf ihrem Spaziergang ohnehin nicht unterwegs gewesen, da die Polizei die Gegend um den Mühlbach großflächig abgesperrt hatte. Cornelius konnte nur vermuten, dass sie die Stelle suchten, an der Elena ins Wasser geworfen worden war. Entsorgt wie lästiger Hausmüll, den man loswerden wollte, dachte er bitter.

Wie auf ein inneres Stichwort übertrug der Radiosender einen Ausschnitt der Pressekonferenz, die Polizei und Staatsanwaltschaft am Nachmittag im Tötungsdelikt Elena Ziegler, so die offizielle Bezeichnung, abgehalten hatten. Robert Thorwalds klare, unprätentiöse Stimme erkannte Cornelius sofort. Er hatte den Hauptkommissar nur kurz auf dem Flur an sich vorbeieilen sehen. Ohnehin hatte er gehofft, Katrin Abel würde seine Aussage protokollieren, doch die Kommissarin befand sich auf einem Außentermin, wie ihm von einem Beamten mitgeteilt wurde.

»Der Polizist wollte wissen, ob mir in der letzten Zeit an Elena irgendetwas aufgefallen ist«, sagte Anna. »Aber sie war wie immer. Wenn ich nur geahnt hätte, dass ihr irgendjemand etwas Böses will ...«

Noch bevor Cornelius etwas erwidern konnte, bat der Radiosprecher jeden, der Elena am Vortag in Landshut gesehen hatte, sich bei den Behörden zu melden. Ein Bild von ihr könne man auf der Internetseite der Polizei abrufen.

»Sie ist bestimmt nach Landshut gefahren, um sich ein neues Handy zu kaufen. Ich hab den Beamten gefragt, ob der Leidinger und seine Spezln etwas damit zu tun haben, aber er wollte mir nichts verraten.«

»Die Polizei hält sich da immer sehr bedeckt. Ich bin mir sicher, keiner von denen hat Elena etwas getan. Alfons Leidinger ist doch viel zu gerne Bürgermeister, um sein Amt für eine Frau zu riskieren, die ihn noch dazu hat abblitzen lassen.«

»Ich hoffe es, Herr Professor. Ich hoffe es so sehr. Das würde ich mir nie verzeihen.«

Cornelius kam nicht mehr dazu zu antworten, denn in diesem Moment tauchten die Scheinwerfer eines entgegenkommenden Wagens auf seiner Seite der Straße auf. Instinktiv bremste Cornelius ab. Zuerst glaubte er, der Fahrer wollte überholen und hatte in seinem Leichtsinn die Entfernung überschätzt, doch dann bemerkte er, dass es sich um eine optische Täuschung handelte und das andere Fahrzeug auf der Gegenfahrbahn viel weiter hinten fuhr. Der Überholvorgang war längst abgeschlossen. Doch statt endlich einzuscheren, kamen die Scheinwerfer immer näher. Hektisch betätigte Cornelius die Lichthupe.

»Was macht denn der?«, rief Anna.

Cornelius spürte Panik aufsteigen. Er schlug gegen das Trompetensymbol auf dem Lenkrad und blendete dem anderen immer wieder auf. Schließlich trat er mit voller Wucht auf die Bremse. Ob sich hinter ihm ein Wagen befand, der gleich in sein Heck rauschen würde, wusste er nicht. Er hoffte nur inständig, dass dem nicht so war. Seine Augen waren einzig auf die beiden Leuchtkegel gerichtet, die sich unaufhaltsam auf ihn und Anna zubewegten. Er hörte neben sich einen verzweifelten Aufschrei, dann ging alles rasend schnell …

Mit den Videoaufnahmen des Vortages im Gepäck drehten Katrin und Kornbichler noch eine Runde um das Hotel. Matilda brauchte dringend etwas Auslauf, außerdem wollte Kornbichler das Gebäude unauffällig nach weiteren Zugängen kontrollieren, die nicht von einer Videokamera erfasst wurden. Sie entdeckten tatsächlich eine kleine Seitentür unweit der Küche, wie sie am Geräuschpegel, der durch die Lüftungsanlage nach außen drang, feststellen konnten. Suchend drehte Kornbichler sich um und stieß Sekunden später einen leisen Pfiff aus.

»Schau mal, was wir dort haben«, sagte er mit einem triumphierenden Lachen.

Auf der gegenüberliegenden Straßenseite befand sich neben der Sparkasse die *Palmen Apotheke*. An beiden Gebäude waren gut sichtbar Kameras an den Fassaden befestigt.

»Ich sag Robert Bescheid, dass er uns für alle Fälle einen Beschluss für diese Kameras besorgt.« Katrin verspürte plötzlich so etwas wie Zuversicht. Endlich ging es bei den Ermittlungen vorwärts. Sie konnten nicht nur eine Verdächtige mit einem lückenhaften Alibi präsentieren, der Hoteleigentümer hatte ihnen auch sämtliche Videoaufzeichnungen überlassen, ohne großes Murren und ohne auf einen richterlichen Beschluss zu beharren. Sollte Bernadette Ziegler tatsächlich versucht haben, den hoteleigenen Kameras zu entgehen, hatte ihnen Kornbichlers Beharrlichkeit womöglich noch ein weiteres Ass im Ärmel beschert. Für einen Moment vergaß Katrin sogar, dass sie ihn eigentlich nicht leiden konnte. Während ihr Kollege den Wagen auf die Bundesstraße lenkte, rief sie Robert Thorwald an, um ihn auf dem Laufenden zu halten.

»Gute Arbeit«, beschied ihnen ihr Vorgesetzter. Er versprach, alles Notwendige zu veranlassen, und schickte beide Kommissare in den Feierabend.

»Morgen heißt es erst einmal Berichte schreiben und Videos anschauen.« Katrin unterdrückte ein Gähnen. »Jetzt bin ich echt geschafft. Wollt ihr beide wirklich noch trainieren?«

»Klar. Ich muss mich ja nicht anstrengen. Madame ist jetzt dann die Hauptperson«, sagte Kornbichler grinsend. »Außerdem dauert das Training nicht ewig. Die Hunde sind ... Hey, was soll das denn?«

Ein Wagen war soeben mit hoher Geschwindigkeit an ihnen vorbeigerauscht.

»Sag mal, spinnt der?«, rief Katrin.

Der Tacho ihres Wagens sagte ihr, dass der andere für eine Bundesstraße viel zu schnell unterwegs war. Außerdem machte er keinerlei Anstalten, wieder nach rechts einzuscheren. Unbeirrt brauste er auf der Gegenfahrbahn weiter. Kornbichler gab ebenfalls Gas und blendete dem anderen mehrmals auf, aber der Fahrer reagierte nicht. Kornbichlers Puls beschleunigte. Was zum Teufel hatte der vor? Erneut betätigte er Hupe und Lichthupe und schaltete auch das Warnblinklicht ein. Die Straße hinter ihnen war frei, wie er mit einem kurzen Blick in den Rückspiegel feststellte.

»Setz das Blaulicht aufs Dach. Den schnappen wir uns.« Er jagte die Tachonadel nach oben.

Katrin beugte sich nach vorne zum Handschuhfach, doch mitten in der Bewegung hielt sie inne. Wie gebannt starrte sie durch die Windschutzscheibe.

»Da vorne kommt einer.«

Kornbichler, dem die Scheinwerfer des entgegenkommenden Wagens ebenfalls nicht entgangen waren, blendete dem Geisterfahrer erneut auf und drückte mehrmals kräftig auf die Hupe. Vergeblich. Schließlich blieb ihm keine andere Wahl. Er lenkte auf den Standstreifen und bremste scharf ab, um nicht selbst in den Unfall verwickelt zu werden, der zweifellos jede Sekunde passieren würde. Matilda gab ein aufgeregtes Bellen von sich.

»Das ist ein Suizid. Toni, der will sich umbringen«, flüsterte Katrin. Ohne nachzudenken, griff sie über die Mittelkonsole.

Die beiden Wagen vor ihnen waren nur noch wenige Meter voneinander entfernt, als der Geisterfahrer ruckartig nach rechts schwenkte. Für das waghalsige Manöver war er jedoch viel zu schnell. Sein Fahrzeug schoss förmlich über den Fahrbahnrand hinaus, rammte dabei einen Streckenposten, bevor es über das angrenzende Feld schleuderte, wo es sich mehrmals überschlug und schließlich auf dem Dach zum Liegen kam. Für einen Moment schien die Welt draußen anzuhalten. Kornbichler spürte nur den Druck von Katrins Finger, die sich um seine geschlossen hatten. Dann sah er die ersten Flammen aus der Motorhaube hervorlodern.

Cornelius wusste später nicht mehr, wie lange Anna und er unbeweglich im Auto gesessen hatten. Eine unheilvolle Stille hatte sich im Wageninneren ausgebreitet. Sie erschien ihm wie Stunden und doch konnten es nur Sekunden gewesen sein.

Im allerletzten Augenblick hatte der Fahrer das Steuer herumgerissen, sodass sein Wagen regelrecht über den Fahrbahnrand katapultiert wurde.

»Es brennt. Das Auto brennt!«

Annas Worte holten Cornelius aus seiner Erstarrung zurück. Aus der Motorhaube des verunglückten Fahrzeugs züngelten unheilvoll die Flammen. Erst jetzt bemerkte er, dass er mitten auf der Fahrbahn stand und den Motor bei seiner Vollbremsung abgewürgt hatte. Von hinten näherte sich ein Paar Scheinwerfer, doch der Fahrer schaffte es, wenn auch unter mehrmaligem Hupen, rechtzeitig abzubremsen. Zittrig drehte Cornelius den Schlüssel in der Zündung und ließ sein Auto auf den Standstreifen rollen. Kaum hatte er angehalten, sah er auf der Gegenfahrbahn ein Blaulicht aufleuchten. Es dauerte einen Moment, bis er es dem Wagen zuordnen konnte, der in einigem Abstand hinter dem Unfallfahrzeug zum Stehen gekommen war.

»Da ist schon die Polizei«, rief Anna und öffnete die Beifahrertür.

Auch Cornelius stieg aus. Noch immer zitterten ihm die Knie. Ein dunkelblauer BMW rauschte direkt an ihm vorbei.

»Ist mit Ihnen alles in Ordnung?«, hörte er eine bekannte Stimme von der anderen Straßenseite rufen.

Sie gehörte Katrin Abel, die hinter einem Mann mit Feuerlöscher und einem Schäferhund die Straße entlangrannte und jetzt kurz stehen blieb. »Herr Cornelius! Um Himmels willen! Geht's Ihnen gut?«

»Ja, alles gut«, sagte er heiser.

»Können wir etwas tun?«, fragte Anna.

»Nein! Schalten Sie das Warnblinklicht ein und gehen Sie vom Straßenrand weg. Die Kollegen und der Notarzt sind schon informiert.«

Katrin schüttelte den Kopf. Wahrscheinlich waren Herr Cornelius und Frau Leitner gerade auf der Rückfahrt vom Kommissariat in Landshut gewesen. Ein Schauder lief über ihren Rücken. Nicht auszudenken, wenn …

Doch dann ging ein Ruck durch ihren Körper. Sie musste jetzt funktionieren. Ein Menschenleben hing davon ab. Sie rannte hinter Kornbichler über das abgeerntete Feld. Matilda war als Erste beim Unfallfahrzeug angekommen und umrundete es laut bellend. Dichter Qualm und Flammen schossen aus der Motorhaube hervor. Nicht mehr lange und alles würde im Vollbrand stehen. Während Kornbichler begann, die Flammen zu löschen, rüttelte Katrin an der verbeulten Fahrertür. Im Wageninneren befand sich offenbar nur eine Person, ein Mann. Seine Augen waren geschlossen und sein Gesicht blutüberströmt.

»Hallo, können Sie mich hören?«, schrie Katrin und klopfte mehrmals an das Fenster.

Der Mann bewegte sich nicht. Erneut versuchte sie sich an der Fahrertür, doch diese hatte sich so verkeilt, dass sie sich nicht öffnen ließ. Sie rappelte sich auf und rannte zur Beifahrerseite, gegen die Matilda bereits laut winselnd mit den Pfoten schlug. Rauch und Qualm trieben Katrin die Tränen in die Augen und sie musste mehrmals husten. Obwohl Kornbichler den gesamten Inhalt des Feuerlöschers auf die Motorhaube spritzte, züngelten immer wieder neue Flammen hervor.

»Das reicht nicht!«, schrie er und warf das leere Gerät zur Seite.

Katrin kniete sich neben die Beifahrerseite und rüttelte und zog mit aller Kraft an der Wagentür. Aber auch diese ließ sich keinen Millimeter bewegen. Hinter sich hörte sie Matilda aufgeregt bellen.

»Toni, ich krieg die Tür nicht auf!«

Auch Kornbichlers Versuche fruchteten nicht. Immer bedrohlicher hüllten sich die Flammen um die Karosserie. In der Ferne sah Katrin zuckende Blaulichter rasch näher kommen. Hilfe war unterwegs, doch der Mann musste jetzt geborgen werden. In wenigen Minuten konnte es zu spät sein.

Kornbichler packte den Feuerlöscher und schlug kurzerhand das Fenster der Beifahrerseite ein. Durch die Öffnung kroch er ins Wageninnere.

»Toni, pass auf!«, hörte er Katrin hinter sich rufen.

Die Airbags waren aufgegangen und über die Frontscheibe verliefen unzählige Risse. Aber sie hatte standgehalten. Der Fahrer hing kopfüber in seinem Sitz. Er bewegte sich nicht und reagierte auch nicht, als Kornbichler an seinem Arm rüttelte und ihm gegen die Wange klopfte. Aber er atmete und hatte Puls. Von der Motorhaube ertönte ein bedrohliches Fauchen und Husten. Die Flammen fraßen sich immer weiter ihren Weg. Kornbichler würde nicht mehr viel Zeit bleiben.

Rasch beugte er sich über die bewusstlose Gestalt und versuchte, das Gurtschloss zu entriegeln. Ein kurzer schmerzhafter Stich jagte durch seine rechte Schläfe. Im selben Moment gab das Schloss endlich nach. Kornbichler verlagerte sein Gewicht und packte dann den Oberkörper des Mannes, um ihn herauszuziehen. Doch der mehrfache Aufprall hatte die Karosserie offenbar so verformt, dass seine Beine eingeklemmt waren.

»Verdammt«, fluchte er leise.

»Toni, beeil dich!«, schrie Katrin von draußen.

Noch einmal zerrte Kornbichler mit aller Kraft am Oberkörper des Mannes. Endlich bewegte er sich. Vorsichtig kroch er rückwärts und zog den Verletzten Stück für Stück mit sich. Seine Augen brannten und seine Kehle fühlte sich an, als hätte er eine Rasierklinge verschluckt. Etwas Warmes lief über seine rechte Schläfe. Hustend tastete er sich immer weiter mit den Beinen aus dem Wageninneren, ohne seine kostbare Last dabei loszulassen. Schließlich spürte er den Ackerboden unter seinen Füßen. Katrin half ihm, den Mann ganz aus dem verbeulten Wagen zu befördern. Gemeinsam schleiften sie ihn einige Meter über das Feld, weg von dem brennenden Inferno.

»Matilda, hierher!«, schrie Kornbichler heiser.

Wie immer gehorchte die Hündin aufs Wort. Sie zogen den Mann noch weiter vom Auto weg und legten ihn schließlich auf den Acker. Seine Lider flackerten und er stöhnte leise.

»Bleiben Sie ganz ruhig liegen. Hilfe ist schon unterwegs«, sagte Katrin und kniete sich neben den Verletzten.

Schwer atmend, die Hände auf den Oberschenkeln abgestützt, verharrte Kornbichler einen Augenblick in dieser gebückten Position. Aus den Augenwinkeln sah er mehrere Personen, die sich ihnen im Laufschritt näherten. Eine Polizeistreife und die Feuerwehr waren eingetroffen. Auch zwei Krankenwagen hielten am Straßenrand, dicht dahinter das Auto des Notarztes.

»Toni, weißt du, wer das ist?«, rief Katrin, die Fotos auf der Pinnwand noch klar vor Augen. »Das ist Hannes Thalhammer.«

Entsetzt sahen sie zuerst einander und dann den blutüberströmten Mann auf dem kalten Acker an.

»Scheiße«, flüsterte Kornbichler. »Der wollte sich umbringen.

Wahrscheinlich wegen Elena.«

»Toni, du blutest!«

In diesem Moment zerriss ein lautes Splittern und Zischen die nächtliche Szenerie. Reflexartig drehten sie sich beide zum Unfallwagen, wo die Flammen durch die geborstene Windschutzscheibe ungehindert ins Wageninnere züngelten.

Kapitel 20

Dankbar nahm Cornelius einen weiteren dampfenden Becher aus der Hand des Rettungssanitäters entgegen. Wie grausam sich die Ereignisse doch wiederholten. Wieder hatte er eine warme Decke um die Schultern liegen und wieder wurde er mit stark gezuckertem, heißen Tee versorgt. Nur hatte er sich dieses Mal geweigert, in den Rettungswagen zu steigen, sondern war in der geöffneten Tür seines Wagens sitzen geblieben. Anna lehnte an der Motorhaube und telefonierte mit Benedikt Rehberg.

Um sie herum war eine Heerschaar an Rettungskräften und grellen Lichtern. Der Verkehr staute sich in beiden Richtungen mittlerweile kilometerlang, wie er in der Entfernung erkennen konnte. Die Feuerwehr hatte das brennende Fahrzeug gelöscht und war gerade am Einrollen der Schläuche. Polizisten hatten den Bereich großräumig abgesperrt und vermaßen und fotografierten die Unfallstelle oder sprachen in ihre Funkgeräte. Der schwer verletzte Fahrer befand sich bereits auf dem Weg ins Krankenhaus. Hannes Thalhammer, der Neukirchner Fußballtrainer, hatte im Unfallwagen gesessen, wie Anna entsetzt feststellte, als er direkt neben ihnen in den Krankenwagen geschoben wurde. Obwohl Cornelius den Mann ebenfalls kannte, hätte er ihn in diesem Moment nicht mit der Person auf der Trage in Verbindung gebracht.

Wenige Meter von ihm entfernt telefonierte Katrin Abel mit seiner Ehefrau. »Nein, es geht nicht um Ihre Aussage«, hörte er die Kommissarin sagen. »Es geht um Ihren Mann. Er hatte einen Verkehrsunfall. Meine Kollegen werden in paar Minuten bei Ihnen sein und Ihnen alles erklären. Bleiben Sie bitte ganz ruhig.«

Am gegenüberliegenden Straßenrand stieg ihr Kollege, einen provisorischen Verband oberhalb der rechten Augenbraue, soeben aus dem zweiten Krankenwagen. Der Schäferhund, der die ganze Zeit wie angewurzelt vor den geöffneten Türen gesessen und mit gespitzten Ohren verfolgt hatte, was im Wageninneren vor sich ging, umkreiste den Mann jetzt schwanzwedelnd. Die

Reaktion des Tiers entlockte Cornelius unfreiwillig ein kleines Lächeln.

»Nein, Benedikt, du musst wirklich nicht herkommen. Mir geht es gut. Wir fahren jetzt dann gleich nach Neukirchen«, drang Annas resolute Antwort zu ihm durch.

Cornelius war froh, dass die Wirtin sich die verbleibende Strecke bis nach Neukirchen hinter das Steuer setzen würde. Noch immer fühlte er sich zittrig und schwach. Zum Glück hatten die Beamten ihre Aussagen bereits aufgenommen, denn mittlerweile war er an einem Punkt angelangt, an dem er nur noch nach Hause wollte.

»So, Herr Professor. Dann packen wir es«, sagte Anna.

»Sind Sie sicher, dass Sie fahren können?«

»Ja, freilich. Es ist ja nicht mehr weit.«

Vorsichtig lenkte Anna den Wagen aus der Unfallstelle. Der Polizist an der Absperrung sprach kurz in sein Funkgerät und ließ sie dann passieren.

Auf dem Heimweg verspürte keiner von ihnen Lust auf eine Unterhaltung, sodass die Fahrt weitestgehend schweigend verlief. Während Anna immer noch mit der Erkenntnis zu kämpfen hatte, wer um ein Haar ungebremst in ihr Auto gerast wäre, kreisten Cornelius' Gedanken ununterbrochen um Ramona. Ihr letztes gemeinsames Gespräch wäre ein furchtbarer Streit gewesen und sie wären unversöhnt auseinandergegangen. War das am Ende wirklich alles, was von ihrer Ehe übrig blieb?

Mit einem leisen Seufzer ließ Katrin die Wohnungstür hinter sich zufallen. Nachdem sich die Aufregung und das Adrenalin gelegt hatten, verspürte sie nur noch bleierne Müdigkeit. Außerdem musste sie dringend unter die Dusche und ihre Kleidung in die Waschmaschine. Jeder Millimeter an ihr roch beißend nach Rauch und Qualm. Kurz liebäugelte sie mit einem Schaumbad, aber sie hatte Angst, in der Wanne einzuschlafen. Während das heiße Wasser aus dem Duschkopf auf sie herunterprasselte, war sie froh, nicht mehr in die Klinik zu Silvia Thalhammer gefahren zu sein, wie sie es eigentlich vorgehabt hatte. Kornbichler hatte es ihr auf der Rückfahrt nach Landshut schließlich ausgeredet. Er hatte ja recht. Die Kollegen würden die richtigen Worte finden und sich um die Frau kümmern. Sie hatten beide noch an Ort und Stelle eine erste Aussage zu dem Unfallgeschehen abgegeben, ebenso wie Frau Leitner und Herr Cornelius. Silvia Thalhammer würde daher erfahren, dass ihr Mann offenbar versucht hatte, sich das Leben zu nehmen, und dass er beinahe zwei unbeteiligte Personen mit in den Tod gerissen hätte. Katrin mochte sich das Inferno gar nicht vorstellen, das er angerichtet hätte, wenn er ungebremst in den Gegenverkehr gerast wäre.

Als sie auf der Bettkante saß und noch einmal ihr Mobiltelefon kontrollierte, fand sie eine E-Mail des Arztes der Schönheitsklinik. Er konnte den vierzigminütigen Gesprächstermin von Silvia Thalhammer am Vortag bestätigen. Weitere Informationen wollte und konnte er ihr aufgrund seiner ärztlichen Schweigepflicht aber nicht geben. Die brauchte Katrin auch nicht. Von der Lidstraffung über Fettabsaugen bis hin zu diversen Botox-Behandlungen hatte die Klinik laut Internetseite so ziemlich alles im Repertoire, was die Schönheitschirurgie zu bieten hatte. Sie mochte sich gar nicht ausmalen, welche Eingriffe Silvia Thalhammer geplant hatte. Für den Mord an Elena Ziegler kam sie als Verdächtige jedenfalls nicht mehr in Frage und nur das zählte. Ihr Telefon vibrierte. Eine Nachricht von Kornbichler. Er war im Krankenhaus genäht worden und würde das Hundetraining am nächsten Morgen nachholen und deshalb später ins Büro kommen. Thorwald wüsste Bescheid. Katrin schickte einen kurzen Gruß zurück. Der Tag mit ihm war besser gelaufen, als sie anfangs befürchtet hatte. Wesentlich besser, wenn sie ehrlich war. Am Unfallauto hatte sie sogar einen Moment tatsächlich Angst um ihn gehabt. Aber wer hätte das in dieser Extremsituation nicht gehabt? Ihr Instinkt sagte ihr, sich davon nicht blenden zu lassen und trotzdem auf der Hut zu bleiben.

Anna Leitner ging grüßend an den Frühstückstischen vorbei, bevor sie mit einem Tablett voll sauberem Geschirr im Nebenraum der Gaststube verschwand. Heute und an den nächsten Tagen war die Pension aufgrund der Schmuckmesse in Landshut gut gebucht. Die meisten Gäste würden sich daher schon bald auf den Weg machen und erst spätabends zurückkommen. Auch ein Journalist einer überregionalen Zeitung hatte sich einquartiert und wollte Anna über Elena ausfragen, aber sie hatte ihm klipp und klar zu verstehen gegeben, dass er von ihr keine Informationen erwarten konnte. Etwas verstimmt war er von dannen gezogen, um sich unter den Dorfbewohnern umzuhören, wie sie ihn am Telefon sagen hörte. Schräg gegenüber auf der anderen Straßenseite würde er mit seinem Anliegen bestimmt mehr Glück haben.

Sie begann einen Tisch für zwei Personen zu decken, als hinter ihr die Schiebetür geöffnet wurde und Benedikt hereinkam. Seiner Bekleidung entnahm sie, dass er sich auf den Weg in die Arbeit machen wollte.

»Wolltest du heute nicht etwas später los? Ich dachte, wir trinken noch einen Kaffee zusammen.«

Er seufzte. »Ja, das war auch der Plan. Allerdings hat mich Manuela gerade angerufen. Die Polizei braucht offenbar die Aufzeichnungen der Apotheken-Videokamera vom Sonntag.«

Anna stellte das Milchkännchen auf den Tisch. »Meinst du, das hat etwas mit Elena zu tun?«

»Daran habe ich auch schon gedacht. Aber womöglich ist es etwas völlig anderes. Ein Einbruch oder eine Sachbeschädigung im Hotel gegenüber.«

»Du gibst ihnen die Aufnahmen doch? Benedikt, wenn es etwas mit Elenas Tod zu tun hat ...«

»Selbstverständlich, obwohl ich natürlich auf einen richterlichen Beschluss pochen könnte. Aber meinetwegen können sie die Aufnahmen gleich heute noch haben.« Er musterte den gedeckten Tisch. »Für wen bereitest du hier denn alles vor? In der Gaststube ist doch noch genügend frei.«

»Professor Cornelius kommt jetzt gleich zum Frühstück und hier sind wir ungestört.«

»Schon wieder? Er hat doch erst gestern hier gefrühstückt. Er hat jetzt eine Ferienwohnung und kann sich doch wohl selbst versorgen.«

»Vorgestern hat er Elena gefunden und gestern hätte er beinahe einen schweren Verkehrsunfall gehabt«, entgegnete Anna. »Da will ich ihn jetzt wirklich nicht allein lassen.«

Wie erwartet hatte Benedikt auf die Ankunft von Professor Cornelius in Neukirchen nur mit mäßiger Begeisterung reagiert. Auch wenn sich ihr Verhältnis mittlerweile gebessert hatte, stand er in der Beliebtheitsskala des Apothekers nach wie vor nicht sehr weit oben.

»Nicht nur *er* ist gestern um ein Haar einer Katastrophe entronnen«, sagte Benedikt und ging einen Schritt auf Anna zu. »Nicht auszudenken, wenn dir etwas passiert wäre.« Behutsam nahm er sie in den Arm.

»Ich verstehe immer noch nicht, wie Hannes das machen konnte«, flüsterte sie kaum hörbar. »Ich muss unbedingt mit Silvia sprechen.«

»Mute dir bitte nicht zu viel zu. Du bist nicht für jeden hier im Dorf verantwortlich.« Sanft strich er ihr eine Haarsträhne aus dem Gesicht. »Willst du dir nicht ein bisschen Ruhe gönnen?«

»Ich bin ausgeruht. Dank deiner Tabletten hab ich sehr gut geschlafen. Mach dir um mich keine Sorgen. Ich passe schon auf mich auf.«

Benedikt seufzte. »Zumindest dein Frühstücksgast sollte mittlerweile genügend Leute kennen, die sich um ihn kümmern könnten. Diese Angela Gebauer zum Beispiel. Mit der hängt er doch sonst auch immer zusammen.«

»Ein bisschen zu viel, wenn du mich fragst.«

»Hm. Du magst sie nicht, habe ich recht?«

»So richtig warm werde ich nicht mit ihr. Besonders jetzt, wo der Professor …«

»Wo der Professor was?«, fragte Benedikt lauernd.

»Nix.«

»Anna.«

Sie sah kurz zur Schiebetür. »Du musst mir aber versprechen, dass das unter uns bleibt«, flüsterte sie dann.

»Natürlich. Ich heiße schließlich nicht Roswitha Förster.«

»Ist ja schon gut. Er und seine Frau haben momentan eine … wie soll ich sagen … eine kleine Ehekrise. Seit dieser furchtbaren Sache im Sommer …«

Entgegen ihrer Erwartung wurde Benedikt sehr ernst. »Du sprichst von dem Raubüberfall in Südfrankreich?«

»Ja. Seine Frau hat sich seitdem sehr verändert. Sie blockt alles ab und er kommt nicht mehr an sie heran. Egal was er sagt und tut, es ist immer das Falsche.«

»Ich glaube, kein Außenstehender kann auch nur annähernd nachvollziehen, was sie in der Nacht durchgemacht hat. Diese furchtbaren Ängste. Ein Mann ist vor ihren Augen erschossen worden.«

»Ich weiß. Aber er tut mir so leid, weil er sich wirklich um sie bemüht hat. Was alles noch schwerer macht: Die Witwe dieses Mannes wohnt seit Monaten bei ihnen im Haus, was auch nicht gerade zur Entspannung beiträgt.«

»Vielleicht würde professionelle Hilfe nicht schaden.«

»Die beiden sind schon in therapeutischer Behandlung.«

»Nicht für seine Frau. Für ihn«, sagte er rasch. »Vielleicht hilft ihm ja ein Gespräch mit einer neutralen und völlig objektiven Person. Ein Schulfreund von mir ist Psychologe und Trauma-Therapeut. Ich könnte ihn ja ganz unverbindlich anrufen und fragen, ob er mit ihm sprechen würde. Du müsstest es halt dann dem Professor schmackhaft machen.«

»Das bekomme ich hin. Würdest du das wirklich machen?«

Er nahm ihre Hände und drückte sie. »Für dich würde ich alles tun. Ich hoffe, das weißt du.«

»Auch dein Haus verkaufen und bei mir einziehen?«

Abrupt ließ Benedikt sie los. »Musst du jetzt das Messer auspacken?«

»Ich packe überhaupt nichts aus. Aber irgendwann müssen wir doch darüber reden und eine Entscheidung treffen«, rief Anna lauter als beabsichtigt.

»Ich will mich jetzt nicht mit dir streiten. Vor allem nicht nach dem, was gestern passiert ist«, entgegnete Benedikt nicht wesentlich leiser.

»Ich will mich auch nicht mit dir streiten. Aber das Ganze wird nicht besser, je länger wir es vor uns herschieben.« Sie sah ihn prüfend an. »Heute Abend reden wir darüber. Ohne Wenn und Aber.«

»Na, vermisst du dein Rudel schon?«, fragte Korbinian Bäumel augenzwinkernd.

Katrin war in den Konferenzraum gehastet und hatte den leeren Stuhl neben ihrem eigenen Platz mit einem raschen Blick gestreift. Um ein Haar wäre sie zu spät zur Morgenbesprechung gekommen.

»Schmarrn«, sagte sie, froh, dass Robert Thorwald in diesem Moment erschien. Unter einigem Stimmengemurmel und Stühlerücken setzten sich schließlich alle.

»Hier, ich hab dir einen Kaffee mitgebracht«, sagte Petra und reichte Katrin eine Tasse.

»Du bist ein Schatz, danke.« Sah sie so mitgenommen aus?

»Schöner Lidschatten übrigens. Passt super zu deiner Augenfarbe«, flüsterte Petra.

Katrin formte ein lautloses »Danke«, da Thorwald bereits auf die Tischplatte geklopft hatte. Er ließ einen Stapel Unterlagen zirkulieren und begann direkt mit den Ergebnissen des Polizeieinsatzes am Mühlbach.

»Die Kollegen haben gestern tatsächlich die Stelle entdeckt, an der Elena Ziegler mit großer Wahrscheinlichkeit ins Wasser geworfen wurde.« Er stand auf und projizierte eine Karte von Neukirchen und Umgebung an die Wand. In einem der Planquadrate war ein roter Kreis eingezeichnet. »Wie wir schon vermutet haben, befindet sie sich westlich von Neukirchen und ist durch eine Hecke und dichtgewachsene Büsche am Straßenrand gut abgeschirmt. Gleichzeitig ist der Bach weit genug entfernt, um dahinter ein Auto abstellen zu können. Ganz offensichtlich hat jemand versucht, die Reifenspuren zu verwischen. Leider recht erfolgreich. Die KTU tut, was sie kann, aber viel Hoffnung auf einen brauchbaren Abdruck gibt es nicht. Dasselbe gilt für mögliche Fußspuren. Es gibt schlicht und einfach keine, was nicht an der Bodenbeschaffenheit liegt, sondern daran, dass der oder die Täter ihre Sohlen offenbar mit irgendetwas geschützt haben.«

»Also eine durchaus überlegte Aktion«, sagte Torsten Maiwald.

Thorwald nickte. »Ja, hier war jemand am Werk, der einen kühlen Kopf bewahrt hat, was einen Helfer nicht ausschließt. Ganz im Gegenteil. Nachdem der Täter im Affekt zugeschlagen hatte, wurde hinter ihm ganz gezielt aufgeräumt. Aber das ist natürlich nur eine mögliche Theorie. Auch wenn er die Tat nicht geplant hatte, hat er oder sie danach offensichtlich nicht die Nerven verloren.« Er vergrößerte den Kartenausschnitt. »Zudem glaube ich nicht, dass der Täter mit der Leiche im Wagen planlos durch die Gegend gefahren ist, sondern sie ganz gezielt dort abgelegt hat, weil er die Stelle bereits kannte.«

Katrin notierte sich auf ihrer Kopie rasch einige Stichpunkte, um Kornbichler später davon zu berichten. »Also jemand mit Ortskenntnissen.«

»Ja, davon sollten wir ausgehen. Elena Zieglers Autoschlüssel wurde bei der Suche übrigens nicht gefunden, aber das war ja zu erwarten. Der schwimmt wahrscheinlich längst in der Isar.«

»Willst du die Umgebung noch weiter nach möglichen Spuren absuchen lassen?«, fragte Korbinian Bäumel.

Thorwald drehte sich Richtung Fenster, wo unablässig Regentropfen gegen die Scheiben prasselten. »Sinnlos. Die Feldwege sind mittlerweile ein einziger Matsch.« Er wandte sich wieder an sein Team: »Was haben denn die Videoaufzeichnungen ergeben?«

»Bisher haben wir Elena Ziegler lediglich auf der Aufnahme von *Elektro Neptun* identifizieren können, wo sie sich bekanntlich ein neues Handy gekauft hat«, sagte Petra. »Die Parkhäuser und überwachten Parkplätze, die wir überprüft haben, haben nichts ergeben. Aber wir sind bei Weitem noch nicht mit allem durch.«

»War sie allein bei *Neptun*?«, fragte Katrin.

»Ja, und es ist ihr auch niemand sichtbar gefolgt. Wir haben sie noch einmal drei Häuser weiter auf der Aufnahme einer Bank entdeckt. Keiner in ihrem Umkreis benimmt sich dabei verdächtig. Danach verschwindet sie nach unserem bisherigen Stand von der Bildfläche.«

»Okay, dann heißt es für euch weiter dranbleiben und Videos sichten.« Thorwald drückte auf die Tastatur seines Laptops und warf die Fahndungsseite der Polizei an die Wand. Ein Foto von Elena Ziegler erschien, zusammen mit einer ausführlichen Personenbeschreibung und der Frage, wer sie am Sonntag in Landshut gesehen hatte. »Wir haben gestern in der Pressekonferenz einen Zeugenaufruf gestartet. Bis jetzt gibt es allerdings nur die üblichen Irrläufer und Anrufer, die wissen wollten, ob sie bei einem Hinweis eine Belohnung bekommen.«

Schließlich war Katrin mit ihren Ausführungen an der Reihe. Konzentriert erzählte sie von den Besuchen bei den Zieglers und bei Silvia Thalhammer sowie der Befragung der Angestellten des *Drei Lilien*. Bei der Erwähnung der Schönheitsklinik entging ihr nicht, wie Bäumel und Maiwald zu grinsen anfingen. Als sie Hannes Thalhammers Verkehrsunfall und das, was ihm vorausging, schilderte, wurden die Mienen der Kollegen aber ernst.

»Die Feuerwehr hätte es nicht mehr geschafft, ihn rechtzeitig herauszuholen. Ohne Toni wäre Hannes Thalhammer in seinem Wagen verbrannt«, schloss sie ihre Ausführungen.

Thorwald, den Katrin noch am Vorabend auf der Rückfahrt nach Landshut angerufen hatte, stand auf und strich die Namen Marianne Ziegler und Silvia Thalhammer auf der Wandtafel durch. Erneut hatte sich der Kreis der Verdächtigen verkleinert. Dafür war Bernadette Ziegler in den Vordergrund der Ermittlungen gerückt.

»In zwei Stunden hätte die Schwester es problemlos schaffen können, nach Neukirchen zu fahren, Elena abzupassen, sie zu erschlagen und ihre Leiche im Bach zu entsorgen – mit oder ohne Hilfe«, stellte Maiwald fest.

»Deshalb ist es umso wichtiger, dass sich ihr Verbleib für dieses Zeitfenster lückenlos aufklären lässt«, sagte Thorwald.

Katrin nickte. »Ich fange nach der Besprechung gleich mit den Videos vom Hotel an.«

»Der Eigentümer der Apotheke hat sich bereits gemeldet und wollte mir seine Aufnahmen direkt zuschicken. Die Sparkasse pocht allerdings auf einen richterlichen Beschluss, aber den haben wir spätestens morgen. Apropos Beschluss.« Thorwald öffnete die Mappe, die vor ihm auf dem Konferenztisch lag, und reichte Korbinian Bäumel ein Blatt. »Damit sollte die heilpädagogische Einrichtung die Daten ihrer Mitarbeiter und die der betreffenden Familien herausrücken. Was haben die Befragung in Neukirchen und die Überprüfung der Mitarbeiter der Schreinerei ergeben?«

»In der Schreinerei sind alle sauber – abgesehen von einer Trunkenheitsfahrt mit Führerscheinentzug eines der Gesellen. Also insgesamt harmlos.« Bäumel stand auf und bat Thorwald noch einmal um den Kartenausschnitt des Dorfs und seiner Umgebung. Sekunden später erschien das Bild an der Wand. Der Kommissar zeigte auf ein Haus schräg gegenüber der Bushaltestelle.

»Die Bewohnerin, eine gewisse Marie Lechner, hat Elena Ziegler kurz vor halb fünf am Gartenzaun vorbeigehen sehen. Sie selbst hat gerade zusammen mit ihrer Tochter den Hauseingang mit Kürbissen dekoriert und kann sich wegen der Kirchenglocken an die ungefähre Uhrzeit erinnern. Sie haben sich gegrüßt und Elena hat eine nette Bemerkung zu den ausgehöhlten Kürbissen gemacht, bevor sie weiterging. Wohin, konnte die Zeugin nicht sagen.«

»Das war also kurz nachdem Frau Rohrbach vom Kosmetikstudio Elena vor dem Haus der Zieglers gesehen hat«, sagte Thorwald.

»Ja. Davon abgesehen hat die Haus-zu-Haus-Befragung nichts ergeben.«

Der Hauptkommissar stellte sich direkt vor die Wand. »Das kann ja nur bedeuten, dass sie nicht durch das Dorf gegangen ist, sondern hier am Lechner Hof vorbei Richtung westliches Dorfende. Und damit direkt in die Richtung des späteren Fundorts ihrer Leiche.« Thorwald schüttelte den Kopf. »Aber was zum Teufel wollte sie zu Fuß auf einer kleinen Nebenstraße, nachdem sie gerade mit dem Auto aus Landshut zurückgekommen war?«

Katrin sah von ihren Notizen auf. »Vielleicht hatte sie wieder eine Kopfschmerzattacke und wollte ein paar Schritte gehen, um frische Luft zu schnappen.«

Thorwald drehte sich zum Konferenztisch um. »Nach allem, was wir von ihrer Tumorerkrankung wissen, könnte das durchaus der Fall sein.«

»Wahrscheinlich ist sie ganz bewusst eine Strecke gegangen, auf der sie nicht vielen Leuten begegnen würde«, sagte Katrin. »Und ist dort dann direkt ihrem Mörder in die Arme gelaufen.«

Noch immer war sie da, diese furchtbare Angst. Hatte sich an ihn festgeklettet und ihn umwickelt, wie eine Spinne ihre Beute mit dem Netz einfing, bevor sie sich über sie hermachte. Am schlimmsten waren die Nächte, wenn er allein in der Dunkelheit lag und auf jedes noch so kleine Geräusch achtete. Er durfte nicht einschlafen, musste wach bleiben, um zu hören, ob die Schritte kamen. Ich ... darf ... nicht ... schlafen, hämmerte er sich immer wieder ein. Trotz der Anspannung übermannte ihn irgendwann die Müdigkeit und er fiel in einen unruhigen Schlaf, der keine Erholung brachte.

Am Tag wurde es nicht besser. Der kalte Blick verfolgte ihn überall hin. Egal was er tat und wohin er ging. Nur wir beide wissen es, schien er zu sagen. Und niemand wird je davon erfahren. Beinahe hatte er die Augen vergessen, hatte sie in den hintersten Winkel seines Herzens verdrängt, bis sie ihn nicht mehr bedrohen konnten. Jetzt waren sie zurück und durchbohrten ihn fast, wenn sie ihm begegneten. Kalt und böse, so wie in jenem schrecklichen Moment, als er zu begreifen begann. Aber da war es bereits zu spät gewesen. Viel zu spät. Dabei hatte er diesen Augen stets vertraut. Niemand war ihm je näher gewesen.

Warum nur verstand keiner seine Angst? Warum nur spürte keiner das Böse? Es war da, mitten unter ihnen. Sie sprachen und lachten zusammen und aßen an einem Tisch, doch auch dann spürte er es ganz deutlich. Nichts konnte ihn darüber hinwegtäuschen. Er spürte es in jeder Ecke des Hauses, auf jeder Faser seines Körpers. Das Böse war da und würde nicht mehr weggehen.

Kapitel 21

Thorwald zeichnete Elena Zieglers kurzen Fußweg von ihrem Elternhaus bis zum Lechner Hof in den Übersichtsplan, druckte ihn aus und heftete ihn ebenfalls an die Wandtafel. Er spürte, wie sich allmählich Verdruss und Resignation in ihm ausbreiteten. Zu viele Ermittlungsstränge hatten sich bereits nach kurzer Zeit wieder zerschlagen und insgesamt kamen sie viel zu langsam voran. Zudem fehlten seinem Team trotz Kornbichlers Unterstützung die notwendigen Mitarbeiter, um endlich mit voller Manpower an dem Fall zu arbeiten. Bald waren die kostbaren ersten achtundvierzig Stunden vorbei und mit ihnen die Hoffnung, das Ganze bald abschließen zu können.

Jeden Tag erkalteten die Spuren etwas mehr, schwand das Erinnerungsvermögen der Menschen und rückte das Verbrechen ein Stück weiter aus ihrem Bewusstsein. Er durfte dem Team seine wachsende Ungeduld nicht allzu sehr spüren lassen. Jeder Einzelne im Raum kannte die Regeln und wusste um den Druck, unter dem sie standen. Die Angehörigen, der Staatsanwalt, die Presse, die Öffentlichkeit – sie alle wollten eine Antwort auf die Frage, wer die Frau getötet hatte. Und zwar bald.

Eine Frau, die offenbar ein vollkommen normales und unauffälliges Leben geführt hatte. Weder in den persönlichen Sachen aus ihrem Zimmer noch auf ihrer SIM-Karte oder in ihren E-Mails hatten die Beamten etwas Verdächtiges entdeckt, wie Torsten Maiwald den Anwesenden gerade erklärte. Auch die unglückliche Liebe zu Hannes Thalhammer und die Eifersucht seiner Ehefrau hatten in einer Sackgasse gemündet. War es am Ende tatsächlich das Amt der Fahnenbraut, das Elena Ziegler das Leben gekostet hatte, weil es ihre Schwester nicht verkraftet hatte, dafür nicht ausgewählt worden zu sein? Sollte Bernadette Ziegler die Antwort auf die alles entscheidende Frage sein? Für die Eltern bahnte sich damit bereits die nächste Katastrophe an.

Kaum hatte Maiwald seine Ausführungen beendet, klopfte es

an die Tür zum Konferenzraum. Katrins Herz schlug einen Takt schneller. Herbert Kröger, der Leiter des Einbruchs- und Raubdezernats, hatte den Raum betreten. Das konnte eigentlich nur eines bedeuten: Die dortigen Kollegen hatten endlich eine Spur. Der Mann, der mehrere Banküberfälle verübt und Florian Weber ins Koma geschossen hatte, würde womöglich schon bald kein Phantom mehr sein.

Kröger, einen aufgeklappten Laptop in der Hand, murmelte etwas, das wie eine Entschuldigung klang, ehe er sich direkt neben Robert Thorwald stellte. Katrin hielt es kaum mehr auf ihrem Stuhl aus. Ihrem Vorgesetzten erging es offenbar ähnlich. Obwohl Thorwald Teambesprechungen ungern unterbrach, übergab er Kröger das Wort.

»Da es bisher ausschließlich unser Dezernat betroffen hat, habt ihr es wahrscheinlich nicht mitbekommen. In Neukirchen, dem Dorf, in dem die Frauenleiche gefunden wurde, hat es seit Juli vermehrt Einbrüche in Wohnhäuser gegeben.«

Katrins Anspannung ließ augenblicklich nach. Krögers Auftauchen hatte nichts mit den Banküberfällen zu tun. Enttäuscht lehnte sie sich zurück.

»Vier, um genau zu sein«, fuhr Kröger unbeirrt fort. »Der letzte vorgestern am späten Nachmittag.«

Jetzt gehörte Kröger die geballte Aufmerksamkeit der Anwesenden.

»Wo und wann genau ist eingebrochen worden?«, fragte Thorwald.

Kröger drehte sich zur Wand und entdeckte den Übersichtsplan von Neukirchen. »Es ist ja schon alles da, was ich brauche«, sagte er zufrieden und stellte seinen Laptop auf dem Konferenztisch ab. »Der Einbruch wurde am Sonntag um achtzehn Uhr zwanzig von Pfarrer Felix Hartl gemeldet. Er war gegen sechzehn Uhr zu einem Rosenkranzgebet aufgebrochen und hat danach noch eine Andacht im Seniorenheim in Altenberg gehalten. Bei seiner Rückkehr hat er dann das durchwühlte Wohnzimmer vorgefunden. Die Scheibe der Terrassentür war mit einem Glasschneider bearbeitet worden.«

Thorwald war es gerade herzlich egal, was der Pfarrer am Sonntag gemacht hatte. Ihn interessierte nur eines. »Wo wohnt Felix Hartl?«

»Hier«, sagte Kröger und zeigte auf das Haus hinter dem Lechner Hof.

Dankbar hatte Gregor Cornelius am Vorabend Annas Angebot angenommen, bei ihr in der Pension zu einem späten Frühstück vorbeizukommen. Zu Hause hatte er noch lange mit sich gerungen, Ramona oder wenigstens seine Tochter anzurufen, aber beides schließlich verworfen. Tabea traf er am Wochenende ohnehin in Landshut und Ramona würde auf die Nachricht eines Verkehrsunfalls ähnlich ungehalten reagieren wie auf die Tatsache, dass er am Tag zuvor die Leiche einer Frau gefunden hatte. Wenn er sich nur meldete, weil er eine Katastrophe nach der anderen im Gepäck hatte, war der nächste Streit vorprogrammiert. Und dazu fehlte ihm gerade jegliche Kraft.

Entgegen seinen Befürchtungen hatte er auch ohne Tabletten gut geschlafen und sich entsprechend ausgeruht auf den Weg gemacht. In der Nacht hatte es angefangen zu regnen. Dicke, graue Wolken hingen über Neukirchen, fast schien es, als ob der Himmel seinen Beitrag zu der ganzen Tristesse leisten wollte. Von Pfarrer Hartl abgesehen, mit dem er sich kurz unterhielt, war nur ein Journalist samt Kameraausrüstung auf der Hauptstraße unterwegs, doch Cornelius winkte rigoros ab, als dieser sich ihm näherte und um einen Kommentar zu Elena Ziegler bat. Bereits nach wenigen Minuten erreichte er das Gasthaus, wo Anna extra einen Tisch im Nebenraum vorbereitet hatte. Bald war er der einzige Gast, sodass sie sich die Zeit nahm und sich zu ihm setzte. Natürlich dauerte es nicht lange, bis die Geschehnisse des Vortages alle anderen Gesprächsthemen verdrängt hatten, aber mit Anna über den Unfall zu sprechen, bereitete Cornelius kein Unbehagen. Wer außer ihr konnte ihn besser verstehen? Er war froh, dass sie sich von dem Schock offenbar gut erholt und in der Person von Benedikt Rehberg eine starke Schulter zum Anlehnen hatte.

Anna hatte ihm gerade von der unglücklichen Liebesbeziehung zwischen Elena Ziegler und Hannes Thalhammer erzählt, als die

Eingangstür zur Gaststube geöffnet wurde und ein lauter Gruß durch den Raum tönte.

Andreas Mayrhofers Energiepegel schien auch zu morgendlicher Stunde bereits einen Höchststand erreicht zu haben, denn Sekunden später schallte noch ein wesentlich kräftigeres »Anna! Bist du da?« hinterher.

»Ja, Andreas. Hier sind wir«, rief sie durch die geöffnete Schiebetür, in der gleich darauf die massige Gestalt des Bauunternehmers erschien.

Cornelius vermutete, dass er auf dem Weg in sein Altenberger Büro war, da er einen dunklen Anzug und Krawatte trug.

»Ah, hier seid ihr! Ihr lasst es euch aber gutgehen«, sagte Andreas Mayrhofer mit Blick auf den gedeckten Frühstückstisch. »So schön hätte ich es auch gerne!«

»Magst du dich einen Moment zu uns setzen?«, fragte Anna in der Hoffnung, er würde das Angebot ablehnen. Seine lärmende Art würde sie an diesem Morgen nur schwerlich ertragen.

»Ja, freilich, weil ich ja sonst nichts zu tun hab! Ich wollte dir nur Bescheid geben, dass wir eine neue Fahnenbraut haben.«

Entgeistert starrte Anna ihn an. »Was?«

»Da schaust, gell. Judith wird es übernehmen«, sagte er feixend.

Anna stellte ihre Kaffeetasse geräuschvoll auf den Unterteller zurück. »Deine Tochter? Aber sie ist doch noch nicht einmal Mitglied im Schützenverein.«

Mayrhofers selbstgefälliges Grinsen verschwand so schnell, wie es gekommen war. »Dann wird sie es halt. Das sollte nun wirklich kein Problem sein.«

»Was sagt denn der Festausschuss dazu?«

»Dem gebe ich dann schon noch Bescheid.«

»Also, ich weiß nicht …«

»Die sollen froh sein, dass sich jemand der Sache annimmt und nicht nur tatenlos herumsitzt und immer nur jammert. Ich trommle sie für Anfang nächster Woche zusammen, damit wir das schnellstmöglich in trockenen Tüchern haben.«

»Willst du nicht ein bisschen warten? Elena ist noch nicht einmal beerdigt.«

»Wozu denn? Das macht das Mädel auch nicht mehr lebendig.

Es ist jetzt, wie es ist, und damit basta.«

Cornelius musste mächtig an sich halten, um nicht ausfallend zu werden.

»Aber ausgerechnet Judith«, hörte er Anna sagen. »Sie hatte es doch sonst nicht so mit dem Vereinsleben hier in Neukirchen.«

»Na und? Meine Tochter hat schließlich lange und hart für ihre Karriere gearbeitet. Da war eben wenig Zeit für andere Dinge. Einen Doktortitel gibt es schließlich nicht zum Nulltarif.« Mayrhofer wandte sich direkt an Cornelius. »Das werden Sie ja wohl am besten wissen, oder?«

Ehe Cornelius auch nur zum Luftholen kam, hatte der Bauunternehmer bereits weitergesprochen. »Ich hoffe, die Chronik macht Fortschritte. Dass Sie mir da ja am Ball bleiben.«

Mit diesen Worten drehte er sich um und stürmte zur Gaststube hinaus. Auf dem Weg zum Parkplatz riss er das Mobiltelefon aus der Anzugtasche und drückte hektisch auf dem Display herum.

»Judith! Papa hier. Ruf mich endlich zurück! Es ist wichtig!«, bellte er in das Telefon, bevor er in den Wagen stieg und mit quietschenden Reifen davonschoss.

»Aber das würde ja bedeuten, Elena Ziegler ist dem Einbrecher womöglich direkt in die Arme gelaufen.« Torsten Maiwald sprach als Erster aus, was alle Anwesenden im Konferenzraum gedacht hatten. »Oder reden wir hier von einer ganzen Bande?«

»Deshalb bin ich hier«, sagte Kröger. »Ein kleines Dorf und innerhalb von zwei Stunden zwei Verbrechen, das erschien mir dann doch etwas zu viel auf einmal. Und um deine Frage zu beantworten: Momentan gehen wir bei allen Einbrüchen von einem Einzeltäter aus.«

»Moment«, schaltete sich Thorwald ein. »Noch sind das nur bloße Spekulationen. Ich selbst habe mit dem Pfarrer am Sonntagabend wegen Elena Ziegler telefoniert, damit er als Seelsorger Bescheid weiß. Da hat er den Einbruch mit keiner Silbe erwähnt!«

»Ach, du warst dieser Anruf, der ihn so mitgenommen hat. Auf den Einbrecher hat er dagegen äußerst gelassen reagiert. Gott würde die verwirrte Seele schon auf den rechten Pfad bringen, war alles, was er dazu zu sagen hatte.« Krögers Missbilligung ob der Reaktion des Geistlichen war nicht zu übersehen. »Das für ihn Wichtigste, eine alte Bibel und Erinnerungsstücke seiner früheren Pfarreien, hat den Einbrecher nämlich nicht interessiert. Der hatte es nur auf das Geld der letzte Kollekte abgesehen, das Herr Hartl – äußerst fahrlässig – im Wohnzimmerschrank in einer Porzellanschüssel aufbewahrt hatte, um es am Montag zur Bank zu bringen.«

»Warum wohnt der als Pfarrer überhaupt so weit von der Kirche weg?«, fragte Korbinian Bäumel. »Ist es auf dem Land nicht üblich, dass das Pfarrhaus direkt daneben steht?«

»Das eigentliche Pfarrhaus in der Nähe der Kirche existiert als solches schon lange nicht mehr«, erklärte Kröger. »Laut Hartl hatte St. Ulrich jahrelang keinen eigenen Pfarrer, sondern hängt an der Gemeinde in Altenberg dran. Dort mussten die Leute dann auch immer zum Gottesdienst gehen. Er ist im Dorf aufgewachsen und vor einiger Zeit auf eigenen Wunsch als Ruhestandsgeistlicher in seine Heimat zurückgekehrt. Das Haus am Dorfrand hat er gemietet, weil er nicht bei seiner Schwester einziehen wollte.« Kröger fing an zu lachen.

»Was ist daran so lustig?«, fragte Thorwald.

»Ihr gehört der Dorfladen und so wie ich ihn verstanden habe, ist sie sehr redselig und sehr wissbegierig.«

»Also eine Ratschn und obendrein sehr neugierig«, stellte Thorwald ungerührt fest.

Auch Katrin konnte sich nur mit Mühe ein Lachen verkneifen.

»Er wollte sie auf keinen Fall an Ort und Stelle wegen des Einbruchs benachrichtigen, sondern es ihr erst später in Ruhe erzählen«, fuhr Kröger fort. »Unsere Leute sollten sich deshalb in seine Hofeinfahrt stellen, damit niemand die Anwesenheit der Polizei bemerkt. Aber nachdem ihr fast zeitgleich mit der ganzen Kavallerie aufgefahren seid, hatte sich seine Sorge ohnehin erledigt. Deine Nachricht von Elena Zieglers Tod hat ihn ziemlich mitgenommen.«

»Okay, jetzt aber zurück zum Wesentlichen. Irgendwann zwischen sechzehn und achtzehn Uhr hat bei ihm jemand eingebrochen, sehe ich das richtig?«

»Ja«, erwiderte Kröger. »Der Einbrecher kam durch die Terrassentür, die nach hinten zum Garten geht. Er hat dazu mit einem Glasschneider in Höhe des Türgriffs ein kreisrundes Loch herausgeschnitten. Ihr seht ja, das Haus hat, vom Lechner Hof abgesehen, keine direkten Nachbarn. Und der ist auch ein gutes Stück entfernt. Die Familie dort war zwar zur fraglichen Zeit daheim, hat aber nichts mitbekommen. Wie bei den anderen drei Einbrüchen wurde das Objekt vorher offenbar nicht ausgekundschaftet. Es stand kein fremdes Auto in der Nähe und niemandem ist etwas Verdächtiges aufgefallen.«

»Verwertbare Spuren?«, fragte Katrin.

»Fehlanzeige. Außer im Wohnzimmer hat sich der Täter nirgendwo im Haus aufgehalten. Dort hat er alles einmal gründlich durchsucht, bevor er mit dem Geld aus der Porzellanschüssel abgehauen ist.«

»Dabei könnte er auf Elena Ziegler getroffen sein, die gerade zu ihrem Spaziergang aufgebrochen ist oder von diesem ins Dorf zurückkam«, warf Thorwald ein. »Womöglich ist es sogar jemand, den sie kannte.«

»Sie muss ihn in dem Moment ja nicht als Einbrecher wahrgenommen haben«, überlegte Katrin. »Sollte er, von Handschuhen abgesehen, normal gekleidet gewesen sein, dürfte sie keinen Verdacht geschöpft haben. Aber spätestens, wenn der Einbruch beim Pfarrer die Runde gemacht hätte, wäre es für ihn eng geworden. Vielleicht hat er sie in ein Gespräch verwickelt und ihr in einiger Entfernung zum Dorf den Stein auf den Kopf geschlagen. Oder sie unter einem Vorwand in den Garten des Pfarrers gelockt und sie dort überwältigt.«

»Das alles macht für mich durchaus Sinn«, sagte Thorwald. »Ich würde daher vorschlagen, Torsten und Marco, ihr beide arbeitet bis auf Weiteres in Herberts Abteilung mit und bringt alles über die Einbrüche und das Täterprofil in Erfahrung, was für uns wichtig sein könnte. Ich lasse mir jetzt gleich einen Termin beim Staatsanwalt geben und würde dann später dazustoßen.« Er wandte sich an Kröger. »Damit bist du doch einverstanden, oder?«

»Klar, deshalb bin ich schließlich hier. Wenn unser Einbrecher tatsächlich euer Täter ist, müssen wir an einem Strang ziehen.«

Während sich der Konferenzraum allmählich leerte, blieb Thorwald neben Katrin stehen.

»Wegen der Aufgabenverteilung …«, begann er.

Katrin sollte mit den Videos aus dem *Drei Lilien* anfangen und nach Kornbichlers Rückkehr mit ihm zu Alfons Leidinger fahren, dessen Verbleib am Sonntag noch immer nicht geklärt war. Thorwald hatte darauf bestanden, das Alibi des Altenberger Bürgermeisters persönlich abzuklären und zudem unangemeldet im Rathaus zu erscheinen, auch auf die Gefahr hin, dass sie dann warten mussten. Durch Maiwalds Anrufe bei seinen Wirthauskumpanen war er sicher ohnehin vorgewarnt. Ein unerwarteter Besuch von Angesicht zu Angesicht würde ihm immerhin kein weiteres Schlupfloch gewähren.

»Du kannst für heute mit Petra tauschen und die Videos aus Landshut unter die Lupe nehmen. Dann würde sie mit Toni zusammenarbeiten.«

Katrin zog hörbar die Luft ein. »Hat er etwa gesagt, dass er nicht mehr mit mir in einem Team arbeiten möchte?«

Das sah ihm ähnlich. Gestern mit seinem »Wauwau« noch die Charmeoffensive starten und dann hintenrum zum Chef rennen und sich über sie beschweren. Sie wusste schon, warum sie ihm keinen Millimeter über den Weg traute.

»Äh … nein. *Du* hast mich doch gestern um einen Tausch gebeten«, sagte Thorwald irritiert.

Katrin spürte, wie ihre Wangen warm wurden. »Ach, das«, winkte sie ab. »Das hat sich erledigt. Ich … äh … wir haben uns ganz gut zusammengerauft.« Sie packte hastig ihre Unterlagen zusammen. »Außerdem will ich schon wissen, wie es mit Bernadette Ziegler weitergeht, nachdem wir die ganze Vorarbeit geleistet haben.«

»Kommt Silvia Thalhammer eigentlich heute vorbei, um ihre Aussage zu machen?«

»Ich wollte sie anrufen und ihr anbieten, dass wir das auch zu einem späteren Zeitpunkt erledigen können. Der Arzt hat ja alles bestätigt. Mein Bericht ist allerdings noch nicht fertig.«

»Alles gut«, sagte Thorwald. »Prio eins hat momentan ohnehin Bernadette Ziegler. Ich bin mit allem einverstanden.«

Kurz nach Mayrhofers Abgang öffnete sich erneut die Tür zur Gaststube, wenngleich nicht ganz so stürmisch. Dennoch machte auch die nächste Besucherin sogleich lautstark auf sich aufmerksam.

»Grüß dich, Anna!«

Die Wirtin warf Cornelius einen gequälten Blick zu. Nach dem Bauunternehmer wurden sie jetzt von der Dorfladenbesitzerin in Beschlag genommen. Das verhieß nichts Gutes und konnte eigentlich nur eines bedeuten. Und tatsächlich ...

Kaum hatten sie sich bemerkbar gemacht, wirbelte Roswitha Förster mit hochrotem Kopf in den Nebenraum. »Stimmt es, dass der Hannes gestern beinahe in euch hineingefahren wäre?«, fragte sie atemlos.

»Willst du dich nicht erst einmal setzen?« Erneut hoffte Anna, dass ihre Einladung ausgeschlagen wurde. Mit ihrer Geduld und ihren Nerven war es an diesem Morgen nicht weit her.

»Nein, nein. Ich muss gleich zurück. Vorhin war übrigens ein Reporter da und hat mich über die Elena ausgefragt. Der arbeitet für diese bekannte Zeitung und meinte ...«

»Woher weißt du denn überhaupt von dem Unfall?«, unterbrach Anna den Redefluss ungeduldig.

»Das weiß doch schon das ganze Dorf! Jetzt sag, stimmt es?«

Anna seufzte. »Und woher weißt du, dass wir ...?«

»Die Stenzel Inge war gerade bei mir. Die hat dieser Reporter übrigens auch interviewt.« Sie nickte bedeutungsschwer. »Auf alle Fälle stand die Inge gestern im Stau auf der Bundesstraße, direkt hinter der Absperrung. Und mittendrin sieht sie dich im Auto vom Herrn Professor vorbeifahren.«

»Ja, das stimmt. Frau Leitner war so freundlich, das Steuer zu übernehmen«, erlöste Cornelius Anna von der drohenden Inquisition. »Wie Sie sehen, sind wir unversehrt. Herr Thalhammer hat ein anderes Fahrzeug überholt und ist beim Einscheren ins Schleudern geraten. Uns ist zum Glück nichts passiert.«

Der vielsagende Blick zwischen ihm und Anna entging Roswitha. »Weil die Burschen auch immer so rasen müssen!«, rief sie.

Anna zwang sich ein kleines Lächeln heraus. »Jetzt hoffen wir einfach, dass es dem Hannes bald wieder besser geht.«

»Seiner Frau scheint das ziemlich egal zu sein. Stell dir vor: Die Silvia zieht aus!«

»Geh Schmarrn«, wiegelte Anna ab.

»Wenn ich es dir doch sage. Heute in aller Herrgottsfrüh kamen ihre Eltern mit einem Transporter angefahren. Ich bin natürlich gleich rüber ...«

»Natürlich«, murmelte Cornelius.

»... und da hat sie es mir direkt ins Gesicht gesagt. Sie zieht mit dem Kleinen aus und wohnt vorübergehend bei ihren Eltern in Altenberg«, vollendete Roswitha triumphierend. »Das hat sich der Hannes alles selbst eingebrockt. Wie der Zeit ihres Lebens hinter der Elena, Gott hab sie selig, her war, war wirklich eine Zumutung. Ich hätte mir das an Silvias Stelle nicht gefallen lassen.«

»Das mag ja sein, aber ihn ausgerechnet jetzt zu verlassen ...«

»Ja, mei. Ich bin nur gespannt, wer jetzt unsere Fußballer trainiert. Wo sie zurzeit eh so schlecht spielen. Der David Mayrhofer und noch zwei Burschen sind gerade zur Silvia reingefahren, als ich weg bin.«

Das wird jetzt ihre geringste Sorge sein, dachte Anna. Die Ankunft des Getränkelieferanten ersparte ihr jedoch eine weitere Bemerkung und veranlasste auch Cornelius, nach Hause aufzubrechen. Er verließ den Gasthof gemeinsam mit Roswitha, die mit wehendem Mantel zurück in ihren Laden eilte. Mittlerweile hatte es fast aufgehört zu regnen.

Auf den Treppen zum Friedhof entdeckte Cornelius eine bekannte Gestalt.

»Guten Morgen, Clara«, rief er.

Seine gute Laune sank jedoch, als sie sich zu ihm umdrehte. Sie war blass, mit Augenringen bis zu den Wangenknochen und so zart, dass sie unter der Kapuze ihrer Daunenjacke fast zu verschwinden schien.

»Guten Morgen«, sagte sie leise.

Rasch überquerte er die Hauptstraße. »Geht es Ihnen etwas besser?«, erkundigte er sich, wohlwissend, dass er sich seine Frage getrost hätte schenken können. Selbst ein Blinder konnte sehen, wie elend sie sich fühlen musste.

»Ein bisschen. Ich muss mir in München irgendetwas eingefangen haben«, murmelte sie. »Danke für Ihre Grüße. Maria hat sie mir ausgerichtet.«

Cornelius sah an Clara vorbei zum Kirchturm von St. Ulrich. »Wollten Sie zum Pfarrer?«

Ihre Augenbrauen schnellten alarmiert nach oben. »Ich?«

»Ja. Er ist nämlich nicht da, falls Sie ihn sprechen wollten. Er ist in Altenberg im Seniorenheim. Ein Notfall. Wir sind uns vorhin kurz über den Weg gelaufen.«

»Nein«, erwiderte sie hastig. »Ich ... ich ... nein. Wollte ich nicht.«

»Ich dachte nur, weil Dienstagvormittag doch immer Beichtgespräch ist und Sie ...«

Clara lachte so schrill, dass Cornelius zusammenzuckte. »Nein, ich wollte ganz bestimmt nicht zum Beichten!« Abrupt ging sie die Stufen nach unten. »Ich muss jetzt nach Hause. Ich fühle mich nicht gut.«

»Soll ich Sie begleiten?«, Cornelius konnte sich nicht vorstellen, wie Clara in dem Zustand den Weg bis zur Villa Mayrhofer schaffen sollte.

»Clara, was machst du denn hier draußen?«, rief in diesem Augenblick Maria Brunner energisch. Sie trug einen Einkaufskorb und kam offenbar gerade aus dem Dorfladen.

Clara wurde noch eine Spur blasser. »Ich ... ich wollte nur frische Luft schnappen.«

»Warum sagst du denn nicht Bescheid? Ich hätte dich doch begleitet.«

Tränen glitzerten in Claras Augen. »Ich ... ich wollte ... ich dachte ...«

»Geh, Mädel, was hast du denn?«, fragte Maria und strich ihr fürsorglich über die Wange. »Du gehörst jetzt wirklich nach Hause und ins Bett.«

»Ich hole meinen Wagen und fahre Sie«, bot Cornelius an. Claras Zustand ängstigte ihn jede Minute mehr.

»Nein, das geht schon«, wehrte diese vehement ab. »Ich habe

mich nur ein bisschen übernommen. Mit Maria zusammen schaffe ich es.«
»Sind Sie sicher?«
»Jaja. Vielen Dank.«
»Danke, Herr Professor. Das schaffen wir schon«, sagte Maria und reichte Clara den Arm.
Nachdenklich sah Cornelius den beiden Frauen hinterher. War Clara womöglich schwanger? Die Symptome sahen ganz danach aus. Falls ja, würde ihr Mann mit seinem jüngsten Kind hoffentlich liebevoller umgehen, als er dies mit den anderen Menschen in seiner Umgebung zu tun pflegte. Erst als sie aus seinem Blickfeld verschwunden waren, ging er selbst nach Hause, wo ihn sein erster Weg an den Küchentisch führte. Dort lagen immer noch die Unterlagen für die Chronik des Schützenvereins, wie er sie am Sonntag vor seinem verhängnisvollen Spaziergang zurückgelassen hatte. Obwohl ihm gerade nicht der Sinn nach wohlmeinenden Worten stand, würde er sich von Mayrhofer, diesem Großmaul, bestimmt nicht nachsagen lassen, seine Aufgabe nicht ordentlich zu erledigen. Außerdem musste er sich eingestehen, mit sich und seiner Zeit gerade nichts Besseres anzufangen zu wissen.
Angela wollte Jonas heute selbst in die heilpädagogische Einrichtung nach Landshut fahren, um sich vor Ort mit den Erzieherinnen auszutauschen. Eine gute Idee, wie er fand, genauso wie ihr Vorhaben, Jonas den Besuch der Einrichtung weiterhin zu ermöglichen. Alles, was Routine und Stabilität versprach, konnte ihm eigentlich nur helfen. Noch immer geisterte das Bild seiner angsterfüllten Augen durch Cornelius' Gedächtnis. Oder hatte er es sich am Ende nur eingebildet, weil er gerade selbst in einer emotionalen Krise war? Umso besser, wenn es etwas zu tun gab, das ihn vom Grübeln ablenken würde.
Wie immer dauerte es nicht lange und die historischen Daten und Ereignisse hatten ihn so in ihren Bann gezogen, dass er jegliches Zeitgefühl verlor. Erst die Klingel riss ihn aus seinen Aufzeichnungen. Mit diesem Besucher hatte er in der Tat nicht gerechnet, dachte er überrascht beim Öffnen der Haustür.

Kapitel 22

»Was macht deine Verletzung?«, fragte Katrin. Sie und Kornbichler waren unterwegs nach Altenberg, wo sie Alfons Leidinger zu seinem Verbleib am Sonntagnachmittag befragen sollten.

»Siehst ja richtig verwegen aus.«

Die Fäden, mit denen die Wunde in der Notaufnahme genäht worden war, waren nicht zu übersehen. Zudem hatte sich über Nacht eine leichte Schwellung gebildet und die Haut um das Auge sich violett verfärbt.

»Das war der Plan«, entgegnete er mit einem Grinsen. »Auch auf die Gefahr hin, dass mich seine Vorzimmerdame nicht ins Allerheiligste durchlässt, sondern den Sicherheitsdienst ruft.«

Kornbichler und Matilda hatten Katrin nach dem Training am Präsidium aufgegabelt. Jetzt lag die Schäferhündin tief schlafend auf dem Rücksitz – völlig geschafft von der fingierten Drogenjagd und gesättigt durch die Belohnung, die stets auf eine Übungseinheit folgte. Nur hin und wieder ließ sie ein leises Schnarchen hören. Während Kornbichler auf die Bundesstraße fuhr und den Wagen beschleunigte, erzählte Katrin von den neuesten Entwicklungen.

»Das heißt, wir haben aktuell zwei heiße Eisen im Feuer: Bernadette Ziegler und diesen Einbrecher«, stellte Kornbichler fest. »Wozu lässt uns Robert dann nach Altenberg fahren und den Bürgermeister befragen? Die Zeit könnten wir wesentlich sinnvoller nutzen.«

Sofort fühlte Katrin sich an ihre verunglückte Zusammenarbeit aus dem Vorjahr erinnert, als Kornbichler ebenfalls ständig etwas auszusetzen hatte. Mal war es eine von Thorwalds Ermittlungsentscheidungen, die er nicht gutheißen wollte, ein anderes Mal passte ihm die teaminterne Aufgabenverteilung nicht. Zum Schluss lagen sie so über Kreuz, dass Katrin sein Wechsel ins Rauschgiftdezernat wie ein Geschenk des Himmels erschien.

Schon lag ihr ein spitzer Kommentar auf der Zunge, aber sie beherrschte sich. Wenn auch mit Mühe.

»Du kennst doch den eisernen Grundsatz«, sagte sie stattdessen. »Es wird in alle Richtungen ermittelt, bis ein Täter zweifelsfrei feststeht. Und so weit sind wir noch lange nicht.«

Zu ihrer Überraschung verzichtete Kornbichler auf eine weitere übellaunige Bemerkung und hörte ihr stattdessen aufmerksam zu. In der Tat hatte die Durchsicht der hoteleigenen Videoaufnahmen bis zu ihrer Abfahrt keine neuen Erkenntnisse gebracht. Korbinian Bäumel hatte Katrin schließlich abgelöst. Kornbichler fuhr zügig und es dauerte nicht lange und sie erreichten die Ausfahrt Richtung Altenberg. Nach den kräftigen Regenschauern zeigte sich der Oktober mit tiefblauem Himmel und strahlendem Sonnenschein mittlerweile von seiner goldenen Seite. Die Bäume entlang der Landstraße leuchteten in satten Rot- und Brauntönen. In der Stadt angekommen fanden sie direkt vor dem Rathaus einen Parkplatz. Der hübsche Glockenturm des blaugetünchten Gebäudes schlug gerade zur vollen Stunde. Wenn sie Pech hatten, war Alfons Leidinger gerade in der Mittagspause. Etwas zu essen würde nicht schaden, dachte sich offenbar auch ihr Magen und machte sich mit einem leisen Grummeln bei ihr bemerkbar. Sie ließen Matilda auf dem Rücksitz weiterschlafen und machten sich auf in das Büro des Bürgermeisters, das sich im ersten Stock befand.

Wie sie dem indignierten Blick durch die randlose Brille entnehmen konnten, löste ihr unangemeldeter Besuch im Vorzimmer des Stadtoberhaupts wenig Begeisterung aus. Nachdem sie ihr Anliegen geschildert hatten, verschwand die Frau hinter einer dunklen Eichentür am anderen Ende des Büros. Die Minuten verstrichen, ohne dass etwas passierte. Kornbichler hatte die Arme vor der Brust verschränkt und schnaufte genervt auf. Mit Besteck auf einem leeren, benutzten Teller kam die Angestellte schließlich zurück. Herr Leidinger habe jetzt Zeit, sie mögen ihren Besuch jedoch kurz fassen, da er einen wichtigen Anschlusstermin wahrnehmen müsse. Worin der wohl bestand? Aus Kaffee und Kuchen als Nachspeise? Katrin spürte förmlich, wie sehr Kornbichler sich zusammenreißen musste, um dem Vorzimmerbesen nicht seine

Meinung zu geigen. Er rang sich sogar ein Lächeln ab, das seine Augen jedoch nicht erreichte.

Alfons Leidinger thronte mit aufgerollten Hemdsärmeln hinter einem wuchtigen Schreibtisch, der mit zahlreichen Unterlagen und Unterschriftsmappen bedeckt war. Katrin schätzte den Bürgermeister auf Ende fünfzig. Er war fast kahl und sehr korpulent. Rote Äderchen auf seinen Wangen und seiner Nase ließen zudem auf Bluthochdruck schließen. Die dunkelbraunen Augen taxierten beide Beamten von oben bis unten und blieben dabei kurz an Kornbichlers Verletzung hängen. Schließlich zeigte er gönnerhaft auf zwei Besucherstühle.

»Da Ihre Sekretärin uns bereits mitgeteilt hat, wie wenig Zeit Sie haben, kommen wir am besten direkt zur Sache«, begann Kornbichler, nachdem er Katrin und sich kurz vorgestellt hatte.

Mittlerweile funktionierte ihre vereinbarte Gesprächstaktik ganz gut, dachte Katrin und holte Stift und Block aus ihrer Tasche.

»Ich nehme an, Sie wissen bereits, dass Elena Ziegler, die Fahnenbraut des Neukirchner Schützenvereins, für den Sie als Schirmherr fungieren, vorgestern Abend tot aufgefunden wurde?«

»Ja. Und was wollen Sie jetzt von mir?«, fragte Leidinger ruhig.

»Wir würden gerne in Erfahrung bringen, wo Sie am Sonntag zwischen sechzehn und achtzehn Uhr waren?«

Noch immer saß Leidinger regungslos vor ihnen. »Und warum, wenn ich fragen darf?«

Kornbichler fasste die Ereignisse im Gasthaus Leitner am Tag des Festdamenbittens noch einmal zusammen. »Stimmen Sie mit dem Gesagten so überein?«, fragte er am Ende seiner Ausführungen.

Der Bürgermeister schüttelte lachend den Kopf. »Sie glauben doch nicht im Ernst, dass ich der was getan habe, nur weil sich die gnädige Frau zu fein für uns war?«

»Ihrer Ausdrucksweise entnehme ich, dass die Abfuhr von Frau Ziegler Sie durchaus verärgert hat«, sagte Katrin.

Leidinger wieherte jetzt fast vor Lachen. »Abfuhr? Mir war, ehrlich gesagt, vollkommen wurscht, wo die sich hinsetzt. Schließlich bin ich verheiratet.« Er tippte auf den goldenen Ehering an seinem schwulstigen Finger. »Mei, den anderen hätte es halt gefallen. Ich wollte nur mein Bier trinken. Fragen Sie die doch nach einem Alibi.«

Er wusste natürlich längst von Torsten Maiwalds Anrufen bei seinen Tischnachbarn und auch, dass sie als potenzielle Täter ausschieden. Katrin ignorierte daher seine Bemerkung.

»Dass Frau Ziegler sich durch die Männer an Ihrem Tisch bedrängt gefühlt hat, hat Sie demnach nicht sonderlich gestört?«, fragte sie stattdessen.

Leidingers gute Laune verschwand wie auf Knopfdruck. »Bedrängt? Was heißt hier bedrängt? Sie tun ja gerade so, als ob die über sie hergefallen wären. Die waren lediglich nett. Mehr nicht.«

Katrins Augen verengten sich. »Ihr Verhalten hat Sie daher nicht veranlasst einzugreifen und diese Nettigkeit, wie Sie es formulieren, zu unterbinden?«

»Nein«, entgegnete Leidinger barsch. »Die konnte sich schon wehren. Außerdem hat sich ohnehin dieser Grünschnabel für sie ins Zeug gelegt.«

»Sie meinen den Auszubildenden aus der Schreinerei von Elena Zieglers Vater, Tobias Schindler?«

»Dieses Bürschchen halt. Was weiß ich, wie der heißt.«

»Und wo waren Sie nun vorgestern zwischen sechzehn und achtzehn Uhr?«

»Frau ...äh ...«

»Abel. Katrin Abel«, half sie ihm auf die Sprünge, wohlwissend, dass er sich ihre Namen ganz genau gemerkt hatte.

»Also, Frau Abel, ich fange jetzt nicht an, Ihnen zu erklären, dass ich auf Ihre Fragen nicht antworten muss und zudem das Recht habe, diese Unterhaltung jederzeit zu beenden. Das wissen Sie so gut wie ich. Aber die bayerische Justiz hat schließlich Wichtigeres zu tun, als Vorladungen für völlig unnötige Vernehmungen auszusprechen. Deshalb will ich mal nicht so sein.« Er lehnte sich in seinen Stuhl zurück. »Ich war vorgestern den ganzen Nachmittag bis etwa sieben Uhr abends hier im Rathaus und habe gearbeitet.«

»Gibt es dafür Zeugen oder andere Belege?«, fragte Kornbichler.

»Zeugen nicht, da für die meisten, anders als für mich als Bürgermeister, Sonntag ein freier Tag ist. Aber ich habe einige Telefonate von hier aus geführt und E-Mails auf dem Computer geschrieben.«

»Das sollte sich dann ja nachprüfen lassen.«

»Sollte es. Aber dafür dürfen Sie mir in der Tat einen richterlichen Beschluss bringen. Wenn ich den habe, dann können Ihre Technik-Hanseln sich hier gerne alles vornehmen.«

»Durch welchen Eingang sind Sie am Sonntag eigentlich gekommen? Das Rathaus hat doch bestimmt mehrere Zu- und Ausgänge?«

»Ich habe den Wagen auf meinem Parkplatz auf der Gebäuderückseite abgestellt und bin durch die Hintertür rein und am Abend auch wieder raus.« Leidingers Stimme wurde schneidend. »Und bevor Sie mich fragen: Nein, am Hintereingang gibt es keine Videoüberwachung.«

»Dann haben Sie uns vorläufig alle Fragen beantwortet. Vielen Dank. Sobald der Beschluss des Ermittlungsrichters vorliegt, hören Sie wieder von uns.« Katrin stand auf. »Das Protokoll Ihrer Aussage können wir dann ja zu gegebener Zeit im Kommissariat abfassen.«

Kornbichler verharrte noch einen Augenblick, bevor auch er sich erhob. Alfons Leidinger machte keine Anstalten, sie zur Tür zu begleiten.

»Kornbichler sagten Sie, nicht wahr?«, fragte er stattdessen.

»Ja. Warum?«

»Sind Sie zufällig mit Dr. Anton Kornbichler, dem Staatssekretär im Innenministerium, verwandt?«

Zu Katrins Überraschung bejahte Kornbichler die Frage.

»Guter Mann, Ihr Vater. Hab mich schon oft auf Parteiveranstaltungen mit ihm unterhalten.« Leidingers Augen blitzten boshaft auf. »Schade, dass Sie so gar nicht in seine Fußstapfen getreten sind. Aber ein Jurastudium ist auch nicht jedermanns Sache, gell. Da braucht man schon den notwendigen Biss und das Durchhaltevermögen.« Er griff nach dem Telefonhörer. »Sie finden allein raus.«

Kaum hatten die beiden Polizeibeamten sein Büro verlassen, schmiss Leidinger den Hörer zurück und durchwühlte die Taschen der Anzugjacke, die auf einem Garderobenständer hinter seinem Schreibtisch hing. Mit hochrotem Kopf holte er sein Mobiltelefon hervor und wählte eine Nummer unter den abgespeicherten Kontakten.

»Die Polizei war gerade bei mir«, begann er ohne Umschweife. Missmutig ging er im Büro auf und ab.

»Frag doch nicht so dumm. Ich habe denen gesagt, dass ich im Rathaus war. Das Problem bin hier nicht ich, das weißt du ganz genau.«

Seine Miene verdüsterte sich. »Ich reite dich überhaupt nirgendwo rein. Das hast du dir schon selbst zuzuschreiben. Es bleibt dabei, was wir ausgemacht haben. Ich hoffe sehr, ich kann mich auf dich verlassen.« Er machte eine kleine Pause. »Du weißt, was passiert, wenn nicht.«

Kornbichler spurtete so schnell zum Parkplatz, dass Katrin kaum hinterherkam. Schon im Rathaus war er gerannt, als würde es einen Preis für den schnellsten Treppensprint geben.

»Toni, jetzt warte doch mal«, keuchte sie. »Ich wusste ja gar nicht …«

Abrupt blieb er stehen und drehte sich um. »Was?«

Katrin, die beinahe in ihn hineingelaufen wäre, ging unvermittelt zwei Schritte zurück. »Das mit deinem Vater. Er ist ja praktisch die rechte Hand unseres obersten Dienstherrn.«

»Ja, und? Mehr gibt es da auch nicht zu wissen.«

»Ist ja schon gut. Mich geht das ja auch gar nichts an.«

»Stimmt, tut es nicht.«

Ohne dem noch etwas hinzuzufügen, ließ er Katrin auf dem Gehsteig stehen und hastete weiter. Entnervt holte sie ihr Handy hervor, um Robert Thorwald auf den neuesten Stand zu bringen und den Beschluss für die Telefonanlage und den Computer bei ihm anzufordern. Das würde eine unterhaltsame Rückfahrt nach

Landshut werden. Außerdem hatte sie mittlerweile gehörigen Hunger. Schon bei ihrer Ankunft hatte sie die Metzgerei direkt neben dem Rathausparkplatz entdeckt. Kornbichlers Rufe ignorierend betrat sie den Laden und kam wenige Minuten später mit zwei Brotzeittüten zurück zum Wagen, wo ihr Kollege mit mürrischem Gesichtsausdruck an der Fahrertür lehnte.

»Hier, für dich. Ich hoffe, du magst süßen Senf«, sagte sie und drückte ihm eine Tüte in die Hand. »Ich habe jetzt nämlich Hunger und muss etwas essen.«

Ohne seine Antwort abzuwarten, ging Katrin zur nächsten Bank und setzte sich. Genüsslich biss sie in die warme Leberkässemmel und reckte ihr Gesicht in die Herbstsonne. Vielleicht konnte sie mit der kulinarischen Allzweckwaffe ja den auf Krawall gebürsteten Kollegen besänftigen. Kornbichler stand erst noch etwas unschlüssig herum. Schließlich nahm er neben ihr Platz und begann ebenfalls zu essen. Eine Weile saßen sie schweigend nebeneinander.

»Meinem Vater zuliebe habe ich nach dem Abi ein Jurastudium angefangen, aber nach zwei Semester abgebrochen, weil es nicht das Richtige für mich war«, sagte er leise. »Stattdessen bin ich das geworden, was ich immer werden wollte: Polizist. Das trägt er mir bis heute nach. Für ihn habe ich mein Potenzial nicht ausgeschöpft. Entsprechend unterkühlt ist unser Verhältnis. Mehr gibt es dazu nicht zu sagen.«

Katrin nickte. »Meine Mutter wollte, dass ich Lehrerin werde. Oder Ärztin. Oder irgendetwas anderes. Auf alle Fälle nicht Polizistin. Seitdem ruft sie mich jedes Mal an, wenn von Übergriffen auf Polizeibeamte die Rede ist, um mir zu sagen, dass es genauso gut mich hätte treffen können. Und dann fügt sie noch hinzu, wie viele Sorgen sie sich immer macht und wie gefährlich und ungeeignet mein Beruf doch ist.«

Sie knüllte die Tüte zusammen und beförderte sie mit einem gezielten Wurf in den Papierkorb. Kornbichler drehte sich langsam zu ihr um und beide fingen an zu lachen.

In diesem Moment läutete ihr Mobiltelefon. »Das ist Korbi«, sagte sie und drückte auf die Taste für den Lautsprecher.

»Korbi, Katrin hier. Toni hört mit.«

»Hallo, ihr zwei. Ich schicke euch gleich eine Videosequenz von der *Palmen Apotheke*. Darauf ist zu sehen, wie Bernadette Ziegler am Sonntag um kurz nach sechzehn Uhr ihr Auto vom dortigen Parkplatz fährt und um siebzehn Uhr dreiundvierzig wieder zurückkommt.«

Katrins Augen weiteten sich. »Sie war offenbar über eineinhalb Stunden nicht im Hotel. Sie hätte also genügend Zeit gehabt, ihre Schwester zu töten und Elenas Leiche anschließend im Bach zu entsorgen.«

»Herr Huber!«, entfuhr es Cornelius.

Er hatte mit so ziemlich jedem an diesem Nachmittag gerechnet, nur nicht mit Neukirchens größtem Eigenbrötler. Man musste kein Hellseher sein, um zu erkennen, wie unwohl sich Lorenz Huber vor Cornelius' Haustür fühlte.

»Bitte, kommen Sie doch herein«, beeilte er sich daher zu sagen.

»Äh … ich hab Kaffee gekocht und wollte ein Feuer auf der Terrasse anzünden. Möchten Sie vielleicht …« Huber zeigte in Richtung seines Grundstücks.

»Gerne!«, sagte Cornelius. »In fünf Minuten bin ich da.«

Verblüfft ob der unerwarteten Einladung zog Cornelius sich rasch warme Sachen an. Er hatte nicht gelogen. Ein Kaffee an der frischen Luft war genau das, was er nach dem stundenlangen Arbeiten an der Chronik jetzt brauchte. Mochten viele Dorfbewohner Lorenz Huber für verschroben halten, er war mit seinem Nachbarn bisher immer gut zurechtgekommen.

Bei seiner Ankunft loderten bereits die Flammen aus der Feuerschale und eine Tasse Kaffee erwartete ihn auf einem wackligen Holztisch.

»Ich hab leider keinen Kuchen«, sagte Huber.

»Alles gut. Der Kaffee reicht mir vollkommen.«

Eine Weile saßen sie schweigend nebeneinander und genossen die herbstliche Stimmung im Garten.

Huber räusperte sich. »Herr Cornelius, Sie kennen mich. Mich interessiert der Dorftratsch nicht. Aber wissen Sie irgendetwas über …?«

»Elena Ziegler?«

»Ja«, sagte Huber leise. »In der Zeitung steht nicht viel. Und Fernsehen und den anderen Schmarrn hab ich nicht.«

Cornelius musste lächeln. Sein Nachbar war wirklich ein ganz besonderes Exemplar. »Ich weiß nicht viel, aber …« Er holte tief Luft und erzählte dann, was sich am Sonntag zugetragen hatte. »Sie müssen mir versprechen, es niemandem zu verraten. Bisher wissen nur Frau Leitner, Herr Dr. Rehberg und Frau Brunner, dass ich Elenas Leiche gefunden habe. Und dabei soll es auch bleiben.«

Huber winkte müde ab. »Keine Sorge, von mir erfährt niemand etwas.«

»Das ist noch nicht alles«, sagte Cornelius und berichtete seinem Nachbarn schließlich auch von Hannes Thalhammers Autounfall. »Erst im allerletzten Moment hat er das Steuer herumgerissen. Laut Frau Leitner waren Elena und er wohl einmal ein Paar. Den Rest können Sie sich ja denken.«

»Mein Gott, so viel Leid und so viel Schmerz«, sagte Huber bekümmert. »Ich mag mir gar nicht ausmalen, wie es dem Xaver und der Marianne geht.«

»Sie kennen Elenas Eltern?«

»Wie man sich halt kennt, wenn man schon lange im selben Dorf wohnt. Ab und zu kann ich mir in der Schreinerei Holzreste zum Schnitzen abholen.« Huber trank einen Schluck Kaffee. »Nette, ehrliche und fleißige Leute. Und jetzt so ein Unglück.« Kopfschüttelnd legte er zwei Holzscheite in die Schale. Dabei verrutschte für einen Moment der Ärmel seines Hemdes und Cornelius erhaschte einen kurzen Blick auf das abgegriffene Lederarmband an seinem rechten Handgelenk.

»Hat die Kripo schon einen Verdächtigen?«, fragte Huber.

»Das weiß ich nicht. Die Polizei hält sich da sehr bedeckt.«

»Vielleicht war es ja ein Raubmord! Hat Ihnen die Polizei denn gar keinen Hinweis gegeben?«

»Hauptkommissar Thorwald wird sich hüten und mir etwas verraten. Ich habe gestern lediglich meine Aussage gemacht und das war's. Aber Sie können ganz beruhigt sein, Herr Huber. Ich bin mir sicher, die Polizei wird den Täter fassen. Wir müssen Geduld haben, auch wenn es schwerfällt.«

»Hoffentlich nicht ….«, flüsterte Huber.
»Was meinen Sie?«, fragte Cornelius.
Sein Nachbar zuckte erschrocken zusammen. »Nichts! Ich … ja … den Täter fassen. Den Täter … wer auch immer es war …«

»Das war purer Zufall, dass ich die Schwester entdeckt habe.« Korbinian Bäumels Stimme schallte aus dem Lautsprecher von Katrins Mobiltelefon. »Auf den Videos von der Vorderseite des Hauses, also von der Seite, die zum Hotel zeigt, ist sie nämlich nicht zu sehen. Aber Herr Rehberg hat uns zum Glück alle Aufnahmen geschickt, die er vom Sonntag gespeichert hatte, auch die von der Rückseite, wo sich der Parkplatz der Apotheke befindet.«

»Du bist unser Held, Korbi«, sagte Katrin, nachdem sie und Kornbichler die Videodatei gesichtet hatten. Es bestand kein Zweifel. Bernadette Ziegler hatte das Hotel während ihrer Wochenendschicht offenbar unbemerkt verlassen.

»Immer wieder gerne.«

»Ich ruf sie an, um zu schauen, wo sie gerade ist«, sagte Katrin. »Wir wollten ohnehin einen Termin wegen des Protokolls vereinbaren. Das kann ich gut als Ausrede benutzen.«

Keine Viertelstunde später hielt der Wagen der beiden Beamten direkt vor Bernadette Zieglers Elternhaus in Neukirchen. Die befürchtete Belagerung durch Journalisten war bisher offenbar ausgeblieben. Weit und breit war kein Reporter auf der Straße zu sehen, auch Autos mit fremdem Kennzeichen konnte Katrin nicht entdecken. Dafür kam ihnen David Mayrhofer entgegen. Es dauerte einige Sekunden, bis er Katrin erkannte.

»Ach, Sie sind es. Suchen Sie mich? Ich habe morgen einen Termin wegen meiner Aussage.«

»Alles gut, Herr Mayrhofer. Wir müssen zu Elenas Familie«, erwiderte Katrin im Vorbeigehen. »Waren Sie bei Herrn Ziegler?«

»Ja, ein paar Sachen besprechen und Unterschriften einholen.« David Mayrhofer winkte mit der Mappe in seiner Hand. »Wird wohl noch dauern, bis der Chef wieder in die Firma kommt.«

»Dann bis morgen, Herr Mayrhofer.«

»Ist das Elenas Jugendliebe?«, flüsterte Kornbichler, obwohl David Mayrhofer bereits außer Hörweite war.

Katrin drückte auf die Klingel. »Jugendliebe ist, glaube ich, zu viel gesagt. Auf alle Fälle war er einer ihrer ältesten und besten Freunde. Allerdings ist sein Alibi nicht ganz sattelfest, weshalb Robert ihn bestimmt noch einmal unter die Lupe nehmen wird, falls wir hier nicht weiterkommen.«

Bernadette Ziegler öffnete die Tür und musterte die beiden Polizeibeamten verblüfft. Sie trug erneut einen eleganten schwarzen Hosenanzug und hochhakige Schuhe, ihre Haare waren zu einem perfekten Dutt hochgesteckt.

»Wir haben doch gerade miteinander telefoniert«, sagte sie. »Sie meinten, ich soll morgen zu Ihnen auf das Kommissariat kommen.«

»Das ist richtig, aber es haben sich mittlerweile neue Anhaltspunkte ergeben, die wir zeitnah mit Ihnen besprechen müssen.«

»Mit mir?«, fragte Bernadette Ziegler lauernd.

»Ja, mit Ihnen. Können wir kurz reinkommen?«

»Gehen wir besser auf die Terrasse. Meine Tante und der Pfarrer sind gerade da.« Noch im Reden drehte sie sich zu der Garderobe im Flur und nahm einen schwarzen Herbstmantel von einem der Haken. »Hier links ums Haus.«

Katrin und Kornbichler folgten ihr in den Garten auf eine gepflasterte Terrasse. Durch die Glastür sah Katrin, dass diese offenbar an das Esszimmer anschloss. Das Wohnzimmer mussten dann die beiden Fenster zu ihrer Linken sein, wenn sie sich richtig erinnerte.

»Werden Sie arg von der Presse in Beschlag genommen?«, begann Kornbichler unverfänglich.

»Heute Morgen sind hier einige Zeitungsreporter und ein Kamerateam von diesem Landshuter Regionalsender herumgelungert. Nachdem wir nicht aufgemacht haben und die Jalousien geschlossen waren, sind sie irgendwann weiter zu den Nachbarn.« Bernadette Ziegler verschränkte die Arme vor der Brust. »Also was gibt es, das nicht bis morgen warten kann?«

Kornbichler holte sein Mobiltelefon hervor, rief die Videoaufnahmen der *Palmen Apotheke* auf und ließ sie kurz hintereinander abspielen. Mit versteinerter Miene verfolgte Bernadette die beiden Sequenzen.

»Diese Aufnahmen, Frau Ziegler, decken sich nicht mit dem, was Sie meinem Kollegen am Sonntagabend und uns gestern Nachmittag erzählt haben«, sagte Katrin ruhig, aber bestimmt. »Sie waren offensichtlich nicht die ganze Zeit im Hotel, sondern haben dieses für mehr als einundhalb Stunden verlassen. Ich frage Sie daher, ob Sie Ihre Aussage an dieser Stelle revidieren möchten?«

»Gleichzeitig machen wir Sie darauf aufmerksam, dass Sie nichts aussagen müssen, womit Sie sich selbst belasten«, fügte Kornbichler hinzu.

Bernadette Zieglers Kinn ging ruckartig nach oben. »Was reden Sie denn da?«, zischte sie. »Werde ich jetzt etwa verdächtigt?«

»Frau Ziegler«, sagte Katrin. »Wie Sie der Uhrzeit auf den beiden Videos entnehmen können, reden wir von dem Zeitraum, in dem Ihre Schwester getötet wurde. Noch handelt es sich hier um eine Befragung, aber das kann sich sehr schnell ändern. Und dann wird das Gespräch auch nicht mehr hier auf Ihrer Terrasse fortgeführt, sondern bei uns im Kommissariat in Landshut.«

»Darf dieser Apotheker das überhaupt? Wildfremde Leute mit seiner Kamera aufzeichnen?«

»Sie haben Ihren Wagen auf dem Parkplatz der Apotheke und damit auf einem Privatgrundstück abgestellt«, erklärte Kornbichler. »Außerdem sind Hinweisschilder am Gebäude angebracht, dass der Haupteingang, der Nachtschalter der Apotheke und der Parkplatz videoüberwacht werden. Also ja, Herr Rehberg darf das.«

»Frau Ziegler!«, wiederholte Katrin, nachdem sie immer noch keine Anstalten machte, ihnen zu antworten.

Plötzlich traten Tränen in ihre sorgfältig geschminkten Augen. »Sie glauben doch nicht allen Ernstes, dass ich meine eigene Schwester umgebracht habe? Warum sollte ich das tun? Wegen einer Fahnenweihe?«

»Wo waren Sie am Sonntag zur fraglichen Zeit?«

Kapitel 23

Bernadette Ziegler holte ein Taschentuch aus ihrer Jackentasche und wischte sich über die Wangen. Sie holte tief Luft. »Ich habe ... ich habe mich heimlich mit einem Mann getroffen«, sagte sie so leise, dass die beiden Beamten sie kaum verstehen konnten.

»Mit einem Mann?«, wiederholte Katrin.

»Ja. Ich ... Wir haben eine Affäre. Er ist so gut wie verheiratet und ...« Sie zuckte mit den Achseln. »Den Rest können Sie sich ja denken.«

»Sie haben also eine Affäre, von der niemand etwas wissen darf?«

»Natürlich darf das niemand wissen. Ich sagte doch gerade, dass er so gut wie verheiratet ist«, rief sie.

»Okay. Und wo haben Sie sich getroffen?«, fragte Katrin rasch.

»In einer Parkbucht an der Landstraße kurz hinter Altenberg.«

»Einer Parkbucht?«, echote Kornbichler.

»Ja, in einer Parkbucht, in seinem Auto. Wir hatten uns für Sonntagnachmittag verabredet. Deshalb habe ich meinen Wagen vorsorglich auf dem Parkplatz der Apotheke abgestellt, damit ich nicht an den Kameras in der Tiefgarage vorbei muss. Ab Samstagmittag ist der so gut wie leer.« Sie schnäuzte sich geräuschvoll. »Beim *Weekend-Duty* gibt es immer Zeiten, in denen ich allein in meinem Büro oder im Haus unterwegs bin, um meine Rundgänge zu machen. Wenn man mich gebraucht hätte, hätte man mich am Handy angerufen und ich wäre innerhalb von ein paar Minuten wieder im Hotel gewesen.«

Kornbichler hielt ihr noch einmal sein Mobiltelefon hin. »Können Sie uns besagte Parkbucht auf der Karte hier zeigen?«

Bernadette Ziegler tippte auf eine Stelle, an der die Beamten schon mehrmals vorbeigefahren waren. Sie war, auch jetzt im Herbst, durch eine dicht gewachsene Hecke von der Straße abgeschirmt. Trotzdem hätte Katrin, hätte sie eine heimliche Affäre, einen weniger öffentlichen Ort für ein Date gewählt. Und definitiv einen Ort mit mehr Romantik.

»Durch welchen Eingang haben Sie das Hotel verlassen und wieder betreten?«, wollte sie wissen, obwohl sie sich die Antwort bereits denken konnte.

»Neben der Küche ist ein Seiteneingang, der von keiner Videokamera erfasst wird. Die Tür ist normalerweise abgesperrt, aber als Vertretung der Direktion habe ich natürlich einen Schlüssel dazu.«

»Wer ist der Mann, mit dem Sie sich getroffen haben?«

»Ich … Wir haben eine heimliche Affäre. Ich kann Ihnen doch nicht …« Erschöpft gab sie sich schließlich geschlagen. »Thomas Mayrhofer.«

»Der Bruder von David Mayrhofer, dem Angestellten Ihres Vaters?«

Bernadette nickte. »Ja. Er ist Anwalt in einer Landshuter Kanzlei und mit der Tochter des Kanzleiinhabers verlobt.« Sie sah Katrin eindringlich an. »Diese Frau darf auf keinen Fall etwas von uns erfahren.«

»Wo haben Sie sich denn kennengelernt?«, fragte Kornbichler.

»Flüchtig kennen wir uns ja praktisch, seit wir Kinder sind. Immerhin sind wir in einem Dorf aufgewachsen. Aber richtig kennengelernt haben wir uns vor ein paar Wochen in der Hotelbar vom *Drei Lilien*. Wir sind eines Abends zufällig am Tresen ins Gespräch gekommen und dann kam eins zum anderen.«

»Wussten Sie von seiner Verlobten?«

Bernadette Ziegler straffte die Schultern. »Ja, es war von Anfang an klar, dass es nur eine Affäre ist. Mehr nicht. Ich wollte sie ohnehin demnächst beenden. Mir ist diese ganze Heimlichtuerei mittlerweile viel zu anstrengend und zu nervig.«

»Würden Sie uns bitte die Telefonnummer von Herrn Mayrhofer geben?«

»Warum das denn?«

»Weil er Ihr Alibi bestätigen muss.«

Ungehalten riss Bernadette ihr Telefon aus der Jacke ihres Hosenanzugs und gab den Beamten die Nummer, ehe sie begann, hektisch auf der Terrasse auf und ab zu gehen.

»Herr Mayrhofer ist nur ein paar Schritte entfernt«, sagte Kornbichler schließlich. »Er ist gerade in seinem Elternhaus.«

»Na und? Ich hoffe, er hat alles gesagt, was Sie wissen wollten? Sind wir dann hier fertig?«

»Das wird sich noch herausstellen. Wir werden jetzt gleich mit ihm sprechen. In der Zwischenzeit wird eine Polizeibeamtin mit Ihnen zusammen hier warten.«

Bernadette starrte ihn entgeistert an. »Soll das heißen, ich stehe unter Arrest? Oder bin ich etwa verhaftet?«

»Weder das eine noch das andere. Aber Sie werden verstehen, dass Herrn Mayrhofers Aussage praktisch wertlos ist, wenn sie davor Gelegenheit hatten, zu ihm Kontakt aufzunehmen.«

»Ich habe aber nicht vor, ihn zu kontaktieren. Warum klären Sie das, verdammt noch mal, nicht am Telefon? Sie haben doch gerade mit ihm gesprochen!« Bernadettes Stimme überschlug sich fast vor Empörung.

»Wie wir unsere Ermittlungen führen und Zeugen vernehmen, überlassen Sie bitte uns. Eine derart gewichtige Aussage hätte ich schon gern im Beisein des Zeugen aufgenommen und nicht über das Telefon.«

Kornbichler wusste, dass er gerade ordentlich die Muskeln spielen ließ. Natürlich hätte fürs Erste ein Telefonat ausgereicht. Mayrhofer würde für seine finale Aussage ohnehin ins Kommissariat kommen. Und als Jurist kannte er besser als jeder andere die Konsequenzen einer möglichen Falschaussage – den Verlust seiner anwaltlichen Zulassung eingeschlossen. Aber Bernadette Zieglers bockiges Verhalten und ihre dreiste Lügengeschichte gingen ihm gehörig gegen den Strich. Die dafür vergeudete Zeit wäre woanders zehnmal besser investiert gewesen.

»Immerhin ermitteln wir in einem Kapitalverbrechen«, kam es in diesem Moment nicht minder energisch von Katrin.

»Das müssen Sie mir nicht sagen«, zischte Bernadette Ziegler. »Hier! Nehmen Sie das verdammte Telefon, damit ich es ja nicht benutzen kann! Doch, nehmen Sie es ruhig! Und jetzt klären Sie das mit ihm. Ich warte so lange hier draußen. Sollte auch nur ein weiterer Polizist auf unserem Grundstück auftauchen, schreie ich die ganze Straße zusammen.«

Kornbichler kam vom Garten zurück auf die Terrasse. »Der Streifenwagen ist gleich da.«

»Was für ein unsägliches Theater«, stieß Bernadette Ziegler hervor.

»Tut mir leid, aber wir haben unsere Vorschriften«, sagte Katrin ungerührt. »Eine Befragung darf nicht von einem Beamten allein durchgeführt werden. Deshalb wird ein Streifenwagen kommen und meinen Kollegen zu Thomas Mayrhofer begleiten. Solange müssen Sie leider mit mir vorlieb nehmen.«

Kopfschüttelnd wandte sich Bernadette Ziegler von ihnen ab und verschränkte erneut die Arme vor der Brust.

»Danke, dass du mitgezogen hast«, raunte Kornbichler. »Soll ich dir Matilda da lassen? Den kleinen Schreihals hat sie immerhin beruhigt. Vielleicht klappt es ja auch bei dieser Kratzbürste.«

»Das ist gar keine so schlechte Idee«, flüsterte Katrin. »Nichts wie her mit dem Wauwau!«

David Mayrhofer saß schon eine ganze Weile hinter dem Steuer des Wagens. Den Blick starr auf sein Elternhaus gerichtet, konnte er sich nicht überwinden, den Schlüssel umzudrehen und loszufahren. Vor einer der beiden Garagen stand die schwarze Mercedeslimousine seines Bruders. Keine Ahnung, was Thomas an einem Nachmittag mitten in der Woche hier wollte. Vielleicht hatte seine Oma ihn gebeten, sie nach Landshut zum Einkaufen zu fahren. Dass sie ihn, David, dafür momentan nicht anrufen würde, lag nach ihrer gestrigen Unterhaltung auf der Hand. Nie zuvor war er sie so angegangen. Er mochte sich gar nicht ausmalen, was seine Mutter dazu gesagt hätte.

Aber was musste sie ihm auch ständig hinterherschnüffeln? Konnte man in dieser Familie nicht einmal seine Ruhe haben? Der Kripo hatte er seine Geschichte ja auch glaubhaft verkauft. Wobei er sich bei dem groß gewachsenen Blonden nicht so sicher war. Der hatte durchaus skeptisch reagiert. Hoffentlich war der morgen nicht da, wenn er seine Aussage zu Protokoll gab. Er musste unbedingt überzeugend wirken, damit sie ihn danach ein für alle Mal in Ruhe ließen.

David holte tief Luft. Irgendwie würde er den Termin schon über die Bühne bringen. Und danach hoffentlich nie wieder etwas von den Bullen hören. Am liebsten hätte er nie wieder irgendetwas gehört, egal von wem, sondern sich einfach in das große schwarze Loch vergraben, das sich am Sonntag aufgetan hatte. Wie hatte das alles nur so schiefgehen können? Er war sich ihrer Gefühle so sicher gewesen. Aber so konnte man sich täuschen. Eine kleine Affäre ... Die hätte sie, verdammt noch mal, auch mit jemand anderem anfangen können.

Der Besuch bei Elenas Vater hatte noch sein Übriges getan. Den Chef so verzweifelt sehen zu müssen, war der reinste Höllentrip. Er wusste schon, warum sich keiner der anderen darum gerissen hatte. Zum Glück gab es einiges aus der Schreinerei zu besprechen. Das war ein Terrain, mit dem er umgehen konnte. Hauptsache, *ihr* Name fiel nicht. Auch der Chef schien sich regelrecht an die Unterlagen zu klammern.

Und schließlich der Unfall von Hannes. Beim Überholen ins Schleudern geraten. Beim Anruf des Sportvorstands heute Morgen hatte ihn wieder das furchtbare Gefühl von Sonntagabend befallen, als er den beiden Kommissaren gegenübergestanden hatte. Sekundenlang hatte er mit dem Telefon in der Hand dagestanden und die Laute, die ihm entgegenhallten, nicht in Worte übersetzen können. Erst nachdem er das Fenster aufgerissen und die kühle, klare Herbstluft eingeatmet hatte, konnte er einigermaßen zuhören und antworten. Den Besuch bei Silvia hätte er sich getrost schenken können. Sie packte tatsächlich die Koffer und zog aus. Immerhin schaffte sie es gerade noch, ihm zu sagen, dass Hannes überlebt hatte und wieder ganz gesund werden würde. Mehr aber auch nicht. Er musste froh sein, nicht vom Hof geflogen zu sein, so wie sie heute Morgen drauf war.

Im Rückspiegel sah er jetzt den Polizisten aus Richtung der Zieglers die Straße herunterkommen. Fast gleichzeitig traf ein Streifenwagen vor seinem Elternhaus ein. Gemeinsam mit den beiden uniformierten Beamten ging er zur Vordertür, wo ihnen kurze Zeit später geöffnet wurde. Was hatte das zu bedeuten?

Suchten die etwa nach ihm?

David zögerte, stieg dann aber doch aus, sperrte das linke Garagentor auf und eilte durch den Anbau zur dortigen Seitentür. Noch hatte er die Schlüssel zum Haus. Leise schlich er den Flur entlang Richtung Wohnzimmer. Die Tür war nur angelehnt. Angestrengt lauschte David auf das Gespräch zwischen seinem Bruder und den Polizisten. Was zum Teufel wollte die Kripo von Thomas? Er warf einen kurzen prüfenden Blick die Treppe in das Obergeschoss hinauf, doch dort war alles still. Wahrscheinlich machte seine Großmutter ihren Mittagsschlaf. Wenn sie ihn hier unten erwischte, war er geliefert. Aber konnte er wirklich darauf vertrauen? Außerdem war Maria nicht die einzige Bewohnerin. Was, wenn Clara auf einmal auftauchte? Gerade als er beschloss, den Rückzug anzutreten, fiel im Wohnzimmer der Name Bernadette Ziegler. Regungslos verharrte er neben dem Garderobenständer und hörte entgeistert an, was sein Bruder den Polizisten über Elenas Schwester berichtete.

»Sag bitte, dass das nicht wahr ist!«, schleuderte er Thomas entgegen, kaum hatte dieser die Haustür hinter den Polizisten geschlossen.

Sein Bruder drehte sich wie vom Blitz getroffen um. »Herrgott noch mal, musst du mich so erschrecken! Was machst du hier überhaupt?« Nervös nestelte er am Gestell seiner Brille.

»Ich war drüben beim Chef und hab vom Auto aus die Kripo hier aufmarschieren sehen.«

»Und dann hattest du nichts Besseres zu tun, als schnurstracks hier reinzulaufen und uns zu belauschen? Dass ich als Anwalt womöglich vertrauliche Gespräche mit der Polizei führe, kommt dir offenbar überhaupt nicht in den Sinn.«

»Deine Juristensprüche haben bei mir noch nie gezogen. Also, hör auf, vom Thema abzulenken. Bernadette und du – ich fasse es nicht!«

Thomas drängte sich unwirsch an seinem Bruder vorbei und ging zurück ins Wohnzimmer. »Das geht dich überhaupt nichts an. Und jetzt lass mich in Ruhe!«

David starrte ihn ungläubig an. »Hast du mir nicht erst neulich gesagt, dass du und Tessa, dass ihr heiraten wollt?«

»Ja und das werden wir auch!« Thomas ging drohend einen Schritt auf David zu. »Ich warne dich! Sollte sie auch nur ein Wort von dem erfahren, was hier gesprochen wurde …«

»Von mir bestimmt nicht! Dazu müsste deine werte Tessa erst einmal mehr als fünf Worte mit mir wechseln.«

»Was soll das denn jetzt heißen?«

»Nix!«, sagte David verächtlich. »Warum machst du dann so einen Schmarrn? Bernadette und du … ich verstehe es halt nicht.«

»Da gibt es für dich auch nichts zu verstehen. Das ist einzig und allein meine Sache und jetzt …«

»Was ist denn hier los?« Maria Brunner stand plötzlich im Türrahmen. »Und was macht die Polizei bei uns im Haus?«

»Grüß dich, Oma!«, rief Thomas eine Spur zu laut. »Haben wir dich aufgeweckt?«

»Ich hab nicht geschlafen, sondern mich nur ein bisschen ausgeruht. Ich hatte nur die Hörgeräte nicht drin. Also, warum war die Polizei bei uns?«

Thomas winkte ab. »Alles in Ordnung, Oma. Die hatten nur eine kurze Frage zu den Zieglers. Das hat sich schon geklärt.«

Die alte Frau wirkte nicht überzeugt. »So, so. Und was ist mit euch zwei? Streitet ihr etwa?«

»Nein!«, kam es unisono wie aus der Pistole geschossen.

»Was macht ihr beide hier überhaupt mitten am Tag?«

Thomas schob David zur Seite und griff nach der Geschenktüte auf dem Wohnzimmertisch. »Ich bin auf dem Weg zu einem Termin in Altenberg und wollte kurz bei dir vorbeischauen und dir das hier geben«, sagte er dann mit einem breiten Lächeln.

Überrascht äugte seine Großmutter in die Tüte, aus der ein angenehm fruchtiger Duft entwich.

»Das ist der Tee, der dir neulich bei uns so gut geschmeckt hat. Tessa hat ihn mir für dich mitgegeben«, erklärte Thomas eifrig.

Marias Augen fingen an zu strahlen »Dass sie sich das gemerkt hat! Danke.«

»Wirklich nett von deiner Tessa«, murmelte David.

Seine Großmutter musterte ihn stirnrunzelnd. »Was sagst du das jetzt so komisch?«

Fürsorglich legte Thomas seinen Arm um ihre schmalen Schultern. »Lass ihn, Oma. Der ist nicht gut drauf. Magst mit nach Altenberg fahren? Dann kannst ein bisschen einkaufen und ich bring dich nach meinem Termin wieder heim.«

»Warum eigentlich nicht? Die Clara schläft jetzt ohnehin. Dann kann ich gleich in die Apotheke für sie gehen.«

»Was hat sie denn?«, fragte Thomas. »Ist sie krank?«

»Sie hat sich auf dem Klassentreffen in München irgendetwas eingefangen. Aber das wird schon wieder.«

»Na, wenn es nur das ist!«, murmelte Thomas.

»Jetzt fang nicht wieder damit an«, stieß David hervor.

Maria stemmte energisch die Arme in die Seiten. »Was ist denn jetzt schon wieder los? Habt ihr doch wegen irgendetwas gestritten?«

»Mein lieber Herr Bruder ist der Meinung, Clara sei schwanger und wir dürfen demnächst ein Geschwisterchen in unserer Runde begrüßen«, platzte es aus David heraus.

Maria griff sich an die Stirn. »Mei, dass ich als Frau da nicht selbst drauf gekommen bin. Deshalb ist sie so schlecht beieinander. Ein Baby! Was für eine wunderbare Überraschung!«, rief sie dann freudestrahlend.

Die Mienen ihrer Enkel verdüsterten sich augenblicklich.

»Hab ich es dir nicht gesagt«, zischte Thomas.

»Du bist gerade der Allerletzte, der hier etwas zu sagen hat!« Es kostete David große Mühe, nicht die Beherrschung zu verlieren. »Dann gute Besserung an die werdende Mutter!«, antwortete er eisig.

Schon auf dem Flur angekommen, drehte er sich noch einmal um, holte seinen Schlüsselbund hervor und entfernte zwei der Schlüssel. Mit einem lauten Knall warf er sie auf den Wohnzimmertisch. »Hier, meine Hausschlüssel. Die brauche ich nicht mehr!«

Im Kommissariat wurden Katrin und Kornbichler bereits von

Silvia Thalhammer erwartet, die ihre Aussage vereinbarungsgemäß zu Protokoll geben wollte. Blass und müde, aber sehr gefasst saß sie kurze Zeit später im Büro der beiden Beamten. Da keiner der anderen Kollegen da war, verzichtete Katrin auf den kargen Vernehmungsraum. Stattdessen ging sie in die Küche und brühte für alle frischen Kaffee auf. Kornbichlers erstaunten Gesichtsausdruck, als sie ihm ebenfalls eine Tasse hinstellte, ignorierte sie. Zugegeben, sein energisches Auftreten Bernadette Ziegler gegenüber hatte ihr gefallen. Allein der Gedanke, wie viel wertvolle Zeit sie ihretwegen in den letzten achtundvierzig Stunden vergeudet hatten, bereitete Katrin Bauchschmerzen. Wortlos hatte Elenas Schwester nach Kornbichlers Rückkehr auf die Terrasse ihr Mobiltelefon in Empfang genommen, bevor sie türknallend in ihrem Elternhaus verschwand. Selbst Matildas Anwesenheit vermochte sie nicht zu besänftigen. Trotzdem sollte er sich bloß nichts darauf einbilden, dachte Katrin und beobachtete ihn unauffällig über den Rand ihres Computers.

»Wie geht es Ihrem Mann denn?«, fragte er Silvia Thalhammer.

Sie holte tief Luft. »Den Umständen entsprechend recht gut. Er hat eine schwere Gehirnerschütterung, mehrere Rippen und der linke Unterschenkel sind gebrochen und seine Milz musste entfernt werden. Aber er wird wohl wieder ganz gesund werden.« Ihre Hände hielten die Kaffeetasse so fest umklammert, dass die Knöchel weiß hervortraten. »Ich kann Ihnen gar nicht sagen, wie dankbar ich Ihnen bin. Ihre Kollegen haben mir gesagt, dass Sie ihn aus dem brennenden Wrack gezogen haben.«

Kornbichler, dem die Situation sichtbar unangenehm war, wiegelte rasch ab. »Alles gut. Wollen wir dann?«

Nachdem Silvia Thalhammer das Protokoll schließlich noch einmal durchgelesen und unterschrieben hatte, blieb sie regungslos auf ihrem Stuhl sitzen. »Ich wollte mich für meine Falschaussage entschuldigen. Wenn ich Ihre Ermittlungen damit blockiert habe, dann tut mir das aufrichtig leid.«

»Sie haben es ja zeitnah richtiggestellt. Ich gehe davon aus, dass die Staatsanwaltschaft das nicht weiterverfolgen wird.«

Sie nickte und Katrin sah, wie sie mit den Tränen zu kämpfen hatte.

»Vielen Dank – für alles. Nicht nur für die Rettungsaktion, sondern auch für das, was Sie da vor unserem Haus gesagt haben. Ich hab es zufällig durch das offene Fenster der Gästetoilette gehört.«

Katrin wurde abwechselnd heiß und kalt. »Das ... das tut mir furchtbar leid. Es steht uns selbstverständlich nicht zu ...«

»Nein!«, unterbrach Silvia Thalhammer. »Sie hatten vollkommen recht. Ich hab mich nur noch mit Elena Ziegler verglichen und mich hässlich und minderwertig gefühlt. Und wofür? Für jemanden, der sich nie wirklich für mich interessiert hat und für den ich nie mehr war als ein unzureichender Lückenbüßer.« Sie wischte sich hastig über die Wange. »Wissen Sie, es gab Momente, da hab ich mir tatsächlich gewünscht, er würde unsere Ehe beenden und zu ihr gehen. Einfach damit dieser Albtraum endlich vorbei ist. Aber nicht einmal das hat er geschafft.« Sie stand auf und griff nach dem Mantel über der Stuhllehne. »Und dann fällt ihm nichts Besseres ein, als sich umbringen zu wollen. Als ob es uns, seine Familie, überhaupt nicht gäbe. Weil er an nichts anderes denken konnte als an sich und seine Trauer um Elena. Erbärmlich, nicht wahr?« Sie straffte die Schultern. »Aber das wird sich alles radikal ändern. Ich werde jetzt zu meinem zukünftigen Ex-Mann ins Krankenhaus fahren und ihm sagen, wie ich mir mein Leben von nun an vorstelle – ohne ihn. Und wenn er damit nicht einverstanden ist, dann kann er meinetwegen bleiben, wo der Pfeffer wächst.« An der Tür drehte sie sich noch einmal um. »Sie hatten übrigens recht. Er hätte ihn um ein Haar vergessen, den ersten Geburtstag seines Sohns.« Sie winkte ihnen kurz zu, bevor sie verschwand.

Thorwald, der den Flur entlangkam und ihren letzten Satz noch mitgehört hatte, blieb stirnrunzelnd im Türrahmen stehen. »Was hat sie jetzt damit gemeint? Und was schaut ihr zwei so bedröppelt?«

Katrin rutschte unruhig auf ihrem Stuhl hin und her. »Äh ... Robert, ich glaube, wir müssen dir etwas sagen.«

»Etwas, das dir nicht sonderlich gefallen wird«, murmelte Kornbichler.

Thorwald betrat das Büro und verschränkte die Arme vor der Brust. »Ich höre.«

Kaum hatte Katrin geendet, polterte er los.

»Das ist jetzt nicht euer Ernst? Eure ureigenste persönliche Meinung, über was auch immer, interessiert niemanden. Das hat bei einer polizeilichen Ermittlung nichts zu suchen. Lernstoff erstes Jahr Polizeiakademie – verdammt noch mal!«

»Ich weiß. Es tut mir ... uns auch wirklich leid«, stammelte Katrin.

»Ihr könnt von Glück sagen, dass die Frau es so gelassen aufgenommen hat. Das hätte auch ganz anders ausgehen können. Eine Dienstaufsichtsbeschwerde gegen zwei meiner Beamten ist das Letzte, was ich jetzt gebrauchen kann!«

»Ich habe das verbockt«, versuchte Kornbichler zu beschwichtigen. »Ich habe das offene Fenster nicht gesehen und zu reden angefangen, bevor wir im Auto saßen.«

»Ich habe es auch übersehen. Und dann haben wir weiter diskutiert und ...«

»Ja genau«, unterbrach Thorwald. »Weil hier von Anfang an immer nur diskutiert wird, anstatt endlich einmal ordentliche Polizeiarbeit zu leisten. Mir steht es mit euch beiden bis hier.« Er zeigte mit seiner Hand auf Höhe seiner Augen.

Katrin starrte ihn entgeistert an. »Ordentliche Polizeiarbeit? Toni hat Hannes Thalhammer das Leben gerettet!«

»Das meine ich nicht und das weißt du ganz genau.« Thorwald holte kurz Luft. »Ich sage das jetzt genau einmal: Wenn ihr euch beide nicht am Riemen reißt und euren Dauerzwist hier und jetzt beendet, dann könnt ihr nächste Woche die Verkehrserziehung in der Grundschule übernehmen. Haben wir uns da verstanden?«

Ohne eine Antwort abzuwarten, stürmte er in sein Büro und schlug die Verbindungstür mit einem Knall hinter sich zu. Katrin zuckte erschrocken zusammen, wagte aber nicht etwas zu sagen. Stille breitete sich aus, nur unterbrochen von Matildas leisem Winseln.

»Ich geh morgen zu ihm und lass mich wieder zur Drogenfahndung versetzen«, sagte Kornbichler.

»Aber ...«

»Nicht deinetwegen. Ich sage ihm, ich komme hier in der Mordkommission nicht zurecht und möchte deshalb wieder zurück.«

»Toni, das ist …«

»… das Beste, glaub mir!« Er gab Matilda ein Zeichen zum Gehen. »Den Rest der Berichte schreibe ich zu Hause fertig. Mach's gut.«

Katrin wusste nicht, wie lange sie dagesessen und die Tischplatte angestarrt hatte. Irgendwann fing sie an, ihre Notizen aus dem Schreibblock in den Computer zu hämmern. Automatisch, fast wie ein Roboter, spulte sie ihre Berichte ab. Es war schon spät, als Thorwald per E-Mail zur Teambesprechung am nächsten Morgen einlud. Kornbichlers Name stand wie alle anderen in der Empfängerzeile. Fragte sich nur, wie lange noch. Müde stand sie schließlich auf und schaltete den Computer aus. Beim Hinausgehen fiel ihr Blick auf die Hundedecke und den zerkauten Ball in der Ecke.

»O nein«, murmelte sie. »Noch sind wir hier nicht fertig.«

Kapitel 24

Endlich wurde im Erdgeschoss die Haustür aufgesperrt. Schnelle Schritte eilten kurz darauf die Stufen nach oben in den zweiten Stock. Es dauerte nicht lange und Kornbichler und Matilda waren am Treppenabsatz zu sehen. Offenbar kamen sie vom Joggen, denn Kornbichler trug Sportkleidung und Turnschuhe. Abrupt blieb er stehen und starrte auf die Frau, die soeben leise ächzend aufstand.

»Endlich! Ich dachte schon, ihr seid verschollen«, sagte Katrin und hielt sich den schmerzenden Rücken.

»Was machst du hier?«, fragte er entgeistert, während Matilda Katrin schwanzwedelnd begrüßte.

»Dich besuchen, um nochmals mit dir zu reden. Ich komme auch in Frieden«, erwiderte sie und holte zwei Flaschen Bier aus ihrer Umhängetasche.

»Na, dann.« Er runzelte die Stirn. »Woher weißt du überhaupt, wo ich wohne? Hast du mich im Polizeicomputer gesucht?«

»Wenn die Kollegen deine Adresse nicht kennen sollen, dann darfst du deine Spesenabrechnung nicht offen auf dem Schreibtisch liegen lassen.«

»Ist ja schon gut, kleine Kratzbürste.« Die letzten beiden Worte sagte er allerdings so leise, dass niemand sie hören konnte.

»Wow«, entfuhr es Katrin, kaum dass sie durch die Wohnungstür getreten waren.

Sie stand in einem riesengroßen Loft. Diele, Küche, Wohnzimmer, die Räume gingen fließend ineinander über. Nirgendwo waren Zwischenwände oder Türen zu sehen. Am anderen Ende der Wohnfläche führte eine Eisentreppe in eine weitere Etage. Auf der Galerie konnte Katrin die Umrisse eines sehr ausladenden Bettes erkennen.

»Du hast ja eine tolle Wohnung.«

Kornbichler ging in die Küche, wo es eine Kochinsel und eine Bar mit hohen Stühlen gab, und öffnete den Kühlschrank. »Danke. Zwei Kumpel und ich haben das Haus vor ein paar Jahren günstig gekauft.« Er holte eine Wasserflasche hervor und schenkte sich ein Glas ein.

»Magst du auch?«

»Ja, gerne.« Noch immer war Katrin ganz hin und weg. An den Wänden hingen in regelmäßigen Abständen Gemälde mit moderner Kunst, die bis fast an die Zimmerdecke reichten. Die zum Innenhof liegenden Fenster waren bodentief und verliehen dem Raum Luft und Leichtigkeit.

»Das Gebäude ist eine ehemalige Schneiderei. Frag nicht, in welchem Zustand wir es gekauft haben. Nicht umsonst war es so günstig. Dann haben wir angefangen zu renovieren.«

»Das kannst du?« Katrin nahm das Wasserglas entgegen und folgte Kornbichler zum Sofa mit Chaiselongue.

»Na ja, in erster Linie sind meine Kumpels die Fachleute. Der eine ist Maurer, der andere Elektriker, beide haben ein gutes Netzwerk an Handwerkern, die uns hin und wieder geholfen haben. Aber ich war ein fleißiger Lehrling und irgendwann ist dann dieses Schmuckstück entstanden.«

»Es ist wirklich wunderschön«, sagte Katrin geradezu ehrfürchtig.

»Daniel ist im Erdgeschoss eingezogen, Peter hat seine Wohnung im ersten Stock verkauft. Und ich wohne hier.«

Matilda gab ein Bellen von sich. Kornbichler lachte. »Ich meinte natürlich, *wir* wohnen hier.«

Die Hündin ließ sich zufrieden den Kopf kraulen, ehe sie zu einem Hundebett in der gegenüberliegenden Ecke trottete und sich dort über einen Kauknochen hermachte.

»Setz dich. Bevor wir dein Friedensbier trinken, muss ich erst einmal unter die Dusche. Dauert nicht lange.«

»Äh, ja. Natürlich.« Diskret sah Katrin sich um. Hoffentlich war wenigstens das Badezimmer ein separater Raum. Einen unbekleideten Kornbichler unter der Dusche zu sehen, war nun wirklich zu viel des Guten. Obwohl sie, wenn auch widerwillig, zugeben musste, dass er in der Tat sehr sportlich und durchtrainiert aussah.

Auf dem Weg in die obere Etage betätigte er die Fernbedienung der Musikanlage und verschwand dann hinter einer Tür am Ende der Galerie. Katrin nippte an ihrem Wasserglas. Ihr Blick blieb erneut an dem geradezu unverschämt großen Bett hängen und ihr fiel auf, dass sie gar nicht wusste, ob Kornbichler eine Freundin hatte. Hier unten deutete jedoch nichts auf ein weibliches Wesen hin. Andächtig betrachtete sie das Gemälde auf der gegenüberliegenden Raumseite. Die Bilder hatte auf jeden Fall jemand ausgewählt, der etwas von Kunst verstand.

»Wenn du ein Bierglas brauchst, die sind im linken Hängeschrank ganz oben«, rief Kornbichler, nur mit einem Handtuch bekleidet, wenig später von der Empore.

Erst jetzt bemerkte Katrin die Tätowierung auf seinem linken Oberarm. Die hatte er bisher immer gut verborgen. Was wenig verwunderlich war, da Polizisten keine sichtbaren Tattoos tragen durften. Irgendetwas Geschwungenes, das mit schwarzer Farbe in die Haut eintätowiert war. Bevor sie das Motiv jedoch erkennen konnte, hatte er sich bereits von ihr weggedreht. Rasch sah sie zur Seite. Nicht dass er noch auf die Idee kam, sie würde ihn anstarren.

»Nein. Passt schon«, sagte sie und widmete sich stattdessen wieder ganz der Bildbetrachtung.

―――――

Benedikt Rehberg wartete mit laufendem Motor in der Einfahrt, bis das Garagentor nach oben gefahren war. Langsam ließ er den Porsche hineinrollen und drehte den Zündschlüssel um. Anstatt jedoch auszusteigen, blieb er missmutig im Wagen sitzen und starrte auf die dunkle Wand vor sich.

Normalerweise würde er jetzt bei Anna am Tresen stehen, ein kühles Feierabendbier trinken und ihr beim Getränkeausschank Gesellschaft leisten. So wie jeden Dienstag, wenn das Gasthaus abends voll war, weil neben dem Stammtisch und dem Schützenverein auch der Kirchenchor nach seiner wöchentlichen Probe vorbeikam. Besonders heute hatte er bei Anna sein wollen, um sie vor den neugierigen Fragen ihrer Gäste abzuschirmen, denn natürlich wusste mittlerweile das ganze Dorf, in wessen Auto Hannes Thalhammer um ein Haar gerast wäre. Noch immer spürte

Benedikt Übelkeit in sich aufsteigen, sobald er nur daran dachte. Anna und der Professor hatten so verdammt viel Glück gehabt.

Und auch der Tod von Elena Ziegler lag immer noch bleischwer über Neukirchen. Benedikt konnte es den Leuten nicht einmal verübeln, dass sie nicht zu Hause im stillen Kämmerlein sitzen, sondern darüber reden und in Gesellschaft sein wollten. Und wo ließe sich das besser bewerkstelligen als im Dorfwirtshaus? Aber Elenas gewaltsamer Tod machte Anna schwer zu schaffen, schwerer, als sie bereit war zuzugeben. Schon kurz nach der Bekanntgabe des Schützenvereins, wer das Amt der Fahnenmutter und der Fahnenbraut übernehmen würde, hatte er gespürt, wie sehr sie Elena mochte. Und umgekehrt. Es waren die kleinen Gesten, die Worte, die sie füreinander hatten. Manchmal fragte er sich sogar, ob Anna in Elena die Tochter sah, die sie selbst nie gehabt hatte.

Für ihn und seine erste Frau waren Kinder von Anfang an keine Option gewesen. Eines der wenigen Themen in ihrer Ehe, bei dem sie einer Meinung waren. Die kurze Zeit, die sein Neffe in der Villa gewohnt hatte, hatte ihn nur darin bestätigt, dass er als Vaterfigur nicht taugte. Er hatte eigene Kinder in seinem Leben nicht vermisst, hatte nie das Gefühl gehabt, ohne sie etwas Entscheidendes zu verpassen. Wie selbstverständlich war er davon ausgegangen, dass es sich bei Anna und ihrem Ex-Mann ähnlich verhalten hatte. Dabei hatte er Anna nie gefragt. Warum eigentlich nicht? Dass Johann Leitner ein durch und durch unsympathischer Zeitgenosse war, hatte er noch hautnah miterlebt, aber vielleicht hätte Anna mit ihm dennoch gern eine Familie gegründet. Jetzt war es dafür zu spät. Sie hatten beide eine Vergangenheit, die sie zu den Menschen gemacht hatte, die sie heute waren. Schicksalsschläge und Kummer waren in ihrem Leben nicht ausgeblieben, aber sie hatten stets offen darüber geredet. Keiner musste dem anderen etwas vormachen. Anna hätte seine Frage richtig einordnen können und vielleicht hätte es ihm geholfen, sie wegen Elenas Tod besser trösten zu können.

Dieser Ehrlichkeit hatte er es zu verdanken, dass er jetzt allein in seinem Wagen in der dunklen Garage saß und nicht bei Anna im Gasthaus. Denn natürlich hatte es keine fünf Minuten gedauert und ihre Aussprache über ihre zukünftige Wohnsituation hatte in einem handfesten Krach geendet. Schon geraume Zeit hatte das Thema wie ein unterirdischer Lavastrom bedrohlich vor sich hin gebrodelt und immer wieder für kleine Unstimmigkeiten zwischen ihnen gesorgt. Deshalb hatte er versucht, einen großen Bogen darum zu machen, in der Hoffnung, es würde sich irgendwann von allein lösen. Tat es natürlich nicht. Stattdessen war der Vulkan heute endgültig ausgebrochen. Das Problem lag klar auf der Hand: Jeder beharrte darauf, zukünftig in seinem Haus wohnen zu bleiben. Sein Verstand sagte Benedikt, dass sie auf die Art und Weise natürlich nie aus der Sackgasse herauskamen. Aber gleichzeitig verspürte er keine Lust nachzugeben. Warum sollte er?

Schließlich hatte er die stattliche Villa erst vor wenigen Jahren bauen lassen. Alles war nigelnagelneu und die gesamte Technik, vom Hightech-Kaffeevollautomaten über die Heizungsanlage und den bisher kaum benutzten Induktionsherd bis zur Sauna im Keller, auf dem modernsten Stand. Das Haus bot Platz für eine ganze Armee. Jeder hätte also seinen Rückzugsort, falls es das war, wovor Anna sich fürchtete. Ihr Argument, er hätte es für seine erste Frau gebaut, war geradezu lachhaft. Sie hatte sowohl die Villa als auch Neukirchen von der ersten Minute an abgrundtief gehasst. Nichts erinnerte heute an sie und ihren kurzen unglückseligen Aufenthalt und er wusste nicht mehr, wie oft er Anna angeboten hatte, das Haus nach ihren Wünschen umzugestalten. Noch weniger konnte er akzeptieren, dass ihr der Weg zum Gasthaus zu weit war. Es befand sich nur einen Steinwurf entfernt, direkt an der Einmündung zur Neubausiedlung. Er hatte gerade einmal zwei Minuten gebraucht, um heim zu kommen. Etwas Abstand zu dem ganzen Trubel dort hätte Anna womöglich sogar ganz gut getan. So meinte doch jeder, in der Gaststube aufschlagen zu können, wann es ihm gerade passte. Anna würde schon da sein und Gewehr bei Fuß stehen. Als Kummerkasten und Seelentröster, um Ratsch und Tratsch in die Welt hinauszuposaunen oder weil einem schlicht und einfach der Sinn nach Gesellschaft war. Schon mehrmals hatte sie am Ruhetag geöffnet oder kurzfristig noch eine Reservierung angenommen, obwohl sie vor lauter Arbeit nicht mehr wusste, wo vorne und hinten war.

Aber am schwersten wog, dass sie offenbar nicht verstand, wie wichtig *ihm* diese Villa war. Er hatte sie damals nach seinen Vorstellungen bauen lassen, hatte sie trotz seiner kostspieligen Scheidung nicht weggegeben und auch daran festgehalten, als es im vergangenen Jahr – seinem Neffen sei Dank – einige Monate in der Apotheke äußerst bescheiden lief und er schon mit einem Bein in der Insolvenz stand. Sie war eine Art Statussymbol geworden und gehörte zu ihm. Die Leute hatten sich seit seiner Rückkehr in die alte Heimat schon genug die Mäuler zerrissen. Wenn er das Haus jetzt verkaufte, würde das ganze Gerede wieder von vorne losgehen.

Seufzend stieg er schließlich aus und sperrte den Wagen ab. Wenn sie schon an so grundsätzlichen Dingen scheiterten, hatten sie dann als Paar überhaupt eine Zukunft? Er steckte den Schlüssel in die Schließvorrichtung der Garage und ließ auch das automatische Hoftor zufahren. Für heute hatte er genug.

Obwohl gut sichtbar ein Hinweisschild am Briefkasten prangte, dass Werbung unerwünscht war, hatte ihm irgendjemand wieder zahlreiche Reklameprospekte hineingestopft. Leise vor sich hin fluchend holte er den Papierwust heraus und schloss die Haustür auf.

Das Erste, das ihm auffiel, war die kalte Zugluft, die ihm im Flur entgegenkam. Hatte er am Vortag vergessen, ein Fenster zu schließen? Er suchte nach dem Lichtschalter in der großzügig geschnittenen Diele, doch alles blieb dunkel. Im Wohnzimmer dasselbe Spiel. Offenbar waren die Sicherungen herausgeflogen. Dafür wurde der Luftzug immer stärker. Er holte sein Mobiltelefon hervor und schaltete die Taschenlampenfunktion ein. Spätestens jetzt war klar, wo die Kälte herkam. Die Terrassentür stand sperrangelweit offen. Zudem war mit einem Glasschneider in Höhe des Türöffners ein kreisrundes Loch herausgeschnitten worden. Jetzt gab es keinen Zweifel mehr: Jemand war in sein Haus eingebrochen. In diesem Moment hörte er ein lautes Rumpeln hinter sich. Benedikt wirbelte herum und hielt den Lichtkegel in die Richtung, aus der der Lärm gekommen war. Eine schwarz gekleidete Gestalt huschte aus dem Schein der Taschenlampe in die schützende Dunkelheit der Diele.

»Halt, stehen bleiben!«, schrie er und rannte dem Eindringling hinterher. Weit kam er nicht, denn plötzlich spürte er einen heftigen Schlag gegen den Kopf. Er taumelte einige Schritte nach hinten und versuchte reflexartig, sich irgendwo festzuhalten. Doch seine Hand griff ins Leere und mit einem lauten Aufprall fiel er auf den harten Fliesenboden. Er glaubte noch ein Flüstern zu hören, dann wurde alles schwarz.

Silvia Thalhammer saß auf dem unbequemen Besucherstuhl und massierte ihre verspannte Nackenmuskulatur. Nach einer sehr kurzen Nacht, die sie größtenteils in der Notaufnahme des Landshuter Klinikums verbracht hatte, und einem langen, anstrengenden Tag fühlte sie sich müde und erschöpft. Schon früh am Morgen waren ihre Eltern mit dem Transporter der Nachbarn angekommen und hatten ihr beim Auszug geholfen. Es hatte am Vorabend nicht vieler Worte bedurft, damit sie verstanden. Bei ihrer Ankunft auf dem Hof hatten sie keine bohrenden Fragen gestellt und auch nicht versucht, sie zum Bleiben zu überreden, sondern die leeren Umzugskisten in den Flur gestellt und angefangen einzupacken. Das Gezeter und Gejammere ihrer Schwiegermutter hatte sie schlichtweg ignoriert. Natürlich ging die Aktion nicht über die Bühne, ohne dass Roswitha Förster Wind davon bekam und förmlich zu ihnen herüberrannte. Dieses neugierige Tratschweib würde ihr wahrlich nicht abgehen.

Ebenso wenig die Herrschaften, die direkt nach ihrer Nachbarin aufgeschlagen waren. Sie wusste, sie tat David Mayrhofer und den anderen Spielern unrecht. Sie waren in Sorge um Hannes und wollten wissen, wie es ihrem Trainer ging. Fairerweise musste sie zugeben, dass sie ihr sogar Hilfe und Unterstützung angeboten hatten. Und sie war ja selbst schuld, da sie noch in der Notaufnahme den Vorstand der Fußballabteilung angerufen und ihn über Hannes' Unfall informiert hatte.

Hannes' Unfall ... Erstaunlicherweise glaubten das bisher die meisten Menschen in Neukirchen. Ging es nach ihr, würde das auch in Zukunft so bleiben. Nur die, die unmittelbar dabei waren, wussten, was wirklich geschehen war, nämlich dass Hannes seinem Leben ein Ende setzen wollte. Und dabei beinahe Anna Leitner und diesen Münchner Professor mit in den Tod gerissen hätte.

Es war Roswitha, die Silvia über die Insassen des anderen Wagens informiert hatte, kaum war sie nachmittags noch einmal kurz zu Hause, um für Hannes ein paar Sachen zu holen. Woher diese Ratschen das schon wieder wusste, war ihr schleierhaft. Es hatte Silvia enorme Überwindung gekostet, nicht laut loszuschreien und ihre Nachbarin kurzerhand vor die Tür zu setzen. Wahrscheinlich hatte sie die ganze Zeit am Fenster gelauert und nur darauf gewartet, bis sich bei ihnen auf dem Hof etwas rührte. Kein Wunder, dass ihre Schwiegereltern den ganzen Tag im Haus geblieben waren. Eisern hatte Silvia auf die Zähne gebissen und so getan, als wüsste sie durch die Polizei längst Bescheid. Dabei hatte die sich bedeckt gehalten und sie nur informiert, dass es außer ihrem Ehemann keine Geschädigten gab. Diesen letzten Triumph wollte sie Roswitha Förster nicht gönnen.

Vom Bett erklang ein leises Stöhnen. Ihr Mann war aufgewacht. Mühsam öffnete er die Augen und versuchte sich zurechtzufinden. Seinen Kopf zierte ein Verband, unter den Augen hatten sich Blutergüsse gebildet und sein linkes Bein lag eingegipst in einer Schiene. Infusionsnadeln versorgten ihn mit Flüssigkeit und Schmerzmitteln. Er versuchte etwas zu sagen, aber über seine trockenen Lippen kam nur ein heiseres Krächzen.

»Hast du Durst?«, fragte Silvia und beugte sich über ihn.

Er schaffte nur ein schwaches Nicken. Sie griff nach dem Becher auf dem Nachttisch und half ihm, daraus zu trinken. Dankbar sah er sie aus müden Augen an. Silvia spürte, wie sich die Tränen ihren Weg bahnten, doch sie wusste, sie durfte jetzt nicht weinen. Später ja, aber nicht jetzt. Sie stellte den Becher zurück und setzte sich zu Hannes auf den Bettrand. Dann holte sie tief Luft.

»Hannes, ich werde heute das letzte Mal bei dir im Krankenhaus sein«, begann sie mit leiser, aber fester Stimme zu sprechen. »Heute Morgen bin ich von zu Hause ausgezogen. Leopold und ich werden vorübergehend bei meiner Familie wohnen, bis ich etwas Eigenes gefunden hab. Auf dem Hof können dir ja deine

Eltern zur Hand gehen. Ist ja nicht so, dass sie jemals wirklich losgelassen hätten. Außerdem werde ich wieder anfangen, als Physiotherapeutin zu arbeiten.«

»Silvia«, flüsterte er mühsam.

»Lass gut sein«, fuhr sie unbeirrt fort. »Wir wissen beide, dass unsere Ehe schon lange am Ende ist. Morgen reiche ich beim Anwalt die Scheidung ein. Du kannst dir in aller Ruhe überlegen, ob du in Zukunft eine Beziehung zu deinem Sohn haben willst. Falls dem so ist, wirst du dich gehörig anstrengen müssen. Wenn nicht, wirst du für Leopold Unterhalt bezahlen und abgesehen davon nie wieder etwas von ihm hören.« Abrupt stand sie auf. In ihren Augen blitzte die blanke Wut. Mit ihrer mühsam aufrecht erhaltenen Beherrschung war es endgültig vorbei. »Weißt du eigentlich, was du uns angetan hast? Mir, deinem Sohn, deinen eigenen Eltern? Durch welche Hölle wir alle gegangen sind? Und wer im anderen Auto gesessen hat? Nein?« Silvia warf alle guten Vorsätze über Bord. »Ich werde es dir sagen: Anna Leitner und dieser Münchner Professor. Da schaust du, nicht wahr? Anna, die du seit deiner Kindheit kennst und bei der du fast täglich im Wirtshaus sitzt, und ein dir völlig fremder Mann, der dir nichts getan hat.« Jetzt weinte sie doch, aber es war ihr egal. »Glaubst du, du bist der Einzige, dem es schlecht geht? Weißt du eigentlich, wie beschissen ich mich all die Wochen und Monate gefühlt habe? Warum hast du unsere Ehe nicht beendet und bist zu ihr gegangen, wie du es im Grunde deines Herzens immer gewollt hast?« Beim Anblick der jämmerlichen Gestalt im Krankenbett verspürte sie fast Mitleid, doch sie konnte nicht mehr aufhören. »Hast du tatsächlich geglaubt, Gefühle lassen sich so einfach austricksen und ausschalten? Du heiratest mich und schon hast du Elena vergessen? Wenn du uns wirklich eine Chance gegeben hättest, dann hätten wir es vielleicht schaffen können. Aber so ...« Ein trauriges Lächeln umspielte Silvias Lippen. »Du hast jetzt genug Zeit, darüber nachzudenken, wie es mit deinem Leben weitergehen soll. Ich werde dich nicht im Stich lassen. Wenn du mich brauchst, dann bin ich für dich da. Nicht als Ehefrau, aber als gute Freundin. Du hast es selbst in der Hand. Leb wohl.«

»Bitte geh morgen nicht zu Robert. Wir brauchen dich«, sagte Katrin, nachdem sie sich kurz zugeprostet hatten.

Kornbichler drehte die Bierflasche in seinen Händen. »Mein Einsatz bei euch war von Anfang an keine gute Idee. Ich bin mir sicher, Robert sieht das mittlerweile ganz genauso.«

»Doch, war es schon. Wir sind momentan bei Weitem nicht genügend Leute. Du kennst dich in der Abteilung aus und musst nicht eingearbeitet werden. Letztlich hat Robert das einzig Richtige getan.«

Kornbichler musterte sie mit hochgezogenen Augenbrauen. »Und das ausgerechnet aus deinem Mund.«

»Wundert es dich etwa, dass ich so schlecht auf dich zu sprechen bin? Schon vergessen, dass du mir letztes Jahr das Leben zur Hölle gemacht hast? Immer diese dummen Kommentare und dazu noch deine ultraschlechte Laune.«

»Du bist mir so was von auf die Nerven gegangen mit deinem ständigen Übereifer und deiner Arbeitswut. Kaum gab es irgendeine Aufgabe, hattest du sie schon erledigt. Und egal was vorgeschlagen wurde, du musstest immer deinen Senf dazugeben und alles besser wissen!«

»Das stimmt überhaupt nicht! Ich mache meine Arbeit gern. Und ich bring mich halt ein. Was man von dir nicht unbedingt behaupten konnte. Du hast nur rumgestänkert und gelästert und mich schlecht gemacht.«

»Mir kommen gleich die Tränen. Gabler und Robert haben dich doch ohnehin von vorne bis hinten betüdelt und über den grünen Klee gelobt. Frau Abel hier und Katrin da. Und das, obwohl du dir mit deiner Nacht- und Nebelaktion ganz schön was geleistet hast.«

Katrin spürte ein unangenehmes Pochen in der rechten Schläfe. Dass sie im Vorjahr auf eigene Faust und mit Professor Cornelius auf dem Beifahrersitz einen Schwerstkriminellen verfolgt und erst im letzten Moment Florian Weber um Hilfe gebeten hatte, war in der Tat keine Glanzleistung gewesen. Aber das wusste sie selbst nur allzu gut. Außerdem hatte ihr Thorwald danach ganz schön die Leviten gelesen. Das musste Kornbichler jetzt nicht noch einmal hervorkramen.

»Mir hätte Robert das nicht durchgehen lassen«, sagte er jetzt eisig. »Aber er misst ja gerne mit zweierlei Maß.«

»Was soll das denn jetzt heißen?«, fuhr Katrin ihn an.

Kornbichler knallte die Bierflasche auf den Wohnzimmertisch. »Dir hat er die Fortbildung beim LKA gegeben, obwohl wir gleichzeitig in der Abteilung angefangen haben. Und dann hast du auch noch den Posten als Coach für die neuen Mitarbeiter abgestaubt. ›Ich dachte, dich würde das nicht interessieren‹ war alles, was er dazu zu sagen hatte. Er hat sich noch nicht einmal die Mühe gemacht, mich zu fragen, ob ich es machen möchte.«

Katrin hörte mit einem Mal wieder die Worte von Bernadette Ziegler. *Er hat sich noch nicht einmal die Mühe gemacht, mich zu fragen, ob ich Fahnenbraut werden will.* Die tiefe Kränkung ob der Zurückweisung war nicht zu überhören gewesen.

»Dafür kann ich aber nichts«, erwiderte sie bockig.

»Ach, nein? Ich habe euch beide beim Tanzen im Hinterzimmer dieser spanischen Bar gesehen. Das war mehr als eindeutig.«

Es dauerte eine Weile, bis Katrin begriff. »Der Salsa-Kurs? Robert wollte *seine Freundin Amelie* überraschen, weil sie wahnsinnig gerne Salsa tanzt. Und weil ich es recht gut kann, habe ich ihm angeboten, mit ihm einen Kurs zu machen.« Ihre Augen weiteten sich. »Du hast gedacht, wir haben was miteinander?«

Kornbichlers Schweigen war Antwort genug.

»Und es wahrscheinlich überall herumposaunt.« Katrin sprang vom Sofa auf.

»Nein, habe ich nicht. So wichtig bist du jetzt auch wieder nicht!«

Sie lachte verächtlich. »Und mit Gabler hatte ich natürlich auch etwas am Laufen. Warum sonst sollte er mich *für meine Arbeit* loben!«

Kornbichler musterte sie mit unbewegter Miene, sagte aber nichts. Das war auch gar nicht notwendig.

»Sag mal, geht's noch! Wofür hältst du mich? Für die Matratze vom Revier?« Katrin spürte einen unangenehmen Kloß in ihrer Kehle, aber sie würde vor ihm jetzt bestimmt nicht anfangen zu weinen. »Du bist so ein blöder Depp!«, schrie sie stattdessen.

»Und du eine arrogante, rechthaberische Zicke!«

Wortlos starrten sie sich sekundenlang an. Katrin hätte ihm am liebsten die Bierflasche an den Kopf geworfen. Sie wusste gerade nicht, was mehr wehtat. Dass er ihre Arbeit als Polizistin so gering schätzte oder ihr tatsächlich eine Affäre mit zwei Vorgesetzten unterstellte. Warum legte sie auf seine Meinung überhaupt so viel Wert? Vom Hundebett ertönte in diesem Moment ein zaghaftes Winseln, gefolgt von einem tieftraurigen Jaulen.

»Jetzt streiten wir schon wieder«, sagte Kornbichler leise. »So klappt das doch nie mit uns beiden.«

Erschöpft ließ Katrin sich zurück auf das Sofa fallen. »Ich will aber, dass es klappt. Nur gemeinsam, im Team, haben wir eine Chance, Elena Zieglers Mörder zu finden. Das willst du doch auch, oder?«

»Natürlich will ich das! Aber wir zwei in einem Team ...« Er schüttelte den Kopf.

»Und wenn wir uns ganz fest am Riemen reißen? Zwischendurch hat es doch schon ganz gut funktioniert.« Sie blickte zur Hundedecke, wo die Schäferhündin sie mit großen Augen ansah. »Von mir aus darf Matilda im Auto auch vorne sitzen.«

Gegen seinen Willen musste Kornbichler lachen. »Ja dann.« Er griff nach seiner Bierflasche. »Also gut. Waffenstillstand. Wenigstens für diese eine Ermittlung.«

»Okay. Waffenstillstand«, sagte Katrin erleichtert und prostete ihm zu.

In diesem Moment klingelte Kornbichlers Mobiltelefon. »Der Chef. Wahrscheinlich gibt es noch einmal eine Strafpredigt.« Mit gerunzelter Stirn hörte er zu, was Robert Thorwald zu vermelden hatte. »Alles klar. Katrin ist ohnehin gerade bei mir. Wir fahren sofort los.«

»Was ist?«, fragte sie, nachdem er aufgelegt hatte.

»Der Einbrecher hat heute Abend erneut zugeschlagen. Im wahrsten Sinne des Wortes.« Rasch stand er auf.

»Wo?«

»In der Villa des Apothekers, der uns das Filmmaterial geliefert hat. Herr Rehberg hat ihn offenbar dabei überrascht, was nicht gut für ihn ausging.«

Kapitel 25

Silvia Thalhammer ging schnellen Schrittes über den Krankenhausparkplatz. Das erste Mal seit vielen Monaten verspürte sie eine Leichtigkeit, als wäre ein Zentnerstein von ihrer Brust gerollt worden. Befreit atmete sie auf. Obwohl sie mittlerweile todmüde war und ihr Bett förmlich herbeisehnte, war ihr Körper gleichzeitig voller Kraft und Energie. In diesem Moment sah sie eine vertraute Gestalt Richtung Haupteingang eilen. Sofort schlug ihr Herz ein paar Takte schneller. Anna Leitner. Sie hatte sie eigentlich erst am nächsten Morgen besuchen und in Ruhe mit ihr reden wollen, aber offenbar meinte das Schicksal es anders.

»Servus, Anna«, rief sie deshalb und rannte zwischen den Wagenreihen hindurch. »Willst du zum Hannes? Der schläft schon. Die Ärzte haben ihm ein starkes Beruhigungsmittel ...« Mitten im Satz brach sie ab. Erst jetzt bemerkte sie, dass Anna offenbar geweint hatte. Ihre Augen waren stark gerötet und ihre braunen Locken hingen ihr widerspenstig ins Gesicht.

»Anna, um Himmels willen! Was ist denn los?«

»Benedikt ...«

»Was ist mit ihm?«

»Er hat offenbar einen Einbrecher überrascht und ist niedergeschlagen worden«, schluchzte Anna. »Sein Nachbar hat ihn gefunden und die Polizei und den Rettungsdienst verständigt.«

»Wie geht es ihm? Ist er ...?«

»Ich weiß es nicht. Als ich dort ankam, war er schon auf dem Weg ins Krankenhaus«, rief Anna verzweifelt.

»Okay, dann gehen wir jetzt zusammen rein. Ich zeige dir, wo die Notaufnahme ist, und warte dort mit dir.«

Anna schüttelte den Kopf. »Nein, du hast momentan genug eigene Sorgen. Ich finde mich schon zurecht.«

»Nichts da. Das ist das Mindeste, was ich für dich tun kann.« Silvia legte ihren Arm um Annas Schulter und ging mit ihr Richtung Haupteingang.

»Aber der Leopold ...«
»Dem geht es gut. Der ist bei seinen Großeltern und schläft tief und fest. Ich lass dich jetzt auf keinen Fall allein.«
Wie ihnen an der Anmeldung mitgeteilt wurde, war Benedikt Rehberg eine halbe Stunde zuvor mit dem Rettungswagen eingeliefert worden. Zielstrebig ging Silvia die Gänge entlang und setzte Anna schließlich auf einen Stuhl im Wartebereich der Notaufnahme. Dort erfuhren sie, dass er gerade untersucht wurde und sie sich gedulden müssten. Der Arzt würde dann schon kommen.
»Das wird bestimmt noch ein bisschen dauern«, sagte Silvia. »Ich hol dir erst einmal einen Tee.«
Anna nickte dankbar. Während Silvia um die nächste Ecke verschwand, blieb sie erschöpft auf dem unbequemen Plastikstuhl sitzen. Um sie herum wartete ein gutes Dutzend weiterer Menschen und es herrschte ein munteres Kommen und Gehen. Manche von ihnen wirkten besorgt, andere sprachen aufgeregt in ihr Telefon, wieder andere saßen einfach nur da und starrten vor sich hin. Auch Patienten waren darunter, leichtere Fälle, die nicht akut ärztliche Hilfe benötigten. Menschen mit Schnittwunden und verstauchten Knöcheln oder vielleicht auch nur welche, die sich den Gang in die Arztpraxis am nächsten Tag sparen wollten. Annas Blick wanderte zu den geschlossenen Türen auf der anderen Seites des Korridors. Hin und wieder, wenn ein Arzt oder Pflegepersonal hindurchhuschte oder Patienten in Betten oder Rollstühlen herausgeschoben wurden, waren sie kurz offen. Hinter einer von ihnen lag Benedikt, schwer verletzt und blutüberströmt.
Falls ihm etwas wirklich Schlimmes zugestoßen war und er nicht mehr aufwachte, würde sie sich das niemals verzeihen. Keine fünf Minuten hatte ihr Gespräch gedauert und schon war ein erbitterter Streit ausgebrochen, an dessen Ende er wortlos nach draußen gestürmt war. Und alles nur, weil sie sich nicht darauf einigen konnten, wer bei wem einzog, und keiner nachgeben wollte! Sollte das wirklich der letzte gemeinsame Moment in ihrem Leben gewesen sein?
Beim Frühstück mit Professor Cornelius hatte sie sich insgeheim gefragt, warum er und seine Frau es nach so vielen Jahren Ehe nicht schafften, die Sorgen des anderen besser zu verstehen

und vernünftig miteinander zu reden. Dabei kämpfte Ramona Cornelius seit dem Überfall im Sommer offenbar mit einem schweren Trauma, dessen Folgen beide schlichtweg überforderten. Wohingegen Benedikt und sie vor dem Luxusproblem standen, zwei Immobilien zu besitzen, und aus purer Eitelkeit oder anderen trivialen Gründen nicht bereit waren, die jeweils eigene Komfortzone zu verlassen. Momentan würde sie mit ihm auch in ein Wigwam oder eine Gartenlaube ziehen, wenn er nur wieder gesund wurde.

Silvia Thalhammer bog mit zwei dampfenden Bechern um die Ecke und reichte Anna einen davon. »Heißer Früchtetee«, sagte sie und setzte sich. »Der wird dir gut tun. Ist auf alle Fälle besser als das Gebräu aus dem Automaten.«

»Wo hast du denn den jetzt aufgetrieben?«, fragte Anna und nippte vorsichtig an der heißen Flüssigkeit.

»Eine Freundin von mir arbeitet hier. Hat mir gestern auch gut durch die Nacht geholfen.«

»Wie geht es denn dem Hannes?«

»Ach, der wird schon wieder. Ich bin so froh, dass euch beiden nichts passiert ist. Das hätte ich ihm niemals verziehen.«

Eine Krankenschwester eilte an ihnen vorbei, doch auf Silvias Nachfrage schüttelte sie nur den Kopf.

»Wie hast du denn von dem Einbruch erfahren?«

»Der Haindl, sein Nachbar, hat mich angerufen«, schluchzte Anna. »Ich hab alles liegen und stehen lassen und bin sofort los, aber ich hab ihn nicht mehr gesehen. Stattdessen war alles voller Polizei und Blaulicht. Kannst dir vorstellen, was in der Siedlung los war. Überall standen die Leute auf dem Gehsteig.«

»Das kann ich mir lebhaft vorstellen«, murmelte Silvia.

Was würde das in den nächsten Tagen wieder ein Gerede und Getratsche geben. Neukirchen kam momentan überhaupt nicht mehr zur Ruhe. Eine Katastrophe jagte förmlich die nächste.

Sie holte ein Papiertaschentuch aus ihrer Handtasche und reichte es Anna. »Da kommt die Kriminalpolizei«, flüsterte sie dann.

Die hübsche zierliche Kommissarin und der Beamte, der Hannes so mutig aus dem Wagen gezogen hatte, waren um die Ecke gebogen. Silvia hob flüchtig die Hand.

»Guten Abend«, sagte die Beamtin freundlich und stellte sich und ihren Kollegen Anna vor. »Sind Sie die Lebensgefährtin von Herrn Rehberg?«

Anna nickte. »Er wird gerade untersucht. Wir warten noch auf den Arzt.«

»Haben Sie irgendetwas von dem Einbruch in der Villa mitbekommen?«, fragte Kornbichler.

»Nein. Ich hab im Wirtshaus gearbeitet. Sein Nachbar hat mich angerufen und mir Bescheid gesagt.«

In diesem Augenblick trat ein weiß gekleideter Mann mit beginnenden Geheimratsecken zu ihnen. Sein Namensschild wies ihn als Dr. Grünberg aus. Anna sprang von ihrem Stuhl auf.

»Sind Sie Anna Leitner?«

»J-ja, woher wissen Sie …?«

»Herr Rehberg hat nach Ihnen gefragt und Sie als seine nächste Angehörige angegeben.«

»Dann … dann geht es ihm gut?«

»Den Umständen entsprechend«, sagte der Arzt, dessen prüfender Blick weiter zu ihren Begleitern wanderte.

»Das ist eine gute Freundin von mir. Und die Herrschaften sind …«

»Kriminalpolizei Landshut«, vollendete Kornbichler. »Wir ermitteln im Überfall auf Herrn Rehberg.« Er und Katrin hielten dem Arzt ihre Dienstausweise entgegen.

»Also«, begann Dr. Grünberg. »Er hat in der Tat Glück gehabt. Durch den Schlag auf den Kopf und den Sturz auf den Fliesenboden hat er sich Platzwunden auf der Stirn und am Hinterkopf zugezogen. Außerdem hat er eine schwere Gehirnerschütterung. Aber nichts davon ist lebensbedrohlich. Das Wichtigste ist jetzt Ruhe, Ruhe und nochmals Ruhe. Er hat ein starkes Beruhigungsmittel erhalten, das ihn bis morgen durchschlafen lässt.«

»O Gott, bin ich froh«, flüsterte Anna.

»Wann können wir denn …?«, begann Kornbichler.

»Rufen Sie frühestens morgen Mittag hier an. Davor ist der Patient auf keinen Fall vernehmungsfähig. Und auch dann wird es nur ein kurzes Gespräch geben.«

»Darf ich ihn sehen?«, fragte Anna.

»Meinetwegen. Aber nicht zu lange. Er wird gerade auf Station verlegt. Der Empfang wird Ihnen sagen, auf welches Zimmer. Und denken Sie daran: Ruhe ist jetzt das oberste Gebot!«

Anna nickte. »Natürlich. Vielen, vielen Dank.«

Zu viert gingen sie zurück in die Eingangshalle. Während Anna Leitner und Silvia Thalhammer kurze Zeit später auf die angegebene Station fuhren, blieben Katrin und Kornbichler im fast menschenleeren Foyer zurück. Es bedurfte keiner Worte, um zu wissen, woran der jeweils andere gerade dachte.

»Magst noch kurz zum Flo raufschauen?«, fragte Kornbichler schließlich.

Katrin spürte, wie ihre Kehle eng wurde. »Ich weiß nicht ... Ist schon recht spät. Außerdem bin ich mir nicht sicher, ob seinen Eltern das recht ist. Ich gehöre ja nicht zur Familie ...«

»Die Bedenken hatte ich anfangs auch. Aber dann hab ich irgendwann seine Mutter angerufen und sie gefragt. Für seine Familie ist das vollkommen in Ordnung. Sie hat sich sehr gefreut, dass seine Kollegen so an ihn denken.«

»Okay«, krächzte Katrin.

»Wenn du oben Bescheid sagst, wer du bist, dann lassen sie dich bestimmt ein paar Minuten zu ihm«, sagte Kornbichler leise.

»Willst du nicht ...?«

»Geh ruhig allein. Ich hab ihn gestern besucht, als ich wegen dem hier war.« Kornbichler zeigte auf sein Auge. »Ich informiere Robert und drehe mit Matilda noch eine Runde um die Klinik. Wir sehen uns dann am Auto. Einverstanden?«

Katrin nickte wortlos und ging mit klopfendem Herzen zum Aufzug, der sie zur Intensivstation bringen würde.

Mit einem leisen Seufzen ließ sich Toni Kornbichler zu Hause auf das Sofa fallen. Ein weiterer herausfordernder Tag lag hinter ihnen. Noch hatten sie Elena Zieglers Mörder nicht verhaften können, aber vielleicht war er mit der heutigen Aktion einen Schritt zu weit gegangen und hatte endlich eine brauchbare Spur hinterlassen. Vorausgesetzt, der Einbrecher war auch ihr Täter.

Nachdem Bernadette Ziegler als Verdächtige ausgeschieden war, sprach momentan zumindest vieles dafür.

Auf dem Glastisch standen immer noch die beiden Bierflaschen. Sie hatten gerade den ersten Schluck getrunken, als Robert Thorwalds Anruf kam und sie Hals über Kopf ins Klinikum aufbrachen. Matilda trottete müde auf ihre Hundedecke und legte den Kopf auf die Vorderpfoten. Das sollte ich jetzt auch machen, dachte Kornbichler. Morgen wartete der nächste anstrengende Tag – mit ihm als Teil der Mordkommission. Er gab es nur ungern zu, aber Katrins Besuch hatte ihn wirklich gerührt. Eigentlich konnte man ganz gute Gespräche mit ihr führen. Und sie war eine ausgezeichnete Polizistin. Das hatte er vor einem Jahr schon gewusst, als er sie samt Schreibblock am liebsten auf den Mond geschossen hätte. Da dachte er aber auch noch, sie und Thorwald ... Einige Zeit mutmaßte er sogar, sie und Gabler ... Aber das hatten sie nun ja geklärt. Er wusste auch nicht, warum er so froh war, dass er sich geirrt hatte. Rasch nahm er die beiden Bierflaschen und goss den Inhalt ins Spülbecken der Küche.

Die Fahrt vom Krankenhaus zu Katrins Wohnung war schweigsam verlaufen. Jeder war seinen Gedanken nachgehangen, die vor allem um ihren schwer verletzten Kollegen kreisten. Kornbichler wusste ganz genau, wie Katrin sich fühlte. So wie er jedes Mal, wenn er neben Flos Bett stand, die Maschinen sah, die momentan der einzige Grund dafür waren, dass er noch atmete und lebte, und ihren monotonen Geräuschen zuhörte. Er ging die Treppe hinauf, zog sich aus und stellte sich an das große Fenster der Schlafzimmergalerie. Es würde eine klare, kalte Nacht werden. Mit der richtigen Begleitung geradezu romantisch, dachte er beim Anblick der zahlreichen Sterne am wolkenlosen Himmel. Auf alle Fälle romantischer als ein Date auf dem Rücksitz eines Wagens hinter einer Hecke. Eine Parkbucht wäre wohl der letzte Ort, der ihm dafür einfallen würde. Seine Augen blieben an seinem eigenen Spiegelbild und der Tätowierung an seinem Oberarm hängen. Erst bei genauerem Hinsehen erkannte man die beiden verschnörkelten Buchstaben. Wie gut, dass sie unter seiner Kleidung verborgen waren ...

»Felix! Ist das wahr?« Roswitha Försters Stimme schallte laut durch das leere Gotteshaus.

Ohne die Antwort ihres Bruders abzuwarten, rannte sie den Seitengang der Kirche hinunter und blieb direkt vor Pfarrer Felix Hartl stehen. Er war gerade dabei, die heruntergebrannten Kerzen einzusammeln, die die Gläubigen für ein kleines Entgelt am Seitenaltar aufstellen konnten.

»Guten Morgen, Roswitha. Was hat dich denn so in Aufruhr versetzt?«, fragte er betont ruhig. Er ahnte bereits, welcher Tornado gleich auf ihn zurollen würde.

»Der Einbruch!«, keuchte sie.

»Der Einbruch bei Herrn Rehberg? In der Tat, eine ganz schlimme Geschichte. Ich habe Frau Leitner gestern Abend zufällig im Landshuter Krankenhaus getroffen und sie hat mir davon erzählt.«

»Doch nicht der Einbruch beim Apotheker! Der Einbruch bei dir am Sonntagabend! Ist das wahr?«

»Ach, das meinst du. Ja, das stimmt.«

»Und warum erfahr ich davon erst jetzt? Die Marie Lechner hat gerade im Laden darüber gesprochen. Sie dachte natürlich, ich wüsste längst Bescheid. Wie stehe ich denn jetzt da? Mein eigener Bruder erzählt mir nicht, wenn bei ihm eingebrochen wird.«

Felix Hartl füllte das Ausgabefach mit frischen Kerzen auf. »Ach, Roswitha. Es ist doch nichts Weltbewegendes passiert. Ein bisschen Unordnung im Wohnzimmer und die Kollekte der letzten Woche ist weg. Lass uns lieber dafür beten, dass es Herrn Rehberg bald wieder besser geht und die fehlgeleitete Seele zurück auf den rechten Weg findet.«

»Von wegen fehlgeleitete Seele! Ein Schwerkrimineller ist das, dessen Weg direkt in die Neukirchner Siedlung geführt hat!« Roswitha bebte förmlich vor Empörung. »Er hätte genauso gut dich niederschlagen und blutüberströmt liegen lassen können. Wie kannst du nur so ruhig bleiben?«

»Hat er aber nicht. Außerdem ist am Sonntag ja wohl etwas weitaus Schlimmeres geschehen als ein paar gestohlene Euroscheine. Familie Ziegler würde wer weiß was darum geben, wenn Elena noch am Leben wäre.«

Roswitha schüttelte missbilligend den Kopf. »Als ob auch nur einer das arme Mädel vergessen könnte. Weißt du eigentlich, was bei mir im Laden drüben los ist? Seit drei Tagen wird von nichts anderem mehr gesprochen.« Sie holte kurz Luft. »Und natürlich über den Unfall vom Hannes und jetzt auch noch über das ganze Drama beim Dr. Rehberg.«

Der Pfarrer sah seine Schwester über den Rand seiner Brille hinweg an. »Na, dann wird doch wahrlich schon genug geredet. Da muss ich ja nicht auch noch als Gesprächsthema herhalten.«

»Aber wie sieht das denn aus, wenn ich als deine eigene Schwester nicht Bescheid weiß? Was sollen denn die Leute von uns denken?«

»Die Leute können meinetwegen denken, was sie wollen. Das tun sie ohnehin und das hat mich noch nie großartig gestört.«

»Dich vielleicht nicht. Aber es geht hier nicht nur um dich!«

»Nein, das ist richtig. Aber wenn dich das Gerede so stört, dann solltest du dich einmal fragen, warum das so ist. Eitelkeit, mein liebes Schwesterherz, ist keine sehr löbliche Eigenschaft. Im Übrigen wäre es mir sehr recht, wenn du dich an diesem Gerede nicht auch noch beteiligen würdest und der Vorfall, soweit das jetzt noch möglich ist, unter uns bleibt.«

Roswitha Förster schnappte empört nach Luft. »Also, also …«

»So«, fuhr ihr Bruder unbeeindruckt fort. »Und jetzt muss ich dich leider bitten zu gehen. Ich hole heute die Beichte von gestern nach und die ersten Gläubigen werden bestimmt gleich kommen.« Er hielt ihr die Schachtel mit den kleinen weißen Kerzen hin. »Magst eine?«

Nachdem Roswitha die Kerze am Seitenaltar entzündet und das Geld in den Opferstock geworfen hatte, eilte sie zurück in den Dorfladen. Eigentlich hatte sie noch bei Anna Leitner im Gasthaus vorbeischauen wollen, aber ein großes Schild an der dortigen Eingangstür verkündete, dass dieses bis auf Weiteres geschlossen hatte. Auch auf dem Thalhammer Hof rührte sich an diesem Morgen bedauerlicherweise nichts, wie sie feststellen musste.

Dort würde sich wohl in naher Zukunft so einiges ändern, dachte sie. Ob Hannes' Mutter nach dem Auszug ihrer Schwiegertochter noch oft in den Dorfladen kommen würde?

Felix Hartl wartete, bis Gregor Cornelius durch die schwere Eingangstür verschwunden war, ehe er sich in den Beichtstuhl setzte. Er hatte gerade den Opferstock am Seitenaltar ausgeleert, als er den Professor in die Kirche kommen sah. Schon seit seiner Ankunft in Neukirchen vermutete der Pfarrer, dass ihn irgendetwas bedrückte. Dazu kannten sie sich mittlerweile zu gut. Er fragte sich, ob er vielleicht ein Beichtgespräch wünschte, doch Cornelius nahm wie immer auf einer der hinteren Bänke Platz. Hartl zögerte, entschloss sich dann aber doch, ihn anzusprechen. Eine halbe Stunde später wusste er, dass es eine gute Entscheidung gewesen war, auf seinen Instinkt zu vertrauen. Nicht annähernd hatte Felix Hartl erwartet, was die Familie in den vergangenen Monaten durchgemacht hatte. Zwar konnte er sich noch gut an seine überstürzte Abreise am Wochenende des Sommerfests erinnern, aber die genauen Umstände hatte er bis jetzt nicht gekannt.

Er faltete die Hände und betete für die Familie Cornelius, den Mann, der bei diesem Überfall sein Leben lassen musste, und dessen Witwe.

In der Kirche war es jetzt ganz still. Nur hin und wieder drang das Geräusch eines vorbeifahrenden Autos zu ihm durch. Vormittags an einem Wochentag kamen nicht viele Neukirchner vorbei, um sich das, was sie bedrückte, von der Seele zu sprechen. Trotzdem hielt Felix Hartl an diesem Angebot für die Gläubigen fest und er tat es gern. Genauso gern, wie er nach seinen aktiven Dienstjahren als Pfarrer zurück in seine Heimat gekommen war. Keinen einzigen Tag hatte er seine Entscheidung bisher bereut, mochte ihn seine kleine Gemeinde bisweilen auch vor große Herausforderungen stellen.

Elena Zieglers gewaltsamer Tod hatte das Dorf geradezu gelähmt und auch ihn bis ins Mark getroffen. Aber Zweifel und kritische Fragen gehörten für ihn schon immer zum Glauben dazu. Das eine schloss das andere nicht aus. Nur wer hinterfragte, konnte am Ende Antworten finden. Nicht selten hatten eben jene Ehrlichkeit und das offene Zugeständnis des eigenen Wankens ihm den Weg zu seinen Gemeindemitgliedern geebnet. Um diesen Zugang betete er jetzt, damit Elenas Familie der Glaube eine Stütze in der schweren Zeit wurde und ihnen Hoffnung und Zuversicht vermittelte.

Ohne Schatten gibt es kein Licht; man muss auch die Nacht kennenlernen. Albert Camus gehörte gewiss nicht zu Felix Hartls Lieblingsautoren, aber dieser kleine, einfache Satz des Schriftstellers hatte sich von jeher in seinem Gedächtnis eingebrannt. Er war nicht so unbedarft und unreflektiert, ihn trauernden Angehörigen als Trost anzubieten oder ihn als Allheilmittel gegen alle Krisen des Lebens von der Kanzel zu predigen. Mit dem Satz erinnerte er sich vielmehr selbst daran, niemals aufzugeben und sich mutig der Trauer, der ohnmächtigen Wut und den Zweifeln entgegenzustellen.

Draußen waren Schritte zu hören und Sekunden später wurde die Tür auf der anderen Seite geöffnet und wieder geschlossen. Hartl konnte durch die Wandabtrennung nur die Umrisse der Person erkennen, die den Beichtstuhl betreten hatte. Wie immer machte er das Kreuzzeichen und sprach die christliche Grußformel. Eine Weile sagte niemand etwas. Hartl hörte nur die Atemzüge seines Gegenübers. Gerade als er die Person ermutigen wollte, offen und ohne Scheu vor Gott zu treten, vernahm er ein gedämpftes Flüstern.

»Es tut mir alles so leid.«

Hartl erwiderte nichts, sondern wartete erst einmal ab. Manche Menschen brauchten einfach Zeit. Allein der Gang in die Kirche und die Bereitschaft zur Beichte bedeuteten für viele schon große Überwindung.

»Elena … das alles habe ich wirklich nicht gewollt.«

Der Pfarrer erstarrte. Hatte er gerade richtig gehört?

»Ich … … ich … kann das nicht«, flüsterte eine erstickte Stimme. Ehe er reagieren konnte, war die Gestalt bereits aufgesprungen und aus dem Beichtstuhl gestürmt. Mit raschen Schritten entfernte sie sich Richtung Ausgang.

Felix Hartl verharrte einige Sekunden, bevor er die Tür öffnete.

Die Kirche war leer. Nur das Schlagen der Eingangstür verriet, dass soeben jemand das Gotteshaus verlassen hatte. Irritiert ließ sich der Pfarrer auf einer der Kirchenbänke nieder. Was sollte er jetzt tun? Er hatte in seiner langen Laufbahn als Geistlicher einiges erlebt und war auch mit Straftaten in Berührung gekommen. Aber noch nie mit einem Kapitalverbrechen. Sein erster Gedanke führte ihn zum bischöflichen Ordinariat und seinem dortigen Beichtvater. Er musste sich mit jemandem austauschen. Jemandem, der verstand, in welch prekärer Situation er sich befand. Das Beichtgeheimnis machte einen Gang zur Polizei und zur Staatsanwaltschaft unmöglich.

Er hoffte inständig, dass die Person noch einmal zurückkommen würde und sich dann überzeugen ließe, den Mord an Elena Ziegler nicht nur vor Gott, sondern auch vor den Strafverfolgungsbehörden zu gestehen.

»Servus, Toni«, sagte jemand hinter Kornbichler, als er und Matilda zum Haupteingang des Präsidiums gingen.

Es war ein Kollege vom Erkennungsdienst, mit dem er früher gelegentlich Squash gespielt hatte. Aber irgendwann war es immer schwieriger geworden, ihre Dienstzeiten unter einen Hut zu bringen. Kornbichler war nicht traurig darüber, da sie, wie sich recht schnell herausgestellt hatte, vom Interesse für Sport einmal abgesehen, nicht unbedingt auf einer Wellenlänge lagen. Neugierig musterte der Kollege jetzt Kornbichlers Augenverletzung.

»Au weh«, feixte er dann. »Bei euch da oben geht es ja lustig zu. Hat dir deine Lieblingskollegin ein Veilchen verpasst?«

Kornbichler ahnte, worauf er anspielte, schließlich hatten er und Katrin mit ihrer gegenseitigen Abneigung in der Vergangenheit nicht hinter dem Berg gehalten. Da seine momentane Tätigkeit in Thorwalds Team im Intranet unter den Personalnachrichten stand, wussten auch die Kollegen vom Erkennungsdienst davon. Kornbichler tat jedoch, als hätte er nicht verstanden.

»Wird schon wieder«, sagte er und blieb mit Matilda vor der automatischen Glastür stehen.

»Kommst nicht mit rein?«

»Nein, ich hab was im Auto vergessen. Mach's gut. Und schöne Grüße an deine Frau.«

Die Miene des anderen verfinsterte sich und grußlos verschwand er im Gebäudeinneren.

»Hallo, ihr zwei«, rief Katrin, die eben ihr Fahrrad abgestellt hatte und jetzt den Innenhof überquerte. Sogleich wurde sie von Matilda schwanzwedelnd beschnuppert und begrüßt. »Warum schaut denn der Zinner so grantig?«

»Er hat gemeint, ein bisschen blöd daherreden zu müssen«, erwiderte Kornbichler und zeigte auf seine Augenverletzung.

Zu dritt gingen sie durch die Eingangstür und weiter zum Fahrstuhl, der sie in die Mordkommission bringen würde.

»Was hast du dann gesagt?«

Wie Katrin ihn einschätzte, dürfte ihm ein entsprechender Kommentar nicht schwergefallen sein. Wo Kornbichler draufstand, war auch ein Kornbichler drin.

»Gar nichts. Hab mich verabschiedet und sogar Grüße an seine Frau ausgerichtet.«

»Dann kein Wunder, dass der so grantig ist. Seine Frau hat ihn doch verlassen und ist mit einem anderen auf und davon.«

»Ich weiß«, sagte Kornbichler fröhlich.

»Also manchmal bist schon eine kleine Matz.«

Wie zur Bestätigung gab Matilda ein Bellen von sich, was Kornbichlers Laune jedoch nicht im Geringsten trübte.

»Magst auch einen Kaffee?«, fragte er mit einem breiten Grinsen im Gesicht.

Im Konferenzraum herrschte an diesem Morgen eine fast aufgekratzte Stimmung. Aber das war nach den Geschehnissen des Vorabends nicht verwunderlich, waren sie dem mutmaßlichen Täter nach seinem neuerlichen Coup womöglich einen entscheidenden Schritt nähergekommen. Thorwald und Kröger hatten es sich nicht nehmen lassen und waren noch in der Nacht gemeinsam nach Neukirchen gefahren, um persönlich die Villa von Benedikt Rehberg in Augenschein zu nehmen. Entsprechend würden der Leiter des Einbruchsdezernats und zwei Kollegen von dort im Laufe der Besprechung dazu stoßen.

Nachdem alle aus dem Team Platz genommen und Robert

Thorwald einige Worte zur Begrüßung gesagt hatte, verkündete er die nächste Neuigkeit.

Kapitel 26

In der Telefonzentrale hatte sich am Morgen eine Kellnerin aus einem Landshuter Café gemeldet, nachdem sie in der Tageszeitung das Foto von Elena Ziegler und den damit verbundenen Zeugenaufruf entdeckt hatte.

»Die Frau ist sich absolut sicher, Elena am Sonntagnachmittag zusammen mit einem Mann mittleren Alters in ihrem Café bedient zu haben.«

»Einen Mann mittleren Alters?«, echote Torsten Maiwald.

»Ja. Wir haben sie daraufhin ins Kommissariat gebeten und ihr unter anderem Fotos von Andreas Mayrhofer und Alfons Leidinger gezeigt, aber beide negativ. Jetzt sitzt sie gerade bei den Kollegen und erstellt ein Phantombild dieses Mannes.«

»Hatten die beiden Streit?«, fragte Katrin.

»Nein, ganz im Gegenteil. Ich habe vorhin kurz mit der Frau gesprochen. Der Mann und Elena Ziegler wirkten sehr vertraut. Aber nicht wie ein Liebespaar. Er hatte fast etwas Väterliches an sich.«

»Warum hat die Kellnerin sich erst heute Morgen gemeldet?«

»Sie hatte zwei Tage frei und ist zu ihrer Schwester in den Bayerischen Wald gefahren. Nachdem sie heute das Foto und den Aufruf in der Zeitung gesehen hat, hat sie umgehend angerufen.« Thorwald wandte sich an die beiden Kollegen, die die Videoaufnahmen aus Landshut sichteten. »Petra, Jan, das heißt für euch, verstärkt die Kameras aus der Umgebung dieses Cafés in Erfahrung zu bringen und, sobald das Phantombild fertig ist, alle Aufnahmen akribisch nach Elena und diesem Unbekannten durchzuarbeiten.« Er warf den Landshuter Stadtplan an die Wand und markierte die Stelle mit einem roten Punkt. »Dort haben sich Elena und der Unbekannte nach dem Kauf des Mobiltelefons getroffen. Die Geschäftsführerin geht gerade die Belege vom Sonntag durch, um uns die genaue Uhrzeit zu sagen. Da die Kellnerin sich an den Tisch erinnern konnte, an dem die beiden saßen, sollte das kein Problem sein. Die Frau hatte am Sonntag Spätdienst und erst um vierzehn Uhr angefangen zu arbeiten. Folglich muss es also nach Elenas Einkauf bei *Neptun* gewesen sein.«

Korbinian Bäumel runzelte die Stirn. »Das Café ist nur einen Steinwurf von der heilpädagogischen Einrichtung entfernt.«

Thorwald drehte sich wieder zur Wandtafel. »Stimmt.«

»Verdammt«, sagte Bäumel. »In der Einrichtung gibt es einen Innenhof mit Parkplätzen. Vielleicht hat sie ihr Auto ja dort abgestellt.«

»Das würde auch erklären, warum wir sie bisher nirgendwo in einem Parkhaus oder auf einem bewachten Parkplatz entdeckt haben«, bemerkte Maiwald.

»Das ist mir total durchgerutscht«, sagte Bäumel zerknirscht.

»Der Innenhof ist am Wochenende bestimmt abgesperrt«, wandte Katrin ein. »Sonst würden da doch mehr versuchen zu parken.«

»Vielleicht haben die Angestellten einen Schlüssel, um das Tor zu öffnen, und dürfen auch außerhalb der Arbeitszeit dort parken«, gab Kornbichler zu bedenken.

»Das kriege ich raus«, murmelte Bäumel. »Aber die Einrichtungsleitung wird bestimmt einen Beschluss verlangen, falls es Videomaterial vom Parkplatz geben sollte.«

»Ich ruf nachher gleich den Staatsanwalt an«, sagte Thorwald. »Was hat denn die Überprüfung der dortigen Angestellten und der Angehörigen ergeben?«

»Also, die Angestellten sind absolut sauber. Bei Arbeitsbeginn müssen ausnahmslos alle, auch der Hausmeister und die Kantinenkraft, ein polizeiliches Führungszeugnis vorlegen.« Bäumel sah kurz auf. »Die Angehörigen der Jugendlichen und jungen Erwachsenen in Elenas Gruppe sind ebenfalls recht unspektakulär. Gegen einen Vater läuft ein Ermittlungsverfahren wegen Steuerhinterziehung, zwei mussten in der Vergangenheit ihren Führerschein wegen Trunkenheit am Steuer abgeben. Aber das war es. Keine häusliche Gewalt, keine Körperverletzungen, keine Übergriffe oder Belästigungen.«

»Gibt es Fotos der Familienangehörigen?«, fragte Thorwald. »Vielleicht von einem Sommerfest oder einer Weihnachtsfeier?

Mich würden vor allem die Männer interessieren.«

»Du meinst wegen des Mannes im mittleren Alter? Dass Elena sich mit einem der Väter in dem Café getroffen hat?«

»Wäre doch immerhin eine Möglichkeit.«

Bäumel nickte. »Ja, durchaus. Ich kümmere mich um die Fotos.«

»Und ich lasse sie gleich in den Beschluss miteinarbeiten.«

Es klopfte und Kröger und zwei seiner Beamten betraten den Konferenzraum.

»Dürfen wir uns dazusetzen?«, fragte er.

»Klar. Wir sind jetzt ohnehin bei unserem aktuellen Hauptverdächtigen angelangt«, sagte Thorwald und wies auf die drei freien Stühle am Besprechungstisch.

Cornelius' morgendlicher Dorfrundgang hatte sich gehörig in die Länge gezogen, sodass es bei seiner Rückkehr in die Ferienwohnung bereits Mittag war. Eigentlich hatte er nur in die Kirche gehen und im Dorfladen einige Besorgungen machen wollen, aber bereits sein erstes Vorhaben verlief gänzlich anders als erwartet. Ein Aushang an der Eingangstür von St. Ulrich informierte über den nachgeholten Beichttermin vom Vortag. Cornelius zögerte etwas, die Turmuhr sagte ihm jedoch, dass bis dahin noch etwas Zeit blieb. Er wollte nicht beichten und sich eigentlich auch mit niemandem unterhalten. Er suchte nur die vertraute Ruhe des kleinen Gotteshauses, hatte aber nicht mit der Hartnäckigkeit von Felix Hartl gerechnet, der gerade den Opferstock am Seitenaltar auslerte. Am Ende ihres gemeinsamen Gesprächs wusste er sie umso mehr zu schätzen, da er zum ersten Mal seit jener Nacht im Juli schonungslos über Richard von Greifenbergs Tod und seine kriselnde Ehe gesprochen hatte. Nicht einmal zu Anna war er so offen und ehrlich gewesen.

Seine Gemütsverfassung als erleichtert und zufrieden zu beschreiben, wäre eine Übertreibung gewesen. Aber mit einem besseren Gefühl als noch am Morgen war er anschließend über den Friedhof gewandert, um auf zwei der Gräber eine Kerze zu hinterlassen. Zu seinem Ärger bemerkte er, dass er seinen Einkaufskorb stehen gelassen hatte. Cornelius machte kehrt und ging zwischen den Grabreihen hindurch zurück zur Eingangstür. Plötzlich rannte jemand keine fünf Meter von ihm entfernt aus der Kirche und eilte, ohne sich umzudrehen, die Treppenstufen in Richtung Gehsteig hinunter. Die Person trug eine dunkle Jacke und hatte sich die Kapuze über den Kopf gezogen, sodass Cornelius sie nicht erkennen konnte. Ehe er sich versah, lief sie bereits die Hauptstraße entlang und verschwand aus seinem Blickfeld. Etwas verwundert ob dieses seltsamen Gebarens betrat er die Kirche. Sollte mittlerweile ein Gemeindemitglied zum Beichtgespräch gekommen sein, wollte er dieses auf keinen Fall stören. Leise ging er zu der Bank, in der er zuvor gesessen hatte, als er Felix Hartl entdeckte. Der Pfarrer saß nicht im Beichtstuhl, sondern stand daneben und schien Cornelius' Anwesenheit nicht zu bemerken.

Irgendetwas beschäftigte den Geistlichen, etwas, das ihn offenbar sehr aufwühlte. Ob es mit dem überstürzten Aufbruch des letzten Kirchenbesuchers zu tun hatte? Dieser erschien Cornelius von Sekunde zu Sekunde merkwürdiger. Er bückte sich nach dem Einkaufskorb und lugte vorsichtig hinter der Bank hervor. Felix Hartl tigerte im Seitengang unruhig auf und ab, blieb dann abrupt stehen, drehte sich um, rannte förmlich zum Altarraum und von dort geradewegs in die Sakristei.

Cornelius erhob sich leise ächzend von seinem Beobachtungsposten und wartete, bis der Schmerz im Rücken nachließ. Zum Glück hatte ihn niemand beim Ausspähen des Pfarrers erwischt, auf dessen Reaktion er sich überhaupt keinen Reim machen konnte. Felix Hartl handelte doch sonst immer so ruhig und besonnen. Was war nur in ihn gefahren?

Cornelius verharrte noch einige Minuten neben der Bank, aber der Geistliche kam nicht mehr zurück. Lautlos und ohne sich zu erkennen zu geben, zog er sich aus der Kirche zurück.

Auch sein anschließender Besuch im Dorfladen bescherte Cornelius eine gehörige Überraschung, um nicht zu sagen einen regelrechten Schock. Benedikt Rehberg war in der Nacht in seiner

Villa von einem Einbrecher niedergeschlagen und schwer verletzt worden. Entsprechend aufgeregt wurde zwischen Kassentheke, Gemüsestand und Zeitungsauslage diskutiert.

Cornelius hatte zwar die an seiner Ferienwohnung vorbeihuschenden Blaulichter wahrgenommen und auch das Martinshorn der Einsatzfahrzeuge gehört, aber er war von einem Verkehrsunfall auf der Kreisstraße nach Altenberg ausgegangen. Außerdem hatte er sich schon bald nach seinem Besuch bei Lorenz Huber wieder auf die Chronik des Schützenvereins konzentriert. Nicht im Traum hatte er daran gedacht, dass der Einsatz Benedikt Rehberg galt. Jetzt verstand er auch das Hinweisschild an der Eingangstür am Gasthaus, über das er sich zuvor noch gewundert hatte. Er konnte sich nämlich nicht daran erinnern, dass Anna jemals zugesperrt hatte. Sogar während ihrer Neuseelandreise vor einigen Jahren war stets eine Aushilfe vor Ort gewesen.

Ein Teil der Kundinnen ging felsenfest von einer dreisten Diebesbande aus, wie Cornelius den aufgebrachten Gesprächen entnahm. Der Rest glaubte an einen Einzeltäter, der auf seinen Beutezügen offenbar immer brutaler und rücksichtsloser agierte. Beide Lösungen gefielen ihm überhaupt nicht und er fragte sich ernsthaft, ob er den Eigentümer seiner Ferienwohnung nicht besser um den Einbau einer Alarmanlage bitten sollte. Erst zur Mittagszeit leerte sich der Laden, bis schließlich nur noch er selbst und Roswitha Förster zurückblieben, deren rote Wangen vor Aufregung regelrecht glühten.

Er packte gerade seine Einkäufe in den Korb, als Anna eintrat, blass und mit bläulichen Schatten unter den Augen. Cornelius musste Roswitha Förster wahrlich Respekt zollen, da sie zwar im ersten Moment überrascht aufschrie, dann aber innehielt und ihn und Anna zu einem Kaffee am Stehtisch in der Ecke einlud. Dabei schaffte sie es tatsächlich, nicht ein Arsenal an Fragen abzufeuern. Stockend und mit leiser Stimme erzählte Anna, was sie in der Klinik erfahren hatte und dass Benedikt Rehberg zwar schwer verletzt, aber auf dem Weg der Besserung sei.

»Die Silvia hat dich begleitet?«, fragte Roswitha ungläubig.

»Ja, sie war mir wirklich eine große Hilfe. Allein wäre mir das alles zu viel geworden. Zum Schluss hat sie mich sogar hierher gefahren.«

Roswithas Augenbrauen schossen in die Höhe. »Heißt das, sie wohnt wieder daheim?«

»Nein, ihr Vater hat sie dann bei mir abgeholt. Ich glaube, ihre Trennung von Hannes ist kein Geheimnis mehr.«

»Umso besser, dass sie Ihnen so zur Seite gestanden hat«, sagte Cornelius mit Nachdruck, da er bemerkte, wie Roswitha Förster bereits zu einem neuen Kommentar in Richtung ihrer ehemaligen Nachbarin ausholen wollte. »Kann ich irgendetwas für Sie tun, Frau Leitner? Sie ins Krankenhaus fahren oder Einkäufe für Sie erledigen?«

»Nein, danke, Herr Professor. Meine Aushilfen kümmern sich um die Pensionsgäste und das Wirtshaus bleibt die nächsten Tage eben zu.« Sie wandte sich an Roswitha. »Kannst mir bitte eine Tüte mit Äpfeln und Trauben für den Benedikt fertig machen?«

»Ja, freilich«, sagte Roswitha.

»Sie sind wirklich mutig, sich direkt in die Höhle des Löwen zu begeben«, murmelte Cornelius.

Ein schwaches Lächeln umspielte Annas Lippen. »Ich hab mir gedacht, ich bringe es gleich hinter mich. Irgendwann hätte sie ja doch vor meiner Tür gestanden. Außerdem hoffe ich, die Gerüchte halten sich so etwas im Zaum. Über Benedikt ist in der Vergangenheit schon genug getratscht worden.«

»Jetzt wird es höchste Zeit, dass die Polizei diesen Schwerkriminellen findet«, schallte es aus der Obstecke. »Ihr wisst ja noch gar nicht, wen er am Sonntag ausgeraubt hat!«

»Am Sonntag?«, kam es unisono von Anna und Cornelius.

»Jawohl! Er möchte zwar nicht, dass es jemand erfährt, aber Anna ist ja praktisch eine Leidensgenossin.« Roswitha Förster machte eine kunstvolle Pause. »Meinen Bruder!«

»Pfarrer Hartl?«, rief Cornelius lauter als beabsichtigt.

Resolut stellte Roswitha Förster die Tüte auf den Stehtisch. »Was muss das für ein gewissenloser Bursche sein, wenn er sogar bei einem Geistlichen einbricht und ihm das Geld von der Kollekte stiehlt.«

Cornelius dachte an die Szene in der Kirche. Konnte Felix

Hartls Gemütszustand damit zusammenhängen? Hatte der Einbrecher womöglich ein schlechtes Gewissen bekommen und seine Tat im Beichtstuhl gestanden? Und war daraufhin Hals über Kopf getürmt?

»Die Kriminalpolizei war gestern Abend schon im Krankenhaus, aber Benedikt ist frühestens heute Mittag vernehmungsfähig«, hörte er Anna sagen.

»Meinst du, er hat etwas gesehen?«

»Ich weiß es nicht. Und das ist mir im Moment auch vollkommen egal. Hauptsache, er wird wieder gesund.«

Anna und er waren danach nicht mehr allzu lange im Dorfladen geblieben. Anna versprach Cornelius, sich zu melden, und ging dann zurück in den Gasthof, um sich etwas auszuruhen, bevor sie nach Landshut ins Krankenhaus fahren wollte.

Das sollte ich jetzt auch tun, dachte Cornelius, nachdem er seine Einkäufe verstaut hatte. Auf ein Mittagessen hatte er ohnehin keine Lust. Stattdessen legte er sich auf das Wohnzimmersofa und ließ sich die Geschehnisse des Vormittags noch einmal durch den Kopf gehen.

Während die beiden Kommissare aus Krögers Team am Konferenztisch Platz genommen hatten, war der Leiter des Einbruchs- und Raubdezernats neben Robert Thorwald stehen geblieben. Herbert Kröger hatte eine kleine Schwäche für große Auftritte, aber wenn er damit die Mordkommission dem Täter einen Schritt näher bringen sollte, wollte Thorwald ihm diesen nicht abschlagen. Wie so oft hielt Kröger einen aufgeklappten Laptop in den Händen, den er jetzt vor sich auf dem Tisch abstellte.

»Braucht ihr das Bild noch?«, fragte er und deutete auf den Landshuter Stadtplan hinter ihm.

»Nein, wir sind hier fertig«, sagte Thorwald und ging einige Schritte zur Seite.

Sekunden später warf Kröger einen Plan von Neukirchen und Umgebung an die Wand. Katrin schlug eine freie Seite in ihrem Schreibblock auf und sah aufmerksam nach vorne.

»Wie ich schon erwähnt hatte, gehen wir aktuell von einem Einzeltäter aus, der für mittlerweile fünf Einbrüche in Neukirchen bei Altenberg verantwortlich ist«, sagte Kröger. »Alles begann im Juli dieses Jahres. Die zweite Tat fand im August statt, bevor er jetzt im Oktober mit drei Einbrüchen innerhalb weniger Wochen weitermachte, die letzten beiden folgten innerhalb von achtundvierzig Stunden aufeinander. Identische Muster in der Vorgehensweise ließen bereits im August auf einen Wiederholungstäter schließen.«

»Erstaunlich, dass er ausgerechnet nach dem Mord die Schlagzahl erhöht«, bemerkte Kornbichler. »Ich an seiner Stelle würde den Ball flach halten, bis sich alles wieder beruhigt hat. In Neukirchen hat es die letzten Tage vor Polizisten nur so gewimmelt.«

»Dieses Vorgehen hat uns ebenfalls verwundert«, räumte Kröger ein. »Das Intervall im Sommer lässt sich gut nachvollziehen. Er wartet nach dem ersten Einbruch sicherheitshalber etwas ab, sondiert die Lage und schlägt dann ein zweites Mal zu. Die nachfolgende Pause kann viele Gründe haben. Ein Krankenhausaufenthalt, ein Urlaub oder der Versuch, Gras über die Sache wachsen zu lassen. Eine Möglichkeit ist natürlich auch, dass er so schnell kein geeignetes Zielobjekt gefunden hat.«

»War er abgesehen von Neukirchen noch woanders am Werk?«, fragte Katrin.

»Bisher gibt es dafür keine Hinweise.« Kröger tippte auf seinen Laptop, worauf fünf Stellen auf der Landkarte eine rote Markierung erhielten. »Wie ihr seht, besteht räumlich keinerlei Zusammenhang. Das erste Objekt und die Villa von Benedikt Rehberg stehen in der Neukirchner Siedlung. Objekt Nummer zwei befindet sich parallel zur Hauptstraße unweit des Sportplatzes, Nummer drei am östlichen Dorfende. Die Nummer vier, der Dorfgeistliche, wohnt am westlichen Dorfende. Es hat sich stets um Einfamilienhäuser und nicht um Wohnungen gehandelt, was auf dem Land aber auch nicht weiter verwunderlich ist.«

Er wartete kurz ab, doch niemand im Raum stellte eine Frage.

»Ebenso heterogen wie die Lage der Zielobjekte ist die Gruppe der Betroffenen. Nummer eins: ein Ehepaar ohne Kinder, das zum Zeitpunkt des Einbruchs im Urlaub war. Nummer zwei: ein Ehepaar mit schulpflichtigen Kindern, ebenfalls im Urlaub.

Nummer drei: ein Ehepaar mit erwachsenen Kindern, die nicht mehr zu Hause wohnen, das das Theater in Landshut besuchte. Nummer vier: ein Geistlicher, der beruflich unterwegs war. Nummer fünf: ein Apotheker, geschieden, ohne Kinder, der gerade zu Hause ankommt. Die einzige Gemeinsamkeit besteht darin, dass sie zum Zeitpunkt des Einbruchs nicht vor Ort waren – Benedikt Rehberg einmal ausgenommen, wobei er wahrscheinlich unvorhergesehen zurückgekommen ist.«

»Seine Befragung ist frühestens heute Mittag möglich«, sagte Thorwald. »Wollt ihr euch eigentlich anschließen? Katrin und Toni würden sie von unserer Seite aus übernehmen.«

»Das ergibt Sinn«, erwiderte Kröger und nickte den beiden Beamten aus seinem Team zu.

»Das bedeutet aber auch: Der Täter wusste offenbar genau, dass die Häuser leer sind«, überlegte Katrin.

Kröger nickte. »Ja, davon gehen wir aus. Allerdings ist nach wie vor unklar, woher er diese Kenntnis hat. Keines der fünf Objekte wurde in den Tagen vor dem Einbruch sichtbar ausgekundschaftet. Die Betroffenen sind nicht miteinander verwandt oder befreundet. Teilweise kennen sie sich nicht oder nur flüchtig. Sie gehen außerdem vollkommen unterschiedlichen Berufen und Freizeitbeschäftigungen nach.«

»Aber einen gemeinsamen Nenner muss es doch geben«, rief Torsten Maiwald. »Er wird doch nicht würfeln oder Lose ziehen!«

»Die Vorgehensweise war stets dieselbe«, fuhr Kröger leicht genervt ob des Zwischenrufs fort. »Der Täter verschaffte sich über die Terrassentür Zutritt, die er zuvor mit einem Glasschneider bearbeitet hat, um so den Türgriff zu entriegeln. Danach hat er meistens eine Runde durchs Haus gedreht und Schränke, Schreibtische und Kommoden durchwühlt. Bei drei Objekten hat er sich nur auf das Wohnzimmer beschränkt. Außerdem hat er immer die Hauptsicherung ausgeschaltet und dadurch mögliche Lichtquellen außer Betrieb gesetzt. Keines der Objekte besitzt zudem eine funktionierende Alarmanlage. Benedikt Rehberg hätte zwar eine, aber die ist schon seit Wochen wegen eines Bedienungsfehlers außer Betrieb. So viel konnten unsere Technikspezialisten vor Ort bereits feststellen.«

»Gibt es eine Erklärung, warum er dreimal nur das Wohnzimmer durchsucht hat?«, fragte Thorwald.

»Beim allerersten Einbruch wollte er womöglich kein Risiko eingehen, beim letzten Einbruch wurde er definitiv von Rehberg gestört. Wahrscheinlich war er erst kurze Zeit im Haus, als der Apotheker zurückkam. Bleibt noch das Haus des Pfarrers, wo er sich ebenfalls nur das Wohnzimmer vorgenommen hat.«

Katrin setzte sich kerzengerade auf. »Vielleicht hat Elena Ziegler beim Vorbeigehen etwas Verdächtiges gehört oder gesehen und er wurde gezwungen, das Ganze abzubrechen, um sich eine unliebsame Zeugin vom Hals zu schaffen.«

»Das müssen wir durchaus in Betracht ziehen.«

»Glasschneider … das klingt ja fast nach einem Profi«, warf Kornbichler ein.

»Ja, er hat sehr sauber gearbeitet. Das gilt auch in Bezug auf die Spurenlage. Keine Fuß- und Fingerabdrücke, keine DNA«, sagte Kröger säuerlich. »Wir haben natürlich alle Kandidaten mit einschlägiger Vergangenheit überprüft – leider Fehlanzeige. Auch in der Szene haben wir uns umgehört, da neben Bargeld auch Goldmünzen und Schmuck erbeutet wurden, aber dort ist niemand aufgeschlagen, der etwas verkaufen wollte.«

Katrin sah von ihren Notizen auf. »Wenn er die Objekte vorher nicht beobachtet hat, dann muss es doch entweder jemand sein, der die Leute gut kennt oder der beim Auskundschaften schlicht nicht auffällt. Also in beiden Fällen jemand aus dem Dorf beziehungsweise dem näheren Umfeld der Bestohlenen.«

Kröger nickte. »Ja, davon sind wir mittlerweile überzeugt. Wir werden deshalb noch einmal alle Geschädigten befragen.« Er wandte sich an Thorwald. »Ich nehme an, deine Leute arbeiten nach wie vor bei uns mit?«

»Auf alle Fälle. Wir stocken das Team um einen Mann auf. Petra, du schaffst die Videos aus Landshut auch allein, oder?«

»Absolut.«

»Torsten, du nimmst an den geplanten Befragungen teil. Marco, Jan, ihr geht noch einmal die bisherigen Protokolle und die Berichte des Erkennungsdiensts durch. Katrin und Toni, ihr befragt Herrn Rehberg, sobald er vernehmungsfähig ist.«

»Den Apotheker und euer Mordopfer hatte er nicht auf der Agenda«, sagte Kröger. »Deshalb musste er improvisieren. Und das wird ihn am Ende des Tages auch überführen.«

Angela Gebauer saß am Küchentisch und las die *Altenberger Nachrichten.* Im Hintergrund spielte leise Radiomusik. Ihre Gefühle schwankten zwischen Anspannung und Aufregung. Jonas war in der vergangenen Nacht wieder zweimal in ihr Zimmer gekommen und hatte schließlich bei ihr geschlafen, aber es waren vergleichsweise ruhige Stunden gewesen. Beim Frühstück zeigte er sich dann gewohnt bockig und verweigerte jegliche Nahrungsaufnahme, in den Bus zur Tagesstätte war er jedoch problemlos gestiegen. Fast schien es sogar, als konnte er die Abfahrt gar nicht erwarten, so früh war er aus dem Haus gerannt und hatte vor dem Gartentor gewartet. Auch am Vortag, als sie ihn selbst nach Landshut gefahren hatte, war er klaglos in der Einrichtung geblieben. Seinem suchenden Blick hatte sie entnommen, dass er Elena vermisste und darauf wartete, sie würde jeden Moment zur Tür hereinkommen, doch wie sie nachmittags erfuhr, hatte er sowohl alle Mahlzeiten gegessen als auch eifrig an den Gruppenaktivitäten teilgenommen.

Bei seiner Rückkehr hatte es dann schon wieder anders ausgesehen. Er wollte kaum aus dem Bus steigen und weigerte sich, ins Haus zu gehen. Fast panisch hatte er sich an den Gartenzaun geklammert und erst nach einer Stunde guten Zuredens schließlich aufgegeben.

Dabei musste sie sich in den nächsten beiden Tagen fest auf Jonas verlassen können. Ferdinand Gruber, der Altenberger Hotelier, hatte sie für einen Gast angefordert, der für Vertragsunterlagen eine dreisprachige Ausfertigung benötigte. Sie würde neben dem Konferenzraum, in dem die Vertragsverhandlungen stattfanden, ein eigenes kleines Büro bekommen. So könnte sie alle Vereinbarungen und Änderungen direkt einarbeiten – immer vorausgesetzt, Jonas würde tagsüber in Landshut bleiben. Jetzt hing alles von ihrem Bruder ab.

Die Arbeit im Hotel war sehr gut bezahlt und klang zudem

wesentlich spannender als die langweiligen Sachtexte und Gebrauchsanleitungen, die sie sonst zu übersetzen hatte. Wie auf ein Stichwort wurde ein Beitrag im Radio anmoderiert, der über die bevorstehende Neueröffnung des Casinos im *Drei Lilien* berichtete. Es würde dem Fünf-Sterne-Hotel zweifellos noch zusätzlich Glanz und Glamour verleihen.

Sie trank einen Schluck Kaffee und hörte aufmerksam zu. Die Geldsummen, die dort zukünftig jeden Abend über die Tische wandern würden, dürften nahezu jedes Honorar bei Weitem übersteigen. Aber sie hatte es so gewollt und sich damals bewusst für diesen Weg entschieden. Hatte sie denn eine andere Wahl gehabt?, dachte sie mit einem Anflug von Bitterkeit. Seit jenem verhängnisvollen Nachmittag nicht mehr. Er hatte über ihr aller Leben entschieden. Pascal, Jonas, ihre Eltern, sie selbst ... der Strudel der Ereignisse hatte die ganze Familie mitgerissen und am Ende auch zerrissen, Lebensträume zerstört, ehrgeizige Ziele klein und nichtig erscheinen lassen und die Welt, in der sie fortan lebte, auf einen winzig kleinen Kosmos zusammengeschrumpft. All ihre Pläne und Wünsche zählten auf einmal nichts mehr.

Ihre Mutter hatte jener Nachmittag schließlich das Leben gekostet. Immer schon zart besaitet und eher kränklich, hatte der Krebs mit einer am Schicksal zerbrochenen Frau leichtes Spiel. Ihren Vater hatten die Ereignisse aus dem Haus getrieben. Und mit ihm Pascal. Er war damals nicht gefragt worden, sein Schicksal wurde einfach besiegelt. Die Ehe ihrer Eltern wäre auch ohne Jonas' Unfall in die Brüche gegangen. Das war Angela schon bald klar geworden. In ganz dunklen Momenten unterstellte sie ihrem Vater sogar, damit einen Grund für die Trennung gefunden zu haben. Bis heute hielt er es nicht für nötig, sich nach ihr und Jonas zu erkundigen. Warum auch, hatte er doch längst eine neue Familie gegründet. Mit einer schönen jungen Frau und gesunden Kindern. Sie, Jonas und Pascal waren längst vergessen.

Kapitel 27

Die nächsten beiden Tage würden Angela erlauben auszubrechen. Aus Neukirchen, dem kleinen Haus am Ende des Schotterweges und aus ihren Sorgen um Jonas. Sie würde sich elegant kleiden, mit Menschen zusammenkommen, die die halbe Welt bereist hatten, in einem schicken Restaurant zu Mittag essen, kurzum, für einige Stunden zum Leben draußen dazugehören. Der Bericht über das Casino endete mit einem Musiktitel über Geld, Reichtum und Sorglosigkeit.

Ihre Aufmerksamkeit wanderte zurück zur Zeitung, wo im Polizeibericht von einem Einbruch in eine Neukirchner Villa berichtet wurde. Jonas und sie waren am Vorabend gerade aus Landshut zurückgekehrt, als Blaulichter jenseits des Schotterwegs zu sehen waren. Angela hatte sich furchtbar erschrocken, immerhin wohnten sie nur einen Steinwurf von dort entfernt. Es hatte auch nicht lange gedauert und zwei uniformierte Polizisten hatten vor ihrer Haustür gestanden, um sich zu erkundigen, ob sie möglicherweise etwas beobachtet hatte. Das zweite Mal innerhalb weniger Tage, nachdem sie zuvor schon wegen Elena Ziegler Fragen gestellt hatten. Aber beide Male hatte Angela den Beamten nicht weiterhelfen können. Jonas war ebenfalls ganz aus dem Häuschen gewesen. Zuerst dachte sie, die Lichter und die fremden Leute ängstigten ihn, aber dann machte sein Verhalten fast den Eindruck, als wollte er den Polizisten etwas sagen. Immer wieder hatte er in eine bestimmte Richtung gedeutet und aufgeregte Laute ausgestoßen.

Aber natürlich war das Unsinn und nichts weiter als ihrer Einbildung geschuldet. Denn was sollte ausgerechnet Jonas der Polizei mitteilen wollen?

»Geht es dir besser?«

Mit einem Anflug von Genugtuung stellte Andreas Mayrhofer

fest, dass sein Auftauchen in der Küche Clara sichtbar zusammenzucken ließ. Obwohl es mittlerweile später Vormittag war, trug seine Frau immer noch Pyjama und Bademantel. Ihre sonst so gepflegten langen Haare hatte sie nachlässig zusammengebunden und ihre blasse Haut ließ sie fast durchsichtig erscheinen. Da sie sich gerade einen Tee aufbrühte, hatte sie mit dem Rücken zur Tür gestanden. Das brodelnde Geräusch des Wasserkochers hatte seine Schritte übertönt und sie ihn erst wahrgenommen, als er direkt neben ihr stand.

»Warum bist du nicht im Büro?«, fragte sie.

»Ich hab mir Sorgen um dich gemacht und arbeite daher bis Mittag von zu Hause aus.« Er musterte sie prüfend. »Du siehst wirklich nicht gut aus.«

Clara strich sich eine lose Haarsträhne hinter das Ohr. »Mir geht es auch nicht besonders.«

»Wo warst du denn vorhin? Ich wollte nach dir sehen, doch das Gästezimmer war leer.«

»Nur kurz an der frischen Luft, aber das hat mich doch sehr angestrengt.« Sie goss das kochende Wasser über den Teebeutel. »Ich lege mich besser wieder hin.«

»Ja, mach das. Nächste Woche sind die Vertragsverhandlungen mit Sturmeder. Ich gehe davon aus, dass du bis dahin fit bist und mir beim Abendessen im *Drei Lilien* Gesellschaft leistest. Und zwar in einem repräsentativeren Aufzug als diesen hier.«

»Ich kann doch nichts dafür, dass ich mir was eingefangen habe.«

Mit einem Schritt war Mayrhofer bei seiner Frau und packte sie unsanft am Handgelenk. »Ich lass mir von dir keine Hörner aufsetzen, hast du das verstanden«, zischte er.

Erschrocken starrte Clara auf seine Finger, die sich wie ein Schraubstock um ihren schmalen Unterarm gelegt hatten. »Was soll das denn? Andreas, du tust mir weh.«

»Was das soll? Das frage ich dich! Von wegen etwas eingefangen«, sagte er wütend und packte sie noch etwas fester. »Gib doch zu, dass du schwanger bist!«

»Was? Wie kommst du denn darauf?«

»Maria hat heute Morgen so eine Andeutung gemacht. Sie ging

ganz offensichtlich davon aus, dass ich es bereits weiß. Also gib es endlich zu und hör auf, mir dieses Theater vorzuspielen!«

»Ich bin nicht schwanger. Auch wenn Maria es hundertmal behauptet. Und jetzt lass mich los.«

Mayrhofers wuchtige Gestalt kam Clara gefährlich nahe. »Ich warne dich. Wenn ich rausfinde, dass du hinter meinem Rücken ...«

»Ich bin nicht schwanger!«, schrie sie. »Ruf meinetwegen bei meinem Frauenarzt an, vielleicht glaubst du mir ja dann. Na los! Worauf wartest du noch!«

Mayrhofer holte tief Luft, sagte aber nichts.

»Und weil wir gerade dabei sind: Meinst du etwa, ich weiß nicht, dass Kinder schon längst kein Thema mehr für dich sind?« Clara lachte verächtlich. »Wenn du dich schon heimlich sterilisieren lässt, dann solltest du die Rechnung vom Urologen nicht auf deinem Schreibtisch herumliegen lassen. Und jetzt lass meinen Arm los!«

Mayrhofers Gesichtszüge erstarrten und für einen kurzen Moment sah es so aus, als ob er die Beherrschung verlieren würde. Doch dann besann er sich. »Ab heute Abend schläfst du wieder in unserem Ehebett, haben wir uns da verstanden!«

»Einen Teufel werde ich tun«, stieß Clara hervor, riss sich abrupt von ihm los und stürmte aus der Küche.

Nach der Teambesprechung erwarteten Katrin und Kornbichler David Mayrhofer zu seiner Zeugenaussage. Thorwald lehnte es ab, daran teilzunehmen, obwohl ihn dessen Alibi immer noch nicht recht überzeugte. Aber die beiden Kommissare würden ihm schon entsprechend auf den Zahn fühlen. Er dagegen musste mit Herbert Kröger beim Staatsanwalt antreten, um das weitere Vorgehen, auch im Hinblick auf die Presse, abzustimmen. Außerdem wollte er die Eltern von Elena Ziegler besuchen. Er konnte und durfte ihnen über die laufenden Ermittlungen zwar nicht allzu viel verraten, dennoch sah er sich als ihr Hauptansprechpartner. So viel war gewiss – wenn es so weit war, würden sie den Namen des Täters nicht aus den Medien erfahren.

Katrin konnte später nicht behaupten, David Mayrhofer während der Befragung geschont zu haben, wussten sie und Kornbichler doch um Thorwalds Bedenken. Doch der Schreiner blieb standhaft bei seiner Aussage, den Sonntag allein zu Hause verbracht zu haben, bis er sich abends schließlich mit Xaver Ziegler in Altenberg getroffen hatte.

»Solange wir ihm nicht das Gegenteil beweisen können, haben wir nichts gegen ihn in der Hand«, stellte Kornbichler fest. Er stand mit Katrin am Fenster und beobachtete David Mayrhofer dabei, wie er zu seinem Wagen ging. »Außerdem kannst du sagen, was du willst, aber der Einbrecher ist meiner Meinung nach die wahrscheinlichere Lösung.«

»Ich sag doch gar nichts«, entgegnete Katrin. »Welches Motiv sollte er denn auch haben, außer dass wir glauben, dass er in Elena womöglich mehr gesehen hat als eine gute Freundin, sie aber seine Gefühle nicht erwidert hat?« Sie ging zurück zum Schreibtisch und blätterte in ihren Unterlagen. »Die beiden haben nicht zu ungewöhnlichen Zeiten miteinander telefoniert und die Nachrichten in Elenas Handy klingen so, wie Nachrichten unter guten Freunden eben klingen.« Sie lehnte sich in ihrem Stuhl zurück. »Wenn wir ehrlich sind, deutet rein gar nichts auf eine Beziehungstat hin. Je länger ich darüber nachdenke, umso sicherer bin ich mir, dass Elena Ziegler einfach zur falschen Zeit am falschen Ort war.«

»Wir müssen schnellstmöglich mit Rehberg sprechen.« Kornbichler griff nach dem Telefon, um sich im Klinikum nach dem Zustand des verletzten Apothekers zu erkundigen, erfuhr jedoch, dass Benedikt Rehberg nicht vor dem Nachmittag vernehmungsfähig sein würde.

»Ich rufe Bernadette Ziegler und Thomas Mayrhofer an«, sagte Katrin. »Vielleicht können wir ihre Befragungen ja vorziehen.«

Tatsächlich hatte Thomas Mayrhofer kurzfristig Zeit und tauchte bereits zwanzig Minuten später im Präsidium auf. Es war nur allzu offensichtlich, dass er seine Aussage hinter sich bringen wollte und ihm seine Affäre mit Elenas Schwester furchtbar peinlich war. Er bestätigte, was er Kornbichler bereits am Vortag erzählt hatte, und unterschrieb das Protokoll anschließend mit verkniffener Miene.

»Sollten Sie noch weitere Informationen benötigen, rufen Sie mich bitte auf dem Mobiltelefon und auf keinen Fall in der Kanzlei an«, bat er die Kommissare zum Abschied eindringlich. »Meine Verlobte darf von alldem nichts erfahren.«

Katrin versprach ihr Möglichstes, wenngleich sich ihr Mitleid mit Mayrhofer in Grenzen hielt. Auch ihn beobachteten sie beim Verlassen des Gebäudes. Mit raschen Schritten eilte der Jurist zu seiner Mercedeslimousine und brauste Sekunden später durch das geöffnete Hoftor.

»Der hat nicht mal getönte Scheiben. Das ist mir gestern schon aufgefallen«, murmelte Kornbichler.

»Ach, Toni. Ich finde so ein Parkplatzdate ja auch nicht prickelnd, aber wenn es schnell gehen muss …«

»Mir würde da trotzdem etwas anderes einfallen.«

Zu ihrem Ärger spürte Katrin, wie sie rot wurde. *Darüber* würde sie mit Kornbichler jetzt bestimmt nicht diskutieren. »Unsere Meinung tut hier nichts zur Sache. Immerhin musste Bernadette Ziegler damit rechnen, dass jeden Moment das Hotel auf ihrem Handy anrief.«

»Eben, Katrin! Die hatten ein ganzes *Hotel* zur Verfügung. Warum treffen die sich dann in einer Parkbucht?«

»Weil Bernadette Ziegler in diesem Hotel in einer leitenden Position *arbeitet*. Stell dir vor, ein Angestellter erwischt die beiden in flagranti! Dann hätte sie einpacken können. Und wenn es etwas gibt, das sie wirklich liebt, dann ist es ihre Arbeit und ihre Karriere. Dieser Mayrhofer dagegen war nicht mehr als eine Affäre, die ihr obendrein anfing, gehörig auf die Nerven zu gehen.« Sie griff nach ihrer Umhängetasche. »Gehen wir was essen, bevor sie kommt?«

»Ja, aber nicht in die Kantine. Ich habe keine Lust, von Hinz und Kunz auf mein Auge angesprochen zu werden«, brummte Kornbichler. »Ich lade dich auch ein.«

Nach einem kurzen Mittagsschlaf setzte sich Gregor Cornelius voller Tatendrang an den Küchentisch, um weiter an der Chronik des Schützenvereins zu arbeiten. Er hoffte, das nächste Kapitel bis zum späten Nachmittag abschließen zu können, denn Angela Gebauer hatte angerufen und sie hatten sich zu einem gemeinsamen Spaziergang verabredet, sobald Jonas aus Landshut zurück war. Bis zum Wochenende würde sie nicht allzu viel Zeit haben, weshalb sie und Jonas die Gelegenheit noch einmal nutzen wollten, hatte sie mit einem Lachen erklärt. Cornelius freute sich für ihren Auftrag im *Drei Lilien* und dass es ihrem Bruder offenbar wieder besser ging. Mittlerweile war er froh, Angela nicht gesagt zu haben, dass Jonas seiner Meinung nach vor irgendetwas Angst hatte. Er würde lernen müssen, dieses Auf und Ab in seinem Verhalten zu akzeptieren und damit umzugehen. Jonas war schließlich kein Roboter, der immer klaglos alles machte, was man von ihm erwartete.

Leise vor sich hin summend sortierte er die Fotos der letzten Fahnenweihe, die sich in einem der Kartons von Andreas Mayrhofer befunden hatten. Die damalige Mode und die Haarpracht des einen oder anderen Neukirchners entlockten ihm immer wieder ein Schmunzeln. Wie aufgeregt Anna als junge Festdame in die Kamera des Fotografen schaute. Und Lorenz Huber hatte er in seiner Tracht unter den anderen Festgästen kaum erkannt. Wer hätte gedacht, welch seltsamer Eigenbrötler doch eines Tages aus dem Restaurator und Holzschnitzer werden würde? Auch die mittlerweile verstorbene Elisabeth Mayrhofer war auf einigen Bildern zu sehen. Das Kleinkind auf ihrem Arm, das sie anlachte, musste demnach David sein. Bei einer Aufnahme, die sie und ihre Mutter Maria Brunner beim damaligen Schirmherrnbitten zeigte, stutzte er. Elisabeth Mayrhofer trug nicht nur ein außergewöhnlich elegantes Dirndlkleid, sondern auch zwei rubinrote, ovale Ohrstecker. Cornelius ging ins Wohnzimmer und kehrte wenig später mit einer Lupe zurück, um sich das Foto noch einmal vergrößert anzuschauen. Es bestand kein Zweifel. Er hatte diesen Schmuck vor nicht allzu langer Zeit schon einmal gesehen. Aber wo?

Als Katrin und Kornbichler nach dem Mittagessen und einer Isarrunde mit Matilda in das Revier zurückkehrten, wartete Bernadette Ziegler schon im Flur auf sie. Ihre Laune hatte sich gegenüber dem Vortag nur unwesentlich gebessert, was offenbar am Besuch der beiden Kommissare im *Drei Lilien* lag.

»Ich war heute kurz im Hotel«, fauchte sie, kaum dass sie auf dem angebotenen Stuhl Platz genommen hatte. »Es tun zwar alle so, als wäre nichts passiert, aber überall wird über mich getuschelt und geredet. Die halbe Belegschaft denkt mittlerweile, ich hätte etwas mit dem Tod meiner Schwester zu tun!«

»Wenn Sie uns von Anfang an die Wahrheit gesagt hätten, wäre eine Befragung der Mitarbeiter nicht nötig gewesen«, entgegnete Katrin ungerührt. »So haben Sie uns leider keine andere Wahl gelassen.«

Bernadette Ziegler bedachte sie mit eisiger Miene. »Allein der Gedanke, ich hätte Elena wegen einer Fahnenweihe etwas angetan. Sie war meine Schwester! Finden Sie endlich den Täter, anstatt uns Familienangehörige mit irgendwelchen haarsträubenden Verdächtigungen zu belästigen.«

»Ich verstehe, dass eine Mordermittlung für Sie und Ihre Eltern eine enorme Belastung darstellt. Aber …«

»Ach, ja? Wurde aus Ihrer Familie auch jemand ermordet? Wurden Sie auch wie eine Verbrecherin behandelt? Nein? Woher wollen Sie dann wissen, wie es uns gerade geht?«

»Wir tun hier nur unsere Arbeit«, sagte Katrin kühl. »Und je besser Sie uns diese machen lassen, desto schneller finden wir den Täter. Dazu gehört auch, uns nicht mit falschen Alibis wertvolle Zeit zu stehlen.«

Bernadette drehte sich abrupt in Kornbichlers Richtung. »Können wir dann? Ich würde das gern so schnell wie möglich über die Bühne bringen!«

Nach einer Dreiviertelstunde und ohne weitere verbale Gefechte war das Protokoll schließlich angefertigt und von Bernadette Ziegler unterschrieben. Grußlos und mit einem letzten giftigen Blick auf Katrin rauschte sie von dannen.

»Komm, lass uns ins Krankenhaus fahren«, sagte Kornbichler und schob seine Kollegin sachte zur Tür hinaus. »Rehberg sollte jetzt vernehmungsfähig sein.«

Anna Leitner saß neben Benedikt Rehbergs Krankenbett und bestand darauf, während der polizeilichen Befragung anwesend zu sein. Ihr Gesichtsausdruck sprach Bände und es war nur allzu offensichtlich, wie gern sie Kornbichler und den Kollegen des Einbruchsdezernats auf den Mars verortet hätte.

Die Ankunft der Beamten hatte schon auf der Station des Klinikums für wenig Begeisterung gesorgt. Die Pflegedienstleitung teilte ihnen kurz und knapp mit, dass lediglich zwei Kommissare das Krankenzimmer betreten könnten, da jeder weitere Besucher für den Patienten eine zu große Anstrengung bedeutete.

»Dann geht eben von jedem Dezernat einer und wir anderen warten so lange hier draußen«, schlug Katrin vor.

Das Letzte, was sie jetzt gebrauchen konnten, war Zwist zwischen den einzelnen Abteilungen wegen der Zuständigkeiten. Die anderen sahen es offenbar genauso, sodass Toni Kornbichler und einer von Herbert Krögers Beamten schließlich das Krankenzimmer von Benedikt Rehberg betraten.

Kornbichler konnte Anna Leitners Bedenken durchaus nachvollziehen, denn der Apotheker sah, gelinde gesagt, erbärmlich aus. Aufgrund der erlittenen Platzwunden trug er einen großen Kopfverband. Um die Augenhöhlen schimmerte die Haut bläulich-violett und sein ohnehin hageres Gesicht war blass und eingefallen. Eine Infusionsnadel am Handgelenk versorgte ihn mit einer Flüssigkeit, während ein EKG-Gerät seine Herztätigkeit maß. Trotz seines maladen Zustands wollte Rehberg eine Aussage machen. Kornbichler überließ die ersten Fragen dem Kollegen und machte sich stattdessen einige Notizen.

»Ist Ihnen in den letzten Tagen irgendetwas Verdächtiges in der Neukirchner Siedlung aufgefallen? Fremde Leute, ein Auto, das dort nicht hingehörte …?«

»Nein, ich war allerdings kaum zu Hause«, murmelte Rehberg. »Die meiste Zeit verbringe ich bei Anna, also bei Frau Leitner.«

»Und dort wären Sie eigentlich auch gestern Abend gewesen?«

Kornbichler entging nicht, dass die Blicke des Paars sich flüchtig kreuzten und Anna Leitner nach Rehbergs Hand auf der Bettdecke griff.

»Ja, aber …«

»Wir hatten eine kleine Auseinandersetzung, weshalb Benedikt zu sich nach Hause gefahren ist«, schaltete sich Anna Leitner ein.

»Hat irgendjemand von dieser Auseinandersetzung etwas mitbekommen?«, fragte Kornbichler.

»Nein! Wir waren oben in meiner Wohnung. Da war sonst niemand.«

»Worum ging es denn in dieser Auseinandersetzung?«

Anna Leitner sog geräuschvoll die Luft ein. »Also …«

»Schon gut«, sagte Rehberg matt. »Um eine Nichtigkeit. Wir konnten uns nicht darauf einigen, wer in Zukunft bei wem wohnt.«

»Wer wusste, dass Sie dienstags eigentlich bei Frau Leitner im Gasthaus sind?«

Rehberg ließ ein krächzendes Lachen hören, das nach wenigen Sekunden in einen Hustenanfall überging. Anna beugte sich besorgt zu ihm und half ihm, einige Schlucke aus dem Becher vom Nachttisch zu trinken.

»Danke«, flüsterte er und wandte sich dann an die Kommissare. »Sie müssen entschuldigen. Aber das weiß so gut wie jeder im Dorf.«

»Dienstagabend ist immer besonders viel los«, erklärte Anna Leitner. »Benedikt sitzt dann meistens bei mir am Tresen, weil ich vor elf Uhr sowieso nicht Feierabend machen kann.«

Das engt den Kreis der Verdächtigen nicht unbedingt ein, dachte Kornbichler.

»Dann kommen wir mal zu den Geschehnissen in der Villa«, sagte der Beamte des Einbruchsdezernats.

Benedikt Rehberg schilderte den Ablauf, wie sie ihn sich bereits ausgemalt hatten. Er erwähnte den Luftzug, die offene Terrassentür, dass die Lichtschalter nicht funktionierten und er hinter sich ein Rumpeln wahrgenommen hätte.

»Ich habe die Taschenlampe direkt auf die Geräuschquelle gerichtet, aber niemanden erkannt. Er oder sie war komplett in Schwarz gekleidet und ist dann über den Flur geflüchtet.«

»Und Sie direkt hinterher?«

Rehberg nickte kaum merklich. Jede Kopfbewegung schien ihm höllische Schmerzen zu bereiten. »Ja, aber weit bin ich nicht gekommen.«

»Weil er Sie dann angegriffen und niedergeschlagen hat?«

»N-nein«, antwortete er mühsam. »Er hat mich nicht niedergeschlagen.«

»Wie bitte?« Kornbichler glaubte, sich verhört zu haben. Auch sein Kollege sah Rehberg mit großen Augen an.

Anna strich ihm behutsam über den Handrücken. »Aber du hast eine große Platzwunde auf der Stirn.«

»Weil ich gegen den Türstock gestolpert bin. Ich ... ich wollte ihm nachlaufen, aber habe mich im Kabel der Stehlampe verheddert und bin dann nach vorne gegen den Türstock gestürzt.«

»Herr Rehberg, das ist jetzt sehr wichtig«, sagte Kornbichler mit Nachdruck. »Sind Sie sich da ganz sicher? Er hat Sie nicht tätlich angegriffen?«

»Ich habe eine schwere Gehirnerschütterung, aber ich weiß, was passiert ist und was ich gesehen und gehört habe.«

»Gehört?«, fragte Kornbichler.

»Ja. Jemand hat geflüstert, dass es ihm leid tut.« Rehberg stöhnte leise. »Danach wurde ich ohnmächtig und bin erst im Krankenwagen wieder aufgewacht.«

»Wie bitte?« Katrin starrte Kornbichler an, als hätte dieser ihr soeben eröffnet, zurück zur Mordkommission wechseln zu wollen. »Ein Einbrecher, der sich entschuldigt?«

Ihr Kollege nickte. »Und ihn laut seiner Aussage nicht niedergeschlagen hat.«

»Ich gebe unserem Chef Bescheid«, sagte der Beamte aus Krögers Team. »Der Erkennungsdienst soll sich den Türstock noch einmal genauer anschauen. Wenn er da tatsächlich dagegen gerannt ist, gibt es auf alle Fälle DNA-Spuren. Wir würden uns dann auch verabschieden. Bericht schreibt jeder selbst, oder?«

»Ja, klar«, antwortete Kornbichler. »Ihr wisst ja, wo ihr uns findet, falls es noch etwas gibt.«

»Das wird ja immer abstruser«, sagte Katrin, als sie allein waren.

»Allerdings. Ich rufe Robert an, damit er die Neuigkeit nicht von Kröger erfährt.«

»Ja, gute Idee«, murmelte Katrin, während sie immer noch über die Aussage des Apothekers nachdachte.

Anna war neben dem Krankenbett sitzen geblieben. Sie hatte einem der Kommissare ihren Schlüssel zur Villa gegeben, da die Polizei dort noch einmal nach Spuren suchen wollte. Noch wusste sie nicht, ob sie froh sein sollte, dass der Einbrecher nicht einfach rücksichtslos einen Menschen niedergeschlagen hatte, sondern es offenbar ein Unfall gewesen war. Sie wusste nur, dass ihr Benedikts Zustand fast körperlich wehtat.

»Musst du nicht allmählich zurück?«, fragte er leise.

»Nein, muss ich nicht. Das Wirtshaus bleibt so lange geschlossen, bis es dir wieder besser geht.«

»Ach, Anna. Du musst doch meinetwegen nicht zusperren. Ich weiß doch, wie viel dir das Gasthaus bedeutet.«

»Aber nicht so viel wie du. Wenn mir etwas in der letzten Nacht klar geworden ist, dann das«, sagte sie. »Ich kann dir gar nicht sagen, wie unendlich leid mir unser Streit tut.«

»Mir doch auch. Sobald ich wieder gesund bin, verkaufe ich die Villa. Das hätte ich schon längst machen sollen. Und dann ziehe ich bei dir ein.«

»Unsinn«, entgegnete Anna. »Du hast vollkommen recht. Das Haus ist viel zu schön, um es anderen Leuten zu überlassen. Du behältst es selbstverständlich und ich ziehe bei dir ein.«

»Wir streiten jetzt aber nicht schon wieder, oder?«, fragte Benedikt müde.

»Nein, tun wir nicht.« Anna rückte etwas näher an die Bettkante heran. »Ich weiß doch ganz genau, was dir die Villa bedeutet. Außerdem hab ich mir überlegt, aus meiner Wohnung einen Saal mit einer richtigen Bühne zu machen. Dann könnten dort Theaterstücke und Hochzeiten und Tanzabende stattfinden. Was meinst du? Ist das eine gute Idee?«

Vom Krankenbett kamen statt einer Antwort nur tiefe Atemzüge. Benedikt war eingeschlafen.

Kapitel 28

Bernadette Ziegler ging am Empfangstresen vorbei und überprüfte die elektronische Tafel mit den Veranstaltungen. Nach dem Termin bei der Kriminalpolizei war sie nicht nach Hause, sondern zurück ins *Drei Lilien* gefahren. Sie musste noch einmal kurz durchatmen, für einen Moment das Gefühl haben, alles wäre in Ordnung und die Zufriedenstellung eines nörgelnden Gasts die größte Herausforderung in ihrem Leben. Morgen würden sie und ihre Eltern mit dem Bestattungsunternehmen über Elenas Beerdigung sprechen. Dann würden sie sie auch noch einmal sehen, um sich von ihr zu verabschieden. Diese Stunden würden ihre ganze Kraft in Anspruch nehmen. Sie wusste nicht genau, was sie erwartete, sie wusste nur, dass sie sich davor fürchtete.

Angst und Wut hatten sich tief in ihr Herz eingegraben. Unendliche Wut auf das, was in den letzten Tagen passiert war, was ihrer Schwester und damit ihrer ganzen Familie angetan worden war. Deshalb hatte sie auch die Kommissarin so angefahren. Weil sie jemanden spüren lassen wollte, wie unendlich wütend sie war. Ob es besonders klug war, sich dafür ausgerechnet eine Polizeibeamtin auszusuchen, war ihr gerade herzlich egal. Sie hoffte, dieser Frau nie wieder über den Weg laufen zu müssen.

Aus den Augenwinkeln sah sie die zwei Empfangssekretärinnen miteinander tuscheln. Sie blickten kurz zu ihr herüber und widmeten sich dann rasch wieder ihrer Arbeit. Wie in der Küche und bei den Hausdamen war sie natürlich auch an der Rezeption das Gesprächsthema Nummer eins. Normalerweise ging sie gern durchs ganze Haus, um die Mitarbeiter zu begrüßen und in den Abteilungen nach dem Rechten zu sehen. Sie kannte und liebte jeden Winkel dieses Hotels. Aber seit Elenas Tod wurde jeder Gang zu einem einzigen Spießrutenlauf. Das hatte sie schon am Sonntagabend gespürt, als ihre kleine heile Welt von einer Sekunde auf die andere aus den Fugen gehoben wurde. Die bohrenden Fragen der beiden Kommissare taten dann noch ihr Übriges. Aber was hätte sie denn tun sollen, außer an ihrer Lüge festzuhalten in der Hoffnung, damit durchzukommen? Dabei hätte ihr von vornherein klar sein müssen, dass sich die Kripo mit ihrem Wochenenddienst nicht zufrieden geben und jeden Stein einzeln umdrehen würde.

Sie verharrte einen Moment vor dem Tresen und überlegte, ob sie die zwei Frauen ansprechen und zurechtweisen sollte. Aber dann würden sie sich die Mäuler nur noch mehr über sie zerreißen. Also machte sie kehrt und ging quer durch die Hotelhalle Richtung Baustelle, wo in Kürze das neue Casino eröffnen sollte. Bereits an der Eingangstür hörte sie die Person, die sie gesucht hatte, laut schimpfen.

»Verdammt, Tobi. Was ist denn heute schon wieder los?«, rief David Mayrhofer. »Jetzt hättest du mir beinahe zum zweiten Mal die Holzverkleidung auf den Fuß geschmissen.«

»Hallo, ihr zwei. Na, ist alles in Ordnung bei euch?«, fragte Bernadette.

Tobias Schindler, der Auszubildende in der Schreinerei ihres Vaters, stand mit hochrotem Kopf neben einem Bretterstapel und murmelte hastig einen Gruß.

»Servus, Bernadette. Ja, ja, alles gut«, beeilte sich David zu sagen, obwohl offensichtlich war, dass sie gerade mitten in eine Auseinandersetzung geplatzt war.

»Kann ich dich kurz sprechen?«, fragte sie.

»Ja, klar.« David drehte sich zu dem Lehrling. »Tobi, magst einen Moment rausgehen und frische Luft schnappen?«

»Er ist total durch den Wind. So kenne ich ihn überhaupt nicht«, sagte er, nachdem Tobias mit gesenktem Kopf den Raum verlassen hatte. »Das alles nimmt ihn ziemlich mit.«

»Wäre es nicht besser, er macht ein paar Tage frei? Dann muss hier halt jemand anders einspringen.«

»Das sage ich ihm seit Montag, aber er will nicht auf mich hören. Irgendwie kann ich ihn ja verstehen. Ich bin so froh, dass ich etwas zu tun habe. Zu Hause würde ich verrückt werden.« Er sah Bernadette erschrocken an. »Entschuldige, das ...«

»Alles gut«, sagte sie schnell. »Was glaubst du, warum ich hier bin? Ich musste einfach raus. Daheim habe ich das Gefühl zu ersticken.«

»Wolltest du wegen Thomas mit mir sprechen? Ich weiß Bescheid«, sagte David leise.

»Wegen ... ach so ... Nein, nein nicht deswegen. Das war nichts Ernstes und ist auch schon wieder vorbei.«

»Das ist eure Sache. Mich geht das nichts an und von mir erfährt auch niemand etwas.«

»Danke.« Sie lächelte verkrampft. »Das ist es aber nicht. Es geht um ... Elena.« Allein ihr Name entfaltete eine solche Wucht, dass es ihr fast körperlich wehtat.

Auch David war merklich blasser geworden, sagte aber nichts.

»Wir haben morgen den Termin mit dem Bestattungsinstitut. Dann steht endlich fest, wann ihre Beerdigung ist.« Bernadette schluckte. »Bei der Obduktion haben sie festgestellt, dass Elena einen bösartigen Hirntumor hatte, den man nicht operieren konnte.«

»Was?«

»Ja. Sie war unheilbar an Krebs erkrankt und wäre in den nächsten Monaten daran gestorben.« Jetzt hatte sie es zum ersten Mal ausgesprochen. Es klang immer noch so unbegreiflich, so surreal. Ihre kleine Schwester ...

»Das wusste ich nicht«, sagte David erschrocken. »Bernadette, das musst du mir glauben, ich hab davon nichts gewusst.«

»Nein, nein, David. So meinte ich es nicht. Niemand wusste davon, Elena eingeschlossen.« Sie wischte sich eine Träne von der Wange. »Du warst einer ihrer ältesten und besten Freunde. Deshalb sage ich es dir jetzt. Behalte es aber bitte noch für dich.«

»Ja, natürlich. In den nächsten Monaten? Das heißt, sie hätte die Fahnenweihe gar nicht mehr erlebt?«

»Nein«, flüsterte Bernadette. »Wahrscheinlich nicht.«

In diesem Moment ertönte das Klingeln ihres Mobiltelefons. Hektisch holte sie es aus ihrer Handtasche. »Ja, Mama, was ist los?«, fragte sie alarmiert.

David ging einige Schritte zur Seite. *Gehirntumor ... todkrank ...*

»Ich bin gerade in Altenberg und mache mich gleich auf den

Weg«, hörte er Bernadette sagen. »Wartet bitte, bis ich zu Hause bin. Ich beeile mich. Bis gleich.«
»Alles in Ordnung?«, fragte David.
»Entschuldige, ich muss los. Der Kommissar aus Landshut ist gerade bei uns.«
»J-ja, natürlich«, stotterte David. »Sag dem Chef, wir haben hier alles im Griff.«
»Natürlich. Papa weiß ganz genau, dass er sich auf euch verlassen kann. Das hilft uns momentan mehr als jede Beileidskarte und jeder Rosenkranz.« Sie eilte zur Tür.
»Bernadette?«
Sie drehte sich noch einmal um. »Ja?«
»Danke.«

Cornelius und Angela machten auf einer Bank unter einem großen Kastanienbaum Rast und genossen die letzten Sonnenstrahlen des Tages. Auch heute zeigte sich der Oktober von seiner goldenen Seite. Jonas hatte sich mitten in den Blätterhaufen gesetzt und suchte die kleinen stacheligen Kugeln, um sie auf einen Haufen zu legen. Dann sortierte er das bunt gefärbte Laub sorgfältig nach Farben und Größe. Er tat dies äußerst konzentriert und schien mit sich und seinem Umfeld gerade vollkommen im Reinen zu sein.

Bei Cornelius' Ankunft war er bereits aufgeregt am Gartenzaun entlanggelaufen. Anfangs glaubte Cornelius etwas Gehetztes und Nervöses in seinen Augen zu erkennen, aber je länger ihr Spaziergang dauerte, umso gelöster wurde Jonas' Stimmung.

Vielleicht bin ich es ja, der ihm Angst macht, dachte er mit einem Anflug von Unbehagen. Ich gehöre nicht zur Familie, sondern bin in seiner Wahrnehmung ein Fremder. Erst wenn Jonas merkt, dass von mir keine Gefahr ausgeht und seine Schwester und ich uns gut verstehen, beruhigt er sich.

Sollte er seine Bedenken Angela gegenüber äußern? Vielleicht später, nach ihrem Arbeitseinsatz im Hotel, aber nicht jetzt. Er wollte ihre Vorfreude nicht mit irgendwelchen Vermutungen trüben, vor allem da sie sich die nächsten beiden Tage auf Jonas verlassen musste. Ein Drahtseilakt, der hoffentlich gut ausging. Er wünschte es ihr von ganzem Herzen.

»Die Sprachbegabung haben wir von unserer Mutter«, erzählte Angela gerade begeistert. »Sie war halb Französin, halb Engländerin und hat sich immer in ihren beiden Muttersprachen mit uns unterhalten. Von meinem Vater kam dann noch Deutsch hinzu. Dabei gingen sie, zumindest in den Anfangsjahren, sehr konsequent vor. Jeder Wochentag gehörte einer bestimmten Sprache. Als Kind zerbricht man sich nicht lange den Kopf darüber, sondern lernt wie von selbst.«

Es war das erste Mal überhaupt, dass Angela von ihrer Familie erzählte.

»Sollten andere nicht verstehen, was wir gerade redeten, haben wir eben in eine Fremdsprache gewechselt. Es klang wunderbar, wenn Jonas und Pascal französisch sprachen.«

Cornelius betrachtete Jonas beim Sortieren der farbigen Blätter. Es war schwer vorstellbar und doch hatte er zwölf Jahre lang das Leben eines gesunden Menschen geführt. So wie Angela es schilderte, waren er und sein Bruder den anderen Kindern Lichtjahre voraus gewesen. Wer konnte schon von sich behaupten, drei Sprachen zu beherrschen, bevor er überhaupt ein Schulgebäude von innen gesehen hatte?

»Ich bin schuld daran, dass er heute kein Wort mehr sprechen kann«, sagte sie so leise, dass Cornelius sie kaum verstehen konnte.

Gebannt hielt er für einen Moment den Atem an. Angelas Augen waren ganz auf Jonas gerichtet, als sie nach einer Weile fortfuhr.

»Ich war damals siebzehn und hatte meinen ersten Freund. Meine Mutter war davon nicht sehr begeistert, weshalb wir uns oft heimlich getroffen haben. So war es auch an dem Tag. Die Jungs wollten Fußball spielen und meine Mutter hat mich mit ihnen nach draußen geschickt, damit sie nicht auf den zugefrorenen See liefen. Der hat sie geradezu magisch angezogen. Es fing an zu tauen und sie hatte Angst, dass er sie nicht mehr tragen würde.«

Jonas hielt ein besonders großes und dunkelrot gefärbtes Kastanienblatt in die Luft und winkte damit aufgeregt in ihre Richtung.

»Ich habe die Gunst der Stunde genutzt und meinen Freund

angerufen, damit er zum Seeufer kommt. Fünf Minuten, es waren nur fünf Minuten, in denen ich nicht aufgepasst habe«, sagte sie mit tränenerstickter Stimme. »Der Fußball ist auf den See geflogen und Jonas ist hinterher. Pascal hat noch versucht, ihn aufzuhalten, aber Jonas meinte, es würde schon nichts passieren.«

»Er ist ins Eis eingebrochen?«

»Ja. Nie werde ich den Moment vergessen, als Pascal schreiend angelaufen kam. Dieser Horror in seinen Augen, diese furchtbare Angst. Zufällig sind zwei Reiter vorbeigekommen und mit meinem Freund zusammen haben wir es dann irgendwie geschafft, ihn herauszuziehen. Aber da war er schon minutenlang unter Wasser – ohne Luft, ohne Sauerstoff. Was diese Minuten angerichtet haben, sehen Sie ja. Er lag wochenlang auf der Intensivstation und lange wussten wir nicht, ob er überhaupt durchkommt. Meine Mutter ist keinen Zentimeter von seiner Seite gewichen und hat praktisch im Krankenhaus gewohnt. Die Ehe meiner Eltern hatte vorher schon gekriselt und ist an Jonas' Behinderung endgültig zerbrochen. Es war von vornherein klar, dass er bei mir und meiner Mutter bleiben würde. Mein Vater besaß weder die Geduld noch das notwendige Einfühlungsvermögen. Außerdem hätte meine Mutter das niemals zugelassen. Aber es war auch klar, dass sie sich nicht um drei Kinder kümmern kann. Nicht wenn eines davon geistig behindert ist. Pascal ist zu meinem Vater gekommen und wurde umgehend in ein Internat gesteckt. Er hat mir so leidgetan. Er konnte doch am allerwenigsten dafür. Aber meine Bitte, ihn zu uns zu holen, hat meine Mutter immer abgelehnt und mich stattdessen mit Vorwürfen überschüttet, dass ich an allem schuld sei und ihr für drei Kinder jegliche Kraft fehle. Dabei habe ich sie unterstützt, wo ich nur konnte.«

Jonas kam mit zwei Kastanienigeln angelaufen und legte einen neben Angela und einen neben Cornelius auf die Bank.

»Er mag Sie. Er mag Sie wirklich sehr«, sagte Angela.

»Das kann ich nur zurückgeben. Er ist ein wunderbarer Mensch.«

»Ja, das ist er. Weshalb für mich auch stets außer Frage stand, dass ich mich um ihn kümmern werde. Nicht nur weil ich Schuld an seinem Unfall hatte.«

»Aber Sie hatten keine …«

»Doch, hatte ich!«, fuhr sie ihm heftig ins Wort. »Das hat mich meine Mutter auch jeden Tag spüren lassen. Kurz nach Jonas' achtzehntem Geburtstag ist sie an Krebs gestorben. Mein Vater war nie eine Option – ganz im Gegenteil. Er hat schnell wieder geheiratet und eine neue Familie gegründet. Wir haben praktisch nicht mehr für ihn existiert.«

»Und Pascal?«, fragte Cornelius vorsichtig.

»Er war so tapfer, obwohl die Zeit im Internat wahrlich kein Zuckerschlecken war. Dazu das Desinteresse und die Lieblosigkeit meines Vaters und unsere kränkelnde Mutter, die nur noch auf Jonas fixiert war. Nach dem Abitur ist er ins Ausland gegangen. Er war wirklich auf einem guten Weg. Er wollte ein Studium anfangen und hat nebenbei für die Familie eines Schulfreunds als Skipper auf ihrer Yacht gearbeitet.« Sie wischte sich die Tränen von den Wangen. »Eines Tages ist sie mit Pascal an Bord in Seenot geraten und untergegangen. Als sein Freund mich angerufen hat, wusste ich genau, dass etwas Schlimmes passiert war. Der Mast hatte ihn am Kopf getroffen und er ist bewusstlos ins Meer gestürzt und ertrunken.« Angela sah Cornelius direkt in die Augen. »Jetzt kennen Sie unsere Geschichte, die leider mehr Schatten als Licht aufweist.«

»Danke, dass Sie sie mir anvertraut haben. Das bedeutet mir wirklich sehr viel«, sagte Cornelius leise und griff nach Angelas Hand.

In diesem Moment meldete sich sein Mobiltelefon mit einem lauten Klingeln.

»Das ist meine Tochter. Da muss ich rangehen«, murmelte er, nachdem er es aus seiner Jackentasche geholt hatte. Eilig stand er von der Bank auf und ging einige Schritte zur Seite.

»Du bist wo?«, rief er. »Aber wir waren doch erst für das Wochenende verabredet!«

Entschuldigend blickte er zu Angela und versuchte gleichzeitig, Tabeas aufgeregtem Redeschwall zuzuhören. »Natürlich freue ich mich, dich zu sehen. Ich bin gleich zu Hause.«

»Sie haben Besuch?«, fragte Angela, nachdem er aufgelegt hatte.

»Ja, meine Tochter ist überraschend gekommen und steht jetzt vor verschlossener Tür. Ich müsste deshalb …«
»Aber natürlich. Lassen Sie uns aufbrechen!«
Angela nahm die beiden Kastanien und deutete Jonas an, dass es Zeit war, nach Hause zu gehen. Wenige Minuten später waren sie an einer Weggabelung angekommen, von der eine Abkürzung Richtung Dorf abzweigte. Cornelius, der Angela die Enttäuschung anmerkte, tat es leid, sich so überstürzt verabschieden zu müssen. Wie gern hätte er beide noch heimgebracht, aber er wollte Tabea nicht unnötig warten lassen. Außerdem freute er sich, seine Tochter zu sehen.
Er steckte den kleinen Kastanienigel in seine Jackentasche und winkte ihnen noch einmal kurz zu. Den panischen Ausdruck in Jonas' Augen bemerkte er dabei nicht.

Nach ihrer Rückkehr ins Präsidium warteten noch unerledigte Berichte der letzten Tage auf Katrin und Kornbichler. Da außer ihnen niemand im Büro war und auch kein Telefonanruf ihre Arbeit störte, kamen sie gut voran. Nachdem Katrin die letzten Sätze eingetippt hatte, packte sie langsam ihre Sachen zusammen. Auch Kornbichler schnappte sich seine Jacke und gab Matilda ein Zeichen zum Aufbruch.
»Äh … Toni. Wollen wir eigentlich unser Bier von gestern noch nachholen? Also, nur wenn du Zeit und Lust …«
Kornbichler, der schon halb zur Tür hinaus war, drehte sich überrascht um. »Klar. Ich geh jetzt mit Matilda zum Joggen. Kommst in eineinhalb Stunden bei uns vorbei? Bier ist im Kühlschrank. Musst also nichts mitbringen«, sagte er und verschwand samt Schäferhündin auf dem Flur.
Katrin begutachtete kritisch ihr Outfit. Jeans, Pullover, dazu die Haare zum Pferdeschwanz gebunden. Gerade stylisch sah das Ganze nicht unbedingt aus. Andererseits hatte sie ja kein Date, sondern traf sich lediglich mit einem Kollegen auf ein Feierabendbier. In diesem Moment flog die Bürotür auf und riss Katrin aus jeglichen Grübeleien über ihr Aussehen. Robert Thorwald, dicht gefolgt von Herbert Kröger, betrat den Raum. Sofort verspürte sie eine gewisse Anspannung.

»Wer von euch ist denn noch da?«, fragte Thorwald. »Trommel mal alle zusammen.«

Er und Kröger verschwanden daraufhin kommentarlos im angrenzenden Büro. Es dauerte nicht lange und Korbinian Bäumel und Torsten Maiwald warteten mit Katrin auf die Rückkehr der beiden Abteilungsleiter. Eigentlich konnte die Aufregung nur eines bedeuten: Es gab endlich einen Durchbruch in Sachen Einbruchserie. Torsten Maiwald, der den ganzen Tag mit Krögers Kollegen zusammen gearbeitet hatte, wusste jedoch von nichts. Katrin überlegte, ob sie Kornbichler anrufen sollte, aber die Neuigkeit konnte sie ihm später auch persönlich mitteilen. Sollte unverhofft eine Nachtschicht anstehen, würde Thorwald ihn ohnehin zurückbeordern. Endlich ging die Zwischentür auf. Thorwald warf einen kurzen Blick auf die Runde der Anwesenden und nickte Kröger unmerklich zu.

»Den Kollegen in der KTU ist es endlich gelungen, das Projektil aus dem Banküberfall genau zu identifizieren und einer Waffe zuzuordnen«, begann dieser.

Katrin brauchte einen Moment. Banküberfall ... Flo!

Sie spürte, wie ihre Kehle eng wurde. Auch Bäumel und Maiwald schienen förmlich die Luft anzuhalten.

»Es handelt sich um eine Makarow, Kaliber 9 mm. Sie wurde vor etlichen Jahren einem Wachmann bei einem Überfall auf einen Geldtransporter in Marseille entwendet und war seitdem von der Bildfläche verschwunden. Bis sie im Juli dieses Jahres wieder auftauchte.« Kröger machte seine allseits bekannte Kunstpause.

Marseille, Juli ... was hatte das alles mit Flo und dem Überfall auf die Landshuter Bank zu tun? Katrin hielt es kaum mehr auf ihrem Stuhl aus.

»Ein Projektilabgleich mit den Datenbanken hat tatsächlich einen Treffer ergeben. Im Juli wurde ein Überfall auf eine Villa im südfranzösischen Le Lavandou verübt, bei dem der deutsche Hauseigentümer durch zwei Schüsse aus dieser Waffe ums Leben kam. Es war der Letzte in einer Serie von Villeneinbrüchen in der dortigen Gegend. Seit dem Zwischenfall ist der Täter nicht mehr aktiv gewesen.«

»Der Täter? Er war also allein?«, fragte Katrin.

»Ja, davon geht die Polizei in Marseille aus. Ein maskierter Einzeltäter, der bisher nicht identifiziert werden konnte. Ob er auch der gesuchte Bankräuber ist, wissen wir noch nicht. Die Schusswaffe kann in der Zwischenzeit durchaus den Besitzer gewechselt haben«, fuhr Kröger fort. »Die gesamte Vorgehensweise und der Beginn der Serie in Westdeutschland lassen jedoch vermuten, dass er auf die andere Seite der Grenze gewechselt ist. Unsere Soko wird deshalb morgen als Erstes eine Videokonferenz mit den französischen Kollegen abhalten. Laut deren Bericht gab es beim letzten Überfall zwei Augenzeuginnen, die leicht verletzt überlebt haben. Die Frauen konnten den Täter zwar nicht konkret beschreiben, aber ich würde ihnen trotzdem gern die Videoaufnahme unseres Bankräubers vorspielen und mich auch noch einmal mit ihnen unterhalten.«

Thorwald räusperte sich. »Wer aus der Mordkommission morgen an der Videokonferenz mit den Kollegen aus Marseille teilnehmen möchte, kann dies gern tun.«

»Danke«, flüsterte Katrin.

»Als stille Zuhörer versteht sich. Die gesamte Ermittlung ist und bleibt Sache der Soko!«, sagte Herbert Kröger. »So, und jetzt muss ich mich um den Dolmetscher kümmern. Die Einladung zur Konferenz schicke ich euch per E-Mail. Ich hoffe, dass wir um spätestens neun Uhr anfangen können.«

Nachdenklich ging Katrin zu ihrem Schreibtisch zurück. Kam jetzt endlich Bewegung in die Sache? Seit sie Florian Weber am Vorabend im Krankenhaus besucht und machtlos neben all den Apparaten gestanden hatte, wünschte sie sich mehr denn je, den Schuldigen dafür zur Verantwortung zu ziehen. Kornbichler würde Augen machen, wenn sie ihm von Krögers Neuigkeit erzählte. Doch offenbar hatte er telepathische Fähigkeiten, denn in diesem Moment rief er auf ihrem Mobiltelefon an. Er klang leicht gehetzt.

»Ich muss unsere Verabredung leider absagen. Meine Oma ist gestürzt und ins Krankenhaus eingeliefert worden. Wir sehen uns dann morgen im Büro.«

Katrin spürte ein unangenehmes Pochen an der rechten Schläfe. »Weißt du was, Toni, wenn du keine Lust hast, dich mit mir zu treffen, dann sag es und komm nicht mit so einer dummen Ausrede daher.«

Einen Moment herrschte Stille.

»Das ist mir jetzt echt zu blöd«, war alles, was Kornbichler sagte, bevor er kommentarlos auflegte.

»Depp!« Ungehalten pfefferte Katrin das Telefon in ihre Umhängetasche.

»Wer ist ein Depp?«, fragte Korbinian Bäumel, der gerade hinter ihr ins Büro gekommen war.

»Niemand«, sagte sie rasch und griff nach ihrer Jacke.

»Alles klar. Du, Torsten und ich gehen noch was essen. Magst mitkommen? Wir wollten die neue Tapasbar ausprobieren.«

Katrin straffte die Schultern. Sie würde sich von Kornbichler bestimmt nicht ihren Feierabend vermiesen lassen. »Warum eigentlich nicht. Bin dabei.«

Tabea hakte sich bei ihrem Vater unter. »Ach Papa, das war ein richtig schöner Abend.«

»Das finde ich auch«, sagte er zufrieden. Langsam flanierten sie durch die Landshuter Altstadt Richtung Parkplatz.

Etwas außer Atem war er schließlich an seiner Ferienwohnung angekommen, wo seine Tochter auf der Bank vor dem Haus bereits auf ihn gewartet hatte.

»Hat Mama dich geschickt?«, war seine erste Frage, die er jedoch gleich wieder bereute, nachdem Tabea ihm schmallippig erklärt hatte, sie würde sich nicht vorschicken lassen – auch von ihrer Mutter nicht. »Auf die Idee, dass ich mir Sorgen mache, kommst du gar nicht, oder?«

Cornelius hatte sich vollkommen unschuldig gegeben, was jedoch nicht den gewünschten Effekt erzielte.

»Glaubst du eigentlich, ich lese überhaupt keine Nachrichten?«, hatte Tabea streng gefragt und ihm dabei ihr Mobiltelefon vor die Nase gehalten. Der Artikel auf dem Display berichtete über einen Leichenfund im beschaulichen Neukirchen in Niederbayern. »Warst du der Spaziergänger, der sie gefunden hat?«

Wie immer redete seine Tochter nicht um den heißen Brei herum. Tabeas Direktheit und ihr Röntgenblick erinnerten ihn einmal mehr frappierend an Ramona. Cornelius sah ein, dass jegliches Leugnen zwecklos war.

Nachdem sie das Gästezimmer bezogen und sich mit ihm und einer Tasse Tee an den Küchentisch gesetzt hatte, erzählte er, was sich in den letzten Tagen in Neukirchen ereignet hatte. Nur Hannes Thalhammers Autounfall und warum es überhaupt so weit gekommen war, verschwieg er vorsorglich.

»Hast du deiner Mutter gesagt, warum du zu mir fährst?«

»Nein, natürlich nicht. Was glaubst du, wie sie reagiert, wenn ich ihr sage, dass in Neukirchen eine Frauenleiche gefunden wurde?« Tabea griff nach seiner Hand. »Papa, ihr beide müsst dringend miteinander reden. So kann das nicht mehr weitergehen.«

»Sag das deiner Mutter und nicht mir. Ich habe es, weiß Gott, oft genug versucht«, erwiderte er heftig.

»Dann musst du es eben noch einmal versuchen. Wie stellt ihr euch denn unser Familienleben in Zukunft vor, wenn keiner einen Schritt auf den anderen zugeht? Bekomme ich einen Stundenplan, der regelt, mit wem ich wann meinen Geburtstag und Weihnachten feiere?«

»Wenn es gar nicht anders geht, werden wir es wohl so machen müssen. Und jetzt will ich über dieses Thema nicht mehr reden!«

Zu seinem Erstaunen hatte Tabea tatsächlich eingelenkt und die Ehekrise ihrer Eltern für den Rest des Tages nicht mehr erwähnt. Cornelius wusste, dass sie ihm nur eine Schonfrist einräumte und spätestens am Frühstückstisch wieder damit anfangen würde. Aber bis dahin war noch jede Menge Zeit. Zeit, die er unbeschwert mit seiner Tochter verbringen wollte. Nachdem das Gasthaus nach wie vor geschlossen war und Tabea im Internet von einer neuen Tapasbar in Landshut gelesen hatte, waren sie schließlich dorthin aufgebrochen. Im Restaurant hatte er prompt Katrin Abel und zwei ihrer Kollegen unter den Gästen entdeckt. Die Kommissarin hatte ihm aus der Ferne zugelächelt, war jedoch nicht an ihren Tisch gekommen, worüber er ausnahmsweise ganz froh war. Nicht auszudenken, wenn sie ihn vor Tabea auf den Autounfall angesprochen hätte, dem er und Anna nur mit viel Glück entronnen waren.

So hatten Vater und Tochter einen äußerst vergnüglichen Abend verbracht, auch wenn Cornelius sich an die unzähligen Schüsselchen und Schälchen, in denen ihnen das Essen serviert wurde, erst gewöhnen musste.

»Nehmen wir die Abkürzung durch die Grünanlage?«, fragte er, nachdem sie die Isar überquert hatten.

Tabea hob ihr linkes Bein, an dessen Ende sich ein eleganter schwarzer Absatzschuh befand. »O ja, meine Füße tun fürchterlich weh.«

»Was ziehst du auch immer so hochhackige Folterinstrumente an?«, fragte er kopfschüttelnd.

»Wenn sie halt so schick aussehen«, erklärte sie, nur um wenige Sekunden später wie angewurzelt stehen zu bleiben.

»Was ist? Kannst du jetzt gar nicht mehr laufen?«

»Pst. Hörst du das nicht?«, fragte sie alarmiert.

Cornelius lauschte und tatsächlich …

Kapitel 29

»Au, du tust mir weh! Lass mich los!«, schrie eine Frau nicht weit von Cornelius und Tabea entfernt in der Dunkelheit.

»Bleib hier stehen«, wies er seine Tochter an und ging einige Schritte in die Richtung, aus der das Geschrei gekommen war.

»Papa, nein! Lass uns lieber die Polizei rufen«, flüsterte Tabea und trippelte ihrem Vater hinterher.

Erneut ertönte ein schriller Schrei. Cornelius sah sich hektisch um und entdeckte neben einer Parkbank einen abgebrochenen Ast. So schnell er konnte, rannte er damit den gekiesten Weg entlang und um die Sträucher, hinter denen er die Frau und ihren Angreifer vermutete. Er hatte sich nicht getäuscht. Der Mann, der sie festhielt, war sehr korpulent. Er trug eine Art Schirmmütze und hatte den Kragen seiner Jacke hochgeschlagen, sodass Cornelius das Gesicht nicht erkennen konnte. Seine Hand hatte sich wie ein Schraubstock um den rechten Unterarm der Frau geschlungen.

»Lassen Sie die Frau in Ruhe!«, rief Cornelius laut. Drohend hob er den Ast und näherte sich den beiden.

Abrupt ließ der Mann los und versetzte ihr einen rüden Stoß, sodass sie ins Stolpern geriet und rückwärts auf den Rasen stürzte. Dann machte er kehrt und lief einige Meter über die Grünfläche.

Tabea!, schoss es Cornelius durch den Kopf.

Blitzschnell drehte er sich um und hastete dem Kerl hinterher. Tabea hatte sich dem Flüchtenden tatsächlich in den Weg gestellt, doch er schob ihre schmale Gestalt grob zur Seite, woraufhin sie unsanft auf der Parkbank landete. Ohne sich noch einmal umzudrehen, rannte der Mann weiter den Weg entlang, bis er schließlich in der Dunkelheit verschwand.

Cornelius ließ den Ast fallen und stürzte zu seiner Tochter. »Bist du in Ordnung?«

»Ja, ja, alles gut.« Hastig richtete sich Tabea auf. »Lass uns lieber nach der Frau sehen.«

Ihre schmerzenden Füße ignorierend lief sie über den nassen Rasen zu der Frau, die dort immer noch auf dem Boden saß und sich den Unterarm rieb.

»Geht es Ihnen gut?«, fragte Tabea und beugte sich zu ihr hinab.

»Ja, danke. Alles in Ordnung.«

Wie angewurzelt blieb Cornelius vor den beiden Frauen stehen. »Frau Ziegler?«, entfuhr es ihm. Keinen Meter von ihm entfernt saß Bernadette Ziegler im feuchten Gras und sah ihn irritiert an.

»Woher wissen Sie, wie ich heiße?«, fragte sie scharf.

»Ich kenne Sie vom Festdamenbitten. Ich bin Gregor Cornelius. Und das ist meine Tochter Tabea. Ich schreibe die Chronik für den Neukirchner Schützenverein.«

Mit einem Seufzen stand Bernadette jetzt auf und wischte sich ihre Hände an der schwarzen Hose ab. »Ach, Sie sind das«, sagte sie und rang sich ein Lächeln ab. »Danke. Ihnen beiden.«

»Ich rufe jetzt die Polizei«, sagte Cornelius und griff in seine Jackentasche.

»Nein!« Blitzschnell schoss Bernadettes Arm nach vorne und hielt ihn am Handgelenk fest. »Das werden Sie nicht tun.«

»Aber ...«

»Ich stand direkt unter der Laterne und habe den Kerl genau gesehen«, rief Tabea.

»Lassen Sie es gut sein. Das war bestimmt einer dieser Penner vom Hauptbahnhof, der längst über alle Berge ist«, wiegelte Bernadette ab.

»Hat er Ihnen etwas gestohlen oder Sie verletzt? Wo ist denn Ihre Handtasche?« Cornelius wandte sich suchend um.

»Die habe ich im Auto gelassen.«

Cornelius musterte Bernadette Ziegler besorgt. »Sie sollten das wirklich zur Anzeige bringen.«

»Das meine ich aber auch!«, sagte Tabea. »Ich kann den Kerl sehr gut beschreiben.«

»Mir ist nichts passiert und mir wurde auch nichts gestohlen. Ich möchte jetzt nur noch nach Hause.« Bernadette Ziegler schluchzte laut auf. »Können Sie denn nicht verstehen, dass ich einfach meine Ruhe haben will?«

Katrin schob ihr Fahrrad neben sich und schlenderte mit Korbinian Bäumel und Torsten Maiwald zurück zum Präsidium, wo die beiden ihre Autos geparkt hatten. Es war eine gute Idee gewesen, die Kollegen in die Tapasbar zu begleiten. Natürlich hatten sie die Arbeit nicht ganz ausblenden können – nicht nach dem, was sie kurz vor Feierabend von Herbert Kröger erfahren hatten. Aber das erste Mal seit dem Banküberfall hatte Katrin ohne dieses Gefühl von Beklemmung über Florian Weber reden können.

»Den Toni könnten wir das nächste Mal auch mitnehmen«, sagte Maiwald, als sie vor dem Hoftor standen.

»Falls er Zeit hat und nicht wieder etwas mit seiner Oma passiert ist«, murmelte Katrin.

»Was ist mit seiner Oma?«, fragte Bäumel wie auf Kommando.

»Er meinte, sie sei *gestürzt*«, sagte sie. Noch immer ärgerte sie sich maßlos über Kornbichlers feige Ausrede. Was würde als Nächstes herhalten müssen? Der kranke Hamster vom Nachbarn?

Bäumel fischte seinen Autoschlüssel aus der Jackentasche. »Au weh, hoffentlich ist das nichts Schlimmes. Die Jüngste ist sie ja auch nicht mehr.«

Katrin starrte ihn ungläubig an. »Die gibt es wirklich?«, hauchte sie.

Ihr Kollege musterte sie mit einer Mischung aus Belustigung und Erstaunen. »Ja, freilich. Warum soll es die denn nicht geben? Bei der ist er praktisch aufgewachsen. Mittlerweile wohnt sie aber in einem Seniorenheim.«

»Oh.«

»Auf seine Oma lässt der Toni nichts kommen«, fuhr Bäumel unbekümmert fort. »Ohne sie wäre er spätestens nach der Grundschule im Internat gelandet. Die Eltern hatten ja nie Zeit für ihn. Sein Vater ist irgendein hohes Tier in der Politik und seine Mutter jettet beruflich das ganze Jahr quer über den Globus.«

»Woher weißt du das?« Katrin konnte sich nicht vorstellen, dass ausgerechnet Toni Kornbichler seine Familiengeschichte in der Kantine ausplauderte.

»Mein älterer Bruder ist damals mit ihm zur Schule gegangen.

Die Oma war echt cool. Die Jungs durften sogar Partys bei ihr in der Wohnung feiern. Also dann, kommt gut heim!«

»Verdammter Mist«, flüsterte Katrin, nachdem auch Torsten Maiwald sich verabschiedet hatte. So viel stand jetzt schon fest: Das würde am nächsten Tag ein Gang nach Canossa werden.

Cornelius und seine Tochter warteten, bis Bernadette Ziegler sich wieder einigermaßen beruhigt hatte. Tabea holte ein Päckchen Papiertaschentücher aus ihrer Handtasche und reichte es ihr. Sie sah zu ihrem Vater, doch der schüttelte unmerklich den Kopf.

Bernadette zog mit zittrigen Fingern ein Taschentuch heraus und wischte sich über die Wangen.

»Danke für alles«, sagte sie schließlich. »Aber ich möchte jetzt nur noch nach Hause in mein Bett.«

»Wir sind ohnehin auf dem Heimweg«, sagte Cornelius. »Ich nehme Sie sehr gerne mit.«

»Das müssen Sie nicht. Mein Auto steht gleich da vorne auf dem Parkplatz.«

»Dort haben wir auch geparkt. Dürfen wir Sie bis dorthin begleiten?«

Bernadette nickte matt. »Natürlich. Vielen Dank.«

Langsam stapften sie über den Rasen und zurück auf den Kiesweg. Cornelius sah noch einmal in die Richtung, in die der Angreifer verschwunden war. Nichts außer Büsche und Bäume und Dunkelheit. Tabea hakte sich bei ihm unter und er spürte, wie sie mehrmals ansetzte, um etwas zu sagen. Doch sie beherrschte sich eisern und so verlief der kurze Weg bis zu Bernadette Zieglers Auto schweigend. Dort angekommen drehte sie sich noch einmal zu ihnen um.

»Bitte verstehen Sie mich nicht falsch. Aber meine Eltern können jetzt keine weitere Aufregung gebrauchen. Es ist ohnehin momentan alles so schlimm bei uns«, sagte sie. »Ich hatte in den letzten Tagen genug mit der Polizei zu tun. Ich kann nicht mehr.«

Cornelius nickte. »Natürlich, das verstehen wir doch.«

»Morgen Vormittag ist der Termin im Bestattungsinstitut. Dann muss ich für meine Eltern da sein. Und das kann ich nicht, wenn ich jetzt stundenlang auf einem Polizeirevier sitze.« Sie strich sich eine Haarsträhne aus dem Gesicht. »Wir dürfen uns morgen von Elena verabschieden. Verstehen Sie, was das heißt? Ich werde meine Schwester das allerletzte Mal sehen.« Erneut brach sie in Tränen aus.

Tabea stieß ihren Vater sanft mit dem Ellbogen an. Er räusperte sich. »Frau Ziegler, ich weiß nicht, ob man es Ihnen gesagt hat, aber ich war es, der Elena gefunden hat.«

Bernadette sah ihn aus verweinten Augen an. »O mein Gott!« Sie schluckte. »Nein, das hat uns bisher niemand gesagt. Auch die Polizei nicht.«

»Aus dem Dorf weiß es kaum jemand und die wenigen tratschen es bestimmt nicht herum. Das ist mir auch sehr recht so. Ich will nur, dass Sie es wissen. Mehr nicht.«

»Fahren Sie vorsichtig und kommen Sie gut nach Hause«, sagte Tabea leise. »Und falls Sie doch zur Polizei gehen wollen, melden Sie sich bei uns.«

»Ja. Und danke … danke für alles«, murmelte Bernadette Ziegler.

Cornelius und Tabea warteten noch, bis die Rücklichter ihres Wagens nicht mehr zu sehen waren. Dann machten sie sich ebenfalls auf den Heimweg.

»Meinst du, sie meldet sich bei uns?«, fragte Tabea kurz vor Neukirchen. »Ich würde diesen rabiaten Kerl so gern anzeigen.«

»Das weiß ich doch. Aber wir müssen ihre Entscheidung akzeptieren. Sie braucht jetzt ihre ganze Kraft, um über den Verlust ihrer Schwester hinwegzukommen.«

Noch lange nachdem sie zu Hause angekommen waren und Tabea sich schlafen gelegt hatte, saß Cornelius am Küchentisch und arbeitete an der Chronik des Schützenvereins. Elena Ziegler würde ein eigenes Kapitel bekommen. Das hatte er auf der Rückfahrt beschlossen. Und es war ihm egal, was Andreas Mayrhofer dazu sagen würde. Mochte er auch eine Ersatzfrau für die Fahnenweihe organisieren, diesen Eintrag würde er nicht verhindern können. Notfalls stellte Cornelius seine Arbeit an der Festschrift eben ein. Dann konnte Mayrhofer zusehen, wie er allein klarkam.

Zufrieden las er sich noch einmal den Text durch und betrachtete das Foto, das er ausgesucht hatte.

Es war die letzte Ehre, die er Elena Ziegler erweisen konnte.

Schon beim Betreten des Büros wusste Katrin, dass ihr ein ungemütlicher Vormittag bevorstand. Kornbichler saß am Schreibtisch und tippte konzentriert seine Notizen in den Computer ein. Ohne seine Arbeit zu unterbrechen, zwang er sich einen knappen Gruß heraus. Katrin wartete, ob noch etwas kommen würde, doch nur Matilda stand von ihrer Hundedecke auf und umrundete sie schwanzwedelnd. Kornbichler sah kurz so aus, als wollte er etwas zu seiner Hündin sagen, widmete sich dann aber wieder seiner Arbeit. Katrin schlüpfte aus ihrer Jacke und ging in die Kaffeeküche. Mit zwei Tassen kam sie schließlich zurück. Eine davon stellte sie auf Kornbichlers Schreibtisch und schob sie vorsichtig in seine Richtung.

»Toni, es tut mir wirklich leid«, sagte sie.

Er reagierte nicht, sondern tippte weiter auf seiner Tastatur herum.

»Korbi hat mir von deiner Oma erzählt. Wie geht es ihr denn?«

Er hämmerte mehrmals auf die Eingabetaste und drehte sich dann abrupt zu Katrin um. »Wenn Korbi sagt, dass ich eine Oma habe, dann glaubst du das natürlich. Wenn ich es sage, ist es eine Ausrede, die ich vorschiebe.«

»Ach Toni, ich …«

»Jetzt hör mir mal gut zu: Wenn ich keine Lust habe, mich mit dir zu treffen, dann sage ich das und erfinde nicht irgendetwas. Und jetzt nimm deinen Kaffee und lass mich in Ruhe.«

Katrin seufzte. »Was kann ich tun, damit wir uns wieder vertragen?«

»Nichts«, sagte Kornbichler finster und drehte sich wieder zu seinem Bildschirm.

»Weißt du denn überhaupt schon das Neueste über das Projektil aus dem Banküberfall?«

»Ja, ich habe Robert vorhin unten auf dem Parkplatz getroffen.«

»Gehst du später mit zur Videokonferenz?«

»Mal sehen.«

Die Ankunft der Kollegen unterbrach das einsilbige Gespräch. Katrin ging rasch auf ihren Platz. Herbert Kröger hatte offenbar rechtzeitig einen Dolmetscher gefunden, denn die Videokonferenz mit der französischen Polizei war für neun Uhr anberaumt, wie sie seiner E-Mail-Einladung entnehmen konnte.

»Toni, du hättest doch übersetzen können«, sagte Torsten Maiwald auf dem Weg in den Konferenzraum.

Kornbichler runzelte die Stirn. »Wieso ich?«

»Na, weil du Französisch sprichst.«

»Ich?«

»Ja, ich habe dich doch neulich auf dem Flur telefonieren hören.«

»Nein, da musst du dich irren«, sagte Kornbichler hastig und beschleunigte seine Schritte.

»Dann halt nicht«, murmelte Maiwald. »Eine Laune hat der heute wieder.«

Immerhin hatte er ihre Kaffeetasse mitgenommen, wie Katrin feststellte. Zaghaft setzte sie sich im Konferenzraum neben ihn, was Kornbichler allerdings veranlasste, postwendend aufzustehen und sich einen anderen Platz zu suchen.

»Was ist denn jetzt schon wieder los?«, zischte Robert Thorwald, dem die Reaktion nicht entgangen war.

»Nichts, gar nichts«, beeilte sich Katrin zu sagen. »Nur ein klitzekleines Missverständnis, das praktisch schon ausgeräumt ist.«

In diesem Moment begrüßte Herbert Kröger die Anwesenden und schaltete die Videoleinwand ein. Sekunden später erschien das Bild eines dunkelhaarigen Mannes, der sich ihnen als ermittelnder Hauptkommissar der Polizei in Marseille vorstellte. Katrin hörte dem Übersetzer konzentriert zu, ertappte sich jedoch dabei, dass sie immer wieder in Kornbichlers Richtung schielte. Er war nicht gewillt, es ihr leichtzumachen, so viel stand fest.

Obwohl er bis weit nach Mitternacht am Artikel über Elena Ziegler gearbeitet hatte, war Cornelius am nächsten Morgen früh wach. Er wollte Tabea schlafen lassen und beschloss, allein in den

Dorfladen zu gehen. Anna Leitner überquerte gerade mit einem vollen Einkaufskorb die Straße und winkte ihm zu. Sie sah besser und frischer aus als noch am Vortag, worüber Cornelius sehr erleichtert war.

Im Laden herrschte trotz der Uhrzeit schon emsige Betriebsamkeit. Hauptgesprächsthema war erneut der Überfall auf Benedikt Rehberg. Cornelius konnte das ganz recht sein. So kam wenigstens niemand auf die Idee, sich nach dem Spaziergänger zu erkundigen, der Elena Zieglers Leiche gefunden hatte. Erstaunlicherweise hatte ihn bisher niemand damit in Verbindung gebracht. Wahrscheinlich war in den letzten Tagen zu viel passiert, worüber man sich austauschen musste.

Auf dem Rückweg machte er kurz in St. Ulrich halt. Doch auch dort war er zu dieser frühen Stunde nicht allein. In einer der hinteren Bänke saß eine schmale Gestalt in einer dunklen Jacke. Es war die Person, die am Vortag die Kirche so überstürzt verlassen hatte. Cornelius brauchte auch jetzt einen Moment, bis er sie erkannte. Verunsichert verharrte er an der Eingangstür, entschied sich dann aber, sich bemerkbar zu machen. Er stellte den Einkaufskorb neben der Kirchenbank ab und setzte sich schweigend neben Clara Mayrhofer.

»Es geht mich zwar nichts an, aber wollen Sie mir nicht sagen, was Sie bedrückt?«, fragte er nach einer Weile. »Ich sehe doch, dass es Ihnen nicht gut geht.«

Langsam drehte Clara sich zu ihm und sah ihn aus verweinten Augen an. »Mein ganzes Leben ist seit Sonntagabend ein einziger Scherbenhaufen.«

Cornelius hielt gespannt den Atem an. Sonntagabend ... am Sonntagabend hatte er Elena Zieglers Leiche gefunden. Dazu die Reaktion des Pfarrers am Vortag und Claras überstürzte Flucht aus der Kirche.

»Ich habe nicht gewollt, dass es so endet. Das müssen Sie mir glauben«, schluchzte sie.

»Was ist passiert?«, fragte er ruhig, obwohl es in seinem Inneren brodelte.

»Ich habe meinen Mann betrogen. Und zwar mit seinem eigenen Sohn«, flüsterte sie.

Cornelius' Gedanken fuhren Achterbahn. Damit hatte er nun überhaupt nicht gerechnet. »Sie und ... Thomas Mayrhofer ...?«
»Nein!«, erwiderte Clara heftig. »David. David und ich ...«
Er starrte sie entgeistert an.
»Ich weiß, was Sie jetzt denken. Der Vater genügt ihr nicht, jetzt muss sie sich auch noch den Sohn als Liebhaber krallen. Aber so ist es nicht.«
»Clara, Sie müssen sich nicht ...«
»Zuerst dachte ich, seine Abneigung mir gegenüber sei der Grund für seinen überhasteten Auszug. Eines Tages sind wir uns dann zufällig in der Küche über den Weg gelaufen, weil Maria ihn wegen einer Reparatur angerufen hatte.« Clara holte ein Taschentuch aus ihrer Manteltasche und putzte sich die Nase. »Er hat es kaum geschafft, mich anzuschauen. Da bin ich wütend geworden und habe ihm an den Kopf geworfen, was ich die ganze Zeit schon loswerden wollte. Dass ich ihm nichts getan hätte und er und seine Geschwister keine Angst um ihr Erbe haben müssten. Dass ich mich nicht von seinem Vater aushalten lasse. Wenn er mich nicht ausstehen könne, sollte er es mir ins Gesicht sagen und uns das ganze Theater ersparen. Zuerst hat er mich nur wortlos angestarrt. Dann hat er sich umgedreht und ist zur Küche hinaus. Nach ein paar Sekunden kam er zurück und hat mich in den Arm genommen und geküsst. Es stimmte, ich war der Grund, warum er ausgezogen ist. Weil er Angst hatte, dass irgendwann genau das passieren würde. Zuerst war ich wie gelähmt. Aber dann habe ich den Kuss erwidert, obwohl ich weiß, es hat keine Zukunft.«
»Sie haben keine Gefühle für ihn?«
Clara knetete das Taschentuch in ihren Händen. »Doch, eigentlich, seit ich ihn das erste Mal gesehen habe. Aber das kann ich meinem Mann nicht antun. Das würde Andreas zerstören, das würde die ganze Familie zerstören. Wenn ich mir vorstelle, Maria erfährt, dass ich mit ihrem Enkel eine Liebesbeziehung habe – ausgerechnet ich, der sie so vorbehaltslos entgegengekommen ist. Und stellen Sie sich das Gerede in Neukirchen und in Andreas' Firma vor! Von seiner Reaktion einmal ganz abgesehen. Ich will mir gar nicht ausmalen, wozu mein Mann fähig ist, wenn er davon erfährt.«

»Trotzdem haben Sie sich mit David getroffen?«, fragte Cornelius vorsichtig.

»Ein paar Mal bin ich im Dunkeln durch den Garten zu ihm geschlichen. Ich bin mir vorgekommen wie eine Kriminelle. Nie war ich länger als ein oder zwei Stunden bei ihm aus Angst, Maria oder, noch schlimmer, Andreas könnten etwas bemerken. David sieht das alles viel gelassener. Er will mit mir zusammen sein. Der Rest ist ihm vollkommen egal. Das Gerede im Dorf, die zwölf Jahre Altersunterschied zwischen uns, die Reaktion seines Vaters. Diese Unbekümmertheit hätte ich manchmal auch gerne.« Clara lächelte traurig. »Für Samstagabend haben wir uns in unserem Ferienhaus im Bayerischen Wald verabredet. Das Haus gehört eigentlich Maria, sie hat es damals von ihrem Mann zur Hochzeit bekommen. Es liegt wunderschön auf einer Anhöhe, abseits der Wanderwege. Kein Handyempfang, keine Menschenseele weit und breit. Wir wollten nur ein paar Stunden für uns sein, ohne Angst, von irgendjemandem entdeckt zu werden.« Ihr Blick schweifte ab. »Nach dem Festdamenbitten sind wir mit getrennten Autos zum Ferienhaus gefahren. David hat am Nachmittag so getan, als hätte er von der Kabinenparty am Abend zuvor einen Kater. Er hatte zwar mit den Jungs gefeiert, aber kaum etwas getrunken. Ich habe meinem Mann erzählt, mein Abiturjahrgang hätte ein Klassentreffen in München und ich würde dort auch übernachten. Es ist mir nicht einmal schwergefallen, ihn anzulügen. Spätestens da wurde mir klar: Es durfte nur noch diese eine Nacht geben.«

»Sie haben es beendet?«

»Ja. Am Sonntag, bevor wir nach Neukirchen zurückgefahren sind. Ich habe behauptet, für mich wäre er nur eine Affäre, die an dieser Stelle nicht weitergehen wird.« Erneut fing Clara zu weinen an. »Ich weiß, ich hätte es gar nicht erst so weit kommen lassen dürfen.«

»Wie hat David reagiert?«

»Meine Worte haben ihn unsagbar verletzt. Der Abschied am Ferienhaus war furchtbar. Aber ich bin standhaft geblieben. Seitdem hat es keine geheimen Treffen mehr gegeben, obwohl ich ihn unendlich vermisse. Aber wissen Sie, was das Schlimmste ist? Bis zu unserem ersten Kuss hatte ich geglaubt, Elena und er seien heimlich ein Paar. Seit Maria im Sommer erwähnt hat, wie gut die beiden zusammenpassen, konnte ich an nichts anderes mehr denken. Dabei waren sie nur enge Freunde. David hat Elena am Nachmittag vom Festdamenbitten sogar unser Geheimnis anvertraut. In der Hütte hat er mir erzählt, wie sehr sie sich für uns gefreut hat. Verstehen Sie, Herr Cornelius. Die ganze Zeit hatte ich mir gewünscht, Elena würde verschwinden. Zurück nach Kanada oder irgendwohin – Hauptsache weg.« Sie schluchzte laut auf. »Ich war am Sonntag keine Stunde zu Hause, als Maria mir vom Besuch der Polizei erzählte. Zuerst dachte ich, David hätte auf der Rückfahrt einen Unfall gehabt, aber dann habe ich erfahren, dass Elena tot ist. Seitdem fühle ich mich nur noch erbärmlich.«

Cornelius wartete, bis sie sich wieder einigermaßen gefasst hatte. »Sind Sie deshalb gestern zur Beichte gegangen? Ich war zufällig auf dem Friedhof und habe Sie aus der Kirche laufen sehen.«

»Ich wusste irgendwann nicht mehr, was ich machen sollte. Normalerweise ist es Maria, mit der ich über alles reden kann. Im Beichtstuhl habe ich mich dann so furchtbar geschämt. Der Pfarrer weiß doch, wer ich bin. Nach zwei Sätzen bin ich aufgestanden und hinausgerannt.«

»Sie haben sich in Ihren Stiefsohn verliebt und ...«

»... und meinen Mann betrogen. Das kann ich doch einem Pfarrer nicht erzählen.«

»Und Sie waren auf eine andere Frau eifersüchtig«, fuhr Cornelius unaufgeregt fort. »Ich bin mir sicher, Pfarrer Hartl hat schon Schlimmeres gehört. Sie haben Elena doch nichts getan.« Er reichte ihr ein weiteres Taschentuch. »Vor einigen Monaten ist ein Kollege von mir verstorben. Wir haben uns nie sonderlich gut verstanden. Das heißt, ehrlicherweise habe ich ihn Zeit seines Lebens nicht gemocht. Und so stand ich da an seinem Grab und mir wollte zu diesem Menschen partout nichts Positives einfallen. Glauben Sie mir, ich habe mich für diese Gedanken furchtbar geschämt, aber ich konnte sie nicht leugnen. Gleichzeitig weiß ich, diese Gedanken haben ihn nicht getötet. Das war die Person, die in sein Ferienhaus eingebrochen ist und ihn erschossen hat. Trotzdem habe ich mich während der gesamten Beisetzung einfach nur geschämt.«

»Mir geht es ganz genauso.«

»Gestern habe ich mich dann mit Pfarrer Hartl darüber unterhalten. Es hat gut getan, mit jemandem darüber zu reden, der nicht wertet und nicht urteilt, sondern einem nur zuhört. Allein es endlich einmal auszusprechen, hat mir schon sehr geholfen.«

»Dann sollte ich das vielleicht auch versuchen.«

»Ich glaube, nicht nur deshalb sollten Sie dringend mit Pfarrer Hartl reden«, sagte Cornelius und berichtete, wie aufgelöst der Geistliche nach ihrer kurzen Begegnung im Beichtstuhl auf ihn gewirkt hatte.

»Glauben Sie wirklich, er geht davon aus, ich wollte den Mord an Elena gestehen?« Sie stand auf. »Das muss ich sofort richtigstellen.«

»Ja, tun Sie das.«

»Und ich sollte ihn bitten, sich um David zu kümmern. Er hat mit Elena eine seiner ältesten und besten Freundinnen verloren. Ich würde ihm jetzt so gerne beistehen, ihn trösten und für ihn da sein. Außer Maria hat er doch niemanden.«

»Warum gehen Sie nicht zu ihm und reden mit ihm? Als Vertraute und ... ja, ebenfalls als gute Freundin?«

»Nein, das geht auf keinen Fall! Das würde alles nur noch schlimmer machen. Wenn wir uns jetzt wieder näherkommen ... nein! Irgendwie werden wir das schon schaffen. Wir müssen einfach.«

Im Mittelgang drehte sie sich noch einmal um. »Was ich Ihnen von David und mir erzählt habe ...«

»... geht niemanden etwas an.«

»Danke, Herr Cornelius.«

Nachdem Clara die Kirche verlassen hatte, saß Cornelius noch eine ganze Weile gedankenverloren in dem kleinen Gotteshaus. Vieles ging ihm durch den Kopf. Richard von Greifenbergs gewaltsamer Tod, sein Zerwürfnis mit Ramona, die geheime Liebe zwischen Clara und David und Elena als einziger Mitwisserin.

Was hatte sie darüber hinaus noch gewusst? Hatte ihr womöglich noch jemand ein Geheimnis anvertraut oder hatte sie zufällig etwas erfahren, das nicht für fremde Ohren bestimmt war? War das am Ende der Grund, warum sie sterben musste?

Kapitel 30

Im Anschluss an die Videokonferenz mit Krögers Soko versammelte Thorwald sein Team im Konferenzraum. Katrin musste sich fast zwingen, der Besprechung zu folgen, denn immer wieder schweiften ihre Gedanken zu dem ab, was der französische Kommissar zu berichten hatte. Viel war es letztendlich nicht. Wenn sie ehrlich war, hatte sie auf deutlich mehr Ergebnisse gehofft.

Die dortige Presse hatte den Villenräuber das Phantom genannt, was sein kurzes Auftauchen und sein anschließendes Verschwinden in der Anonymität treffend umschrieb. Bis zum tödlichen Zwischenfall im Ferienhaus des deutschen Touristen hatte er stets zugeschlagen, wenn die Bewohner nicht zu Hause waren. Nur eine einzige verpixelte Aufnahme einer Überwachungskamera hatte davor von ihm existiert. Das hieß, auch er hatte genaue Kenntnisse von seinen Zielobjekten, wusste um die Gewohnheit der Menschen, die dort wohnten oder Urlaub machten. Und doch fehlte der Polizei bis heute der gemeinsame Nenner. Sein Hauptaugenmerk galt Schmuck und Bargeld – alles Dinge, die er leicht in seinem Rucksack verschwinden lassen konnte. Einige wenige Stücke waren vereinzelt bei Hehlern aufgetaucht, doch diese konnten oder wollten sich an den Verkäufer nicht erinnern. In Katrin drängten sich geradezu Parallelen zum Einbrecher in Neukirchen auf. Aber natürlich war das bloße Gedankenspielerei. Kein Mensch konnte innerhalb kürzester Zeit zwischen Südfrankreich und Niederbayern hin- und herpendeln. Und der Mord an dem deutschen Touristen war in derselben Nacht geschehen, als in der Neukirchner Siedlung zum ersten Mal in einen Bungalow eingebrochen wurde.

Dass das französische Phantom nach den tödlichen Schüssen von seinen ursprünglichen Plänen abgelassen und sein Augenmerk auf deutsche Banken gerichtet hatte, klang da schon plausibler. Trotzdem blieb es ein Herumstochern im Nebel. Durchtrainiert, brutal, eiskalt … so hatten ihn die beiden Zeuginnen in ihrer Aussage beschrieben. Kröger wollte die Frauen, die in Gräfelfing bei München wohnten, zeitnah um ein Gespräch in Landshut bitten. Katrin bezweifelte jedoch, dass sie etwas zur Aufklärung der Banküberfälle beitragen konnten. Denn außer der Videoaufnahme eines maskierten Mannes, der über einen Baustellenzaun klettert und dabei seine Tätowierung entblößt, konnten sie ihnen nichts anbieten. Es war noch nicht einmal gesagt, dass es sich um denselben Täter handelte. Lediglich die Waffe hatte zweimal großes Unheil angerichtet.

Sie griff nach ihrer Kaffeetasse und hörte Torsten Maiwald und den anderen Kollegen zu, die momentan in Herbert Krögers Team mitarbeiteten und zurzeit die Neukirchner Einbruchsopfer zum zweiten Mal befragten. Doch bisher hatten sie keine neuen Erkenntnisse ans Tageslicht gebracht. Die kriminaltechnischen Untersuchungen in der Villa Rehberg hatten lediglich die Aussage des Apothekers bestätigt. Er war tatsächlich gegen den Türpfosten gestolpert und nicht niedergeschlagen worden. Katrin konnte ihrerseits vermelden, dass sich Bürgermeister Alfons Leidinger zur Tatzeit am Sonntag im Rathaus aufgehalten hatte. So sehr sie auf ein anderes Ergebnis gehofft hatte, so eindeutig war die Auswertung seines Computers und der dortigen Telefonanlage.

Thorwald war sichtbar unzufrieden. Fast alle vielversprechenden Spuren waren bisher im Sande verlaufen. Ihre einzigen Trümpfe blieben der Einbrecher, dem Elena Ziegler womöglich über den Weg gelaufen war, und der unbekannte Mann, mit dem sie sich am Sonntagnachmittag im Café getroffen hatte. Ein Abgleich des Phantombilds mit der Datenbank hatte keine Übereinstimmung ergeben. Noch zögerte Thorwald, die Zeichnung in den Medien zu veröffentlichen, bedeutete dies gleichzeitig eine Warnung für den Unbekannten. Korbinian Bäumel hatte endlich die Videoaufzeichnungen vom Innenhof der heilpädagogischen Einrichtung und die Fotos diverser Feiern mit Familienangehörigen erhalten und würde sich gemeinsam mit einer Kollegin durch das Material arbeiten. Katrin und Kornbichler sollten noch einmal akribisch die Protokolle und Aussagen aller Beteiligten durchgehen. Kornbichlers Begeisterung hielt sich sichtbar in Grenzen, aber Katrin befürchtete, dies hatte ausnahmsweise nichts mit der an sie gestellten Aufgabe zu tun, sondern war vielmehr der Anwesenheit ihrer Person geschuldet.

Bei Cornelius' Rückkehr in die Ferienwohnung schlug ihm sogleich angenehmer Kaffeeduft entgegen. Tabea hatte bereits den Frühstückstisch gedeckt und kam ihm jetzt aufgeregt entgegengelaufen. »Wo warst du denn? Ich habe mir schon Sorgen gemacht.«

»Ich habe dir doch einen Zettel auf den Küchentisch gelegt, dass ich einkaufen bin«, sagte er und zeigte auf den Korb.

»Aber nicht so lange. Du warst eine halbe Ewigkeit weg.«

Cornelius erhaschte einen Blick auf seine Armbanduhr. In der Tat – das Frühstück würde wohl eher ein Spätstück werden.

»Das ist halt so in einem Dorf. Man trifft immer jemanden, den man kennt.«

»So ein komischer Kauz hat hier geklingelt und nach dir gefragt«, sagte Tabea und nahm ihm die Einkäufe ab.

»Ach, das wird mein Nachbar gewesen sein. Hat er gesagt, was er wollte?«

»Nein, er ist gleich wieder weg. War mir auch recht so. Der war wirklich komisch. Und wie der aussah«, bemerkte Tabea kopfschüttelnd.

Dass Lorenz Huber nicht ganz den Vorstellungen seiner stets sehr modisch und elegant gekleideten Tochter entsprach, lag auf der Hand. Weniger klar war für Cornelius das Anliegen seines Nachbarn. Huber hatte bestimmt nicht bei ihm geklingelt, um ihn zum Brunch einzuladen. Er würde später nachfragen. Jetzt gehörte der Tag erst einmal seiner Tochter.

Entgegen seiner Befürchtungen schnitt Tabea am Frühstückstisch nicht das Thema elterliche Ehekrise an, um danach in aller Ausführlichkeit darüber zu diskutieren. Sie war überhaupt sehr schweigsam. Nachdenklich aß sie ihr Rührei, während Cornelius durch den Lokalteil der *Altenberger Nachrichten* blätterte. Erneut wurde dem Mordfall Elena Ziegler ein eigener, wenn auch nicht mehr ganz so ausführlicher Artikel gewidmet. Laut Autor hatte die Polizei keine neuen Erkenntnisse zu vermelden und verwies lediglich auf ihre fortlaufenden Ermittlungen.

Der Rest waren Kommentare und Aussagen von Dorfbewohnern, die ihr Mitgefühl gegenüber Elenas Familie ausdrückten. Sollte sich die Suche nach dem Täter noch länger hinziehen, würde sich das Augenmerk der Journalisten bald auf etwas anderes richten.

Mit der Einbruchserie hatten sie bereits einen weiteren Aufhänger gefunden, doch auch hier gab sich die Polizei wortkarg. Wie er zuvor im Dorfladen erfahren hatte, hatte sich Benedikt Rehberg seine Verletzungen offenbar durch einen Sturz zugezogen und war nicht, wie ursprünglich angenommen, niedergeschlagen worden. Dennoch behagte Cornelius die Vorstellung nicht, dass der Einbrecher weiter unbehelligt durch die Gegend lief und womöglich schon seinen nächsten Coup plante.

»Willst du mir nicht sagen, was los ist?« Fragend sah er Tabea nach einer Weile über den Rand seiner Lesebrille an.

»Mir geht der gestrige Abend nicht aus dem Kopf«, murmelte sie. »Wir hätten doch die Polizei rufen sollen.«

Seufzend legte Cornelius die Zeitung zur Seite. »Unter anderen Umständen hätte ich das auch gemacht, aber Frau Ziegler hat uns eben gebeten, es nicht zu tun.«

»Trotzdem. Der Kerl gehört angezeigt. Wer weiß, wen er als Nächstes angreift. Und wenn nie jemand zur Polizei geht ...«

»Ich weiß, aber jetzt zerbrich dir darüber nicht stundenlang den Kopf. Vielleicht entscheidet sie sich ja doch noch für eine Anzeige«, sagte Cornelius und griff wieder nach der Tageszeitung.

In diesem Augenblick schrie Tabea leise auf. »Papa!«

Im ersten Moment dachte Cornelius, sie hätte sich weh getan, aber dann bemerkte er, dass sie entgeistert die Rückseite der Zeitung anstarrte.

»Was ist denn los?«, fragte er.

»Das ist er!«, rief sie und deutete auf die *Altenberger Nachrichten* in seinen Händen. »Der Typ von gestern Abend!«

Hastig drehte Cornelius das Blatt um. »Wer?«

Das einzige Foto auf der Seite zeigte einige Handwerker aus Altenberg, die vom Bürgermeister und zwei Stadträten zu ihren Leistungen bei der diesjährigen Meisterprüfung beglückwünscht wurden.

»Der hier?«, fragte er und zeigte auf einen korpulenten jungen Mann.

»Nein, er!«, rief Tabea und ihr rot lackierter Zeigefinger blieb unter der Abbildung von Alfons Leidinger liegen.

Cornelius schüttelte lachend den Kopf. »Das ist der Altenberger Bürgermeister.«

»Das mag schon sein. Aber das ist hundertprozentig der Typ von gestern Abend! Ich stand doch direkt unter der Laterne, als er mich weggeschubst hat.«

Cornelius wurde ernst. »Bist du dir da absolut sicher?«

»Ja, Papa. Das ist er.« Energisch tippte sie ein paar Mal auf das Foto. »Das ist der Mann.« Ihre Wangen waren vor Aufregung gerötet. »Was machen wir denn jetzt? Das können wir doch nicht auf sich beruhen lassen?«

»Nein, das können wir nicht«, murmelte Cornelius. Angestrengt dachte er nach. »Ich weiß, wen wir anrufen«, sagte er schließlich.

Seine Tochter sah ihn ungläubig an. »Die Polizei natürlich!«

»Ja, aber nicht in der Notrufzentrale. Ich kenne dort jemanden, der uns bestimmt helfen wird.«

Ramona Cornelius ging unruhig vor dem großen Küchenfenster auf und ab, bis draußen endlich ein Wagen vorfuhr. Caroline von Greifenberg, wie immer in Schwarz gekleidet, stieg aus. Aufgeregt lief Ramona ihrer Freundin im Hausflur entgegen.

»Wo warst du denn?«, rief sie, kaum war die Eingangstür ins Schloss gefallen. »Und warum gehst du nicht ans Telefon? Ich habe mir Sorgen gemacht.«

»Das tut mir leid, meine Liebe. Aber ich hatte nicht erwartet, dass der Termin so lange dauert.« Caroline wühlte in ihrer Handtasche. »Mein Handy ist immer noch auf lautlos gestellt. Ach, herrje, du hast es wirklich oft bei mir versucht. Bitte entschuldige.«

»Welcher Termin?«, fragte Ramona. »Habe ich etwas vergessen?«

Caroline schlüpfte aus ihrem eleganten Herbstmantel und hängte ihn auf einen Kleiderbügel in der Garderobe. »Nein, alles gut.« Und nach einer kurzen Pause: »Ich war beim Notar.«

»Beim ... Notar?«

»Ja, ich habe heute unser Haus in Gräfelfing und das Ferienhaus in Le Lavandou verkauft.« Sie strich Ramona über den Oberarm. »Jetzt schau nicht so entsetzt. Ich habe nicht vor, mich auf ewig bei euch einzuquartieren. Ich werde nach Kitzbühel zurückgehen und in unsere dortige Wohnung einziehen.«

»Aber du bist hier immer willkommen. Du musst nicht ...«

»Das weiß ich doch. Du bist die beste und liebste Freundin, die ich mir nur wünschen kann. Komm, lass uns einen Tee trinken.«

»Ich verstehe immer noch nicht, warum du alles verkauft hast? Und warum du mir nicht Bescheid gesagt hast. Ich hätte dich doch begleitet.«

»Weil ich diesen Termin allein machen musste.« Caroline von Greifenberg legte ihre Handtasche auf den Küchentisch. »So kann es nicht mehr weitergehen, Ramona. Wir müssen endlich versuchen, nach vorne zu schauen. Das ist doch kein Leben mehr.« Ihre schmalen, langgliedrigen Finger umschlossen Ramonas Hände. »Ich habe, weiß Gott, lange gebraucht, um das zu begreifen. Ohne dich und Gregor hätte ich die letzten Wochen und Monate niemals durchgestanden.«

»Dazu sind Freunde doch da«, sagte Ramona leise.

»Freunde! Wie lange hat es denn gedauert, bis es meinen sogenannten Freunden zu viel mit mir wurde? Bussi links und Bussi rechts, das können sie. Aber als es nach Richards Tod ans Eingemachte ging, da wart nur ihr beide für mich da. Das Allerletzte, was ich will, ist, dass meinetwegen eure Ehe in die Brüche geht. Und das tut sie, wenn du nicht schleunigst etwas unternimmst.«

»Du kannst doch nichts dafür. Und überhaupt: Was soll ich denn unternehmen? *Er* ist ausgezogen!«, rief Ramona entrüstet.

»Du musst schon zugeben, wir beide waren unerträglich. Jeder andere Mann hätte sich schon viel früher aus dem Staub gemacht. Deshalb fahren wir jetzt gemeinsam nach Niederbayern und holen Gregor zurück!«

In diesem Augenblick meldete sich Carolines Telefon aus den Tiefen ihrer Handtasche. Stirnrunzelnd musterte sie die fremde

Nummer auf der Anzeige, ehe sie sich mit einem knappen »Ja, bitte« meldete.

Ramona, die nicht lauschen wollte, ging zum Wasserkocher auf der Anrichte, um den Tee vorzubereiten. Carolines Worte hatten sie mehr aufgewühlt, als sie zuzugeben bereit war. Seit seiner Abreise nach Neukirchen und ihrem frostigen Abschied hatte Gregor sich kein einziges Mal bei ihr gemeldet. Während sie sich ihr Hirn zermarterte, wie sie ihre Ehe retten konnte, turtelte er längst mit dieser Angela Gebauer durch die Gegend. Wahrscheinlich war er sogar froh, sie endlich los zu sein und gegen eine Jüngere eintauschen zu können. Sie würde sich bestimmt nicht die Blöße geben und ihm hinterherlaufen, so viel stand fest. Erst jetzt bemerkte sie, dass Caroline das Telefonat beendet hatte und regungslos neben ihr stand.

»Das war ein Kommissar aus Landshut«, flüsterte sie. »Sie haben vielleicht eine neue Spur und er will sich mit uns unterhalten.«

»Was hat die Polizei in Landshut mit dem Überfall in Südfrankreich zu tun?«

»Darüber wollte dieser Kommissar Kröger mit uns reden, sobald wir dort sind.« Carolines Miene hellte sich auf. »Endlich! Endlich geht etwas voran. Ich suche uns jetzt gleich ein Hotel heraus und dann fahren wir los.« An der Tür blieb sie noch einmal stehen. »Ist Landshut nicht ganz in der Nähe von diesem Dorf, wo Gregor momentan wohnt?«

»Ja«, murmelte Ramona.

»Wenn das kein Zeichen ist. Also, worauf wartest du noch? Ach, das habe ich ja ganz vergessen: Bevor wir nach Niederbayern aufbrechen, hast du noch einen Termin.«

»Ich?«, fragte Ramona alarmiert.

»Ja, und zwar in einer halben Stunde. Bei meinem Friseur!«

Katrin hatte sich gerade an den Computer gesetzt, um noch einmal die Aussage von David Mayrhofer durchzuarbeiten, als eine unbekannte Handynummer auf ihrem Mobiltelefon anrief. Abwartend starrte sie einige Sekunden auf das Display.

»Willst du nicht rangehen?«, fragte Kornbichler genervt hinter seinem Bildschirm.

Wenige Augenblicke später schallte Katrin die Stimme von Gregor Cornelius entgegen. Mit wachsender Anspannung hörte sie zu, was der Professor zu berichten hatte. Kornbichler schickte sich derweil offenbar an, nach draußen zu gehen.

»Toni, warte mal!«, murmelte sie und hielt ihn am Unterarm fest.

»Was?«, zischte er.

»Herr Cornelius, Ihre Tochter ist sich da ganz sicher? Alfons Leidinger hat Bernadette Ziegler gestern Abend tätlich angegriffen?«, fragte sie Richtung Telefon.

Kornbichlers Miene sprach Bände. Mit dieser Nachricht hatte auch er nicht gerechnet.

»Ich stelle Sie auf laut, damit mein Kollege mithören kann«, sagte Katrin, die erst jetzt bemerkte, dass sie noch immer Kornbichlers Handgelenk festhielt. Hastig ließ sie los und legte ihr Mobiltelefon vor sich auf den Schreibtisch. Noch einmal erzählte Gregor Cornelius, was sich am Vorabend in der Grünanlage ereignet hatte. Katrin bat ihn und seine Tochter umgehend ins Kommissariat nach Landshut. Auch Bernadette Ziegler sollte einbestellt werden. Als die Kommissare jedoch erfuhren, wo sich Elenas Schwester und ihre Eltern gerade aufhielten, verschoben sie diesen Plan.

»In einer halben Stunde sind die beiden da«, sagte Katrin. »Ich gebe Robert Bescheid. Mit Bernadette Ziegler können wir am Nachmittag immer noch sprechen.« Sie eilte zur Bürotür, wo sie stehen blieb und sich zu Kornbichler umdrehte. »Du bist bei der Zeugenvernehmung doch dabei, oder?«

Er nickte. »Das lasse ich mir bestimmt nicht entgehen.«

Robert Thorwald hörte stirnrunzelnd zu, was Katrin ihm über den Altenberger Bürgermeister und Elena Zieglers Schwester zu berichten hatte. Womit auch immer dieser mysteriöse Vorfall zusammenhing, die Polizei würde ihn bestimmt nicht auf sich beruhen lassen. Er hoffte, dass Bernadette Ziegler später Licht in das Dunkel bringen und sich zudem von einer Anzeige überzeugen lassen würde. Mit einem knappen Kopfnicken segnete er daher

Katrins geplante Vorgehensweise ab. Offenbar hatten sie und Toni Kornbichler ihr »klitzekleines Missverständnis« ausgeräumt, denn er würde ebenfalls mit von der Partie sein. Auch das konnte Thorwald nur recht sein. Während er einige Berichte unterschrieb, erschien Korbinian Bäumel in der geöffneten Bürotür.

»Robert, wir haben eine Videoaufnahme mit dem Unbekannten.«

Fünf Minuten später warteten Katrin, Kornbichler und Thorwald vor Bäumels Schreibtisch gespannt auf den Filmausschnitt der Überwachungskamera, den er unter dem Material der heilpädagogischen Einrichtung entdeckt hatte.

»Leider ist er nicht frontal zu sehen, aber Petra hat die Kellnerin aus dem Café bereits kontaktiert und ihr den Ausschnitt gezeigt. Die Frau ist sich ziemlich sicher, dass er der betreffende Gast ist«, sagte Bäumel und drückte auf eine Taste seines Laptops.

Laut Uhrzeit am rechten unteren Bildrand der Filmaufnahme fuhren Elena Ziegler und der unbekannte Mann um fünfzehn Uhr zweiunddreißig vom Parkplatz der Einrichtung. Allerdings war es nicht Elena, die zuvor auf der Fahrerseite ihres Wagens Platz genommen hatte, sondern die groß gewachsene, hagere Gestalt des Mannes. Der Unbekannte trug Jeans, Jacke und eine blaue Wollmütze. Auf der Aufnahme der Innenhofkamera waren beide nur von hinten zu sehen. Die Kamera an der Ausfahrt erfasste Fahrer und Beifahrerin zwar von vorne, aber gerade als der Wagen die entscheidende Stelle passierte, griff sich der Fahrer an die Mütze und zog sich diese vom Kopf, sodass sein rechter Arm sein Gesicht komplett verdeckte.

»Warum muss er sich das verdammte Teil ausgerechnet jetzt abnehmen?«, rief Thorwald. »Spiel die zweite Sequenz bitte noch einmal ab.«

Katrin und Kornbichler, die direkt nebeneinander standen, beugten sich fast gleichzeitig nach vorne, um den Film noch einmal aus der Nähe zu verfolgen. Für einen kurzen Moment berührten Kornbichlers Finger dabei Katrins rechte Hand. Hastig zog er seinen Arm weg. Thorwald bat Korbinian Bäumel, die Szene Bild für Bild noch einmal durchzuarbeiten. Mit etwas Glück gab es irgendwo ein Detail, das ihnen weiterhelfen würde. Bisher stand lediglich fest, dass es sich höchstwahrscheinlich um den Unbekannten aus dem Café handelte.

»Aber warum fährt *er* Elenas Wagen und nicht sie selbst?«, fragte Katrin kopfschüttelnd. »Und wohin sind sie gefahren?«

»Zu Hause in Neukirchen ist sie allein angekommen, das heißt, er muss zuvor irgendwo ausgestiegen sein«, schlussfolgerte Bäumel. »Ich könnte nachschauen, ob es am Sonntag auf der Bundesstraße und rund um Altenberg Geschwindigkeitskontrollen gab. Außerdem sind an einigen Ampeln hier in Landshut feste Blitzer installiert. Vielleicht sind sie ja in einen hineingefahren.«

»Gute Idee«, lobte Thorwald. »Petra soll in der Zwischenzeit mit den Fotos aus der Einrichtung weitermachen. Möglicherweise finden wir ihn ja auf einer der Aufnahmen.«

Zurück in seinem Büro rief der Hauptkommissar sich noch einmal das Phantombild des Unbekannten auf dem Computerbildschirm auf.

»Wer bist du?«, murmelte er. »Und was ist am Sonntag zwischen dir und Elena passiert?«

Im Vernehmungsraum wartete bereits Bernadette Ziegler gemeinsam mit einer Beamtin. Katrin und Kornbichler hatten sich darauf verständigt, ihr eine Sprachnachricht auf ihrem Mobiltelefon zu hinterlassen mit der Bitte, noch einmal im Kommissariat vorstellig zu werden. Tabea und Gregor Cornelius hatten gerade ihre Aussage zum vorherigen Abend unterschrieben, da meldete der Pförtner bereits die Ankunft von Elena Zieglers Schwester. Während Katrin Vater und Tochter über das Treppenhaus hinausbegleitete, holte Kornbichler Bernadette Ziegler mit dem Aufzug ab und ließ sie in dem kleinen Raum Platz nehmen.

Beim Eintreten der Kommissare wirkte sie zwar angespannt, aber offenbar hatte sie beschlossen, das Kriegsbeil mit Katrin zu begraben. Beide Frauen begrüßten sich mit einem kurzen Kopfnicken.

Überhaupt machte Bernadette einen abgekämpften Eindruck, was nach den Erlebnissen des Vortages und dem gerade absolvierten Termin beim Bestattungsinstitut nicht verwunderlich war.

Wie vereinbart würde Kornbichler mit der Befragung beginnen.

»Uns liegen zwei Zeugenaussagen vor, dass Sie gestern Abend Opfer eines tätlichen Übergriffs hier in Landshut geworden sind.«

Mehr war nicht notwendig, um Bernadettes mühsam aufgebaute Haltung zum Einsturz zu bringen. »Verdammt noch mal, ich habe denen doch gesagt, ich möchte den Vorfall nicht anzeigen«, brach es aus ihr heraus. »Ich habe weder Zeit noch Kraft, mich um irgendeinen dahergelaufenen Penner zu kümmern.«

»Einer der beiden Zeugen hat die Person, die Sie angegriffen hat, eindeutig wiedererkannt. Es ist eine Person des öffentlichen Lebens, weshalb wir davon ausgehen, dass auch Sie wissen, um wen es sich handelt.«

»Ich habe niemanden erkannt und ich will niemanden anzeigen. Kann ich jetzt bitte nach Hause gehen?«, fragte Bernadette energisch.

»Natürlich können wir Sie nicht zu einer Aussage zwingen und Sie müssen auch keine Angaben zur Sache machen«, übernahm Katrin. »Aber einer Sache sollten Sie sich bewusst sein: Die Staatsanwaltschaft wird den Vorfall nicht ungeprüft zu den Akten legen. Sie wird uns weiter ermitteln lassen und eines kann ich Ihnen versprechen: Wir werden so lange keine Ruhe geben, bis wir die Wahrheit kennen.«

Bernadette kämpfte jetzt sichtbar mit den Tränen, erwiderte jedoch nichts. Langsam stand Katrin von ihrem Stuhl auf. »Ich hole uns jetzt einen Kaffee und dann erzählen Sie uns die ganze Geschichte, von Anfang an. Einverstanden?«

»Einverstanden«, flüsterte Bernadette.

Kapitel 31

»Ich … ich habe Ihnen gestern nicht ganz die Wahrheit gesagt«, begann sie stockend. »Am Sonntag habe ich mich nicht heimlich mit Thomas Mayrhofer getroffen, sondern mit Alfons Leidinger.«

Katrin und Kornbichler ließen ihr Zeit. Bernadettes lange schlanke Finger hielten die Kaffeetasse fest umklammert. Schließlich sprach sie leise weiter. »Eigentlich ist alles genau so, wie ich es Ihnen für das Protokoll gesagt habe. Nur dass es eben nicht Thomas ist.« Sie holte tief Luft. »Vor ungefähr sechs Monaten sind Alfons und ich eines Abends an der Hotelbar ins Gespräch gekommen. Er hat dort noch einen Absacker getrunken und ich habe gerade meinen Rundgang gemacht. Ich wusste natürlich, wer er ist. Wir haben uns sehr angeregt unterhalten und am Ende hat er mich gefragt, ob wir uns mal in Landshut in einem Restaurant oder einem Hotel treffen könnten. Ich habe zugestimmt. Das war der Anfang unserer Affäre.«

»Hat außer Ihnen beiden jemand davon gewusst?«

»Nein, niemand. Auch Elena nicht. Es war unser großes Geheimnis.«

»Sie wussten, dass Herr Leidinger verheiratet ist?«, fragte Katrin.

»Ja, natürlich. Aber seine Ehe ist am Ende. Er bleibt nur noch bei seiner Frau, um keinen Scheidungskrieg auszulösen. In seiner Position wäre das schließlich fatal.« Bernadette lachte freudlos. »Das hat er mir jedenfalls die ganze Zeit weisgemacht und ich war so dumm und habe ihm geglaubt. Ich durfte ihn auch nie anrufen oder ihm Nachrichten schicken, weil seine Frau angeblich vor lauter Eifersucht sein Handy kontrolliert. Wobei ich mir das bei der Alten sogar sehr gut vorstellen kann.« Hastig trank sie einen Schluck Kaffee. »Meistens haben wir uns ein- oder zweimal in der Woche hier in Landshut in einem Hotel getroffen. Dass ich am Sonntag zu ihm ins Rathaus bin, war eine absolute Ausnahme. Wir hatten uns die ganze Woche nicht gesehen und er hat so lang keine Ruhe gegeben, bis ich ihm versprochen hatte, mich im Hotel abzuseilen und zu ihm ins Büro zu kommen. Also habe ich am Samstag meinen Wagen auf dem Parkplatz der Apotheke abgestellt, damit mich niemand aus der Hotelgarage fahren sieht. Gegen vier bin ich dann zu ihm ins Rathaus. Wenn sie mich im Hotel gebraucht hätten, wäre ich auf dem Handy erreichbar und innerhalb weniger Minuten zurück gewesen. Notfalls hätte ich gesagt, ich hätte für einen Gast wichtige Medikamente oder Essen von außerhalb besorgt. Das kommt bei uns immer wieder vor.«

»Wo hatten Sie in der Zwischenzeit Ihr Auto geparkt?«

»In der Parallelstraße neben dem Juweliergeschäft. Der Rest ist genau so, wie ich es Ihnen erzählt habe. Nach unserem Treffen bin ich zurück ins Hotel und habe weitergearbeitet, bis Ihr Kollege ankam.« Sie brach ab und fing zu weinen an.

»Sollen wir eine kurze Pause machen?«, fragte Katrin.

Bernadette Ziegler holte ein Taschentuch hervor. »Nein, es geht schon wieder.« Sie schnäuzte sich geräuschvoll. »Als ich dann wegen Elena auf einmal ein Alibi brauchte, ging ich davon aus, dass Alfons zu mir steht und eine Aussage macht. Ich dachte, jetzt wäre der geeignete Moment, um sich endgültig von seiner Frau zu trennen und sich offen zu mir zu bekennen. Aber daran hat er keine Sekunde gedacht. Zuerst wollte er mir überhaupt nicht helfen und hat stattdessen vorgeschlagen, dass ich einen Hotelangestellten bestechen soll, damit der meine Anwesenheit bestätigt. Erst nach meiner Drohung, alles seiner Frau zu erzählen, hat er gesagt, er überlegt sich etwas. Ein paar Stunden später kam er dann mit Thomas an. Wir sollten vorgeben, wir hätten eine Affäre und uns am Sonntag in dieser Parkbucht getroffen. Wahrscheinlich trifft er sich dort selbst regelmäßig mit anderen Weibern, sonst hätte er das nicht so schnell vorgeschlagen«, sagte sie missmutig. »Thomas und ich haben daraufhin über eine Stunde miteinander telefoniert und uns minutiös abgesprochen. Er hat alles mitgeschrieben und mir dann per E-Mail geschickt, damit ich es in- und auswendig lerne und auch ja keinen Fehler mache. Von Alfons kam dagegen überhaupt nichts mehr. Er hatte mich kaltgestellt und blockiert mittlerweile sogar meine Nummer auf seinem Telefon.«

»Wenn Juristen etwas machen, dann machen sie es gründlich«, stellte Kornbichler fest. »Wissen Sie, warum Herr Mayrhofer sich darauf eingelassen hat?«

»Nein! Ich weiß natürlich, was er beruflich macht und was eine Falschaussage für ihn bedeuten kann. Aber auf meine Nachfrage hat er lediglich gesagt, das müsste mich nicht interessieren. Und dann hat es mich auch nicht mehr interessiert. Ich wollte nur noch den Termin hier bei Ihnen überstehen.« Erneut fing sie an zu weinen.

»Kommen wir zu gestern Abend«, sagte Katrin nach einer Weile behutsam.

»Mittwochs hat Alfons Parteistammtisch im *Blauen Bock* hier in Landshut. Sein Auto steht dann immer in der Nähe dieser Grünanlage. Nachdem Herr Thorwald bei uns zu Hause war, bin ich nochmals los. Ich habe im Park auf Alfons gewartet und ihn zur Rede gestellt. So wollte ich mich nicht abspeisen lassen und er sollte nicht denken, die Sache sei hiermit für ihn erledigt. Da ist er fuchsteufelswild geworden. Er hat mich am Unterarm gepackt und mich angebrüllt, dass ich etwas erleben würde, wenn ich das täte, und das hier nur der Anfang wäre. Ich habe mich versucht zu wehren, aber er wurde immer grober. Zum Glück ist der Münchner Professor aufgetaucht und hat ihn in die Flucht geschlagen.« Noch im Reden hatte Bernadette den Ärmel ihres Pullovers zurückgeschoben. Auf dem rechten Unterarm waren deutlich die Abdrücke einer menschlichen Hand zu sehen.

»Wir werden im Anschluss sowohl Herrn Mayrhofer als auch Herrn Leidinger dazu befragen«, sagte Katrin betont ruhig. »Solange müssen Sie bitte hier warten. Eine Kollegin wird bei Ihnen bleiben.«

Bernadette lächelte matt. »Alles gut, das dachte ich mir schon.«

»Ich mache Sie außerdem erneut darauf aufmerksam, dass Sie gegen Herrn Leidinger in dieser Angelegenheit Anzeige erstatten können. Möchten Sie das nun tun?«

Bernadette straffte die Schultern. »Ja, das möchte ich.«

»Sollen wir Thomas Mayrhofer einbestellen?«, fragte Kornbichler, nachdem sie zurück im Büro waren. »Oder lieber hinfahren? Nicht dass er noch Verdacht schöpft.«

»Ich schau mal, ob er in der Kanzlei ist. Und dann schlagen wir direkt dort auf«, erwiderte Katrin entschieden.

Sie holte Mayrhofers Visitenkarte aus der Akte und rief mit unterdrückter Nummer auf dem Büroanschluss an. Bereits wenige Sekunden später meldete sich der Jurist am anderen Ende der Leitung. Rasch legte Katrin auf. »Nichts wie los!«

Brockhaus und Partner hatten ihren Sitz in einer mondänen Jugendstilvilla unweit der Altstadt. Laut Internetseite war die Kanzlei auf Unternehmenstransaktionen und Gesellschaftsrecht spezialisiert. Auf dem gekiesten Parkplatz entdeckten sie neben anderen Luxuskarossen auch die Mercedeslimousine von Thomas Mayrhofer.

Ihr Klingeln löste ein leises Surren an der Schließanlage aus und wie von Geisterhand öffnete sich die mächtige Eingangstür. Der Empfangstresen samt Rezeptionistin stand am anderen Ende des mit Marmor gefliesten rundförmigen Foyers. Rechter Hand vermutete Katrin diverse Büros, links führte eine ausladende Treppe in das Obergeschoss.

»Haben Sie bei Dr. Mayrhofer einen Termin? Es ist nämlich nichts in seinem Kalender eingetragen«, fragte die Rezeptionistin mit kritischem Augenaufschlag.

Sie zeigten ihre Ausweise. »Ich denke schon, dass er Zeit für uns hat«, sagte Kornbichler.

Es dauerte nicht lange und Thomas Mayrhofer kam die Treppe heruntergelaufen. Ohne die Kommissare zu begrüßen, trat er einige Schritte zur Seite und verschränkte die Arme vor der Brust.

»Hatte ich Sie nicht ausdrücklich gebeten, mich auf meiner Mobilnummer anzurufen, falls es noch etwas zu klären gibt?«, zischte er.

»Wir ziehen es vor, mit Ihnen persönlich zu sprechen«, entgegnete Katrin.

»Aber nicht hier«, flüsterte Mayrhofer und ging zu einem Garderobenschrank unweit der Treppe, aus dem er seinen Mantel holte. »Lassen Sie uns das draußen tun.«

Er lächelte der Rezeptionistin verkrampft zu, ehe er sie in den weitläufigen Garten auf der Rückseite der Villa führte. Da das Gebäude auf einer kleinen Anhöhe stand, bot sich ihnen ein herrlicher Ausblick über die Häuser der Altstadt und die Isar. Die Rasenfläche war übersät vom herabgefallenen Laub der Bäume und die Sonne schien ihnen angenehm warm ins Gesicht. Es roch intensiv nach Herbst. Für einen kleinen Moment erlaubte sich Katrin, in die Stimmung einzutauchen.

»Also was gibt es, das wir nicht am Telefon klären können?«, fragte Mayrhofer und beendete den Moment so schnell, wie er gekommen war.

Kornbichler musterte ihn mit zusammengekniffenen Augen. »Wissen Sie, was ich nicht verstehe? Normalerweise unternimmt man ja alles, damit eine Affäre nicht publik wird. Aber eine Affäre zuzugeben, die man überhaupt nicht hat, die Motive dafür müssen Sie uns schon genauer erklären.«

»Was wollen Sie damit andeuten?«

»Wir wissen, dass Sie sich am Sonntag nicht mit Bernadette Ziegler getroffen haben, und auch, dass es keine Affäre zwischen ihnen beiden gibt.«

»Frau Ziegler hat absolut nichts mit dem Tod ihrer Schwester zu tun!«

»Das ist richtig. Wir kennen mittlerweile ihren Aufenthaltsort und auch die Person, mit der sie zur Tatzeit zusammen war.«

»Was wollen Sie dann von mir? Offenbar hat Frau Ziegler ja ein einwandfreies Alibi.«

»Ich muss Ihnen doch nicht erklären, was eine Falschaussage ist. Warum haben Sie gegenüber der Polizei behauptet, mit ihr zusammen gewesen zu sein, wenn dem nicht so war?«

»Und kommen Sie uns jetzt nicht mit einem Freundschaftsdienst«, warf Katrin ein. »Sie sind Jurist. Sie wissen genau, was das für Ihre berufliche Zukunft bedeutet.«

»Vielleicht kommen Sie bei der Anwaltskammer mit viel Glück mit einer Abmahnung davon, da Sie ja keine Straftat vertuscht haben«, sagte Kornbichler. »Aber glauben Sie wirklich, der Staatsanwalt lässt das auf sich beruhen? Er wird jeden Winkel Ihres Lebens auf den Kopf stellen lassen. Ihre Wohnung wird durchsucht werden, Ihre Bankkonten werden überprüft, Ihr Umfeld wird befragt, so lange, bis wir wissen, warum Sie als Jurist sich zu einer Falschaussage haben überreden lassen.«

Thomas Mayrhofer war aschfahl im Gesicht. Stocksteif stand er den beiden Beamten gegenüber. Katrin spürte förmlich, wie er verzweifelt nach einem Ausweg suchte. Auf einmal holte er tief Luft. »Man muss wissen, wann man verloren hat, nicht wahr?«, sagte er schließlich. »Davor werde ich hier allerdings noch einen Schlussstrich ziehen.« Ein zynisches Lächeln erschien auf seinen Lippen. »Sie werden mich dabei doch sicher begleiten wollen.«

Die Rezeptionistin wartete, bis sich die schwere Eingangstür hinter Thomas Mayrhofer und den beiden Polizisten geschlossen hatte. Eine Sekunde später griff sie nach dem Telefonhörer. Während die Nummer von Martin Brockhaus angewählt wurde, betrachtete sie den Briefumschlag, den Thomas Mayrhofer ihr zum Abschied für den Kanzleiinhaber in die Hand gedrückt hatte.

Davor war er mit den Beamten von seinem kurzen Ausflug in den Garten zurückgekommen, nur um wortlos mit ihnen in seinem Büro im Obergeschoss zu verschwinden. Nach etwa zwanzig Minuten, in denen sie wie hypnotisiert auf ihrem Stuhl gesessen und den Treppenaufgang nicht aus den Augen gelassen hatte, waren sie zusammen heruntergekommen. Mayrhofer trug keine Handschellen, aber einen kleinen Karton mit seinen persönlichen Sachen. Ohne eine Miene zu verziehen, überreichte er ihr den Briefumschlag, um sich schließlich von ihr zu verabschieden und ihr alles Gute zu wünschen.

»Herr Dr. Brockhaus, Melanie hier. Ich weiß nicht, wie ich es sagen soll, aber ich glaube, Herr Dr. Mayrhofer ist verhaftet worden«, rief sie aufgeregt in das Telefon.

Thomas Mayrhofer nahm einen Schluck aus dem Wasserglas und setzte sich kerzengerade auf.

»Ich möchte von vornherein eines klarstellen: Niemand bei Brockhaus und Partner ist darin involviert. Ich habe alles ganz allein durchgezogen«, sagte er, nachdem Kornbichler das Aufnahmegerät eingeschaltet und ihn darauf hingewiesen hatte, dass er sich nicht selbst einer Straftat bezichtigen müsste und, falls er dies täte, Anrecht auf einen Rechtsbeistand habe. »Die Kanzlei betreut schon seit einigen Jahren die *Unify* AG als Mandant in allen gesellschafts- und aktienrechtlichen Angelegenheiten. Vor etwa achtzehn Monaten habe ich den Dienstvertrag des zukünftigen Vorstandsvorsitzenden, Daniel McElderry, ausgearbeitet.« Er sprach so emotionslos, als hielte er einen Vortrag.

Katrin fing Kornbichlers Blick ein. Noch wussten sie beide nicht, wohin Mayrhofers Reise gehen sollte.

»Ihnen ist sein Name womöglich kein Begriff, aber in der Halbleiterbranche galt und gilt er als absoluter Topmanager. Auf der jährlichen Bilanzpressekonferenz des Unternehmens sollte er als neuer Vorstandsvorsitzender vorgestellt werden. Mir war natürlich klar, was das für den Kurs der *Unify*-Aktie bedeuten würde. Das Wertpapier würde regelrecht durch die Decke gehen.«

Kornbichler beschlich eine Vermutung.

»Das Geld lag sozusagen direkt vor mir auf dem Schreibtisch. Ich musste nur noch zugreifen«, fuhr Mayrhofer fort. »Auf meinen eigenen Namen konnte ich die Aktien jedoch nicht erwerben. Das wäre bei der Börsenaufsicht sofort aufgeflogen. Ich brauchte einen neutralen Käufer, der nicht mit mir in Verbindung zu bringen war. Deswegen habe ich Alfons Leidinger gefragt, ob er *Unify*-Aktien kaufen und kurz nach der Bilanzpressekonferenz wieder abstoßen würde. Der Gewinn, den er damit machte, würden wir uns teilen.«

»Herr Mayrhofer, ich mache Sie darauf aufmerksam, dass Sie sich soeben der Straftat des Insiderhandelns beschuldigt haben«, sagte Kornbichler.

Mayrhofer quittierte seine Worte mit einem müden Kopfnicken.

»Woher kennen Sie beide sich?«, fragte Katrin.

»Vom Golfplatz. Ich habe ihm hin und wieder aus der Patsche geholfen, wenn er für seine Affären seiner Frau gegenüber ein Alibi gebraucht hat. Wir hatten dann offiziell einen Männerabend.

Beim Insiderhandel wollte er allerdings nicht mitmachen. Er war mitten im Wahlkampf für seine zweite Amtsperiode als Bürgermeister und hatte Angst, dass irgendetwas durchsickern könnte. Aber er wusste jemanden, der dafür zu haben wäre.« Mayrhofer machte eine kleine Pause. »Markus Baumgartner.«

»Der Bauunternehmer, der im vergangenen Jahr an einem Herzinfarkt gestorben ist?«, fragte Katrin.

Sie, Robert Thorwald und Florian Weber waren an jenem Tag vor Ort gewesen. Ihre Kollegen hatten verzweifelt versucht, Baumgartner nach seinem Zusammenbruch wiederzubeleben, aber er war noch in der Hofeinfahrt verstorben.

»Ja, den Herzinfarkt hatte er wenige Wochen später.«

»Und ist er auf Ihren Vorschlag eingegangen?«, wollte Kornbichler wissen.

Mayrhofer nickte. »Und ob! Er war Feuer und Flamme, weil er dringend frisches Kapital für dieses Freizeitparkprojekt brauchte, das damals in aller Munde war. Anscheinend wollte er selbst mit einer nicht unerheblichen Summe einsteigen. Also haben wir es zusammen durchgezogen. Neben einigen anderen Papieren hat er ein großes Paket der *Unify*-Aktien erworben und eine Stunde nach der Bilanzpressekonferenz mit einem satten Gewinn wieder abgestoßen. Die Summe haben wir uns dann geteilt. Ich wollte mit meinem Anteil als Partner in der Kanzlei einsteigen. Nächstes Jahr, nach der Hochzeit mit Tessa, sollte es endlich so weit sein.«

»Kommen wir zurück zu Alfons Leidinger …«, sagte Katrin.

Mayrhofer lachte freudlos. »Alfons hat damals natürlich alles hautnah mitbekommen. Baumgartner und er waren ja ziemlich eng befreundet. Als Bernadette dann ein Alibi brauchte, weil Sie sie wegen Elena unter Verdacht hatten, hat er sich an unser kleines Geheimnis erinnert. Wenn ich nicht für ihn als Liebhaber eingesprungen wäre, hätte er der Anwaltskammer einen anonymen Hinweis auf den Insiderhandel gegeben. Das wäre mein Aus als Jurist gewesen.«

»Hat Alfons Leidinger irgendwelche Beweise für Ihren Deal?«

»Die Banküberweisung hat Baumgartner zwar in mehrere Einzelbeträge gesplittet, aber selbst ein Blinder kann sich ausrechnen, welche Summe er insgesamt an mich bezahlt hat. Davon abgesehen sollte es keine Spuren geben. Baumgartner und ich haben nur telefonisch oder persönlich miteinander kommuniziert, keine Nachrichten, keine E-Mails. Das war von Anfang an meine Bedingung.« Er zuckte mit den Schultern. »Ob und was Baumgartner an Alfons Leidinger weitererzählt hat, kann ich nicht beurteilen. Nach seinem Tod schien mir das auch nicht mehr relevant zu sein. Niemals hätte ich gedacht, dass mich Alfons eines Tages mit seinem Wissen erpressen würde.«

Kornbichler nickte Katrin unmerklich zu und schaltete dann das Aufnahmegerät aus.

»Dann haben wir fürs Erste alles, was wir brauchen. Der Kollege vom Dezernat für Wirtschaftskriminalität wird an dieser Stelle übernehmen. Er hat bestimmt noch Fragen an Sie.«

»Sollen wir irgendjemanden für Sie anrufen?«, fragte Katrin. »Jemanden aus Ihrer Familie oder Ihre Verlobte?«

»Meine Familie lassen Sie mal schön aus dem Spiel. Von denen kann mir jetzt auch keiner helfen. Und Verlobte habe ich keine mehr. Oder glauben Sie wirklich, Tessa wird mich noch heiraten, wenn sie davon erfährt? Machen wir uns nichts vor: Ich werde nie wieder als Anwalt arbeiten und sollte der Ermittlungsrichter Flucht- und Verdunklungsgefahr befürchten, schlafe ich kommende Nacht in Untersuchungshaft.«

Felix Hartl blickte Clara Mayrhofer nachdenklich hinterher. Er hatte den bisherigen Tag im Seniorenheim in Altenberg verbracht und war gerade aus seinem Auto gestiegen, als sie aufgeregt in seine Hofeinfahrt einbog. Er hatte im ersten Moment nicht gewusst, ob er über ihr unerwartetes Auftauchen erleichtert oder beunruhigt sein sollte, versuchte jedoch, sich seinen inneren Aufruhr nicht anmerken zu lassen.

»Wie gut, dass ich Sie endlich erwische. Ich war schon zweimal da«, rief sie außer Atem. »Haben Sie einen Moment Zeit für mich?«

Hartl bezweifelte, dass das bevorstehende Gespräch tatsächlich so schnell erledigt sein würde, bemühte sich aber, vor ihr ruhig und gelassen zu bleiben. Von ihm und seinem Auftreten hing jetzt alles ab. Sollte sie sich zu einem Geständnis durchringen, würde er sie selbstverständlich zur Polizei begleiten und ihr, so gut es ging, beistehen.

Da es ein warmer und sonniger Herbsttag war, schlug er seine Sitzgruppe im Garten vor. Er bereitete eine Tasse Tee für sie zu und setzte sich dann neben Clara Mayrhofer auf die Bank. Sie war immer noch recht blass und sah erschöpft aus, aber in ihren Augen glaubte er einen Funken Kampfgeist zu entdecken. Angespannt wartete er ab.

Anders als am Vortag fing sie offen zu sprechen an und es dauerte nicht lange, bis Felix Hartl klar wurde, welch fürchterliches Missverständnis ihr kurzer Aufenthalt im Beichtstuhl ausgelöst hatte.

Sie hatte Gott sei Dank nichts mit Elena Zieglers Tod zu tun, war aber in ihrer Ehe mit Andreas Mayrhofer sehr unglücklich. Und obendrein in einem furchtbaren Gewissenskonflikt. Fast zwei Stunden redeten sie miteinander und Hartl war froh, ihr wenigstens etwas Mut und Zuversicht zusprechen zu können. Alles andere lag ohnehin nicht in seiner Hand.

Nachdem er das Teegeschirr abgeräumt hatte, holte er seine Post aus dem Briefkasten. Viel war es nicht – ein Schreiben seiner Versicherung, eine Ansichtskarte eines ehemaligen Ministranten und ein unbeschrifteter weißer Briefumschlag, den offenbar jemand persönlich bei ihm eingeworfen hatte. Felix Hartl tastete ihn ab. Er fühlte sich weich an. Er ging in sein Büro und schlitzte ihn mit einem Brieföffner auf. Seine Augen weiteten sich. Mit klopfendem Herzen holte er die Geldscheine und den Zettel mit der computergeschriebenen Nachricht heraus. Es dauerte eine Weile, bis er die Visitenkarte des Kommissars auf seinem Schreibtisch fand und zum Telefon griff.

»Pfarrer Felix Hartl aus Neukirchen am Apparat. Das gestohlene Geld ist wieder da. Und ein Entschuldigungsschreiben des Einbrechers.«

»Hatten Sie Gelegenheit, sich in den Sachverhalt einzulesen?«, fragte Katrin an der Tür zum Vernehmungsraum.

»Hatte ich«, sagte der Anwalt, ohne von den Unterlagen aufzublicken.

Alfons Leidingers unförmige Gestalt, sein hochroter Kopf und sein verkniffener Gesichtsausdruck erinnerten sie spontan an die Kröte aus dem Märchenbuch ihrer Kindheit. Mit dem kleinen Unterschied, dass sich der Altenberger Bürgermeister nicht in einen Prinzen verwandeln, sondern ein übergewichtiger und übellauniger Endfünfziger bleiben würde. Kaum war sein Anwalt, im Gegensatz zu Leidinger groß gewachsen, schlank und mit graumeliertem Haar, auf dem Kommissariat eingetroffen, hatte er umgehend Akteneinsicht beantragt. Davor würde sein Mandant überhaupt keine Angaben zur Person oder zur Sache machen. Dabei hielt er ihnen eilfertig seine Vertretungsvollmacht entgegen. Nachdem ihm eine Mappe mit den Aussagen von Tabea und Gregor Cornelius und Thomas Mayrhofer sowie der Anzeige von Bernadette Ziegler überreicht wurde, ließen die Kommissare das ungleiche Duo erst einmal allein.

Während Kornbichler einige Telefonate erledigte, konnte Katrin endlich Bernadette Ziegler nach Hause schicken. Sie hatte sich wirklich tapfer geschlagen und die ganze Zeit geduldig abgewartet. Zwar konnte Katrin aus der laufenden Ermittlung nicht allzu viel verraten, ihr aber zum Abschied immerhin einige von Elenas persönlichen Dingen mitgeben, die für die Polizei nicht mehr relevant waren.

Kaum hatten Katrin und Kornbichler sich gesetzt, fing Leidinger zu brüllen an: »Was fällt Ihnen ein, mich wie einen Verbrecher im Rathaus abführen und im Streifenwagen mitnehmen zu lassen? Sie wissen wohl nicht, mit wem Sie es zu tun haben! Ich werde mich beim Polizeipräsidenten über Sie beschweren!« Wütend taxierte er Kornbichler von oben bis unten. »Und in Ihrem Fall direkt beim Innenminister.«

»Von mir aus«, sagte der Kommissar ungerührt, bevor er das Aufnahmegerät einschaltete und die notwendigen Angaben machte.

»Alfons, jetzt beruhig dich«, beschwichtigte sein Anwalt.

Leidinger sah aus, als wollte er zu einer neuen Schimpftirade ansetzen, aber der gestrenge Blick des Juristen ließ ihn vorübergehend verstummen.

»Wie Sie den Unterlagen entnehmen können, liegen uns mehrere Zeugenaussagen und eine Strafanzeige von Bernadette Ziegler vor. Demnach haben Sie Herrn Thomas Mayrhofer zu einer Falschaussage bei der Polizei angestiftet und dazu Ihr Wissen über eine von ihm verübte Straftat benutzt sowie Frau Ziegler gestern Abend gegen einundzwanzig Uhr fünfundvierzig in der Grünanlage unweit der Salvatorstraße tätlich angegriffen. Wollen Sie sich zu den Tatvorwürfen äußern?«

Kapitel 32

Der Anwalt legte Leidinger seine Hand auf den Unterarm.
»Das wollen wir«, sagte er dann. »Erstens sprechen wir hier von einer schlecht beleuchteten Grünanlage und der Aussage einer jungen Dame, die meinen Mandanten bis dato noch nie zu Gesicht bekommen hat. Dass Frau Ziegler diese ungeheuerlichen Vorwürfe in den Raum stellt, ist ebenfalls nicht weiter verwunderlich, da mein Mandant die kurze außereheliche Beziehung mit ihr gegen ihren Willen beendet hat. Das Ganze ist nicht mehr als ein übler Rachefeldzug. Was Herrn Mayrhofer betrifft, so hat er Herrn Leidinger einen Freundschaftsdienst erwiesen, damit dieser in seiner Funktion als Kommunalpolitiker nicht mit einem Mordfall in Verbindung gebracht wird. Das Ganze jetzt als Erpressung darzustellen, ist geradezu lächerlich. Dafür gibt es nicht den geringsten Beweis. Ich rate daher, die Vernehmung an dieser Stelle zu beenden. Im Gegenzug werden wir Anzeige gegen Frau Ziegler und Herrn Mayrhofer wegen Verleumdung und falscher Verdächtigungen stellen.«

»Ganz genau«, brummte Leidinger und verschränkte demonstrativ die Arme vor der Brust.

»Wo waren Sie denn gestern Abend gegen einundzwanzig Uhr fünfundvierzig?«, fragte Kornbichler, als hätte er die Ausführungen des Juristen nicht gehört.

Entrüstet holte dieser Luft.

»Lass mich reden«, sagte Leidinger unwirsch und beugte sich nach vorne. »Auf dem Parteistammtisch im *Blauen Bock* – zusammen mit mehr als einem Dutzend anderer Leute.«

»Das werden wir selbstverständlich nachprüfen«, sagte Katrin. »Deshalb benötigen wir auch eine Namensliste aller an diesem Stammtisch Beteiligten, um diese präzise nach Ihrer Anwesenheit befragen zu können. Die Lokalität befindet sich ganz in der Nähe der betreffenden Grünanlage, ebenso wie ein Parkplatz mit Überwachungskamera. Sollten Sie also dort zufällig Ihr Auto abgestellt haben, werden wir die genaue Uhrzeit Ihrer Abfahrt auf der Videoaufnahme zweifelsfrei feststellen können.«

Ihr entging nicht, wie Alfons Leidingers Gesichtsfarbe eine Nuance blasser wurde.

»Das Zusammentreffen mit der Zeugin fand darüber hinaus nicht im Dunkeln, sondern direkt unter einer Laterne statt«, fügte Kornbichler hinzu. »Sie hat sich außerdem zu einer Gegenüberstellung bereit erklärt.«

»Ich plädiere für einen Ortstermin, und zwar zu den Gegebenheiten, die gestern Abend dort geherrscht haben«, preschte der Anwalt sogleich vor. »Dann werden wir ja sehen, wen oder was das junge Fräulein erkannt haben will.«

»Auch das lässt sich sicherlich einrichten«, erwiderte Katrin.

Der Jurist erhob sich. »Gut, dann wären wir hier ja so weit durch.« Auch Leidinger machte Anstalten aufzustehen.

»Aufgrund des nicht unerheblichen Tatvorwurfs und der nach wie vor andauernden Ermittlungen bleibt Herr Leidinger momentan in Gewahrsam. Sollte auch nach achtundvierzig Stunden …«

»Einen Teufel werde ich tun«, brüllte Leidinger, der erneut puterrot angelaufen war.

»Alfons, bitte. Beruhig …«

»Ich beruhige mich dann, wenn es mir passt! Sieh du lieber zu, dass die Anzeige gegen dieses Flittchen endlich fertig wird.«

»Mäßigen Sie Ihren Ton und setzen Sie sich wieder hin«, sagte Katrin laut.

Wutschnaubend ließ Leidinger sich zurück auf seinen Stuhl fallen. Auch der Anwalt nahm wieder Platz.

»Die Staatsanwaltschaft behält sich zudem vor, nach Ablauf von achtundvierzig Stunden beim Ermittlungsrichter einen Haftbefehl zu beantragen«, fuhr Katrin dann fort. »Ebenso einen Abgleich der DNA von Herrn Leidinger mit der Kleidung, die Frau Ziegler …«

»Diese gottverdammte Mistpritschen! Ich hätte ihr gestern gleich den Hals umdrehen sollen!«, schrie Leidinger in diesem Moment. »Und dem alten Deppen mit seinem lächerlichen Ast mit dazu.«

»Alfons, halt den Mund!«, rief sein Anwalt. »Mein Mandant

macht ab sofort keine Angaben mehr zur Sache«, schickte er eilig hinterher. »Außerdem möchte ich mich unter vier Augen mit ihm unterhalten.«

Schwer atmend und mit zu Fäusten geballten Händen saß der Altenberger Bürgermeister jetzt in seinem Stuhl.

»Das steht Ihnen selbstverständlich zu. Für den Moment haben wir ohnehin alles, was wir brauchen«, sagte Kornbichler und schaltete die Bandaufnahme aus.

»Was war denn bei euch da drinnen los?«, fragte Korbinian Bäumel kurze Zeit später in der Kaffeeküche.

»Alfons Leidinger hat im Laufe der Vernehmung komplett die Beherrschung verloren«, sagte Katrin mit Genugtuung, ehe sie von ihrer Käsesemmel abbiss. »Aber sein ungezügeltes Temperament hat uns mehr oder weniger ein Geständnis beschert.«

Sie hatte den ganzen Tag noch nichts gegessen und schon Magenschmerzen vor lauter Hunger. Kornbichler drehte gerade eine Runde mit Matilda. Obwohl sie wider Erwarten gut zusammengearbeitet hatten, hatte Katrin sich den beiden nicht angeschlossen. Sie wollte den fragilen Burgfrieden zwischen ihnen nicht unnötig gefährden. Während sie an ihrem verspäteten Mittagessen kaute und einen Kaffee trank, kam Petra in die Küche.

»Die Videoaufnahmen vom Parkplatz sind da. Alfons Leidinger hat um einundzwanzig Uhr dreiundfünfzig die dortige Schranke passiert. Außerdem habe ich wie vereinbart mit seiner Sekretärin telefoniert. Das Abendessen vom Parteistammtisch rechnet er immer über seine Spesen ab. Seinen Beleg von gestern Abend hat sie mir schon zugeschickt. Er hat um einundzwanzig Uhr siebzehn im *Blauen Bock* bezahlt.«

»Du bist die Beste!«, rief Katrin.

»Habe ich gerne gemacht. Seit Montag bin ich nämlich gefühlt mit nichts anderem als mit Videos und Fotos beschäftigt. Ich habe schon ganz viereckige Augen.«

»War unser Unbekannter denn bei den Fotoaufnahmen dabei?«

»Nein, er scheint kein Familienangehöriger zu sein. Korbi und ich sollen morgen mit dem Phantombild in die Einrichtung fahren und es dort allen zeigen. Danach will Robert es noch Elenas Familie vorlegen, bevor das Bild dann an die Presse geht.«

»Irgendwann müssen wir damit an die Öffentlichkeit. Auch wenn wir ihn womöglich warnen«, murmelte Katrin.

Nach Kornbichlers Rückkehr konfrontierten sie Alfons Leidinger und seinen Anwalt mit den neuen Ermittlungsergebnissen. Der Jurist erbat sich daraufhin erneut ein Vier-Augen-Gespräch mit seinem Mandanten. Schließlich knickte Leidinger ein und gab den Angriff auf Bernadette Ziegler zähneknirschend zu, nicht ohne zu betonen, dass er lediglich mit ihr hatte reden wollen, wohingegen sie aus heiterem Himmel handgreiflich wurde und er sich notgedrungen zur Wehr setzen musste. Von einer Erpressung Thomas Mayrhofers wollte er nach wie vor nichts wissen. Stattdessen blieb er standhaft bei seiner Behauptung, dieser hätte ihm einen Freundschaftsdienst erwiesen. Da beide nur am Telefon miteinander gesprochen hatten, würde es schwer werden, ihm das Gegenteil zu beweisen.

»Wegen des Angriffs auf Bernadette kriegen wir ihn auf alle Fälle dran, aber ob wir ihm die Erpressung und die Mitwisserschaft beim Insiderhandel nachweisen können, wage ich zu bezweifeln«, sagte Kornbichler grimmig. »Es steht sein Wort gegen das von Mayrhofer.«

Nach ihrer Rückkehr aus Landshut war Bernadette Ziegler nicht zu ihren Eltern nach Neukirchen und auch nicht in ihre Altenberger Wohnung gefahren. Ihr Ziel war vielmehr das *Drei Lilien*. Obwohl Ferdinand Gruber sie noch am Sonntagabend so lange vom Dienst freigestellt hatte, bis sie sich wieder in der Lage sah zu arbeiten, brauchte sie nach einem weiteren nervenaufreibenden Tag den Ort, der ihr stets Halt und Kraft gab und wo sie sich gleichsam zu Hause fühlte. Doch auch heute bemerkte sie die neugierigen Blicke der Angestellten, die aufgeregt miteinander tuschelten, sobald sie an ihnen vorbeigegangen war. Lustlos arbeitete sie in ihrem Büro einige E-Mails und Schreiben aus ihrem Postkörbchen ab, doch schon bald forderten die Ereignisse der letzten Tage ihren Tribut. Gähnend schaltete sie schließlich den

Computer aus und machte sich Richtung Tiefgarage auf, wo sie ihren Wagen geparkt hatte. Um sich das Spießrutenlaufen vorbei an den Empfangssekretärinnen zu ersparen, wählte sie den Weg über das Konferenzzentrum.

Als ihr auf dem Flur eine dunkelhaarige Frau mit hochhakigen Schuhen und einem Hosenanzug entgegenkam und in einem der kleineren Besprechungszimmer verschwand, brauchte Bernadette einen Moment, ehe sie Angela Gebauer erkannte. Der Beschilderung an der Tür nach zu urteilen, war sie die Übersetzerin, die der Gast der amerikanischen Großkanzlei vor seiner Anreise angefordert hatte. Bisher kannte sie die neue Dorfbewohnerin nur in Begleitung ihres geistig behinderten Bruders. Elena hatte ihren Zögling aus der heilpädagogischen Einrichtung bei einem gemeinsamen Essen mit der Familie erwähnt.

Elena ... Sofort war er wieder da, dieser furchtbare, schier unauslöschliche Schmerz. Auf dem Beifahrersitz in ihrem Wagen lag noch immer der Karton mit Elenas persönlichen Dingen, den ihr Katrin Abel zum Abschied mitgegeben hatte. Auch das Luftgewehr ihrer Schwester hatte sie ihr überlassen. Die Polizei hatte es am Sonntagabend aus Elenas Spind mitgenommen und benötigte es nicht mehr für die weiteren Ermittlungen, wie ihr die Kommissarin erklärt hatte. Eigentlich wollte Bernadette beides ursprünglich direkt zu ihren Eltern bringen, aber sie hatte beschlossen, das erst morgen zu erledigen. Heute Abend wollte sie damit allein in ihrer Wohnung sein.

»Habe ich vorhin doch richtig gesehen«, rief in diesem Moment jemand über den Flur des Konferenzzentrums.

Ferdinand Gruber, der Hoteleigentümer, kam mit schnellen Schritten aus einem der Aufzüge. »Hallo, Bernadette. Was machen Sie denn hier?«

»Hallo, Herr Gruber. Ich war nur kurz oben im Büro ein paar Sachen wegarbeiten. Bin praktisch schon wieder weg.«

»Das hoffe ich. Sie sollten wirklich nicht hier sein.«

Bernadette wurde flau im Magen. »Es tut mir sehr leid, was meinetwegen seit Sonntag hier im Hotel los ist. Ich kann verstehen, wenn Sie mich unter diesen Umständen nicht mehr beschäftigen möchten.«

Gruber sah sie entgeistert an. »Um Himmels willen, was reden Sie denn da? Sie sind meine engste und beste Mitarbeiterin. Warum sollte ich Sie denn entlassen?«

»Aber die Polizei und die Befragungen der ganzen Mitarbeiter … das … das ist mir alles so peinlich und das tut mir so furchtbar leid.«

Gruber nahm sie sachte am Arm und zog sie einige Schritte beiseite. »Jetzt hören Sie mir mal gut zu. Dass Ihre Schwester Opfer eines Gewaltverbrechens wurde und die Polizei deswegen ermittelt, ist doch nicht Ihre Schuld.«

»Aber die Mitarbeiter …«

»Die kriegen sich schon wieder ein. Sie haben doch selbst mitbekommen, was hier los war, als mein Sohn letztes Jahr an der Hotelbar verhaftet wurde. Ganz zu schweigen davon, wie über ihn geredet wird, seit er im Gefängnis sitzt. Die Leute haben doch nicht die leiseste Ahnung, was man als Familienangehöriger durchmacht. Sollen sie doch reden!«

Bernadette lächelte zaghaft. »Wenn Sie meinen …«

»Allerdings!« Gruber zögerte einen Moment. »Eigentlich wollten meine Frau und ich nicht ausgerechnet jetzt mit Ihnen darüber reden, aber warum eigentlich nicht.« Er holte kurz Luft. »Wir würden uns sehr freuen, wenn Sie als Teilhaberin bei uns im Hotel einsteigen.«

Bernadette sah ihn mit großen Augen an. »Ich? In Ihrem Hotel? Aber das *Drei Lilien* ist ein Familienbetrieb.«

»Ach Bernadette! Machen wir uns doch nichts vor. Meine Frau und ich werden unseren Sohn immer unterstützen, aber uns ist klar, dass er niemals in der Lage sein wird, dieses Hotel zu leiten. Und unsere Tochter hat nun einmal andere Pläne für ihr Leben. Und das ist auch gut so. Ich habe damals dieses Hotel von meinem Vater übernommen, weil ich Hotelier werden wollte, nicht weil er mich dazu gezwungen hat. Wenn Archäologie der Traumberuf unserer Tochter ist, dann soll sie Archäologin sein. Sie sind unsere loyalste, fleißigste und beste Mitarbeiterin. Was also spricht dagegen?«

»Ich weiß jetzt gar nicht, was ich sagen soll«, flüsterte Bernadette.

»Gar nichts. Überlegen Sie es sich in aller Ruhe. Für den Einstieg würden wir fünf Prozent der Anteile vorschlagen.«

Er nannte ihr eine Summe, die zwar recht stattlich, aber ein faires Angebot war. »Wenn es gut läuft und es für Sie finanziell machbar ist, können wir uns ja noch einmal zusammensetzen.«

»Ich muss allerdings noch etwas beichten. Wenn Sie Ihr Angebot danach zurückziehen wollen, verstehe ich das vollkommen.«

Stockend erzählte sie Ferdinand Gruber dann, was sich am Sonntag zugetragen hatte. Um wen es sich bei ihrer Affäre handelte, und Alfons Leidingers tätlichen Angriff behielt sie allerdings für sich. »So etwas wird nie wieder vorkommen. Das verspreche ich Ihnen«, sagte sie leise.

»Sie waren kurz außer Haus und jederzeit telefonisch erreichbar«, sagte Gruber. »So sehe ich das. Der Rest ist Ihre Privatangelegenheit. Und jetzt reden wir nicht mehr davon – basta! Ach, übrigens, heute Abend ist im Casino die Abnahme mit der Schreinerei und morgen kommt auch schon das Geld.«

»Ist die Polizei dann auch hier?«

»Nein, der Geldtransporter wird von zwei Mitarbeitern eines Sicherheitsunternehmens begleitet. Das sollte natürlich alles schnell und reibungslos über die Bühne gehen.«

»Wäre es dann nicht gut, wenn ich auch vor Ort wäre? Nur für ein paar Stunden?«

»Das wäre mir wirklich eine große Hilfe. Was halten Sie davon, wenn wir uns jetzt kurz mit einem Kaffee auf die Terrasse setzen und alle notwendigen Details besprechen? Diese stromsparenden Heizpilze waren übrigens eine sehr gute Idee von Ihnen. Das wollte ich Ihnen schon lange einmal sagen.«

Clara Mayrhofer schloss die Haustür auf, entledigte sich ihrer Jacke und atmete hörbar aus. Die Unterhaltung mit Pfarrer Hartl hatte gut getan. Und nicht nur ihr, wenn man bedachte, welch furchtbaren Verdacht der Geistliche seit ihrem Besuch in seinem Beichtstuhl gehegt hatte. Die Erleichterung, als sie ihm erklärte, warum sie ein Gespräch mit ihm gesucht hatte, war dem armen Mann förmlich anzusehen. Gregor Cornelius hatte recht gehabt. Kein Wort des Vorwurfs war ihm über die Lippen gekommen.

Mochte er ihren Liebeskummer und ihre Eheprobleme auch nicht für sie lösen können, hatte ihr die Unterredung trotzdem Mut gemacht. Kurz entschlossen rief sie den Direktor des Altenberger Gymnasiums an und meldete sich für den nächsten Tag zurück aus dem Krankenstand.

»Wo warst du denn die ganze Zeit?«, fragte Maria, die mit einer Stickarbeit auf dem Sofa saß, Henry wie immer eingerollt daneben.

»An der frischen Luft. Gelegen bin ich in den letzten Tagen schließlich genug. Ab morgen gehe ich auch wieder in die Schule.«

»Geht es dir denn besser?«

»Ja, viel besser. Und ich habe übrigens noch ein Hühnchen mit dir zu rupfen.« Clara hielt inne. »Was machst du eigentlich noch hier? Warst du nicht mit Thomas verabredet?«

Maria runzelte die Stirn. »Ja, er wollte mich abholen und zur Traudl nach Landshut fahren. Aber er ist nicht gekommen.«

»Er hat dich versetzt? Das ist doch überhaupt nicht seine Art. Hast du es schon auf seinem Handy versucht?«

»Ja, aber er geht nicht hin. Bei ihm zu Hause ist auch niemand.«

»Und was sagen sie in der Kanzlei? Normalerweise ruft doch seine Sekretärin an, wenn er sich verspätet oder eine Verabredung absagen muss.«

»Da hab ich mich nicht getraut anzurufen.«

»Warum denn nicht?« Clara suchte im Internet nach der Nummer von Brockhaus und Partner und wählte sie dann.

»Das verstehe ich jetzt nicht«, murmelte sie, nachdem das Gespräch beendet war. »Die Sekretärin sagte gerade, Thomas arbeitet dort nicht mehr.« Sie versuchte es auf seinem Mobiltelefon, aber eine automatische Stimme verkündete ihr postwendend, dass der Teilnehmer vorübergehend nicht zu erreichen sei.

»Vielleicht weiß David Bescheid, was da los ist«, sagte Maria. »Wenn er nachher daheim ist, kannst du dann zu ihm runtergehen und ihn fragen?«

»Ich? Runtergehen?«, fragte Clara schrill. »Warum rufst du ihn denn nicht an?«

»Damit er wieder nicht ans Telefon geht, so wie am Sonntag? Nix da, wir schauen hernach zu ihm runter. Wir sehen ja, wenn er zu Hause ist.«

Gregor Cornelius war froh, als er am späten Nachmittag die Tür seiner Ferienwohnung aufschließen und sich eine kleine Pause auf dem Sofa gönnen konnte. Nachdem Tabea und er auf dem Kommissariat in Landshut ihre Aussagen zu Protokoll gegeben hatten, waren sie zu einem ausgedehnten Stadtbummel aufgebrochen. Danach hatte er seine Tochter schließlich zum Zug nach München gebracht. Sollte Tabeas Anwesenheit für eine mögliche Gegenüberstellung oder eine weitere Aussage noch einmal von Nöten sein, würde sich Katrin Abel bei ihr melden. Cornelius hoffte, dass Alfons Leidinger sich nicht querstellte und die Tat einräumte, doch wie er den Altenberger Bürgermeister einschätzte, war das Gegenteil zu befürchten. Tabea teilte seine Sorgen indes nicht, sondern gab sich äußerst entschlossen und kämpferisch.

Er wollte es ihr überlassen, ob sie Ramona von ihrem nächtlichen Erlebnis erzählte oder nicht. Beim Abschied versprach er lediglich, sich bei ihrer Mutter zu melden. Sollte er Ramona gleich anrufen? Oder nicht doch erst bei Lorenz Huber vorbeischauen und ihn fragen, was er am Vormittag gewollt hatte? Cornelius' Grübeleien wurden vom Klingeln seines Mobiltelefons unterbrochen. Er kannte die Nummer auf dem Display nicht, weshalb er sich nur mit einem knappen »Ja, bitte?« meldete.

Wie sich herausstellte, handelte es sich bei dem Anrufer um Xaver Ziegler. Offenbar hatte Bernadette ihren Eltern erzählt, wer der Spaziergänger war, der Elenas Leiche im Mühlbach gefunden hatte. Er konnte es ihr nicht verübeln. Solange nicht das halbe Dorf deswegen vor seiner Tür stand. Es dauerte etwas, bis Xaver Ziegler mit seiner Bitte um eine Unterredung herausrückte. Dieser wollte Cornelius gerne nachkommen, weshalb er ihm versprach, sich nach Feierabend auf den Weg in die Schreinerei nach Altenberg zu machen.

»Ich musste einfach raus von zu Hause«, sagte Ziegler zum Abschied. »Gerade ist meine Schreinerei der einzige Ort, an dem ich es aushalte, ohne das Gefühl zu haben, den Verstand zu verlieren.«

Thorwald ließ sich gerade von Katrin und Kornbichler den aktuellen Stand im Fall Alfons Leidinger schildern, als Herbert Kröger mit der Nachricht von Pfarrer Felix Hartl in das Büro platzte. Sofort setzte Thorwald eine weitere Teambesprechung an. Bereits zehn Minuten später saßen alle um den großen Konferenztisch.

»Wie ihr mitbekommen habt, ist das am Sonntag gestohlene Geld aus der Kirchenkollekte vollständig an Pfarrer Hartl zurückgegeben worden«, begann Herbert Kröger ohne Umschweife. »Es fehlt kein einziger Cent. Der Umschlag war weder frankiert noch beschriftet und ist irgendwann zwischen gestern Mittag, als der Pfarrer zuletzt am Briefkasten war, und heute früher Nachmittag bei ihm persönlich eingeworfen worden. Hartl saß heute einige Zeit mit einem Gemeindemitglied in seinem Garten, hat aber nichts bemerkt. Seine Nachbarn, die Lechners, haben auch nichts Verdächtiges wahrgenommen. Jetzt werden der Umschlag und die Scheine gerade auf Fingerabdrücke untersucht.«

»Zuerst entschuldigt er sich beim Apotheker, jetzt gibt er dem Pfarrer das Geld zurück. Was geht denn in dem vor?«, sagte Bäumel kopfschüttelnd.

»Hat er den anderen Einbruchsopfern auch etwas in den Briefkasten geworfen?«, fragte Katrin.

»Nein, bisher nicht«, erwiderte Kröger. »Wir haben bereits überall Zivilfahrzeuge stehen, falls er dort auftauchen sollte. Allerdings gehen wir davon aus, dass er erst in der Dunkelheit aktiv wird, sollte er tatsächlich damit weitermachen. Immer vorausgesetzt, er hat das Diebesgut aus den ersten Einbrüchen noch. Auch wenn es bisher nirgendwo aufgetaucht ist, kann er es natürlich trotzdem losgeworden sein.«

»Darauf müssen wir einfach hoffen«, sagte Thorwald. »Es ist unsere einzige Chance für einen Zugriff. Deshalb werden wir im Anschluss an diese Besprechung als Unterstützung für Herberts Leute nach Neukirchen fahren. Die betreffenden Objekte müssen von jeder Richtung aus observiert und jede nur denkbare Fluchtmöglichkeit abgeschnitten werden. Falls der Typ wirklich auftaucht, müssen wir ihn auf alle Fälle dingfest machen. So eine Gelegenheit bekommen wir kein zweites Mal.«

Als er die Zusammensetzung der Zweierteams bekannt gab,

stellte Katrin überrascht fest, dass sie nicht mit Kornbichler, sondern mit Korbinian Bäumel zusammen den Bungalow des allerersten Einbruchs in der Neukirchner Siedlung überwachen sollte. Kornbichler war offenbar überhaupt nicht für den Einsatz vorgesehen.

»Ich bin mir mittlerweile ziemlich sicher, dass er für den Tod von Elena Ziegler verantwortlich ist«, fuhr Thorwald fort. »Bis Sonntag liefen die Einbrüche stets nach Plan. Vom materiellen Wert abgesehen kommt niemand zu Schaden. Aber dann gibt es unverhofft eine Zeugin, die er sich vom Hals schaffen muss. Er sieht sich praktisch gezwungen, Gewalt anzuwenden. Zu allem Überfluss verletzt sich kurze Zeit später auch noch Herr Rehberg und plötzlich hinterlassen seine Einbrüche eine regelrechte Blutspur.«

Kröger nickte. »Ich sehe es ganz genauso.«

»Muss er nicht davon ausgehen, dass wir ihn bereits erwarten?«, fragte Bäumel skeptisch. »Er wird doch nicht sehenden Auges in die Falle tappen.«

»Es kann natürlich sein, dass heute Nacht gar nichts passiert und er erst einmal abwartet«, sagte Kröger. »Vielleicht verwirft er seinen Plan auch wieder, weil ihm dämmert, was er mit seiner Postsendung an den Pfarrer ausgelöst hat. Aber wir dürfen eines nicht vergessen: Die Tötung von Elena Ziegler hatte er nicht auf seiner Agenda. Ebenso wenig die Verletzung des Apothekers. So planmäßig und wohlüberlegt er bisher vorgegangen ist, so überhastet und irrational scheint er jetzt zu handeln. Wahrscheinlich will er das Geld und die Wertsachen nur noch loswerden, weil Blut daran klebt.«

Katrin packte gerade ihre Sachen zusammen, als Kornbichler zurück ins Büro kam.

»Du bist nicht dabei heute Abend?«, fragte sie.

»Nein, wir haben später noch eine Einsatzbesprechung bei der Drogenfahndung. Ich bin ab Montag wieder in meiner alten Abteilung.«

»Was?«, entfuhr es Katrin. »Aber warum denn? Ist es meinetwegen? Weil ich dich gestern wegen unserer Verabredung so blöd angeredet habe?«

»Nein, alles gut. Gabler hat mich angefordert. Eine Ermittlung hat unerwartet Fahrt aufgenommen. Wahrscheinlich gibt es bald eine Razzia. Außerdem haben sich zwei Leute von hier aus dem Krankenstand zurückgemeldet. Ihr seid ab Montag also wieder ein paar Leute mehr an Bord.« Jetzt lächelte er sogar. »Tut mir übrigens leid, dass ich wegen gestern Abend so überreagiert habe.«

»Mir tut es leid«, murmelte Katrin.

»Es ist wirklich alles gut. Mit ein bisschen Glück schnappt ihr euch heute Nacht Elena Zieglers Mörder und dann wäre meine Zeit hier ohnehin vorbei.« Er gab Matilda ein Zeichen zum Gehen. »Sag auf alle Fälle Bescheid, wie es gelaufen ist. Und falls du wider Erwarten Sehnsucht nach uns bekommst, sind wir nur zwei Stockwerke entfernt.«

Wenig später steckte Korbinian Bäumel den Kopf durch den Türspalt. »Ich wäre dann so weit. Was ist mit dir? Warum schaust du so komisch?«

Hastig griff Katrin nach ihrer Jacke und der Umhängetasche. »Nix, alles okay. Lass uns fahren.«

Kapitel 33

»Ja, verdammt. Ich komme ja schon«, fluchte David Mayrhofer, nachdem bereits das vierte Mal an seiner Haustür geklingelt wurde.

Er kam gerade aus der Dusche und schnappte sich ein Badetuch vom Handtuchständer. Hatte man in diesem Dorf denn nie seine Ruhe? Kurz überlegte er, den abendlichen Besucher draußen stehen zu lassen, aber in dem Moment wurde erneut geklingelt. Mit ein paar schnellen Schritten war er unten in der Diele und riss die Haustür auf.

»Clara!«, entfuhr es ihm.

Sie sah ihm direkt in die Augen. Aus ihrer Haarspange hatten sich zwei Strähnen gelöst und ihre Wangen waren leicht gerötet. Offenbar war sie gelaufen. Seit dem Abschied an der Waldhütte hatten sie sich nicht mehr gesehen, und ihm fielen bei ihrem Anblick tausend Dinge gleichzeitig ein, die er sagen wollte. Aber kein Laut kam über seine Lippen. Stattdessen stand er einfach nur da und starrte sie an. Erst als er die Zugluft spürte und zu frösteln begann, wurde ihm bewusst, dass er nur im Badetuch vor ihr stand. Musste sie ausgerechnet jetzt auftauchen? Was wollte sie überhaupt von ihm? Zwischen ihnen war ja wohl alles gesagt.

Das Brennen hinter Claras Augen wurde immer stärker. Mit aller Macht kämpfte sie dagegen an, vor seiner Haustür die Fassung zu verlieren. Obwohl keiner ein Wort sagte, war Samstagnacht mit einem Mal so präsent, dass es kaum mehr auszuhalten war. Für einen kurzen Moment wünschte sie sich, ihren Gefühlen nachgeben zu können und …

»Was willst du?« Sein harscher Tonfall brach den Bann.

»Maria macht sich Sorgen um Thomas. Er hat sie heute Nachmittag versetzt und wir können ihn nicht erreichen«, sagte sie betont ruhig. Er sollte bloß nicht merken, wie sehr sie ihr Wiedersehen aufwühlte. Warum war sie nicht zu Hause geblieben und hatte Maria selbst gehen lassen? Am liebsten hätte sie auf dem Absatz kehrtgemacht und wäre davon gelaufen.

David konnte es nicht fassen. Nach allem, was passiert war, fiel ihr nichts Besseres ein, als ausgerechnet deswegen bei ihm aufzukreuzen? »Er wird es halt vergessen haben. Habt ihr es schon in der Kanzlei versucht?« Er bemühte sich gar nicht erst um einen freundlichen Ton.

»Ja, ich habe vorhin dort angerufen. Die Sekretärin hat gesagt, er arbeitet dort nicht mehr.«

»Dann wird er zu Hause oder irgendwo unterwegs ein. Was weiß denn ich.« David machte Anstalten, Clara die Türe vor der Nase zuzuschlagen.

»Nein. Sie meinte, er sei dort nicht mehr beschäftigt!«

»Verdammt«, murmelte er. »Dann hat Tessa es herausgefunden.«

»Was? Jetzt sag schon!«

Doch statt einer Antwort drehte David sich wortlos um und holte sein Telefon aus der Arbeitsjacke, die er zuvor nachlässig über den Garderobenständer geworfen hatte. Das Handy seines Bruders war offenbar ausgeschaltet und die Mailbox deaktiviert. Auch am Festnetz nahm Thomas nicht ab.

»Ich ziehe mir schnell was an und dann fahre ich nach Landshut.« Ohne noch etwas zu Clara zu sagen, verschwand er im Inneren des Hauses.

»Ist er daheim?«, rief Maria, die den Gehsteig entlanggelaufen kam. Außer Atem blieb sie stehen.

»Was machst du denn hier?« Besorgt drehte sich Clara zu ihr um. »Du wolltest doch zu Hause bleiben.«

»Ich halte diese Warterei nicht mehr aus. Ist David da?«

»Ja. Er kann Thomas aber auch nicht erreichen und fährt zu ihm nach Landshut.«

In diesem Moment kam David zurück und ließ die Eingangstür mit einem lauten Knall hinter sich zufallen. »Oma, was machst du hier? Geh wieder heim. Ich ruf dich später an.«

Clara hielt ihn am Oberarm fest. »Ich komme mit.«

David starrte zuerst sie und dann ihre Hand an, als hätte ihn eine giftige Schlange gebissen. »Nicht nötig. Das schaffe ich schon allein.«

»David, bitte ...«

»In deinem Zustand solltest du Aufregung doch ohnehin vermeiden«, sagte er ungehalten.

»In meinem ...?« Clara fing an zu verstehen. »Jetzt hör mir mal gut zu«, sagte sie leise, damit Maria sie nicht hören konnte. »Du hast mich schon einmal gefragt, ob ich schwanger bin. Vor unserer ersten Nacht, erinnerst du dich? Eigentlich war es schon damals eine Frechheit, mich so etwas zu fragen. Ich hätte dir eine runterhauen sollen, anstatt mit dir ins Bett zu gehen.«

»Es hat dich niemand dazu gezwungen.«

Abrupt ließ sie ihn los. »Ich bin nicht schwanger und habe auch nicht vor, schwanger zu werden. Nur für den Fall, dass wieder irgendwelche Gerüchte über mich in die Welt gesetzt werden«, sagte sie dann laut. »Aber wenn dir mein Wort nicht genug ist, dann haben wir uns in der Tat nichts mehr zu sagen«, zischte sie und wandte sich endgültig von David ab.

»Was ist denn los mit euch zwei?«, fragte Maria.

»Nichts. Und jetzt lass uns nach Hause gehen«, erwiderte Clara schroff.

»Du musst schon entschuldigen. Du warst die ganze Zeit so schlecht beieinander, und da dachten wir halt, dass du schwanger ...«

Clara wirbelte herum. »Wir? Das wird ja immer schöner. Über welches meiner Körperteile wurde denn sonst noch im Familienrat diskutiert?«

»Immer muss in dieser Familie gestritten werden!«, jammerte Maria.

Clara ignorierte sie einfach und hastete den Gehsteig entlang. Erst nach einer Weile bemerkte sie, dass die alte Frau kaum hinterherkam, und blieb stehen. »Tut mir leid, Maria. Mach dir keinen Kopf. Es ist nichts.«

Maria holte tief Luft und hielt sich am Gartenzaun fest. »Nach nichts schaut mir das aber nicht aus. Was ist denn los mit euch zwei?«

»Lass es gut sein, Maria. Und das nächste Mal redest du mit mir, bevor du dir irgendetwas zusammenreimst. Jetzt komm.« Clara reichte ihr den Arm, damit sie sich unterhaken konnte.

»Bist du arg böse auf mich?«, fragte Maria.

»Nein, weil ich dich dazu viel zu gerne habe«, sagte Clara und kam um ein kleines Lächeln nicht umhin.

Die alte Frau nickte. Dann blickte sie Clara sorgenvoll an. »Ich hab wirklich Angst um den Thomas. Hoffentlich ist ihm nichts passiert.«

»David wird ihn schon finden«, sagte Clara leise.

Bei Cornelius' Ankunft in der Schreinerei Ziegler war dort nur noch ein Mitarbeiter im Büro neben dem Empfangsbereich an seinem Computer beschäftigt.

»Der Chef ist gleich da«, sagte er, nachdem Cornelius sich vorgestellt und den Grund seines Besuches genannt hatte.

Schon beim Kauf des Bücherregals für die Ferienwohnung war ihm aufgefallen, welch Schmuckstück Xaver Ziegler mit seinem Betrieb am Stadtrand von Altenberg geschaffen hatte. Staunend war er damals durch die großzügigen Ausstellungsflächen auf den beiden Stockwerken gelaufen und hatte sich die Musterküchen, Badezimmer und Saunalandschaften angesehen und sich von David Mayrhofer die Fertigungstechnologien erklären lassen. Dazu kam der für eine Schreinerei typische Geruch von Holz, der in jeder Ritze des Gebäudes zu hängen schien und den er schon immer sehr gemocht hatte.

Xaver Zieglers Verfassung tat Cornelius in der Seele weh. Der Mann, der in diesem Moment die Treppe herunterkam, war in den letzten Tagen um Jahre gealtert. Tiefe Falten hatten sich in sein Gesicht eingegraben und seine Haut wirkte fahl und grau. Aus seinen sonst so lebendigen Augen war jeglicher Glanz gewichen.

»Danke, dass Sie gekommen sind«, sagte er leise und wandte sich dann an den Mitarbeiter. »Bernhard, kannst gerne Schluss machen. Ich sperr alles ab.«

Auf dem Weg in das Obergeschoss, wo sich Zieglers Büro befand, kamen sie nach wenigen Stufen an einer Standuhr vorbei.

»Ein wunderbares Stück«, bemerkte Cornelius. »Die ist mir schon damals aufgefallen.«

»Das war mein Meisterstück«, sagte Xaver Ziegler. »Nussbaumholz. Hat mich unzählige Stunden Arbeit gekostet, aber das war es mir wert.« Er öffnete die Glastür. »Die Uhr ist vollmechanisch und kann über eine Wendelschraube am Pendel exakt eingestellt werden. Die meisten Uhren müssen alle fünfzehn Tage aufgezogen werden, diese nur alle dreißig. Sie schlägt pünktlich zu jeder Viertelstunde und natürlich zur vollen Stunde.«

»Wirklich außergewöhnlich«, stellte Cornelius fest.

Xaver Ziegler ging in die Knie und zeigte auf eine kleine Tür am unteren Ende der Standuhr. »Hier gibt es als Besonderheit noch eine Tresorvorrichtung. Einem Kunden von mir hat sie so gut gefallen, dass ich ihm vor einigen Jahren praktisch einen Zwilling angefertigt habe. Nur der Tresor fehlt bei seinem Exemplar.« Er strich behutsam über das fein gearbeitete dunkelbraune Holz.

In seinem Büro hinter der großen Glaswand wussten beide im ersten Moment nicht, was sie sagen sollten. Cornelius, der auf dem Besucherstuhl Platz genommen hatte, sah sich interessiert um und lobte die moderne Einrichtung des Raums, was Ziegler mit einem matten Lächeln quittierte. Schließlich entdeckte Cornelius auf dem Schreibtisch ein Foto von Elena und Bernadette, das die Schwestern Arm in Arm und in Dirndlkleidern zeigte. Beide lachten fröhlich in die Kamera.

»Das war letztes Jahr auf dem Landshuter Volksfest«, sagte Ziegler. »Da dachten wir noch, wir hätten alle Zeit der Welt.« Seine Lippen fingen an zu zittern.

Cornelius besann sich auf die Standuhr und wie Xaver Ziegler über sein Meisterwerk gesprochen hatte.

»Was halten Sie davon, mir Ihre wunderbare Schreinerei zu zeigen?«, fragte er. »Und wenn Sie möchten, erzählen Sie dabei von Ihren Töchtern.« Er zögerte kurz. »Und ich erzähle Ihnen von vergangenem Sonntag.«

Xaver Ziegler nickte. »Ja, das ist eine gute Idee. Kommen Sie! Fangen wir am besten im Holzlager an.«

»Glaubst du, der Typ taucht heute Nacht hier auf?«, fragte Korbinian Bäumel. »Ich bin mir da nämlich nicht so sicher.«

Er und Katrin harrten seit einer Stunde auf der Straßenseite gegenüber des Bungalows in der Neukirchner Siedlung aus. Zwei Kollegen vom Raubdezernat warteten derweil hinter dem Haus in der Wiese. Auch die anderen Zielobjekte des Einbrechers standen unter Dauerbeobachtung.

Von der Beifahrerseite kam keine Antwort.

»Katrin«, sagte Bäumel eine Spur lauter.

»Äh ... was? Hast du etwas gesagt?«

Bäumel beäugte sie misstrauisch und wiederholte dann seine Frage.

»Entschuldige, ich ... ich war in Gedanken.« Sie zuckte mit den Schultern. »Das weiß ich nicht. Ich hoffe es.«

»Hoffentlich kommt er bald. Ich habe keine Lust, die ganze Nacht hier im Auto zu verbringen.«

»Jetzt warten wir doch gerade mal eine Stunde. Hier, iss was«, sagte sie und reichte ihm eine der eingepackten Semmeln, die sie vor der Abfahrt aus dem Automaten in der Kantine mitgenommen hatte. »Die schmecken echt nicht schlecht.«

Während ihr Kollege halbwegs besänftigt an seinem Abendessen kaute, wanderten Katrins Gedanken zurück zu dem ereignisreichen Tag, der hinter ihnen lag. Insiderhandel ... die Kollegen aus dem Wirtschaftsdezernat hatten nicht schlecht gestaunt, als sie über Thomas Mayrhofers und Markus Baumgartners Aktivitäten informiert wurden. Gegen Letzteren würden sie nicht mehr ermitteln können, aber Mayrhofer würde dafür zur Rechenschaft gezogen werden, dass er über eine kurserhebliche Information in Bezug auf ein Wertpapier verfügte und dieses Wissen schamlos zu seinem privaten Vorteil ausgenutzt hatte. Seine anwaltliche Zulassung war er ebenfalls los. Da er sich sehr kooperativ gezeigt und umfassend ausgesagt hatte, hatte der Staatsanwalt vorläufig auf die Beantragung eines Haftbefehls verzichtet und ihn schließlich gegen Auflagen nach Hause entlassen.

So würde er demnächst auch im Fall Alfons Leidinger entscheiden, da machte sich Katrin gar nichts vor. Wenn sie nicht bald einen Beweis für sein Mitwissen am Insiderhandel fanden und ihn als Tippgeber in Sachen Baumgartner entlarven konnten, mussten sie ihn wohl oder übel gehen lassen. Aber bisher hatten weder sie noch die Kollegen vom Wirtschaftsdezernat etwas entdeckt, das auch nur im Entferntesten auf seine Verwicklung hinwies. Mochte er auch ein unangenehmer Zeitgenosse sein, dumm war Leidinger nicht.

Immerhin hatten sie ihn des tätlichen Angriffs auf Bernadette Ziegler überführen können, weil er sich trotz seiner Bauernschläue für einen kurzen Moment nicht im Griff gehabt und seiner Wut über Elenas Schwester freien Lauf gelassen hatte. Diese Straftat dürfte ausreichen, damit er sein Bürgermeisteramt an den Nagel hängen musste. Bernadette hatte sich wirklich tapfer geschlagen. Als endlich alle Karten auf dem Tisch lagen, war von der eifersüchtigen und wenig umgänglichen Frau, als die sie sie kennengelernt hatten, nichts mehr übrig gewesen. Ganz im Gegenteil. Wie einen kostbaren Schatz hatte sie die persönlichen Dinge ihrer Schwester entgegengenommen und den Beamten dafür gedankt. Beim Gedanken an den kleinen Karton kam Katrin eine Idee. Es war zwar nicht sehr wahrscheinlich, aber einen Versuch allemal wert. Schließlich hatte sie nichts zu verlieren. Gleich am nächsten Morgen würde sie die betreffende Person kontaktieren und danach fragen.

Fast automatisch sah sie auf die Rückbank, aber anstatt Matildas mittlerweile vertrauter Gestalt herrschte dort gähnende Leere. Kein leises Schnarchen, kein Jaulen und Winseln, wenn es zwischen ihr und Kornbichler wieder einmal hoch herging. Seltsam, wie schnell sie sich an ihre vierbeinige Begleiterin gewöhnt hatte. Und an ihr Herrchen. Hätte Katrin vor einer Woche jemand gesagt, wie gut sie und Kornbichler zusammenarbeiten würden, hätte sie ihn für schlichtweg verrückt erklärt. Schon jetzt vermisste sie ihr kleines Rudel. Und zwar mehr, als ihr lieb war.

»Na, schmeckt es?«, fragte sie, um sich auf andere Gedanken zu bringen.

Bäumel nickte zufrieden. »Ich grüble die ganze Zeit darüber nach, wer der Unbekannte auf dem Phantombild sein könnte«, sagte er, nachdem er den letzten Bissen hinuntergeschluckt hatte. »Zuerst dachte ich ja, die beiden hätten eine harmlose Affäre gehabt, aber auf ihrem Telefon war nichts Verdächtiges drauf. Gar nix!«

»Sind sie denn in eine Radarfalle hineingefahren?«

»Nein, unser Unbekannter hat sich vorschriftsmäßig an alle Geschwindigkeitsbeschränkungen und Ampelschaltungen gehalten. Leider.«

»Ich glaube ehrlich gesagt, er hat überhaupt nichts mit Elenas Tod zu tun. Immerhin ist sie ohne ihn hier in Neukirchen angekommen.«

»Robert und Kröger sind sich auch ziemlich einig, dass unser Einbrecher ...«

»Korbi, da kommt einer«, flüsterte Katrin in diesem Moment.

Tatsächlich näherte sich aus Richtung der Hauptstraße eine dunkel gekleidete Person auf einem Mountainbike. Sie fuhr nicht allzu schnell, sondern radelte geradezu bedächtig die Straße entlang. Bäumel sprach leise etwas in sein Funkgerät. Als der Radler unter einer Straßenlaterne durchfuhr, erkannte Katrin, dass er eine schwarze Hose und einen schwarzen Pulli trug, dessen Kapuze er sich tief ins Gesicht gezogen hatte. Außerdem hatte er sich einen Rucksack umgeschnallt. Direkt vor dem Bungalow bremste er ab und stieg vom Sattel. Statur und Bewegungsablauf ließen auf einen schlanken und sportlichen Mann schließen.

Im Wageninneren war es jetzt mucksmäuschenstill. Wie gebannt starrten sie auf das Schauspiel, das sich ihnen jenseits der Straße bot. Der Mann lehnte das Fahrrad an den Gartenzaun, streifte seinen Rucksack ab, stellte ihn auf den Gehsteig und öffnete ihn. Ohne zu zögern, holte er einige Gegenstände heraus und stopfte sie in den Metallbriefkasten, der am Gartentürchen des Bungalows befestigt war.

»Das ist er tatsächlich!« Bäumel informierte hastig die Kollegen hinter dem Haus und an den anderen Zielobjekten.

»Dann nichts wie los«, sagte Katrin. »Du von vorne, ich von der Seite.«

Fast lautlos stiegen sie aus dem Wagen. Die Person auf dem Gehsteig war so in ihre Arbeit vertieft, dass sie die beiden Kommissare nicht näher kommen sah. Erst als Korbinian Bäumel nur noch wenige Schritte von ihr entfernt war, blickte sie ruckartig auf.

»Polizei! Stehen bleiben!«, schrie Bäumel und rannte los.

Doch die Gestalt dachte gar nicht daran. Blitzschnell sprang sie auf, packte den Rucksack und schleuderte ihn dem Polizisten entgegen. Dann drehte sie sich um … und entdeckte Katrin, die direkt auf sie zugelaufen kam. Rüde schubste sie die Kommissarin zur Seite. Für einen kurzen Moment sah es so aus, als ob die Gestalt stolperte, aber dann fing sie sich wieder und rannte den Gehsteig entlang.

»Bleiben Sie stehen!«, rief Katrin, die ins Taumeln geriet und gerade noch einen Sturz verhindern konnte.

Bäumel war dem Rucksack mit einem Seitensprung ausgewichen und hatte bereits die Verfolgung aufgenommen. Der Mann vor ihnen war schnell, aber er hatte nicht mit den beiden Zivilfahrzeugen gerechnet, die mit Blaulicht in die Neukirchner Siedlung einbogen und ihm von vorne den Weg abschnitten. Der eine Wagen fuhr scharf rechts und steuerte mit einer Seite direkt auf den Gehsteig, der andere blockierte etwas versetzt dahinter die Straße. Geblendet vom Scheinwerferlicht riss der Mann schützend den rechten Arm nach oben und verlangsamte für einen kurzen Augenblick seine Schritte. Das reichte Bäumel, um nach vorne zu hechten und ihn am Kapuzenpulli zu erwischen. Beide Männer stürzten direkt neben dem Gartenzaun des Nachbarhauses zu Boden. Der Unbekannte wehrte sich mit Händen und Füßen und versuchte vergeblich, Bäumel zu treten und nach ihm zu schlagen. Aber gegen sein Körpergewicht und den eisernen Polizeigriff hatte er keine Chance. Als Katrin bei den beiden eintraf, hatte ihr Kollege dem Mann bereits die Arme auf den Rücken gedreht und ihm Handschellen angelegt.

»Stehen Sie auf!«, keuchte Bäumel und half ihm auf die Beine. »Sie sind vorläufig festgenommen, und zwar wegen des dringenden Tatverdachts des mehrfachen Einbruchs sowie der Tötung von Elena Ziegler.«

Er packte den Mann an der Schulter und drehte ihn um. Dann zog er die Kapuze seines Pullovers vom Kopf. Die weit aufgerissenen Augen, die Katrin und Bäumel anstarrten, gehörten einem Kind. Das war zumindest der erste Gedanke, der Katrin durchzuckte, als sie in das junge unverbrauchte Gesicht ihres Gegenüber blickte. Wenn ihr nicht sämtliche Sinne einen Streich spielten, war die Person, die mittlerweile von zwei Dezernaten des Landshuter Kommissariats gejagt wurde, kaum älter als sechzehn Jahre.

Die Kollegen, die hinter dem Haus gewartet hatten, und auch die Beamten aus den Zivilfahrzeugen hatten sich mittlerweile eingefunden, sodass auf der Straße ein enormer Aufruhr herrschte. Noch immer blinkten die Blaulichter auf den Dächern der beiden Fahrzeuge. Zwei Beamte nahmen den jungen Mann in Gewahrsam. Widerstandslos und mit hängendem Kopf stand er zwischen den groß gewachsenen Polizisten. Der Rest kümmerte sich um das Mountainbike und den Rucksack und machte bereits erste Tatortfotos. Der Erkennungsdienst war unterwegs. Mit der abendlichen Ruhe würde es in der Neukirchner Siedlung die nächsten Stunden vorbei sein. Aus den Augenwinkeln sah Katrin, dass bereits die ersten Anwohner aus ihren Häusern eilten und neugierig an ihren Gartenzäunen stehen blieben.

»Ich kenn den«, stieß Bäumel in diesem Moment atemlos hervor.

Entgeistert starrte Katrin ihn an. »Was?«

Während die Kollegen aus Krögers Team den Verhafteten auf seine Rechte aufmerksam machten und ihn dann zu ihrem Auto mitnahmen, holte Bäumel sein Mobiltelefon aus der Jackentasche. Innerhalb weniger Sekunden hatte er die Internetseite der Schreinerei Ziegler und die Fotos der dortigen Angestellten aufgerufen.

»Hier! Das ist er«, rief er und zeigte auf das Bild des Auszubildenden Tobias Schindler. »Das ist wahrscheinlich der Mörder von Elena Ziegler.«

»Thomas, mach die Tür auf. Ich weiß, dass du zu Hause bist«, rief David Mayrhofer und klingelte erneut Sturm.

Bei seiner Ankunft in Landshut hatte er schon von der Straße aus das Licht in der großzügigen Erdgeschosswohnung und die Silhouette seines Bruders in der Küche gesehen. Nachdem er mehrfach vergeblich auf das Klingelpanel des dreistöckigen Wohnhauses gedrückt hatte, war das Glück auf seiner Seite gewesen und eine Anwohnerin mit einem Hund an der Leine nach draußen gekommen. Bevor die Eingangstür hinter ihr hatte zufallen können, war David hindurchgeschlüpft. Jetzt stand er direkt vor der Wohnung seines Bruders, aber dieser weigerte sich, ihm aufzumachen.

»Wenn du nicht innerhalb von zehn Sekunden aufmachst, trete ich die Tür ein!«, drohte David und hämmerte gleichzeitig mit der Faust gegen das massive Holz.

»Was ist denn da unten los?«, rief in diesem Moment jemand von oben über das Treppengeländer.

»Tom, mach auf! Ich meine es ernst!«, schrie David, ohne sich um den Nachbarn zu kümmern.

Endlich wurde auf der anderen Seite ein Schlüssel umgedreht und die Wohnungstür im Zeitlupentempo geöffnet.

»Kann man sich in dieser verdammten Familie nicht einmal in Ruhe besaufen?«, murmelte Thomas.

Seine Haare standen wirr vom Kopf und sein Hemd hing ihm halb aus der Anzughose. Obwohl er ohne seine Brille fast blind wie ein Maulwurf war, hatte er sie abgenommen. Ohne eine Antwort abzuwarten, drehte er sich um und schlurfte den Flur entlang. David folgte ihm in die Küche, wo Thomas die geöffnete Flasche vor ihm auf dem Tisch anvisierte.

»Du dich besaufen?« David schnappte sich die Flasche, bevor sein Bruder zugreifen konnte. »Damit?«, fragte er, nachdem er das Etikett des Champagners gelesen hatte.

»Es war nichts anderes im Haus«, brummte sein Bruder. »Was machst du überhaupt hier?«

»Du hast die Oma versetzt und dein Telefon ist ausgeschaltet. Und in der Kanzlei haben sie Clara gesagt, du würdest dort nicht mehr arbeiten.«

»Verdammt! An die Oma habe ich überhaupt nicht mehr gedacht.«

»Ist ja auch kein Wunder. Hat sie es herausgefunden?«

Thomas schwankte leicht und musste sich an der Tischkante festhalten. »Was? Wer?«

»Tessa«, sagte David eine Spur lauter. »Hat sie herausgefunden, dass du sie mit Bernadette betrügst?«

Eine Weile war es still, dann fing Thomas an zu lachen. »Der war gut«, japste er. »Der war richtig gut.« Er drohte David scherzhaft mit dem linken Zeigefinger. »Nur leider liegst du damit vollkommen falsch.«

David wurde es allmählich zu bunt. Er ging zum Spülbecken und kippte kurzerhand den restlichen Champagner in den Abfluss.

»Nicht! Weißt du, wie teuer die Flasche war?«

»Das ist mir wurscht«, entgegnete David und suchte im Hängeschrank nach einem großen Glas. Das füllte er mit Leitungswasser und stellte es vor Thomas auf den Tisch. »Austrinken! Und zwar jetzt! Und dann will ich wissen, was los ist.«

Überraschenderweise gehorchte sein Bruder und leerte das Glas bis auf den letzten Schluck. »Ach David«, seufzte er dann. »Wenn ich sie doch nur betrogen hätte. Aber ich habe etwas viel Schlimmeres gemacht. Ich bin ein Krimineller und stehe mit einem Bein im Gefängnis.«

David spürte, wie ihm flau wurde. Sein Bruder ... Mustersohn, Einserschüler, Spitzenjurist mit Prädikatsexamen und Doktortitel (sein Vater wurde nicht müde, es zu wiederholen) ... ein Krimineller? Ungläubig hörte er zu, was Thomas zu erzählen hatte.

»Eines verstehe ich nicht. Wenn der Leidinger dieses Insiderdingsda ...«

»Insiderhandel«, sagte Thomas.

»Ja, meinetwegen. Also, wenn er diesen Insiderhandel nicht machen wollte, warum kann er dich dann erpressen? Gibt es irgendwelche Beweise, dass du es ihm vorgeschlagen hast? Tonbandaufnahmen, E-Mails?«

»Nein, gibt es natürlich nicht. Wo denkst du hin?«, fragte sein Bruder geradezu vorwurfsvoll und für eine Sekunde blitzte sein altes Selbstvertrauen wieder auf.

David lachte erleichtert auf. »Wo ist dann das Problem? Es steht sein Wort gegen deins. Daraus kann dir doch niemand einen Strick drehen!«

»Doch.« Thomas schluckte. »Ich habe den Deal durchgezogen. Zwar nicht mit Alfons, aber mit jemand anderem.«

»Scheiße«, murmelte David.

»Das kannst du laut sagen.«

»Aber mit wem denn?«

»Mit ...«

David packte Thomas an den Schultern und schüttelte ihn unsanft. »Verdammt, jetzt red endlich. Mit wem hast du das Ganze durchgezogen?«

»Mit Markus Baumgartner.«

David ließ seinen Bruder so abrupt los, dass dieser gegen die Tischkante stolperte. »Mit ... Baumgartner? Papas größtem Konkurrenten?«, fragte er fassungslos.

Kapitel 34

Fast zwei Stunden hatte Gregor Cornelius in Xaver Zieglers Schreinerei verbracht. Er war nicht so vermessen zu glauben, mit einem einzigen Gespräch würde alles wieder gut – der Mann hatte seine Tochter verloren, eine Wunde, die nie verheilen würde –, aber sie hatten sich immerhin unterhalten. Nichts war für Cornelius schlimmer als stoisches Schweigen und stumme Trauer. Und dennoch blieb am Ende des Tages nur die bittere Erkenntnis, dass Xaver Ziegler und seiner Frau das Furchtbarste widerfahren war, das Eltern zustoßen konnte. Maria Brunner hatte vollkommen recht gehabt.

Als hätte sie seine Gedanken erraten, meldete sich Tabea in dem Moment, in dem er aus dem Auto steigen wollte. Sie war gut daheim angekommen, hatte das Haus allerdings leer vorgefunden und kurz darauf eine Sprachnachricht von Ramona erhalten.

»Mama und Caroline sind verreist«, berichtete sie. »Ich solle mir aber keine Sorgen machen, sie würden lediglich einen Tapetenwechsel benötigen.«

Was hatte das nun wieder zu bedeuten? Kam Caroline endlich aus ihrem selbst gewählten Schneckenhaus heraus oder sonderten die beiden sich mit dieser seltsamen Reise nur noch mehr von ihrer Außenwelt ab? Cornelius versprach seiner Tochter erneut, sich bei Ramona zu melden, war aber unschlüssiger denn je, ob das gerade eine gute Idee war.

Als er nachdenklich aus dem Wagen stieg, sah er auf der Terrasse seines Nachbarn einen Feuerschein lodern.

»Guten Abend, Herr Huber«, rief Cornelius über den Gartenzaun. »Waren Sie heute Vormittag bei mir?«

Lorenz Huber bejahte und lud ihn zu einem Bier an der Feuerschale ein. Während er im Haus verschwand, um Nachschub zu holen, überlegte Cornelius, was seinen schweigsamen Nachbarn so umtrieb. Denn dass ihn etwas beschäftigte, war nur allzu offensichtlich.

»Wissen Sie schon etwas Neues wegen Elena?«, war denn auch seine erste Frage, nachdem sie einander zugeprostet hatten.

Cornelius ehrte Hubers Meinung, aber sein Nachbar schien irrtümlich zu glauben, er habe – wohl auch wegen der Ereignisse in der Vergangenheit – einen direkten Draht zur Mordkommission. Robert Thorwalds Reaktion ob dieser Einschätzung wollte er sich gar nicht erst vorstellen. Noch bevor Cornelius antworten konnte, ertönte aus der Ferne das Geräusch von mehreren Martinshörnern. Sekunden später rauschte ein Streifenwagen mit eingeschaltetem Blaulicht vorbei. Irgendwo in Neukirchen fand offenbar ein größerer Polizeieinsatz statt.

Bisher hatte er Huber so eingeschätzt, dass an seinem Haus auch mehrere Panzer vorbeirollen könnten, ohne sein Interesse zu wecken. Jetzt hatte er jedoch das Gefühl, Lorenz Huber wäre dem Streifenwagen am liebsten hinterhergelaufen.

»Vielleicht wird in diesem Moment ja der Täter verhaftet?«, fragte er.

»Spätestens morgen Früh nach einem Einkauf im Dorfladen werden wir es wissen«, sagte Cornelius mit einem Augenzwinkern.

Die Miene seines Nachbars verdüsterte sich und er murmelte etwas, das Cornelius nicht verstand.

»Womöglich hat die Polizei endlich diesen Einbrecher geschnappt, der das ganze Dorf seit Monaten in Atem hält«, überlegte Cornelius. »Neukirchen kommt ja gar nicht mehr zur Ruhe.«

Sie unterhielten sich noch eine Weile über Belanglosigkeiten, ehe Cornelius sich schließlich verabschiedete. Zu Hause angekommen blieb sein Blick an den Fotos hängen, die er, um Platz für das gemeinsame Frühstück mit Tabea zu schaffen, in einen Karton gelegt hatte. Das Bild von Elisabeth Mayrhofer und Maria Brunner lag ganz oben auf dem Stapel. Er nahm es, um es genauer zu betrachten, und in diesem Moment durchzuckte es ihn wie ein Blitz: Er wusste endlich, wo er die rubinroten Ohrringe schon gesehen hatte.

Allerdings war er kein bisschen schlauer als zuvor. Ganz im Gegenteil. Seine Erkenntnis verwirrte ihn vielmehr. Warum trug ausgerechnet diese Person Elisabeth Mayrhofers Schmuck?

Angst ... sie war da, jeden Tag, jede Stunde. Nur manchmal, wenn er nicht dort sein musste, dann wurde sie kleiner. Weil er immer hoffte, dass das Böse in der Zwischenzeit vielleicht verschwinden würde. So wie es ja schon einmal aus seinem Leben verschwunden war. Aber jedes Mal bei seiner Rückkehr wurden seine Hoffnungen zunichtegemacht, denn es war immer noch da und wartete bereits auf ihn. Warum nur verstand es niemand? Warum sah niemand den unheimlichen Hass in den eiskalten Augen? Warum spürte niemand, dass es kein freundliches Lächeln war, sondern eines, das ihn am liebsten vernichtet hätte? Was konnte er nur tun, um ihm zu entkommen?

Er wollte am liebsten weit weglaufen, aber wusste nicht wohin. Außerdem hatte er Angst, dass es ihn verfolgte, und dann würde er ganz allein mit ihm sein und niemand würde ihm zu Hilfe kommen. Wieder allein ... So wie schon einmal. Nein, er würde nicht weglaufen. Verstecken! Er könnte versuchen, sich zu verstecken. Aber dazu musste es dunkel sein, damit ihn niemand sehen konnte. Und vor der Dunkelheit hatte er auch Angst. Trotzdem musste er es versuchen, denn keine Angst war schlimmer als die Angst vor dem Bösen. Jeden Tag, jede Stunde ...

»Na, alles okay?«, fragte Kornbichler und setzte sich neben Katrin, die Tobias Schindler und seine Mutter durch die Glasscheibe betrachtete.

Während die Frau eindringlich auf ihren Sohn einredete, lehnte Thorwald an der gegenüberliegenden Wand des Vernehmungsraums und ließ die beiden keine Sekunde aus den Augen.

»Hey, das ist ja eine Überraschung«, sagte sie und streichelte Matilda, die sich zwischen die beiden Stühle gestellt hatte, sachte über den Kopf. »Seid ihr oben schon fertig?«

»Ja, ging schneller als gedacht. Das wollten wir uns nach deiner Nachricht auf keinen Fall entgehen lassen. Bist du in Ordnung?«

»Ja, alles gut. War für einen kurzen Moment etwas spannend, aber dann lief alles nach Plan. Korbi hat ihn schließlich geschnappt. Du hast noch nichts verpasst. Gerade ist seine Mutter bei ihm.«

»Kein Anwalt?«, fragte Kornbichler mit hochgezogenen Augenbrauen.

»Frag nicht«, winkte Katrin ab. »Es war ziemlich chaotisch. Erst wollte er keinen und auch mit seiner Mutter nicht reden. Wir haben sie trotzdem verständigt und sie kam völlig aufgelöst hier an. Robert hat ihr dann erlaubt, in seinem Beisein mit ihrem Sohn zu sprechen und ihm auch klarzumachen, dass er, wenn es ans Eingemachte geht, ohnehin einen Pflichtverteidiger zugeordnet bekommt.«

»Kann der das schon allein entscheiden? Wie alt ist er überhaupt?«

»Neunzehn«, seufzte Katrin. »Also kann er.«

»Und wo ist sein Vater?«

»Die Mutter ist alleinerziehend und mit der Situation ziemlich überfordert. Die Nachricht über die Verhaftung ihres Sohnes hat sie natürlich völlig geschockt. Ich habe ihr eine Liste der gängigen Strafverteidiger gegeben. Woher soll die arme Frau denn mir nichts, dir nichts einen Anwalt aus dem Hut zaubern? Mittlerweile ist aber einer verständigt und auf dem Weg hierher. Thorwald und Kröger wollen die Vernehmung selbst durchführen. Ich bin nur stille Zuhörerin.«

»Noch nicht einmal voll strafmündig und womöglich schon einen Menschen auf dem Gewissen«, murmelte Kornbichler. »Warum sagst du jetzt nichts?«, fragte er, als Katrin nicht reagierte. »Glaubst du, er war es nicht?«

»Ich weiß es nicht, Toni«, sagte sie. »Die Einbrüche ... ja, da wird es nicht viel zu deuten geben. Sein Rucksack war voll mit den gestohlenen Sachen. Aber Elena Ziegler? Schau ihn dir doch einmal an. Das ist noch ein halbes Kind!«

»Wenn es sich so abgespielt hat, wie wir glauben, dann hat er am Sonntag Panik bekommen, weil sie ihn beim Einbruch im Pfarrhaus erwischt hat. Und dann laufen die Dinge gerne mal aus dem Ruder. Gerade weil er noch so jung ist. Wahrscheinlich hat er erst hinterher begriffen, was er da angerichtet hat.«

»Das mag schon sein. Aber das ist ja noch nicht alles. Weißt du, wer das ist?«

Kornbichler schüttelte den Kopf.

»Das ist Tobias Schindler, einer der Auszubildenden in der Schreinerei Ziegler. Wenn es sich wirklich so abgespielt hat, dann hat er die Tochter des Mannes umgebracht, in dessen Firma er seit mehr als zwei Jahren ein und aus geht.«

»Das ist doch nicht dein Ernst!«, rief David Mayrhofer nach schier endlos langen Sekunden des Schweigens.

»Doch, ist es.« Thomas lehnte mit hängenden Schultern an der Küchenbar. »Und bevor du jetzt anfängst ... Ich weiß selbst, dass es keine Glanzleistung war.«

»Ich fange mit überhaupt nichts an. Aber warum, Tom? Warum hast du das gemacht? Dir geht es doch gut. Du hast eine riesengroße Wohnung, ein Topgehalt, arbeitest in einer angesehenen Kanzlei, bist mit der Tochter des Inhabers verlobt ... Ich will es nur verstehen.«

»Die Partnerschaft«, sagte er leise. »Ich habe das Geld gebraucht, um endlich als Partner in die Kanzlei einsteigen zu können. Der alte Brockhaus hat da ganz klare finanzielle Vorstellungen, die einfach eine Nummer zu groß für mich sind. Er hätte mich sonst noch ewig schmoren lassen. Und die Hochzeit mit Tessa hätte ich mir dann irgendwann auch abschminken können.«

»Weiß sie es schon?«

Statt einer Antwort wies Thomas' Kopf in Richtung Küchenablage, wo ein Schlüsselbund und ein Ring neben dem Wasserkocher lagen. »Sie war hier in der Wohnung, während ich noch bei der Polizei saß. Hat alle ihre Sachen mitgenommen, aber das hier da gelassen. Mittlerweile blockiert sie meine Nummer am Telefon und ist nicht mehr für mich zu erreichen.«

»Warum hast du denn nicht Papa gefragt, ob er dir aushelfen kann?«

»Wir reden hier schon von ein- und demselben Menschen, oder? Du kennst doch sein Credo: Was man nicht mit eigener Hände Arbeit schafft ...«

»Ja, ich weiß«, murmelte David. »Aber er hätte dir das Geld doch nicht schenken müssen! Ein privates Darlehen, das du ihm mit Zinsen zurückgezahlt hättest. Das hätte er dir bestimmt nicht verweigert.«

»Es ist doch nicht nur das! Ich wollte ihn nicht fragen, sondern es ohne ihn schaffen. So wie ... du.«

David sah ihn aus großen Augen an. »Wie ich?«

»Ich gehe davon aus, dass er dir keinen Cent für dein Haus gegeben hat.«

David schüttelte belustigt den Kopf. »Davon kannst du allerdings ausgehen.«

»Und trotzdem hast du dein Ding durchgezogen. So wie du das immer gemacht hast. Judith und ich haben brav getan, was von uns erwartet wurde. Du dagegen hast ihm Paroli geboten. Schon als Kind. Wir waren uns damals sicher, du hast manchmal absichtlich schlechte Noten geschrieben, nur damit er sich aufregt.«

Über Davids Gesicht huschte ein kurzes Grinsen. »Das war eher die Ausnahme. Die Einserschüler wart nun einmal ihr beide, nicht ich. Und so lustig war das nicht, sich ständig mit ihm anzulegen. Vor allem nachdem Mama nicht mehr da war.«

»Ich weiß«, sagte Thomas. »Aber es gab Momente, da habe ich dich echt beneidet. Für deinen Mut und dass du dich nie von ihm hast kleinkriegen lassen. Bis jetzt. Du bist Schreiner geworden, obwohl ihm das überhaupt nicht gepasst hat. Ich *wollte* Jura studieren, aber ich hätte es auch getan, wenn dem nicht so gewesen wäre. Und wenn nicht Jura, dann irgendetwas anderes. Einfach weil er ein Hochschulstudium erwartet hat.«

Ein paar Sekunden war es erneut still in der Küche.

»Jetzt hilft mir mein ganzes tolles Studium nichts. Wenn ich Pech habe, lande ich sogar im Gefängnis.«

»So weit ist es noch lange nicht!«, erwiderte David. »Du hast doch gesagt, du hast bei der Polizei alle Karten auf den Tisch gelegt.«

»Ja ...«

»Und was ist mit dem Geld aus diesem Aktienverkauf? Hast du das noch?«

»Ja, natürlich. Keinen Cent habe ich davon ausgegeben. Es liegt alles auf der Bank. Ich brauchte es doch für die Partnerschaft in der Kanzlei.«

»Umso besser. Dann kannst du es zumindest zurückzahlen. Das alles wird bestimmt honoriert. Dass du jetzt hier bist und nicht in U-Haft sitzt, ist doch schon ein ganz gutes Zeichen.«

Thomas nickte zaghaft.

»Na siehst du! Bestimmt wird es am Ende nur eine Geldstrafe oder eine Bewährungsstrafe geben.«

»Aber ich werde meine Zulassung verlieren und nie wieder als Anwalt arbeiten dürfen. Ich kann doch nichts anderes! Was soll denn aus mir werden?«

»Das sehen wir dann, wenn es so weit ist. Jetzt pack ein paar Sachen und dann fahren wir los.« Noch nie hatte David Thomas so niedergeschlagen erlebt.

»Wohin?«, fragte sein Bruder verdutzt.

»Du kannst dich meinetwegen gern besaufen. Aber nicht hier und nicht allein. Außerdem hab ich ein anständiges Bier im Kühlschrank.«

Thomas lächelte matt. »Ich glaube, ich kann heute nicht mehr Autofahren«, murmelte er.

»Das sollst du auch nicht. Mein Wagen steht draußen vor dem Haus. Also los! Komm jetzt!«

»Kannst du über Altenberg fahren? Papa ist bestimmt noch im Büro. Ich bringe es am besten gleich hinter mich.«

Katrin und Kornbichler beobachteten durch die Glasscheibe, wie Herbert Kröger und Robert Thorwald gegenüber von Tobias Schindler und seinem Anwalt Platz nahmen. Der Jurist hatte sich zuerst kurz mit der Mutter seines zukünftigen Mandanten unterhalten. Anschließend sprach er mit Tobias selbst und ließ sich von beiden Dezernatsleitern den bisherigen Ermittlungsstand schildern. Er war ein freundlicher, energischer Mittvierziger. Katrin kannte ihn von einigen Fällen aus der Vergangenheit und hoffte, Tobias Schindler würde sich durch seine Anwesenheit kooperativer zeigen, als dies bisher der Fall war. Rasch beugte sie sich nach vorne und schaltete den Lautsprecher ein, der die Gespräche aus dem Nachbarzimmer übertrug.

Thorwald hatte eine Flasche Mineralwasser und ein Glas vor

Tobias auf den Tisch gestellt. Jetzt aktivierte er die Kamera und das Aufnahmegerät, machte die notwendigen Angaben und klärte Tobias Schindler über seine Rechte auf.

»Wollen Sie aussagen?«, fragte er schließlich.

Tobias Schindler warf dem Juristen einen scheuen Seitenblick zu, den dieser mit einem aufmunternden Kopfnicken beantwortete.

»Ja«, sagte er.

»Herr Schindler«, begann Herbert Kröger, »Sie wurden heute Abend von Polizeibeamten dabei überwältigt, als Sie Diebesgut, das bei einem Einbruch vor mehreren Monaten entwendet wurde, an die Geschädigten zurückgeben wollten. Darüber hinaus haben wir in Ihrem Rucksack diverse Wertgegenstände und Geldscheine gefunden, die aus zwei weiteren Einbrüchen stammen.« Er nannte die genauen Daten und Adressen.

»Dann ist er bei Herrn Rehberg offenbar nicht mehr dazu gekommen, etwas zu stehlen«, stellte Kornbichler fest. Er hatte Matildas Decke zwischen seinen und Katrins Stuhl gelegt, wo die Schäferhündin leise vor sich hin schnarchte.

Sobald die Einbruchsserie abgearbeitet war, würde die Mordkommission an die Reihe kommen. Jetzt stellte erst einmal Herbert Kröger die Fragen. Doch bereits Tobias Schindlers erste Antwort, ob er sich zu den einzelnen Einbrüchen äußern wollte, brachte die Strategie der beiden Hauptkommissare ins Wanken.

»Ja, ich bin dort überall eingebrochen. Auch bei Herrn Rehberg und bei Pfarrer Hartl. Aber ich wollte nicht, dass jemandem etwas passiert. Ich …« Er sah zu seinem Anwalt, der ihn ermutigte weiterzusprechen.

»Ich hab das alles doch nur für sie gemacht«, flüsterte Schindler.

»Für wen?«, fragte Thorwald und ignorierte Krögers genervtes Räuspern.

»Für Elena«, sagte Tobias so leise, dass es kaum zu verstehen war.

»Für Elena Ziegler?«

»Ja.«

»Heißt das, Frau Ziegler hat Sie zu den Einbrüchen angestiftet?«, fragte Kröger scharf.

»Nein!«, rief Tobias Schindler. »Sie weiß … wusste nichts davon. Aber ich … ich … musste doch … für … sie …«

»Ganz ruhig, Tobias«, sagte sein Anwalt und schenkte ihm ein Glas Wasser ein. »Erzählen Sie mir und den beiden Kommissaren alles der Reihe nach, von Anfang an.«

Schindler holte tief Luft. »Elena war eine richtige Dame. Keine war so schön wie sie und außerdem so nett. Immer wenn sie in die Schreinerei kam oder wir uns irgendwo getroffen haben, hat sie sich mit mir unterhalten, obwohl ich nur ein Lehrling bin.« Seine Miene verfinsterte sich. »Die anderen haben sich deshalb ständig lustig gemacht.«

»Welche anderen?«, fragte sein Anwalt ruhig.

»Ein paar von meinen Arbeitskollegen und der Bürgermeister und die Typen, mit denen er immer ins Wirtshaus geht. Dabei hatten die keine Chance bei ihr, das hat sie mir selbst gesagt. Vor allem der Leidinger und diese alten Säcke haben sie tierisch genervt.«

Katrin hörte, wie Kornbichler neben ihr die Luft einzog.

»Für mich wäre Elena ohnehin zehn Nummern zu groß, haben sie sich immer amüsiert. Was sollte ein Pimpf wie ich ihr schon bieten können. Und sie haben ja recht«, sagte er unbeherrscht. »Wir haben nicht viel Geld zu Hause. Meine Mama ist Altenpflegerin und ich verdiene als Lehrling auch nicht die Welt. Ich muss noch einen Kredit für mein Mountainbike abzahlen und der Rest geht fast ganz für meine Fahrstunden drauf.«

Thorwald und Kröger schienen mittlerweile eine stumme Übereinkunft geschlossen zu haben, ihm Zeit zu lassen und ihn nicht bei jeder sich bietenden Gelegenheit mit einer neuen Frage zu konfrontieren.

»Als wir im Juli bei den Zellmeiers die neuen Fenster eingesetzt haben, hab ich zufällig die Goldmünzen im Wohnzimmer gesehen. Eines Nachts hab ich mir mein Fahrrad geschnappt und bin los. Ich wusste ja, dass sie im Urlaub waren und keine Alarmanlage haben. Das hat uns die Frau Zellmeier in einer Kaffeepause selbst erzählt. Anfangs hatte ich richtig Schiss, aber es hat alles funktioniert. Ich konnte es zuerst selbst kaum glauben.«

»Der gemeinsame Nenner!«, sagte Katrin ins Halbdunkel hinein. »Warum ist das bloß niemandem aufgefallen? Überall waren zuvor die Schreiner im Haus. So konnte er in Ruhe die Örtlichkeiten auskundschaften und sich über die Bewohner informieren.«

»Nach dem ersten Einbruch hab ich gewartet, ob etwas passiert, aber niemand ist mir auf die Schliche gekommen«, fuhr Tobias Schindler auf der anderen Seite der Glasscheibe fort. »Deshalb hab ich es im August noch einmal probiert und wieder hat es geklappt. Danach hatten wir Betriebsurlaub, dann hatte ich Berufsschule und dann musste ich in der Schreinerei und bei einem Kunden in Landshut arbeiten. Erst im Oktober war ich wieder in Neukirchen im Einsatz.«

Damit hatte er auch die Frage nach der längeren Pause zwischen dem zweiten und dritten Einbruch beantwortet. Da er noch keinen Führerschein besaß und auf seinen Diebestouren offenbar mit dem Fahrrad unterwegs war, kamen nur Häuser in Neukirchen als Zielobjekte infrage.

»Haben Sie irgendwann versucht, Diebesgut zu verkaufen?«, fragte Kröger vorsichtig.

Erneut verfinsterte sich der Gesichtsausdruck des jungen Mannes. »Ja, ich hatte ja vor allem diesen Plunder mitgenommen. Münzen, Schmuck, Uhren. Bargeld hatten die Leute gar nicht so viel zu Hause. Und ich brauchte doch Geld, damit ich Elena etwas Schönes und Teures kaufen konnte! Aber als ich eine Armbanduhr verkaufen wollte, hat mir der Juwelier lauter komische Fragen gestellt. Wo ich die Uhr denn her hätte und ob ich ein Zertifikat dafür besitze. Da hab ich sie gepackt und bin abgehauen. Mit den Goldmünzen war es dasselbe. Der Typ in dem Laden wollte eine Kopie von meinem Ausweis machen, und ich sollte ein Formular unterschreiben, dass ich die Münzen nicht unrechtmäßig erworben habe.«

»Es ist eben nicht so einfach, Hehlerware loszuwerden«, stellte Kornbichler fest.

»Letzte Woche hab ich zufällig gehört, wie Elena sich mit unserer Sekretärin in der Schreinerei unterhalten hat. Sie hätte sich so gern ein Flugticket nach Kanada gekauft, um ihre beste Freundin dort zum Geburtstag zu überraschen. Aber ihr fehlte das Geld dafür. Und den Chef wollte sie nicht fragen. Sie war ziemlich traurig, weil ihre Freundin schon bald Geburtstag hat und es noch Wochen dauern würde, bis sie sich das Geld dafür zusammengespart hätte.« Tobias Schindler trank hastig einen Schluck Wasser. »Wir haben zu der Zeit bei Herrn Rehberg einen Hängeschrank in der Küche montiert, und dabei fragte er, ob wir uns auch die Schublade seines Schreibtischs ansehen könnten. Die würde sich nicht mehr richtig zuschieben lassen. Ich hab das übernommen und am Freitag kurz vor Feierabend auf dem Nachhauseweg erledigt. In der Schublade hab ich einen Umschlag mit fünfhundert Euro gefunden und heimlich dreihundert davon rausgenommen. Zuerst war ich total happy. Ich musste nicht einmal einbrechen. Aber dann wurde mir klar, dass Herr Rehberg sofort wissen wird, wer der Dieb war. Es war ja niemand anders im Haus. Das hat er uns selbst gesagt, als er uns einen Kaffee gemacht hat. Er sei mittlerweile so oft bei Frau Leitner, er wüsste gar nicht mehr, wann er zuletzt Gäste eingeladen hatte.«

Katrin hielt es kaum mehr auf ihrem Stuhl aus. Was wollte ihnen Tobias Schindler damit sagen?

»Zuerst wollte ich ihm das Geld in den Briefkasten werfen, aber auch dann würde er wissen, wer es ihm gestohlen hat. Ich konnte an nichts anderes mehr denken, als daran, wie ich heil aus der Sache rauskam. Beim Festdamenbitten am Samstag wurde mir klar, dass er den Verlust noch nicht bemerkt hatte. Eigentlich wollte ich später über die Terrasse rein und einen richtigen Einbruch vortäuschen, damit der Verdacht nicht auf mich fällt, aber er war den ganzen Abend zu Hause. Und das war nicht das einzige Problem. Ich hatte im Internet nachgesehen, was so ein Flugticket nach Kanada kostet, und brauchte unbedingt noch mehr Geld. Elenas Freundin hatte ja schon in zwei Wochen Geburtstag. Ich war einige Jahre Ministrant und mir ist dann eingefallen, wo Pfarrer Hartl das Geld aus der Kollekte aufbewahrt, bevor er es am Montag zur Bank bringt.«

»Jetzt wird es spannend«, sagte Katrin.

Kapitel 35

Am Sonntag war erst Rosenkranz und danach würde er im Altenheim sein, das wusste ich von meiner Mama. Also bin ich über die Terrasse zu ihm rein und hab das Geld aus dem Wohnzimmerschrank mitgenommen. Danach wollte ich direkt weiter zu Herrn Rehberg und bei ihm in der Villa einen Einbruch vortäuschen. Dabei hätte ich mir dann auch die restlichen zweihundert Euro aus diesem Umschlag geschnappt. Aber das hat alles nicht geklappt.«

»Weil Sie bereits am Pfarrhaus von jemandem beobachtet wurden?«, fragte Thorwald.

Tobias Schindler schüttelte den Kopf. »Nein, weil die Nachbarn von Herrn Rehberg ein Lagerfeuer gemacht haben und im Garten standen, um irgendetwas zu feiern. Ich hab zwei Stunden im Dunkeln gewartet. Irgendwann hat mich meine Mama angerufen, wo ich denn sei, und ich musste heim.«

»Wie sind Sie von Pfarrer Hartl zu Herrn Rehberg gekommen?«

»Mit dem Fahrrad. Ich bin auch nicht direkt durch das Dorf gefahren, sondern hab einen riesengroßen Umweg über die Nebenstraße und die Feldwege gemacht.«

»Haben Sie auf diesem Umweg irgendjemanden getroffen?«

»Nein, wen denn?«

»Elena Ziegler zum Beispiel«, sagte Thorwald und wies Tobias Schindler umgehend darauf hin, dass er sich nicht selbst belasten müsste.

»Aber ich hab die Elena am Sonntag nicht getroffen. Ich hab sie am Samstag beim Festdamenbitten zuletzt gesehen. Am Montag haben sie uns dann in der Schreinerei gesagt, dass sie tot ist.« Tobias Schindler war jetzt kurz davor loszuheulen. »Deshalb wollte ich doch alles wieder zurückgeben. Ich brauche den ganzen Plunder und das Scheißgeld nicht mehr. Wofür denn?«

»Was ist in der Villa von Herrn Rehberg passiert?«, fragte Kröger.

»Am Montag war ich wegen Elena so fertig, dass ich nichts mehr machen konnte. Aber ich *musste* das Geld loswerden. Dienstagabends sitzt Herr Rehberg eigentlich immer recht lange bei Frau Leitner am Tresen, aber ich hatte das Geld gerade in den Umschlag zurückgelegt, da hab ich ihn an der Haustür gehört. Ich bekam Panik und wollte abhauen, bin aber mit meinem Kapuzenpulli in der Schublade hängen geblieben. Als ich sie endlich offen hatte, war er schon in der Diele und ich hab es nicht mehr bis zur Terrassentür geschafft. Also hab ich mich im Dunkeln versteckt und wollte warten, bis er im Wohnzimmer ist, und dann hinter ihm über die Haustür raus. Aber das ging auch schief. Ich bin mit dem Fuß gegen etwas gestoßen, er drehte sich um und stand plötzlich mit der Taschenlampe vor mir. Ich wollte nicht, dass er sich verletzt. Wirklich nicht! Deshalb hab ich auch die Haustür offen gelassen, damit die Nachbarn merken, es stimmt etwas nicht. Eine Stunde später bin ich noch einmal durch die Siedlung geradelt, um nachzuschauen. Da war dann schon überall Polizei.«

»Was für ein fürsorglicher Einbrecher«, murmelte Kornbichler.

»Kommen wir zurück zum Sonntag und zum Einbruch im Pfarrhaus«, sagte Thorwald.

»Dem Pfarrer hab ich das Geld doch längst zurückgegeben!«, rief Tobias Schindler. »Und entschuldigt hab ich mich auch bei ihm.«

»Darum geht es jetzt nicht. Haben Sie Elena Ziegler beim Verlassen des Pfarrhauses oder auf Ihrem Umweg zur Villa von Herrn Rehberg irgendwo angetroffen?«

»Nein! Das hab ich doch schon gesagt. Ich hab überhaupt niemanden getroffen. Das heißt …«

»Was?«, fragte Thorwald lauernd.

»Direkt am Mühlbach stand hinter den Hecken ein Auto. Die Scheinwerfer gingen gerade aus, als ich näher kam.«

Thorwald, der seinen Laptop zur Vernehmung mitgenommen hatte, tippte rasch etwas ein und drehte den Bildschirm dann um. »Wo genau war das?«

Tobias Schindler zeigte, ohne zu zögern, auf die Landkarte. »Hier.«

Es war die Stelle, an der die Leiche von Elena Ziegler ins Wasser geworfen wurde, wie Thorwald dem Aufnahmegerät für das Protokoll mitteilte.

»Aber Elena war nicht dort!«, sagte Tobias Schindler. »Da waren ein Mann und eine Frau.«

»Entweder ist der Junge abgebrühter, als wir alle denken, oder er hat tatsächlich keine Ahnung, was passiert ist«, stellte Katrin fest.

»Was für Leute waren das? Könnte Elena diese Frau gewesen sein?«

»Nein, die klang ganz anders. Keine Ahnung, wer das war. Ich bin nicht stehen geblieben, sondern schnell vorbeigeradelt. Ist mir doch wurscht, wer sich dort zum Knutschen trifft.«

»Zum Knutschen?« Thorwald runzelte die Stirn.

»Oder was weiß ich, was die dort gemacht haben. Es waren jedenfalls ein Mann und eine Frau und sie haben sich in einer Sprache unterhalten, die ich nicht verstanden habe.«

»In einer Fremdsprache?«

»Ja, das sagte ich doch gerade. Kann ich jetzt endlich nach Hause gehen? Sie wissen doch jetzt alles. Und die Sachen hab ich auch zurückgebracht.«

»Nach Hause?«, wiederholte Thorwald entgeistert. »Ganz bestimmt nicht. Sie bleiben selbstverständlich über Nacht in Gewahrsam. Und morgen werden wir uns noch einmal ausführlich über Ihre Beutezüge und vor allem über die Geschehnisse nach Ihrem Einbruch im Pfarrhaus unterhalten. Sie sind hier noch längst nicht aus dem Schneider.«

Andreas Mayrhofer saß in seinem Büro und starrte seinen ältesten Sohn mit zusammengekniffenen Augen an. Er verstand nicht alles, was Thomas vor sich hin faselte und umständlich zu erklären versuchte. Drei Dinge lagen jedoch glasklar auf der Hand: Sein Sohn hatte eine Straftat begangen, würde daher seine anwaltliche Zulassung verlieren und, der größte Frevel von allen, er hatte diesen unsäglichen Insiderhandel mit Markus Baumgartner durchgezogen. Ausgerechnet Baumgartner, seit Jahren sein härtester Rivale. Wie konnte Thomas nur? Mayrhofer wartete, bis er geendet hatte. Dann stand er seelenruhig von seinem Bürosessel auf.

»Raus«, sagte er nur und wies auf die Bürotür.

»Papa, bitte ...«

»Raus!«, brüllte Mayrhofer so laut, dass man es problemlos bis auf die Straße hören konnte. »Und lass dich nie wieder bei mir blicken!«

Nach einem heißen Lavendelbad zog sich Bernadette ihren Lieblingspyjama an, schaltete leise Hintergrundmusik ein und setzte sich im Schneidersitz auf das Bett. Stück für Stück nahm sie die Dinge aus dem Karton, den ihr Katrin Abel zum Abschied überlassen hatte. Sorgfältig breitete sie die Gegenstände um sich herum aus, auch das Luftgewehr, das ihre Schwester vor einigen Jahren zum Geburtstag bekommen hatte. Ihre Eltern hatten damals sogar Elenas Initialen eingravieren lassen. Liebevoll ließ sie ihre Hände über die beiden Buchstaben und den Lauf des Gewehrs streichen.

Unter den Sachen befanden sich neben dem Schlüssel für das Neukirchner Sportheim und einigen Kosmetikartikeln auch Schmuckstücke von Elena und ... Fotos. Eines zeigte sie und eine unbekannte junge Frau vor einer atemberaubenden Naturkulisse. »Lucy and Elena« hatte jemand mit sauberer Handschrift auf der Rückseite vermerkt, dazu Datum und Ort der Aufnahme. Das also war Elenas Mitbewohnerin aus Toronto. Das Bild war offenbar bei einem Ausflug in die kanadischen Berge entstanden. Elena hatte Lucy nach ihrer Rückkehr in Bernadettes Gegenwart gelegentlich erwähnt, aber sie hatte dem Namen nicht allzu viel Aufmerksamkeit geschenkt. Warum eigentlich nicht? Warum hatte sie in den letzten Monaten so wenig Zeit mit Elena verbracht, so selten mit ihr gesprochen?

Weil sie immer viel gearbeitet hatte, nach ihrem Umzug in die Altenberger Wohnung nicht mehr oft zu Hause und manchmal sogar froh gewesen war, das Schießtraining nicht gänzlich an den Nagel hängen zu müssen, so vollgestopft, wie ihre Tage bisweilen waren. Aber das entsprach nur der halben Wahrheit. Die andere Hälfte wollte sich Bernadette eigentlich nicht eingestehen, aber allein in ihrer Wohnung gab es kein Davonlaufen. Weil sie es nicht ertragen hatte, dass Elena als Fahnenbraut vorgesehen war, wohingegen sie auf dem Abstellgleis stand. Dabei hatte die Kommissarin vollkommen recht. Sie hätte überhaupt keine Zeit für all die Vorbereitungsarbeiten und unzähligen Termine gehabt. Dirndlanprobe hier, Fotoaufnahmen da. Dazwischen noch die Besprechungen mit dem Festausschuss. Ständig hatte es irgendein Treffen gegeben, das Elena und Anna Leitner wahrnehmen mussten. Wie oft hatte sie dagegen verlauten lassen, welch verantwortungsvolle und fordernde Arbeit im Hotel auf sie wartete und wie wenig Freizeit und Privatleben für sie übrig blieben.

Dennoch hätte ihr Vater sie wenigstens fragen können. Und wenn schon nicht ihr Vater, warum hatte dann nicht zumindest ihre Mutter Partei für sie ergriffen? Sie war doch sonst so energisch und durchsetzungsstark, aber da hatte sie sich schön im Hintergrund gehalten. Und Elena – sie hatte sich so gefreut, Fahnenbraut sein zu dürfen, und war einfach nur glücklich gewesen. Hatte sie, Bernadette, das am Ende nicht ausgehalten?

Ihre Augen blieben an einer weiteren Aufnahme hängen. Laut polizeilicher Anmerkung auf der Rückseite des Bilds hatten es die Beamten an der Innenseite von Elenas Spindtür gefunden. Es zeigte ihre Schwester und sie selbst, Arm in Arm, strahlend vor Glück. Bernadette wusste sofort, wo und wann das Foto aufgenommen worden war. Im Neukirchner Sportheim nach dem Heimwettkampf gegen die Mannschaft aus Ergolding. Sie alle hatten an dem Abend exzellent geschossen, aber keine so fantastisch wie Elena. Es gab einen Moment, da war sich Bernadette sicher, ihre Schwester hätte auch mit verbundenen Augen mitten ins Schwarze getroffen. Es war der schönste und beste Abend, den Bernadette als aktive Schützin erlebt hatte. Bis vier Uhr morgens hatten sie gemeinsam gefeiert, ehe sie beschwipst nach Hause gestolpert waren, wo sie kichernd wie die Schulmädchen auf Elenas Bett gefallen und dort eingeschlafen waren. Ausgerechnet dieses Foto hatte Elena an ihrer Spindtür befestigt. Sie hatte es also jedes Mal angesehen, wenn sie sich für ein Training oder einen Wettkampf umgezogen und ihr Gewehr herausgenommen hatte.

»Meine Kleine«, flüsterte sie und strich zärtlich über das Foto. »Niemand hat es so sehr verdient wie du, Fahnenbraut zu sein.«

In diesem Moment wusste sie, was sie morgen, noch bevor sie ins *Drei Lilien* fuhr, als Erstes tun würde.

»Papa beruhigt sich schon wieder«, sagte David und reichte Thomas eine Bierflasche aus dem Kühlschrank.

»Ich weiß nicht. Du hättest ihn da oben mal erleben sollen«, murmelte sein Bruder. »Ich hab gedacht, er kriegt gleich einen Herzinfarkt.«

»Er musste halt Dampf ablassen. Wenn die erste Wut verraucht ist, renkt sich das alles wieder ein.« David öffnete seine eigene Bügelverschlussflasche. »Prost! Glaub mir, ich weiß, wovon ich rede.«

Thomas quittierte den Kommentar mit einem schiefen Lächeln, als an der Haustür geklingelt wurde.

»Erwartest du noch Besuch?«

»Nein«, sagte David. Hoffentlich war das nicht wieder Clara. Er hatte seine Großmutter auf dem Rückweg angerufen und ihr versichert, dass mit Thomas alles in Ordnung sei und er nur etwas Stress mit seiner Verlobten und seinem zukünftigen Schwiegervater habe, weshalb er vorübergehend bei ihm in Neukirchen wohne. Mehr musste sie im Moment nicht wissen. Den Rest würde Thomas ihr persönlich und in aller Ruhe in den nächsten Tagen erklären.

Vorsichtshalber sah er dieses Mal durch den Spion. Noch einmal würde Clara ihn nicht so eiskalt erwischen. Vor seiner Haustür stand auch jetzt in der Tat eine Frau, aber es war nicht Clara, sondern …

»Judith!«, rief er. Schwungvoll öffnete er die Tür.

»Hallo, Bruderherz«, erwiderte sie lächelnd und streckte die Arme nach ihm aus.

Verdattert erwiderte er die Umarmung. »Was machst du denn hier?«

»Ich komme direkt vom Flughafen. Kann ich ein paar Tage bei dir bleiben?«

Erst jetzt bemerkte David den schwarzen Rollkoffer hinter ihr. »Äh … ja. Ja, natürlich.«

»Papa hat mir zig Nachrichten auf der Mailbox hinterlassen, weil er etwas Wichtiges mit mir besprechen wollte. Gestern ist er dann endlich damit herausgerückt. Ich soll Fahnenbraut beim Schützenverein werden. Wie kommt er denn auf diese Schnapsidee? Hat Elena ihm etwa einen Korb gegeben?«, sprudelte es aus ihr heraus, während sie ihren Mantel auszog.

»Judith, hör mal, Elena ist ... was ist das denn?« Entgeistert starrte David auf das kleine Bäuchlein, das sich sichtbar unter Judiths Pullover abzeichnete.

»Stimmt. Das weißt du ja noch gar nicht. Herzlichen Glückwunsch. Du wirst Onkel!«, rief sie und küsste David übermütig auf beide Wangen.

»Was? Aber ...?«

»Es wird ein Junge. Joshua und ich sind gerade dabei, unser Hausboot auf der Themse herzurichten, wo wir dann zu dritt wohnen werden.«

»Joshua? Hausboot?«, echote David. Nur mühsam gelang es ihm, die Fassung zu wahren. »Und deine Doktorarbeit?«

Judith winkte ab. »Ach, daran arbeite ich schon seit einem halben Jahr nicht mehr. Anfangs war es ja noch ganz interessant, aber irgendwann ist mir dieser ganze Akademikermief in Oxford zu viel geworden. Mit meinem BWL-Studium kann ich schließlich alles Mögliche anfangen.« Sie strich über ihre Körpermitte. »Momentan mache ich Business-Pläne für einige kleinere Start-ups.«

»Aha«, sagte David. »Und dieser Joshua ist ... wer?«

Judith hing ihren Mantel an die Garderobe. »Mein Verlobter«, sagte sie mit strahlenden Augen. »Er arbeitet für eine Entwicklungshilfeorganisation. Wir haben uns auf einer Umweltdemo in London kennengelernt. Joshua war einer der Aktivisten, die sich von der Tower Bridge abgeseilt haben.«

David traute seinen Ohren nicht. Seit wann war Judith, Einserschülerin und Studentin mit Prädikatsabschluss, vom Akademikerleben gelangweilt und nahm stattdessen an Umweltdemonstrationen teil?

»Weiß Papa schon ...?« Er zeigte auf ihren Babybauch.

»Nein«, seufzte sie. »Unser alter Herr weiß noch gar nichts, weshalb ich jetzt dringend hierher kommen musste. Tom! Du bist ja auch hier! Was für eine Überraschung.« Sie lief auf ihn zu, blieb an der Schwelle zur Küche jedoch abrupt stehen. »O Gott, siehst du elend aus. Was ist denn passiert?«

»Hallo, Judith. Frag nicht«, wehrte Thomas ab. »Jetzt komm erst mal her und lass dich umarmen. Du hast ja Neuigkeiten mitgebracht!«

»Oje, Tom. Das klingt ja furchtbar«, sagte Judith und schob sich den letzten Bissen Pizza in den Mund.

Zu dritt saßen sie seit einer Stunde in Davids Wohnzimmer und hielten Kriegsrat. Erst hier hatte Judith erfahren, was mit Elena passiert war und weshalb eine Ersatzfrau für das Amt der Fahnenbraut gesucht wurde. Auch Thomas' Straftat und die harsche Reaktion ihres Vaters kamen auf den Tisch.

»Ich weiß«, sagte Thomas. »Von daher mag ich mir gar nicht vorstellen, wie er auf deine Neuigkeiten reagiert. Er ist jetzt schon auf hundertachtzig.«

Judith stellte den leeren Teller ab und lehnte sich in die Sofakissen zurück. »Um mich mach dir mal keine Sorgen. Seit ich den kleinen Mann im Bauch habe, kann mir keiner mehr was. Ich habe das Gefühl, ich könnte Bäume ausreißen.«

David musste unwillkürlich lächeln. »Du musst trotzdem nicht allein in die Höhle des Löwen. Tom und ich werden dich selbstverständlich begleiten.«

»Klar!«, sagte Thomas rasch. »Wer weiß, wie er tobt und brüllt, wenn er erfährt, dass du deine Promotion aufgegeben hast und zukünftig in einem Hausboot auf der Themse leben willst.« David entging nicht, dass auch Thomas mit den jüngsten Entscheidungen ihrer Schwester noch etwas zu kämpfen hatte.

»Ach, er soll ruhig toben und brüllen«, sagte Judith dagegen entspannt. »Von mir aus enterbt er mich. Ich brauche sein blödes Geld nicht. Hast du noch etwas Süßes? Ich habe so einen Hunger.«

Beim Durchforsten seines Vorratsschranks fiel David die Schweizer Schokolade in die Hände, die Clara für ihn gekauft hatte, nachdem sie erfahren hatte, dass es seine Lieblingssorte war. Bei einem ihrer heimlichen Dates hatte sie ihm eines Abends die Tafel überreicht. Er hatte sie vollkommen vergessen.

»Hier, Judith. Kannst sie gerne ganz aufessen.«

»Aber magst du die nicht besonders?«

David schüttelte den Kopf. »Nein, nicht mehr. Hab mich mal daran überessen und kann sie seitdem nicht mehr sehen.«

»Okay.« Judith brach sich ein großes Stück davon ab. »Wisst ihr, was mir am meisten im Magen liegt?«, fragte sie dann. »Die Sache mit der Fahnenbraut. Wie kommt Papa denn darauf, ausgerechnet mich dafür auszusuchen? Ich bin noch nicht einmal Mitglied im Schützenverein, geschweige denn, dass ich jemals eine Schusswaffe in der Hand gehalten habe. Außerdem würde ich es niemals übers Herz bringen, als Ersatzfrau für Elena einzuspringen.«

»Frag mich was Leichteres«, seufzte er.

»Niemand sollte Elena ersetzen. So einfach ist das!«, sagte Judith und nahm ihre Brüder links und rechts an den Händen. »Wann sind wir drei eigentlich das letzte Mal so beieinander gesessen?«

»Keine Ahnung. Ist sehr lange her«, stellte Thomas fest. »Wollen wir beide morgen an Mamas Grab?«

Ein Schatten huschte über Judiths Gesicht. »Ja, unbedingt. Ich war ewig nicht mehr auf dem Friedhof.«

»Leider kann ich nicht mitkommen. Ich muss früh raus, weil wir im *Drei Lilien* noch ein paar Restarbeiten im neuen Casino zu erledigen haben«, sagte David. »Fühlt euch ganz wie daheim. Der Kühlschrank braucht allerdings bald Nachschub.«

»Dann werde ich morgen gleich bei der guten Roswitha Förster vorbeischauen«, sagte Judith. »Sie hat doch noch den Dorfladen, oder?«

»Du meinst das Hauptquartier des Dorfsheriffs? Und ob!«

»Und die Oma muss ich auch besuchen. Die wird Augen machen, wenn sie erfährt, dass sie bald eine Uri ist.«

Thomas machte Anstalten, vom Sofa aufzustehen.

»Wo willst du denn hin?«, fragte David.

»Ich rufe mir ein Taxi und übernachte im Hotel. Dann kann

Judith im Gästezimmer schlafen. Und du hast nicht so viele Leute im Haus.«

»Schmarrn! Du bleibst natürlich hier. Es gibt genügend Platz für alle. Und Judith kann auch bei mir schlafen.«

»Oder wir machen ein Matratzenlager. So wie damals, erinnert ihr euch?« Judith lachte. »Als wir drüben eingezogen sind und unsere Hochbetten nicht rechtzeitig fertig wurden. Was hat Papa da geschimpft und getobt. Mama dagegen war die Ruhe selbst und hatte dann die Idee, dass wir alle in Thomas' Zimmer auf den Matratzen schlafen. Es war herrlich!«

»Ja, Mama konnte nichts umwerfen«, sagte Thomas leise. »Wie ein Fels in der Brandung hat sie immer alles abgewehrt.«

Als sie eine Stunde später nebeneinander in Davids Bett lagen, drehte sich Judith unvermittelt zu ihm um. »Tom sitzt richtig tief im Schlamassel, oder?«

»Allerdings. Er wird seine Zulassung verlieren und kann von Glück sagen, wenn er nicht im Gefängnis landet. Ich hab keine Ahnung, wie es bei ihm weitergehen soll.« Er sah seine Schwester eindringlich an. »Aber diese Zweifel dürfen wir ihm nicht zeigen. Wir müssen ihm Mut zusprechen und für ihn da sein.«

»Am liebsten würde ich ihn ja mit nach London nehmen. Ein Tapetenwechsel wäre jetzt genau das Richtige. Außerdem könnte er mir bei den Arbeiten für die Start-ups helfen. Das würde ihn zusätzlich ablenken. Aber ich befürchte, er wird nicht ausreisen dürfen.«

»Nein, er muss sich regelmäßig bei der Polizei melden. Das ist eine der Bedingungen, dass er momentan überhaupt auf freiem Fuß ist.«

»Verdammt, das klingt echt ernst. Aber du bist auch schon den ganzen Abend so komisch. Bedrückt dich irgendetwas?«

»Wie kommst du denn darauf? Nur weil ich keine Schweizer Schokolade mehr esse?«

Judith musterte ihn kritisch. »Ich meine es ernst. Also raus mit der Sprache.«

Nach einigem Zögern erzählte David ihr schließlich die Wahrheit.

»Clara und du?«, fragte Judith entgeistert. »Aber wie kann sie nur ...?«

»Meinst du, wir haben nicht dagegen angekämpft?«, entgegnete David. »Wir haben uns das doch nicht ausgesucht. Irgendwann ist es halt passiert.«

»Das meine ich nicht! Wie kann Clara nur so eine miese Nummer mit dir abziehen. Eine Affäre! Dafür hätte sie sich auch einen anderen aussuchen können.«

»Ja danke. So schlau war ich auch schon«, brummte David. Dass Judith aber auch immer den Finger in die Wunde legen musste.

Seine Schwester setzte sich im Bett auf. »Wie soll es denn jetzt weitergehen? Will sie sich von Papa scheiden lassen?«

»Gar nichts geht weiter. Sie ist mit Papa verheiratet und wohnt oben bei ihm und ich hier unten. Punkt. Können wir das Thema jetzt bitte sein lassen.« David richtete sich auf und schaltete die Nachttischlampe aus. »Und zu niemandem ein Wort, haben wir uns da verstanden! Auch zu Tom und zu Oma nicht.«

»Wofür hältst du mich?«, fragte Judith entrüstet. »Wobei ich mir Clara nur allzu gern vorknöpfen würde.«

»Halt dich da raus! Das ist eine Sache zwischen uns beiden und geht niemanden etwas an. Auch dich nicht. Und jetzt schlaf.« Ruckartig drehte er sich auf die Seite.

Schließlich schaltete auch Judith das Licht neben ihrem Bett aus. »Liebst du Clara?«, fragte sie in die Dunkelheit hinein.

»Du sollst schlafen«, zischte David. Und nach ein paar Sekunden: »Ja.«

Die Gestalt sah noch einmal über ihre Schultern, aber um sie herum war alles dunkel und still. Unauffällig und leise war sie zuvor durch das nächtliche Altenberg gestreift. Es hatte eine Weile gedauert, aber schließlich hatte sie gefunden, was sie gesucht hatte. Geduld und Beharrlichkeit zahlten sich eben immer aus. Genau wie Disziplin und eine gute Vorbereitung. Obwohl es dieses Mal schnell gehen musste, denn erst vor wenigen Stunden hatte sie erfahren, was für eine ungeheuerliche Möglichkeit sich am nächsten Tag bieten würde. Dafür hatte sie sehr genaue Informationen erhalten. Wenn der alte Idiot und diese Schnepfe nur ahnten, wer ihr Gespräch belauscht hatte.

Aber die Leute hielten sich ja immer für so klug, ja geradezu unantastbar. Die meisten kamen gar nicht auf die Idee, wie leicht zu durchschauen und zu manipulieren sie waren. Beim Gedanken an die letzten Tage hätte sie fast laut losgelacht. Waren diese nicht der beste Beweis dafür?

Mit schnellen Schritten näherte sie sich dem Objekt ihrer Begierde. Der Rest war ein Kinderspiel und ging geräuschlos über die Bühne, jeder Handgriff mittlerweile Routine. Jetzt würde sie den Rest der Nacht damit verbringen, sich vorzubereiten und zu planen. Jeden Schritt, davor und danach. Und wenn alles vorbei war, galt es nur noch eine einzige Sache zu erledigen. Das teuflische Werk zu vollenden, das sie vor so vielen Jahren begonnen hatte.

Kapitel 36

Als Katrin und Kornbichler am nächsten Morgen ins Präsidium kamen, brütete Robert Thorwald bereits über das nächste Verhör mit Tobias Schindler. Es war nur zu offensichtlich, dass er mit den Ergebnissen des Vortages nicht zufrieden war.

»Meine Meinung kennst du«, erwiderte Katrin auf seine Frage nach ihren Einschätzungen. »Daran hat sich über Nacht nichts geändert. Die Einbrüche gehen klar auf sein Konto, aber Elena Ziegler ...«

»Lass dich von seinem Alter und seinem unschuldigen Augenaufschlag nicht blenden«, sagte Kornbichler. »Wer, ohne Spuren zu hinterlassen, in fünf Häuser einbrechen kann, dem traue ich auch eine Gewalttat zu. Und erst recht eine Handlung im Affekt.«

»Ich weiß«, murmelte Katrin. »Aber seine offensichtliche Überraschung, dass wir ihm aufgelauert haben, zeigt doch, wie naiv und kindlich er eigentlich noch ist. Und die Beute nach Elenas Tod nicht für sich selbst auszugeben, spricht auch nicht unbedingt für einen kaltblütigen Verbrecher.«

Tatsächlich hatte Tobias Schindler auf Krögers Frage, warum er denn seelenruhig zu seinen bisherigen Einbruchsopfern radeln wollte, erstaunt geantwortet, er habe niemals mit dem Auftauchen der Polizei gerechnet. Er wollte den Leuten eben die entwendeten Sachen und das Geld zurückgeben. Schließlich würde er nach Elenas Tod nichts mehr davon brauchen. Nicht mehr und nicht weniger.

»Trotzdem lässt sich Krögers Argument, er habe die Sachen loswerden wollen, um nicht mit der Gewalttat in Verbindung gebracht zu werden, auch nicht von der Hand weisen. Statt klinisch sauberer Einbrüche mit einem Glasschneider hat er mit einem Mal Blut an den Händen kleben. Da sind schon abgebrühtere Typen durchgedreht.«

Thorwald nickte. »Außerdem haben wir bisher eine Möglichkeit noch völlig außer Acht gelassen.« Er machte kröger-mäßig eine kleine Kunstpause. »Vielleicht hat er Elena am Pfarrhaus ja gestanden, dass er für sie eingebrochen ist, um ihr dieses Flugticket nach Kanada kaufen zu können. Doch anstatt ihm dankbar um den Hals zu fallen, hat sie ihn womöglich ob seiner kindlichen Naivität ausgelacht oder ihm resolut klargemacht, er solle auf der Stelle damit aufhören, weil sie kein Geschenk von ihm möchte. Erst recht keines, wenn das Geld dafür aus einem Einbruch stammt.«

»Und aus lauter Enttäuschung hat er dann zugeschlagen und sie ein paar Meter weiter in den Mühlbach geworfen«, folgerte Kornbichler. »Klingt durchaus plausibel.«

»Er ist ein kräftiger und muskulöser Bursche. Bei ihrer zierlichen Figur könnte er das problemlos allein geschafft haben. Das würde auch erklären, weshalb wir keine Reifenspuren gefunden haben.«

»Der Bericht der KTU sagt, dass Spuren beseitigt wurden, nicht dass es keine gab«, wandte Katrin ein. »Und zugleich ist er so abgebrüht und berechnend und hinterlässt keinerlei Fußspuren? Ausgerechnet in dieser Extremsituation?«

Thorwald trommelte ungeduldig mit den Fingern auf seiner Schreibtischoberfläche. »Alles schön und gut, aber die Geschichte, die er uns da weismachen will, ist mir zu hanebüchen. Vor allem der mysteriöse Wagen hinter der Hecke und die beiden Ausländer. Wer soll das denn gewesen sein?« Mürrisch blätterte er in seinen Aufzeichnungen. »Die einzige Ausländerin, zu der Elena Ziegler Kontakt hatte, ist Lucy Montgomery. Und die lebt nachweislich in Toronto. Ich habe es extra gestern Abend noch überprüfen lassen.«

Katrins Festnetz klingelte und sie eilte zurück in das angrenzende Büro.

»Wie geht es jetzt weiter?«, fragte Kornbichler.

»Kröger spricht gerade mit den beiden Augenzeuginnen aus diesem Villenüberfall in Südfrankreich«, brummte Thorwald. »Dann haben wir einen Termin beim Staatsanwalt und danach setzen wir die Vernehmung von Tobias Schindler fort. Macht ihr nach eurem Außentermin bitte mit der Überprüfung sämtlicher Aussagen und Vernehmungen weiter. Außerdem geht das Phantombild des Unbekannten heute an die Presse, falls niemand in der Einrichtung oder aus Elenas Familie ihn identifizieren kann. Vielleicht nimmt das Ganze dann ja am Ende noch etwas an Fahrt auf.«

»Was haben wir denn für einen Außentermin?«, fragte Kornbichler bei seiner Rückkehr in das gemeinsame Büro.

»Wir fahren jetzt zu Ralf Baumgartner nach Altenberg«, antwortete Katrin. »Ich habe ihm heute Morgen eine Nachricht hinterlassen und er hat mich gerade zurückgerufen. Er besitzt tatsächlich etwas, das uns womöglich weiterhelfen könnte.«

Kornbichler verstand nicht, worauf sie hinauswollte. »Ralf Baumgartner?«

»Ja, Architekt und Bruder des verstorbenen Bauunternehmers Markus Baumgartner«, sagte Katrin mit einem schelmischen Lächeln. »Den Rest erkläre ich dir unterwegs.«

Bernadette Ziegler parkte ihren Wagen und ging Richtung Sportheim. An einem Freitagvormittag Ende Oktober war das Gelände menschenleer. Keiner, der auf dem Fußballplatz oder der Tennisanlage trainierte. Aber das war Bernadette nur recht. Sie brauchte jetzt niemanden, der ihr kondolierte oder sich nach dem Befinden ihrer Eltern erkundigte. In drei Tagen würde Elenas Beerdigung stattfinden, da hatten die Leute genug Gelegenheit dazu. Bernadette graute allein bei der Vorstellung der unzähligen Trauergäste und Kirchenbesucher. Am liebsten hätte sie Elena in aller Stille im Kreis der Familie beigesetzt. Nur sie, ihre Eltern und David als Elenas ältester und bester Freund ... mehr hätte es nicht gebraucht. Ein Gefühl sagte ihr, dass ihre Eltern es sich genauso wünschten, aber wie sollten sie das den Neukirchnern beibringen? Kirche und Friedhof lagen ja mitten im Dorf. Und dann war wenige Tage nach der Beerdigung auch schon Allerheiligen, wo sie wieder alle an den Gräbern stehen und ihre Hälse nach ihnen recken würden. Bernadette wusste im Moment nicht, wie sie diese Tage überstehen sollte. Deshalb würde sie jetzt ganz allein von ihrer Schwester Abschied nehmen. Ohne Publikum, ohne mitleidige Blicke und salbungsvolle Worte. Und danach Andreas Mayrhofer Elenas Schlüssel für das Sportheim zurückbringen und aus der Schützenmannschaft austreten.

Langsam ging sie die Stufen zum Obergeschoss hinauf, wo sich die Umkleiden und die Schießstände befanden. Ihr Herz schlug bis zum Hals, als sie vor Elenas Spind stand und ihn vorsichtig öffnete. Dann legte sie ein Blumengebinde in den leeren Schrank und zündete eine violette Kerze an, die sie auf der Sitzbank davor abstellte. Violett – Elenas Lieblingsfarbe. Sie war so in Gedanken versunken, dass sie nicht hörte, wie hinter ihr die Tür geöffnet wurde. Erst das Flackern der kleinen Flamme ließ Bernadette aufblicken.

»Mama, was machst du denn hier?«, fragte sie erschrocken.

Die schmale Gestalt ihrer Mutter hatte den Umkleideraum betreten. »Ich war ein bisschen spazieren und hab dein Auto draußen auf dem Parkplatz stehen sehen. Das hast du aber schön gemacht. Magst noch ein bisschen deine Ruhe haben?«

»Geh, Schmarrn. Komm her!« Bernadette streckte die Hand nach ihrer Mutter aus. »Ich werde heute aus dem Schützenverein austreten«, sagte sie, nachdem sie eine Weile schweigend nebeneinander gestanden hatten.

»Das hab ich mir schon gedacht.«

»Ohne sie mag ich nicht mehr«, flüsterte Bernadette. »Sie fehlt mir so sehr.«

»Das weiß ich doch, meine Große. Du musst dich für nichts rechtfertigen«, erwiderte ihre Mutter und verstärkte den Griff um Bernadettes Hand. »Ich vermisse sie auch. Ihr Lachen, die schnellen Schritte auf der Treppe, der Geruch ihres Parfums im Badezimmer, sogar unsere morgendlichen Diskussionen, wenn sie wieder spät dran war und keine Zeit mehr zum Frühstücken hatte.«

Bernadette musste schmunzeln. »Weil sie wieder viel zu lang im Bad gebraucht hat.«

»Natürlich. Und danach hat es dann immer pressiert.« Ihre Mutter drehte sich zu ihr. »Du dagegen warst immer pünktlich, immer tipptopp auf alles vorbereitet, eben die große, vernünftige Schwester.«

»Ach, Mama.«

»Doch, das haben wir dir viel zu selten gesagt. Wie stolz wir auf dich sind, weil du immer so fleißig und zielstrebig warst. Und mutig noch dazu. Wenn ich daran denke, wie jung du bei deinem ersten Auslandsaufenthalt warst. Und die Fremdsprachen, die du sprichst. Eben eine richtige Karrierefrau. Das war auch der Grund, warum ich überhaupt nicht auf die Idee gekommen bin, dass du gerne Fahnenbraut geworden wärst. Bei deiner ganzen Arbeit und dem Stress im Hotel …«

»Ich hätte es auch nicht geschafft. Aber in dem Moment war ich so enttäuscht.«

»Ich weiß. Und ich war nicht für dich da.«

»Unsinn. Ich habe mich aufgeführt wie ein trotziger Teenager. Ich muss die ganze Zeit daran denken, was sie bei der Obduktion herausgefunden haben.«

»Ich weiß, was du meinst. Sie wäre keine Fahnenbraut mehr geworden.«

Bernadette wirkte auf einmal unsicher. »Ich habe übrigens David davon erzählt. Ich dachte, als ihr ältester Freund sollte er es wissen.«

Marianne Ziegler strich ihr über die Wange. »Natürlich, warum denn nicht. Von mir aus können es alle erfahren. Für mich ändert das überhaupt nichts. Auch wenn wir sie schon bald an diese schwere Krankheit verloren hätten, wäre es nicht so wie jetzt. Ich hätte sie gepflegt und wir hätten uns von ihr verabschieden können und wären bei ihr gewesen …. bis ganz zum Schluss.«

»Ach, Mama«, schluchzte Bernadette, als ihre Mutter sie in die Arme nahm. »Die Polizei hat mir gestern ein paar von Elenas Sachen mitgegeben. Ihr Gewehr war auch dabei. Ich weiß, ich hätte euch das gleich vorbeibringen sollen, aber ich wollte sie gestern Abend einfach bei mir haben.«

Ihre Mutter hielt sie ganz fest. »Das verstehe ich doch. Behalte alles, so lange du willst. Wir haben ihr Zimmer, wohin ich immer gehe, wenn ich sie ganz besonders vermisse.«

Bernadette löste sich aus der Umarmung. »Deine große, vernünftige Tochter muss dir übrigens noch etwas beichten …«

Die Züge ihrer Mutter waren verhärtet, nachdem Bernadette geendet hatte. »Der Mistkerl hat dich zu einer Falschaussage gezwungen und dich dann auch noch tätlich angegriffen und dir wehgetan? Der wird mich jetzt aber kennenlernen!«

»Bitte, misch dich da nicht ein. Ich habe Alfons angezeigt und wir haben keinerlei Kontakt mehr. Das reicht mir. Er ist die Aufregung nicht wert.«

»Da hast du recht. Wenn er allerdings glaubt, er kann nach der Sache Bürgermeister bleiben, als wäre nichts gewesen, mache ich ihm persönlich so die Hölle heiß, dass er freiwillig aus dem Rathaus verschwindet.«

»Du … du bist mir gar nicht böse?«

»Welchen Grund hätte ich, dir böse zu sein? Zu einer Affäre gehören immer zwei! Du bist auf einen Weiberheld reingefallen, der dir falsche Versprechungen gemacht hat. Da bist du nicht die erste und wirst auch nicht die letzte Frau sein, der das passiert.«

Erleichtert suchte Bernadette in ihrer Umhängetasche nach einem Taschentuch, als ihr das Foto von Elena und Lucy in die Hände fiel.

»Schau, Mama. Das wollte ich dir zeigen.« Sie gab ihrer Mutter das Bild. »Das ist Lucy, Elenas Freundin aus Toronto. Ich habe ihr Profil im Internet gefunden. Was hältst du davon, wenn wir sie anschreiben und ihr sagen, was passiert ist?«

Eine Weile betrachtete ihre Mutter die Aufnahme. »Das ist eine gute Idee«, sagte sie dann. »Sie sieht sehr nett aus. Weißt du, wenn wir zusammen im Garten gearbeitet haben, hat mir Elena hin und wieder von ihr erzählt. Ich glaube, sie war in Kanada sehr glücklich. Vor Papa wollte sie das nicht so offen sagen, weil er sie doch so ungern hat gehen lassen. Aber jetzt bin ich sehr froh, dass sie diese Reise noch gemacht hat und etwas von der Welt sehen durfte.«

»Ich mache mir Sorgen um Papa«, sagte Bernadette leise.

»Ich mir auch. Dass er in der Schreinerei arbeitet, lenkt ihn zwar ab, aber er vergräbt seinen Kummer hinter der Arbeit.« Marianne Ziegler ergriff die Hände ihrer Tochter. »Wir müssen jetzt alle ganz fest zusammenhalten und für ihn da sein.«

»Was hältst du davon, wenn du mich ins Hotel begleitest? Dort können wir gemeinsam die Nachricht an Lucy schreiben. Und sobald das Geld für das Casino da ist, holen wir Papa in der Schreinerei ab und fahren gemeinsam nach Hause.«

»Das ist eine sehr gute Idee. Das machen wir.«

―――――――

Alfons Leidinger hatte die Nacht in Polizeigewahrsam definitiv zugesetzt. Übermüdet, mit dunklen Augenringen und Bartstoppeln im Gesicht wartete er im Vernehmungsraum neben seinem Anwalt auf Katrins und Kornbichlers Ankunft.

»Diese Behandlung ist eine bodenlose Unverschämtheit«, blökte er los, kaum dass sie den Raum betreten hatten. »Wenn Sie mich nicht sofort gehen lassen, mache ich Ihrem Vorgesetzten so die Hölle heiß, dass Sie demnächst bei der Verkehrspolizei anfangen können.«

Sein Anwalt legte ihm beschwichtigend die Hand auf den Unterarm, was Leidinger jedoch unwirsch abwehrte, und wandte sich dann an die Beamten: »Der nächtliche Vorfall in der Grünanlage ist zwar bedauerlich, aber mein Mandant hat ihn mittlerweile vollumfänglich eingeräumt, weshalb ich dringend um seine Entlassung aus dem polizeilichen Gewahrsam ersuche.«

Kornbichler war von der Ausdrucksweise des Mannes immer wieder aufs Neue begeistert. Wie man nur so hochgestochen daherreden konnte! Er nickte lediglich und schaltete dann die Videokamera und das Aufnahmegerät ein, das er mit den notwendigen Angaben besprach.

»Machen Sie sich gerade über mich lustig?«, zischte Leidinger.

»Nein, ich halte mich lediglich an die gebotenen Abläufe. Im Übrigen geht es längst nicht nur um den tätlichen Angriff auf Bernadette Ziegler, sondern um den Anfangsverdacht der Mitwisserschaft einer Straftat sowie der persönlichen Vorteilnahme aus dieser Mitwisserschaft.«

»Dieser ›Anfangsverdacht‹ ist eine reine Mutmaßung Ihrerseits«, korrigierte ihn der Anwalt pikiert. »Es ist nicht das Verschulden meines Mandanten, wenn Herr Dr. Mayrhofer sich in kriminelle Handlungen verstrickt hat. Er hat Herrn Leidinger aus freien Stücken angeboten, ihm aus der prekären Lage mit besagter Dame herauszuhelfen. Das Ganze jetzt als Erpressung hinzustellen ist, gelinde gesagt, unterstes Niveau.«

»Genau!«, knurrte Alfons Leidinger.

Katrin hatte unterdessen einige Unterlagen auf dem Tisch verteilt, die Leidinger jetzt misstrauisch begutachtete. Kornbichler entging nicht, wie seine Gesichtsfarbe von krebsrot zu aschfahl wechselte.

»Herr Leidinger«, begann Katrin, »diese Kopien sind Auszüge der Textnachrichten, die Sie mit dem verstorbenen Bauunternehmer Markus Baumgartner einige Wochen vor dessen Ableben ausgetauscht haben.«

Bei ihrer Ankunft am Bungalow in der Altenberger Wohnsiedlung konnte sie sich noch gut an die dramatischen Szenen erinnern, die sich im Vorjahr in genau jener Hofeinfahrt abgespielt hatten, wo Markus Baumgartner schließlich an einem Herzinfarkt verstorben war. Auch der helle Flur und die moderne Wohnküche, in die sein Bruder sie geführt hatte, waren ihr noch sehr präsent. Auf dem erhöhten, von Barhockern umgebenen Tisch wartete eine kleine schwarze Holzkiste, deren Existenz Ralf Baumgartner Katrin zuvor am Telefon bestätigt hatte. Darin persönliche Dinge des Verstorbenen … Personalausweis, Reisepass, Führerschein, Brille … und sein damaliges Mobiltelefon.

»Ich habe das Telefon bereits aufgeladen«, sagte Ralf Baumgartner und überreichte ihnen die Kiste.

»Das ist das Einzige, das für uns von Interesse ist.« Katrin versuchte, nicht zu aufgeregt zu wirken. »Haben Sie den Code und die PIN, um das Gerät zu entsperren?« Das würde ihnen einiges an Arbeit ersparen und das Ganze ungemein abkürzen. Offenbar war ihnen das Glück tatsächlich hold, denn Ralf Baumgartner nannte ihr zuerst eine sechsstellige, dann eine vierstellige Zahl.

»Das Datum der Firmengründung und sein Geburtsjahr. Da war mein Bruder nicht sehr einfallsreich. Noch dazu war alles fein säuberlich auf einem Zettel unter seiner Schreibtischunterlage notiert.«

»Sind Sie damit einverstanden, dass wir das Telefon für eine laufende Ermittlung genauer untersuchen? Vor allem die Kurznachrichten?«

»Machen Sie damit, was Sie wollen. Ich dachte mir schon, dass er irgendwo noch eine Leiche im Keller liegen hat.«

»Besonders interessant ist vor allem diese Nachricht«, fuhr

Katrin jetzt fort und zeigte auf eine farbig markierte Textstelle. »›Mayrhofer junior ist heute bei mir aufgeschlagen. Insiderhandel ... klingt nach einem guten Deal. Das hätte ich diesem verstaubten Juristen gar nicht zugetraut. Wenn das sein Alter wüsste!‹ Dahinter ein Gesicht mit Lachtränen in den Augen. Und darauf Ihre Antwort, Herr Leidinger: ›Hab ich dir doch gesagt. Viel Spaß beim Geldscheffeln. Ich hoffe, du denkst beim Schwimmbadausbau an deinen Tippgeber und machst der Stadt ein ordentliches Angebot. Meine Mutter wird übrigens auch Unify-Aktien erwerben.‹ Dahinter dann erneut das Gesicht mit den Lachtränen sowie eines mit Dollarzeichen in den Augen.« Geradezu bedächtig legte Katrin die Ausdrucke zurück auf die Tischplatte.

»Herr Leidinger wird sich momentan nicht zu der Sache äußern«, preschte Leidingers Anwalt sogleich vor, doch sein Gesichtsausdruck sprach Bände. Dass diese Nachrichten gleichbedeutend mit dem Ende der politischen Karriere seines Mandanten waren und ihm zudem weiteres Ungemach in Form der Strafverfolgungsbehörden drohte, hätte auch ein Jurastudent im ersten Semester verstanden.

»Wie wir herausgefunden haben, ist Ihre Mutter siebenundachtzig, lebt in einem Altenberger Pflegeheim und leidet an schwerer Demenz«, merkte Katrin an. »Interessant, dass sie in diesem Zustand noch Aktiengeschäfte tätigen kann. Aber womöglich hat das auch der Inhaber der Vorsorgevollmacht in ihrem Namen erledigt, weil er wusste, dass der Kurs des besagten Wertpapiers in Kürze enorm steigen würde.«

Alfons Leidinger saß wie vom Donner gerührt auf seinem Stuhl und für einen Moment befürchtete sie, ihn würde dasselbe Schicksal ereilen wie Markus Baumgartner. Doch dann kam Bewegung in seinen unförmigen Körper. »Dieser verdammte Idiot!«, stieß er zwischen zusammengepressten Zähnen hervor.

»Er kam vor seinem Tod offenbar nicht mehr dazu, die Nachrichten zu löschen.« Katrin begann die Unterlagen einzusammeln. »Wir sind an dieser Stelle dann so weit fertig. Alles Weitere ist Sache der Kollegen vom Dezernat für Wirtschaftskriminalität. Sie sollten in Kürze eintreffen. Bis dahin haben Sie bestimmt noch einiges unter vier Augen zu besprechen. Kopien davon werden Ihnen die Kollegen selbstverständlich zur Verfügung stellen. Bezüglich des tätlichen Angriffs auf Bernadette Ziegler erhalten Sie dann demnächst Post von der Staatsanwaltschaft.« Sie drehte sich zu Kornbichler um und sah ihm einen Moment direkt in die Augen, ehe sie sich noch einmal an Alfons Leidinger wandte: »Manchmal braucht man als Polizist eben den notwendigen Biss und das Durchhaltevermögen. Dann kommen schon die richtigen Antworten.«

Kornbichler konnte nur mit Mühe an sich halten, um sie nicht an Ort und Stelle zu umarmen.

Cornelius' Vormittag verlief unspektakulär. Nach einem schnellen Frühstück arbeitete er eine Weile an der Schützenchronik, um schließlich Richtung Altenberg aufzubrechen. In dem dortigen Delikatessengeschäft kaufte er einen französischen Rotwein für Angela Gebauer, die heute Geburtstag hatte, und fuhr anschließend Richtung *Palmen Apotheke*, wo es ihre Lieblingsseife gab, wie sie ihm neulich verraten hatte, Lavendel mit einem Schuss Zedernholzöl. Während er den Parkplatz ansteuerte, fielen ihm die zahlreichen Schüler auf dem Gehsteig und an den Bushaltestellen auf. Ausgelassen und fröhlich alberten und tobten sie herum. Kein Wunder, standen an diesem Freitagmittag Ende Oktober nicht nur ein Wochenende, sondern dazu die Allerheiligenferien vor der Tür. Fast beneidete Cornelius sie um ihre jugendliche Unbekümmertheit und Lebensfreude.

Vor der Apotheke wäre er beinahe mit Clara Mayrhofer zusammengestoßen, die gerade nach draußen kam. Anders als an den Tagen zuvor war sie dezent geschminkt und trug einen beigen Hosenanzug.

»Wie geht es Ihnen?«, fragte er.

»Besser«, sagte sie bestimmt. »Ich schwebe zwar nicht auf Wolke sieben, aber die Gespräche mit Ihnen und Pfarrer Hartl haben mir gutgetan. Heute war ich auch wieder in der Schule.« Sie straffte ihre Schultern. »Ich habe jetzt Klarheit und gestern Nacht eine Entscheidung getroffen. Ich werde mich von Andreas trennen und nach München zurückkehren.«

»Haben Sie sich das wirklich gut überlegt?«

»Ja. Ich besitze in München noch eine Eigentumswohnung und an irgendeinem Gymnasium ist immer eine Stelle frei. Dann wohnen wir zukünftig gar nicht mehr weit voneinander entfernt.«

»Das freut mich zwar, aber ... was ist mit David?«

»Was soll mit ihm sein? Das mit uns hat doch keine Zukunft. Andreas würde ihm das Leben zur Hölle machen. Und wenn wir ganz ehrlich sind, passen wir doch überhaupt nicht zusammen.«

»Trotzdem haben Sie sich ineinander verliebt.«

Sie strich sich hastig eine Haarsträhne aus dem Gesicht. Cornelius bemerkte, wie ihre Hand zitterte. »Belassen wir es bei dem, was es war. Eine kurze Affäre. Es ist besser so, glauben Sie mir.«

»Vorsicht!« Blitzschnell zog Cornelius Clara zurück auf den Gehsteig.

Sie war beim Reden versehentlich rückwärts auf die Straße getreten, wo ein Motorrad in hohem Tempo an ihr vorbeiraste.

»Rüpel!«, rief er dem Fahrer aufgebracht hinterher. »Das hier ist keine Autobahn.«

»Danke, Herr Cornelius«, sagte sie und holte einige Male tief Luft.

Das Motorrad wurde jetzt langsamer, bog nach links ab und blieb einige Meter vom *Drei Lilien* entfernt stehen. Auf dem weitläufigen Vorplatz des Hotels parkte gerade der Transporter einer Sicherheitsfirma, wie Cornelius der Aufschrift an dem Fahrzeug entnehmen konnte. Vor dem Haupteingang entdeckte er den Eigentümer Ferdinand Gruber, neben ihm seine Assistentin Bernadette Ziegler.

»Sind Sie in Ordnung?«, fragte er Clara, die immer noch schwer atmete.

»Ja, alles gut. Ich habe überhaupt nicht aufgepasst.«

Fahrer- und Beifahrertür des Transporters auf der anderen Straßenseite öffneten sich fast synchron. Zwei groß gewachsene Männer in Uniform stiegen aus, wechselten kurz einige Worte mit Gruber und Bernadette Ziegler und gingen dann zum Heck des Fahrzeugs. Dort entriegelten sie die beiden Türflügel und holten Sekunden später vier große schwarze Koffer heraus.

»Morgen findet im *Drei Lilien* die Eröffnung des neuen Casinos statt. Das ist bestimmt die Anlieferung des Gelds«, sagte Cornelius.

Claras Erwiderung ging im Lärm des Motorrads unter, das geräuschvoll losgefahren war und jetzt direkt auf die beiden uniformierten Männer zusteuerte. Sekunden später ertönte ein lauter Knall. Einer der Wachmänner ließ die Koffer fallen und sackte wie eine Marionette zusammen. Cornelius hörte Clara neben sich aufschreien, da knallte es auch schon ein zweites Mal. Der andere Sicherheitsbeamte brach direkt neben dem Transporter zusammen und blieb regungslos auf dem Asphalt liegen. Ferdinand Gruber hatte seine Arme schützend um Bernadette Ziegler gelegt und zog sie mit sich in den Hoteleingang zurück.

Der Motorradfahrer hatte direkt neben dem Transporter angehalten und machte Anstalten, von seiner Maschine zu steigen, als die Tür des Seiteneingangs geöffnet wurde und David Mayrhofer auf den Vorplatz trat.

»Großer Gott, nein!«, stieß Clara hervor.

David brauchte einen Augenblick, ehe er verstand, was sich vor dem Hotel abgespielt hatte und dass das knallende Geräusch aus einer Schusswaffe kam und nicht auf die Fehlzündungen eines Autos zurückzuführen war. Ein Überfall! Keine zehn Meter von ihm entfernt wurde ein Geldtransporter überfallen. Regungslos starrte er den Typ in der schwarzen Lederkluft an, der mit einer Pistole in der Hand immer noch auf seiner Maschine saß. Das Visier des Helms war nach unten geklappt, sodass David die Augen dahinter nicht erkennen konnte.

In der Ferne ertönte das Geräusch eines Martinshorns. Der Motorradfahrer fackelte nicht lange, drehte die schwere Maschine und gab Gas. Ohne nachzudenken, packte David den Werbeaufsteller, der neben dem Haupteingang auf die Casinoeröffnung hinwies, und schleuderte das unförmige Metallgestell in Richtung des Motorrads. Nur um Haaresbreite gelang es dem Fahrer, dem Hindernis auszuweichen und einen Sturz zu vermeiden. In der Beschleunigung wandte er sich um und zielte, ohne anzuhalten, direkt auf David. Wieder knallte es.

Kapitel 37

David spürte einen harten Schlag in der Magengrube, der ihn einige Schritte rückwärts taumeln ließ. Instinktiv legte er seine Hand auf die getroffene Stelle. Eine warme rote Flüssigkeit lief über seine Finger, gefolgt von einem stechenden Schmerz, der seinen ganzen Körper und seine Sinne lähmte.

Wie in Zeitlupe drehte der Typ sich nach vorne, beschleunigte weiter und verschwand schließlich. Alles vor Davids Augen verschwamm. In seinen Ohren summte es, als hätte er einen Bienenschwarm im Kopf, und von hinten näherte sich eine gewaltige schwarze Welle, die sein Blickfeld immer kleiner werden ließ. Seine Beine gehorchten ihm nicht mehr und er spürte, wie ihm übel wurde. Von irgendwoher ertönte ein spitzer, schriller Schrei. Dann brach er mitten auf dem Asphalt zusammen.

Cornelius brauchte zwei Sekunden, bis er begriff, dass es Clara war, die so laut geschrien hatte. Sie ließ ihre Umhängetasche und die Papiertüte auf den Boden fallen und rannte auf die gegenüberliegende Straßenseite.

Fast zeitgleich öffnete sich hinter Cornelius die automatische Glastür der Apotheke. Er wirbelte herum, aber es waren nur Angestellte und Kunden, die auf den Gehsteig traten und aufgebracht zu reden und zu gestikulieren anfingen. Einige liefen auf den Vorplatz des Hotels, wo sich mittlerweile eine Gruppe Menschen um die beiden leblosen Wachmänner versammelt hatte. Andere irrten ziellos umher oder sprachen hektisch etwas in ihre Telefone. Cornelius musste sich kurz an der Hauswand festhalten. Sein Blick war starr auf Clara gerichtet, die neben David kniete und sich über ihn gebeugt hatte.

»David!« Vorsichtig bettete sie seinen Kopf auf ihren Schoß und strich ihm über die bleichen Wangen. Wie aus weiter Ferne vernahm sie das Geräusch von sich nähernden Martinshörnern. »Hilfe ist schon unterwegs. Gleich geht es dir besser.«

David wusste nicht, wie lange er schon auf dem harten Beton

lag und ob der stechende Schmerz in seiner Leiste jemals aufhören würde. Er sah nur das vertraute Gesicht über ihm und spürte zwei sanfte kühle Hände, die seine Stirn und seine Schläfen streichelten. Er wollte, er musste ihr noch so viel sagen.

»Clara …«, brachte er mühsam hervor.

»Nicht sprechen, David. Es wird alles gut.«

Clara war sich nicht sicher, ob die Worte nicht vielmehr ihr selbst galten. Wenn er nicht bald ärztlich versorgt wurde … Sein T-Shirt und die Arbeitshose waren von Blut durchtränkt, das wie aus einer nicht zu stillenden Quelle aus seinem Körper sprudelte und sich in unzähligen Rinnsalen auf dem Boden verteilte. Aus den Augenwinkeln sah sie jemanden auf sich und David zulaufen. Es war Bernadette Ziegler, die etwas Weißes in den Händen hielt. Sie kniete sich neben Clara und drückte ein Frotteehandtuch auf Davids Wunde. In Sekundenschnelle hatte es sich dunkelrot verfärbt.

»Wo bleibt denn der Krankenwagen?«, schrie Clara hysterisch. »Er verblutet!«

»Hilfe ist gleich da«, sagte Bernadette Ziegler und griff nach einem neuen Handtuch. Wie zur Bestätigung ihrer Worte hielt in diesem Moment der erste Krankenwagen auf dem Vorplatz an, dicht dahinter das Auto des Notarztes.

»Clara … Ich …«, stammelte David.

»Es wird alles gut. Bleib bei mir«, flüsterte Clara. »Bitte, bleib bei mir. Ich liebe dich.«

Es war ihr egal, ob Bernadette Ziegler sie gerade gehört hatte. Ihretwegen durften es alle wissen, Andreas eingeschlossen. Clara hatte noch nie in ihrem Leben so große Angst um einen Menschen gehabt.

Obwohl seine Sinne allmählich in einem dichten, grauen Nebel verschwanden, der ihn immer mehr einhüllte, nahm er einen Hauch ihres blumigen Parfums wahr. Ihre blonden Locken streiften für einen Augenblick seine Wangen, als sie sich über ihn beugte und ihn küsste. Wenn sich sterben so anfühlte, dann hatte er keine Angst mehr davor.

Katrin und Kornbichler genossen ihren mittäglichen Spaziergang in der warmen Oktobersonne. Während Matilda brav apportierte und die beiden immer wieder animierte, den Stock für sie zu werfen, ließen sie noch einmal das Verhör von Alfons Leidinger Revue passieren.

»Diese Abgebrühtheit! Er erpresst Thomas Mayrhofer mit seinem Wissen über den Insiderhandel und steckt selbst bis über beide Ohren drin.«

»Wenn Mayrhofer das gewusst hätte, wäre er niemals als Alibi für Bernadette Ziegler eingesprungen. Warum auch? Es hätte praktisch eine Patt-Situation zwischen den beiden gegeben. Einer hätte vom anderen gewusst, dass er eine Straftat begangen hat. Aber so glaubte Thomas Mayrhofer, Leidinger völlig ausgeliefert zu sein.«

»Und dann ist der auch noch so dreist und kauft die Aktien im Namen seiner demenzkranken Mutter«, stellte Katrin kopfschüttelnd fest. »Das ist wirklich der Gipfel!«

Kornbichler deutete eine kleine Verbeugung an. »Aber in dir hat er seine Meisterin gefunden.«

»Es war eine große Portion Glück dabei«, wehrte sie verlegen ab. »Wenn Baumgartners Handy nicht mehr existiert hätte, hätten wir keine Chance gehabt, Leidinger etwas nachzuweisen, und er wäre unbehelligt nach Hause spaziert. Wer weiß, welche Hebel er dann in Bewegung gesetzt hätte, um trotz des Angriffs auf Bernadette im Amt bleiben zu können. Dem traue ich alles zu.« Matildas Stock landete ein gutes Stück entfernt auf der Grünfläche. »Aber jetzt ist er die längste Zeit Bürgermeister gewesen. Da helfen ihm seine ganzen Kontakte und Parteispezln auch nichts mehr.«

Im Büro wurden sie von Thorwald bereits im Gemeinschaftsbüro erwartet.

»Was ist?«, fragte Katrin. »Hat Tobias Schindler gestanden? Oder gibt es Hinweise auf unseren Unbekannten aus dem Café?«

»Weder noch. In der Einrichtung kennt ihn niemand. Und das Verhör mit Schindler ist momentan unterbrochen. Kröger musste dringend nach Altenberg. Dort ist ein Geldtransporter überfallen worden, als er dem *Drei Lilien* gerade das Geld für das neue Casino anliefern wollte. Dreimal dürft ihr raten, wonach der Überfall aussieht.«

Katrins Freude war wie weggeblasen. »Nach dem Bankräuber?«

»Ganz genau. Nur hat er dieses Mal ein wahres Blutbad angerichtet. Es gibt mehrere Tote. Die Fahndung nach ihm und dem Motorrad läuft bereits auf Hochtouren.«

»Und warum hast du vorhin so gestrahlt, als wir reinkamen? Das klingt ja nach einem wahren Albtraum!«

»Ich weiß. Trotzdem gibt es auch Grund zur Freude.« Thorwald zögerte. »Flo ist von den Ärzten vor zwei Stunden aus dem Koma geholt worden.«

»Was?«, fragte Katrin so laut, dass Matilda mit einem Bellen antwortete.

Kornbichler war von seinem Stuhl aufgesprungen. »Du meinst, er ist richtig wach und ansprechbar?«

»Ja, richtig wach und ansprechbar. Ich muss hier bleiben, weil ich notfalls ohne Kröger mit Tobias Schindler weitermache. Aber ihr zwei … nichts wie ab mit euch ins Klinikum.«

»Wir dürfen ihn besuchen?« Katrin war ganz zittrig. »Jetzt gleich?«

Thorwald nickte. »Ja, seine Mutter hat ausdrücklich darum gebeten. Sagt ihm viele Grüße von mir. Ich schau gleich morgen früh bei ihm vorbei.«

»Kommen Sie, Frau Mayrhofer«, sagte Bernadette und zog Clara von David weg, um dem Notarzt und den Sanitätern Platz zu machen. Schluchzend drehte Clara sich noch einmal nach ihm um. Sie zitterte so stark, dass sie sich kaum auf den Beinen halten konnte und Bernadette Mühe hatte, sie auf eine der Bänke vor dem Hoteleingang zu setzen. »Es wird alles gut. Setzen Sie sich hin.«

Atemlos kam Gregor Cornelius über die Straße auf die beiden Frauen zugelaufen.

»Bleiben Sie bei ihr?«, flüsterte Bernadette. »Ich hole etwas zu trinken und muss kurz mit Herrn Gruber sprechen.« Sie blickte sich um. »Was für eine Katastrophe!«

Cornelius nahm neben Clara Platz. Regungslos den Asphalt unter ihren Füßen fixierend saß sie auf der Bank. Ihr Atem ging stoßweise und sie war kalkweiß im Gesicht.

»Ich habe Ihre Sachen mitgebracht«, sagte er, weil ihm nichts anderes einfiel, und hob ihre Umhängetasche und die Papiertüte aus der Apotheke vom Boden auf.

Clara starrte zuerst ihn und dann die beiden Gegenstände an, als wüsste sie nicht, worum es dabei ging. »Wenn er stirbt ... Herr Cornelius, wenn er stirbt, ich weiß nicht, was ich dann mache ...«

»Er stirbt nicht, Clara! Hören Sie. Er wird nicht sterben!«

Den Bewegungen der Rettungskräfte nach zu urteilen, wurde David gerade reanimiert. Cornelius fiel es daher sehr schwer, seinen eigenen Worten Glauben zu schenken.

Zum Glück kam Bernadette Ziegler in diesem Moment mit einer Wasserflasche und zwei Gläsern zurück. Obwohl es auf dem Hotelvorplatz vor Menschen nur so wimmelte und im Minutentakt Einsatzfahrzeuge der Polizei und weitere Krankenwägen vorfuhren, schien sie die Ruhe selbst zu sein.

»Hier!«, sagte sie und drückte Clara ein Glas in die Hand. »Das wird Ihnen guttun.« Sie drehte sich zu Cornelius. »Und Ihnen auch.«

Dankbar nahm Cornelius das angebotene Glas entgegen. Clara schaffte es nur mit Mühe, etwas zu trinken.

Bernadette musterte sie besorgt. »Wollen Sie mich nach drinnen begleiten? Dann können Sie sich die Hände waschen.«

»W ... was?«, stammelte Clara nur und sah dabei auf ihre blutverkrusteten Finger. Auch ihr Hosenanzug war mit roten Flecken übersät.

»Sie steht unter Schock. Wir sollten einen Arzt zu uns rufen«, sagte Bernadette Ziegler leise zu Cornelius.

»Nein, kein Arzt! Ich ... ich will keinen Arzt. Ich will hierbleiben«, schluchzte Clara.

»Dann lassen Sie uns wenigstens ...«

»Bernadette!«, sagte jemand energisch.

Elenas Schwester wirbelte herum. »Mama! Was machst du denn hier?«

»Geht es dir gut?«, fragte Marianne Ziegler.

»Ja, mach dir um mich keine Sorgen.« Bernadette schielte kurz zu Clara. »David hat es schlimm erwischt«, sagte sie dann leise.

»Ich hab vom Café aus alles gesehen. Papa hab ich schon angerufen. Er ist auf dem Weg hierher.«

An die Schreinerei hatte Cornelius überhaupt nicht mehr gedacht. David Mayrhofer war Xaver Zieglers Angestellter und seiner Kleidung nach zu urteilen als solcher vor Ort gewesen, als der Überfall passierte. Gerade wurde er auf eine Trage gehoben und in den Krankenwagen geschoben.

»Kommen Sie, Frau Mayrhofer«, sagte Marianne Ziegler zu Clara. »Lassen Sie uns reingehen und Ihre Hände waschen.«

»Ich bleibe hier und passe auf. Wenn sie losfahren, fahren wir direkt hinterher«, versprach Cornelius.

Nachdem ihre Mutter und Clara Mayrhofer durch die gläserne Eingangstür verschwunden waren, ließ Bernadette sich mit einem Seufzen neben Cornelius nieder. »Erst Elena und jetzt David. Wenn er stirbt ... das übersteht mein Vater nicht. Er kennt David, seit er auf der Welt ist.«

»Wir können jetzt nur beten, Frau Ziegler. Beten, dass es nicht zum Äußersten kommt.«

Ein Polizeihubschrauber flog eine große Schleife über das Hotelgelände. Keine zwanzig Meter von ihnen entfernt bog der Wagen eines Bestattungsinstituts auf den Vorplatz ein. Überall hatten Polizisten Absperrbänder gespannt und begonnen, den Verkehr umzuleiten.

»Ich hoffe, Sie finden diesen Bastard, der ihm das angetan hat. Und nicht nur ihm.« Bernadette Zieglers Fassung geriet gefährlich ins Wanken. »Die beiden Wachmänner sind tot, Herr Cornelius. Unser Casino ist schuld, dass zwei Menschen gestorben sind.«

»Nein, Frau Ziegler!«, erwiderte er. »Nicht Ihr Casino, sondern dieser Schwerkriminelle, der wild um sich geschossen hat.«

»David hat so verdammt viel Blut verloren.« Bernadette zögerte. »Für einen Moment sah es so aus, als ob Clara und er ...«

»Es sieht nicht nur so aus, es ist auch so.«

Ihre Augen weiteten sich. »Oh, ich verstehe.«

»Aber ...« Cornelius legte den Zeigefinger auf seine Lippen.

»Natürlich.«

Er musterte sie unauffällig von der Seite. »Wie geht es Ihnen nach dem Vorfall von neulich Abend?«

»Ich habe bei der Polizei eine Aussage gemacht und Alfons Leidinger angezeigt.« Sie zupfte eine nicht vorhandene Fussel von ihrem Hosenanzug. »Das Ganze hatte private Gründe,« sagte sie dann schnell. »Danke, dass Sie und Ihre Tochter so hartnäckig geblieben sind.«

»Es hat mich sehr gefreut, heute Morgen in der Zeitung zu lesen, dass vorübergehend der zweite Bürgermeister sein Amt übernimmt.«

Bernadette lächelte zaghaft. »Wenn es nach meiner Mutter geht, wird aus diesem vorübergehend ein dauerhaft. Sie haben sie vorhin ja erlebt. Sie kann ganz schön energisch sein.«

In diesem Augenblick kamen die beiden Frauen zurück. Marianne Ziegler hatte Clara untergehakt und half ihr dabei, sich wieder auf die Bank zu setzen. Kaum hatte sie Platz genommen, näherte sich eine der Empfangssekretärinnen im Laufschritt der kleinen Gruppe.

»Frau Ziegler!«, rief sie atemlos. »Die Polizei hat nach Ihnen gefragt. Und Herr Gruber braucht Sie dringend an der Rezeption.«

»Geh ruhig«, sagte Marianne Ziegler, bevor ihre Tochter antworten konnte. »Ich bleibe hier draußen und warte auf den Papa.«

»Bist du dir sicher?«

»Ja. Kümmere du dich erst einmal um das ganze Chaos hier. Dein Chef braucht dich jetzt.«

Unsicher verharrte Bernadette Ziegler einen Moment.

»Jetzt lauf, meine Große! Wir sehen uns später zu Hause.«

Hastig holte Bernadette eine Visitenkarte aus ihrer Jacketttasche und drückte sie Cornelius in die Hand. »Bitte rufen Sie mich an, wenn es etwas Neues von David gibt.«

Noch immer stand der Rettungswagen vor dem Hotel. Cornelius wurde allmählich unruhig, versuchte aber, es sich nicht anmerken zu lassen. Ein weiterer Wagen eines Bestattungsinstituts bog auf den Vorplatz ein.

»Du liebe Güte, warum fahren die denn nicht endlich los?«, rief Clara.

Zwei Polizeibeamte in Uniform näherten sich der Bank.

»Die Angestellten in der Apotheke haben uns gesagt, dass Sie beide Augenzeugen des Überfalls waren«, sagte einer von ihnen.

»Ich hab vom Café des Hotels aus ebenfalls alles gesehen« merkte Marianne Ziegler an und stellte sich dabei direkt vor die Polizisten.

Cornelius hatte gerade seine Personalien und eine kurze Zusammenfassung seiner Beobachtungen abgegeben, als die hintere Tür des Krankenwagens aufging, ein weiß gekleideter Mann ausstieg und zur Fahrerkabine eilte.

»Moment«, sagte Cornelius zu dem Polizisten. »Wohin fahren Sie?«, rief er dann laut über den Vorplatz. »Die Dame hier ist eine Angehörige.«

»Klinikum Landshut.«

Clara sprang auf. Für einen kurzen Moment schwankte sie so stark, dass Cornelius glaubte, sie würde an Ort und Stelle ohnmächtig werden. Er legte seinen Arm um ihre schmalen Schultern und hielt sie fest. »Kommen Sie, Clara. Lassen Sie uns fahren.«

»Halt!«, rief der Polizist. »Wir sind hier noch nicht fertig.«

»Doch, sind wir. Sie haben meine Personalien und wissen, was passiert ist. Ein Protokoll kann ich auch später noch unterschreiben. Außerdem bin ich polizeibekannt.«

»Wie bitte?«, fragte der Beamte.

»Ich meinte, ich bin bei der Polizei bekannt. Wenn Sie mir nicht glauben, dann fragen Sie Kommissar Thorwald von der Mordkommission. Und dass Frau Mayrhofer momentan nicht in der Lage ist, eine Aussage zu machen, steht ja wohl außer Frage. Kommen Sie, Clara! Wir fahren!«

»Andreas … ich muss Andreas anrufen«, stammelte sie auf dem Weg zum Parkplatz der *Palmen Apotheke*. »Und Thomas … und Maria.«

»Das können Sie von unterwegs aus machen. Jetzt lassen Sie uns keine Zeit verlieren.«

An der Polizeiabsperrung drehte er sich noch einmal um. Angela Gebauer stand neben anderen Gästen an einem der offenen Fenster im ersten Stock des Hotels. Er winkte ihr kurz zu, doch sie schien ihn nicht zu bemerken. Mit vor Schreck geweiteten Augen beobachtete sie das Szenario auf dem Vorplatz, wo gerade die beiden getöteten Wachmänner in den Leichenwägen abtransportiert wurden.

Roswitha Förster stieß einen spitzen Schrei aus. »Das ist aber eine Überraschung!«, rief sie und eilte aufgeregt hinter der Kassentheke hervor.

Judith Mayrhofer ging unwillkürlich einen Schritt zurück und erwiderte die überschwängliche Begrüßung mit einem knappen »Grüß Gott, Frau Förster.«

Verstohlen schielte sie dabei an ihrem Körper hinab, aber der weit geschnittene Herbstmantel, den sie für den Einkauf im Dorfladen angezogen hatte, kaschierte den Babybauch mühelos. Gut so, denn ihr Vater musste nicht ausgerechnet von Neukirchens Dorfsheriff erfahren, dass er Opa wurde. Es würde auch so kein Spaziergang mit ihm werden.

Mit ihrer Oma war das etwas ganz anderes. Sie war in Freudentränen ausgebrochen und ob der Nachricht, bald Urgroßmutter zu werden, schier aus dem Häuschen. Dass es in absehbarer Zeit keine promovierte Betriebswirtin in der Familie Mayrhofer geben würde, hatte sie lediglich mit einem Achselzucken quittiert. Sie hatte ohnehin nie verstanden, warum ihr Schwiegersohn seine Kinder stets zu schulischen und akademischen Höchstleistungen antreiben musste.

Obwohl Roswitha Försters Redeschwall unentwegt auf sie herunterprasselte, konnte Judith nur mit Mühe ein Gähnen unterdrücken. Sie hatte nicht sonderlich gut geschlafen, was nicht an ihrer Schwangerschaft und auch nicht am unruhigen Wälzen ihres Bruders auf der anderen Bettseite gelegen hatte, sondern an der Achterbahnfahrt ihrer Gedanken. Clara … wie konnte sie nur? Obwohl sie David versprochen hatte, sich nicht einzumischen, hatte Judith große Lust verspürt, ihr ordentlich die Meinung zu geigen.

Dabei hatte sie Clara bisher wirklich gemocht. Anfangs war sie durchaus misstrauisch gewesen, ob eine so viel jüngere Frau ihren Vater nicht nur ausnutzte und seines Geldes wegen heiratete. Aber Clara hatte immer auf ihre Eigenständigkeit und eine saubere Gütertrennung gepocht. Das hatte irgendwann sogar Thomas einsehen müssen. Am meisten überzeugt hatte Judith aber die Reaktion ihrer Großmutter, die Clara überaus herzlich in die Familie aufgenommen hatte. Ihr war nicht entgangen, wie gut die beiden Frauen sich verstanden. Und dass ihr Vater und Clara womöglich noch gemeinsame Kinder haben würden, konnte ihnen nun wirklich niemand verübeln. Clara war schließlich erst Ende dreißig.

Doch stattdessen sprang sie mit David ins Bett. Das an sich würde Judith sogar noch verstehen. Man konnte sich nicht aussuchen, in wen man sich verliebte, wie sie selbst gerade erfahren hatte. Aber eine Affäre mit ihm anzufangen, um ihn dann eiskalt abzuservieren, war einfach nur hinterhältig. David ging das richtig nahe, das hatte Judith gleich bemerkt. Bisher hatte er das Thema Frauen eher locker gesehen, seine Beziehungen waren nie wirklich etwas Ernsthaftes und entsprechend schnell wieder vorbei gewesen. Aber Clara hatte es offensichtlich geschafft, ihm das Herz zu brechen.

Judiths Gedanken und Roswithas Redeschwall wurden vom lauten Knattern eines Hubschraubers gestört, der offensichtlich dicht über Neukirchen flog.

»Was ist denn heute nur los?«, seufzte Roswitha Förster. »Die Stenzel Inge hat vorhin erzählt, auf der Bundesstraße und in Altenberg gibt es so gut wie kein Durchkommen mehr. Überall Polizei und abgesperrte Straßen.« Dabei blitzen ihre Augen förmlich vor Aufregung.

Während Judith und Maria die Regale abgingen und ihren Einkaufszettel abarbeiteten, betrat eine weitere Kundin den Dorfladen. Judiths Gesichtszüge entspannten sich.

»Anna!«, rief sie. »Wie schön, dich zu sehen.«

»Judith.« Anna Leitner kam auf sie zu und umarmte sie überschwänglich. »Dass du mal wieder in deiner alten Heimat bist!«

Sie lachten und redeten eine Weile zu dritt miteinander, bis sie durch das Klingeln von Judiths Mobiltelefon unterbrochen wurden. Es war zu ihrer Erleichterung nicht ihr Vater, dem womöglich über fünf Ecken zu Ohren gekommen war, dass sie gerade in Neukirchen weilte, sondern Thomas. Mit einem Scherz auf den Lippen nahm sie den Anruf entgegen, doch schon kurz danach war sie kalkweiß im Gesicht und musste sich am Obststand festhalten. »Um Gottes willen«, schluchzte sie.

»Judith, was ist denn?«, wisperte ihre Großmutter.

»Wir müssen auf der Stelle nach Landshut ins Klinikum!«, rief Judith in das Telefon. »Nein, natürlich habe ich kein Auto. Ruf verdammt noch mal ein Taxi.«

»Ich fahre euch«, sagte Anna schnell.

»Warte mal kurz.« Judith nahm ihr Telefon vom Ohr. »Wir müssen jetzt aber sofort losfahren. Und es muss schnell gehen.«

Anna packte ihren leeren Einkaufskorb. »In zwei Minuten hole ich euch ab.«

»Bei David am Haus«, sagte Judith. »Tom wartet dort auf uns. Schnell, Oma. Komm.« Sie nahm ihre Großmutter am Arm. »Tom, Anna fährt uns. Wir sind gleich bei dir!«, rief sie im Hinausgehen ins Telefon.

»Was ist denn los?«, rief Maria Brunner noch einmal.

»Etwas ganz Schlimmes ist passiert«, schluchzte Judith. »Etwas ganz Schlimmes.«

Als sie weg waren, herrschte für einen kurzen Moment Stille im Dorfladen. Dann griff Roswitha Förster blitzschnell nach dem Telefon hinter der Kasse. »Inge, ich bin's. Stell dir vor, beim Mayrhofer ist etwas passiert. Gerade fahren sie alle ins Krankenhaus.« Und nach einer kurzen Pause fügte sie hinzu: »Wenn ich das nur wüsste!«

»Wo waren Sie denn so lang?«, herrschte Andreas Mayrhofer Walpurga Schmitt bei ihrer Rückkehr ins Büro an. »Sie sollten mir zwei Leberkässemmeln besorgen und dafür nicht nach München zum Metzger fahren.«

»Die Polizei hat überall Absperrungen errichtet. Offenbar hat es in der Innenstadt einen bewaffneten Überfall gegeben«, erwiderte sie. »Ich bin überhaupt nicht bis zur Metzgerei durchgekommen.«

»Was soll das heißen?«

»Dass ich keine Leberkässemmeln gekauft habe, sondern zurückgefahren bin. In einer Viertelstunde ist doch die Videokonferenz mit Sturmeder, bei der ich das Protokoll schreiben soll.«

Mit einem unwirschen Brummen verschwand Mayrhofer in seinem Büro. Walpurga Schmitt seufzte. Sie war sein Temperament und seine Wutausbrüche ja durchaus gewohnt, aber die Höllenlaune, mit der er an diesem Morgen aufgeschlagen war, bedeutete auch für sie eine neue Eskalationsstufe. Der unangemeldete Besuch von Bernadette Ziegler hatte auch nicht unbedingt für Besserung gesorgt – ganz im Gegenteil. Danach hörte sie ihn eine unwirsche Nachricht auf der Mailbox seiner Tochter hinterlassen, die ihn offenbar immer noch nicht zurückgerufen hatte, gefolgt von einem Anruf bei seinem Anwalt wegen einer Testamentsänderung.

Sein Privatleben ging sie zwar nichts an und hatte sie auch nie sonderlich interessiert, aber die zunehmend weniger werdenden Anrufe seiner Frau und die Tatsache, dass sie ihn seit Monaten nicht mehr im Büro besucht oder ihn zu einem gemeinsamen Mittagessen abgeholt hatte, waren ihr nicht verborgen geblieben. Wenn er sie genauso respektlos behandelte wie den Rest der Welt, konnte sie das Clara Mayrhofer nicht verübeln.

Sie hörte sein Mobiltelefon klingeln und wollte gerade die Tür schließen, als er herausschoss und es ihr in die Hand drückte.

»Das ist meine Frau. Ich hab jetzt keine Lust, mit ihr zu reden. Sagen Sie ihr, ich bin den ganzen Tag in einer Besprechung und möchte nicht gestört werden.«

Bevor seine Sekretärin etwas erwidern konnte, hatte er sich schon umgedreht und war in sein Büro zurückgestapft.

Claras Befindlichkeiten konnte er nun wirklich nicht gebrauchen. Ihm reichte es schon, dass er offensichtlich einen kriminellen Sohn hatte und seine Tochter meinte, ihn gänzlich ignorieren zu müssen. Zu allem Überfluss musste er auch noch auf ein Mittagessen verzichten.

Von draußen waren eilige Schritte zu hören und Sekunden später erschien Walpurga Schmitt in der Türöffnung. »Herr Mayrhofer … Ihre Frau …«

»Sagte ich nicht klar und deutlich, dass ich sie nicht sprechen möchte!«, brüllte er los.

»Aber ... Ihre Frau ... Ihr Sohn ...«

»Reden Sie gefälligst in ganzen Sätzen und stottern Sie hier nicht so herum.«

»Ihr Sohn ... David ... er ist angeschossen worden. Sie müssen nach Landshut ins Klinikum. Jetzt!«

Kapitel 38

Cornelius war froh, als endlich das Klinikum in Sicht kam und er nicht weit vom Eingang entfernt einen Parkplatz fand. Durch die vielen Straßensperren der Polizei hatte es eine Weile gedauert, bis sie aus Altenberg herausgekommen waren. Zweimal mussten sie sich sogar ausweisen, damit sie von den Beamten durchgelassen wurden. Auch auf der Bundesstraße war es anschließend nur zäh vorwärts gegangen.

Clara hatte sich im Auto tapfer geschlagen. Kaum waren sie losgefahren, hatte sie Thomas angerufen. Er wohnte anscheinend vorübergehend bei David in Neukirchen und versprach, umgehend Maria Brunner Bescheid zu sagen und mit ihr nach Landshut zu kommen. Danach wählte sie die Mobilnummer ihres Mannes, musste der Unterhaltung nach zu urteilen aber offenbar mit seiner Sekretärin vorlieb nehmen.

An der Anmeldung wurden sie umgehend zur Notaufnahme beordert, wo sie schließlich im Wartebereich Platz nahmen. Cornelius eilte zum nächsten Getränkeautomaten und holte Clara eine Flasche Wasser. Sie war immer noch ganz zittrig und sah unentwegt zu den Türen der Behandlungszimmer. Zum Glück dauerte es nicht lange und der Rest der Familie traf ein. Maria Brunner setzte sich neben Clara, während Thomas und die junge Frau, die ihn begleitete, einige Meter entfernt bei Anna Leitner stehen blieben, die, wie Cornelius erfuhr, kurzerhand alle nach Landshut gefahren hatte.

Bei einer kurzen Begrüßung wurde ihm die Unbekannte schließlich als Judith Mayrhofer, Davids Schwester, vorgestellt. Cornelius war nicht entgangen, dass sie Claras Gruß nur sehr schmallippig erwidert hatte und ihr jetzt regelrecht wütende Blicke zuwarf, was Clara jedoch nicht zu bemerken schien. Lediglich Anna hatte eine gute Nachricht, sollte doch Benedikt Rehberg am Nachmittag aus dem Krankenhaus entlassen werden.

Nach einigen Minuten bangen Wartens kam Andreas Mayrhofer schnaufend über den Gang gestürmt.

»Judith, was machst du denn hier?«, rief er schon von Weitem. Von seiner Frau und seinem Sohn nahm er dagegen kaum Notiz. Seine Tochter kam jedoch nicht mehr zu einer Antwort, denn ein Arzt fragte in diesem Moment laut und deutlich: »Familie Mayrhofer?«

»Ja«, riefen alle auf einmal.

Cornelius war seine Anwesenheit mit einem Mal sehr unangenehm. Solange er mit Clara allein war, stand außer Frage, dass er sich um sie kümmerte, aber jetzt war das Ganze eine private Angelegenheit. Anna schien dasselbe zu denken und ging betreten einige Schritte zur Seite.

»Herr Mayrhofer wurde durch die Kugel schwer im Bauchraum getroffen«, begann der Mediziner ohne Umschweife. »Er hat sehr viel Blut verloren. Seine Milz muss entfernt werden und wahrscheinlich auch ein kleiner Teil seiner Leber. Das sehen wir aber erst während der OP.«

Clara hatte angefangen, lautlos zu weinen.

»Ich will ehrlich zu Ihnen sein. Die Operation wird kein Spaziergang werden. Er ist sehr geschwächt und musste auf dem Weg ins Krankenhaus zudem zweimal reanimiert werden.«

Cornelius hörte Davids Schwester leise aufschreien.

»Den Verlust der Milz kann ein Körper problemlos verkraften und bei einem gesunden Menschen bildet sich auch das Lebergewebe wieder nach. Was mir Sorgen macht, ist der Blutverlust und sein Herz. Seine Blutgruppe ist zudem äußerst selten. Wir werden im Laufe der Operation bestimmt noch einige Konserven benötigen, weshalb ich Sie als seine Familie bereits im Vorfeld um mögliche Blutspenden bitten würde. Natürlich nur, sofern Ihre Blutgruppen kompatibel sind.«

»Ich habe AB.«

»Sie sind wer?«, fragte der Arzt.

»Sein Vater, wer denn sonst«, sagte Mayrhofer unwirsch.

»Dann haben Sie sicher nicht AB. Ihr Sohn hat Blutgruppe 0, weshalb das biologisch nicht möglich ist.«

»Ich werde doch wohl wissen, welche Blutgruppe ich habe!«

»Wissen Sie was, das testen wir jetzt einfach. Das geht ganz schnell und danach haben wir Gewissheit«, sagte der Arzt mit

Nachdruck. Erwartungsvoll wandte er sich an den Rest der Gruppe.

»Ich bin schwanger«, murmelte Judith Mayrhofer.

»Was?«, rief Mayrhofer.

»Dann scheiden Sie als Spenderin ohnehin aus«, sagte der Arzt.

»Was bist du?«, schnaufte Mayrhofer mit hochrotem Kopf.

»Papa, nicht jetzt. Jetzt geht es um David. Wir reden später.«

»Ich weiß meine Blutgruppe nicht«, sagte Thomas Mayrhofer betreten.

»Kein Problem, dann testen wir Sie ebenfalls.«

»Was ist mit mir?«, fragte Maria Brunner. »Ich bin seine Großmutter.«

»Gehe ich richtig davon aus, dass Sie über achtundsechzig Jahre alt sind?«

»Das bin ich.«

»Dann kommen Sie wegen Ihres Alters leider nicht mehr als Spenderin in Frage.«

»Ich scheide dann ebenfalls aus«, sagte Cornelius, noch bevor der Arzt ihn fragen konnte.

Dasselbe galt für Anna und Clara, die aufgrund ihrer Blutgruppen keine geeigneten Spenderinnen für David waren.

»Ich möchte ungern länger bleiben«, sagte Cornelius leise zu Anna Leitner, nachdem Thomas Mayrhofer und sein Vater den Mediziner in ein Untersuchungszimmer begleitet hatten. »Ich komme mir vor wie ein Eindringling.«

»Was halten Sie davon, in der Kantine einen Kaffee zu trinken? Danach hole ich Benedikt ab und Sie können ja noch einmal bei Frau Mayrhofer vorbeischauen.«

»Das ist eine sehr gute Idee«, sagte Maria Brunner. »Komm, Clara. Im Moment können wir hier sowieso nichts ausrichten.« Sie nahm Clara bei der Hand und wandte sich dann direkt an ihre Enkelin. »Und du solltest dringend mit deinem Vater sprechen.«

Als sie eine halbe Stunde später in den Gang einbogen, der sie zurück zur Notaufnahme bringen sollte, hörten sie die aufgebrachten Stimmen von Judith und Andreas Mayrhofer schon von Weitem.

»Glaub ja nicht, dass ich diesen ganzen Unsinn unterstützen werde!«, rief der Bauunternehmer. »Von mir siehst du in Zukunft keinen müden Cent mehr!«

»Ich bin alt genug, um zu entscheiden, wie ich leben möchte! Und dafür brauche ich weder einen Doktortitel noch dein Geld.«

»Dann schauen wir mal, wie lang du es mit diesem dahergelaufenen Hallodri aushältst. Hausboot, dass ich nicht lache!«

»Sprich nicht in diesem Ton von meinem zukünftigen Ehemann!«

Wie zwei Kampfhähne standen sie sich einige Meter von den Stuhlreihen entfernt an der Fensterfront gegenüber. Dass auch alle anderen im Wartebereich Zeugen ihrer Auseinandersetzung wurden, schien weder Vater noch Tochter zu stören. Thomas versuchte vergeblich, die beiden zu beschwichtigen.

»Bitte, regt euch nicht so auf. Es schauen doch schon alle.«

»Du kriminelles Früchtchen hast mir überhaupt nichts zu sagen. Mit einem Bein im Gefängnis und dann große Reden schwingen. Eine Schande seid ihr – alle beide!«

»Was meint er denn damit?«, fragte Maria Brunner, doch Clara zuckte lediglich mit den Schultern.

Judiths Augen blitzten vor Wut. »Das sagt ausgerechnet der, der eine Ersatzfrau für eine Tote sucht, noch bevor sie überhaupt beerdigt ist. Dass du dich nicht schämst.« Sie machte einen Schritt auf ihren Vater zu. »Deine Fahnenbraut kannst du dir abschminken. Niemals werde ich Elena ersetzen! Niemals!«

Mayrhofers Arm zuckte und für einen kurzen Moment sah es so aus, als wollte er Judith eine Ohrfeige verpassen.

»Aufhören!«, rief Maria Brunner und drängte sich resolut dazwischen. »David kämpft da drin um sein Leben und ihr habt nichts Besseres zu tun, als euch anzugiften.«

Thomas deutete auf den weiß gekleideten Mann, der sich suchend im Wartebereich umblickte. »Da kommen die Ergebnisse von der Blutabnahme.«

»Ihre Blutgruppen kommen beide für eine Spende nicht infrage«, begann der Arzt. »Es wäre wirklich wichtig, wenn Sie den biologischen Eltern von Herrn Mayrhofer Bescheid sagen könnten.«

»Was soll das heißen, biologische Eltern?«, fuhr Andreas Mayrhofer ihn an. »Meine Frau ist tot. Und ich *bin* sein Vater.«

»Nein. Äh ... das heißt, von mir aus sind Sie das vor dem Gesetz. Aber die Laborergebnisse zeigen ...«

»Dann sollen diese Seppl im Labor ihre Arbeit ordentlich machen. Bin ich denn hier nur von Dilettanten und Schwachköpfen umgeben?« Mayrhofer schnappte fast über.

Mittlerweile gehörte ihnen die Aufmerksamkeit der ganzen Notaufnahme.

»David ist unser Bruder«, rief Judith. »Wir sind eine Familie. Verstehen Sie?«

Der Arzt schüttelte den Kopf. »Aber nicht im biologischen Sinn.«

»Unsere Mutter hat uns hier in dieser Klinik auf die Welt gebracht«, sagte Thomas. »Uns alle drei.«

»Das stimmt. Meine Tochter hat hier entbunden.« Sogar Maria Brunner war mittlerweile völlig durcheinander.

Cornelius, der die Unterhaltung bisher schweigend mitverfolgt hatte, wurde unruhig. Elisabeth Mayrhofer ... Mutter ... Ohrringe ... *»Erst nach Davids Geburt hatte ich das Gefühl, sie blüht auf.«*

»Was redet der Arzt denn da?«, fragte Clara.

»Sie mögen durchaus dieselbe Mutter haben, aber ...«

»Nix aber!«, brüllte Mayrhofer. »Machen Sie endlich Ihrem verdammten Labor Beine oder Sie werden mich kennenlernen.«

»Wir werden selbstverständlich Ihre Blutprobe noch einmal untersuchen«, beeilte sich der Arzt zu sagen. »Aber ich befürchte, am Ergebnis wird sich nichts ändern. Und mit Blutgruppe AB können Sie nun einmal nicht der biologische Vater eines Menschen sein, der Blutgruppe 0 hat.«

»Ich *bin* sein Vater!«, schrie Mayrhofer so laut, dass alle um ihn herum zusammenzuckten.

»Und David?« Judith war mittlerweile den Tränen nahe. »Was passiert denn jetzt mit ihm?«

»Er ist bereits auf dem Weg in den OP. Wie ich vorhin schon sagte, haben wir aktuell Blutkonserven für ihn. Ihre Spende wäre eine reine Vorsichtsmaßnahme.«

Blutgruppe AB ... Blutgruppe 0 ... dieselbe Mutter ... anderer Vater ... Armband ...

»Ich halte das gleich nicht mehr aus«, flüsterte Clara.

»Ich hole ihn«, entfuhr es Cornelius.

»Wie? Was?«

»Davids Vater. Ich hole ihn hierher.« Cornelius sah Clara eindringlich an. »Es wird alles gut, das verspreche ich Ihnen. Bleiben Sie mit Frau Brunner hier. Ich bin bald wieder zurück.«

»Herr Cornelius ... ich verstehe nicht ...«

Aber Cornelius hatte sich bereits umgedreht und rannte in Richtung Haupteingang.

Erleichtert trat Katrin hinter Kornbichler aus dem Aufzug. Sie hatten Florian Weber zwar nicht allzu lange besuchen dürfen, aber obwohl ihm das Sprechen noch schwer fiel und er sehr müde war, hatte er schon wieder einen kleinen Scherz auf den Lippen gehabt. Jetzt würde es Tag für Tag bergauf gehen und alles gut werden.

»Hoppla!«, rief Katrin, nachdem sie beinahe mit einem älteren Herrn zusammengestoßen wäre, der mit schnellen Schritten den Ausgang ansteuerte. »Herr Cornelius!«

Er zuckte zusammen. »Äh ... Frau Abel. Grüß Gott«.

»Ist alles in Ordnung?«

»J-ja ... alles gut. Ich muss nur ...« Er deutete zur gläsernen Eingangstür. »Auf Wiedersehen!«

»Seltsam«, murmelte sie. So konfus und durcheinander kannte sie den Professor überhaupt nicht.

»Mann, bin ich froh, dass Flo endlich wach ist«, hörte sie Kornbichler sagen. »Sobald er wieder richtig gesund ist, feiern wir alle zusammen.«

Lachend gingen sie zurück zu seinem Wagen, wo Matilda brav auf dem Rücksitz gewartet hatte.

»Ich bin gespannt, ob es Neuigkeiten aus Altenberg gibt. Der Typ darf uns dieses Mal nicht durch die Lappen gehen«, sagte Katrin, während Kornbichler ausparkte. »Flo hat überhaupt nicht nach dem Täter gefragt. Ist dir das auch aufgefallen?«

»Deshalb habe ich auch gar nicht davon angefangen. Ich glaube, er ist einfach nur so dankbar, überlebt zu …«

»Vorsicht!«, schrie Katrin.

Kornbichler trat mit voller Wucht auf die Bremse und brachte den Wagen zwanzig Zentimeter vor Gregor Cornelius zum Stehen, der wie aus dem Nichts mitten auf der Ausfahrt stand und jetzt wild mit den Armen fuchtelte.

»Kruzifix, spinnt der!«, fluchte Kornbichler.

Katrin öffnete die Beifahrertür und sprang aus dem Auto. »Herr Cornelius, sind Sie verrückt geworden? Wir hätten Sie beinahe überfahren.«

»Tut mir leid«, keuchte er. »Aber mein Wagen ist zugeparkt. Ich muss nach Neukirchen. Jetzt!«, rief er dann.

»Was ist denn passiert?«

»Das erkläre ich Ihnen alles im Auto. Bitte!«

Katrin blickte zu Kornbichler, der ungeduldig auf dem Fahrersitz saß und andeutete, weiterfahren zu wollen.

»Frau Abel, ich würde Sie nicht darum bitten, wenn es nicht wirklich wichtig wäre«, sagte Cornelius. »Es geht praktisch um Leben und Tod!«

»Also, gut. Steigen Sie ein. Aber hier vorne. Ich setze mich hinten zum Hund.« Sie beugte sich kurz ins Wageninnere, holte das mobile Blaulicht und setzte es auf das Dach.

»Los, Toni. Wir müssen nach Neukirchen. Und zwar schnell!«

»Und da sind Sie sich wirklich sicher?«, fragte Katrin, nachdem Cornelius geendet hatte.

Er nickte. »Ja, ganz sicher.«

Soeben hatte der Wagen das Ortsschild von Neukirchen passiert und fuhr an der Bushaltestelle und dem Pfarrhaus vorbei. Schon kam das baufällige Haus von Lorenz Huber in Sicht. Kornbichler bremste scharf neben dem Gartenzaun ab. Sofort öffnete Cornelius die Wagentür und hastete zum Eingang. Dort klingelte er Sturm und klopfte gleichzeitig an die marode Holztür, die schließlich mit einem Ruck geöffnet wurde.

»Was ist denn los, verdammt noch mal?«, schimpfte Huber, nur um gleich darauf verblüfft zurückzuweichen. »Herr Cornelius?«

»Schnell«, keuchte der. »Wir müssen nach Landshut ins Klinikum. Jetzt!«

Huber starrte ihn entgeistert an. »Warum? Geht es Ihnen nicht gut?«

»David Mayrhofer ist bei einem Überfall niedergeschossen und schwer verletzt worden. Er wird gerade notoperiert. Die Ärzte wissen nicht, ob er durchkommt.« Cornelius entging nicht, dass Lorenz Huber aschfahl im Gesicht wurde. »Außerdem kann es sein, dass die Blutkonserven nicht ausreichen und er eine Blutspende braucht.«

»Und warum sagen Sie das mir?«, fragte Huber unwirsch.

»Welche Blutgruppe haben Sie?«

»Wie? Was?«

»Ihre Blutgruppe, Herr Huber. Welche Blutgruppe haben Sie?« Cornelius war jetzt ganz ruhig.

»Äh ... 0. Aber ... warum ... wie?«

Cornelius lächelte. »Kommen Sie, Herr Huber. Ihr Sohn braucht Sie jetzt.«

Sein Nachbar stand noch immer wie vom Donner gerührt. »Aber woher wissen Sie ...? Niemand weiß es.«

»Ihr Armband. Die Steine darauf sind doch die Ohrringe von Elisabeth Mayrhofer, nicht wahr?«

Huber zog den Ärmel seines Hemds nach oben und beide sahen auf das abgetragene Lederarmband mit den zwei rubinroten Steinen, das darunter zum Vorschein kam.

»Ich hatte sie ihr zu Davids Geburt geschenkt. Kurz vor ihrem Tod hat sie sie mir zurückgegeben«, sagte er leise.

»Dann lassen Sie uns jetzt nach Landshut zu Ihrem Sohn fahren.«

Gemeinsam gingen sie zur Straße, wo die beiden Kommissare mittlerweile aus dem Wagen ausgestiegen waren und leise miteinander redeten.

»Würden Sie uns bitte nach Landshut zurückbringen?«, fragte Cornelius.

Katrin und Kornbichler unterbrachen ihre Unterhaltung abrupt und starrten Lorenz Huber wortlos an.

Vor ihnen stand niemand anderes als der unbekannte Mann auf dem Phantombild.

»Stopp!«, sagte Katrin. »Können Sie sich ausweisen?«

Irritiert blieb Huber stehen. »Was? Was hat das mit meinem Sohn zu tun?«

»Ihren Personalausweis, bitte«, entgegnete Kornbichler.

»Den muss ich drinnen erst suchen«, murmelte Huber.

»Frau Abel, was ist denn los?«, fragte Cornelius. »Wir wollen doch nur zurück ins Klinikum.«

»Gehen Sie mal bitte einen Schritt zur Seite, Herr Cornelius. Und Sie gehen bitte mit meinem Kollegen ins Haus und holen Ihren Ausweis.«

»Aber Frau Abel …«, begann Cornelius von Neuem, doch der Augenaufschlag der Kommissarin brachte ihn zum Schweigen.

Es dauerte eine Weile, bis Kornbichler und Huber zurückkamen.

»Ich verstehe das alles nicht. Was wollen die denn von mir?«, fragte Huber, während die Beamten seine Daten überprüfen ließen.

»Abgesehen davon, dass Ihr Ausweis schon seit zwei Jahren abgelaufen ist, liegt nichts gegen Sie vor«, bemerkte Katrin und händigte ihm das Dokument wieder aus.

»Können wir jetzt endlich nach Landshut fahren?«, rief Huber. »Sie wissen doch, was passiert ist. Mein Sohn ist schwer verletzt.«

»Haben Sie sich am vergangenen Sonntag mit Elena Ziegler in Landshut getroffen?«, fragte Katrin ungerührt.

»Äh … ja. Wir sind uns zufällig über den Weg gelaufen und haben einen Kaffee miteinander getrunken. Danach sind wir zusammen nach Hause gefahren.« Lorenz Huber zögerte kurz. »Das heißt … ich bin bis hier zum Ortsschild gefahren, weil es ihr nicht gut ging.«

»Sie haben sich mit Elena getroffen?«, entfuhr es Cornelius, was ihm sogleich die strengen Blicke der Kommissare einbrachte.

»Ja, sie … sie wusste davon«, murmelte er.

»Wusste wovon?«, hakte Kornbichler nach.

»Von meiner Vaterschaft.«

»Moment!«, rief Katrin. »Elena Ziegler wusste, dass Sie der leibliche Vater von David Mayrhofer sind?«

»Ja. Aber das können wir doch auch im Auto besprechen. Ich sag Ihnen alles, was Sie wissen möchten. Aber bitte lassen Sie uns jetzt losfahren!«

»Ich muss kurz mit Robert telefonieren«, sagte Katrin leise zu Kornbichler und entfernte sich einige Meter.

»Ich werde noch wahnsinnig«, stieß Huber hervor.

»Und was sagt der Chef?«, fragte Kornbichler.

»Wir sollen ihn ins Krankenhaus fahren, dort kann er sein Blut spenden und auf das Ende der Operation warten. Danach nehmen wir ihn mit aufs Präsidium.« Und an Huber gewandt: »Sie steigen jetzt bitte hinten ein, dann fahren wir los.«

»Du fährst«, raunte ihr Kornbichler ins Ohr. »Matilda und ich passen auf ihn auf.«

»Aber nur, wenn der Herr Professor mitkommt!«, sagte Huber in diesem Moment.

»Wie bitte?«, rief Cornelius.

»Herr Huber, es handelt sich hier um eine polizeiliche Ermittlung. Also steigen Sie jetzt bitte umgehend ein«, forderte Katrin ihn auf.

»Freilich, damit Sie mich direkt aufs Revier fahren und mit Ihren komischen Fragen löchern können. Nichts da!« Mit verschränkten Armen blieb Huber vor dem Wagen stehen.

»Wir fahren Sie selbstverständlich zuerst ins Krankenhaus. Danach haben wir allerdings tatsächlich noch einige Fragen an Sie.«

»Herr Huber, seien Sie vernünftig und steigen Sie ein«, wiederholte Katrin eine Spur schärfer.

»Nur wenn Professor Cornelius mitkommt«, beharrte Huber.

»Herr Huber, ich …«, begann Cornelius.

»Einsteigen, alle beide!«, rief Kornbichler, dem das Theater allmählich zu bunt wurde.

»Toni«, zischte Katrin. »Das geht nicht. Professor Cornelius ist …«

»… eine Zivilperson, ich weiß. Wenn Robert ein Problem damit hat, dann schickst du ihn zu mir. Ich habe das jetzt so entschieden.«

»Nein, Toni.«

»Katrin, bitte!«

»*Wir* haben das jetzt so entschieden.« Sie lächelte ihm kurz zu, ehe sie wieder ernst wurde. »Herr Cornelius, Sie sitzen vorne bei mir. Herr Huber, Sie mit meinem Kollegen auf der Rückbank. Vorsicht, da hinten ist noch ein Hund.«

Kaum hatten sie Neukirchen verlassen, begann Lorenz Huber zu erzählen.

»Elisabeth und ich haben lange dagegen angekämpft, aber irgendwann haben wir alle guten Vorsätze über Bord geworfen und angefangen, uns heimlich zu treffen. Mir war immer klar, dass sie ihre Familie niemals verlasse würde. Auch nicht nachdem sie von mir schwanger wurde und David auf die Welt kam. Er war das allergrößte Geschenk, das sie mir machen konnte.« Als niemand im Wagen etwas sagte, fuhr er fort: »Solange sie gesund war und ich sie bei mir hatte, war für mich alles gut. Aber dann kam diese furchtbare Krankheit und hat jeden Tag mehr von ihr Besitz ergriffen. Kurz vor ihrem Tod haben wir uns noch einmal gesehen. Sie wusste, dass sie bald sterben würde, weshalb sie mir die Ohrringe zurückgegeben hat, damit ich immer etwas hätte, das mich an sie erinnern würde.«

Matilda, die zwischen ihm und Kornbichler auf der Rückbank saß, winselte leise.

»Ich musste ihr versprechen, niemandem zu verraten, wer Davids Vater ist. ›Es wird ohnehin furchtbar schwer‹, hat sie gesagt. ›Die Wahrheit würde Andreas, würde sie alle zerstören. David ist doch noch ein Kind. Er braucht jetzt seine Geschwister, seine Familie.‹ Das waren ihre Worte bei unserem letzten Treffen. Trotz des Schmerzes und der Trauer wusste ich natürlich, sie hatte recht. Eigentlich wollte ich nach ihrem Tod aus Neukirchen verschwinden und irgendwo neu anfangen, aber ich hab es nicht geschafft.« Seine Finger strichen über das Lederarmband. »Ich wollte wissen, wie er aufwächst, was er macht, wie es ihm geht. Natürlich hab ich mitbekommen, dass Andreas nicht der emphatischste aller Väter ist. Aber David hatte Maria, die sich wunderbar um die Kinder gekümmert hat. Und er war finanziell abgesichert. Etwas, das ich ihm nie hätte bieten können. Nach Elisabeths Tod bin ich nicht mehr auf die Füße gekommen. Irgendwann war es mir dann egal, was aus meinem Leben wird. Hauptsache, ich war in seiner Nähe.«

»Und wie hat Elena Ziegler von Ihrer Vaterschaft erfahren?«, fragte Kornbichler.

»Weil sie sehr aufmerksam und eine wunderbare Freundin für David war.« Er holte tief Luft. »Ich habe mich selbst verraten. Elena hat es beim Gottesdienst bemerkt, aber auch wenn ich mir in der Schreinerei etwas Holz zum Schnitzen abholt habe.«

»Was hat sie bemerkt?«

»Dass ich ihn minutenlang anschaue.« Huber lächelte. »Eines Tages hat sie mich an der Einfahrt zur Schreinerei abgepasst und angemerkt, dass David nicht auf Männer stehen würde. Sie dachte, ich …«

»Und das konnten Sie natürlich nicht auf sich sitzen lassen?«, merkte Kornbichler an.

»Mir ist wurscht, was die Leute von mir halten. Aber ich wollte nicht, dass mein Sohn denkt, ich bin ein Spanner, der jungen Männern hinterherstarrt. Also hab ich sie für den Abend zu mir eingeladen.«

»Und sie ist gekommen?«, rutschte es Cornelius heraus.

Wieder musste Huber lachen. »Natürlich! Elena war zwar immer eine elegante Frau, aber keine Diva. Mit einem Bier in der Hand hat sie bei mir an der Feuerschale gesessen und dann habe ich ihr alles erzählt. Zuerst wollte sie es David natürlich sagen. Aber als ich mein Versprechen Elisabeth gegenüber erwähnt habe, hat sie eingesehen, dass es so das Beste ist. Was hätte es denn jetzt auch noch gebracht? Schauen Sie mich doch an. Ich hab nichts, ich bin nichts, so einen Vater braucht er wirklich nicht.«

Kapitel 39

»Aber irgendetwas ist da noch?«, fragte Cornelius und fing sich postwendend ein lautes Räuspern von Katrin Abel ein.

»Sie sind wie Elena, Herr Cornelius. Ein sehr guter Beobachter. Ja, es stimmt. Obwohl sie mir fest versprochen hat, es David nicht zu verraten, hab ich große Angst, dass sie es doch getan hat. Und er …«

»Und er sie deshalb umgebracht hat!« Cornelius wandte sich zu ihm um. »Wie kommen Sie denn auf diese absurde Idee?«

»Herr Cornelius!«, ermahnte Katrin ihn prompt.

»Ja, wie wohl!«, rief Huber. »Auch wenn Andreas kein Ausbund an Nächstenliebe ist, ist David dank seines Vermögens finanziell abgesichert. Er würde ihn doch sofort enterben, wenn das herauskommt.«

Brav wie ein Schüler hob Cornelius die Hand. »Darf ich …?«

»Meinetwegen«, seufzte Kornbichler. Allmählich verstand er Robert Thorwald und dessen gespaltene Meinung zum Thema Professor Cornelius.

»Haben Sie mich deshalb die ganze Zeit gefragt, ob die Polizei schon etwas herausgefunden hat?«

»Ja«, sagte Huber. »Ich hatte so eine furchtbare Angst, dass er ihr vielleicht etwas angetan hat, weil er mich nicht als Vater haben will und auch niemand etwas davon erfahren sollte.«

»So ein Unsinn!«, widersprach Cornelius. »David war am Sonntag überhaupt nicht in Neukirchen. Er hat sich heimlich mit Clara in einer Hütte im Bayerischen Wald getroffen und ist erst nach Hause gekommen, als ich Elena längst gefunden hatte.«

»Was?«, riefen drei Stimmen gleichzeitig.

»So viel also zum Thema Kater auskurieren«, murmelte Kornbichler. »Woher wissen Sie das?«

»Clara hat es mir selbst gestanden. Die beiden haben eine heimliche Liebesbeziehung angefangen. Aber davon abgesehen … Glauben Sie wirklich, Ihr Sohn wäre in der Lage, seine älteste und beste Freundin zu töten?«

Huber schüttelte den Kopf. »Ich weiß es nicht. Irgendwann hatte ich nur noch Angst.«

»Außerdem bin ich fest davon überzeugt, dass David sich darüber freuen würde, wenn er die Wahrheit wüsste«, sagte Cornelius. »Sein Verhältnis zu Andreas Mayrhofer ist alles andere als herzlich, wie Sie ja selbst schon festgestellt haben. Geld hin oder her ... *so* einen Vater braucht er wirklich nicht.«

Katrin bog in die Zufahrt zum Klinikum ein.

»Kommen wir noch einmal zum Sonntag«, sagte Kornbichler. »Was genau ist in Landshut und danach passiert?«

»Gar nichts«, entgegnete Huber. »Ich bin mit dem Bus nach Landshut gefahren, auf den Flohmarkt gegangen und hab Elena dann zufällig auf dem Rückweg zur Bushaltestelle getroffen. Wir haben zusammen einen Kaffee getrunken und uns noch einmal über David und meine Vaterschaft unterhalten, aber sie hat mir fest versprochen, das Geheimnis für sich zu behalten. Auf dem Weg zu ihrem Auto ist ihr schwindlig geworden, weshalb ich ihr angeboten hab, sie nach Hause zu fahren. Kurz vorm Neukirchner Ortsschild hab ich dann angehalten. Ihr ging es wieder besser und sie wollte die kurze Strecke zu sich nach Hause selbst weiterfahren. Also bin ich ausgestiegen, hab mich von ihr verabschiedet und bin zu Fuß heim. Das war alles. Danach hab ich sie nicht mehr gesehen. Erst als am nächsten Tag die Polizei vor meiner Tür stand und Fragen gestellt hat, hab ich erfahren, dass sie tot ist. Da hab ich es dann mit der Angst bekommen und gedacht, David hat sie ...«

»Erst dann haben Sie es mit der Angst bekommen?«, fragte Kornbichler. »Und nicht schon Sonntagabend im Auto?«

»Ich hab dem Mädel nichts getan, das schwöre ich«, rief Huber. »Niemals hätte ich ihr irgendetwas antun können.«

Andreas Mayrhofers dröhnendes Organ war bereits quer durch die Notaufnahme zu hören, als sie sich zu viert im Laufschritt dem Wartebereich näherten.

»Was soll das heißen, das Labor hat sich nicht geirrt? Ich *bin* sein Vater.«

»Nein, sind Sie nicht«, sagte Cornelius laut.

Der Bauunternehmer wirbelte herum. »Was mischen Sie sich hier ein?« Seine Augen verengten sich. »Und was will der Grattler hier?«

Lorenz Huber ging direkt auf den Arzt zu. »Ich bin David Mayrhofers leiblicher Vater. Falls Sie Blut oder irgendetwas anderes von mir brauchen, Sie können alles von mir haben. Ich will nur, dass es meinem Sohn wieder gut geht.«

»Deinem ... deinem ...« Mayrhofer schnappte nach Luft.

»Was hat das zu bedeuten?«, rief Judith verängstigt.

Maria Brunner war von ihrem Stuhl aufgestanden. »Lorenz! Du? Du und Elisabeth?«

»Ja, Maria. Wir beide. David ist unser gemeinsames Kind«, sagte Huber sanft. Noch nie im Leben hat sich etwas so gut angehört, dachte er voll väterlichem Stolz.

Judith schlug sich entsetzt die Hand vor den Mund, während Thomas ihn nur sprachlos anstarrte. »Du!«, schrie Mayrhofer. »Du und diese ... diese ...«

»Pass jetzt ganz genau auf, was du über meine Tochter sagst«, herrschte Maria ihn an.

Mayrhofer atmete schwer. »Gar nix sag ich. Komm, Clara. Wir gehen. Ich hab hier nix mehr verloren.«

Entschlossen erhob Clara sich. »Nein, Andreas. Ich bleibe.«

»Was soll das jetzt wieder heißen?« Er stellte sich ihr direkt in den Weg. »Ich hab deine Befindlichkeiten so satt. Du kommst jetzt auf der Stelle mit nach Hause.«

»Nein! Ich liebe David und ich werde ihn jetzt nicht im Stich lassen.«

»Was?«, entfuhr es Thomas.

Auch Maria Brunner schien für einen Moment die Fassung zu verlieren. Nur Judith lächelte.

Mayrhofer starrte seine Frau entgeistert an. »Was hast du da gesagt? Du und ...«

»Ja. Du hast mich richtig verstanden. Ich und David.«

»Das wird ja immer schöner! Ist er deshalb so schnell ausgezogen? Oder hat es bereits angefangen, als wir noch alle unter einem Dach gewohnt haben? Antworte!«

Kornbichler machte unauffällig einen Schritt in Richtung des Bauunternehmers.

Trotzig hob Clara ihr Kinn. »Das geht dich überhaupt nichts an.«

»Du hast noch genau eine Chance«, sagte Mayrhofer gefährlich leise. »Entweder du kommst jetzt mit oder wir sind geschiedene Leute.«

Mit einer raschen Bewegung zog Clara den Ehering vom Finger und legte ihn auf einen der Stühle.

»Du miese kleine Schlampe!«, zischte Mayrhofer. »Ihr zwei passt wirklich perfekt zusammen!« Wütend drehte er sich zu Maria und seinen beiden Kindern um. »Macht doch alle, was ihr wollt! Ich bin fertig mit euch!«, brüllte er, machte kehrt und stürmte über den Gang davon.

»So!«, sagte der Arzt in die wohltuende Ruhe hinein und zeigte auf Lorenz Huber. »*Sie* kommen jetzt mit zur Blutentnahme und wenn das Ergebnis passt, können Sie auch gleich eine Spende abgeben.«

Huber nickte.

»Der Rest kann machen, was er will, solange Sie sich auf der Stelle aus dieser Notaufnahme entfernen und dieses Krankenhaus nicht länger in ein Kasperltheater verwandeln. Andernfalls hole ich den Sicherheitsdienst und lasse Sie alle hinauswerfen. Mitkommen!«, befahl er Huber dann und drehte sich um.

»Halt!«, rief Kornbichler und hielt dem Mediziner seinen Ausweis unter die Nase. »Da müssen wir leider mit.«

Nachdem der Arzt samt Lorenz Huber und den Beamten hinter einer der unzähligen Türen verschwunden war, drehte sich Maria Brunner zu ihren Enkeln um. »Clara und ich warten jetzt vor dem OP. Wenn ihr mitkommen wollt, von mir aus. Aber wenn jetzt noch einmal gestritten wird oder auch nur ein einziges lautes Wort fällt, werdet ihr mich richtig kennenlernen. Es ist eine Schande, wie wir uns als Familie hier aufgeführt haben.«

»Entschuldige, Oma«, flüsterte Judith.

»Du bist total erschöpft und musst dich ausruhen«, sagte Thomas. »Wir beide fahren jetzt nach Hause und ihr ruft uns an, sobald es Neuigkeiten gibt. Einverstanden?«

»Natürlich«, sagte Clara rasch. »Wir lassen euch doch nicht im Ungewissen.«

»Sie können bei mir mitfahren«, bot Cornelius an. »Mein Auto steht draußen auf dem Parkplatz und ich wollte ohnehin nach Neukirchen zurück.«

Judith runzelte die Stirn. »Wer genau sind Sie eigentlich? Ich habe das vorhin nicht so ganz verstanden. Und woher wussten Sie das von Lorenz und unserer Mama? Und warum begleitet ihn die Polizei?«

Cornelius lächelte. »Das ist eine lange Geschichte, die ich Ihnen aber gerne auf dem Heimweg erklären werde.« Er nickte Clara und Maria Brunner aufmunternd zu.

»Danke, Herr Cornelius«, sagte Clara, bevor sie mit Davids Großmutter zum Aufzug ging. »Für alles! Ich melde mich, sobald es Neuigkeiten gibt.«

Katrin und Kornbichler warteten gemeinsam mit Lorenz Huber auf das Ergebnis seiner Blutentnahme und dann, nachdem das positive Resultat feststand, zu zweit vor dem Raum, in den er mit einer Krankenschwester verschwunden war.

Katrin atmete tief durch. »Da draußen ging ganz schön die Post ab! Was für eine Familie.«

»Was machen wir jetzt mit ihm?«, fragte Kornbichler und zeigte auf die geschlossene Tür. »Er wird bestimmt hierbleiben wollen, um zu wissen, wie sein Sohn die OP überstanden hat.«

»Eigentlich will ich es ihm nicht verwehren. Aber das muss Robert entscheiden. Notfalls wird eben ein Beamter abgestellt, der mit ihm hierbleibt.«

»Glaubst du ihm denn?«

»Sein Verhalten dem Professor gegenüber spricht eigentlich dafür, dass er mit Elenas Tötung nichts zu tun hat, sondern die ganze Zeit irrtümlich seinen Sohn verdächtigt hat. Das ständige Nachfragen kann aber auch ihm selbst gegolten haben und er benutzt David jetzt nur als Vorwand.« Sie seufzte laut. »Ich weiß es nicht. Der Fall ermüdet mich nur noch.«

»Ich rufe Robert an und kläre die Bewachung mit ihm ab. Vielleicht haben wir ja Glück und Tobias Schindler hat mittlerweile gestanden.«

Hatte er nicht, wie Kornbichler vom Hauptkommissar erfuhr, der fast den gesamten Nachmittag mit Korbinian Bäumel zusammen den jungen Mann verhört hatte. Tobias Schindler blieb bis zuletzt standhaft bei seiner Version vom Vorabend, was den Ermittlungsrichter jedoch nicht überzeugte, weshalb er vorübergehend in Untersuchungshaft kam. Robert Thorwald versprach, einen Beamten zu schicken, der Lorenz Huber bewachen und ihn auf das Kommissariat mitnehmen würde, sobald David Mayrhofers Operation beendet war. Auch er klang müde, zumal Herbert Krögers Team noch immer keine Spur vom Täter des Raubüberfalls hatte. Dieser schien nach seinem misslungenen Coup wie vom Erdboden verschluckt zu sein.

Lorenz Huber antwortete auf Kornbichlers Ankündigung, die nächsten Stunden unter Polizeibewachung zu stehen, mit einem gleichgültigen Kopfnicken. Er musste nach seiner Blutspende noch eine Weile liegen bleiben und sich erholen.

»Ich hab Elena nichts getan. Das müssen Sie mir glauben«, sagte er, als schließlich der uniformierte Beamte eintraf und Katrin und Kornbichler sich anschickten zu gehen.

»Hat sie denn im Auto noch irgendetwas gesagt oder eine Andeutung gemacht, wo sie später hinwollte?«, fragte Katrin.

»Sie war auf der Rückfahrt sehr ruhig. Ich glaube, sie war sehr müde und der Schwindel hat ihr zu schaffen gemacht.« Er runzelte die Stirn. »Moment …«

»Ja?«

»Kurz vor Neukirchen hat sie in ihre Manteltasche gegriffen und ein kleines Stofftier hervorgeholt.«

»Ein Stofftier?«, fragte Katrin.

»Ja, so eines, das man auch als Schlüsselanhänger verwenden kann.«

Katrin, die bereits ihr Mobiltelefon hervorgeholt und diverse Bilder von Stofftieren aufgerufen hatte, zeigte Lorenz Huber das Display. Es dauerte nicht lange, bis er auf einen kleinen Tiger zeigte.

»Ja, genau! So einer war das. Sie hat gelacht und gesagt, dass der kleine Kerl bestimmt schon schmerzlich vermisst wird und sie ihn seinem Besitzer deshalb am besten sofort zurückbringen würde.«

»Das waren Elenas Worte?«, fragte Kornbichler. »*Sofort?*«

»Ja. Ich hab mir nichts weiter dabei gedacht. Wir waren da ohnehin am Ortsrand angekommen und haben uns voneinander verabschiedet. Das war das letzte Mal, dass ich sie lebend gesehen hab.«

Erschöpft kam Cornelius am frühen Abend in der Ferienwohnung an. Die letzten Stunden hatten ihm alles abverlangt und beim Anblick von Angela Gebauers Geschenk verspürte er wenig Lust, heute noch einmal aus dem Haus zu gehen.

Andererseits würde sie bestimmt enttäuscht sein, wenn er nicht zum Gratulieren vorbeikam, zumal ihr Tag bestimmt auch nicht wunschgemäß verlaufen war. Er mochte sich gar nicht vorstellen, wie turbulent es im Hotel nach dem Überfall zugegangen war. Hoffentlich hatte wenigstens Jonas durchgehalten und wollte nicht frühzeitig aus der Einrichtung abgeholt werden.

Als er nach seinem Mobiltelefon auf der Küchenablage griff, um Bernadette Ziegler eine kurze Nachricht zu hinterlassen, entdeckte er den Hinweis eines verpassten Anrufs von Ramona am frühen Nachmittag.

Unvermittelt schlug sein Herz ein paar Takte schneller. Warum nur hatte er sein Telefon nicht eingesteckt, sondern – wie so oft – zu Hause liegen lassen? Ihm wurde plötzlich klar, dass er sich die ganze Zeit nichts sehnlicher gewünscht hatte, als mit seiner Frau zu sprechen. Er drückte auf die angezeigte Nummer. Doch anstelle von Ramona meldete sich ihre Mailbox, die ihm mitteilte, er könne gerne eine Nachricht hinterlassen. Erst zögerte er, aber dann besann er sich eines Besseren.

»Hallo, mein Schatz. Ich habe deinen Anruf leider verpasst. Jetzt bist du gerade unterwegs. Ich werde es später noch einmal versuchen und freue mich sehr, wenn wir dann miteinander reden können.«

Ihr Profilbild zeigte sie zusammen mit Caroline. Cornelius wusste ganz genau, wann die Aufnahme entstanden war. Fünf

Stunden vor dem Überfall auf die Villa der von Greifenbergs. Sie waren an dem Nachmittag einkaufen gewesen und hatten sich zum Abschluss von Richard fotografieren lassen. Wie glücklich sie in die Kamera lachten. Niemand konnte zu dem Zeitpunkt ahnen, in welchen Albtraum sich ihr Leben nur Stunden später verwandeln würde.

»Ich liebe dich, mein Schatz«, sagte er leise zu dem Foto.

Dann schickte er eine kurze Nachricht an Bernadette Ziegler, ehe er sich müde auf den Weg zu Angela Gebauer machte in der Hoffnung, nicht allzu lange dort bleiben zu müssen.

Bei seiner Ankunft drang heftiges Geschrei nach draußen. Ein Mann und eine Frau schienen miteinander zu streiten. Cornelius verstand nicht alles, was gesagt wurde, denn die beiden unterhielten sich auf Französisch und sprachen sehr schnell. Zu schnell für seine ungeübten Ohren. Fast wollte er schon umdrehen, entschied sich dann aber doch zu klingeln. Sofort verstummten die Stimmen im Inneren des Hauses. Er wartete ab und drückte dann noch einmal auf den Klingelknopf, bis schließlich Schritte zu hören waren. Angela Gebauer schien mit keinem Geburtstagsgast mehr gerechnet zu haben, aber nach kurzem Zögern bat sie ihn herein.

»Störe ich Sie?«, fragte Cornelius, nachdem er gratuliert und ihr die Flasche überreicht hatte. »Ich hatte draußen das Gefühl, Sie haben Besuch.«

»Nein, ich habe nur ferngesehen. Bitte entschuldigen Sie die Lautstärke. Seit wir so abgeschieden wohnen, passe ich da gar nicht mehr auf.«

»Aber das waren doch Sie, die ich gehört habe«, sagte er auf dem Weg in die Küche.

Im Flur unter der Garderobe standen eine Reisetasche und ein Koffer.

»Ja, das ist richtig. Es ist meine Lieblingsserie und ich habe sie schon so oft angesehen, dass ich mittlerweile mitsprechen kann. Eine furchtbare Marotte von mir, ich weiß.« Sie lachte eine Spur zu schrill.

»Sie sehen wirklich sehr elegant aus. Wie ist es denn im Hotel gelaufen? Konnten Sie nach diesem furchtbaren Vorfall überhaupt noch weiterarbeiten?«

Sie trug noch immer den Hosenanzug und die hochhakigen Schuhe. Offenbar war sie gerade erst aus Altenberg zurückgekommen. Hastig zog sie den Blazer aus und legte das Seidenhalstuch ab.

»Lassen Sie uns bitte von etwas Angenehmeren sprechen«, sagte sie. »Warum machen wir nicht Ihr kleines Geschenk auf und trinken einen Schluck?« Wieder lachte sie etwas zu angestrengt.

Ohne seine Antwort abzuwarten, ging sie zu einem der Hängeschränke und holte zwei Weingläser heraus.

»Aber gerade haben Sie doch auch von dem Überfall gesprochen«, sagte Cornelius ruhig. »Ich bin zwar des Französischen nicht so mächtig wie Sie, aber so viel habe ich schon verstanden.«

»Wie bitte?« Sie wirbelte herum und starrte ihn entgeistert an. »Was habe ich?«

In diesem Moment bemerkte Cornelius die Kette um Angela Gebauers Hals. Das Seidenhalstuch hatte sie zuvor verdeckt. Die Erkenntnis traf ihn mit solcher Wucht, dass er Mühe hatte weiterzusprechen.

»Woher haben Sie diesen Schmuck?« Er zeigte auf die zarte Goldkette mit den drei kleinen Anhängern – mit roten, grünen und blauen Diamanten bestückte goldene Herzen, die ineinander verschlungen waren.

Es bestand kein Zweifel. Angela Gebauer trug die Halskette, die Richard von Greifenberg seiner Frau zum dreißigsten Hochzeitstag geschenkt hatte und die der Räuber Caroline vom Hals gerissen hatte. Cornelius hatte sie eben zu Hause auf dem Foto der beiden Frauen gesehen.

»Und mit wem haben Sie vorhin über den Überfall auf den Geldtransporter gesprochen?«

Auf der Treppe waren schwere Schritte zu hören. Angela Gebauers Gesichtszüge verhärteten sich. »Warum mussten Sie ausgerechnet heute Abend hierherkommen?«, zischte sie. »Hat man vor Ihnen denn nie seine Ruhe?«

»Begrüßt man so seine Gäste, Schwesterherz?«, fragte jemand mit leichtem französischen Akzent.

Cornelius schlug das Herz bis zum Hals, doch schließlich wagte er es und drehte sich um. In der offenen Küchentür stand Jonas

Gebauer mit einer Pistole in der Hand und einem eiskalten Lächeln im Gesicht.

»*Bonsoir, Monsieur le professeur*«, sagte er und deutete eine kleine Verbeugung an. »Guten Abend, Herr Professor. Bitte entschuldigen Sie die Unhöflichkeit meiner Schwester. Es ist immer wieder eine Freude, Sie als Gast hier zu haben. Nur leider kommen Sie heute Abend tatsächlich etwas ungelegen«, fügte er hinzu und richtete die Waffe direkt auf Cornelius.

»Jonas.« Cornelius' Stimme war nur ein Krächzen. »Ich verstehe nicht …«

Das Lächeln wurde noch eine Spur intensiver. »Habe ich Sie überrascht? Das dachte ich mir. Nur allzu gern würde ich länger mit Ihnen plaudern, aber die Zeit drängt etwas. Angela und ich haben heute Abend noch einiges vor.«

Cornelius dachte an das Gepäck im Flur. Wollten die beiden sich absetzen? Was wurde hier überhaupt gespielt? War Jonas der Mann, der am Nachmittag den Geldtransporter vor dem Hotel überfallen und zwei Menschen getötet hatte? Und wie war Angela Gebauer an Carolines Halskette gelangt? Einmal in Bewegung gesetzt, kam sein Gedankenkarussell nicht mehr zur Ruhe.

»Deshalb muss ich Sie jetzt bitten zu gehen.«

»Gehen?« Cornelius' Kehle wurde eng. Sein Gegenüber würde ihn niemals ungehindert aus dem Haus spazieren lassen. Jonas' nächste Worte bestätigten seine Vermutung:

»Los, schaff ihn runter.«

Dann drehte er sich um, griff nach den beiden Gepäckstücken, die offenbar noch leer waren, und eilte behände in den ersten Stock hinauf.

Angela holte ein langes Messer aus einer der Schubladen und bedeutete Cornelius damit, sich in Bewegung zu setzen. Sie ließ ihn die Tür unterhalb der hölzernen Treppe öffnen, wo sich der Abgang zum Keller befand, und drängte ihn vor sich die Stufen hinunter, bis er schließlich von feucht-kalter, modriger Luft umfangen wurde. Soweit er es in der trüben Beleuchtung erkennen konnte, bestand der Keller aus einem einzigen Gang, von dem mehrere, voneinander abgetrennte Abteile abgingen.

»Aufmachen und hineingehen«, wies Angela ihn auf Höhe des zweiten Abteils an.

Das Schloss bestand aus einem verrosteten Heberiegel, den sie einrasten ließ, kaum hatte sie hinter ihm die Tür geschlossen. »Und jetzt schieben Sie Ihr Telefon unten durch.«

»Ich habe es nicht dabei«, rief er. »Sie wissen doch, wie gern ich es zu Hause liegen lasse. Prüfen Sie es nach, wenn Sie mir nicht glauben.«

»Hier unten ist ohnehin kein Empfang«, sagte sie kalt.

»Angela, warten Sie!«, rief er durch den Spalt der Holzlatten, als er bemerkte, dass sie kehrtmachte und ihn allein zurücklassen wollte. »Was geht hier vor sich? Hat Jonas heute Mittag den Transporter überfallen? Haben Sie beide deshalb vorhin so gestritten?«

»Jonas ... Sie wissen überhaupt nichts«, sagte sie.

»Dann erklären Sie es mir!«, schrie er. »Warum spielen Sie aller Welt vor, einen behinderten Bruder zu haben? Ist das der Deckmantel für seine Verbrechen? Wen hat er sonst noch überfallen?«

Angela ließ ein verächtliches Lachen hören. »Sie haben wirklich nicht die geringste Ahnung.« Damit drehte sie sich um. Sekunden später waren ihre schnellen Schritte auf der Treppe zu hören, ehe die Tür mit einem dumpfen Laut ins Schloss fiel.

Dann war alles still und er allein im Keller. Immerhin hatte sie die Lichtfunzel angelassen. Cornelius sah sich in seinem Gefängnis um. Ihm gegenüber an der Kellerwand stand ein altmodischer Kleiderschrank aus Holz mit zwei Flügeltüren, an dessen Seiten zwei zusammengeklappte Gartenstühle und ein verrosteter Wäscheständer lehnten. An der Wand, die zum ersten Kellerabteil angrenzte, entdeckte er säuberlich aufgestapelte Umzugskartons, die offenbar Bücher der Vorbesitzerin enthielten, sowie daneben zwei Stehlampen und eine uralte, verstaubte Standuhr.

Er hievte einen der Bücherkartons auf den Boden und ließ sich erschöpft darauf nieder. In welches Schlamassel war er nur hineingeraten? Warum hatte er überhaupt geklingelt? Er hatte doch schon an der Haustür ein ungutes Gefühl gehabt. Oder war er gerade deswegen geblieben? Weil er nicht wahrhaben wollte, dass

Angela Gebauer, liebevolle Schwester und vom Schicksal gebeutelte Frau, in eine Straftat verwickelt war? Noch immer verstand er nicht, welchen Plan sie und Jonas eigentlich verfolgten. War Jonas tatsächlich der Mann auf dem Motorrad? Und war es womöglich nicht sein erster bewaffneter Überfall gewesen? Hatte es schon einmal Verletzte oder gar Tote gegeben? Seine Gedanken wanderten zu David Mayrhofer, der gerade auf dem Operationstisch um sein Leben kämpfte. Noch immer konnte er nicht begreifen, dass der Mann, der vor zwei Tagen mit bunten Herbstblättern und Kastanien gespielt hatte, in Wirklichkeit ein eiskalter Killer war.

Wobei die Fassade fast einem Geniestreich gleichkam. Wer würde schon einen geistig behinderten Menschen mit einem Raubüberfall in Verbindung bringen? Cornelius musste an Benedikt Rehberg denken. Waren Angela und Jonas auch für die Einbruchserie in Neukirchen verantwortlich? Immerhin hatte diese erst angefangen, nachdem die beiden ins Dorf gezogen waren. Allerdings hatte der Radiosender auf seiner Fahrt nach Altenberg vermeldet, dass die Polizei den mutmaßlichen Täter am Vorabend gefasst hatte und sich demnächst ausführlicher dazu äußern würde. Aber dabei konnte es sich auch um einen Trittbrettfahrer handeln und die wahren Täter packten gerade zwei Stockwerke über ihm ihre Koffer. Jonas hatte seine Rolle geradezu perfekt gespielt. Selbst in diese heilpädagogische Einrichtung war er gefahren. Oder diente sie nur als Vorwand gegenüber der Außenwelt und Jonas hielt sich in den Stunden ganz woanders auf? Aber das konnte eigentlich nicht sein, hatte Elena ihn doch als einen ihrer Schützlinge unter ihren Fittichen.

Elena! Hatte sie ihn durchschaut? Waren Angela und Jonas mit der heilpädagogischen Einrichtung einen Schritt zu weit gegangen und Elena ihnen auf die Schliche gekommen? Versteckte sich dahinter am Ende das Motiv für den Mord an der jungen Frau?

Kapitel 40

Cornelius stand auf und ging unruhig in seinem Gefängnis auf und ab. Und über allem schwebte das Rätsel um Carolines Halskette. Wie kam Angela in ihren Besitz? Jonas konnte die Villa in Le Lavandou nicht überfallen haben, da sie an jenem Abend alle zusammen hier in Neukirchen gewesen waren. Gehörten Angela und er womöglich einer kriminellen Bande an, die ganz Europa unsicher machte? Oder hatte sie die Kette tatsächlich zufällig erworben, ohne zu wissen, dass es sich um Diebesgut handelte? Je mehr er sich das Hirn darüber zermarterte, desto nebulöser wurde das Ganze. Die Geschichte passte nicht zusammen. Irgendwo war ein Haken. Abrupt blieb Cornelius stehen. Hatte er nicht eben ein leises Rascheln und Scharren gehört? Er lauschte angestrengt, doch jetzt war alles ruhig. Allerdings nicht sehr lange, denn dann wurde oben die Kellertür geöffnet und jemand kam die Treppe herunter.

Angela trat vor den Verschlag und rollte eine Plastikflasche mit einer durchsichtigen Flüssigkeit unter der Tür hindurch. Laut Etikett handelte es sich um stilles Mineralwasser.

»Trinken Sie«, sagte sie barsch.

»Und was passiert dann?«, fragte er, nicht gewillt, es ihr so leicht zu machen. »Wollen Sie mich damit vergiften? Das können Sie schön selbst trinken.«

»Seien Sie vernünftig. Es wird sonst nur unnötig wehtun. Nach heute Mittag sollten Sie wissen, dass er nicht lange fackelt.«

»Also hat Jonas den Geldtransporter überfallen. Wofür ist er noch verantwortlich? Hat er auch Elena erschlagen? Weil sie Ihrer Scharade auf die Schliche gekommen ist und Sie entlarven wollte? Und Sie nehmen das alles hin und decken ihn? Angela! Das sind doch nicht Sie!«

Sie lachte verächtlich. »Woher wollen ausgerechnet Sie wissen, wer ich bin?«

»Heute Mittag, im Hotel, als Sie am Fenster standen. Ich habe ganz deutlich das Entsetzen in Ihren Augen gesehen. Und Ihr Streitgespräch vorhin ... auch wenn ich nicht alles verstanden habe, habe ich gehört, wie fassungslos Sie seine Taten gemacht haben«, sagte er. »Noch ist es nicht zu spät! Bitte, Angela! Seien Sie vernünftig und helfen Sie, Jonas zu stoppen.«

»Ich habe es Ihnen schon einmal gesagt: Sie haben keine Ahnung. Hören Sie endlich auf, mir mit Ihren salbungsvollen Reden die Ohren vollzuheulen. Und trinken Sie!«

Clara und Maria Brunner saßen auf unbequemen Plastikstühlen vor dem OP-Bereich und warteten darauf, dass endlich jemand zu ihnen kam. Jemand, der ihnen sagte, dass alles gut gegangen war und dass David wieder gesund werden würde. Doch obwohl die Zeiger der großen Uhr im Wartebereich unaufhaltsam vorwärtsrückten, blieb die automatische Tür geschlossen. Nur hin und wieder huschte ein Arzt oder jemand vom Pflegepersonal an ihnen vorbei.

Clara blickte an ihrer Kleidung hinab, wo noch immer die Spuren von Davids Blut zu sehen waren, »Bist arg enttäuscht von uns?«, fragte sie leise.

»Von wem? Von David und dir?« Maria Brunner griff nach ihrer Hand. »Geh, Clara, wie kommst du denn darauf? Ihr habt euch ineinander verliebt. Das kann man sich nun einmal nicht aussuchen. Und ihr habt es euch ganz bestimmt nicht einfach gemacht.«

»Wir haben wirklich dagegen angekämpft. Das musst du mir glauben«, sagte Clara. »Ich wollte Andreas nicht betrügen. Anfangs war ich überzeugt, er ist der Mann, mit dem ich glücklich werden kann. Aber dann ...«

»Du musst mir nichts erklären, Clara«, erwiderte Maria sanft. »Elisabeth ging es damals nicht viel anders als dir jetzt. Sie hat sich entschieden, bis zum Schluss eisern an ihrer Ehe festzuhalten. Trotz Lorenz. Dabei hab ich ganz genau gesehen, wie unglücklich sie das gemacht hat.«

»Andreas muss damit fertig werden, dass ihn seine beiden Frauen betrogen haben. Das wird er uns nie verzeihen.«

»Zu einer unglücklichen Ehe gehören immer zwei. Das wird auch er eines Tages begreifen.« Maria stand auf. »Ich hole uns jetzt einen Tee.«

»Ich mach das. Ich muss mich ohnehin ein bisschen bewegen.« Clara war ebenfalls aufgestanden und lugte jetzt zu Lorenz Huber hinüber, der einige Stühle von ihnen entfernt neben einem Polizeibeamten saß. »Schau du lieber mal zu ihm.«

»Mach ich«, flüsterte Maria zurück.

»Warum hat dich denn vorhin die Polizei hierhergebracht?«, fragte sie, als sie neben Lorenz Huber Platz genommen hatte.

»Weil Professor Cornelius das Gefühl hatte, keine Zeit mehr verlieren zu dürfen.«

»Hm. Und warum begleitet dich jetzt dieser Mann?«, fragte sie und deutete eine Kopfbewegung in Richtung des uniformierten Beamten an.

»Weil die Polizei glaubt, ich hätte etwas mit Elenas Tod zu tun. Sie wusste nämlich, dass ich Davids Vater bin.« Und dann erzählte er Maria Brunner die ganze Geschichte. »Ich schwöre dir, Maria. Ich hab ihr nichts getan. Ich kenne Elena von klein auf. Niemals hätte ich ihr etwas antun können.«

»Natürlich hast du das nicht«, sagte sie. »Aber wie kommst du denn darauf, dass *dein Sohn* so etwas tun könnte? Lorenz!«

»Ich hatte halt Angst, dass sie es ihm verraten hat und er …« Lorenz hielt inne. »Schau mich doch an. Ich hab nichts, ich bin nichts. Wer braucht denn so einen wie mich als Vater?«

»David«, antwortete Maria, ohne zu zögern. »Du bist der beste Vater, den er sich nur wünschen kann.«

»Ach, Maria«, seufzte Lorenz.

Eine Weile sagte niemand etwas. »Dann bist du Elisabeth und mir nicht böse, dass wir euch alle so hintergangen haben?«, fragte er in die Stille hinein.

»Du hast meine Tochter damals sehr glücklich gemacht, Lorenz. Und nur das zählt für mich.«

Cornelius saß resigniert auf dem Bücherkarton und starrte auf den staubigen Kellerboden. Draußen war ein Auto weggefahren, aber Schritte über ihm verrieten, dass noch eine Person im Haus war. Was hatten die beiden vor? Wollten sie ihn mit der Flüssigkeit vergiften? Oder lediglich betäuben und später irgendwo im Wald erschießen und seine Leiche dort verscharren? Beides schien Cornelius gleichermaßen grauenerregend. Erneut vernahm er ein Rascheln, dieses Mal gefolgt von einem leisen Wimmern. Hastig stand er von seiner provisorischen Sitzgelegenheit auf und lauschte. Jetzt gab es keinen Zweifel mehr. Er hatte sich die Geräusche nicht eingebildet, sie kamen eindeutig ... aus dem alten Kleiderschrank. War dort ein größeres Tier eingesperrt oder hatten sich lediglich Mäuse und Ratten ausgebreitet? Aber Ratten wimmerten nicht, sondern fiepten und quiekten.

Irgendwo im Haus schrie ein Mann wutentbrannt auf, gefolgt von einer Flut französischer Schimpfworte und dem Knallen von Türen. Also war Angela vorhin mit dem Auto weggefahren, während Jonas jetzt durch das Haus stürmte und offenbar irgendetwas suchte. Erfolglos, wie Cornelius dem aufgebrachten Tonfall entnehmen konnte. Aber er war im Moment zweitrangig, denn schon wieder hörte er ein Geräusch aus dem Kleiderschrank. Dieses Mal war es ein leises Schluchzen und es kam definitiv nicht von einem Tier.

Cornelius besah sich die beiden Flügeltüren genauer. Sie waren nur angelehnt, wie er erst jetzt an dem kleinen Spalt erkennen konnte. Mit einem Ruck zog er sie auf. Ein leiser Aufschrei kam über seine Lippen. In der rechten Schrankseite, in dem Hohlraum unterhalb der leeren Kleiderstange, saß zusammengekauert ein Mensch, ein Mann, um genauer zu sein. Die Arme waren um die angewinkelten Beine geschlungen und er zitterte am ganzen Körper, als ob er friere. Sein Kopf war nach unten gebeugt, sodass Cornelius das Gesicht nicht erkennen konnte. Trotzdem wusste er genau, wer hier vor ihm saß.

»Jonas!«

Langsam hob der Mann den Kopf und sah Cornelius aus schreckgeweiteten Augen an.

»Aber ... ich verstehe nicht ...«, murmelte er.

Wer rannte dann fluchend durch das Haus und riss jetzt oben die Kellertür auf? Für den Bruchteil einer Sekunde blieben Cornelius' Augen an der verstaubten Standuhr hängen. Ihr Anblick katapultierte ihn zurück in Xaver Zieglers Schreinerei, wo er vor dessen Meisterstück gestanden und es bewundert hatte. Die Worte von Elenas Vater hallten jetzt regelrecht durch seinen Kopf. »Einem Kunden von mir hat sie so gut gefallen, dass ich ihm vor einigen Jahren praktisch einen Zwilling angefertigt habe.«

Zwilling ... Endlich hatte Cornelius verstanden.

Auf der Kellertreppe waren schnelle, schwere Schritte zu hören. Jonas stieß einen unterdrückten Schrei aus und krümmte sich noch mehr in der kleinen Schrankkabine zusammen. Blitzschnell griff Cornelius nach einem der zusammengeklappten Gartenstühle und stellte sich schützend vor ihn. Sekunden später erschien eine groß gewachsene Gestalt jenseits der Holzlatten, entriegelte die Tür und riss sie mit einem Ruck auf.

»Guten Abend, Pascal«, sagte Cornelius laut und sah Jonas Gebauers Zwillingsbruder herausfordernd an.

Sein Gegenüber lachte verächtlich. »Hier hat sich dieser Schwachkopf also versteckt.« Er machte einen Schritt in Richtung Kleiderschrank.

Cornelies hob drohend seine provisorische Waffe und stellte sich ihm damit in den Weg.

Über Pascals Gesicht huschte ein boshaftes Grinsen. »Jetzt machen Sie mir aber Angst.« Trotzdem wich er etwas zurück. »Wie ich sehe, haben Sie unser kleines Geheimnis herausgefunden. *Pas de problème,* Sie werden es ohnehin niemandem mehr erzählen können.«

Cornelius tat, als habe er die Anspielung nicht gehört. »Ich verstehe es nicht. Angela sagte, Sie seien tot. Verunglückt bei einem Segelausflug.«

»Oh, wie Sie sehen, bin ich sehr lebendig. Das mussten wir damals einfach durchziehen. Die Gelegenheit war zu günstig.«

»Sie haben Ihren Tod nur vorgetäuscht? Aber warum? Warum das alles, Pascal?«

Pascal Gebauer lehnte sich mit verschränkten Armen gegen die Holzleisten. »Sie wollen plaudern, Herr Professor? Nun gut, dann plaudern wir etwas. Ich habe gerade ein bisschen Zeit. Angela ist ein paar Besorgungen machen. Und das Auto muss vor der langen Reise auch noch aufgetankt werden, wie Sie sich vorstellen können.« Er holte seine Pistole hervor. »Aber denken Sie bitte nicht, dass Sie mich einwickeln können, *Monsieur le professeur*.«

Cornelius stellte den Stuhl zur Seite, blieb dabei aber dicht vor Jonas stehen, der noch immer am ganzen Körper zitterte. »Davon bin ich nicht ausgegangen.«

»Gut. Sie sind ein kluger Mann. Eigentlich mag ich kluge Menschen. Leider gibt es davon viel zu wenige auf dieser Welt. Mein Schulfreund und seine Familie sind auch heiße Kandidaten, wenn es um die größten Dummköpfe geht. Um mich um ihr verdammtes Schiff zu kümmern, dafür war ich gut genug. Aber nicht für das werte Fräulein Tochter. Die ging zwar mit mir ins Bett, geheiratet wurde dagegen jemand Standesgemäßes. Immerhin haben sie für ihr schlechtes Gewissen bei Angela geblecht. Eine kleine Kompensation für die Trauer und den Schmerz, den meine geliebte Schwester erfahren musste, haben sie es genannt. Wir haben herzlich darüber gelacht.«

»Haben Sie deshalb diesen Segelunfall vorgetäuscht? Um die Bootseigentümer finanziell ausnehmen zu können?«

Pascal zuckte mit den Schultern. »Ausnehmen? Haben Sie eine Ahnung, wie viel Geld diese Idioten besitzen? Die haben ihre Kompensation doch aus der Portokasse bezahlt. Aber das war gar nicht der ursprüngliche Plan. Es hat sich so ergeben. Eigentlich wollten wir die Lebensversicherung kassieren, die mein Vater für mich abgeschlossen hatte. Auch keine Reichtümer, aber doch genug, um eine Zeit gut leben zu können.«

»Dann hat Angela von Ihrem vorgetäuschten Tod gewusst?«

»Natürlich! Meine Schwester ist keine Heilige. Sie hat damals selbst dringend Geld gebraucht. Also haben wir es zusammen durchgezogen. Starker Wellengang, etwas Blut am Mast des Segels und schon hat alle Welt gedacht, Pascal Gebauer ist nicht mehr am Leben. Ich hatte mich mit einem Beiboot abgesetzt und bin dann erst einmal untergetaucht. Entschuldigen Sie das kleine Wortspiel. Nach sechs Monaten konnte sie mich für tot erklären lassen und die Versicherung hat bezahlt. Auch Angela wusste nicht genau, wo ich in der Zeit abgeblieben war. Ursprünglich wollte ich nach Paris, aber dann bin ich in der Gegend von Le Lavandou geblieben.« Für einen kurzen Moment schweifte sein Blick ab.

»Warum ausgerechnet dort?«, fragte Cornelius.

»Meine Großmutter hat in Le Lavandou gewohnt und wir haben als Kinder oft die Ferien bei ihr verbracht. Die Sommer dort waren herrlich. Stundenlang bin ich allein durch die Gegend gestreift, habe mir einen Unterschlupf im Wald gebaut, Kaninchen gejagt oder war im Bach schwimmen. Jonas bin ich zum Glück oft losgeworden, obwohl er wie eine Klette an mir hing. Manchmal habe ich ihn mit einem Trick in die Vorratskammer oder auf den Dachboden gelockt und dort eingesperrt. Bis meine Großmutter ihn gefunden hatte, war ich längst über alle Berge. Abends hat sie mich zwar mit Vorwürfen überhäuft, aber das war mir egal. Oder ich habe ihn mit einem Seil am Baum angebunden und behauptet, wir spielen Räuber und Gendarm. Dann bin ich abgehauen und habe wunderbare Stunden in Freiheit verbracht.« Seine Augen waren jetzt wieder starr auf Cornelius gerichtet. »Ich habe mir eine neue Identität verschafft und Pascal Gebauer hat endgültig nicht mehr existiert. Gelegentlich habe ich Angela mit einer Prepaid-Nummer angerufen und die Karte danach vernichtet. Sogar im digitalen Zeitalter kann man, wenn man möchte, spurlos verschwinden. Man muss nur äußerst diszipliniert sein. Aber Disziplin habe ich gelernt. Das Schmerzensgeld und das Geld aus der Versicherung hat sie am Bahnhof in Straßburg für mich deponiert, wo ich es unerkannt abgeholt habe. Eine Zeit lang habe ich mein Leben einfach nur genossen und das Geld ausgegeben, wie ich wollte.«

»Bis nichts mehr da war«, rutschte es Cornelius heraus. »Oder warum haben Sie die ganzen Villen überfallen und Richard von Greifenberg erschossen? Angelas Halskette hat Sie verraten. Sie gehörte einer guten Freundin meiner Frau und wurde ihr an dem Abend gestohlen.«

Gebauers Augen leuchteten jetzt regelrecht. »*Oh là là, monsieur le professeur.* Sie sind wirklich ein sehr kluger Mann. Schade, wirklich verdammt schade um Sie. Ja, Sie haben recht. Irgendwann war das Geld aufgebraucht. Aber ich hatte mein neues Leben zu lieb gewonnen, um es wieder aufzugeben. Also habe ich angefangen, als Gärtner, Hausmeister und Chauffeur für diese reichen Säcke zu arbeiten. Wie redselig und leichtgläubig die Leute doch werden, wenn sie anfangen, einem zu vertrauen. Der Rest war ein Kinderspiel.«

»Ein Kinderspiel?«, rief Cornelius empört. »Sie haben vor den Augen meiner Frau einen Mann erschossen.«

»Selbst schuld«, entgegnete Gebauer ungerührt. »Dieser alte Idiot meinte, den Helden spielen zu müssen. Da musste ich ihm eine Lektion erteilen.« Er seufzte. »Allerdings war danach mit den Überfällen Schluss. Es wurde zu riskant. Aber das machte nichts. Ich hatte schon bald etwas Neues gefunden.«

»Was meinen Sie damit?«

»Alles müssen Sie nun auch nicht wissen.« Er kontrollierte seine Armbanduhr. »Zumal es allmählich Zeit wird. Angela sollte bald wieder hier sein.«

»Elena Ziegler ... sagen Sie mir wenigstens noch, ob Sie die junge Frau getötet haben!«

»Oh, Elena«, sagte er melodramatisch. »Sie war wie Sie. Sehr aufmerksam und klug. Sie hat Angela und mich hinter dem Haus getroffen, weil sie diesem Schwachkopf hier etwas vorbeibringen wollte. Ich habe gerade eine Zigarette geraucht und mich mit meiner Schwester unterhalten. Natürlich hat sie sofort gewusst, dass ich nicht Jonas sein konnte. Es ging ganz schnell. Ich habe nach einem Stein gegriffen und ihn ihr auf den Kopf geschlagen.«

Cornelius schnürte es bei diesen Worten fast die Kehle ab. »Wie lange sind Sie eigentlich schon hier in Neukirchen?«

Pascal Gebauer schaute ihn amüsiert an »Sie haben mich doch selbst zu Angela gebracht. Erinnern Sie sich an den Tag, als Sie mich auf dem Schotterweg angetroffen haben.« Er drohte Cornelius scherzhaft mit dem Zeigefinger. »Da waren Sie nicht sehr klug. Sie haben mich für Jonas gehalten. Es war fast schon rührend, wie besorgt Sie um mich waren.«

Cornelius spürte, wie ihm übel wurde. Warum hatte er damals keinen Verdacht geschöpft? Jeder, der Pascal Gebauer länger gegenüberstand, bemerkte die Unterschiede zu Jonas. Pascals Körperbau war muskulöser und athletischer, seine Gesichtszüge viel herber. Und seine Haare …

»Deshalb der Haarschnitt«, murmelte er. »Angela hat Jonas nur deshalb die Haare geschnitten, weil Ihre viel kürzer sind. Damit ich keinen Verdacht schöpfe. Hat sie Sie an jenem Tag erwartet? Wusste sie, dass Sie kommen?«

»Nicht direkt. Bei unserem letzten Telefonat hatte ich ihr gesagt, ich hätte meine Zelte in Frankreich abgebrochen und würde bald nach Deutschland kommen. Mein unverhofftes Auftauchen hat mein Schwesterherz sehr berührt, finden Sie nicht auch?«

»Warum sind Sie überhaupt nach Neukirchen gekommen? Haben Sie keine Angst aufzufliegen, wenn man Sie in Angelas Nähe sieht?«

»Nennen wir es Sehnsucht nach der Familie.« Er lächelte tiefgründig. »Von Ihnen und Elena abgesehen hat mich niemand in Angelas Nähe gesehen und wird mich auch nicht zu Gesicht bekommen. Und falls doch, bin ich eben Jonas. Den Schwachkopf zu imitieren, ist nun wirklich keine Kunst.« Wieder sah Pascal Gebauer auf seine Uhr.

»Und heute Mittag? Was ist heute Mittag passiert?«, fragte Cornelius deshalb rasch. Er musste ihn am Reden halten, musste Zeit gewinnen … »Ich war am Hotel, als Sie dort aufgetaucht sind.«

Pascal Gebauers Züge verhärteten sich. »Das war ein Fehlschlag. Ich hätte es besser wissen müssen. Angela hat gestern das Gespräch dieses Hoteldirektors belauscht. Eigentlich war es ein ganz guter Plan, aber es war zu wenig Zeit, um ihn noch einmal zu überdenken. Nun gut, jetzt müssen wir eben schnell von hier verschwinden. Angela wird es nicht schwerfallen. Sie hat das Haus und dieses verdammte Dorf ohnehin nicht gemocht.«

Er fixierte die zusammengekauerte Gestalt seines Bruders.

»Warum hat Jonas so viel Angst vor Ihnen?«, fragte Cornelius. »Hat er Sie dabei beobachtet, wie Sie Elena Ziegler erschlagen und Ihre Leiche weggebracht haben?«

»Nein, davon hat er nichts mitbekommen. Angela hat ihm ein Schlafmittel gegeben, damit er uns nicht stört.« Seine Augen nahmen einen ganz sonderbaren Ausdruck an. »Nein, Jonas und ich haben unsere eigene kleine Geschichte.«

»Welche?«, fragte Cornelius kaum hörbar.

»Damals, als er ins Eis eingebrochen ist, habe ich ihn mit dem Fußball auf den See gelockt. Ich wusste, dass die Eisschicht viel zu dünn ist, um ihn zu tragen. Unsere Mutter wurde ja auch nicht müde, es zu erwähnen.«

Cornelius' Augen weiteten sich vor Entsetzen.

»Ich habe ihn von der ersten Minute unseres Lebens an gehasst. Ein Mensch, der genauso aussieht wie ich und stets wie eine Klette an mir hing. Nie gab es Pascal allein, immer nur uns zusammen im Doppelpack. Und immer wurde ich mit ihm verglichen und bekam dann zu hören, wie perfekt mein Bruder doch sei im Gegensatz zu mir, dem schwierigen Zwilling. Meine Mutter hat ihn regelrecht vergöttert und sogar für meine Großmutter war Jonas der kleine Prinz. Mich dagegen hat sie den ganzen Tag nicht vermisst. Irgendwann wollte ich ihn nur noch loswerden. Leider sind diese verdammten Reiter aufgetaucht und ich musste so tun, als würde ich Hilfe holen.« Er hielt inne. »Meine Schwester hatte wirklich Pech. Jeder dachte, sie hätte nicht richtig auf uns aufgepasst, und unsere Mutter hat ihr danach das Leben zur Hölle gemacht. Zu allem Überfluss hatte sie die letzten Jahre auch noch diesen Idioten am Hals. Wirklich bedauerlich.«

»Du verdammtes Scheusal!« Angela Gebauer stürzte sich wie eine Furie auf ihren Bruder. Mit beiden Fäusten prügelte sie auf seinen Oberkörper ein und für einen Moment geriet Pascal Gebauers robuster Körper tatsächlich ins Wanken, die Pistole drohte ihm aus der Hand zu gleiten. Aber noch bevor Cornelius eingreifen konnte, hatte er sich wieder gefangen und Angela einen Faustschlag mitten ins Gesicht verpasst. Sie taumelte rückwärts und Cornelius konnte sie gerade noch auffangen und ihren Sturz auf den harten Kellerboden verhindern.

Endlich. Clara wusste nicht mehr, wie lange sie vor der Tür zum OP-Bereich ausgeharrt hatten. Irgendwann waren Maria und sie in die Krankenhauskapelle gegangen, aber auch dort war sie nicht zur Ruhe gekommen. Die Angst war schier übermächtig und allgegenwärtig. Mit klopfendem Herzen stand sie jetzt vor dem

Arzt, Lorenz Huber neben ihr, Marias Finger fest um ihre Hand geschlungen.

»Sind Sie Angehörige von Herrn Mayrhofer?«, fragte er.

»Ich bin seine Großmutter«, sagte Maria, »der Herr dort ist sein Vater und ...«

»... und ich bin Clara Mayrhofer. Seine Frau«, sagte Clara laut.

Der Arzt war ganz in Blau gekleidet und sah erschöpft aus.

»Die OP war, wie erwartet, kein Spaziergang. Aber er hat den Eingriff gut überstanden und ist bereits auf der Intensivstation. Dort bleibt er die Nacht über und morgen sehen wir dann weiter.« Er nickte in die Runde. »Sie ruhen sich jetzt am besten aus und kommen morgen wieder.«

»Darf ich hierbleiben?«, fragte Clara. »Bitte!«

Der Arzt zögerte.

»Ich mache Ihnen keine Umstände. Ich will nur bei ihm bleiben. Mehr nicht.«

»Na, gut«, sagte er schließlich. »Dann kommen Sie mal mit.«

Clara drehte sich kurz zu Maria Brunner um.

»Geh ruhig«, sagte diese. »Wir kommen schon zurecht.«

Während Clara mit dem Arzt in einem der Gänge verschwand, gingen Maria Brunner, Lorenz Huber und der Polizeibeamte Richtung Ausgang.

»Ich muss Sie jetzt leider mit aufs Präsidium nehmen«, sagte der Polizist zu Huber. »Kann ich jemanden für Sie anrufen, der sich um Sie kümmert, Frau Brunner?«

»Wenn Sie mir ein Taxi rufen, das mich nach Neukirchen zurückbringt, reicht mir das schon.«

Nachdem die beiden Männer verschwunden waren, eilte Maria Brunner noch einmal in die Krankenhauskapelle, die direkt gegenüber der Pforte lag. Dort zündete sie eine Kerze an und stellte sie zu den anderen unter das große Holzkreuz mit der Christusfigur.

»Danke«, sagte sie leise.

Kapitel 41

Direkt nach ihrer Rückkehr ins Präsidium eilten Katrin und Kornbichler ins Gemeinschaftsbüro. Thorwald saß wegen Tobias Schindler und Lorenz Huber beim Staatsanwalt, wie sie vom müden Korbinian Bäumel erfuhren. Katrin wünschte ihm hastig einen schönen Feierabend, indes Kornbichler bereits auf seiner Tastatur herumtippte.

»Dieser Tiger in ihrer Tasche kann ja praktisch nur von einem Kind stammen oder von einem ihrer Schützlinge in der heilpädagogischen Einrichtung. Wer sonst würde ein Stofftier schmerzlich vermissen?«

Kornbichler rief den Eintrag von Korbinian Bäumler auf, der alle Mitglieder und Familienangehörige von Elenas Betreuungsgruppe zusammenfasste.

»Und wenn sie es, laut Hubers Aussage, *sofort* bei demjenigen vorbeibringen wollte, kann es eigentlich nur jemand aus Neukirchen sein«, sagte Katrin. »Sonst wäre sie mit dem Auto dorthin gefahren und hätte es nicht zu Hause abgestellt. Oder hätte sich von Huber hinfahren lassen.«

»Es gibt nur ein Gruppenmitglied in der Einrichtung, das aus Neukirchen stammt«, murmelte Kornbichler und markierte den Namen auf dem Bildschirm. »Jonas Gebauer.«

Er rief den Übersichtsplan auf und gab die Adresse der Gebauers ein.

»Das Buchberger Haus«, rief Katrin überrascht.

»Wo letztes Jahr die Tochter verschwunden ist?«, fragte Kornbichler. Er hatte zu diesem Zeitpunkt bereits probehalber bei der Drogenfahndung gearbeitet und das Ende der damaligen Ermittlungen nur noch am Rande mitbekommen.

»Ja«, murmelte Katrin und gab selbst etwas in die Tastatur ein. »Frau Buchberger lebt mittlerweile bei ihrer Schwester in Altenberg. Ihr Haus wird jetzt von Angela und Jonas Gebauer bewohnt.«

»Beide bisher nicht polizeibekannt«, stellte Kornbichler beim Durchlesen von Bäumels Ergebnissen fest.

Während er noch einmal den Umgebungsplan aufrief, war Katrin zu ihrem eigenen Arbeitsplatz gelaufen, wo sie rasch etwas eintippte. Ihre Augen scannten den Computer förmlich nach weiteren Informationen zu Familie Gebauer.

»Elena ist nicht durchs Dorf gegangen. So viel steht fest. Sie fühlte sich angeschlagen, wollte ihre Ruhe haben und allein etwas frische Luft schnappen. Also wird sie kurzerhand die Nebenstraße und die Feldwege zu dem abgelegenen Haus genommen haben. Schau, diese Route hier könnte doch ihr Weg gewesen sein.« Kornbichler zeichnete eine rote Linie auf dem Bildschirm ein. »Und dabei ist sie wahrscheinlich dem Täter in die Arme gelaufen.«

»Oder direkt bei Gebauers auf ihn getroffen«, sagte Katrin. »Immerhin hatte sie den Stofftiger nicht mehr in der Manteltasche, als der Professor ihre Leiche im Bach gefunden hat.«

»Das Teil könnte natürlich auch herausgespült worden sein«, entgegnete Kornbichler. »Aber trotzdem sollten wir denen einen Besuch abstatten. Und zwar jetzt gleich. Matilda, auf geht's!«

Pascal Gebauer musterte seine Schwester abfällig. »Mach das nie wieder!«, zischte er. »Hast du das Benzin gekauft?«

Wortlos nickte Angela. Mit einem leisen Fluch auf den Lippen warf er die Tür zum Kellerabteil zu und stürmte die Treppe hinauf.

»Es geht schon«, murmelte sie, als Cornelius ihr beim Aufstehen helfen wollte. Blut lief aus ihrer Nase und ihre Oberlippe war aufgeplatzt. Jonas wimmerte laut.

Hastig wischte sie sich mit den Ärmeln ihrer Bluse über das Gesicht. »Alles gut, Jonas. Alles gut«, sagte sie schnell.

Direkt vor ihm ging sie in die Hocke und schloss ihn behutsam in ihre Arme. »Alles gut. Hab keine Angst. Wie kommst du denn überhaupt hierher?«

»Ich habe ihn im Schrank gefunden«, sagte Cornelius. »Offenbar hat er sich aus Furcht vor Pascal hier versteckt.«

»Ich hatte ihm Kopfhörer aufgesetzt und sein Lieblingshörbuch eingeschaltet, damit er unseren Streit nicht mitbekommt und wir ungestört packen können. Irgendwann muss er sich aus seinem Zimmer geschlichen haben.« Sie fuhr ihm liebevoll durch die Haare. »Was machst du denn für Sachen?«

Cornelius betrachtete sie schweigend. Dann klappte er die beiden Gartenstühle auf, damit Angela und Jonas sich hinsetzen konnten.

»Ich habe es nicht gewusst. Das müssen Sie mir glauben«, flüsterte sie und strich ihrem Bruder zärtlich über die Wange. »All die Jahre glaubte ich, er sei meinetwegen ins Eis eingebrochen, weil ich nicht richtig auf die Zwillinge aufgepasst habe.« Sie schüttelte den Kopf. »Unsere Mutter ... wahrscheinlich hat sie tief drinnen gespürt, dass ihr eigener Sohn abgrundtief böse ist. Deshalb ist sie Jonas nach dem Unfall nicht mehr von der Seite gewichen und hat sich immer so vehement gewehrt, wenn ich ihr angeboten hatte, Pascal zu uns zu holen.«

»Und Jonas' Angst vor Pascal? Haben Sie denn nie seine Angst bemerkt? Sogar ich habe sie in seinen Augen gesehen.«

»Natürlich habe ich sie bemerkt. Aber ich dachte, Pascals unerwartete Anwesenheit verwirrt und verängstigt ihn. Auf einmal ist da jemand, der aussieht wie er.« Erneut strich sie Jonas über die Wange. »Ich war mir nicht sicher, ob er noch weiß, dass er einen Bruder hat. Dass er überhaupt versteht, wer dieser Mensch ist, der so unverhofft in unser Leben getreten ist. Nicht in meinen schlimmsten Träumen hätte ich mir vorstellen können, was Pascal Ihnen vorhin gestanden hat.« Sie sah Cornelius direkt in die Augen. »Ich bin kein schlechter Mensch, Gregor.«

Er musterte sie prüfend. »Sie haben Ihre Versicherung betrogen, eine Familie glauben lassen, Ihr Bruder sei auf deren Boot tödlich verunglückt, mit ihm zusammen eine Leiche verschwinden lassen und einen Raubüberfall vorbereitet.«

»Ich weiß«, schluchzte sie. »Aber lassen Sie es mich erklären. Bitte!«

»Ich werde Sie in diesem Verlies wohl kaum daran hindern können«, sagte er eisig.

»Ja, es stimmt. Wir haben damals die Lebensversicherung und

das Schmerzensgeld dieser Familie kassiert. Wir haben beide Geld gebraucht. Pascal wollte in Paris ein neues Leben anfangen, studieren, sich etwas aufbauen. Aber Paris ist teuer, verdammt teuer. Er hatte nur diesen Nebenjob als Skipper und ich … was glauben Sie, was ich als freiberufliche Übersetzerin schon großartig verdiene?« Erneut wischte sie sich über ihre blutige Nase. »Ich hatte eines der besten Examen meines Jahrgangs, obwohl ich mich nebenbei um Jonas und zeitweise auch noch um meine krebskranke Mutter gekümmert habe. Jeden Job der Welt hätte ich mit diesen Noten haben können. Bei der UNO in New York, bei der EU in Brüssel, stattdessen hockte ich zu Hause und übersetzte für wenig Geld Gebrauchsanleitungen und todlangweilige Verträge. Verstehen Sie mich nicht falsch. Ich *wollte* mich um Jonas kümmern. Er ist mein Ein und Alles. Aber ich habe dafür auf verdammt viel verzichtet.« Sie fasste die Hände ihres Bruders und hielt sie ganz fest. »Das meiste Geld schluckte damals ohnehin diese Delphintherapie. Obwohl sie Jonas so gut getan und er richtige Fortschritte gemacht hat, hat die Krankenkasse keinen müden Cent dafür bezahlt. Alles … Flugkosten, Therapeuten, Hotelaufenthalt … alles musste ich selbst bezahlen. Nach sechs Monaten konnte ich Pascal aufgrund des Seeunglücks für tot erklären lassen und die Versicherung hat endlich gezahlt. Zusammen mit dem Schmerzensgeld der Bootseigentümer konnten wir uns die Therapie für Jonas leisten und eine Weile leben, ohne jeden Cent fünfmal umdrehen zu müssen.« Sie sah sich angewidert um. »Nicht so wie jetzt in dieser Bruchbude.«

»Haben Sie ihn deshalb zum Überfall auf diesen Geldtransporter angestiftet?«

»Ich habe Pascal zu überhaupt nichts angestiftet! Er hat von der Casinoeröffnung im Radio gehört und wollte, dass ich meinen Job im Hotel nutze, um an mehr Informationen zu gelangen. Zuerst hatte ich keine Ahnung, wie ich es anstellen sollte, aber dann haben sich Herr Gruber und seine Assistentin auf der Veranda direkt vor meinem Bürofenster miteinander unterhalten. Ich habe das Gespräch auf meinem Handy aufgezeichnet und es abends Pascal vorgespielt. Ich sollte ihn dann nach Altenberg fahren, damit er sich dort ein Motorrad besorgen konnte.«

Cornelius schüttelte fassungslos den Kopf.

»Was schauen Sie mich so an?«, rief Angela. »Ich habe bis heute Mittag nicht gewusst, dass er überhaupt eine Schusswaffe hat. Der Plan war, mit dem Motorrad direkt an den Geldboten vorbeizufahren und einem der beiden die Tasche zu entreißen. Bis die gemerkt hätten, was passiert ist, wäre Pascal längst über alle Berge gewesen. Wenn ich gewusst hätte, dass eine Waffe zum Einsatz kommt, hätte ich niemals mitgemacht.«

»Sie wollen mir doch nicht im Ernst weismachen, ein mickriger Geldkoffer hätte Ihnen gereicht!«

»Bei der Geldmenge, die laut diesem Gruber ankommen sollte, hätte eine Tasche vollkommen ausgereicht. Ich brauche keine Villa und kein Leben im Luxus. Ein kleines Haus im Grünen und ein ganz normales Leben ohne ständige Geldsorgen, mehr will ich doch gar nicht. Niemals hätte ich gewollt, dass ein Mensch zu Schaden kommt.«

»Dass ich nicht lache! Sie haben ihm doch sogar geholfen, Elenas Leiche zu entsorgen!«

Jonas wurde unruhig und er versuchte, Angela seine Hände zu entziehen.

»Immer wenn ihr Name fällt, wird er nervös.« Sie versuchte zu lächeln. »Alles gut, Jonas. Alles gut.«

»Hat er es mitansehen müssen?«, fragte Cornelius.

»Nein. Er hat den ganzen Tag gefiebert und lag schon im Bett. Pascal und ich standen vor dem Haus, als wie aus heiterem Himmel Elena um die Ecke bog. Ich war wie gelähmt. Es hat keine fünf Sekunden gedauert und sie wusste, dass es nicht Jonas war. Sie hätte es doch jedem erzählt. Und was dann? Man hätte uns wegen Versicherungsbetrug angezeigt und wir hätten das ganze Geld zurückzahlen müssen. Wovon denn? Wir hatten doch beide schon alles ausgegeben. Und ich hätte womöglich auch noch die Vormundschaft für Jonas verloren. Es ging alles blitzschnell. Pascal hat nach einem Stein gegriffen und ihn ihr mehrmals auf den Kopf geschlagen. Und da lag sie dann … tot.«

Cornelius konnte nur noch mit Mühe an sich halten.

»Er ist doch mein Bruder!«, rief sie. »Es ist im Affekt passiert, er hatte Panik. Mir ist dann der Mühlbach eingefallen.

Ich hatte gehofft, sie wird mitgespült und taucht nie wieder auf.«

»Mitgespült«, wiederholte Cornelius voller Verachtung.

»Mein Gott, was hätte ich denn tun sollen? Wir sind eine Familie. Ich konnte doch nicht ahnen, was er Jonas damals angetan hat.« Sie atmete heftig. »In einer von Elenas Manteltaschen haben wir einen kleinen Stofftiger gefunden. Er gehört Jonas. Ich nehme an, das war der Grund, warum sie an einem Sonntag bei uns aufgetaucht ist. Ich habe Jonas den Tiger gegeben und eine von meinen Schlaftabletten in seiner heißen Milch aufgelöst. Kurze Zeit später hat er tief und fest geschlafen. Danach haben wir Elenas Leiche weggeschafft. Unsere Schuhe haben wir mit Plastiktüten geschützt, um keine Fußabdrücke zu hinterlassen, und die Reifenspuren am Ufer hat Pascal auch beseitigt. Ich wollte eigentlich bis nach Mitternacht warten, um sicherzugehen, dass niemand mehr unterwegs ist. Aber Pascal wollte Elena unbedingt sofort loswerden, noch bevor ihre Familie sie als vermisst melden konnte und überall Polizei und Suchtrupps durch die Gegend laufen.«

Nach allem, was Cornelius bisher über Pascal Gebauer wusste, hätte dieser wahrscheinlich nicht lange gefackelt und einen unliebsamen Zeugen, ohne mit der Wimper zu zucken, ebenfalls beseitigt. Erst jetzt wurde ihm bewusst, dass er durchaus dieser Zeuge hätte sein können, wäre er nur etwas früher zu seinem Spaziergang aufgebrochen.

Erneut wurde Jonas unruhig und versuchte, nach der Wasserflasche auf dem Boden zu greifen.

»Nein, Jonas, nicht. Ich weiß, du hast Durst, aber das darfst du nicht trinken«, sagte Angela sanft.

»Was ist in der Flasche? Gift?«

»Nein! Ich habe doch kein Gift im Haus. Ich habe einige meiner Schlaftabletten darin aufgelöst.« Die blanke Verzweiflung stand ihr jetzt ins Gesicht geschrieben. »Er wird Sie nicht entkommen lassen, Gregor. Trinken Sie, dann schlafen Sie ein ... und spüren nichts mehr.«

»So leicht werde ich es ihm gewiss nicht machen. Er wird mich schon anschauen müssen, wenn er mich erschießen will. So wie er auch Richard von Greifenberg angesehen hat, bevor er abdrückte.«

»Wen?«, fragte Angela irritiert. »Von wem sprechen Sie?«

»Von dem Mann, der für Ihre Halskette gestorben ist. Ihr Bruder hat seine Villa in Le Lavandou überfallen und ihn dabei erschossen.«

Das Blut wich aus Angelas Gesicht. »Nein, das ist nicht wahr. Pascal hat sie mir zum Geburtstag geschenkt. Aber, was Sie da sagen ... Nein!«

»Doch, Angela. Sehen Sie der Wahrheit endlich ins Auge! Pascal ist ein Schwerverbrecher. Was hat er Ihnen denn erzählt, wie er die Monate in Frankreich verbracht hat? Vor allem nachdem er das ganze Geld aus seinem vorgetäuschten Tod ausgegeben hat?«

»Er hat Gelegenheitsjobs angenommen und sich damit ganz gut über Wasser gehalten.«

»Die hatte er in der Tat – um die Villen auszuspionieren, in die er dann eingebrochen ist! Der Überfall auf Richard von Greifenberg war nämlich nicht der einzige in der Gegend. Es hat eine ganze Serie gegeben. Und für alle war Ihr Bruder verantwortlich. Und wer weiß, was er danach noch alles angestellt hat.«

»N ... nein«, stammelte Angela. »Das sagen Sie doch jetzt nur, um ...«

»Um was?«, donnerte Cornelius los. »Was sollen wir beide in diesem Verlies hier noch großartig ausrichten? Sie haben ganz recht: Er wird uns alle töten. Und sich danach erneut in Luft auflösen, als hätte es ihn nie gegeben.«

»Erneut eine sehr kluge Einschätzung von Ihnen«, sagte eine kalte Stimme hinter den Holzleisten. Von ihrer lautstarken Auseinandersetzung abgelenkt, hatte keiner Pascal Gebauer zurückkommen hören.

Mit der Pistole in der Hand öffnete er jetzt die Tür zu ihrem Verschlag. Bevor Cornelius und Angela überhaupt reagieren konnten, hatte er einen Schritt nach vorne gemacht, seinen Bruder am Arm gepackt und ihn aus seinem Stuhl gezogen. Jonas schrie panisch auf und versuchte verzweifelt, sich aus dem eisernen Griff zu lösen, doch gegen Pascals Kräfte hatte er keine Chance.

»Pascal, nein!«, schrie Angela und sprang auf.

Dieses Mal war es nicht seine Faust, sondern der Lauf der Pistole, der sie mit voller Wucht an der Schläfe traf, sie zurücktaumeln und ohnmächtig zu Boden sinken ließ. Jonas schrie laut auf und versuchte erneut, sich zu befreien, doch Pascals rechter Arm lag wie ein Schraubstock um seinen Oberkörper.

»Angela!«, keuchte Cornelius und beugte sich zu ihr.

»Weg von ihr und auf den Stuhl«, schrie Pascal und wies mit der Pistole auf den Gartenstuhl, auf dem zuvor Jonas gesessen hatte.

Kaum hatte Cornelius Platz genommen, ging Pascal rückwärts aus dem Verschlag. Seinen Bruder hielt er dabei so fest umklammert, dass er ihm fast die Luft zum Atmen nahm. Jonas starrte Cornelius mit weit aufgerissenen Augen an und schien vor Angst wie gelähmt zu sein. Mit einer Fußbewegung warf Pascal die Tür zu und verriegelte sie. Cornelius hörte die beiden die Kellertreppe hochgehen. Dann erlosch das Licht und er saß im Dunkel.

»Eigentlich wollte ich dir ja zum Abschied ein kleines Planschvergnügen bereiten«, flüsterte Pascal Jonas ins Ohr, als sie gemeinsam in den Garten hinaustraten. »Ich weiß doch, wie gern du Wasser magst. Aber dafür ist jetzt leider keine Zeit mehr.«

Sein Bruder wimmerte leise.

»Was hast du gesagt? Ich kann dich so schlecht verstehen. Ah, stimmt. Du kannst ja nicht mehr sprechen.«

Draußen war es Nacht und nur die schwache Lampe an der Hauswand spendete etwas Licht. Mitten auf der Rasenfläche waren die Umrisse eines Motorrads zu erkennen.

»Wir werden jetzt ein kleines Feuer machen«, verkündete Pascal.

Langsam setzten sie sich in Bewegung. Der Rasen war von einer breiten Benzinspur getränkt, die direkt bei dem Motorrad endete, das ebenfalls vollständig mit Benzin übergossen war. An der Maschine angekommen, hievte Pascal seinen Bruder auf den Fahrersitz. Obwohl Jonas sich keinen Millimeter bewegte und stocksteif sitzen blieb, legte Pascal die Pistole nicht beiseite.

»Sicher ist sicher«, murmelte er. »Wer weiß, was in deinem wirren Schädel vor sich geht.«

Schade, dass seine Schwester nach all den Jahren immer noch so einen Narren an diesem Schwachkopf gefressen hatte. Eigentlich hatte er immer damit gerechnet, dass sie seiner irgendwann einmal überdrüssig werden würde. Zu zweit, ohne den Idioten im Schlepptau, hätten sie wirklich etwas erreichen können. Allerdings fehlten ihr, wenn es darauf ankam, jegliche Abgebrühtheit und Härte. Das hatte er heute am eigenen Leib erfahren müssen. Deshalb würde sie in diesem Keller verrotten und er war wieder auf sich allein gestellt. Aber das war er ohnehin den Großteil seines bisherigen Lebens gewesen. Und, wenn er ehrlich war, nicht schlecht damit gefahren.

Er griff in seine hintere Hosentasche, zog ein Paar Handschellen heraus und legte einen der Metallringe um Jonas' linken Unterarm. Den anderen befestigte er am Lenker des Motorrads. Sein Bruder starrte auf die Fesselung und begann hektisch daran zu ziehen und zu zerren.

»Das wird dir nichts nützen«, sagte Pascal. »Also versuch es erst gar nicht.«

Dann besah er sich sein Werk einen Augenblick, bevor er den Rückzug antrat. Am Anfang der Benzinspur blieb er stehen und angelte ein Feuerzeug aus seiner Hosentasche. Noch immer hielt er die Pistole in seiner Hand. Kurz wog er zwischen den beiden Möglichkeiten ab, entschied sich dann aber doch für das Feuerzeug. Testweise ließ er die kleine Flamme hervorschnellen.

Lange, sehr lange hatte er auf diesen Moment gewartet, aber jetzt war es so weit und er konnte sein Werk zu Ende bringen. Und dieses Mal würde ihn niemand dabei stören. Jetzt gab es nur noch sie beide … Jonas und Pascal. Sein Bruder schien mittlerweile verstanden zu haben, dass jeglicher Widerstand zwecklos war. Bewegungslos saß er auf dem Motorrad, die angstvollen Augen direkt auf Pascal gerichtet, der angefangen hatte, leise die Melodie eines französischen Kinderlieds zu summen.

Im Keller war es ganz still. Cornelius war vorsichtig aufgestanden und hatte sich über Angela Gebauer gebeugt, die leblos am Boden lag. Sie atmete und sie hatte Puls. Stöhnend ließ er sich auf den Gartenstuhl zurückfallen. Allmählich gewöhnten sich seine Augen an die Dunkelheit. Wie lange würde er hier unten aushalten müssen? Vergeblich lauschte er, ob von irgendwoher ein Geräusch zu hören war ... ein Schuss oder ein Schrei. Nichts. Auch im Haus war es ruhig. Keine schweren Schritte, keine Türen, die geöffnet und geschlossen wurden. Wo hatte Pascal seinen Bruder hingebracht? Und was hatte er mit ihm vor?

Ob er es wohl jemals erfahren würde? Seine Füße berührten die Plastikflasche, die immer noch vor ihm auf dem Boden lag. Cornelius hob sie auf und hielt sie eine Weile nachdenklich in den Händen. Angela hatte recht. Wenn er daraus trank, würde er einschlafen. Vielleicht war die Dosis sogar so stark, dass Pascal gar nichts mehr unternehmen musste, um ihn loszuwerden.

Der dunkle Zwilling ... Seit jenem verhängnisvollen Nachmittag, an dem er Pascal nichtsahnend zu dem kleinen Haus am Ende des Schotterwegs gebracht hatte, hatte ihn das ungute Gefühl beschlichen, Jonas habe vor etwas Angst. Er hatte es dem Auftauchen seiner eigenen Person zugeschrieben und in ganz verwegenen Momenten sogar gedacht, Jonas sei am Tag von Elena Zieglers Ermordung heimlich ausgebüxt und hatte den Mörder bei seiner Tat beobachtet. Deshalb auch der panische Ausdruck in seinen Augen, wenn sie gemeinsam einen Spaziergang machten. Warum nur war ihm nie aufgefallen, dass Jonas es immer dann mit der Angst bekam, wenn sie sich seinem Zuhause näherten? Über alles und jeden hatte er sich den Kopf zerbrochen, nur nicht darüber, dass der Mensch, vor dem Jonas sich am meisten fürchtete, nicht draußen herumlief, sondern bei ihm daheim wohnte. Dass sein größter Feind sein eigener Bruder war.

Seine Gedanken wanderten zu Ramona und Tabea. Das Beste und Schönste, was ihm in seinem Leben hatte passieren können. Zum Glück hatte er seiner Frau noch diese letzte Nachricht hinterlassen. So würde sie wenigstens wissen, dass er nicht im Bösen gegangen war. Langsam schraubte Cornelius die Wasserflache auf und setzte sie an seine Lippen, als im Garten ein Knall ertönte.

Bei Katrins und Kornbichlers Ankunft am Ende des Schotterwegs brannte im Flur und hinter einigen Fenstern des Hauses Licht. In der Einfahrt parkte ein schwarzer Kleinwagen, dessen Kofferraum geöffnet war. Kornbichler äugte prüfend hinein und entdeckte eine gepackte Reisetasche. Sie selbst hatten ihr Auto in einiger Entfernung abgestellt und waren gemeinsam mit Matilda die letzten Meter zu Fuß gegangen. Katrin lugte durch das beleuchtete Fenster im Erdgeschoss in eine aufgeräumte, jedoch menschenleere Küche. Gerade wollte sie auf die Türklingel drücken, als Kornbichlers Hand sie abfing und er eine Kopfbewegung in Richtung seiner Schäferhündin andeutete.

Matildas Ohren waren gespitzt, ihr Körper angespannt und sie knurrte leise. Ihre Nackenhaare sträubten sich und ihre Augen waren starr auf den Teil des Hauses gerichtet, an den vorbei man offenbar in den Garten gelangte. Kornbichler legte einen Finger auf seine Lippen und signalisierte Katrin, außenherum zu gehen. Zu dritt schlichen sie an der Hauswand entlang, bis er abrupt stehen blieb und angestrengt lauschte. Jetzt vernahm auch Katrin ein leises Plätschern, als würde jemand eine Flüssigkeit verschütten. Dann verstummte das Geräusch, Schritte waren zu hören, eine Tür wurde geöffnet und wieder geschlossen. Sekunden später drang durch das Kellerfenster zu ihren Füßen ein schwacher Lichtschein.

»Hier stimmt irgendetwas nicht. Ich rufe Verstärkung«, flüsterte Kornbichler und holte sein Mobiltelefon aus der Hosentasche. Noch während er mit den Kollegen sprach, ertönten aus dem Keller mehrere Schreie, gefolgt von einem Rumpeln und dem Klang einer lauten tiefen Stimme. Danach war es still und es dauerte nicht lange, bis das Licht im Keller wieder erlosch.

»Verstärkung ist unterwegs«, sagte Kornbichler leise.

In diesem Moment wurde erneut die Hintertür geöffnet. Beide holten ihre Schusswaffen hervor und drückten sich flach an die Wand, doch die Schritte kamen nicht näher, sondern schienen sich von ihnen weg über den Rasen zu bewegen. Ein Mann sagte etwas, worauf ein leises Wimmern ertönte, das Matilda mit einem Winseln beantwortete. Kornbichler legte ihr sanft die Hand über die Schnauze. Sein Blick wanderte zur gegenüberliegenden Gartenseite und den dortigen Bäumen und Büschen. Katrin nickte kurz.

Leise eilten sie hinüber und versteckten sich im Strauchwerk, von wo aus sie im Licht der Außenlampe die geöffnete Seitentür des alten Häuschens sowie die kleine Rasenfläche sehen konnten. An deren Ende befand sich ein Motorrad, vor dem sich zwei Männer aufhielten. Der eine stand mit dem Rücken zu ihnen und schien dem anderen beim Aufsteigen zu helfen.

Matilda, die brav zwischen ihnen gesessen hatte, richtete sich plötzlich auf und fletschte die Zähne. Der eine Mann hatte sich umgedreht und ging, in der linken Hand eine Pistole, langsam vom Motorrad weg. Der andere blieb dagegen auf dem Gefährt sitzen. Seinen ruckartigen Bewegungen nach zu urteilen wollte er offenbar absteigen, was ihm aber nicht gelang.

»Wer ist das?«, flüsterte Kornbichler. »Und was geht hier vor?«

»Die sehen beide fast gleich aus.« Katrin brauchte eine Sekunde, um zu verstehen. »Zwillinge. Das sind die Brüder von Angela Gebauer«, wisperte sie. »Aber laut Akte ist einer tot.«

In diesem Moment konnten sie es beide riechen. Benzin!

Katrin gefror das Blut in den Adern. Der Mann auf dem Motorrad war mit einer Handschelle an der Maschine angekettet. Der andere blieb indes nach etwa zehn Metern stehen, drehte sich um, holte ein Feuerzeug hervor und ließ die kleine Flamme hervorschnellen. Alarmiert hob sie ihre Waffe.

»Nicht!«, zischte Kornbichler. »Da ist alles voller Benzin. Wenn jetzt eine Schießerei losgeht, reicht ein Fehlschuss. Ein Funke, und alles steht in Flammen.«

»Aber was machen wir jetzt um Gottes willen?«, flüsterte sie. »Der will ihn anzünden!«

Matilda stand wie ein sprungbereiter Gepard zwischen ihnen. Kornbichler beugte sich zu ihr und sagte etwas, das Katrin nicht verstehen konnte. Dazu machte er mehrmals eine bestimmte Handbewegung, ehe er eine Hundepfeife aus seiner Jackentasche holte.

Die Hündin duckte sich und trabte an Katrin vorbei, exakt den Weg zurück, den sie vor ein paar Minuten genommen hatten. Flach wie eine Flunder robbte sie dann über den Rasen, bis sie die gegenüberliegende Hauswand erreicht hatte.

Der Mann mit dem Feuerzeug und der Pistole hatte nicht bemerkt, was sich hinter seinem Rücken abspielte. Täuschte Katrin sich oder hatte er tatsächlich angefangen, ein Lied zu summen?

»Toni, das ist Wahnsinn!«

»Es ist unsere einzige Chance. Bis die Kollegen hier sind, ist es zu spät.«

Katrin konnte das Signal aus Kornbichlers Pfeife nicht hören, wohl aber diejenige, für deren feine Ohren es bestimmt war. Wie ein schwarzer Blitz schoss Matilda vom Rasen empor und sprang auf die muskulöse Gestalt des Mannes zu. Dieser schien den Angriff in letzter Sekunde zu bemerken, wirbelte herum, hob seine Waffe und zielte direkt auf die Schäferhündin.

Ein ohrenbetäubender Knall zerriss die nächtliche Stille.

Kapitel 42

Wie in Zeitlupe sah Katrin den Mann nach hinten taumeln. Gleichzeitig begann sich ein großer roter Fleck auf seinem linken Oberarm auszubreiten. Die Waffe entglitt seiner kraftlosen Hand. Vergeblich suchte er nach Halt, als Matilda mit voller Wucht auf seiner Brust landete und ihn endgültig zu Fall brachte. Katrin brauchte den Bruchteil einer Sekunde, um zu verstehen, dass sie selbst es war, die geschossen hatte.

Kornbichler war neben ihr bereits aus dem Gebüsch gesprungen und sprintete jetzt über die Rasenfläche. Noch ehe der Mann auf dem Boden reagieren konnte, war auch Katrin neben ihm und beförderte seine Pistole mit einem gezielten Fußkick außer Reichweite, während Kornbichler sein Handgelenk gepackt hatte und ihm das Feuerzeug entriss.

Der Mann stieß eine Armada an Flüchen aus und versuchte vergeblich, sich gegen das Gewicht des Hundes und Kornbichlers eisernen Griff zu wehren. Matilda, die mit gefletschten Zähnen auf seinem Oberkörper stand und drohende Knurrlaute von sich gab, ließ erst auf Kornbichlers Befehl von ihrer Beute ab. Die beiden Kommissare packten den Mann an den Armen, drehten ihn auf den Bauch und legten ihm Handschellen an, begleitet von wüsten Beschimpfungen und weiteren Flüchen. Trotz der Schussverletzung wandte und drehte der Mann sich wie ein glitschiger Aal unter ihrem Griff und versuchte, mit den Beinen nach ihnen zu schlagen. Erst als zwei uniformierte Beamte um das Haus gelaufen kamen und Katrin und Kornbichler zu Hilfe eilten, gab Pascal Gebauer schließlich erschöpft auf.

Vom Schotterweg waren bereits weitere Geräusche herannahender Fahrzeuge und eingeschalteter Martinshörner zu hören. Kornbichler holte sein Telefon hervor, um den Hauptkommissar und weitere Verstärkung sowie den Rettungsdienst zu verständigen.

»Was ist?«, fragte er alarmiert, denn Katrin blieb auf einmal angespannt stehen.

»Hörst du das? Aus dem Keller?«

Tatsächlich waren aus dem Untergeschoss deutliche Hilferufe zu hören. Katrin rannte zur Seitentür des Hauses.

»Warte, bis die Verstärkung kommt!«, schrie Kornbichler.

»Aber das ist der Professor«, rief Katrin.

»Was?«

»Das ist Professor Cornelius. Er ist da unten im Keller.«

Im ersten Moment befürchtete Cornelius, Pascal habe Jonas tatsächlich erschossen, aber dann hörte er Hundegebell und laute Stimmen und das Geräusch eines sich nähernden Martinshorns.

»Hilfe«, schrie er. »Hilfe! Wir sind hier unten! Hilfe!«

Es dauerte nicht lange und oben wurde die Kellertür geöffnet und das Licht eingeschaltet.

»Hier unten! Wir sind hier unten!«, rief er.

Schritte eilten über die Stufen und den kurzen Flur entlang.

»Herr Cornelius?«

»Frau Abel!«

Die Kommissarin entriegelte den Verschlag und riss die Tür auf. »Herr Cornelius! Sind Sie in Ordnung?«

»Ja, mir geht es gut.«

»Was ist hier passiert?«, fragte Katrin und kniete sich neben die blutende Frau am Boden, die leise stöhnte.

»Das ist Angela Gebauer. Ihr Bruder hat sie niedergeschlagen und uns hier unten eingesperrt. Pascal Gebauer! Er lebt! Sie müssen ihn finden. Er hat Jonas in seiner Gewalt.«

»Ich weiß, wir haben ihn gerade im Garten verhaftet.«

»Und Jonas! Was ist mit Jonas?«

»Ihm geht es gut. Wir sind gerade noch rechtzeitig gekommen.«

Zwei uniformierte Beamte tauchten in der geöffneten Tür auf.

»Elena Ziegler!«, sagte Cornelius atemlos. »Pascal und Angela haben zugegeben, dass er Elena getötet hat. Und den Überfall auf den Geldtransporter heute Mittag, das war er auch!«

»Jetzt kommen Sie erst einmal mit mir. Der Rettungsdienst ist gleich hier und kümmert sich um Frau Gebauer.« Katrin drehte sich zu den beiden Polizisten. »Ihr passt solange auf sie auf.«

»Und Ferienhäuser in Südfrankreich hat er auch überfallen!«, rief Cornelius auf dem Weg in den Garten.

Katrin blieb stocksteif stehen. »Was sagen Sie da?«

»Ja, Angela trägt die Halskette von Caroline von Greifenberg. Er hat mir ins Gesicht gesagt, dass er ihren Ehemann bei dem Überfall erschossen hat.«

Katrin bat ihn, sich auf einen der Gartenstühle zu setzen. Robert Thorwald war bereits verständigt und würde bestimmt persönlich mit ihm sprechen wollen.

»Was passiert denn jetzt mit Jonas?«, fragte er. »Wo ist er überhaupt?«

»Wir kümmern uns um ihn. Machen Sie sich keine Sorgen. Der Sozialdienst wird ihn zeitnah abholen und ihn vorübergehend bei einer Pflegefamilie unterbringen. Es hängt davon ab, wie sehr Angela Gebauer in das alles hier verstrickt ist. Das Vormundschaftsgericht muss dann letztendlich über seine Zukunft entscheiden.«

»Sie ist verstrickt, leider«, murmelte Cornelius.

Immer mehr Einsatzkräfte der Polizei und des Erkennungsdiensts trafen indes ein und verteilten sich über das gesamte Anwesen. Pascal Gebauer war von drei Polizisten umringt, die jeden Handgriff des Notarztes und der Rettungssanitäter beobachteten. Katrins Augen suchten Toni Kornbichler und fanden ihn bei Jonas Gebauer, der auf einen Baumstumpf in der Ecke des Gartens saß und von einem Rettungssanitäter versorgt wurde.

»Toni!«

Kornbichlers Miene hellte sich auf. »Na, du Heldin! Das nenne ich einen gezielten Schuss! Du hast Jonas und Matilda das Leben gerettet.«

Die Schäferhündin bellte freudig und umringte Katrin mit wedelndem Schwanz. »Siehst du, sie weiß genau, bei wem sie sich bedanken muss.« Dann wurde er ernst. »Was ist denn los? Was hast du im Keller gefunden?«

»Alles gut. Nichts Dramatisches, Angela Gebauer ist leicht verletzt. Aber du glaubst nicht, was ich vom Professor erfahren habe!« Sie erzählte, was Cornelius berichtet hatte. »Wenn Pascal also nicht nur Elena Ziegler getötet hat, sondern auch mit der Person identisch ist, die diese französischen Ferienhäuser und den Geldtransporter überfallen hat, dann ist er womöglich auch ...«

»... der gesuchte Bankräuber«, vollendete Kornbichler. »Ist Robert schon da?«

»Gerade angekommen«, rief ein vorbeieilender Polizist.

»Das sollte sich doch ganz schnell überprüfen lassen«, sagte Kornbichler.

Gemeinsam gingen sie zu der Stelle, wo Pascal Gebauer immer noch erstversorgt wurde. Thorwald näherte sich der Gruppe mit großen Schritten.

»Kann mir mal einer erklären, was hier passiert ist?«, rief er.

»Gleich, Robert. Schau!« Katrin zeigte auf Pascal Gebauers linken Oberarm. Trotz der blutenden Wunde, die ihre Kugel hinterlassen hatte, waren darauf zwei leicht verschnörkelte schwarze Buchstaben in Form eines K und eines A zu erkennen. Vor ihnen lag niemand anderes als der Mann, der Florian Weber niedergeschossen hatte.

»Wer zum Teufel ist das überhaupt?«, fragte Thorwald noch immer leicht verärgert.

»Pascal Gebauer, der totgeglaubte Zwillingsbruder von Jonas Gebauer und der Mörder von Elena Ziegler, den beiden Geldboten von heute Mittag und dem deutschen Urlauber in Südfrankreich. Gregor Cornelius sitzt dort drüben und kann dir alles in Ruhe erklären. Er und Angela Gebauer sind von Pascal im Keller eingesperrt worden und er hat vor dem Professor offenbar alle Taten zugegeben.«

Thorwald wirbelte herum und starrte in die Richtung, in die Katrin gezeigt hatte.

»Geh einfach hin und sprich mit ihm«, sagte sie leise. Sie fühlte sich plötzlich furchtbar erschöpft.

Thorwald musterte sie. »Wer von euch hat geschossen?«, fragte er ruhig.

»Ich«, sagte sie.

»Okay. Dann gibst du Toni bitte jetzt deine Waffe, schreibst im Präsidium noch deinen Bericht für die interne Ermittlung und bist dann bis auf Weiteres beurlaubt.« Er lächelte ihr aufmunternd zu. »Du weißt, das ist das routinemäßige Vorgehen, wenn aus einer Polizeiwaffe ein Schuss abgefeuert wird.«

Sie nickte stumm.

»Ein Termin bei Frau Dr. Zeidler ist in diesem Fall auch verpflichtend«, fügte er hinzu.

»Ich weiß.«

»Gut. Den Rest besprechen wir morgen. Jetzt ruh dich erst einmal aus.« Er drehte sich zu Pascal Gebauer, den die Rettungskräfte gerade auf eine Trage hoben. »Der Herr hier wird ab sofort zusätzlich von zwei SEK-Beamten begleitet. Sobald die hier sind, können Sie ihn ins Krankenhaus fahren.«

Dann eilte er entschlossenen Schrittes zu Gregor Cornelius, der, mit einer Decke um den Schultern und einer Tasse heißen Tee in der Hand, auf einem Gartenstuhl saß.

»Guten Abend, Herr Cornelius.«

»Geht es dir gut?«, fragte Kornbichler besorgt. Ihm war nicht entgangen, wie blass und zittrig Katrin auf einmal war. »Komm, setz dich besser hin.«

»Ich habe noch nie im Dienst geschossen«, sagte sie, nachdem sie auf dem Baumstumpf neben Jonas Gebauer Platz genommen hatte.

»Mach dir keine Sorgen. Du hast alles richtig gemacht. Das Prozedere ist reine Routine. In ein paar Tagen darfst du bestimmt wieder arbeiten.«

Während er nach einem Beamten vom Erkennungsdienst Ausschau hielt, warf Katrin einen scheuen Blick zu dem jungen Mann neben ihr. Mit hängenden Schultern, den Kopf nach unten gebeugt, starrte er regungslos auf seine Schuhe. Die Teetasse des Rettungssanitäters ignorierte er ebenso wie die warme Decke, die er mit einem Schulterzucken auf den Boden gleiten ließ.

Kornbichler kam schließlich mit Handschuhen und einem Plastikbeutel zurück, packte ihre Waffe ein und beschriftete den Beutel mit den notwendigen Angaben. »Thorwald hat den Sozialdienst schon informiert.«

»Der arme Kerl. Warum hat sein Bruder denn so einen Hass auf ihn, dass er ihn anzünden wollte?« Noch immer jagte ihr die Szene einen Schauer über den Rücken.

»Ich weiß es nicht. Vielleicht hat Pascal dem Professor ja mehr erzählt. Robert lässt Herrn Cornelius gerade ins Präsidium fahren. Er will unbedingt heute Abend noch seine Aussage machen.«

»Der alte Herr macht auch ganz schön was mit«, seufzte Katrin. »Was der in einer Woche erlebt hat, erleben andere in hundert Jahren nicht.«

»Ich bring das gute Stück schnell zum Erkennungsdienst. Matilda leistet dir so lange Gesellschaft«, sagte Kornbichler und verschwand mit Katrins Waffe zwischen den Kollegen.

Da kam Katrin eine Idee.

»Jonas, schau, das ist Matilda«, begann sie vorsichtig. »Sie ist auch Polizistin. Und sie hat dir heute Abend das Leben gerettet und dafür gesorgt, dass du keine Angst mehr haben musst. Nie mehr.«

Zaghaft hob der junge Mann den Kopf. Die Schäferhündin hatte sich jetzt direkt vor ihn gesetzt und betrachtete ihn aufmerksam.

»Du darfst sie gerne streicheln, wenn du das möchtest«, sagte Katrin und fuhr Matilda sanft über das Fell. »Siehst du. Sie ist ganz brav.«

Zitternd streckte Jonas eine Hand nach dem Tier aus, das ein leises Winseln von sich gab und den Kopf dann sachte auf seine Knie legte.

»Sie mag dich. Und sie passt ganz fest auf dich auf.«

Wenige Meter entfernt kam Angela Gebauer auf zwei Sanitäter gestützt aus dem Haus. Die Wunden an ihrer Schläfe und an ihrer Oberlippe waren verarztet worden. Thorwald, der gerade die SEK-Beamten zur Bewachung von Pascal Gebauer eingewiesen hatte, blieb kurz bei ihr stehen. Mimik und Gestik ließen darauf schließen, dass die Frau offenbar nicht ins Krankenhaus wollte, weshalb die Sanitäter von zwei Polizeibeamten abgelöst wurden. Angelas Blick wanderte suchend durch den Garten, bis sie Jonas entdeckt hatte. Der war mittlerweile so mit Matilda beschäftigt, dass er seine Schwester nicht bemerkt hatte. Katrin beugte sich zu ihm, aber Angela Gebauers Kopfschütteln ließ sie innehalten. Die Augen der Frau waren voller Liebe, Wärme und Zuneigung. Weinend hob sie die rechte Hand an ihre Lippen und schickte

Jonas einen stummen Gruß, bevor sie von den Beamten abgeführt wurde.

Allmählich entspannte sich Katrin. Dankbar nahm sie die Teetasse eines Rettungssanitäters entgegen und betrachtete aus sicherer Entfernung den Trubel, froh, gerade nicht ein Teil davon sein zu müssen. Auch Herbert Kröger war soeben eingetroffen. Jonas wurde schließlich von einer freundlichen Frau vom Sozialdienst abgeholt und da Matilda ihn bis zum Auto begleiten durfte, ging er anstandslos mit. Katrin wünschte sich von ganzem Herzen, dass er die verstörenden Bilder dieses Abends irgendwann loswerden würde und nie wieder in Angst vor seinem Bruder leben musste.

Schließlich hatte auch Kornbichler alles erledigt, weshalb sie müde, aber erleichtert zu ihrem Wagen gingen. Den Bericht für die interne Ermittlung würde Katrin morgen schreiben, jetzt wollte sie nur noch nach Hause, zuerst in eine heiße Badewanne und dann in ihr Bett. Auf Höhe der Grundstückseinfahrt kam ihnen Robert Thorwald entgegen. Erst als er direkt vor ihnen stand, bemerkte Katrin, dass er aschfahl im Gesicht war.

»Flo ... er hat es nicht geschafft«, sagte er tonlos. »Seine Mutter hat mich gerade angerufen. Er ist vor zwei Stunden im Krankenhaus gestorben.«

»Was? Aber ... wir haben doch heute Nachmittag ... wir haben doch noch mit ihm geredet. Warum ... was ...?« Katrins Herz fing an zu rasen und sie hatte plötzlich das Gefühl, nicht mehr aufrecht stehen zu können.

»Eine Lungenembolie. Die Ärzte konnten nichts mehr machen«, sagte Thorwald mit versteinerter Miene.

In diesem Augenblick tat sich ein riesengroßer schwarzer Krater vor Katrin auf, in den sie lautlos hinabfiel. Immer schneller, immer weiter ging es bergab. Die Schwärze umhüllte sie wie ein Kokon, und wohin sie auch sah ... nichts. Nur Dunkelheit, nur unendliche Nacht. Sie fiel und fiel ... bis sie von zwei starken Armen aufgefangen wurde.

Gregor Cornelius verabschiedete sich von den Beamten im Streifenwagen und ging langsam zu seiner Wohnung. Er war todmüde und spürte jeden einzelnen Knochen in seinem Körper. Trotzdem war es die richtige Entscheidung gewesen, Robert Thorwald noch am Abend Rede und Antwort zu Pascal Gebauers furchtbaren Taten zu stehen. Der Hauptkommissar wusste das durchaus zu honorieren, wie er Cornelius mehr als einmal zu verstehen gab.

»Kannst du mir bitte erklären, warum du um halb zwei Uhr morgens von einem Streifenwagen nach Hause gebracht wirst?«, fragte jemand energisch hinter seinem Rücken.

Cornelius entglitt der Haustürschlüssel. »Ramona!«, rief er. »Was machst du denn hier um diese Zeit?«

Das Erste, das ihm auffiel, als seine Frau sich ihm näherte, war ihre neue Frisur. Ihre rotbraunen Haare hatten ihre gewohnte Farbe wieder. »Ich habe mir Sorgen gemacht, weil du dich nach deiner Nachricht nicht mehr bei mir gemeldet hast, wie du es eigentlich versprochen hattest.«

Es hatte Caroline von Greifenberg zuvor einiges an Überredungskunst gekostet, um Ramona zu einem Besuch in Neukirchen zu bewegen. Während sie mit dem Zug nach Hause zurückgefahren war, hatte Ramona sich schließlich auf den Weg nach Neukirchen gemacht. Dass sie davon ausgegangen war, er würde eine Verabredung mit Angela Gebauer dem versprochenen Telefonat mit seiner Ehefrau vorziehen und womöglich auch die Nacht mit der Frau verbringen, verschwieg sie an dieser Stelle. Ebenso, dass sie eigentlich nur deshalb so lange im Auto vor seiner Ferienwohnung gesessen und gewartet hatte, um endgültig einen Beweis für seine Untreue zu haben.

»Ich weiß«, murmelte er. »Aber in den letzten Stunden ist so viel passiert. Ich konnte nicht telefonieren. Bist du den ganzen Weg von Gräfelfing hierher gefahren?«

»Nein, Caroline und ich waren seit gestern Abend in Landshut. Die Polizei dort geht einer neuen Spur nach. Sie vermuten, dass Richards Mörder in Deutschland einige Banken überfallen und dabei einen Polizisten niedergeschossen hat.«

»Das auch noch«, entfuhr es Cornelius. »Das hat er also damit gemeint.« *Ich hatte schon bald etwas Neues gefunden.*

»Wer hat was gemeint? Von wem sprichst du?«

»Von Pascal Gebauer, Richards Mörder« sagte er tonlos. »Er hat eine Frau hier aus dem Dorf und zwei Geldboten getötet und den jungen Mann aus dem Haus gegenüber schwer verletzt.«

»Gebauer?«, wiederholte Ramona alarmiert. »Der Bruder von dieser …?«

»Von Angela Gebauer, ja. Er ist Jonas' Zwillingsbruder. Bis vor wenige Stunden hielten ihn alle für tot.«

»Und was hast du mit diesem Scheusal zu tun?«

Cornelius hatte immer noch Mühe, es in Worte zu fassen. »Angela und er haben mich in ein Kellerverlies eingesperrt, wo er mir dann auch noch gestanden hat, dass er als Zwölfjähriger versucht hat, seinen Zwillingsbruder zu töten.«

»Was?« In Ramonas Gesicht stand das blanke Entsetzen. »Und wie bist du ihnen entkommen? Was ist passiert? Wie …?«

»Das ist eine sehr lange Geschichte. Wollen wir nicht besser drinnen weiterreden? Ich denke, wir sollten uns überhaupt einmal in aller Ruhe über uns und das, was in den letzten Monaten mit uns passiert ist, unterhalten. Was meinst du?«

»Ja, du hast recht. Ich gehe nur schnell meine Sachen aus dem Auto holen.«

Kornbichler öffnete lautlos die Wohnungstür, verstaute rasch seine Dienstwaffe im Tresor und schlich dann die Treppe zur Galerie hinauf. Auf halber Strecke kam Matilda ihm schwanzwedelnd entgegen.

»Hast du gut auf Katrin aufgepasst?«, flüsterte er.

Die Hündin winselte leise.

»Ich geh kurz duschen, dann schlafen wir beide hier unten im Wohnzimmer«, sagte er und tätschelte ihren Hals.

Nach Thorwalds furchtbarer Nachricht war Katrin direkt vor Kornbichler zusammengesackt und er hatte sie gerade noch auffangen können. Obwohl beide sie am liebsten in der Obhut eines Arztes in einem der Krankenwagen gesehen hätten, weigerte sie sich hartnäckig. Stattdessen bestand sie darauf, mit Kornbichler in das Präsidium zurückzufahren und gleich an Ort und Stelle ihren Bericht für die interne Ermittlung zu schreiben. Mit glänzenden Augen und fiebrig heißen Wangen saß sie vor ihrem Computer und hieb auf die Tastatur ein. Thorwald und Kornbichler begannen derweil mit der Befragung von Gregor Cornelius, der noch am Abend seine Aussage zu Protokoll bringen wollte. Als Kornbichler danach ins Gemeinschaftsbüro zurückkam, war Katrin verschwunden, allerdings dauerte es keine zwei Minuten, bis er sie bei einem Blick aus dem Fenster vor dem Fahrradständer auf dem Boden sitzen sah.

Da reichte es ihm. Kurzerhand meldete er sich für eine halbe Stunde vom Dienst ab, lief nach unten und verfrachtete sie in sein Auto. Nach einem Zwischenstopp an ihrer Wohnung, um ein paar Sachen einzupacken, fuhren sie weiter zu ihm, wo er Katrin eine heiße Badewanne einlaufen ließ und das Bett für sie bezog, bevor er ins Kommissariat zurückkehrte, um den nächtlichen Verhörmarathon mit Angela Gebauer fortzusetzen. Matilda würde in der Zwischenzeit bei Katrin bleiben und auf sie aufpassen – erfolgreich, wie er feststellte, nachdem sie tief und fest schlief.

Doch als er jetzt aus dem Badezimmer kam, fand er sie aufrecht im Bett sitzend.

»Hast du bis jetzt gearbeitet?«, fragte sie und er war nicht überrascht darüber. Natürlich wollte sie alle Details wissen und obwohl er todmüde war, brachte er es nicht übers Herz, sie auf den nächsten Morgen zu vertrösten. Also saßen sie bis fast halb vier zusammen und er erzählte, was er von Gregor Cornelius und Angela Gebauer erfahren hatte und wie es nun mit Pascal Gebauer weitergehen würde. Angela hatte im Verhör umfassend ausgesagt. Gleichzeitig hatte der Erkennungsdienst jeden Millimeter des Hauses auf den Kopf gestellt und offenbar so einiges ans Tageslicht befördert.

Katrin hatte Mühe, das Gehörte zu verdauen. »Den eigenen Zwillingsbruder als Kind aufs brüchige Eis zu locken, nur weil man es nicht ertragen kann, dass er existiert, das ist so abartig böse. Und heute dann das Benzin. Wie eiskalt und gewissenlos muss man sein, wenn man jemanden anzünden will?«

»Für seine Bewachung im Klinikum ist eine halbe Armee abgestellt worden. Die OP ist gut verlaufen. Morgen Nachmittag sollte er laut Arzt vernehmungsfähig sein, dann bringt ihn das SEK ins

Präsidium. Robert hat Tobias Schindler bereits aus der U-Haft holen lassen und Lorenz Huber ist auch nicht mehr in Gewahrsam.«

»Weißt du, was für ein unglaubliches Glück Tobias hatte. Wenn er vom Fahrrad abgestiegen wäre und hinter die Hecke geschaut hätte, wäre er Gebauers nächstes Opfer geworden und seine Leiche direkt im Bach gelandet. Der hätte doch keinen Moment gezögert, einen Augenzeugen zu beseitigen. Ein Menschenleben ist für dieses Scheusal doch nichts wert. Ich bin so traurig«, schluchzte Katrin. »Ich dachte, Flo geht es bald besser und er wird wieder ganz gesund. Und jetzt kommt er nicht mehr. Nie mehr.«

Kornbichler nahm sie behutsam in den Arm. »Ich weiß. Aber denk immer daran, dass wir ihn noch einmal sehen durften und mit ihm sprechen konnten. Dass wir diesen einen Moment am Nachmittag noch miteinander hatten.«

Katrin wischte sich die Tränen aus dem Gesicht. »Wisst ihr schon, warum dieser Typ ein K und ein A auf dem Oberarm trägt? Die Buchstaben passen doch gar nicht zu ihm.«

Kornbichler schüttelte den Kopf. »Das erzählt er uns hoffentlich morgen. Seine Tätowierung sieht meiner ähnlich, findest du nicht?«

Katrin fuhr mit ihrem Zeigefinger sachte über seinen Oberarm. »Nein, das finde ich überhaupt nicht. Außerdem sind deine Initialen genau andersherum. K und A bin ja eigentlich ich. Das ist mir heute erst klargeworden, als er vor uns auf dem Boden lag.«

»Stimmt«, sagte er, während seine Augen ihrer Handbewegung folgten. »Um zehn Uhr ist Dienstbesprechung, danach erwarten Thorwald und Kröger die französischen Kollegen aus Marseille. Ich muss wahrscheinlich übersetzen«, murmelte er.

»Also kannst du doch Französisch?«

Kornbichler nickte. »Meine sagenumwobene Oma existiert nicht nur tatsächlich, sie ist auch in Frankreich geboren. Und weil ich praktisch bei ihr aufgewachsen bin, hat sie mich zweisprachig erzogen.«

»Wie geht es ihr denn nach dem Sturz?«

»Gut. Sie war nur eine Nacht im Krankenhaus und ist schon wieder zurück im Seniorenheim. Zum Glück ist nichts gebrochen, nur ein paar blaue Flecken und eine Gehirnerschütterung. Gott sei Dank. Von einem Knochenbruch erholen sich Leute in ihrem Alter oft nicht mehr.«

Die Art und Weise, wie er von der alten Dame sprach, rührte Katrin. »Warum hast du denn vor den anderen nicht zugegeben, dass du fließend Französisch sprichst?«

»Kröger hätte mich wahrscheinlich abgezogen, damit ich ihm alle Dokumente übersetze und bei jedem Gespräch dabei bin. Und wer weiß, vielleicht hätte er mich auch noch nach Marseille geschickt. Darauf hatte ich echt keine Lust.«

»Das hätte Robert niemals abgesegnet. Er hat dich doch extra zu uns geholt, weil wir so unterbesetzt sind.«

»Zu dem Zeitpunkt dachte ohnehin jeder, dass der Einbrecher auch Elena Zieglers Mörder ist und es nur eine Frage der Zeit sein würde, bis er uns ins Netz geht. Da hätte einer mehr oder weniger im Team keinen großen Unterschied gemacht.«

»Stimmt.«

»Ich hatte keine Lust, irgendwo anders zu arbeiten, sondern wollte den Fall lösen und bei euch bleiben.« Er sah ihr direkt in die Augen. »Bei dir.«

Kapitel 43

»Was machen Sie denn hier?«, fragte der Postbote. »An einem Samstag?«

»Unaufschiebbare Termine und einen Berg an Arbeit, wie immer.« Walpurga Schmitt lächelte freudlos. »Die Post können Sie mir gleich mitgeben.«

Sie hatte keine Ahnung, was so unaufschiebbar war, dass Andreas Mayrhofer sie an einem Samstag in die Firma zitierte. Sollte er jetzt nicht vielmehr am Krankenbett seines schwer verletzten Sohns sitzen, anstatt ans Geschäft zu denken? Kurz hatte sie am Vorabend damit geliebäugelt, seine Nachricht auf der Mailbox zu ignorieren und ihr Wochenende zu genießen, aber dann würde Montag zwangsläufig ein weiterer Höllenritt werden, und darauf verspürte sie noch weniger Lust.

Im Vorzimmer angekommen stockte Walpurga Schmitt der Atem. Überall lagen kreuz und quer die Ordner, als hätte sie jemand in blinder Wut aus den Regalen gerissen. Die zwei Blumenvasen waren umgekippt, unzählige Gläser und Tassen aus der Kaffeeküche zu Bruch gegangen und Schreibmaterialien und Kopierpapier über den Teppichboden verstreut. »Einbrecher!«, war das Erste, das ihr durch den Kopf jagte. Auch das noch. Der Chef würde einen Tobsuchtsanfall bekommen, wenn er das Chaos hier sah. Blieb ihr denn überhaupt nichts erspart?

Gerade als sie zum Telefon greifen und die Polizei rufen wollte, kam Andreas Mayrhofer aus dem angrenzenden Büro. Er trug noch denselben Anzug wie am Vortag, seine Haare waren zerzaust, er selbst unrasiert und er roch eindeutig nach Alkohol. Es sah tatsächlich so aus, als hätte er die Nacht hier verbracht.

»Da sind Sie ja endlich«, bellte er los. »Dann können Sie gleich mal mit dem Aufräumen anfangen.«

Walpurga Schmitt starrte ihn entsetzt an. »Waren Sie das?«

Mayrhofer ignorierte ihre Frage. »Wenn Sie fertig sind, kontaktieren Sie alle namhaften Makler in der Umgebung. Ich brauche einen Käufer für mein Haus in Neukirchen, außerdem ein Penthouse und eine Gewerbeimmobilie in München. Wir verlegen nämlich den Firmensitz.«

»Wie? Was? Aber warum?«

»Weil ich es so beschlossen habe!«, donnerte es ihr entgegen. »Also an die Arbeit. Davor machen Sie mir noch einen starken Kaffee! Was haben Sie da?«

»Die Post von heute«, murmelte sie und überflog die einzelnen Umschläge. »Ah, das sind die Reiseunterlagen für die Kreuzfahrt mit Ihrer Frau.«

Mayrhofers Gesicht verfärbte sich dunkelrot. »Ich habe keine Frau mehr! Und jetzt machen Sie sich endlich an die Arbeit. Wofür glauben Sie eigentlich, dass ich Sie bezahle? Für Ihr altjüngferliches Aussehen bestimmt nicht!«

Mit einem Knall landeten die Umschläge vor seinen Füßen. »Machen Sie Ihre Arbeit doch selbst!«, zischte Walpurga Schmitt. »Ich habe genug von Ihren Unverschämtheiten und Respektlosigkeiten. Ein Wunder, dass Ihre Frau es überhaupt so lange mit Ihnen ausgehalten hat.« Sie warf den Büroschlüssel auf den Schreibtisch. »Ich kündige. Und zwar fristlos.«

Mit diesen Worten stürmte sie aus dem Raum und schmiss die Tür mit solcher Wucht hinter sich zu, dass die gerahmte Luftbildaufnahme von Mayrhofer Bau von der Wand fiel und auf den Boden donnerte, wo das Glas in unzählige Scherben zerbrach.

Matilda wartete ungeduldig am Treppenabsatz und fixierte das Bett, aber ihr Herrchen und das neue Mitglied ihres Rudels bewegten sich nicht. Dabei war es schon höchste Zeit für ihre morgendliche Gassirunde. Und für das Frühstück! Leise winselnd umrundete sie das große Bett, aber nichts geschah. Also trabte sie nach unten, holte brav ihre Leine und lief damit wieder die Treppe zur Galerie hinauf. Seit diese Frau zu ihrem Rudel gehörte, hatte sich so einiges geändert, war doch das obere Stockwerk der Wohnung bis gestern Abend für Matilda absolut tabu gewesen. Aber dann durfte sie plötzlich neben dem Bett liegen und auf die Frau aufpassen – eine leichte Aufgabe, da sie meistens schlief, nur ab und zu weinte und dann Matildas Kopf kraulte. Außerdem roch sie sehr gut, wenn auch nicht ganz so interessant wie die Dinge, denen sie normalerweise hinterherschnüffeln musste.

Sie ließ die Leine direkt neben der Bettseite ihres Herrchens zu Boden fallen, aber das Geräusch entlockte ihm keine Reaktion. Schließlich packte sie mit ihren Zähnen das Ende seiner Decke und zog vorsichtig daran. Endlich! Das hatte jetzt aber gedauert. Die Frau war auch aufgewacht, lachte leise und lobte Matilda für ihren Trick. Obwohl er immer noch recht müde aussah, war ihr Herrchen sehr gut gelaunt, als er wenig später mit ihr aus dem Haus ging und sie zu ihrer morgendlichen Runde aufbrachen. Hinterher gab es für Matilda sogar eine extra Portion Hack zum Frühstück. Die Frau bekam etwas anderes, etwas Schaumiges, Weißes in einem Glas. Danach weinte sie wieder ein bisschen, aber Matildas Herrchen war sehr nett zu ihr. Hoffentlich blieb diese Frau lange Mitglied in ihrem Rudel.

Erschrocken sah David auf seine Uhr. Es war schon später Nachmittag. Elena und er hatten beim Spielen komplett die Zeit vergessen. Ihr Vater hatte ihnen in seinem kleinen Waldstück direkt hinter Neukirchen ein Baumhaus gebaut. David hatte kräftig mitgeholfen, die Bretter auszumessen, zu zersägen und das Häuschen dann zusammenzuzimmern. Xaver Ziegler hatte ihn sehr gelobt und gesagt, dass er später bestimmt einen tollen Schreiner abgeben würde.

»Elena, wir müssen schnell nach Hause. Es ist schon nach vier«, rief er. »Ich hab noch keine Hausaufgaben gemacht.«

»Oje«, sagte sie und kletterte hinter ihm die Leiter nach unten. »Da wird dein Papa bestimmt wieder schimpfen. Magst du von mir abschreiben? Ich hab sie schon heute Mittag gemacht.«

»Nein, das schaffe ich schon. Wenn ich Glück hab, kommt er erst spät am Abend nach Hause. Und die Oma hilft mir bestimmt.«

Rasch liefen sie durch den Wald bis zum angrenzenden Acker und von dort auf dem sandigen Feldweg weiter Richtung Dorf. Es war angenehm warm und die Sonne schien schon den ganzen Tag vom tiefblauen Himmel. Ein sanfter Wind wehte ihnen um die Ohren. David war ein guter Sportler und ein schneller Läufer, das musste er auch sein, wenn er später Fußballprofi werden wollte. Aber Elena hielt gut mit. Ihre langen schwarzen Zöpfe tanzten bei jedem Schritt um ihren schmalen Körper. Schon überquerten sie den Mühlbach und St. Ulrich tauchte vor ihnen auf. Jetzt scharf rechts über die Wiese und in wenigen Minuten würden sie zu Hause sein.

»Lauf, David, lauf!«, *rief Elena lachend.*

Seltsam … obwohl er ihre glockenhelle Stimme klar und deutlich hörte, konnte er sie plötzlich nicht mehr sehen. Dabei war sie doch gerade noch neben ihm gewesen. Er blieb stehen und drehte sich um, aber Elena war nicht mehr da. Und dennoch redete sie mit ihm.

»Schnell, David! Lauf nach Hause! Warte nicht auf mich. Wir sehen uns.«

»Herr Mayrhofer! Herr Mayrhofer, hören Sie mich?«

Wie durch einen dichten grauen Nebel hindurch bahnten sich die Worte unaufhaltsam ihren Weg.

»Herr Mayrhofer?« Zwei blaue Augen blickten David an. »Willkommen zurück.«

David stöhnte leise.

»Können Sie mich hören?«, fragte der Mann freundlich, aber bestimmt.

»Ja«, flüsterte er.

»Das ist gut. Das ist sehr gut.« Er lächelte. »Sie sind im Landshuter Klinikum. Mein Name ist Dr. Jan Eckmann. Ich bin Ihr behandelnder Arzt.«

Er gab David einen Moment Zeit, um die Nachricht zu verdauen.

»Sie wurden bei einem Überfall angeschossen. Ihre Leber und Ihre Milz sind dabei verletzt worden und Sie haben sehr viel Blut verloren. Die Milz haben wir vollständig entfernt, ebenso den verletzten Teil Ihrer Leber.«

Davids Gedanken fingen an zu rasen.

»Sie ist jetzt stabil und wird sich schon bald regenerieren, das heißt, das entnommene Lebergewebe bildet sich von selbst nach. Und die Milz braucht der Körper nicht unbedingt. Sie sollten also in Zukunft keinerlei Einschränkungen haben und werden wieder ganz gesund. Haben Sie im Moment Schmerzen?«

»Nein«, sagte David matt.

»Gut. Eine Schwester wird Ihnen gleich etwas zu trinken bringen und sich um Sie kümmern. Danach kann Ihre Frau zu Ihnen.«
David konnte dem Arzt nicht mehr folgen. »Meine …?«
»Sie hat die ganze Nacht hier bei Ihnen gesessen und wartet jetzt draußen, bis wir mit den Untersuchungen fertig sind. Ruhen Sie sich gut aus. Ich komme am Nachmittag noch einmal zu Ihnen.«
Als eine Viertelstunde später Clara neben seinem Bett stand und ihn aus verweinten Augen ansah, zwang er sich ein schwaches Grinsen heraus. »Das war dann wohl eine Blitzhochzeit oder warum kann ich mich nicht daran erinnern?«
»Dir scheint es tatsächlich besser zu gehen, wenn du schon wieder zum Scherzen aufgelegt bist.« Sie strich ihm vorsichtig über die Wange. »Sie hätten mich sonst nicht zu dir gelassen.«
»Was machst du hier?«, murmelte er.
»Bei dir sein«, sagte sie leise. »Ich habe mich von Andreas getrennt. Er und alle anderen wissen über uns Bescheid.«
»Was hat er …? Wie hat er …?«
Clara setzte sich auf den Bettrand. »Er hat getobt und gebrüllt, aber am Ende einsehen müssen, dass es vorbei ist.« Behutsam nahm sie seine Hand. »Es gibt noch etwas, was du wissen musst. Nichts schlimmes, ganz im Gegenteil. Aber darüber reden wir später, wenn du wieder bei Kräften bist.«
Sie legte ein abgegriffenes Lederarmband mit zwei rubinroten Steinen auf den Nachttisch. »Das soll ich dir geben. Sein Besitzer wird dich besuchen, sobald es dir besser geht, und dir dann alles erklären.«
»Mamas Ohrringe«, sagte David leise.
Clara sah ihn liebevoll an. »Jetzt schlaf dich erst einmal aus. Alles andere hat Zeit.« Tränen glitzerten in ihren Augen. »Ich hatte so eine Angst, dich zu verlieren.«
»So schnell wirst du mich nicht los.«
»Willst du mich denn überhaupt noch? Nach allem, was zwischen uns passiert ist und ich dir an den Kopf geworfen habe.«
»Komm mal her«, flüsterte er.
Behutsam küsste sie ihn auf die trockenen Lippen. »Jetzt ruh dich aus. Und wenn du aufwachst, bin ich da.«

»Du warst doch die ganze Nacht schon hier, hat der Arzt gesagt. Fahr nach Hause.«

»Nein, ich will bei dir bleiben.«

»Bitte, fahr heim. Ich bin noch da, wenn du später wieder kommst. Versprochen«, murmelte er.

»Dann lass mich wenigstens so lange bleiben, bis du eingeschlafen bist«, sagte sie und küsste ihn noch einmal. »Ich liebe dich.«

Ramona saß auf der Bank in der warmen Herbstsonne und legte ihr Telefon zur Seite. Gerade hatte sie lange mit Caroline gesprochen. Nie würde sie die Erleichterung vergessen, als der Mensch, der ihr aller Leben in den vergangenen Wochen und Monaten in einen Albtraum verwandelt hatte, endlich ein Gesicht und einen Namen hatte. *Pascal Gebauer.*

Noch immer kämpfte sie mit dem, was sie von Gregor bis in die frühen Morgenstunden am Küchentisch erfahren hatte. Die Bösartigkeit und Brutalität dieses Menschen war jenseits jeglichen Vorstellungsvermögens. Richard würde immer fehlen, die Lücke, die er hinterlassen hatte, nie geschlossen werden, doch jetzt hatten sie endlich die Chance, mit diesem schrecklichen Ereignis abzuschließen und nach vorne zu sehen. Caroline wollte noch heute nach Kitzbühel reisen. *Liebe Freundin, hab vielen Dank für alles. Was wäre ich nur ohne dich? Du bist jederzeit herzlich in meinem neuen Zuhause willkommen,* hatte sie Ramona gerade noch geschrieben. Hoffentlich würde die Polizei die Beweisstücke aus Gebauers Beutezügen bald freigeben und Caroline dann endlich die Halskette zurückbekommen, die ihr Richard geschenkt hatte.

Ein Taxi näherte sich dem Grundstück und blieb direkt vor der Hofeinfahrt stehen. Misstrauisch beäugte Ramona die blondgelockte Frau, die Sekunden später ausstieg. Ihr beiger Hosenanzug war übersät von rostbraunen Flecken und unter ihren Augen lagen dunkle Schatten.

»Guten Morgen«, sagte sie freundlich. »Ist Professor Cornelius zu Hause?«

»Sind Sie Angela Gebauer?«, fragte Ramona eine Spur schärfer als notwendig.

»Nein, Clara Mayrhofer. Ich wollte …«

»Wie geht es David?«, rief Cornelius aus der geöffneten Eingangstür.

»Er hat die OP und die Nacht gut überstanden und ich habe heute Morgen schon mit ihm sprechen können. Gerade komme ich aus dem Krankenhaus.«

»Dann ist wieder alles in Ordnung zwischen Ihnen beiden?«

»Ja, alles ist gut. Aber jetzt muss ich erst einmal eine neue Bleibe für Maria und mich finden. Andreas hat mir eine Textnachricht geschickt. Wir müssen bis morgen Abend ausziehen, andernfalls schmeißt er uns raus.«

»Wie bitte! Das kann er doch nicht machen«, empörte sich Cornelius.

Clara winkte ab. »Dass er seine ungezügelte Wut an mir auslässt, kann ich ja noch verstehen. Aber eine achtzigjährige Frau auf die Straße zu setzen, dazu gehört schon ein besonders mieser Charakter. Ich werde jetzt gleich Frau Leitner fragen, ob wir uns vorübergehend in ihrer Pension einquartieren können.«

»Warum ziehen Sie denn nicht bei David ein?«

»Momentan wohnen ja schon Judith und Thomas dort und ich will mich nicht bei ihm ausbreiten, solange er nicht da ist. Es ist sein Haus. Mit ihm zusammen ist das etwas anderes, aber so … Das fühlt sich einfach nicht richtig an.«

»Das kann ich sehr gut verstehen«, sagte Ramona. »Aber warum ziehen Sie und die alte Dame denn nicht in die beiden Ferienwohnungen hier ein. Die sind doch momentan nicht vermietet.«

»Das ist eine ausgezeichnete Idee«, sagte Cornelius. »Herr Eichinger ist bestimmt einverstanden. Und ich freue mich, wenn Sie und Frau Brunner meine Nachbarn werden. Gehen Sie am besten gleich zu ihm rüber. Um diese Zeit ist er bestimmt daheim.«

Keine zehn Minuten später kam Clara mit den beiden Wohnungsschlüsseln zurück. »Wir können sofort einziehen und dürfen unsere Sachen außerdem so lange bei ihm in der Halle einlagern, bis wir eine neue Bleibe haben. Und morgen nach dem Sonntagsgottesdienst schickt er uns zwei seiner Hofhelfer, damit sie uns beim Umzug helfen. Ich muss nur noch einen Transporter anmieten.« Sie atmete tief ein und aus. »Ich weiß gar nicht, was ich sagen soll, so erleichtert bin ich. Jetzt ruhe ich mich ein bisschen aus, danach fahre ich wieder zu David ins Krankenhaus und dann wird gepackt. Wenn Andreas glaubt, dass wir uns kleinkriegen lassen, hat er sich gründlich getäuscht.«

»Wie glücklich sie ist«, bemerkte Ramona, nachdem Clara wieder ins Taxi gestiegen war. »Und wie sehr die Dorfbewohner hier zusammenhalten und sich umeinander kümmern. Das ist ein schönes Gefühl.«

»Ja, auf die Dorfgemeinschaft in Neukirchen kann man sich wirklich verlassen«, sagte Cornelius nicht ohne Stolz auf seine zweite Heimat.

»Und weißt du, was mir besonders gut gefällt?«, sagte seine Frau. »Dass du mittlerweile ein fester Bestandteil dieser Gemeinschaft bist und von allen so gemocht und geschätzt wirst.« Dann nahm sie seine Hände und sah ihm fest in die Augen. »Tabea und du seid die zwei liebsten und wichtigsten Menschen in meinem Leben. Wir beide kriegen das doch wieder hin, oder?«

»Das wünsche ich mir aus ganzem Herzen«, sagte Cornelius.

Toni Kornbichler stand am Fenster des Gemeinschaftsbüros und beobachtete die Ankunft von Pascal Gebauer im Innenhof des Präsidiums. Im weißen Ganzkörperanzug, mit Hand- und Fußfesseln und je zwei SEK-Beamten zu seiner Linken und Rechten wurde er aus dem Polizeibus begleitet. Nichts an seinem Auftreten verriet, dass ihm am Vorabend eine Kugel aus dem Oberarm herausoperiert worden war. Er zeigte ein fast schon triumphierendes Grinsen, ganz so als würde er die Ankunft an der Seite von schwerbewaffneten Polizisten genießen, waren diese doch allein für ihn abgestellt worden.

Kornbichler kostete der Anblick große Überwindung. Auf dem Schreibtisch hinter ihm standen ein gerahmtes Schwarz-Weiß-Foto von Flo und eine kleine Kerze und hundert Meter entfernt spazierte sein Mörder höhnisch lächelnd über den Innenhof. Die Situation bedeutete für das gesamte Team eine immense Herausforderung und nicht wenige hätten das Kommissariat heute und die nächsten Tage am liebsten gemieden. Aber wenn es irgendetwas gab, das sie als Polizisten jetzt tun konnten, dann war es, dafür zu sorgen, dass Pascal Gebauer nie wieder eine Minute seines Lebens in Freiheit verbringen würde.

Robert Thorwald hatte am Vormittag alle im Konferenzraum versammelt und dabei sehr persönliche Worte zu Flos Tod gefunden. Kornbichler konnte nur den Hut vor dem Hauptkommissar ziehen. Er selbst hätte nach zwei Sätzen nicht weitersprechen können. Jedem wurde freigestellt, sich bei Bedarf vom Dienst abzumelden oder auch ein Gespräch mit Frau Dr. Zeidler zu suchen, die ihnen mit ihrem Team zur Seite stand.

Thorwald und Kröger würden mit dem Verhör beginnen, später würden sich auch die beiden französischen Beamten, die seit einigen Stunden in Landshut weilten – und damit auch Kornbichler selbst – in die Befragung einklinken. Bis dahin durfte er das Geschehen durch die Glasscheibe im Nebenraum verfolgen.

»Wo ist denn Matilda?«, fragte Korbinian Bäumel, der in diesem Moment hereinkam. »Du hast sie doch sonst immer dabei?«

»Mit Katrin bei mir zu Hause«, antwortete Kornbichler.

Er bemerkte Bäumels verblüfften Gesichtsausdruck, reagierte jedoch nicht darauf. Stattdessen griff er nach seinem Mobiltelefon und schrieb eine Nachricht an Katrin.

Schließlich nahmen jenseits der Scheibe alle ihre Plätze ein. Kornbichler entging nicht, dass Pascal Gebauer seinen Pflichtverteidiger kaum beachtete und offenbar auch auf ein Gespräch unter vier Augen verzichtet hatte. Zwei Stunden später wusste er warum. Gebauer dachte keine Sekunde daran, irgendetwas zu leugnen oder abzustreiten. Fast wortwörtlich wiederholte er, was er Gregor Cornelius im Kellerverlies erzählt hatte. Und wieder hatte Kornbichler das Gefühl, dass er regelrecht stolz war auf seine Taten. Da die Beamten neben der Schusswaffe auch diverse Geldscheine von den vier Banküberfällen im Haus vorgefunden hatten, wurde es an dieser Front ebenfalls eng für ihn. Damit konfrontiert, antwortete er lediglich mit einem geradezu amüsierten Schulterzucken.

Abschließend legte Thorwald vier französische Personalausweise auf den Tisch, die die Hausdurchsuchung ans Tageslicht befördert hatte. An dieser Stelle wurde die Runde um die beiden

Beamten aus Marseille und Toni Kornbichler erweitert, was Pascal Gebauer ebenfalls gleichgültig zur Kenntnis nahm.

»Die Ausweise von Etienne Durand, Benoît Moreau, André Laurent und Kristian Armentière haben sich alle in Ihrem Besitz befunden«, sagte Thorwald. »Etienne Durand hat als Aushilfschauffeur bei einer Familie in Le Lavandou gearbeitet, deren Villa ausgeraubt wurde. Benoît Moreau war vorübergehend als Poolboy angestellt. Auch dieses Haus bekam eines Nachts unerwarteten Besuch. André Laurent und Kristian Armentière waren Aushilfsgärtner. Zwei der Objekte, die sie betreuten, wurden Opfer eines Einbruchs beziehungsweise eines bewaffneten Raubüberfalls. Sie sehen, wir haben unsere Hausaufgaben gemacht. Die Ausweise sind keine Fälschungen und wenn man nicht genauer hinsieht, haben Sie und die ursprünglichen Besitzer sogar eine gewisse Ähnlichkeit.«

Gebauer schien an seinem Verhör mittlerweile regelrecht Gefallen zu finden. Kornbichler musste sich gehörig anstrengen, um nicht die Beherrschung zu verlieren, und konzentrierte sich umso mehr auf die notwendige Übersetzung des Gesprächs.

»Ursprünglich wollte ich mir tatsächlich gefälschte Dokumente besorgen, aber das bedeutet Mitwisser. Und ich arbeite am liebsten allein. Und oft fliegt eine Fälschung ja doch auf. Außerdem ist sie teuer und wofür Geld ausgeben, wenn man es auch anders lösen kann. Nur eine Identität schien mir für mein Vorhaben zudem zu riskant zu sein. Die Polizei hätte den gemeinsamen Nenner bestimmt irgendwann herausgefunden. Außerdem verschafft eine neue Identität immer eine gewisse Freiheit, ein Loslassen von alten Zwängen.« Er lächelte hintersinnig. »Also habe ich nach Männern in meinem Alter Ausschau gehalten, die eine gewisse Ähnlichkeit mit mir haben, und habe mich zeitweise als diese ausgegeben.«

Kornbichler beschlich ein ungutes Gefühl. Thorwalds nächster Satz bestätigte ihn bereits. »Keiner der Ausweisdiebstähle wurde je zur Anzeige gebracht. Die französischen Kollegen sind gerade dabei, die Personen ausfindig zu machen, die Sie bestohlen haben. Bisher ohne Erfolg.«

»Sie werden niemanden finden, *Monsieur le commissaire*. Ich arbeite sehr gründlich.«

»Was soll das heißen?«

»Dass Etienne Durand, Benoît Moreau und André Laurent nicht mehr existieren. Drei arbeitslose Junkies, die in Marseille auf der Straße lebten und die niemand vermisst. Das Mittelmeer war ein dankbarer Abnehmer für ihre Leichen.«

Kornbichler wurde fast schlecht. Auch den anderen Beteiligten stand die Betroffenheit ins Gesicht geschrieben, doch Pascal Gebauer redete bereits weiter.

»Bei Kristian Armentière ist die Ähnlichkeit mit mir sogar recht verblüffend. Finden Sie nicht? Ihn habe ich auch als Identität benutzt, wenn es um unverfängliche Dinge ging. Man könnte fast sagen, er ist mir ans Herz gewachsen.«

Kristian Armentière … K … A …

»Haben Sie sich deshalb seine Initialen auf Ihren linken Oberarm tätowieren lassen?«, fragte Thorwald.

»Ja, nennen Sie es eine kleine Sentimentalität meinerseits. Er war mein Erster und ich habe wirklich darauf geachtet, jemand Passendes zu finden. Es war irgendwie sehr persönlich zwischen uns. Wir haben sogar ein paar Tage in Le Lavandou miteinander verbracht und ich habe ihm einiges Gesocks vom Hals gehalten. Er hat das Meer nicht gemocht, hat sich sogar vor den Wellen gefürchtet, weshalb ich ihn tatsächlich im Wald beerdigt habe. Danach wusste ich, so konnte ich nicht weitermachen. Es musste alles einfacher und schneller gehen. Bei den anderen war es lediglich ein kurzes Kennenlernen auf der Straße. Sobald mir klar war, dass sie einen Ausweis besitzen, war die Sache schnell erledigt.«

»Wo ist die Leiche von Kristian Armentière?«, fragte Thorwald tonlos.

»Machen Sie weiter Ihre Hausaufgaben, dann finden Sie ihn vielleicht«, antwortete Gebauer spöttisch und schob die Übersetzung für die beiden französischen Beamten gleich hinterher. »Aber wie ich schon sagte, ich arbeite sehr gründlich.«

In Thorwalds rechter Schläfe begann es zu pochen. »Merken Sie etwas, Herr Gebauer? Egal was Sie angestellt haben … Villeneinbrüche, Banküberfälle, der Überfall auf den Geldtransporter … irgendwann haben Sie immer angefangen, sich zu überschätzen und leichtsinnig zu werden. Erst haben Sie sich nur Villen vorgenommen, die zum Zeitpunkt des Einbruchs leer waren. Ihr letztes Objekt haben Sie überfallen, obwohl sich drei Menschen darin aufgehalten haben. Dachten Sie, ältere Herrschaften jenseits der sechzig können Ihnen nichts anhaben? Stattdessen mussten Sie zweimal schießen. Sie haben ballistische Spuren hinterlassen und das Pflaster wurde dadurch viel zu heiß, um weiterzumachen.«

Pascal Gebauers anmaßendes Grinsen verschwand aus seinem Gesicht.

»Auch bei den Banküberfällen haben Sie das zuvor gestohlene Motorrad immer direkt vor den Filialen abgestellt, um schnell und unerkannt fliehen zu können. Nur hier in Landshut nicht. Der Streifenwagen hat Ihnen dann endgültig einen Strich durch die Rechnung gemacht und Sie zu einer Flucht zu Fuß gezwungen. Dabei wurden Sie von einem unserer Beamten verfolgt. Wieder waren Sie gezwungen, zu schießen und Spuren zu hinterlassen. Und somit tat sich für die Polizei unerwartet eine Verbindung zwischen Frankreich und Deutschland auf.«

Gebauers grün-graue Augen durchbohrten Robert Thorwald fast.

»Und anstatt diszipliniert im Haus Ihrer Schwester in Neukirchen zu bleiben, haben Sie im Garten eine Zigarette geraucht und eine Frau aus dem Dorf ist innerhalb weniger Sekunden hinter Ihr Geheimnis gekommen. Von dem überhasteten Überfall auf den Geldtransporter wollen wir gar nicht erst reden. Dabei ist doch Disziplin Ihre große Stärke. Sagten Sie das nicht?«

Pascal Gebauers Gesicht war zu einer Maske erstarrt. »*Chapeau!* Ich habe anscheinend meinen Meister gefunden. Aber soll ich Ihnen etwas verraten? Ich bereue nichts von alledem. Nur eines: Dass ich damals nicht ein paar Minuten länger am Ufer des Sees stehen konnte, sondern Hilfe holen musste, weil diese Idioten auf ihren Pferden daherkamen. Nur ein paar Minuten ... und es hätte ihn nicht mehr gegeben. *Das* bereue ich zutiefst.«

Kapitel 44

Gähnend ging Maria Brunner über den Flur und blieb in der geöffneten Tür zum Arbeitszimmer stehen, wo Clara gestapelte Umzugskartons mit einem dicken Stift beschriftete.

»Bist du immer noch wach?«

Mit einem leisen Aufschrei zuckte Clara zusammen.

»Entschuldige, ich wollte dich nicht erschrecken. Packst du immer noch?«

»Ja«, sagte Clara und ließ die Kappe des Stifts einrasten. »Aber jetzt bin ich fertig.«

Maria ging kopfschüttelnd in den Raum mit den leeren Bücherregalen und den nackten Wänden. »Weißt du eigentlich, wie spät es ist? Halb zwei! Du gehörst ins Bett. Du hast schon letzte Nacht kaum geschlafen.«

»Da gehe ich jetzt auch hin. Aber ich wollte in Ruhe alles ordnen und es nicht morgen auf den letzten Drücker erledigen. Zum Glück habe ich die ganzen Kartons damals nicht entsorgt, sondern auf dem Dachboden gelagert. Als ob ich schon geahnt hätte, dass ich hier nicht lange wohnen werde.« Zufrieden betrachtete Clara jetzt die Koffer und die säuberlich gestapelten Kisten. »Das sind die Sachen, die ich bei Herrn Eichinger einlagere, und hier sind meine Unterrichtsmaterialien, meine Kleidung und was ich sonst noch in die Ferienwohnung mitnehme. Jetzt kann es losgehen.«

Maria musterte sie kritisch. »Ist das eigentlich Davids Kapuzenpullover, den du da anhast?«

»Ja, er hat ihn mir geliehen, als ich immer heimlich zu ihm runtergeschlichen bin.«

»Und ich hab gedacht, *er* schleicht sich durch unseren Garten zur Elena rüber«, murmelte Maria.

Sogar unsere kleine Miss Marple irrt bisweilen, dachte Clara und konnte sich nur mit Mühe ein Lachen verkneifen. »Der Nachsendeantrag für unsere Post ist übrigens erledigt«, sagte sie daher schnell. »In fünf Tagen geht sie direkt an unsere neue Adresse. Der Briefträger hat mir außerdem heute versprochen, sie ab sofort nicht mehr hier einzuwerfen. Andreas traue ich zu, dass er unsere Post vor Wut wegschmeißt.«

»Ich verstehe immer noch nicht, warum du nicht gleich bei David einziehst. Judith und Thomas macht das bestimmt nichts aus.«

»Das habe ich dir doch erklärt. Ich mag ohne ihn nicht dort wohnen. Außerdem tut es den beiden im Moment ganz gut, unter sich zu sein. Andreas' Sekretärin hat mich übrigens angerufen. Er hat letzte Nacht im Büro geschlafen und es komplett verwüstet. Alles lag kreuz und quer durcheinander. Er will offenbar die Firma nach München verlegen und die Villa verkaufen.«

»Der spinnt doch. Und die arme Frau darf seine Launen jetzt ausbaden.«

»Nein, Frau Schmitt hat heute Morgen fristlos gekündigt und ihn mit seinem ganzen Chaos sitzen gelassen. Sie klang sehr fröhlich am Telefon. Über Weihnachten wollte er übrigens eine Kreuzfahrt mit mir machen. Dabei werde ich schon seekrank, wenn ich ein Schiff nur von außen sehe. Eigentlich weiß er das auch.«

»Was andere wollen, hat ihn ja noch nie großartig interessiert. Jetzt ist er endgültig allein, weil es kein Mensch mehr mit ihm aushält. Ich bin froh, wenn wir morgen ausziehen. Hoffentlich bleibt er bis dahin, wo der Pfeffer wächst, und taucht nicht hier auf!«

»Das glaube ich nicht«, erwiderte Clara. »Macht dir der Umzug wirklich nichts aus?«

»Nein. Ich hab mir die Ferienwohnung heute Nachmittag schon angesehen. Ich glaube, Henry und ich werden uns da sehr wohl fühlen. Wenn der Anton Eichinger einverstanden ist, ziehe ich vielleicht sogar ganz dort ein.«

»Und was machst du mit deinen Möbeln?«

»Viel ist es ja nicht. Die Kommode und mein Bett würde ich mitnehmen. Den Rest brauche ich nicht mehr.«

»Wenn es so weit ist, helfen wir aber alle zusammen.«

»Natürlich. Wir sind doch eine Familie«, sagte Maria mit einem Lächeln.

Robert Thorwald bremste den Dienstwagen vor dem Einfamilienhaus ab und schaltete den Motor aus. Seine letzte Amtshandlung an diesem Arbeitstag lag vor ihm, aber eine, die ihm besonders am Herzen lag. Morgen würde eine länder- und dezernatsübergreifende Pressekonferenz in Landshut stattfinden und die Zahl der teilnehmenden Journalisten alles bisher Dagewesene sprengen. Noch galt es, zahlreiche Spuren zu sichern, Berichte zu schreiben und Aussagen miteinander abzustimmen. Staatsanwaltschaften aus zwei Ländern mussten eng eingebunden werden und die französischen Kollegen würden weiter mit Hochdruck nach der Leiche von Kristian Armentière suchen. Dennoch hatte die Öffentlichkeit ein Recht auf erste Informationen zu einem der gefährlichsten und gewissenlosesten Täter der letzten Jahre.

Zum Glück hatte Toni Kornbichler bis auf Weiteres grünes Licht für seinen Einsatz bei der Mordkommission erhalten. Thorwald brauchte im Moment jeden Beamten, vor allem nachdem Katrin bis zum Abschluss der internen Ermittlung ausfallen würde. Obwohl er ihre Kompetenz und ihren Scharfsinn vermisste, war er dennoch froh, sie eine Weile außer Dienst zu wissen. Florian Webers Tod ging ihr sehr nahe, daran gab es nichts zu rütteln. Nach Feierabend hatte sie gemeinsam mit Matilda Kornbichler vom Dienst abgeholt. Die beiden waren so miteinander beschäftigt, dass sie ihn gar nicht bemerkten. Katrin und Toni … vor einer Woche hätte sie den Kollegen bei jeder Kleinigkeit am liebsten gesteinigt, jetzt küssten sie sich auf dem Parkplatz des Kommissariats. Das zeigte wohl am besten, welch intensive und emotionale Woche hinter ihnen allen lag.

Flo würde es gefallen, dachte er mit einem bitteren Lächeln.

Langsam stieg er die Stufen zur Haustür hinauf und klingelte. Noch vor allen anderen aber würden die Zieglers von der Verhaftung Pascal Gebauers erfahren. Würden erfahren, dass ihre Tochter und Schwester sterben musste, weil sie an einem Abend im kleinen Dorf Neukirchen zur falschen Zeit am falschen Ort war. Alle möglichen Spuren, Personen und Beziehungsgeflechte im Leben von Elena Ziegler hatten sie untersucht und hinterfragt, am Ende aber blieb die ernüchternde Erkenntnis, dass sie und ihr Mörder sich bis wenige Augenblicke vor ihrem Tod nie zuvor begegnet waren. Xaver Ziegler selbst öffnete Robert Thorwald die Tür und er wusste sofort, warum der Hauptkommissar der Familie so spät am Abend noch einen Besuch abstattete.

Eine Woche später ...

»Was ist denn hier los?«, fragte Clara an der Eingangstür von Davids Haus.

Im Flur lagen Staubsauger, Putzeimer, Besen, Wischmopp und Staubtücher wild durcheinander. Judith und Thomas standen mit einem Lappen vor dem Garderobenspiegel und stritten offenbar über die richtige Wischtechnik.

»So musst du es machen, Tom. Dann bleiben auch keine Streifen zurück. Versuch es gleich noch einmal.«

Genervt rollte ihr Bruder mit den Augen.

»Wir putzen gerade«, rief Judith fröhlich über ihre Schulter hinweg. »Damit alles blitzblank ist, wenn David nach Hause kommt.«

Clara umrundete vorsichtig den Staubsauger. »Na ja, das wird schon noch etwas dauern. Erst bleibt er noch einige Tage im Krankenhaus und danach geht es direkt auf Reha.«

»Ich weiß«, sagte Judith. »Aber nachdem wir uns eine Woche hier ausgebreitet haben, ist es das Mindeste, was wir tun können.«

»Wir? Ich! Du gibst nur Anweisungen und kritisierst an allem herum.«

»Ich bin schwanger und darf mich nicht anstrengen«, erwiderte Judith ungerührt. »So, und jetzt muss ich packen. In drei Stunden geht mein Flieger.« Sie legte den Putzlappen beiseite und verschwand in den ersten Stock.

»Kann ich dich kurz sprechen, Thomas?«, fragte Clara.

»Klar, was gibt es denn?«

»Das kam heute mit der Post«, sagte sie und reichte ihm einen Umschlag. »Von Andreas' Anwalt, der mir mitteilt, dass sein Mandant die Scheidung eingereicht hat.«

»Oha, da hat der alte Herr ja nicht lange gezögert«, stellte Thomas fest. »Kanzlei Hegeler und Partner, na ja, keine schlechte Adresse, aber natürlich gibt es immer Luft nach oben. Hast du denn schon einen Anwalt?«

»Nein, deshalb bin ich hier. Könntest du mir jemanden empfehlen?«

»Ich nehme an, du willst so bald wie möglich geschieden werden?« Er sah Clara über den Rand seiner Brille hinweg an. »Nach Möglichkeit vor Ablauf des Trennungsjahres?«

»Ja, ich will kein Geld von ihm und auch sonst nichts. Ich will einfach nur die Scheidung. Und zwar schnellstmöglich!«

»Hm ... das wird nicht ganz leicht werden. Deshalb brauchst du einen absoluten Spitzenanwalt«, sagte er mit einem Augenzwinkern.

»Ich will dir nicht zu nahe treten, aber du darfst nicht mehr als Anwalt arbeiten«, sagte Clara mit leichtem Unbehagen. Thomas hatte Maria und ihr vor einigen Tagen den wahren Grund für sein überstürztes Ausscheiden aus der Kanzlei und die gelöste Verlobung von Tessa gestanden.

Lachend holte er sein Mobiltelefon hervor. »Wer redet denn von mir? Außerdem bin ich kein Fachanwalt für Familienrecht. Aber die Dame, deren Kontakt ich dir gerade geschickt habe. Es müsste schon mit dem Teufel zugehen, wenn sie keine Härtefallscheidung für dich durchboxen kann.«

»Danke«, sagte Clara. Sie war schon auf dem Weg nach draußen, als sie sich noch einmal zu ihm umdrehte. »Wie geht es dir denn?«

»Passt schon. Aber jetzt wird es höchste Zeit, in meine Wohnung zurückzukehren. Und beim Rest wird man sehen. Judith hatte eine ganz gute Idee, was ich zukünftig vielleicht anstellen könnte.«

Clara verharrte noch einen Augenblick im Flur. »David und ich ... wie ist das eigentlich für euch beide?«

»Ich erleide bestimmt kein frühkindliches Trauma, nur weil ich keine Stiefmutter mehr habe«, sagte er und zwinkerte. Dann wurde er ernst. »Ich will nur, dass es ihm gut geht und dass er glücklich ist. Und das ist er mit dir. Das sieht doch ein Blinder. Judith geht es ganz genauso.«

Clara lächelte zaghaft. »Und dass Lorenz und nicht Andreas sein Vater ist?«

Thomas holte tief Luft. »Mir ist vollkommen egal, wer sein Vater ist. David ist unser Bruder und daran wird sich niemals etwas ändern.«

Bernadette Ziegler stand an der Rezeption des *Drei Lilien* und überflog die Liste der fünf VIP-Gäste, deren Anreise am späten Nachmittag erfolgen sollte. Bis zu ihrem Eintreffen würde sie im Hotel bleiben, danach Feierabend machen und zu ihren Eltern nach Neukirchen fahren. Die nächsten Wochen würde sie nur stundenweise im Hotel arbeiten. So hatte sie es mit Ferdinand Gruber vereinbart und so fühlte es sich im Moment auch richtig an. Die Casinoeröffnung war nach dem Raubüberfall ohnehin in das kommende Jahr verschoben worden. Alles andere erschien angesichts der furchtbaren Ereignisse unangemessen und pietätlos.

Pascal Gebauer ... Für Bernadette nach wie vor nicht mehr als ein Name, eine bloße Hülle. Während es für ihren Vater wichtig war zu wissen, dass die Polizei den Mörder seiner Tochter verhaftet hatte, fühlte sie heute nicht anders als vor einer Woche. Erleichterung, womöglich auch Genugtuung wollten sich nicht so recht einstellen. Vielleicht irgendwann einmal, jetzt klaffte da nur diese furchtbar große Lücke, die niemand imstande war zu füllen.

Gestern war Allerheiligen gewesen, so kurz nach Elenas Beerdigung ein weiterer kräftezehrender und emotionaler Tag. Aber erneut hatte Felix Hartl für die Angehörigen an den Gräbern die richtigen Worte gefunden und Bernadette konnte den Friedhof danach mit etwas leichterem Herzen verlassen. Heute Abend würden sie und ihre Mutter eines von Elenas Lieblingsgerichten kochen und dann mit Lucy Montgomery über Video telefonieren. Lucy hatte die Nachricht von Elenas Tod sehr erschüttert. Ihr Vater hatte sich zwar noch nicht ganz dafür erwärmen können, aber immerhin versprochen, als stiller Zuhörer dabeizusitzen. Ein erster kleiner Schritt ...

Ihre Eltern wussten noch nichts von ihrer geplanten Teilhaberschaft am *Drei Lilien*. Die Hotellerie, ihre Karriere, das war immer ihre ureigenste Sache gewesen und so sollte es auch bleiben.

Bernadette wollte es allein schaffen, ohne das Geld ihrer Familie. Demnächst hatte sie einen Termin mit ihrer Bank wegen der Finanzierung und gab die grünes Licht, konnten sie zum Notar gehen und ihr würden schon bald fünf Prozent am Hotel gehören.

Ein Gast näherte sich zielstrebig dem Empfangstresen. Bernadettes Miene versteinerte.

»Was machst du hier?«, zischte sie beim Anblick von Alfons Leidinger, der zwei große Koffer hinter sich herzog.

Bereits durch ihre Anzeige bei der Polizei war seine Amtsfortführung gehörig ins Wanken geraten, das Aktieninsidergeschäft hatte ihn dann endgültig ins politische Aus befördert. Am Ende des Tages blieb ihm nichts anderes übrig, als seinen Rücktritt von allen Ämtern zu verkünden. Offenbar war er nun auch daheim vor die Tür gesetzt worden. Immerhin hatte seine Frau ihm einige Tage Aufschub gewährt, aber Bernadette vermutete, dass dies eher an ihrem Wellnessurlaub lag, den sie laut Gerüchteküche wohl nicht vorzeitig abgebrochen hatte, denn an ihrer Großherzigkeit. Da sie sowohl das Haus als auch den Großteil des Gelds in die Ehe eingebracht hatte, würde das ehemalige Altenberger Stadtoberhaupt seinen Gürtel alsbald enger schnallen dürfen. Umso unerwarteter sein Auftauchen im *Drei Lilien*, seines Zeichens immerhin ein Fünf-Sterne-Hotel. Womöglich erwartete er Sonderkonditionen für geschasste Politiker. Zuzutrauen wäre es ihm. Allein dass er so dreist war, hier aufzutauchen, zeigte Alfons Leidingers schlechten Charakter.

»Mit dir rede ich nicht«, bellte er los. »Schick mir den Chef. Ich brauche ein Zimmer.«

Bernadette betrachtete ihn mit hochgezogenen Augenbrauen. »Nein, Alfons. Was du brauchst, sind Moral, Anstand und gutes Benehmen. Und wenn du jetzt nicht auf der Stelle verschwindest ...«

»Schick mir den Gruber, du Mist ...«

»Haben Sie nicht gehört, was Frau Ziegler gesagt hat?«, hörte Bernadette die schneidende Stimme von Ferdinand Gruber. »Für Sie, Herr Leidinger, gibt es hier kein Zimmer. Sie haben Hausverbot. Und wenn Sie jetzt nicht sofort verschwinden, machen wir von unserem Hausrecht Gebrauch und rufen die Polizei.«

Mit hochrotem Kopf packte Leidinger seine beiden Koffer.

»Alfons, warte«, sagte Bernadette sanft.

Erwartungsvoll drehte er sich zu ihr um. »Ja?«

»Die Taxifahrer draußen wissen bestimmt, wo es in Landshut die billigsten Absteigen gibt. Das ist doch ganz dein Niveau. Frag sie einfach. Sie helfen dir gern weiter.«

Langsam setzte David Mayrhofer sich auf die Bettkante. »Kannst du dem alten Mann bitte aufhelfen?«, stöhnte er. »Ich fühle mich immer noch wie siebenundneunzig und wie einmal durch den Fleischwolf gedreht.«

Seit er vom Arzt grünes Licht bekommen hatte und sich bewegen durfte, legte er tapfer seine täglichen Meter auf dem Krankenhausflur zurück, obwohl er sich bei jedem Schritt wie sein eigener Urgroßvater fühlte.

»Ich muss dich nicht daran erinnern, dass eine schwere Operation hinter dir liegt und du viel Blut verloren hast?«, fragte Clara. Und dass dein Herz auf dem Weg ins Krankenhaus zweimal aufgehört hat zu schlagen, fügte sie in Gedanken hinzu, sprach es aber nicht aus, sondern half ihm stattdessen aufzustehen. Es reichte schon, wenn sie noch immer damit kämpfte, wie wenig gefehlt hatte, um ihn endgültig zu verlieren.

»War das eigentlich Tobias Schindler, der mir am Aufzug begegnet ist?«, fragte sie.

Langsam, den Infusionsständer im Schlepptau, gingen sie auf den Flur hinaus.

»Ja, Tobi war vorhin hier. Ich bin so froh, dass der Chef ihm nicht gekündigt hat, sondern er seine Ausbildung bei uns fertig machen darf. Er ist echt ein prima Kerl und ein super Lehrling.«

»Das dachte ich mir schon. Xaver Ziegler ist doch kein Unmensch. Und einzubrechen, um Elena ein Flugticket kaufen zu können und das Diebesgut danach wieder zurückzubringen, hat auch irgendwie etwas Rührendes an sich.«

»Lass das mal nicht seine Mutter hören! Sie ist fuchsteufelswild geworden. Er musste sich erst beim Chef entschuldigen und dann mit Blumen, Weinflasche und Torte im Gepäck bei allen antanzen, bei denen er eingebrochen ist. Ich glaube aber, wirklich böse ist ihm mittlerweile tatsächlich keiner mehr.«

»Ganz ungeschoren wird er trotzdem nicht davonkommen. Ein paar Sozialstunden brummt ihm der Richter bestimmt auf.«

»Geschieht ihm ganz recht. Können wir kurz Pause machen?« David blieb am Handlauf stehen. Sein Puls raste bei der geringsten Anstrengung und er musste ein paarmal tief Luft holen. Clara sah sich unauffällig nach einer Pflegekraft um. Zur Sicherheit stellte sie sich ganz nah neben ihn.

»So eine Pause können wir öfter machen«, murmelte er und küsste sie. Dann ging er langsam weiter.

Das Ende des Flurs wollte er unter allen Umständen erreichen. Auf dem Weg dorthin erzählte Clara von Andreas' Scheidungsankündigung und der anwaltlichen Empfehlung, die Thomas ihr gegeben hatte. »Ich habe gleich mit dieser Juristin telefoniert. Sie klang recht zuversichtlich, was die Härtefallscheidung angeht. Und sie hat sich sehr fürsorglich nach Thomas erkundigt. Sein Fehltritt hat natürlich die Runde gemacht. Die beiden waren Studienkollegen und sie will ihn mal zum Essen einladen. Eine sehr zupackende Frau. Andreas wird sich warm anziehen müssen. Er scheint übrigens meine Telefonnummer blockiert zu haben. Mir auch recht, dann kommunizieren wir eben nur noch über unsere Anwälte.«

»Ich hab es noch gar nicht bei ihm versucht«, sagte David. »Kann ich mir wahrscheinlich ohnehin sparen.«

»Anna hat mir heute im Dorfladen erzählt, dass er das Amt des Vorstands niedergelegt hat und aus dem Schützenverein ausgetreten ist. Der geplante Festwirt für die Fahnenweihe, irgendein Spezl von ihm, hat daraufhin prompt seine mündliche Zusage zurückgezogen. Und eine Kapelle ist wohl auch abgesprungen. Offiziell wegen Terminschwierigkeiten.«

Erneut blieb David stehen und holte tief Luft. »Und jetzt?«

»Gerade sieht wohl alles nach einer Verschiebung der Fahnenweihe um fünf Jahre aus. Nach dem Rücktritt von Alfons Leidinger als Bürgermeister fehlt ihnen zu allem Überfluss ja auch noch der Schirmherr.«

»Dieser Mistkerl!«, stieß David wütend hervor. »Steckt selbst bis zum Hals in dem Insiderschmarrn drin und erdreistet sich,

Thomas damit zu erpressen.« Ihm wurde schwindelig und er musste sich am Handlauf festhalten.

»Nicht aufregen«, sagte Clara. »Wer weiß, wofür es gut war. Ein illegaler Aktiengewinn ist doch keine Basis für eine Kanzleipartnerschaft und erst recht nicht für eine Ehe. Wenn wir ihn jetzt alle unterstützen, dann packt Thomas das schon.« Sie küsste David sachte auf die Wange. »Anna ist eine Verschiebung nach der ganzen Aufregung mehr als recht. Die neue Fahne ist zum Glück noch nicht genäht und die Kleider und Dirndl für die Festdamen konnte sie auch rechtzeitig stoppen. Wenn jetzt noch die bereits gebuchten Bands und Blaskapellen woanders Ersatztermine finden, dann kommen sie wohl ganz gut aus der Sache heraus.« Sie half ihm, sich langsam umzudrehen und den Rückweg zum Krankenzimmer in Angriff zu nehmen. »Die Einzige, die laut Anna nahezu untröstlich ist, ist Roswitha Förster. Die Fahnenweihe war doch ihr Lieblingsthema. Das sind momentan übrigens wir beide ... und natürlich Lorenz«, lachte sie. Dann wurde sie wieder ernst. »Es soll in fünf Jahren auch keine Fahnenbraut geben.«

»Gut so«, sagte David leise. »Das Amt gehört ohnehin zur Feuerwehr und nicht zu einem Schützenverein. Außerdem hat Judith vollkommen recht. Niemand sollte Elena ersetzen.«

»War Lorenz heute schon da?«, fragte Clara.

Seit einigen Tagen kam Lorenz Huber regelmäßig im Krankenhaus vorbei. Nachdem Clara ihm von Lorenz' Vaterschaft erzählt hatte, hatte David lange überlegt, was er zu ihm sagen wollte, wenn sie sich das erste Mal sahen. Und wie Lorenz wohl reagieren würde und ob sie überhaupt etwas fanden, worüber sie reden konnten. Seinem Gesichtsausdruck nach zu urteilen, ging es Lorenz wohl ganz ähnlich, aber kaum stand er bei David im Zimmer, war alles ganz einfach.

»Ja, am Vormittag. Er ist schon echt eine Marke für sich. Aber ein cooler Typ«, sagte er schwer atmend. Der Gang über den Flur hatte ihm sichtbar zugesetzt.

»Willst du dich nicht hinlegen?«, fragte Clara.

»Gleich.« Er war vor dem Bett stehen geblieben und öffnete die Nachttischschublade.

»Was ist das denn?« Amüsiert betrachtete sie den roten Plastikring mit einem bunten Einhorn in der Mitte, den er hervorholte. »Hast du den aus dem Kaugummiautomaten?«

»So ähnlich. Im Krankenhauskiosk gab es leider nichts anderes. Tobi hat ihn vorhin für mich besorgt.« David räusperte sich. »Du bekommst noch einen richtigen vom Juwelier, versprochen. Und ich gehe auch vor dir auf die Knie, sobald das wieder möglich ist. Fürs Erste müsstest du aber damit vorliebnehmen.«

Jetzt raste sein Herz förmlich und das lag nicht an der körperlichen Anstrengung, sondern an der Frage, die er Clara stellte.

Und an der Antwort, die sie ihm darauf gab.

Der französische Polizeibeamte betrachtete die Karte, die er auf der Motorhaube seines Dienstwagens ausgebreitet hatte. Wenn die Zeugenaussagen und ihre Ermittlungen zur Bodenbeschaffung des Pinienwaldes und den damaligen Wetterverhältnissen stimmten, dann müsste der Suchtrupp jetzt auf der richtigen Fährte sein. Bereits seit den frühen Morgenstunden durchkämmten Bereitschaftspolizei und Hundestaffeln das betreffende Areal in der Nähe von Le Lavandou.

Im Laufe der vergangenen Woche hatten sie akribisch alles zusammengetragen, was sie zu den letzten Lebenstagen von Kristian Armentière noch hatten finden können. Vor drei Tagen dann die unverhoffte Meldung, dass ein halb verrotteter Rucksack von einem Camper in einem Pinienwald gefunden worden sei. Der Finder hatte ihn bei der örtlichen Gendarmerie abgegeben, die der Fundsache ursprünglich keine große Bedeutung geschenkt hatte und sie beinahe entsorgt hätte. Wer würde schon einen halb verfaulten Rucksack vermissen? Und soweit sie seinen Inhalt noch nachvollziehen konnten, hatte sich nichts Wertvolles oder Verdächtiges darin befunden.

Warum er dann doch, sorgfältig in einem Plastikbeutel verpackt, in der dortigen Asservatenkammer gelandet war, wusste hinterher niemand mehr so genau. Fest stand nur, dass es einen Fahndungsaufruf der übergeordneten Polizeidienststelle gab, die Spuren und Hinweise zu einem jungen obdachlosen Mann suchte, der offenbar in der Gegend getötet worden war. Durch den Vergleich mit einer DNA-Probe seiner Mutter, einer von Drogen- und Alkoholkonsum schwer gezeichneten Frau, der das Schicksal ihres Sohnes über die Jahre offenbar vollkommen egal war, konnten Reste eines Handtuchs in dem Rucksack schnell besagtem Obdachlosen zugeordnet werden.

Seit gestern waren sie nun dabei, das Gelände zu durchkämmen. Bisher noch ohne Erfolg, aber sie waren nicht gewillt, so schnell aufzugeben.

Im Funkgerät des Polizeibeamten rauschte und raschelte es und Sekunden später war einer der Hundeführer zu hören. »*Il y a une découverte.*«[2]

---

[2] »Wir haben einen Fund.«

Epilog

Sieben Monate später ...

David Mayrhofer stand am Rande des Fußballfelds und überblickte die sich rasch mit Zuschauern füllende Sportanlage. Das entscheidende Spiel im Kampf gegen den Abstieg aus der Kreisliga mobilisierte Neukirchner und Ebersbacher gleichermaßen. Auf der Tribüne an der Westseite waren bereits jetzt kaum noch Plätze frei. Nach einem Unentschieden vergangenen Samstag im Hinspiel in Ebersbach stand heute das Rückspiel gegen das Nachbardorf auf dem Programm. Da sie lange Zeit ohne Hannes als erfahrenen Trainer auskommen mussten und eine Vielzahl an verletzten Spielern zu verkraften hatten, hatte Neukirchen gerade noch den direkten Abstieg aus der Kreisliga verhindern und sich mit Ach und Krach als Viertletzter auf einen Relegationsplatz retten können. Jetzt hieß es, gegen den Aufstiegsaspiranten aus der darunter liegenden Kreisklasse alle Kräfte zu mobilisieren. Nicht auszudenken, wenn Neukirchen ausgerechnet gegen Ebersbach verlieren und doch noch absteigen würde.

Auf den Sitzbänken neben der Tribüne hatte sich mittlerweile die kleine Gruppe an Zuschauern eingefunden, auf die David bereits gewartet hatte. Professor Cornelius, der von seiner Frau Ramona begleitet wurde, obwohl sie, wie sie am Vorabend im Garten von Lorenz zugegeben hatte, überhaupt nichts von Fußball verstand. Daneben die neue Nachbarin von Familie Cornelius, seine Großmutter. Sie hatte ihren Plan in die Tat umgesetzt und war zusammen mit Kater Henry in der Ferienwohnung neben dem Professor geblieben. Hinter ihr tauchte jetzt die hagere Gestalt von Lorenz auf. Noch immer entlockten seine Anwesenheit und die Reaktion der Dorfbewohner darauf David ein Schmunzeln.

Der Unterschied zu Andreas Mayrhofer hätte größer nicht sein können, was wohl einer der Gründe dafür war, warum er sich so gut mit Lorenz verstand. Mit ihm konnte man über alles reden, aber auch stundenlang schweigend vor sich hin werkeln. Gerade renovierten sie zusammen das Haus von Lorenz und mochte auch noch einiges zu tun sein, waren erste Fortschritte in Form eines neuen Dachs und einer fertigen Küche bereits zu erkennen. Lorenz arbeitete zudem seit einiger Zeit wieder als Restaurator und Holzschnitzer und hatte bereits erste kleinere Aufträge übernommen. Von Andreas Mayrhofer hatte David seit dem Tag des Raubüberfalls nie wieder etwas gehört. Der Mann, der fast achtundzwanzig Jahre lang sein Vater gewesen war, hatte ihn offenbar aus seinem Leben gestrichen, als hätte es diese gemeinsamen Jahre nie gegeben. Doch wenn David ehrlich war, hatte er Andreas seitdem nicht wirklich vermisst.

Auch zu Judith pflegte Andreas offenbar kaum Kontakt, was jenseits des Ärmelkanals mit wenig Bedauern zur Kenntnis genommen wurde. Zur Geburt seines Enkels ließ er über sein Büro eine nichtssagende Grußkarte nach London verschicken, die dort sofort in den Papierkorb wanderte. Aus der Presse hatte David vom Umzug der Baufirma nach München erfahren. Andreas' ehemalige Sekretärin Walpurga Schmitt, die jetzt an Claras Gymnasium in der Verwaltung arbeitete, wusste außerdem zu berichten, dass er mittlerweile mit seiner neuen Assistentin zusammenlebte, einer Frau, die jünger war als David. Die Villa in Neukirchen stand dagegen noch immer zum Verkauf.

Auch seinen älteren Sohn strafte Andreas Mayrhofer weiterhin mit stoischer Missachtung, obwohl es Thomas als Autor eines finanzwirtschaftlichen Fachbuchs sogar in die Bestsellerlisten geschafft hatte, der Verlag bereits die Fortsetzung der Buchreihe plante und er mittlerweile zu Lesungen und Vorträgen quer durch Deutschland eingeladen war. Noch mehr freute David allerdings, dass ihm der Insiderhandel nur eine Geldstrafe eingebracht hatte und er in Claras Scheidungsanwältin eine neue Lebensgefährtin gefunden hatte.

Diese war tatsächlich so zupackend wie von Clara erhofft und hatte innerhalb von sechs Monaten eine Blitzscheidung durchgeboxt. Thomas und sie weilten gerade bei Judith und Joshua in London, da sie gemeinsam an einem Businessplan für irgendein vielversprechendes Unternehmen arbeiteten.

Hannes Thalhammer kam zusammen mit dem Co-Trainer aus dem Kabinentrakt und blieb bei David stehen. Alle im Verein waren froh, dass er sich von den Folgen seines Autounfalls erholt und sich danach bereit erklärt hatte, weiterhin Trainer des FC Neukirchen sein zu wollen. Ohne ihn an der Seitenlinie bei den letzten Saisonspielen wären sie vermutlich direkt abgestiegen. Auch David hatte einsehen müssen, dass sein Körper nach der schweren Schussverletzung Zeit brauchte. Mit Grauen erinnerte er sich an die ersten Lauf- und Trainingseinheiten, in denen bereits zehn Minuten genügten, um seinen Puls in ungeahnte Höhen zu jagen und seinem Körper das Gefühl zu geben, eine Mount Everest Besteigung hinter sich zu haben. Aber nach und nach kamen Kraft, Ausdauer und Schnelligkeit zurück, gerade rechtzeitig, um im Saisonendspurt wieder eingreifen zu können.

Eine blondgelockte Frau näherte sich der Gruppe und nahm neben Professor Cornelius Platz. Ihr Auftauchen hatte bis heute ähnliche Auswirkungen auf Davids Puls wie ein 100-Meter-Sprint. Lächelnd winkte sie in seine Richtung. *Seine Frau.* Seit drei Wochen waren Clara und er verheiratet, was außer ihnen noch niemand wusste, da sie bei ihrer heimlichen Hochzeit nur zu zweit gewesen waren, so wie sie es damals im Krankenhaus vereinbart hatten. Das Fest für Familie und Freunde würde dann im neuen großen Saal vom Gasthaus Leitner im nächsten Jahr zu ihrem ersten Hochzeitstag stattfinden, auch wenn sie sich von seiner Oma deshalb bestimmt noch einen Rüffel anhören mussten.

Hinter Benedikt Rehberg und Anna Leitner, die seit einigen Monaten gemeinsam in der Villa Rehberg wohnten und jetzt auf der Tribüne Platz genommen hatten, entdeckte David seinen Chef Xaver Ziegler. Noch immer war Elenas Vater der Verlust seiner Tochter anzumerken, aber er ging wieder mehr unter Leute, und in der Schreinerei hatte David ihn letzte Woche das erste Mal seit Langem herzlich lachen hören. Das konnte natürlich auch an der jungen Frau liegen, die mit den Zieglers und Bernadette zusammen auf der Tribüne saß und sich interessiert umschaute. Lucy Montgomery, Elenas beste Freundin aus Toronto, weilte seit vier Wochen bei Xaver und Marianne Ziegler und machte dazu ein Praktikum im *Drei Lilien*. Sie war ein ganz schöner Wirbelwind und hielt nicht nur Familie Ziegler auf Trab, sondern hatte offenbar auch Tobias Schindler gehörig den Kopf verdreht, wie David gestern in der Mittagspause erfahren hatte. Der Chef hatte Tobias glücklicherweise nicht nur die Ausbildung in seinem Betrieb beenden lassen, sondern ihn im Anschluss auch als Gesellen übernommen. Lorenz und David ging der junge Schreiner daneben immer wieder bei den Arbeiten an Lorenz' Haus zur Hand.

Jetzt kamen seine Mitspieler aus der Umkleidekabine und gemeinsam mit den anderen begann David, sich auf dem Platz warmzumachen.

»Gut schaust du aus«, stellte Roswitha Förster fest und betrachtete Silvia Thalhammer mit unverhohlener Neugier. Ihre ehemalige Nachbarin hatte sichtbar abgenommen und die etwas längeren, leicht gewellten Haare verliehen ihrem dezent geschminkten Gesicht sehr weiche Züge. »Das freut den Hannes bestimmt, dass du zurzeit so oft beim Fußball bist.« Der Unterton war nicht zu überhören. »Erst neulich hat deine Schwiegermutter wieder gesagt, wie sehr dich alle auf dem Hof vermissen.«

»Jaja«, murmelte Silvia lächelnd.

Hannes' Mutter vermisste vor allem jemanden, auf den sie stundenlang herumhacken konnte und der ihr kostenlos die schwere Arbeit abnahm, wofür sie mittlerweile einen Hofhelfer als Unterstützung eingestellt hatten. Ihre Scheidung von Hannes nach Ablauf des Trennungsjahres stand längst unumstößlich fest. Aber das musste sie diesem Tratschweib ja nicht auf die Nase binden. Ebenso wenig, warum sie tatsächlich seit einiger Zeit regelmäßig zu den Heimspielen des FC Neukirchen kam – und das auch noch freiwillig.

Sie drehte sich Richtung Spielfeld und setzte ihre neue Sonnenbrille auf. Der Torwart, der sich wenige Meter entfernt von ihrer Sitzbank warmmachte, zwinkerte ihr unauffällig zu. Anfangs war er lediglich ein Patient in der Physiotherapeutenpraxis gewesen, in der sie nach der Trennung von Hannes angefangen hatte zu arbeiten. Seit einigen Wochen ... nun ja ...

Drei Dinge hätte Silvia sich niemals in ihrem Leben vorstellen können. Dass sie eines Tages eine Affäre haben würde, deren weiteren Verlauf sie einfach auf sich zukommen ließ. Sollte mehr daraus werden, würde sie bestimmt nichts überstürzen. Sollte morgen Schluss sein, würde sie dennoch nichts bereuen. Dass sie diese Affäre mit einem jüngeren Mann hatte, der problemlos als Unterwäschemodell arbeiten konnte, und dass sie sich mittlerweile tatsächlich gerne ein Fußballspiel anschaute.

Mit einem Lächeln auf den Lippen beugte sie sich zu Leopolds Buggy hinüber. Vorsichtig hob sie ihren Sohn heraus und setzte ihn auf ihren Schoß. Sein Vater unten auf dem Spielfeld blickte fröhlich in ihre Richtung. Jedes zweite Wochenende und jeden Mittwoch verbrachte Leopold mittlerweile bei ihm und Hannes machte seine Sache als Vater wirklich gut. Das Ende ihrer Ehe war nicht in einen Rosenkrieg ausgeartet und auch daran hatte Hannes einen nicht unerheblichen Anteil. Silvia wünschte ihm von Herzen eine Frau an seiner Seite, mit der er wirklich glücklich werden konnte.

Neben ihr gab Roswitha Förster gerade einen Kommentar zu Clara Mayrhofer zum Besten, die nicht weit von ihnen entfernt auf einer Bank Platz genommen hatte und David kurz zuwinkte. Das ist nur der Neid der Besitzlosen, hatte Clara Silvia gegenüber lachend festgestellt, nachdem ihr die eine oder andere bissige Bemerkung über ihre Beziehung zu Ohren gekommen war. Silvia gefiel, wie Clara dazu stand und wie selbstbewusst sie vor Roswitha und den anderen Tratschweibern im Dorf damit umging.

An der Seite von Andreas Mayrhofer war sie ihr stets als schönes, aber stummes Anhängsel erschienen, das gegen ihren übermächtigen und lautstarken Ehemann überhaupt nicht ankam. Mit David war das ganz anders. Das hatte Silvia gleich bemerkt, als Clara ihn das erste Mal nach seiner Entlassung aus der Reha zur ambulanten Physiotherapie gefahren hatte.

Jetzt galt es aber, die Aufmerksamkeit auf das Spielfeld zu richten, wo der Schiedsrichter gerade die erste Halbzeit angepfiffen hatte.

David Mayrhofer schnappte sich den Ball und ging damit zum Elfmeterpunkt. Hundertzwanzig lange und kräfteraubende

Minuten lagen hinter ihnen, zwei Stunden, in denen sich beide Mannschaften nichts geschenkt hatten. 1:1 hatte es schließlich nach der regulären Spielzeit und der Verlängerung gestanden, womit das Ergebnis des Hinspiels egalisiert war. Also entschied ein Elfmeterschießen über Auf- und Abstieg. Die fünf Spieler aus Ebersbach waren bereits angetreten, bis auf den Letzten hatten alle getroffen. Neukirchens Torhüter hatte dessen Schuss mit einer starken Parade abgewehrt. Auch Davids Mannschaftskameraden hatten das Leder im Netz versenkt. Jetzt kam es ganz auf ihn an. Traf er, stand es 5:4 und es war vorbei und Neukirchen würde in der Kreisliga bleiben. Verschoss er, blieb es beim 4:4 und das Elfmeterschießen würde so lange weitergehen, bis eine Mannschaft mit einem Tor vorne lag. Auf dem Weg zum Strafraum hatte David in die erschöpften Gesichter seiner Mannschaftskollegen gesehen, die Schulter an Schulter im Mittelkreis standen und mit ihm mitfieberten. Jeder sehnte nur noch das Ende des Spiels herbei.

Den letzten Elfmeter, zu dem er angetreten war, hatte er verschossen. Deshalb hatte er nicht damit gerechnet, dass Hannes ihn als einen der fünf Schützen auf seinem Zettel hatte. Und dann ausgerechnet als Fünften und Letzten. Damals, in einem Ligaspiel im Spätherbst, war sein Ball hoch über die Latte gesegelt, was Neukirchen letztendlich den Heimsieg gekostet hatte. Wie ein Besessener hatte er danach im Training Elfmeter geübt. An einem dieser Abende war Elena aus dem Sportheim gekommen und hatte ihn eine Zeit lang dabei beobachtet. Er hatte geschimpft und war sich sicher, nie wieder einen Elfmeter versenken zu können. Sie hatte gelacht und ihn damit aufgezogen, sein Ball wäre schließlich nur elf Meter von einem mehrere Quadratmeter großen Ziel entfernt, während zwischen ihrem Gewehr und der winzig kleinen Zielscheibe am anderen Ende der Schießanlage ebenfalls stolze zehn Meter lagen. Natürlich hatte er argumentiert, dass er ja immerhin noch einen Torhüter zu überwinden hätte. Aber auch diesen Einwand wollte Elena nicht gelten lassen.

»Du musst dich fokussieren, David, und den Rest komplett ausblenden«, waren damals ihre Worte gewesen. »In diesem Moment gibt es nur dich, den Ball und dein Ziel. Der Torwart und alles andere um dich herum ist nicht vorhanden. Alles, was dich bewegt, was dich ärgert, was dich freut, was du liebst und was du hasst, muss außen vor bleiben. Dann wird alles gut.«

Fast fühlte es sich jetzt an, als ob sie neben ihm stehen würde, so präsent war ihm auf einmal ihre Stimme. David legte den Ball auf den weiß markierten Punkt und ging einige Schritte zurück. Auf dem Sportplatzgelände war es trotz der vielen Zuschauer jetzt ganz ruhig. Als ob außer ihm plötzlich niemand mehr da wäre. Der schrille Pfiff des Schiedsrichters durchbrach für einen kurzen Augenblick die Stille. Der Elfmeter war freigegeben. David lief an und schoss. Der Fußball flog wie an der Schnur gezogen von ihm aus gesehen Richtung rechtes oberes Toreck, aus dem Augenwinkel nahm er wahr, dass der Torhüter nach links gehechtet war. Eine halbe Sekunde später brach Jubel auf dem Sportplatzgelände aus und seine Mitspieler kamen freudestrahlend auf ihn zugelaufen.

Dann wird alles gut.

Ende

Von der Autorin bereits erschienen:

Walpurgisnacht

Der emeritierte Münchner Geschichtsprofessor Gregor Cornelius wollte eigentlich nur vier Wochen das Haus seiner Nichte im niederbayerischen Neukirchen hüten, doch bald nach seiner Ankunft ist die Illusion vom erholsamen Landleben dahin: In der Nacht zum 1. Mai, der Walpurgisnacht, wird der junge Großbauernsohn Sascha Eichinger getötet, der den Neukirchner Maibaum vor den Erzfeinden aus Ebersbach beschützt hat. In Verdacht geraten schnell drei Frauen, die alle nicht besonders gut auf den charmanten Womanizer zu sprechen sind. Cornelius beginnt mit Nachforschungen und muss sehr schnell erkennen: Unter der vermeintlich idyllischen Dorfoberfläche brodelt es gewaltig!

216 S., Paperback, ISBN 978-3-86906-298-3

Der letzte Tanz

Gregor Cornelius, emeritierter Münchner Geschichtsprofessor, freut sich auf seinen Urlaub bei Freunden im niederbayerischen Neukirchen. Dort will er ausspannen und den legendären Schäfflertanz ansehen, der nur alle sieben Jahre aufgeführt wird. Doch die erwartete Idylle aus Brauchtum und Landleben mag sich nicht so recht einstellen. Drei Tage vor dem Schäfflertanz findet Julian Bernbacher, der erste Vortänzer, eine tote Ratte auf seinem Auto, wenig später erhält er eine Todesanzeige, seine Todesanzeige, kurz danach wird sein bester Freund bei einem Autounfall schwer verletzt. Cornelius beginnt nachzuforschen und befindet sich bald mitten in einem erschütternden Familiendrama – und in großer Gefahr.

360 S., Paperback, ISBN 978-3-86906-655-4

Bluternte

Im niederbayerischen Neukirchen herrscht eine äußerst aufgeheizte Stimmung: Geht es nach einem ortsansässigen Bauunternehmer, soll schon bald in unmittelbarer Nähe zum Dorf ein Freizeitpark entstehen. Gegner und Befürworter sind nicht gut aufeinander zu sprechen. Nachdem mit Konrad Stadler auch der letzte Landwirt einknickt und einem Verkauf seiner Felder zustimmt, scheint das Projekt beschlossene Sache zu sein. Doch dann findet Cornelius bei einem Morgenspaziergang die Leiche des Landwirts und gerät unversehens in einen Strudel krimineller Machenschaften und menschlicher Abgründe, die das ganze Dorf in seinen Grundfesten erschüttern.

448 S., Paperback, ISBN 978-3-86906-962-3